FEDERICA DE CESCO

# Muschelseide

*Buch*

Ein zerschnittener Schal aus kostbarer Muschelseide führt die junge Meeresbiologin Beata Sforza auf die Spur eines sorgsam gehüteten Geheimnisses ihrer maltesischen Familie. Die Geschichte des Schals weist nach Sardinien, wo Beata einer der letzten Hüterinnen eines aussterbenden kulturellen Erbes begegnet. In das eigentliche Rätsel um ihre Vorfahrin aber kann Beata erst mit Hilfe eines japanischen Journalisten eindringen. Denn der Zauber der Muschelseide reicht weit, bis ins ferne Japan …

»Federica de Cescos Frauenfiguren sind eigenständig, leidenschaftlich und kraftvoll.« *Neue Zürcher Zeitung*

*Autorin*

Federica de Cesco, geboren in Italien, wuchs in verschiedenen Ländern mehrsprachig auf und studierte in Belgien Kunstgeschichte und Psychologie. Heute lebt sie mit ihrem Mann, einem japanischen Fotografen, in der Schweiz. Sie hatte bereits über fünfzig höchst erfolgreiche Romane für Kinder und Jugendliche sowie mehrere Sachbücher geschrieben, als ihr mit dem Roman »Silbermuschel« ein fulminantes Debüt in der Belletristik für Erwachsene gelang. Seither erfreut sie sich einer stetig wachsenden Fangemeinde.

*Außerdem lieferbar*

Die Augen des Schmetterlings (36750) · Silbermuschel (36278)
Die Feuerfrau (36077) · Der Wüstenmond (35659)

Federica de Cesco

# *Muschelseide*

Roman

blanvalet

FSC
Mix
Produktgruppe aus vorbildlich
bewirtschafteten Wäldern und
anderen kontrollierten Herkünften

Zert.-Nr. SGS-COC-1940
www.fsc.org


Verlagsgruppe Random House FSC-DEU-0100
Das für dieses Buch verwendete FSC-zertifizierte Papier
*Holmen Book Cream* liefert Holmen Paper, Hallstavik, Schweden.

1. Auflage
Taschenbuchausgabe September 2009 bei Blanvalet,
einem Unternehmen der Verlagsgruppe
Random House GmbH, München.

Umschlaggestaltung: HildenDesign unter Verwendung
einer Vorlage von © Hauptmann und Kompanie
Werbeagentur, München–Zürich
Umschlagfoto: © mauritius images / workbookstock.com
NB · Herstellung: RF
Satz: Uhl + Massopust, Aalen
Druck und Einband: GGP Media GmbH, Pößneck
Printed in Germany
ISBN: 978-3-442-37275-1

www.blanvalet.de

Für die beiden Meeresfrauen
Beata Abela, Malta,
Suma Noji, Tokyo,
… und wie immer:
für Kazuyuki.

*»Sollte meine Stimme in eurem Ohr verklingen*
*und meine Liebe eurer Erinnerung entschwinden,*
*dann werde ich wiederkommen.«*

Khalil Gibran, *»Der Prophet«*

# *Prolog*

Wenn es wahr ist, dass die Göttin einst Maltas Inselwelt formte, dann kann es nicht sein, dass sie plötzlich verschwunden ist. Die Göttin ist immer da, sie hat viele Gesichter. Dabei sind die Bildwerke der Menschen nur ein verhüllendes Kleid und geben der Fantasie viel Spielraum. Die urtümliche Kraft zeigt sich in jeder Darstellung, wir erkennen sie wie durch Glas oder auch wie durch Wasser. Die Madonna von Marfa war die Schutzpatronin des Meeres, das ihr innewohnende Herz. Sie war in ungefähr achtzehn Metern Tiefe in einer Grotte angebracht und mit Plastikblumen geschmückt, als gebe es das Bestreben, möglichst viel Materie zu zeigen, um die Erscheinung den Menschen vertrauter zu machen. Kitsch stammt aus der realen Welt, er störte mich nicht. Und der Tauchgang war problemlos. Ich schwamm in einer Art riesiger Badewanne, bis ich eine senkrecht abfallende Steinwand erreichte. Hier ließ ich mich gemächlich fallen, immer am Felsen entlang. Die Klippen stiegen dunkel und geheimnisvoll empor, blasse Seeanemonen klebten an den Steinen. Vor der Statue, die bald in Sicht kam, flitzten silbrige Fischchen hin und her. Ich näherte mich ihr in jener Art schwebender Glückseligkeit, die unter Umständen gefährlich sein konnte. Die Luftblasen, die ich auslöste, gurgelten in meinen Ohren. Die Felsen waren von unterschiedlichem Schwarz und teilten sich in ein Gewirr von Spalten. Wie ein Traumbild trat die Steingestalt aus der Grotte hervor. Ein paar Beinschläge brachten mich näher an sie heran. Die Figur war nicht sehr groß. Ein Bein war leicht angezogen, wie es bei Darstellungen der Madonna oft vorkommt, sodass es eine schöne Linie bildete. Plankton und Mikroorganismen verwandeln Gegenstände unter Wasser, und auch die Plastikblumen verloren so jede Farbe. Die Form der Hände war plump, das geneigte Profil kaum zu erkennen, doch mir schien, dass ihre Lippen ein Lächeln andeuteten. Ich bremste meinen Schwung und sprach zu ihr im Geist das erste, was mir in den Sinn kam: »Heilige Maria, mach, dass Francesca mir nichts nachträgt!«

Später würde ich vielleicht herausfinden, welche diffusen Befürchtungen und Vorstellungen die lautlosen Worte ausdrückten. Jetzt aber tauchte ich rasch durch die schmale, nur wenige Meter lange »Grotte des Zackenbarsches«, wo ich den Ausgang bereits als hellen Fleck wahrnahm. Ich schwamm zielstrebig und kraftvoll, ließ mich auch nicht von dem Schatten ablenken, der seitwärts über den Felsen hinweg zog. Wie ein flatternder Mantel, der sich im Wasser blähte und eine senkrecht stehende Lichtsäule erzeugte. Das bronzene Haar, das dabei empor wirbelte, mochte eine Sandwolke sein, von der Strömung getragen. Illusionen unter Wasser sind gefährlich. Zu wem gehörte dieses Profil, das heranschwebte, sich leicht verdrehte und ein glänzendes Auge zeigte, das vorüber glitt? Wo hatte ich dieses Antlitz, das sich nun wieder zurückzog, schon gesehen, und nicht nur einmal im Leben? Ich nahm die Erscheinung so hin, wie sie war, eine Woge aus geschmeidiger Bewegung, die sich im Dunkel der Tiefe mit langsamer Drehung auflöste. Der Mensch muss verrückt sein, wenn er solchen Dingen Beachtung schenkt, und ich war nicht verrückt. Es sind Gestalten und Träume, die aus dem Meeresgrund wachsen. Unerklärlich treiben sie umher, gleiten auseinander, und fort. Erscheinungen dieser Art erzeugen keinen Schrecken, aber es ist nötig, sie mit Argwohn zu betrachten. Ich schwamm schnell daran vorüber, dem Sonnenlicht entgegen. Ich tauchte aus den Wellen, holte gierig Luft. Dann fiel ich, müde und entspannt, in das glitzernd aufspritzende Wasser zurück. Kleine Schaumbläschen platzten auf meiner Haut, und mein tiefes, stetiges Atemgeräusch erfüllte mich mit Behagen.

# 1. *Kapitel*

Im Mai kehrte Francesca aus New York zurück. Ich hatte sie nie gesehen, obwohl ich vor einigen Jahren einmal versucht hatte, sie zu treffen. Aber daraus war nichts geworden, und ich nahm es nicht tragisch. Wir hatten viele Verwandte, ich kannte längst nicht alle. Wie alt mochte Francesca jetzt sein? Neunzig, sagte mein Vater, und ich konnte es kaum glauben. Aber es stimmte. Sie hatte die Familie als Achtzehnjährige verlassen. Und seitdem war sie nie mehr nach Valletta gekommen.

»Aber warum denn nicht?«, fragte ich.

»Warum?«

Er erwiderte erstaunt meinen Blick, und ich nahm seine Verlegenheit wahr. Neuerdings wollte er, dass ich ihn Ricardo nannte. Wobei ich nicht wusste, ob es ein Zugeständnis an das Zeitgemäße war, das er im Grunde seines Herzens missbilligte, oder eine wehmütige Erinnerung an meine Mutter. Ricardo äußerte sich nicht dazu: Er liebte das Ungesagte, das Leise. Auch jetzt schüttelte er nur den Kopf und reichte mir Francescas Brief, der an diesem Morgen eingetroffen war, über den Tisch. Ich überflog die wenigen Zeilen. Die schwarze Tintenschrift war nachlässig, eher ein Gekritzel. Sie wolle kommen, schrieb sie, und dort sterben, wo sie geboren war. Wir sollten ihr ein Zimmer mit Bad bereit machen. Falls es inzwischen eines gäbe, sonst würde sie lieber ein Hotel beziehen. Moderner Komfort habe doch wohl auch in Valletta Einzug gehalten, oder etwa nicht? Der Ton war spröde, sarkastisch. Zwischen den Zeilen lag eine Anmaßung, die mir gefiel. Ich fand ihr Schreiben amüsant und, aus Familiensicht, sehr unkorrekt.

Badezimmer hatten wir inzwischen drei, auf jedem Stockwerk

eines. Mutter hatte sie in ehemaligen Abstellkammern einbauen lassen. Die Kacheln unter den Füßen und die Toilettendeckel waren sogar im Sommer eiskalt. Wir behalfen uns mit elektrischen Öfchen. Ein Fortschritt allerdings, und besser als nichts.

Mutter war im vergangenen Oktober gestorben. Polyarthritis. Es lag bei ihr wohl in der Familie. Ein älterer Bruder hatte die gleiche Krankheit gehabt. Man hatte allzu lange unter sich und standesgemäß geheiratet, den Kindern fehlten die Abwehrkräfte. »Fin de race«, so nennen es die Franzosen. Und in der Nacht vor Mutters Begräbnis hatte Ricardo einen Hirnschlag erlitten. Eine schreckliche Nacht, die fürchterlichste meines Lebens. Wir mussten ohne ihn den Sarg in die Erde lassen. Vielleicht wollte er nicht dabei sein, oder er konnte ihre rasch entschwindende Gegenwart nicht ertragen, wollte sich mit ihr ins Dunkel fallen lassen. Jetzt ging es ihm besser. Ich sorgte dafür, dass er morgens und abends seine Tabletten nicht vergaß.

Ich legte Francescas Brief akkurat in den Umschlag zurück.

»Zimmer haben wir genug. Und Badezimmer auch. Warum hat sie uns nicht schon früher besucht?«

»Sie arbeitet viel«, antwortete er ausweichend. »Ihre Bilder haben Erfolg. Sie hat etliche Preise gewonnen.«

»Verheiratet?«

»Dreimal. Und dreimal geschieden.« Ricardo seufzte. »Kein Wunder, dass es sie nie nach Europa gezogen hat. Wir sind in diesen Dingen altmodisch.«

»Malta liegt doch nicht am Hintern der Welt«, erwiderte ich, wobei er leicht stutzte. Obwohl er mit zunehmendem Alter die Form weniger wichtig nahm, reagierte er auf schnodderige Redensarten empfindlich. Doch er ging nicht darauf ein und sagte lediglich:

»Sie hat offenbar vergessen, dass wir im Haus so viele Treppen haben. Vielleicht sollte ich es ihr schreiben?«

»Denkst du nicht, dass sie sich beleidigt fühlen könnte?«

»Beleidigt? Warum denn beleidigt?«, fragte er.

Seine Verwunderung wirkte nicht gerade unecht, aber ich

entdeckte in seiner Gegenfrage doch eine Betonung, die unverkennbar auf Besorgnis hinwies. Als ob ich etwas sagen könnte, das er nicht hören wollte.

»Na ja, sie könnte meinen, dass du sie nicht hier haben willst.«

Offenbar hatte ich den Nagel auf dem Kopf getroffen, denn er entgegnete:

»Warum bleibt sie nicht, wo sie ist, wenn sie Bescheid weiß?«

Draußen war es bereits warm, und wir aßen im »Sommerspeisesaal« mit Blick auf den Garten. Säulen aus Stuck, hellblau bemalt, Möbel im Empirestil und heitere Gemälde an den Wänden – die düsteren hingen ein Stockwerk höher. Der Tisch, an dem Vater und ich uns gegenüber saßen, war mit Silber und altem Porzellan gedeckt und für eine Großfamilie gemacht. Zwischen uns lag ein vier Meter langes Tischtuch mit Klöppelspitze. Die Stuhllehnen wiesen geschnitzte Blumen und Traubendolden auf. Nach einer Weile erschien Domenica, wechselte die Teller, brachte gebratene Leber, geschmorte Kartoffeln und Spinat aus der Küche, die ein Stockwerk tiefer lag, auf silbernen Platten herein. Mein Vater hatte nichts dagegen, dass Domenica neuerdings Hosen trug. Ihre Beine waren kurz und kräftig, ihre Augen so grau wie ihr Haar. Sie lächelte warmherzig, machte mit den Lippen ihre summenden Geräusche. Domenica war sprachlich zurückgeblieben. Das Bändchen unter ihrer Zunge war zu kurz, die Gaumenmuskulatur verkümmert. Ihre Eltern, einfache Leute, hatten nicht gewusst, dass eine kleine Operation im Kindesalter das Zungenbändchen hätte lösen können.

Ich sagte ihr, dass wir uns selbst bedienen würden. Sie ging, und ich füllte Ricardos Teller, bevor ich das Schweigen brach.

»Ich würde mich eigentlich freuen, sie zu sehen. Wie alt warst du, als sie ging?«

»Das war vor dem Zweiten Weltkrieg. Ich war noch klein, vier Jahre alt.«

»Erinnerst du dich an sie?«

»Ein wenig.«

»Ihre Mutter hieß Cecilia, nicht wahr?«

»Tante Cecilia habe ich nie gekannt. Sie starb 1917, als Francesca auf die Welt kam.«

»Ich finde das entsetzlich. So jung!«

»Jung aus deiner Sicht«, antwortete er. »Damals hatte eine Frau dieses Alters oft schon Kinder. Und manch eine starb im Kindbett. So war das eben.«

Sein Gehirn hatte keinen Schaden genommen, nur das leichte Zittern seiner Hände würde bleiben. Er begrüßte jeden mit Namen, verwechselte keinen. Er spielte Schach, sah fern, las Zeitungen in verschiedenen Sprachen. Dr. Lewis war sehr zufrieden mit ihm. Kürzlich hatte er zu mir gesagt:

»Es ist gut, dass Sie da sind. Spielen Sie eigentlich Tennis?«

»Ziemlich schlecht, tut mir leid.«

»Das macht nichts. Sie sollten jetzt etwas Tennis mit ihm spielen. Er braucht frische Luft. Spaziergänge liebt er ja offenbar nicht.«

»Er hasst sie.«

»Frühmorgens, wenn es noch nicht zu warm ist, wäre es ideal. Fällt es Ihnen eigentlich schwer, bei ihm zu bleiben?«

Ich hatte erwidert: »Nicht im Geringsten«, ohne das Gefühl zu haben, dass ich log.

Ich war die einzige Tochter, daran wurde ich hier immer wieder erinnert, auch wenn mein Beruf mir Freiräume bot. Sogar Affären waren heutzutage keine Schande mehr, die man züchtig verbarg; man redete nur wenig darüber. Heuchelei gehörte schon dazu. Über das, was mein Vater davon hielt, machte ich mir keine Illusionen. Ohnehin fuhr ich ja ständig in der Welt herum. Dann gab es noch Georges, meinen allzu cleveren Bruder, in maßgeschneiderte Anzüge und diskrete Krawatten eingezwängt. Er lebte mit seiner Frau Alice in London, war Bankkaufmann bei der Lloyds, steckte mitten in einer Karriere, so vielversprechend und steil, dass er daneben nur noch an das eine denken konnte, nämlich daran, wie man Söhne in die Welt setzt. Ihrer hatte er inzwischen drei. Schnatternde kleine Ungeheuer, trippelnd, strampelnd und schreiend, die meines Vaters Geduld gehörig auf die Probe stellten. Ich war froh, sie nicht um mich herum ertragen zu müssen.

Nun also Francesca. Weshalb gerade jetzt? Wir hatten ihr natürlich eine Anzeige geschickt, deswegen vielleicht. Viel Zeit blieb ihr ohnehin nicht mehr. Du lieber Himmel, sie war neunzig! Ich wusste nicht, woran es lag, dass sie sich derart abgeschottet hatte. Ich hatte mir selten Gedanken über sie gemacht. Sie lebte in den Staaten, und Punkt. Ich hatte auch Verwandte, die in Südafrika lebten.

Die Leber war zu hart gebraten. Ich schob sie an den Rand des Tellers und nahm mir vor, es Domenica zu sagen. Ricardo aß mit Widerwillen ein paar Bissen. Während wir lustlos Spinat und Kartoffeln verspeisten, blickte Francesca uns an. Genau genommen war es ihr Porträt, das auf uns hinab sah. Mir war bekannt, dass Francesca damals einen ihrer üblichen Skandale produziert hatte, als sie sich wie ein Filmstar porträtieren ließ, in rotem Bustierkleid, die Schultern nackt. Dazu trug sie Handschuhe, lang bis zum Ellbogen und ebenfalls rot, und hielt eine Zigarette. Ich fand das Bild schön, es drückte so viel Lebenskraft aus. Die nackten Schultern waren breit, der Hals war lang und graziös, und sie trug den Kopf sehr hoch. Das schwarze Haar war über der Stirn zu einer Art Rolle eingeschlagen, in der eine Spange steckte. Die Brauen waren über der Nase dicht zusammengewachsen, der Mund knallrot bemalt. Ich hatte selten ein Gesicht gesehen, das so viel Herausforderung und Kühnheit zeigte. Wie eine Piratin kam sie mir vor. Ich fühlte mich ihr auf einmal sehr nahe.

Sie musste sich in diesem Haus in der St. Dominik Street sehr fremd gefühlt haben. Sie hatte die Freiheit gewählt, lange bevor auch ich meinen eigenständigen Weg ging. Aber bei mir war alles ganz anders gewesen, ich hatte nicht für nichts und wieder nichts rebellieren müssen. Schon als Schulkind war ich mit Leidenschaft geschwommen, zuerst im Schwimmbecken meiner italienischen Großeltern, dann im Meer. Zwischen sechzehn und zwanzig, in dem Alter, in dem Jugendliche am kräftigsten sind, hatte ich an Wettschwimmen teilgenommen und Pokale gewonnen. Die Eltern sahen es gern. Sie fanden es auch gut, dass ich in Monaco Meeresbiologie studieren wollte. Aber statt wie es sich gehörte bei Verwandten zu wohnen, zog ich in eine WG, wo es laut und chaotisch und alles andere als brav zuging. Ich war im Internat von Nonnen erzogen worden, jetzt erprobte ich die große Freiheit. Die Eltern hielten betroffen durch, bis ich von allein zu Verstand kam. Ich beendete mein Studium; danach fing der Ernst des Lebens an.

Dass junge Forscher zunächst wenig verdienen, erfuhr ich bald am eigenen Leib. Meine Eltern fragten nie, brauchst du Geld? Ich wusste, dass ich auf sie zählen konnte, aber ich hätte sie nur darum gebeten, wenn ich ausgeraubt worden, schwer krank gewesen wäre oder in Gips gelegen hätte, und nichts von alldem traf ein. Ich gab vier Jahre lang Schwimmunterricht, arbeitete in einem Warenhaus in der Sportabteilung. Wir Malteser sind zäh. Hätten wir keine Willenskraft, wären wir jetzt Türken. Wir auf unseren Inseln verhalten uns, als dösten wir zwischen Kirchen und Denkmälern vor uns hin, aber der Eindruck täuscht. Zorn und Spott liegen uns mehr als Jammern und Hadern. Wir blicken auf eine zu harte Vergangenheit zurück, als dass wir uns – weil wir heutzutage wohlhabend sind – hätten unbehaglich fühlen können. Ricardos sanfte, höfliche Art zeigte nicht, dass er dem Johanniterorden angehörte, in dessen Verwaltung er eine bedeutende Rolle spielte. Ebenso selten sprach er von seinen Bankgeschäften, die er in den letzten Jahren ohnehin nur als Berater weiterführte.

Ich verkaufte also Badeanzüge, Schnorchel und Schwimmflossen, acht Stunden am Tag, in der Touristensaison auch sonntags, und lernte in der Freizeit Apnoetauchen. Was faszinierte mich daran? War es das Herantasten an die eigenen Grenzen, die sportliche Herausforderung, die Formen und Farben und Gelassenheit der Tiefe? Ich konnte es nicht sagen, es war eine Mischung von alldem. Ich lernte auch, wie man mit einer Unterwasserkamera umgeht, und konnte im Stab von Jean-Michel Cousteau mitwirken, als er einen Dokumentarfilm an der libanesischen Küste drehte. Ein unglaubliches, unverschämtes Glück: Jemand fiel aus, sie suchten Ersatz, und ich war gerade an der richtigen Stelle. Ein paar Jahre lang gehörte ich dann dazu. Wir waren ein Team von Archäologen, Biologen, Geologen und Zoologen, die auf Cousteaus Forschungsschiff die Weltmeere bereisten. Alle gut eingespielt, alle solidarisch. Daneben hatte ich im Freitauchen einige Rekorde gebrochen, war in die Schlagzeilen der Illustrierten gekommen. Auf diese Weise war »Azur«, ein internationaler Kosmetikkonzern, auf mich aufmerksam geworden. 1999, als Cousteau seine Ocean Future Society gründete, verließ ich ihn, weil Azur mir ein Exklusivangebot gemacht hatte. Der Konzern stellte Hightechkosmetik auf der Basis von Mineralstoffkonzentraten her, die aus gewissen Algen gewonnen wurden. Da die marine Welt beträchtlichen Schaden genommen hatte, bestand meine Aufgabe darin, nach jenen Algen zu forschen, die die kostbaren Spurenelemente noch enthielten. Darüber hinaus entsprach ich als sportliche junge Frau dem »Image« der Marke und wurde auch bei Werbefotos für Sonnenschutz und Selbstbräuner eingesetzt. Nachdem ich etliche Jahre von der Hand in den Mund gelebt hatte, genoss ich den Luxusjob. Der europäische Sitz des Konzerns befand sich in Hamburg.

Als ich mir nach einigen Jahren eine Wohnung leisten konnte, wählte ich die Schweiz, vorwiegend ihrer guten Flugverbindungen wegen. Ich kaufte ein Loft in Zürich, geräumig, transparent und minimalistisch. Ohne Teppiche und ohne Gemälde, weder heitere noch düstere. Die Eltern erschraken ein wenig vor dem Kubus, meinten jedoch, dass ich mein Geld gut angelegt hätte. Inzwischen tauchte ich im Roten Meer, in der Karibik, in den Gewässern von Okinawa und Hawaii und auch im Amazonas-Delta. Neugier und Begeisterung erfüllten mich, ich hatte Zeit zum Bewundern, Zeit auch, mich zu fürchten, das gehörte dazu. Ich sammelte Erfahrungen und Erlebnisse, Erinnerungen und Bilder für eine Zukunft, von der ich nicht wusste, wann sie beginnen würde, bis sie mir unvermittelt hautnah kam. Da gab ich vieles auf, aber nicht alles.

Mein Vater hatte bemerkt, dass ich Francescas Porträt betrachtete, und nickte mir zu.

»Sie war sehr ungestüm. Lavinia und sie hatten immer Streit.«

Lavinia, Ricardos ältere Schwester, war Musiklehrerin gewesen. Sie hatte Generationen von Schülern die Freude am Gesang genommen und zwei Verlobte in die Flucht geschlagen. Vor drei Jahren war sie ledig – aber nicht jungfräulich – verstorben, und alle fühlten sich wohler.

Ich sagte:

»Wer vertrug sich schon mit Tante Lavinia? So großkotzig, wie sie war.«

Dass die Eltern 1953 zur Krönung Elisabeths II. nach London gereist waren, hatte sie mir jedes Mal unter die Nase gerieben, wenn ich nicht gehorchte. Mir, dem ungezogenen Mädchen, würde Ihre Majestät nie eine Einladung schicken. Weil mir Ihre Majestät schnurz war, zerrte mich Lavinia an den Haaren, was sehr weh tat. Sie sperrte mich auch in die Besenkammer, wo ich die Tür mit Fußtritten traktierte und fürchterlich schrie.

»Sie war nicht ... wie du sagst«, Ricardo räusperte sich. »Sie war nur konsequent. Und Francesca trug viel Unruhe im Blut.«

»Ich doch auch.«

»Du nicht, nein. Du warst immer vernünftig.«

Was er sagte, klang sehr überzeugt. Ich bewunderte seine Fähigkeit, die schlaflosen Nächte zu vergessen, die ich ihm beschert hatte. Ich ließ ihn seine Erdbeeren essen und enthielt mich jeder Zwischenfrage, weil ich nicht wollte, dass er, wie so oft, die Unterhaltung abrupt beendete. Das bisschen, was ich von Francesca wusste, machte mich zunehmend neugierig.

Zum Kaffee setzten wir uns in den Wintergarten. Je nach

Temperatur, Wind und Licht war es hier sehr angenehm. Ricardo hatte immer eine blasse Gesichtsfarbe gehabt; jetzt zeigte das helle Licht, wie alt und fahl seine Haut schon war. Immerhin hielt er Maß im Essen, sodass er nicht zum Fettkloß geworden war wie seine Ahnen, deren Wohlstand noch am Körperumfang bemessen wurde. Im Raucherzimmer hing das Bild der kleinen, überfütterten Catharina. Sie war 1828 an Herzversagen gestorben. Dreizehn war sie nur geworden.

Ich schenkte Ricardo Kaffee ein. Er dankte mit freundlichem, zerstreutem Kopfnicken. Ich sagte:

»Vor zwei Jahren, als ich in New York war, habe ich bei Francesca angerufen. Ich sprach mit einem Mann, der mir sagte, dass sie in ihrem Atelier in Merrywood sei. Er gab mir ihre Telefonnummer. Ich rief ein paar Mal an, aber sie nahm den Hörer nicht ab. Dann ging mein Flug, und aus dem Treffen wurde nichts.«

»Schade«, erwiderte er unverbindlich. »Sie hätte sich gewiss gefreut, dich zu sehen.«

»Ach, ich weiß nicht. Sie hatte ja meine Handynummer. Aber sie hat nie zurückgerufen.«

Eine verpasste Gelegenheit, wie es oft vorkommt. Im Nachhinein tat es mir leid. Immerhin mochte Francesca ihre Gründe haben.

»Sie hat auch Marina kein einziges Mal getroffen. Für sie sind wir weit weg und einfach nur langweilig.« Ricardo schaute durch mich hindurch, bis ich wieder kribbelig wurde.

»Langweilig?«

Er nickte unbestimmt.

»Einmal las ich ein Interview mit ihr in der *Vogue*.«

»Ach ja? Wann war das?«

»Vor zwei Jahren oder so. Sie führt ein interessantes Leben, und hier in Valletta ist ja kaum etwas los…«

»Ricardo, das sollte ihr inzwischen egal sein. Sie ist neunzig!«

»Auf den Bildern in der *Vogue* sah sie noch recht gut aus.

Du hast zumindest eine Beschäftigung, die dir Abwechslung bringt. Aber Francesca! Ich kann mir nicht vorstellen, dass sie sich bei uns wohl fühlen würde…«

Es war, als redete er mit vollem Mund. Früher war mein Vater ein unterhaltsamer Mann gewesen, der sich über sich selbst und unsere Familie sehr geistreich äußerte. Wo war seit Mutters Tod der Humor geblieben? Er nahm an nichts mehr teil oder allenfalls oberflächlich. Er machte auch mit mir keine Ausnahme. Seine hellen Augen registrierten mein Gesicht und nahmen gleichzeitig die Abwesenheit Francescas zur Kenntnis. Ich kannte Ricardo und spürte instinktiv, dass er sie nicht hier haben wollte. Seiner Natur nach war er konservativ, mit dem ganzen Ballast, der dazugehörte. Hinter seinem unaufrichtigen Schweigen lag verkrustete Abwehr, Bestürzung und gleichzeitig auch unterschwellig so etwas wie ein Ertapptsein. Er fürchtete Erklärungen; offenbar hatte er für das, was er sagen konnte oder wollte, noch keine fertige Fassung. War es in seinen Augen eine Schwäche, sich gehen zu lassen? Ich machte den nächsten Anlauf, mit ihm zu reden, und ließ es bleiben, als er den Kopf von mir weg drehte.

»Sei mir nicht böse, Beata. Ich bin müde.«

Die Form wurde gewahrt oder zumindest der Anschein. Er war wahrhaftig müde, eine Nachwirkung der Medikamente. Heute Abend Tennis spielen? Nein, ihm stand nicht der Sinn danach. Ich wurde ungeduldig, nach dem Essen musste ich Bewegung haben. Ich sagte, er sollte sich ausruhen. Er bewegte schlaff die Hand, rutschte leicht nach vorn und blieb, schwerfällig ein- und ausatmend, in dieser Stellung sitzen. Seine Augenbrauen zuckten, er lebte sein Leben hinter wässrigen Augäpfeln. Kranke Menschen ziehen sich nach innen zurück, in die Gefangenschaft der eigenen Heimlichkeiten. Nichts wie raus, dachte ich, er deprimiert mich. Ich ließ ihn in der gläsernen Helle dösen, mit Gedanken, die gewiss unerfreulich waren. Francesca?

## 2. *Kapitel*

Ich stieg die ausladende Treppe aus rötlich geädertem Marmor hinauf, ging durch das blaue Zimmer, das rote Zimmer, das grüne Zimmer, so benannt nach Vorhängen und Tapeten. Ich ging auf Teppichen unter Kronleuchtern mit Glasbehang, kam an Bücher- und Spiegelwänden vorbei, an Sofas und Lehnsesseln. An Tischen, großen und kleinen, mit Marmorplatten oder Einlagen aus Perlmutt, an Kredenzen und Vitrinen voller Nippes und alten Fotos. Im blauen Zimmer stand der indische Schrank, riesig und gespenstisch verschnörkelt; im roten der chinesische Schrank, schwarzer Lack mit goldenen Bäumen, Wolken und Drachen. Den Konzertflügel im grünen Zimmer wagte nicht einmal meine Mutter anzurühren. Sie spielte nur Gitarre, dafür aber gut.

An den Wänden hingen Ölgemälde, grell beleuchtet oder halb verschwunden in der Dämmerung. Kopien der spanischen oder italienischen Schule, schwermütige Gefühlsergüsse von anno dazumal. Zur Rechten der heilige Sebastian, Schutzpatron der Schwulen, mit Blut bemalt und elegant verrenkt. Zur Linken die heilige Agatha, unerbittlich lächelnd ihre abgeschnittenen Brüste vorweisend. Neben ihr der heilige Petrus, mit dem Kopf nach unten gekreuzigt. Etwas weiter Jesus im Olivengarten, Jesus mit der Dornenkrone, Jesus am Kreuz und Jesus im Grab. Als Nächstes die Jungfrau, blond gelockt und dümmlich-verklärt, mit ihrem fetten Kind auf dem Schoß. Des Weiteren der große Sieg von 1565 gegen Suleyman den Prächtigen, der Beschuss von Sankt Elmo, die Schlacht von Birgo. Aufgewühlte Wellen, die Türkenköpfe – unlogischerweise alle noch mit Turbanen versehen – an Land spülten. Gleich gegenüber die Ahnen, mit ihren Geschichten von Heldentum, Krieg, Totschlag und Vergeltung. Grimmig blickende Ritter, hoch zu Ross oder stehend, das Schwert in der einen Hand, in der anderen die Ordensflagge, weißes Kreuz auf rotem Grund. Damen, jung und rosig oder mit Altfrauengesichtern, für den Ball oder den Kirchgang gekleidet. Wohlbeleibte Gentlemen aus der Zeit Königin Viktorias, mit gewaltigen Schnurr-, Backen und Vollbärten. Ferner eine Anzahl vergrößerter Schwarzweißaufnahmen: Valletta im Ersten Weltkrieg, Valletta im Zweiten Weltkrieg. Die Trümmer, die Flugzeuge, die Kanonen. Es gab Tage, an denen ich diese Ansammlung überhaupt nicht mehr wahrnahm, und andere, an denen sie mir ganz massiv jede Freude verdarben, ich mich bedrückt, überfordert und gequält fühlte.

Wie würde sich Francesca heutzutage wohl über das Sammelsurium äußern? Würde sie wie ich davon träumen, all die starrenden Augen mit einem spitzen Gegenstand zu durchbohren? Für mich ging eine Linie zurück zu Vorfahren, die ich nie geliebt hatte. Ihre Albträume waren nicht meine Albträume; ich hatte andere, die pragmatischer und womöglich vorbeugender waren. Diverse klinisch Verrückte in den Verästelungen unseres Stammbaums (als Fresko an die Wand der Bibliothek gemalt) bezeugten, dass Zerstörungswut allenthalben gesünder war als Verdrängung.

Unser Haus, La Casa degli Uccelli – das Vogelhaus –, lag mitten in der Stadt. Francescas Mutter Cecilia hatte noch erlebt, wie die weiblichen Familienmitglieder an Sonn- und Feiertagen im Salon beteten, wenn beim Gottesdienst die gewaltige Pforte der Marienkirche auf der anderen Seite der schmalen Straße offen stand und die Frauen, auf samtbezogenen Bänken vor dem Fenster kniend, dem Gottesdienst beiwohnen konnten, ohne das Haus zu verlassen. Der Gedanke an Cecilia brachte es mit sich, dass ich ein paar Treppenstufen höher stieg und ein Zimmer betrat, nicht sehr groß, aber sonnig, mit Blick in den Garten. Es wurde als Näh- und Bügelzimmer benutzt, aber Mutter hatte es immer als »Francescas Zimmer« bezeichnet.

Der Parkettboden quietschte unter dem abgenutzten Teppich. Schrank und Kommode waren in schnörkellosem Jugendstil gehalten. Ein weißes Tuch schützte die alte Singer-Nähmaschine vor Staub, daneben stand ein Wäschekorb aus Plastik. Auf dem Bett mit der hellen Sommerdecke stapelten sich frisch gewaschene Handtücher. Über dem Kopfende hing ein frommes Bild, die Muttergottes mit dem Jesuskind. Ein alter Stich, mit den Augen der Romantik nachempfunden, kitschig, aber nicht beängstigend. An den Wänden sah ich Aquarelle in einfachen Rahmen. Eine aggressive Irisblüte, geschwungen wie ein Dolch, zwei kämpfende Ratten, Wespen auf einer faulen Birne. Alle trugen die Signatur F. S. R.: Francesca Sforza-Richards. Die Aquarelle, schrill koloriert, zwischen Phantasie und hartem Realismus, beunruhigten. Als ob die junge Künstlerin den Betrachter herausforderte. »Ich weiß, dass ich gut male, aber die Bilder sollen nicht schön sein.«

Tatsächlich zielten die Aquarelle auf Konfrontation, vermittelten einen Eindruck von Verwundbarkeit und Zorn. Als ich langsam im Zimmer umherging, bemerkte ich ein Foto in einem silbernen Rahmen. Fotos standen bei uns in allen Zimmern, auf den Kaminsimsen, auf den Schreibtischen, in allen Sitzecken. Die Großeltern, die Eltern und Geschwister, die Verwandten, die Gäste, die Erzieher, die Dienstboten auch. Alte Reiseerinnerungen, neue Ferienaufnahmen. Die Fotos gehörten dazu, sie waren einfach da, alltäglich und von mir unbeachtet. Aber dieses Bild auf dem Nachttisch zog meine Blicke an. Ich trat näher, nahm es behutsam in die Hand. Es zeigte ein Mädchen, dreizehn oder vierzehn Jahre alt, in einem weißen Kleid mit Matrosenkragen. Sie hatte üppige, dunkle Locken und trug ein ebenfalls weißes Band im Haar. In der Hand hielt sie einen Tennisschläger. Cecilia, dachte ich. Es gab noch andere Bilder von ihr, Gruppenaufnahmen, wo sie bloß ein Gesicht unter vielen war. Auf diesem Bild war sie deutlich zu sehen. Der Blick war eigensinnig, scharf. Der Wille, der ihr zartes Gesicht verhärtete und nahezu versteinerte, gab ihr einen Ausdruck, den meine Eltern wohl als altklug bezeichnet hätten. Beata, sei nicht altklug, hatte ich oft zu hören bekommen, wenn ich zu argumentieren begann. Und gleichzeitig war es ein liebenswertes Gesicht, unbefangen und schelmisch. Menschen auf alten Fotos merkt man stets an, dass sie einer anderen Zeit angehören, dass sie unwiderruflich diese Welt verlassen haben. Was war die Unsterblichkeit anderes als die Fähigkeit, in die Zukunft zu springen, hoch über die Köpfe der Nachkommen hinweg – platsch! – wie ein Schwimmer ins Wasser? Ich lächelte vor mich hin, als sei ich hinter einen geheimen Sinn gekommen. Nur, wenn die Kraft des Geistes sie nicht in den Raum hebt, bindet der Tod die Menschen an die Erde. Francescas Mutter war vor neunzig Jahren gestorben und vermittelte den Eindruck, als könnte sie gleich aus dem Rahmen steigen, ihr Kleid glatt streichen, die Locken schütteln und mir zulächeln.

»Ich war eine Zeit lang fort. Da bin ich wieder!«

Möglicherweise hatte ich sie sogar gesehen. Nein, rief ich mich fast augenblicklich zur Vernunft, hör gefälligst auf, dir das einzubilden! Wobei ich mich gleichzeitig wunderte, dass ich so wenig von ihr wusste. Weil ich zuvor mit anderem beschäftigt gewesen war, bloß deswegen? Wer war ihr Mann? Warum war von ihm niemals die Rede gewesen? War er im Krieg gefallen? Hatte er Cecilia verlassen oder sie ihn? War zwischen ihnen etwas vorgefallen? Wenn ja, was? Scheidungen kamen ja damals nicht in Frage. Der Mann ging zu den Huren. (Und später zu den Striptease-Tänzerinnen.) Die Frau, je nach Veranlagung, betete oder nahm sich einen Liebhaber. Nur Gott in seiner Milde und der Beichtvater als geistiger Tröster wussten Bescheid, und beide hielten den Mund. War womöglich Francesca, wie man damals sagte, mit dem »Makel der Unehelichkeit« geboren worden? Unsere bigotte Familie musste sauertöpfisch bestrebt gewesen sein, das Missgeschick zu vertuschen. Ricardos zugeknöpftes Verhalten ließ auf alte Hemmungen schließen, auf ein in Fleisch und Blut übergegangenes Redeverbot, auch wenn Sitte und Standeskodex ihren Griff längst gelockert hatten.

Arme Cecilia! Sie war hundert Jahre zu früh zur Welt gekommen. Aber, sprach ich im Geist zu ihr, vielleicht hast du dein kurzes Leben gelebt, wie du wolltest?

Du siehst wirklich nicht aus wie eine, die sich unterkriegen lässt, stellte ich anerkennend fest, als ein Lichtreflex auf das Glas fiel. Das Gesicht veränderte sich nicht, aber mir war, als ob in den dunklen Augen ein Leuchten geboren wurde. Von wer weiß woher erreichte mich ein Klang, eine Art fernes, ersticktes Gelächter. Es hörte sich hübsch an, dieser Ton, als ob man kleine Muscheln schüttelte. Es musste von draußen kommen, von der Straße. Aber unter dem Fenster lag nur der Garten, und die Mauern waren hoch. Immerhin standen alle Fenster offen; vielleicht kam das Gelächter aus einem benachbarten Haus.

Während ich das Bild betrachtete, fühlte ich seine harte Beschaffenheit, den versilberten Rahmen, das Glas. Aber dahinter war etwas, das zu vibrieren schien. Natürlich bildete ich mir das nur ein, aber mir war plötzlich, als erhielte ich einen Schlag in die Magengrube. Eine Erinnerung stieg in mir empor. Sie war in einzelne Stücke zerfallen und hatte mit meiner Mutter zu tun. Ich mühte mich, diese Stücke schön auseinanderzuhalten, weil mir einzig die Trennung half, den Schreck von damals zu vergessen.

»Schluss jetzt, Beata! Du bist wirklich ein ganz dummes, emotionales Schaf!«

Ungeschickt stellte ich das Bild zurück an seinen Platz, ging eilig aus dem Zimmer und schloss die Tür. Mir schien, dass ich viel Lärm dabei machte, und mein Vater sollte seinen Mittagsschlaf halten. Für gewöhnlich wurde mein Privatleben von Bewegungsdrang geprägt und nicht von Neurosen. Ob man Gespenster sah oder nicht, mag von der Verdauung abhängen. Außerdem neigte ich zu Speck an den Hüften.

In meinem Zimmer steckte ich mein Haar hoch, stopfte ein paar Sachen in eine Sporttasche. Ein paar Minuten später verließ ich das Haus im Laufschritt.

Valletta döste in der Mittagsglut, alle Kirchenglocken schwiegen, die ockerfarbenen Sandsteine saugten Helle auf. Vor den Restaurants und Espressobars, zwischen Licht und Leuten, warfen dunkelrote Sonnenschirme Schatten auf erhitzte Gesichter. Ich ging schnell, ließ die Fußgängerzone hinter mir. In der Saint Johns Street, unweit des Busbahnhofs, holte ich meinen Wagen aus der Garage und fuhr nach Marfa.

Weil die Straßen in der Mittagszeit wenig befahren waren, erreichte ich Marfa-Ridge in knapp einer Stunde. In Marfa hatte ich schon als Kind getaucht, und eigentlich kannte ich das Gebiet viel zu gut, aber es war bereits Nachmittag, zu spät für einen längeren Ausflug. Und weil Francesca bald in mein Leben treten würde, wollte ich – gewissermaßen als Beschwörung – der Madonna von Marfa einen Gruß darbringen. Francescas Brief war der einer Frau, die mit neunzig noch unsentimental, herb und voll wilden Lebens war. Kein Wunder, dass mein Vater sich vor ihr fürchtete, dass er ihr am liebsten geschrieben hätte, sie solle bleiben, wo sie war. Aber er würde es nicht tun. Er überließ sich seiner Apathie, genoss sie sogar, jetzt, da ich alles für ihn erledigte und er einfach nur dasitzen konnte. Na gut. Ich ließ ihm vieles durchgehen, weil er gelitten hatte. Aber mit Francesca war es doch anders. Die Vorstellung, dass ich bald eine Frau treffen würde, die zwar zur Familie gehörte, die ich aber zeitlebens nie gesehen hatte, war mir zwar unbehaglich, wie ich feststellte, unbehaglich auch die Frage, was ich mit ihr würde reden können; jedoch erkannte ich gleichzeitig, dass ich mich gerade auf diese Ungewissheit freute. Mit Francesca wollte ich mich nicht auf ein Kräftemessen einlassen, sondern sie stattdessen als Verbündete gewinnen.

Tauchanzug, Maske, Schnorchel und gut gepflegte Flossen hatte ich immer im Wagen dabei. Dazu einige DIN-Pressluftflaschen, eine handliche Unterwasserlampe sowie den unentbehrlichen Adapter. Die Ausrüstung war minimal, aber im Moment benötigte ich keine komplizierte.

Ich parkte neben dem Bootshaus, nahm Flossen und Maske und suchte die richtige Stelle. Inzwischen war es fast vier, aber die Sonne stand hoch. Außer einigen Touristen, die ihre Haut der Sonne aussetzten, bis sie aufgedunsen und rot war, sah ich nur wenige Leute. Ich zog mein T-Shirt über den Kopf. Unter den Jeans trug ich nur ein Bikinihöschen, sodass ich bequem in den Taucheranzug schlüpfen konnte, ein Shorty mit elastischen Halsbündchen, den ich für gewöhnlich beim Training im Schwimmbad trug. Die Maske war schon abgenutzt und dadurch erst richtig bequem. Auch die Flossen waren bereits leicht verformt. Unbeholfen stapfte ich über den Sandstein, setzte mich mit gekreuzten Beinen und möglichst aufrechtem Rücken in den Schatten. Das Wasser schimmerte in allen Farben wie in einem Aquarium. Und jenseits der Riffe war das tiefe Blau der Hochsee, auf das ich nun meine Augen richtete, während ich einige Minuten lang die Brust-, Bauch- und Lungenspitzenatmung übte. Dann ließ ich mich in das kühle, glitzernde Nass gleiten. Ich füllte meine Lungen mit Luft und schoss los. Meine Spezialdisziplin war das Streckentauchen, die sogenannte dynamische Apnoe, die es ermöglichte, unter Wasser eine große Distanz zurückzulegen. Ich benutzte dabei den Delfin-Beinschlag mit seinen synchronen Aufwärtsbewegungen, obwohl ich, im Gegensatz zu vielen Tauchern, mit der Monoflosse wenig anfangen konnte. Sie gab mir das Gefühl, eingeschnürt zu sein, ich hasste das. Ich schwamm abwechselnd mit nach vorn gestreckten Armen, die Hände übereinandergelegt, oder hielt sie entspannt am gestreckten Körper, um keinen unnötigen Wasserwiderstand zu erzeugen. Ich hatte ziemlich lange gebraucht, bis ich in der Lage war, die ganze Kraft aus den Hüften aufzubringen, ohne dass der Oberkörper dabei einknickte. Jetzt hatte ich den Dreh gut raus, und als ich tiefer ging, war ich recht glücklich und entspannt.

Drei Minuten später kam ich an die Oberfläche, atemlos, aber nicht entkräftet. Eine kleine Welle wirbelte mich herum, und ich sah über mir den blauen Himmel. Was war es, was ich da unten gesehen hatte? Wasser ist unser Ursprung, aber nicht mehr unser Element. Wir sind Menschen aus Fleisch und Blut,

Trugbilder sind anderen Stoffs. Taucher sind oft von ihnen umgeben. Die geheimnisvolle Maschinerie unseres Gehirns entzündet, lenkt und steigert bisweilen seltsame Empfindungen und Gedanken. Erfahrung führt dann das rechte Maß zu den Dingen herbei, lässt nicht zu, dass wir uns in Irrgärten verlieren. Wer weiß, was mit dieser Erscheinung war? Und wenn ich es wüsste, was wäre damit erreicht? Nichts Besonderes, nichts Neues. Ich wollte mich jetzt lieber mit Francesca befassen. Eine Weile lag ich ruhig auf dem Wasser, atmete tief und entspannt, bevor ich mich herumwarf und der nahen Küste entgegen schwamm.

# 3. *Kapitel*

Sie trug Rot: Es war wie eine Kampfansage. Wir waren fast zu spät gekommen, weil ein stinkender Bus, prall gefüllt mit Touristen, die Straße versperrte. Ich fuhr, weil mein Vater seinen Führerschein abgegeben hatte. Das Flugzeug war schon gelandet. Die Abendsonne glühte, der Wind jagte Wolkenfetzen über den Himmel. Der Flughafen war klein und sehr übersichtlich. Wir standen im klimatisierten Warteraum, wo smarte Piloten und elegante Stewardessen eisgekühlte Cola und Orangensaft tranken. Es herrschte ein Kommen und Gehen von braungebrannten, lebensfrohen Menschen. Und mein Vater dagegen, wie farblos und still! Ich ging eilig voraus, er trottete hinterher, in seiner Einsamkeit gefangen. Sein Leben war leer, jeder konnte es sehen, aber niemand beachtete ihn.

Und dann kam Francesca, schob ihren Gepäckwagen selbst. Der erste Eindruck, den ich von ihr hatte, war, dass sie auffallend war, außergewöhnlich. Alte Menschen müssen entscheiden, ob sie gesehen werden wollen oder nicht. Mein Vater zog sich zurück, wurde unscheinbar, Francesca setzte ihre neunzig Jahre hochmütig in Szene. Sie war nicht sehr groß, mit dünnem Knochenbau, ohne Bauch, ohne Busen; eigentlich war sie mehr der Schatten einer Frau, aber ein Schatten, unruhig und leuchtend, wie von Feuer umgeben. Ihre linke Hüfte war verkrüppelt – die Arthrose! –, und sie zog das Bein leicht nach. Ihr schwarz gefärbtes Haar war im Nacken zu einem Knoten geschlungen; es war so stark nach hinten gezogen, dass ihre Stirn hervortrat und die hohen Wangenknochen sich wölbten. Wahrscheinlich hatte sie sich liften lassen, und nicht nur einmal. Ihre Haut war hell, der dünne Mund geranienrot geschminkt; die

Wimpern waren getuscht, die schwarzen Augen mit Lidschatten betont. Der locker gestrickte Pullover, die weiten Hosen und sogar ihre High Heels, die bei jedem Schritt klapperten, waren in verschiedenen Rottönen gehalten. Ein Umhang, lässig um die Schulter gelegt, verbarg die entstellte Hüfte. Wir gingen ihr entgegen, ich voraus, meinen Vater im Schlepptau. Dann blieb ich stehen, während er mich überholte und die Ankommende steif umarmte. Francesca ließ es geschehen, wobei sie leicht das Gesicht von ihm fortdrehte und ihre schwarzen Augen auf mich gerichtet hielt.

»Du bist also Ricardo«, sagte sie mit einer Stimme, die rau und unverkennbar amerikanisch war. »Danke, dass du mich abholst.«

»Wie kommt es, dass du mich gleich erkannt hast?«, fragte mein Vater ein wenig verunsichert.

Ihre rot gefärbten Lippen zuckten.

»Wie sollte ich nicht? Die Sforza haben alle das gleiche Gesicht. Wenn du mich genau ansiehst... sogar ich!« Sie zeigte kurz ihre Zähne, die zwar verfärbt, aber noch ihre eigenen waren. »Wie alt bist du jetzt eigentlich, Ricardo?«

»Sechsundsiebzig«, sagte mein Vater. Es klang, als ob er sich entschuldigte. Sie nickte.

»Ja, das habe ich mir ausgerechnet.«

Ihr glitzernder Vogelblick starrte mich unentwegt an.

»Und wer bist du? Meine Großnichte, nehme ich an?«

»Meine jüngste Tochter, Beata«, stellte mich Ricardo vor, während ich ihr zulächelte. »Georges, mein Ältester, ist in London mit Alice verheiratet. Sie besuchen mich manchmal und bringen ihre Kinder mit. Ich bin inzwischen Großvater«, setzte er hinzu, als ob er keine richtige Lust hatte, zu sprechen.

»Du hast mir die Bilder geschickt«, erwiderte sie trocken. »Für Nachwuchs ist also gesorgt.«

Sie stand einfach vor mir und musterte mich von den Füßen bis zum Kopf, über ihren Blick konnte ich mir nicht klar werden. Sie betrachtete mich zwar interessiert und abschätzend, aber gleichzeitig auch mit Sympathie. Schließlich sagte sie:

»Du siehst wie meine Mutter aus.«

Darauf erwiderte ich nicht gleich etwas. Ich war überrascht und hatte Mühe, ihr zu sagen, weshalb.

»Aber das stimmt doch nicht«, meinte Ricardo.

Sie sah ihn an, flüchtig und gleichgültig.

»Wie willst du das beurteilen?«

Ich schluckte und sagte:

»Du meinst das kleine Mädchen im Tenniskleid, auf dem Bild in deinem Zimmer?«

Sie zog die Mundwinkel hoch wie ein Mensch, der lächelt, doch sie lächelte nicht.

»Als sie mich zur Welt brachte, war sie kein kleines Mädchen mehr.«

»Hast du noch andere Bilder von ihr?«

Sie überhörte die Frage. Das ärgerte mich. Ich war es nicht gewöhnt, dass man meine Fragen unbeantwortet ließ. Aus der Nähe gesehen, zeigte ihr Gesicht deutlich die Spuren des Alters: die Haut, blass vor Müdigkeit unter dem Wangenrouge, die spärlichen Brauen, schwarz nachgezogen, die spröden Lippen. Das Weiß ihrer Augen war ungewöhnlich gerötet. Ein goldschimmernder Schal, mit unbestimmtem Muster, war drei- oder viermal um ihren runzeligen Hals geschlungen. Wir gingen zum Wagen, und ich half ihr, das Gepäck einzuladen. Sie hatte recht schwere Koffer und eine Anzahl fest verschnürter Schachteln bei sich. Durch den Zoll war sie problemlos gekommen.

»Der Beamte hat in meinem Pass geblättert und mir einen guten Aufenthalt gewünscht, das war's schon. Ein sympathischer Mann, groß gewachsen. Die Malteser sehen besser aus als früher.«

»Wir essen zu viel«, erwiderte ich, wobei sie mich ansah, als ob sie an meinem Humor zweifelte. Inzwischen half ich ihr in den Wagen. Sie war agil, viel agiler jedenfalls als mein Vater, der sich nur noch im Zeitlupentempo bewegte. Ich bot ihr den Vordersitz an, während Ricardo hinten Platz nahm.

»Wo werde ich wohnen?«, fragte sie, als ich den Schlüssel ins Zündschloss steckte.

»Domenica hat dein Zimmer hergerichtet.«

»Domenica?«

»Paolas Tochter.«

»Ach so. Und was ist aus Paola geworden?

»Sie ist schon lange tot.«

»Ach, die Toten«, murmelte Francesca. »Sie finden immer mehr Platz in meiner Erinnerung.«

Eine Frage des Alters nahm ich an. Im Gegensatz zu ihr hatte ich die Toten satt. Ich erzählte weiter.

»Domenica hat einen Sprachfehler. Das Zungenbändchen. Du wirst dich an sie gewöhnen müssen.«

»Ich gewöhne mich an alles«, sagte Francesca. »Konnte sie nicht operiert werden?«

»Ihre Familie hatte wohl nicht das Geld«, sagte Ricardo. »Und meine Eltern, du weißt ja, wie sie waren ...«

»Geizkragen, was denn sonst?« Sie zuckte mit den Schultern. »Hast du die Großeltern eigentlich gekannt?«, fragte sie mich.

Da waren sie wieder, die Toten.

»Großmutter lebte schon nicht mehr. Ich weiß nur noch, dass Großvater zwei Doggen hatte. Parierten sie nicht aufs Wort, schlug er sie mit einer Peitsche. Sie krochen winselnd unter die Tische, ich schrie wie am Spieß, es war ziemlich abscheulich.«

»James hatte die Peitsche aus Rhodesien mitgebracht«, sagte Francesca kalt. »Sie war aus Rhinozerosleder und hing an der Armlehne seines Sessels. Stets griffbereit. James schlug nicht nur Hunde, das kann ich dir versichern. Das Leder war hart geworden von getrocknetem Blut.«

»Kaum bist du da, erzählst du deine Schauergeschichten«, seufzte Ricardo. Er redete ein wenig im Ton der Zurechtweisung. Sie sah ihn kurz im Rückspiegel an.

»Nein. Dazu fehlt mir die Phantasie. Was ist aus der Peitsche geworden, Ricardo?«

»Ich glaube, dass Marina sie weggeworfen hat«, erwiderte er unbehaglich.

Großvater James, der ein erbliches Ministeramt auf Lebenszeit bekleidet hatte, galt bei seinen Zeitgenossen als schlauer Politiker, manisch konservativ und zugeknöpft klerikal. 1962 hatte er an der neuen Verfassung mitgewirkt, die Malta zum unabhängigen Mitglied des Commonwealth of Nations erklärte. Die Proklamation der Republik Malta 1974 und die Kündigung des Truppenstationierungsvertrags mit Großbritannien hatte er voller Genugtuung erlebt, bevor sein Gehirn verkalkte.

Ich sagte zu Francesca:

»Er wurde fast hundert Jahre alt. Am Ende war er vollkommen gaga.«

»Er soll verflucht sein«, erwiderte sie. »Und tausend Jahre in der Hölle braten.«

Sie saß neben mir, kerzengerade, den Blick auf die beleuchteten Straßen und Bauwerke gerichtet. Es waren Fassaden aus verschiedenen Stilepochen, neu aufgebaut und harmonisch zusammengefügt. Francesca roch nach Zigaretten, nach irgendeinem Parfüm auch, Ambra und Lebkuchen. Ein etwas aufdringlicher Duft, warm und geheimnisvoll und wie für sie gemacht.

»Ich kann mir kaum vorstellen«, meinte sie nach einer Weile, »dass im Krieg hier alles zerstört war.«

»Das kann keiner, der es nicht miterlebt hat.« Ricardo war sichtlich froh, dass das Gespräch eine andere Wendung nahm. »Der Wiederaufbau dauerte fast zehn Jahre. Die Briten gaben uns so viel Geld und präzise Bauvorstellungen, sodass wir sorgfältig vorgehen konnten. Hochhäuser wirst du hier kaum antreffen, und selbst bei Neubauten berücksichtigen wir die Tradition.«

Sie machte ein gleichgültiges Gesicht, aber sie hörte zu.

»Im Übrigen habe ich den Eindruck, dass es euch nicht schlecht geht.«

Ricardo widersprach nicht.

»Wir haben noch Defizite in der Handelsbilanz, aber die Touristen bringen Devisen, und die Sache gleicht sich aus.«

Ich sagte zu Francesca:

»Warum bist du nicht schon früher gekommen?«

Sie drehte leicht den Kopf zu mir hin.

»Glaubst du, ich wollte wieder in die Zange?«

Weil wir in der Fußgängerzone lebten und vor unserem Haus nur Zubringerdienst gestattet war, stellten wir die Koffer vor die Tür, bevor ich den Wagen in die Garage fuhr. Als ich zurückkam, war Domenica dabei, das Gepäck in die zweite Etage zu schleppen. Sie hatte Francesca umarmt und geküsst und schien glücklich, dass sie da war.

»Erstaunlich, wie rüstig sie noch ist«, sagte Francesca zu mir. »Und sie sieht doch recht gut aus. Warum hat sie nie einen Mann gefunden?«

»Wahrscheinlich hat sie nie einen gesucht«, sagte ich.

»Schade. Eine stumme Frau muss manchen Männern doch gefallen.«

Ihre Augen waren ständig in Bewegung, als wollte sie jeden Gegenstand in diesem Haus, in dem sie einst gelebt hatte, mit den Blicken einfangen. Domenica hatte das Zimmer gelüftet, das Bett überzogen, die Näh- und Bügelmaschine entfernt. Sie war schon dabei, die Koffer auszupacken. Francesca brauchte sich um nichts zu kümmern. Domenica schien genau zu wissen, wo die Dinge hingehörten, wie die Kleider aufgehängt, die Pullover gefaltet werden mussten. Auch das Badezimmer war erleuchtet, die Ventilation summte, frische Handtücher hingen bereit. Francesca warf einen Blick in den schlauchartigen Raum und schüttelte den Kopf.

»Grüne Kacheln! Wer hat diese Farbe ausgesucht? Doch sicher Ricardo?«

Mir kam in Erinnerung, dass es tatsächlich stimmte.

»Ich bin für Grün«, hatte er damals gesagt. »Grün wie Wasser, das passt zu jedem Badezimmer.«

Meiner Mutter hätte Weiß besser gefallen. Sie meinte, dass sich keine Frau in einem grünen Badezimmer zurechtmachen konnte. Aber Ricardo hatte den Marmor schon bestellt. Eine Versteigerung, die Fliesen waren günstig zu haben.

»Geizig wie sein Vater«, zischte Francesca. »Marina wird ihn bald satt gehabt haben.«

Das war so falsch, dass ich es ihr sagen musste.

»Nein. Sie waren sehr glücklich miteinander. Und als meine Mutter starb, hatte Ricardo einen Schlaganfall.«

Sie wandte sich ab und sagte über ihre Schulter hinweg:

»Kein Mann erträgt es, wenn die Frau zuerst geht. Und ich meine jetzt nicht nur in den Tod.«

Sie teilte ihre Hiebe aus, wie Großvater einst mit der Peitsche. Aber ich nahm ihr die Worte nicht übel, vielmehr spürte ich dahinter die Erinnerungen, die im Alter wiederkehrten und schmerzten.

Wir trafen uns eine Stunde später ein Stockwerk tiefer zum Abendessen. Ich bemerkte, dass Francesca sich neu geschminkt und ein anderes Kleid angezogen hatte, himbeerfarben, aus zerknitterter Rohseide. Sie trug noch den gleichen Schal, der im wechselnden Spiel des aufgefangenen Lichts nicht mehr golden, sondern grün-rosa schimmerte. Ihre Bewegungen waren jugendlich, graziös, ihr Gang jedoch unbeholfen. Früher oder später würden ihr die Treppen zu viel werden. Ich erzählte, dass meine Eltern vorhatten, einen Aufzug einzubauen, aber nichts daraus wurde, weil das Haus schon unter Denkmalschutz stand.

»Das Gegenteil hätte mich erstaunt.« Francesca sprach herablassend. »Tradition versus Fortschritt. Wie es hier ist, macht mich unruhig; hoffentlich komme ich ohne Schlafmittel aus. Zwanzig Zimmer voller Gespenster!«

»Gespenster?« Mein Vater hüstelte nervös. »Unter dem Banner des heiligen Johannes gibt es keine Gespenster.«

Sie standen sich Auge in Auge gegenüber, und Francesca lächelte grimmig.

»Der heilige Johannes, ach ja, der Spiegel aller Tugenden. Der mischte sich nie in meine persönlichen Angelegenheiten. New York war nicht sein Revier. Aber die Gespenster, die wurde ich erst los, als sie eines Tages husch, husch von selbst verschwanden. Ich dachte, die kommen nie wieder, aber sie sind noch hier. Ein ganz anständiger Topf voll, würde ich meinen …«

Ricardo rieb sich die Stirn.

»Ich kann dir nicht folgen, Francesca. Worüber redest du eigentlich?«

»Von Gespenstern. Hörst du sie nie klopfen und klirren und quietschen, als ob ein Ferkel schreit? Siehst du nicht, wie sie mit dem Blut und dem Schweiß aus jedem Gemälde tropfen? Hast du den Ahnen nie ins Gesicht gespuckt? Für mich war es ein ungeheures Vergnügen damals, ich war stets bemüht, es so gut wie möglich zu machen, bemüht, bis mir der Mund austrocknete …«

Ich hörte, was sie sagte, und empfand fast freundschaftlich für sie, weil sie das getan hatte. Ich wagte nicht, sie anzusehen, merkte aber wohl, dass ich zitterte. Die Luft war schwer, angefüllt durch Francescas Gegenwart. Ich merkte, wie Ricardo immer mehr in sich zusammensackte. Diese Frau glänzte, leuchtete so heftig, dass es wirklichen Schmerz bereitete, sie zu ertragen. Sie hielt eine Zigarettenspitze in der Hand und rauchte, obwohl ihr der Arzt – wie sie mir später gestand – das Rauchen verboten hatte.

»Hörst du eigentlich, was ich sage, Ricardo?« Sie blickte ihn unter ihren schwarzen Augenbrauen zornig an. »Sitzt du immer noch auf deinem hohen Ross? Bist du jemals glücklich gewesen in deinem wurmstichigen Panoptikum?«

»Ob ich jemals glücklich war?«, wiederholte mein Vater einfältig. Francescas Brutalität zerrte ihn aus seiner Verschlossenheit, zwang ihn zum Verzicht auf gewohnte Redewendungen, die das Denken vereinfachten, es brauchbar machten zur Selbstberuhigung.

»Als Marina noch lebte, war vieles anders …«

Die Worte stiegen mühsam an die Oberfläche seines Bewusstseins, wurden ausgesprochen, um etwas zu ersticken, das er nicht wahrhaben wollte. Schwerfällig trat er auf das Barschränkchen zu, das im Hintergrund des Raumes stand.

»Whisky?«

Sie nickte kühl. Er machte sich an der Bar zu schaffen und reichte ihr das Getränk. Francesca näherte das Glas ihrer fein geformten Nase und atmete den Duft des Whiskys ein.

»Oh, der ist schön stark!«

»Auf dein Wohl«, sagte Ricardo.

Er war in eine Art Trance verfallen, dachte offenbar, sie würde ihn jetzt in Ruhe lassen, doch sie ließ nicht locker. »Ganz ehrlich, Ricardo, ich habe oft überlegt, wie du dich fühlen musst. Möglich, dass du dich im Haus nicht mehr zurechtfindest, oder?«

Mein Vater verzog krampfhaft den Mund.

»Ich kann nichts dazu sagen, entschuldige. Ich hatte noch keine Zeit, darüber nachzudenken.«

Francesca kam daher wie ein Erdbeben oder wie eine Springflut. Sie war nicht unbedingt ein ungebetener Gast, aber ihre Anwesenheit versetzte ihn in Schrecken. Er hatte sogar verlernt, wie man Cocktails mixt: Mein rosa Gin war viel zu stark.

»Was tust du denn den ganzen Tag?«, konterte sie gehässig.

»Ich … ich ordne Papiere. Und ich lese und spiele Schach.«

»Nun, ich hoffe, dass du mit deinem Leben zufrieden bist.«

Ricardo trank Whisky mit viel Sodawasser, aber er trank ihn schnell. Auf seinen Wangen zeigten sich bereits rote Flecken.

»Vermutlich lebt man besser, wenn man auf etwas wartet …«

Auf Francescas Gesicht erschien ein doppeldeutiger Ausdruck von Mitgefühl und Bosheit.

»Und worauf wartest du, Ricardo? Nun sag es doch endlich!«

»Auf nichts«, antwortete er halblaut. »Die Familie i

der Erde oder in alle Winde verstreut. Willst du unser *fin de règne* als Zuschauerin erleben, bist du genau im richtigen Augenblick gekommen.«

Sie betrachtete ihn über ihr Glas hinweg.

»Tu nicht so gefühlsduselig, Ricardo! Und im Übrigen, hast du nicht drei Enkelkinder?«

»Vier«, verbesserte er sie, »es sind inzwischen vier.«

»Na also! Worüber regst du dich auf?«

»Sie sind mir nicht ans Herz gewachsen«, erwiderte er mit einer Ehrlichkeit, die vielleicht vom Whisky herrührte. Ich war betroffen, doch Francesca zog nur die knochigen Schultern hoch.

»Tja, die Nachkommen entsprechen selten unserem Geschmack.«

Später setzten wir uns an die kostbar gedeckte, von Royal-Worcester-Porzellan und Altsilber glänzende Tafel. Domenica hatte für alles gesorgt, gewissenhaft und zeitlos. Vor Francesca standen in einer Kristallschale duftende Nelken, Anemonen und Pfingstrosen. Auf der Veranda im warmen Licht schwirrten ganze Geschwader von Nachtmotten, und im Garten schrillten nervenaufreibend die Zikaden. Francesca, die ihre Augen immer in Bewegung hatte, rief plötzlich:

»Das überrascht mich aber sehr!«

Sie deutete auf ihr Porträt, auf die schöne junge Frau mit den bloßen Schultern, den herausfordernden Blick. »Ich dachte, James hätte das Bild längst entfernt!«

»Wie?« Ricardo antwortete wie ein Mann, der mit seinen Gedanken ganz woanders ist. »Davon war eigentlich nie die Rede. Außerdem hatte mein Vater in den letzten Jahren ein schlechtes Gedächtnis.«

Sie lachte kurz und verächtlich auf.

»Dann hatte er auch vergessen, dass ihm sein schlechtes Gewissen in die Suppe guckte. Seniler Schwachsinn hat auch praktische Seiten. Schade! Ich hätte ihm gern den Appetit verdorben.«

Domenica hatte ein reichliches Abendessen gekocht, aber Francesca nahm von allem nur einige Bissen. Zeitverschiebung. Müdigkeit. Dafür trank sie recht viel Rotwein, und je mehr sie trank, desto gesprächiger wurde sie und erzählte, wie es bei alten Menschen oft vorkommt, von ihren Krankheiten. Sie litt unter Arthrose, Versteifungen in den Schultern, in den Hüften. Sie wollte sich nicht operieren lassen. Die Angst vor der Narkose, ja, das war es. Fiel bei ihr der Blutzuckerspiegel, wurde ihr schwindelig. Sie hatte auch Herzrhythmusstörungen. Ihr Sehvermögen war noch recht gut, sie benutzte nur eine Lesebrille. Bei Flugreisen platzten ihr Äderchen in den Augen; die Gefahr eines Schlaganfalls war nie ausgeschlossen. Ich war zunächst gelangweilt, merkte aber bald, dass sie nicht darauf aus war, zu lamentieren. Sie stellte uns lediglich vor eine Tatsache, die nicht rosig war: das Alter eben. Ricardo missverstand sie natürlich.

»Brauchst du einen Arzt? Ich kann dir Matthew Lewis empfehlen. Wir sind seit dreißig Jahren befreundet.«

Ihr Mund, der eigentlich nur ein roter Schlitz war, verzog sich.

»Er kann sich über mich hermachen, wenn es so weit ist, und mir den Abgang erleichtern. Bis dahin sterbe ich jeden Tag ein wenig, gemütlich, rational und ohne Tabletten.«

Das war doch zu viel für Ricardo. Seine müde Stimme klang plötzlich gereizt.

»Das sind Dinge, die man denken kann, aber nicht sagt. Wir haben schwere Zeiten durchgemacht, Lebensabschnitte, die betrüblich waren. Wir haben vielleicht ein klägliches Schauspiel geboten, das schon. Aber wir haben es akzeptiert.«

Da warf sie ihre Gabel hin und zischte wie eine Schlange.

»Auch ich habe schwere Zeiten durchgemacht. Und glaube mir, dass ich sie akzeptiert habe. Möglich ist nur, dass ich es künftig nicht mehr will!«

Sie hielt ihre Augen auf Ricardo gerichtet, während er, als ob er auf diese Worte gefasst gewesen war und sie längst befürchtet hatte, es sichtlich nicht wagte, ihr die Stirn zu bieten. Seine Züge verrieten ein Gefühl von Ohnmacht, Schuld und Kummer.

»Mach mir bitte keine Vorwürfe, Francesca«, sagte er leise. »Ich konnte ja nichts dafür.«

Sie holte tief Luft, entspannte sich wieder.

»Ich weiß. Und es tut mir leid, Ricardo.«

Die Worte klangen versöhnlich, doch nach wie vor funkelten ihre Augen unnachgiebig. Ich merkte, wie Ricardos vergebliche Ausflüchte sie immer wieder zu schroffen oder abwehrenden Erwiderungen zwangen. Was war damals geschehen?, fragte ich mich, während Stille eintrat, nur noch die Gabeln gegen das Porzellan klirrten und die Zikaden schrillten. Warum hatte Francesca die Familie verlassen? Bloß für die Selbstverwirklichung? Ach, Unsinn, dachte ich. Früher gab es das Wort ja noch gar nicht. Francesca war etwas Besonderes. Eine alte Frau, gewiss, aber das Feuer in ihr war noch nicht erloschen. Als sie jung war, musste sie immer bekommen haben, was sie wollte. Sie war auch noch heute schön, auf eine triumphale, eitle, zickige Art. Und sie meinte offenbar, dass, wenn sie mit neunzig nicht sagte, was sie zu sagen hatte, sie es niemals mehr sagen würde. Weil ich das richtig fand, hatte ich mich auch nicht eingemischt. Doch nun brach ich das Schweigen.

»Wann hast du aufgehört zu malen?«

Sie reckte die Schultern, betrachtete mich, obwohl kleiner gewachsen, auf gebieterische Art von oben herab.

»Aufgehört? Wie kommst du darauf?«

»Ich dachte, du seist zurückgekommen, weil du nicht mehr malen wolltest…«, entgegnete ich wie ein dummes Schulmädchen.

»Da hast du danebengedacht«, sagte Francesca schroff.

Sie plante eine Ausstellung in Valletta, die letzte oder die vorletzte, ohne fixe Idee. In ihrem Alter, meinte sie, seien fixe Ideen geschmacklos. Sie hatte alles dabei, was sie zum Zeichnen, Malen und sonst noch brauchte. Eine Staffelei würde sich wohl noch auftreiben lassen, oder? Und irgendwo in diesem Haus würde es doch sicherlich einen Raum geben, den sie als Atelier nutzen konnte.

»Doch, im dritten Stockwerk«, beeilte ich mich zu sagen, um meine Scharte auszuwetzen. »Ein paar Zimmer sind voller Gerümpel. Dinge, die wir längst aus dem Haus schaffen sollten.«

»So? Im dritten Stockwerk?«, sagte sie zwischen den Zähnen. »Da waren schon früher Dinge, die man nicht im Haus haben wollte…«

Ihr Ausdruck war eisig. Ich wurde allmählich ungehalten. Was hatte ich jetzt schon wieder Falsches gesagt?

»Also, wenn dir die Treppen zu hoch sind…«

Sie winkte ab, griff nach ihrem Löffel. Sie hatte eine wundervolle Haltung bei Tisch und eine sehr elegante Art zu essen.

»Schon gut, ich werde mir die Zimmer ansehen. Auf die Treppen kommt es nicht an. Aber das Licht, das muss stimmen.«

Der Zitronenschaum, den Domenica gerade serviert hatte, war perfekt gelungen. Doch Ricardo starrte nur stumm auf seine Schale. Ich sah seine Hände zittern und dachte: Er hat genug getrunken. Er fürchtete Francescas Unberechenbarkeit, ihren völligen Mangel an Anpassung und Takt. Sie war eine anstrengende Frau. Noch schlimmer: Er fühlte sich von ihr ungeliebt.

Nach dem Portwein saßen wir nicht mehr lange bei Tisch, mein Vater und Francesca gähnten um die Wette. Der Frühlingsmond schien, und als ich auf die Veranda trat, um Luft zu schnappen, brachte der Wind den Duft der Orangenblüten und den salzigen Geruch des Meeres. Und plötzlich schien die Luft in Schwingungen zu geraten. Zehn Uhr! Sämtliche Kirchenglocken läuteten. Ich liebte die Glocken, ihr Dröhnen zwischen den Häusern, die akustischen Wogen hoch über den Dächern. Als langsam Stille eintrat, spürte ich eine Gegenwart neben mir, roch den Geruch nach Zigaretten, Ambra und Lebkuchen.

Francesca stand rauchend da, ich hatte sie nicht kommen hören. Im Licht, das aus der Fenstertür schien, schimmerte ihr Kleid rubinrot. Sie war eine Frau, die zerknitterte Rohseide zu tragen wusste, ohne dass der Stoff wie ein alter Vorhang baumelte.

»Komisch«, begann sie, »früher habe ich das Gebimmel gehasst.«

Sie stockte. Ich sah sie an, wartete. Kirchenglocken waren keine Luftwellen. Kirchenglocken riefen zum Gottesdienst. Ich machte mich auf die nächste bissige Bemerkung gefasst, doch sie sagte mit einem kleinen Seufzer:

»Heute kommt mir das alles vertraut vor.«

Die Nachtluft war kalt. Ich verschränkte fröstelnd die Arme.

»Hattest du nicht manchmal Sehnsucht nach Valletta?«

»Nein.« Francescas Antwort kam schnell und entschieden. »Nur Sehnsucht nach anderen Orten.«

»Mir gefällt es hier eigentlich gut«, sagte ich in freundschaftlichem Tonfall.

Sie schlug eine Mücke tot.

»Dein Umfeld ist zweifellos grandios. Pass aber auf, dass du nicht verblödest.«

»Keine Angst. Inzwischen hat sich vieles geändert.«

Sie rauchte in tiefen Zügen.

»Das kannst du nicht beurteilen. Du warst damals noch nicht auf der Welt.«

Ich nickte.

»Zum Glück habe ich die alte Scheiße nicht gekannt.«

Ein Schimmer von Belustigung trat in ihre Augen. Die dünnen Lippen zuckten.

»Dann wartest du also nicht auf einen Mann, wie das früher bei uns üblich war?«

Ich grinste sie an.

»Ganz bestimmt nicht, Tante Francesca. Ich bin Forscherin.«

Falls sie überrascht war, ließ sie es sich nicht anmerken.

»Gefällt dir der Beruf?«, fragte sie ganz sachlich.

»Ich könnte mein Leben mit nichts anderem verbringen.«

»Nun, das macht die Dinge einfacher für dich.«

»O ja«, sagte ich.

Sie rauchte wortlos, wobei sie in den dunklen Garten blickte. In ihrem Inneren musste eine tiefe Stille sein, die der Stille der Nacht um uns herum entsprach. Ich fragte mich, ob es nicht doch Heimweh war, das sie letztendlich hierher geführt hatte. Aber so, wie ich sie einschätzte, würde sie sich lieber die Zunge abbeißen, als es zuzugeben.

»Müde?«, fragte ich nach einer Weile.

Sie fing die Asche in der hohlen Hand auf.

»Flugreisen machen mich duselig. Ich werde wohl langsam alt.«

»Komm, ich bring dich nach oben«, schlug ich vor. »Die Treppe ist steil.«

Schroff wies sie die Hand zurück, die ich ihr reichte.

»Ich gehe noch nicht an Krücken. Wenn ich hier wohne, muss ich ohne dich auskommen.«

»Ganz, wie du willst, Tante Francesca.«

»Lass das ›Tante‹ gefälligst weg«, sagte sie. »Ich heiße Francesca.«

# 4. *Kapitel*

Jahre und Entfernungen bewirken eine Umwandlung, verändern die Beziehungen zwischen den Menschen. An einem anderen Ort ist man selbst anders. Aber die Erinnerungen bleiben. Francesca konnte nicht vergessen, wie altmodisch die Familie einst gewesen war. Mir hatte man viel Freiheit zugebilligt. Selbst Onkel Matteo, der Hochwürdige Herr Vicarius, der dann und wann unser Haus beehrte, hatte nicht mehr die Macht besessen, den Lauf der Dinge zu beeinflussen. Die Wahrheit war, dass ein Beichtstuhl mit dem dösenden Priester hinter dem schwarzen Vorhang schon frühzeitig wilde Gefühle der Abneigung in mir geweckt hatte. Ich kam aus einer Familie, die Neuzeitliches nur in gemäßigter Form tolerierte. Trotzdem hatte ich den richtigen Beruf gefunden, pflegte eine mehr oder weniger glückliche Beziehung zu einem Mann. Aber das konnte nur geschehen, weil meine Mutter zunehmend schwacher wurde und mein Vater irgendwann die Zügel aus der Hand gab. Sogar die Nonnen, bei denen ich meine Internatsjahre verbrachte, pflegten nicht mehr die Illusion, Gott und die Heiligen stünden uns bei jeder Lebenshürde schirmend zur Seite. Uniform und Pietät, das schon. Aber sie hatten aus uns keine Schäfchen gemacht, uns auch nicht in unsinniger Weise vor dem Leben geschützt. Dadurch blieb uns später die Ernüchterung erspart, als wir die heile Klosterwelt mit der wirklichen Welt vertauschen mussten.

Ich hatte davon profitiert, während Francesca noch alles gekannt hatte, was die Frau an Räumlichkeiten und Familie fesselte: Korsettzwang, Mangel an frischer Luft und Bewegung, der abendliche Rosenkranz, die Gebete und Zusatzgebete, bis die Knie schmerzten, die Unruhe ungenutzter Kräfte, das Übermaß an Nahrungsmitteln. Francesca hatte die Wahl, entweder zu gehen oder zu bleiben. Sie war ihrem Käfig entronnen, hatte sich der Welt bemächtigt und viele Leute verärgert. Dieses Verschwinden mit achtzehn, ich wusste ja nichts Genaues. Ricardo? Dem fiel es schwer, etwas über die Familie zu sagen, das nicht nett war. Wer war im Bild, damals? Ganz Valletta? Wohl kaum. Die geschlossenen Kreise der Familie bewahrten solche Geheimnisse. Aber es gab immer Leute, die was zu wissen glaubten. Man sagte nicht die Wahrheit, nicht, was wirklich war. Francesca trug die Folgen, bis ihr der gestärkte Kragen platzte. Es war absurd, aber es war eine andere Epoche. Ich, die siebzig Jahre später geboren war, blickte auf diese Epoche zurück, wie von einem Raumschiff aus auf eine andere Welt. Cecilias bourgeoise Tragödie war einfach nicht mehr zeitgemäß. Aber Francesca hatte noch so viel angestaute Wut in sich, so viel Heimtücke auch, sie kam einfach nicht darüber hinweg. Ich merkte erst jetzt, wie neugierig ich geworden war. Tu mir den Gefallen, Francesca, erzähl mir die Geschichte, auch wenn sie fast hundert Jahre alt ist und verstaubt. Oder fürchtest du die Schatten, die das Alter angefüllt hat mit Zorn und Melancholie? Du bist Malerin, Francesca. Du weißt, dass es Erinnerungen gibt, leuchtend und farbig wie lebende Korallen. Und andere, düster wie tote Gewässer. Welche Farben haben deine Erinnerungen, Francesca? Nur darauf kommt es an.

Sie hatte tiefe Ringe unter den Augen, zwei ausgeprägte Falten führten von der Nase zu den Mundwinkeln, man sah es bei Tageslicht, beim Frühstück. Aber sie war geschminkt und gepudert. Ihr Gesicht hatte sie gewissenhaft studiert, wusste, wie man Linien und Falten milderte. Kosmetik ja, aber die beste. Sie hatte sich zweimal liften lassen. Sie hatte es kein drittes Mal versucht, aus Angst vor der Narkose.

Sie kam auch nicht im Morgenmantel, trug vielmehr Hosen, einen roten Pullover und ihren Glitzerschal um den Hals. Wir tranken Earl Grey, sie wollte lieber Kaffee. Domenica brachte einen Filterkaffee, der recht stark war. Francesca nahm zwei

Löffel Rührei, knabberte einen Toast, während Ricardo routiniert höflich die Zeitung zusammenfaltete, die zu lesen er sich gerade anschickte. Grüne Schatten erfüllten den Garten, die Büsche dufteten herb und frisch, und überall schnatterten Vögel.

»Casa degli Uccelli«, murmelte Francesca. »Früher konnte man nirgendwo allein sein, im ganzen Haus nicht, überall waren Leute. Heute wohnen nur die Vögel hier.«

»Und jetzt bist du wieder da«, sagte ich gespielt heiter.

»Nicht mehr jung. Uralt. Sieh doch mein Gesicht an!«

»Immer noch schön« sagte ich.

Sie warf mir einen finsteren Blick zu.

»Und immer noch unmöglich. Will ich mich hier einquartieren, werde ich ab und zu Geschirr zerschlagen, macht euch darauf gefasst.«

»Wir haben genug Porzellan!«

Francesca knabberte ein Stück Rosinengebäck.

»Du solltest die *Casa* loswerden, Ricardo. Warum überlässt du sie einer Stiftung? Als Museum würde sie Furore machen, das sage ich dir. Reich genug bist du doch.«

Mein Vater schüttelte irritiert den Kopf.

»Das muss in aller Ruhe überlegt sein. Außerdem, sobald die Kinder da sind, wird die Stimmung ganz anders.«

»Du wolltest doch das ganze Rudel nicht hier haben« sagte ich.

»Weil ich mich nicht gut fühle. Aber im nächsten Sommer, ja, gewiss. Weißt du noch, Beata? Marina wollte immer lauter Kinder um sich haben.«

Er hatte seine rosig verklärten Bilder im Kopf, mit Marina weder unter der Erde noch in irgendwelchen himmlischen Sphären, sondern wie früher im Mittelpunkt. Maltas Ritterorden hat Abteilungen und Ordenswege auf dem ganzen europäischen Festland, unterhält Beziehungen zu sämtlichen Fürstenhäusern. Zu Lebzeiten meiner Mutter ergab sich daraus eine ständige Kette von Einladungen, Tees, Cocktailpartys, Dinners. Das Brot wurde im Haus gebacken, der Wein stammte aus den eigenen Reben. Die Küche lag neben dem Keller, das vergitterte Fenster ging zur Straße hin. Im Haus sollte es nicht nach Essen riechen, darauf legte meine Mutter großen Wert. Sie hatte Diener und Hausmädchen, und der Koch kam aus Bologna. Marina besaß Schmuck, der jetzt in einem Safe ruhte. Klunker interessierten mich nicht. Neidlos und gelangweilt hatte ich zugesehen, wie Alice Türkise auswählte, die ihr nicht standen. Der feine Goldreif mit dem Smaragd, der mir gefiel, passte nicht auf meinen Ringfinger. Ich trug ihn an einer Kette und hängte gelegentlich meine Sonnenbrille daran auf. Meine Mutter kleidete sich in Yves Saint-Laurent, Pucci und Valentino. Als ich kürzlich ihren Persianermantel aus dem Futteral zog, war das Fell von Motten zerfressen. Der Plunder war gut für die Heilsarmee. Ricardo hatte vor Schreck gezittert. Kind, du kannst doch den Pelz nicht weggeben! Marina benutzte »L'air du Temps« von Nina Ricci. Auch im Krankenhaus stand das Fläschchen auf ihrer Kommode, neben den Medikamenten und dem Katheter. In den ersten Tagen nach ihren Tod wollte Ricardo, dass die Fenster im Haus geschlossen blieben, um alles, was an Gerüchen von Marina noch da war, in sich aufzusaugen. Jetzt duftete nur noch der Persianer nach ihr. Mein armer Vater! Ich hatte ihn satt. Ich hatte alle Tränen geweint, die ich weinen konnte, und wollte nicht wieder sentimental werden.

Als Ricardo sich mit der Zeitung zurückzog, blieben Francesca und ich am Tisch sitzen, und ich fing an, von mir selbst zu sprechen. Ich erzählte von den Dokumentarfilmen, die ich mit Cousteau gedreht hatte. Ich nahm eine zweite Portion Rührei, zeichnete mit der Gabel Arabesken auf das Tischtuch, um Francesca die unglaublich vielfältigen Strukturen des Wassers zu erklären. Ich erzählte auch von den sieben Jahren meines Lebens, in denen ich für Azur umhergereist war; ich hatte an diesem Morgen das Gefühl, auch ohne Ehe und Kinder ein zufriedenstellendes Leben zu führen. Über Fabio sagte ich kein Wort.

Francesca hatte ich bisher für ichbezogen gehalten, doch sie war eine Frau, die Empathie zeigte und gut zuhören konnte. Dabei schien sie gleichzeitig zwei Gedankengänge zu verfolgen: die meinen und jene, die in ihr selbst dabei entstanden.

Schließlich schüttelte sie ein paar Krümel von ihrem Pullover.

»Und das alles hast du aufgegeben?«

»Meine Mutter erkrankte, und mein Vater brauchte mich. Ich habe eine gute Freundin, Annabel, die in Hamburg in der Chefetage von Azur sitzt. Wir trafen uns in Zürich, wie wir das oft machen, und redeten den ganzen Abend. Ich sagte Annabel, auf was ich verzichten konnte und auf was nicht. Die Reisen zu den Antillen, zu den Islas von Honduras, zu den Bahamas und zum Amazonas, die konnte sie mir streichen. Ich hatte so vieles gesehen, gehört, gefühlt und erlebt wie andere in ihrem ganzen Leben nicht. Im Nachhinein erschienen mir sogar die Gefahrenmomente – und es hatte etliche gegeben – wie komische Zwischenspiele. Jetzt wurde das alles zu zeitaufwändig. Annabel sagte, kein Problem. Sie hat auch eine alte Mutter, um die sie sich kümmern muss. Sie machte mir einige Vorschläge: keine Nonstop-Reisen mehr, nur kürzere Einsätze. Ferner leitet Azur eine Stiftung mit Sitz in Monaco, die Umweltaktionen unterstützt. Eine kleine Wohnung steht jederzeit zur Verfügung. Ich gehe ein paar Mal im Jahr hin und sortiere die eingegangenen Projekte, bevor sie dem Stiftungsrat in New York vorgelegt werden. Ich nehme an Seminaren teil, unterschreibe Verträge und sehe zu, dass das Geld richtig ausgegeben wird. Man geht wohl davon aus, dass ich nicht mogele, weil meine Familie ja im Bankgeschäft ist.«

Francesca warf ein Stück Zucker in ihren Kaffee.

»Jetzt bist du also Finanzexpertin?«

»Nein. Ich lasse den Computer arbeiten. Aber man ist mit mir sehr zufrieden. Ich habe – sagen wir mal – den richtigen Überblick.«

»Macht das Spaß?«, fragte sie.

»Wenn wir ein gutes Projekt unterstützen, dann schon. Aber richtig glücklich bin ich nur im Meer. Ich bin Freitaucherin, komme ohne Flaschen über fünfzig Meter tief und kann über vier Minuten unter Wasser bleiben.«

»Wie bringst du das fertig?«

»Mit Atemübungen. Man kann die Lunge kräftigen.«

»Tauchst du noch viel?«

»Vor ein paar Wochen war ich im Norden von Island. Gegenwärtig experimentiert Azur mit arktischem Plankton aus der artenreichsten Zone, die bis zweihundert Meter Tiefe reicht. Im arktischen Ozean ist die Unterwasserwelt unvorstellbar schön, schöner als jeder Traum, du kannst es dir nicht vorstellen ...«

»Vielleicht doch. Ich bin Malerin.«

Ich erwiderte ihr Lächeln.

»Das Meer ist glühend blau.«

»Glühend?«

»Ja, ein Blau, das vibriert, als ob es atmen würde.«

Sie nickte vor sich hin.

»Ich verstehe. Und die Kälte?«

»Macht mir nichts aus. Wenn ich Neopren trage, spüre ich weder Kälte noch Wärme. Ich schwebe durch einen Nicht-Raum, zwischen unbekannten Strukturen aus Eis und Licht. Ich fühle mich verwandelt, schwerelos und unverwundbar wie ein Geist ...«

Sie sagte, als ob sie an etwas ganz Bestimmtes dachte:

»Dann hat also das Meer keine Geheimnisse mehr für dich?«

»Das Meer ist ein fremdes Element, Francesca, eine rätselhafte Welt. Da gibt es Tiere, die wir für Pflanzen halten, und Pflanzen, die sich bewegen wie Tiere. Im Meer ist die Evolution noch nicht abgeschlossen. Wir haben einige Erkenntnisse über die Lebenszusammenhänge gewonnen, das ist alles.«

Und weil ihre dunklen Augen so fest in die meinen blickten, sprach ich auch von den Gefahren des Temperaturanstiegs, von der Verschmutzung der Küstengewässer, von den bedrohten Korallenriffen, von Albatrossen, die Plastik fraßen, bis ihr Magen zerriss, von Tankern, die ihre stinkende Fracht ins Meer ausleerten.

Sie sagte geistesabwesend, während sie mit ihrem Glitzerschal spielte:

»Ja, wir sind ungeeignet, auf diesem Planeten zu leben …«

»Wie?«, fragte ich.

»Ich meine, moralisch ungeeignet.« Francesca sprach langsam und bitter. »Eines Tages verdunsten alle Ozeane, und die Erde trocknet aus. Und wir sterben aus als Spezies. Aus mit der Menschheit – aus! Ohne dass uns jemand eine Träne nachweint. Und weißt du, was? Ich finde, das ist die einzig richtige Lösung.«

Ihre Lippen zuckten leicht. Und da gab es zwischen uns ein jähes Innehalten, eine Art geistige Begegnung, als stünde ich vor einer geheimnisvollen Schwelle, einer Grotte ähnlich, die sich in dunklen Gewässern öffnet. Sie schien noch etwas sagen zu wollen, ließ es aber. Wir schwiegen beide ein paar Atemzüge lang. Schließlich trank ich meinen Tee aus.

»Himmel, jetzt habe ich wieder einen dicken Bauch! So viel Rührei bekommt mir nicht.«

Francescas dünne Finger tasteten über den Tisch.

»Junge Frauen sollten wissen, was sie morgens zum Frühstück essen und mit wem sie abends ins Bett gehen.«

Ich starrte sie an, während sie sich am Tisch hochzog und mit Mühe auf die Beine kam.

»Na schön, du hast deinen Stress. Und ich – ich brauche jetzt ein Atelier. Im Gegensatz zu dir werde ich nur noch ein paar Jahre tauglich sein und will keine Zeit vertrödeln.«

»Ich weiß wirklich nicht«, sagte ich, »was für Gerümpel oben herumsteht.«

In Francescas Augen leuchteten helle, grausame Funken.

»Alte Erinnerungen auffrischen kann sehr anregend und unterhaltsam sein!«

# 5. Kapitel

Wir stapften die vier Steintreppen hinauf; Francesca ging als Erste und legte keine Verschnaufpause ein. Die letzten Stufen wurde von der Dunkelheit beinahe verschluckt, weil die Birne nur schwach brannte. Sie mündeten in einen schmalen Eingangsflur, in dem verschiedene ausrangierte Möbel standen. Francesca ließ ein leises, raues Lachen hören.

»Kannst du dir das vorstellen? Früher haben Lavinia und ich hier mit der Nanny gewohnt. Wir Kinder aßen für uns, mittags später wegen der Schule und abends früher, weil wir ins Bett mussten. Wir hatten eine Nanny und bekamen wenig Küsse. Bei Gesellschaften wurden wir wie dressierte Affen vorgeführt. Die Nanny – ich glaube, sie hieß Daisy – band Lavinia und mir Schleifen ins Haar. Wir mussten die Damen und Herren artig begrüßen und uns ans Klavier setzen. Ich sollte meine Aquarelle vorführen, aber ich weigerte mich, was mir jedes Mal, wenn der Besuch abmarschiert war, Ohrfeigen einbrachte. Daisy sorgte für Erziehung durch Schläge, das war damals die Norm. Aber bei mir schlug sie richtig zu, während Lavinia nur eine Strafpredigt bekam. Am Sonntag und an Feiertagen durften wir mit den Großen essen. Zu den Mahlzeiten zog die Familie sich um. Wir aßen am Kindertisch, wo Daisy uns beibrachte, wie wir mit Fischgabel und Dessertlöffel umzugehen hatten. Danach machten wir einen Knicks, und ab nach oben! Melissa kam, wenn wir schon im Bett lagen, und sagte mit uns das Vaterunser auf.«

»Melissa?«, murmelte ich.

»Deine Großmutter, schon vergessen? Wo hast du eigentlich deinen Kopf?«

»Ich habe sie doch nie gekannt«, sagte ich schuldbewusst.

»Melissa war die einzige Frau, vor der James Respekt hatte. Notgedrungen, sie hatte ja auch das Geld in die Ehe gebracht. Er verkündigte seine Wichtigkeit nur dadurch, dass er mit der Peitsche knallte.«

Sie machte ein paar Schritte auf eine weiß gestrichene Tür zu.

»Da war Lavinias Zimmer.«

Ich wollte die Tür öffnen, doch sie ging nur einen Spalt auf und blieb am Rand eines alten Teppichs hängen. Ich zwängte mich durch den Spalt, schob mit dem Fuß den hinderlichen Teppich zur Seite, bis die Tür endlich aufgedrückt werden konnte. Das Zimmer war hell. Durch das Fenster, eine ausgebaute Dachluke, flutete klares, rosiges Morgenlicht. Die Wände waren mit verblichener Blümchentapete überzogen. Hier hatte man sämtliche Möbel zusammengetragen, die früher zu der Ausstattung der Kinderzimmer gehörten: schmale Schränke, kleine Betten, niedrige Tische und Rohrstühle, alle weiß gestrichen. Francesca wies auf einen Schaukelstuhl mit Pferdekopf, ein Museumsstück, tatsächlich, aber das Haus war ja vollgestopft mit solchen Dingen.

»Der gehörte Lavinia. Als ich als Elfjährige aus Cambridge zurückkam, war Lavinia erst sechs, aber sie hatte das schönste Zimmer und die schönsten Spielsachen. Wie ich sie gehasst habe, diese eitle Ziege!«

Ich starrte sie an.

»Was hast du denn in Cambridge gemacht?«

»Ich sollte dort aufwachsen.«

Jetzt war ich doch wirklich sehr erstaunt.

»Davon habe ich nie etwas gehört!«

»Nein, woher auch? Man hatte mich abgeschoben, fallen gelassen wie eine heiße Kartoffel. ›Ni vu ni connu‹, wie die Franzosen sagen. Aber die Rechnung ging nicht auf. Die Familie musste mich zurücknehmen, sich in Eile und Schrecken eine glaubhafte Geschichte ausdenken!«

Sie deutete auf die nächste Tür, ohne dass ich dazu kam, mich mit dieser neuen, überraschenden Mitteilung zu beschäftigen.

»Da war mein Zimmer. Ungeheizt natürlich. Die Wärme steigt nach oben, hieß es, und Kinder frieren ja nicht. Die Toilette befand sich zwei Stockwerke tiefer, aber wir hatten Nachttöpfe. Und Wärmflaschen, wenn im Winter die Temperatur unter null sank.«

Ich bahnte uns den Weg, indem ich Gerümpel auf die Seite rückte, Kisten mit Porzellan, Teppichrollen, vergilbte Gardinen, Kartons voller Spielsachen.

»Achtung, dein Kopf«, warnte mich Francesca.

Ich zog den Kopf ein, um dem Dachsparren auszuweichen, und stieß die Tür auf. Wir betraten das Zimmer, das noch im Schatten lag.

»Die Sonne kommt spät«, sagte Francesca. »Aber wenn ich auf dem Stuhl stand, konnte ich in den Garten sehen. Und jeden Morgen weckten mich die Vögel. Da, hörst du sie?«

Ich nickte. Du liebe Zeit, dachte ich, wann war ich das letzte Mal hier? Vor mehr als zwanzig Jahren vermutlich. Ich hatte das Zimmer kaum noch in Erinnerung. Auch hier stapelte sich Gerümpel: Möbel, Zeitschriften, ein verbeulter Lampenschirm, Lederkoffer, prall gefüllt mit altem Zeug. Auf dem schmalen Bett lag noch die Matratze, in der allgegenwärtigen Feuchtigkeit verschimmelt, darauf vergilbte Kissenbezüge und schwärzlich befleckte Decken aus Wolle und Seide, Erwerbungen von vor hundert Jahren. Auf zwei Bücherregalen, in die Wand eingelassen, stapelten sich Kinderbücher und Romane. Neugierig trat ich näher. Ein paar Bücher waren umgefallen, die anderen lehnten schief dagegen. Alle waren in Leder gebunden, die Titel und die Namen der Autoren auf den Buchrücken in Goldprägung: Jane Austen, Mary Webb, Harriet Beecher-Stowe, Arthur Conan Doyle, die Brontë-Schwestern. Erstaunlich, dachte ich, das sind doch überhaupt keine Bücher für Kinder! Ich jedenfalls hatte sie erst als Heranwachsende gelesen.

Ich wandte mich Francesca zu, die unbeweglich im Zimmer stand. Sie starrte mich an, mit einem sonderbaren Ausdruck im Gesicht. Sie schien auf die Vögel zu horchen, doch in Wirklichkeit lauschte sie auf etwas anderes, auf etwas tief in ihr selbst. Schließlich seufzte sie.

»In meinem Alter kann man nicht mehr so leicht über irgendetwas empört sein.«

»Hier oben hast du gewohnt?«, fragte ich. »Nicht im zweiten Stock?«

»Das war, als ich aus dem Internat kam. Eine Sechzehnjährige aß nicht mehr mit der Nanny, sondern am Familientisch. Und es gehörte sich einfach nicht, dass sie noch im Kindertrakt wohnte. Lavinia war erst elf, ließ aber ein solches Gezeter los, dass man für sie eine Ausnahme machte. Oben schlief jetzt nur noch Ricardo, unser Küken, der jede Nacht fürchterlich schrie. Lavinia gab man das Zimmer mit dem Vorraum, das du jetzt bewohnst. Immer nur das Beste für die kleine Prinzessin! Ich bekam das Eckzimmer, du kennst es ja. Immerhin hatte es eine Verzierung aus Stuck, Reben und Puttenköpfen, rosa angemalt.«

»Die Farben sind ganz verblasst«, sagte ich.

»Das macht die Feuchtigkeit. Früher sahen sie wie kleine Ferkel aus. In dieser Zeit kam ich auch in die Tanzstunde. Zum Ausgehen besaß ich zwei Kleider. Das erste hatte ich mir nach einem Schnittmuster aus ›Le Bonheur des Dames‹ angefertigt. Melissa fand es ›oberflächlich genäht‹, was gewiss stimmte. Das zweite schenkte sie mir. Es war ein Modell von Lanvin, sandfarben, mit einem kleinen Jackett. Melissa hatte einen Weinfleck auf das Jackett gemacht, sie gab mir ein Bukett aus künstlichen Veilchen, das ich mit einer Silbernadel an das Revers stecken sollte. Ich warf das Jackett in den Müll und ließ das Kleid rot einfärben. Das hat einen richtigen Schock ausgelöst. Damals trug kein Mädchen ein rotes Kleid zur Tanzstunde.«

Sie lachte leise und boshaft. Ich sagte beherzt:

»Ich glaube, verstanden zu haben, warum du benachteiligt wurdest.«

Ihr Lachen erlosch. Sie hob ruckartig den Kopf. Es war die harte, schnelle Bewegung eines Raubvogels.

»So? Hat Ricardo dir etwas gesagt?«

»Nicht viel. Da war irgendeine Geschichte …«

»Eine Geschichte, die Cecilia betraf?«

Ich schluckte. Sie hatte endlich ihren Namen ausgesprochen.

»Ja.«

Sie verzog geringschätzig die Lippen.

»Ricardo! Als ich sechzehn wurde, hatte er noch die Milchzähne! Im Übrigen denke ich, dass sie auch zu ihm nicht ganz ehrlich waren. Immerhin muss er gehört haben, wie die Leute über Gaetano redeten.«

»Gaetano?«, murmelte ich. »War das nicht Cecilias Bruder, der im Ersten Weltkrieg ums Leben kam?«

Sie bewegte ungeduldig die Hand.

»Ja, ja, dein Großonkel! Weißt du eigentlich, wo er begraben liegt?«

»Auf dem Friedhof der Marine.«

»So, das weißt du also?«

Ihre hochmütige Art missfiel mir.

»Natürlich. Wir besuchten die Familiengräber an Allerheiligen. Später allerdings, als Georges und ich im Ausland lebten, kaum noch.«

Sie nickte finster.

»Hat Ricardo dir nie von Gaetano erzählt?«

»Er zeigte mir mal seine Auszeichnungen. Es gibt auch Fotos von ihm. Ich finde, er sah gut aus.«

»Er sah wunderbar aus. Wie ein dunkler Engel. Er war Erster Leutnant, einer der jüngsten seines Jahrgangs. Er hat Cecilia und mich nie in Stich gelassen. Ich habe immer an ihn gedacht, mein Leben lang.«

Als sie das sagte, erinnerte ich mich, dass er ja gestorben war, bevor sie geboren wurde. Doch ich hielt den Mund; sie war in einem Alter, in dem das Gedächtnis nachließ. Sie indes sprach weiter, blickte an meiner Schulter vorbei, als ob sie etwas sähe. Aber hinter mir war nur die Wand mit den zwei weiß gestrichenen, schmucklosen Bücherregalen.

»Als Daisy mich aus London zurückholte, gaben sie mir dieses Zimmer. Es war das Zimmer, in dem meine Mutter mich zur Welt gebracht hatte und verblutet war. Kannst du dir etwas Geschmackloseres vorstellen? Aber das war ein Gedanke, den ich erst später hatte, nachträglich, als ich den Sachverhalt kannte.«

»Ach«, sagte ich betroffen, »das wusste ich nicht.«

»Ob du es glaubst oder nicht, einstweilen fühlte ich mich ganz wohl in dem Zimmer. Ich war ja bei ihr, in ihrer Obhut.«

Sie setzte hinzu, ganz sachlich:

»Das Licht ist genau, wie es sein muss. Ich werde hier malen.«

Ich wollte nicht gefühlsduselig werden. Sie war es ja auch nicht.

»Warum nicht? Hier hast du Platz und Ruhe. Die Treppen, allerdings …«

»Die Treppen sind mir egal, hab ich gesagt!«

Sie entfernte sich in ihren Erinnerungen, aus denen heraus sie in abwesendem Tonfall sprach.

»Ich hatte diesen Gedanken schon lange. Dass ich hier arbeiten wollte, meine ich. Ach, was ist die Kindheit, wenn nicht ein zunehmendes Bewusstwerden, eine Überlagerung von Erfahrungen? Damals natürlich war ich unfähig, meine Gefühle zu zeigen. Eine Zeit lang existierte ich in einem traumähnlichen Zustand, ganz damit beschäftigt, die mir unverständliche Umgebung aus der sicheren Distanz einer Welt aus Glas zu betrachten. Ich lebte in der Gesellschaft von Schatten. Bis ich diese Welt zerschlug und die Gefühle aus mir hervorbrachen, ohne Lärm, indem sie den Boden erschütterten. Ich hatte entdeckt, dass ich sie auf eine andere, irgendwie ursprünglichere Weise ausdrücken konnte. Was ich eigentlich meine: Ich begann, sie zu malen. Nun sag mir – mehr will ich nicht –, das verstehst du doch, nicht wahr?«

Mir kamen ihre frühen Aquarelle in den Sinn, die Ratten, die Wespen auf dem faulen Obst. Ich bekam ein unangenehmes Gefühl, ein sonderbares Frösteln im Rücken. Als ob jemand hinter mir stünde; jemand, den ich spürte, aber nicht sehen konnte. Unwillkürlich machte ich einen Schritt zur Seite.

»Ja, natürlich. Ich helfe dir. Die Sachen müssen raus. Willst du, dass wir gleich anfangen?«

Sie schüttelte den Kopf.

»Warte noch!«

Ihre Augen schweiften umher. Sie zerrte an ihrem Glitzerschal, als ob er ihr die Luft abschnürte.

»Warum sollte ich etwas sehen, wovon nichts mehr zu sehen ist? Oder können Gefühle zu Formen werden?«

Ich wurde allmählich unruhig. Sie wirkte so verwirrt.

»Ich weiß es nicht.«

Sie kniff die Augen halb zu, starrte mich böse an.

»Ja, was weißt du schon?«

»Haben sie dir nie erzählt, wer dein Vater war?«

Ich bereute die Frage sofort, hatte ich doch erlebt, wie jäh ihr Zorn aufflammen konnte. Aber sie antwortete ganz vernünftig.

»Ohren hatte ich ja, dass ich hören konnte. Aber ich war zu gutgläubig, als dass ich richtig hätte hören können. Ich wartete, ohne genau zu wissen, worauf, und sie haben mir Lügen aufgetischt.«

»Wann hast du die Wahrheit erfahren?«

»Das war, als ich mein neues Zimmer bezog. Ach ja, ich entsinne mich gut, wie stolz und zufrieden ich war, dass ich endlich zu den Erwachsenen gehörte. Im Zimmer stand ein Bücherschrank, ein hübsches Möbel, mit Ebenholz verziert. ›Du musst Bücher hineinstellen, auch wenn du sie nicht liest‹, sagte Melissa, ›sonst sieht es einfach lächerlich aus.‹ Bisher hatte ich Romane nämlich nie beachtet. Bildbände und Lexika, ja, mit denen konnte ich mich stundenlang befassen. Ich las auch die Tageszeitungen, bevor James sie entsorgte, weil das damals als unweiblich galt. Und in meiner Freizeit nähte ich mir Klamotten. Jetzt gehörte mir also eine kleine Bibliothek. Und so lange Dinge mir neu waren, ließ ich mich von ihnen fesseln. Ich ging nach oben und räumte ein paar Bücher aus, als ich unter der Tapete etwas Grünes blitzen sah.«

Sie trat an mir vorbei, auf die Regale zu.

»Da«, sagte sie.

Sie schob auf dem unteren Regal die Bücher zur Seite. Eine Öffnung, mit Tapetenfetzen verklebt, kam zum Vorschein. Francesca steckte den Arm bis zum Ellbogen hinein. Dann zog sie behutsam den Arm wieder heraus, zeigte mir die Handvoll Mörtel, die sie losgekratzt hatte.

»Irgendwann hatte Cecilia das Loch entdeckt und vergrößert. Bald war genug Platz da, dass sie es verstecken konnte.«

Ich starrte sie an.

»Was denn, Francesca?«

»Ihr Tagebuch, was sonst? Sie schrieb es in diesem Zimmer, als sie mit mir schwanger war und niemand sie sehen durfte. Sobald sie Schritte auf der Treppe hörte, ließ sie es unter der Bettdecke oder hinter dem Kopfkissen verschwinden und schlug einen Roman auf.« Sie stockte. Abermals wanderten ihre Finger zu ihrem Schal. In ihn verkrampften sie sich nun.

Ich spürte, wie ihre Erregung langsam auch auf mich übergriff.

»Woher weißt du das alles?«

»Sie hat vier Hefte hinterlassen, alles Schulhefte. Sie schrieb mit Bleistift, weil sie ja liegen musste. Sie hatte einen Radiergummi und besserte die Sätze aus, wenn sie nicht mit ihren Gedanken übereinstimmten. Sie war völlig allein in ihrem Zimmer, monatelang kein Besuch. Nur die Mutter kam und Paola natürlich mehrmals am Tag. Cecilia hatte nur ihr Tagebuch, sonst nichts. Ihr Tagebuch war ihre Zuflucht, ihr Heilmittel, ihr Talisman; ja, all das war es für sie. Und keiner sollte es lesen, niemals.

Nur ich, wenn es an der Zeit war. Dieses Geschenk habe ich von ihr bekommen, aus dem Jenseits. Die Toten sind nicht machtlos, glaub das ja nicht. Sie vergessen nichts, sie lauschen, sie lenken unser Leben oder stellen es auf den Kopf.«

Ich fröstelte. Da war etwas in mir, an das ich mich nicht erinnern wollte.

»Ich hätte dir das nicht erzählt«, fuhr sie fort, »wenn du nicht vom Meer gesprochen hättest. Das hat sehr merkwürdig auf mich gewirkt.«

Während sie sprach, zerrte sie fahrig an ihrem Schal, riss ihn sich buchstäblich vom Hals und hielt ihn mir hin. Ich konnte mir nicht vorstellen, warum sie das tat. Sie handelte wie aus einem inneren Zwang heraus.

»Kannst du mir sagen, was das ist?«

Ich ergriff zögernd den Schal.

»Der ist ja ganz zerschlissen.«

»Das bildest du dir nur ein.« Sie klang anmaßend. »Muschelseide übersteht Jahrhunderte.«

»Muschelseide?«, wiederholte ich fassungslos.

Sie verzog höhnisch die Lippen.

»Sagtest du nicht, dass du kaum etwas über das Meer weißt? Na bitte, da hast du den Beweis!«

Ohne ihre Worte sonderlich zu beachten, faltete ich den Schal behutsam auseinander. Er war breiter, als ich angenommen hatte. Der Stoff kam mir zuerst wie Rohseide vor, fühlte sich aber viel weicher an, wie hauchzartes Musselin. Und trotzdem erweckte er den Eindruck, dass er wärmen konnte. Das eingewebte Muster, das ich erst jetzt deutlich sah, zeigte verschiedene Meeresorganismen: Algen, zwei Seepferdchen und Fische, die Schmetterlingen glichen. An einer Seite war ein großer Seestern dargestellt. Nur zur Hälfte erkennbar, sah es aus, als würde er sich zurückziehen, davonschwimmen ins Nichts. Im Gegensatz zu dem hellgoldenen Stoff waren die Muster in warmem Rotbraun gehalten und kamen erst vollkommen zur Geltung, wenn man das Tuch im Gegenlicht ausbreitete.

»So was!«, murmelte ich.

Ich betrachtete das Tuch mit steigender Faszination. Die seidigen Fäden wirkten auf den ersten Blick, als seien sie aus Nylon oder Viskose. Erst beim näheren Hinsehen entdeckte man die Struktur, die nur natürlichem Material eigen war. Auch schimmerte die goldene Farbe nicht wirklich golden, sondern grünlich, wie antike Bronze. Dieser Schimmer war es, der mich an etwas Wässeriges erinnerte, an gewisse Algen. Ich blickte Francesca an.

»Dann gehörte dieser Schal also Cecilia?«

Sie holte tief Luft und sprach mit halb abgewandtem Gesicht.

»Er war Gaetanos Geburtstagsgeschenk und eigens für sie gewebt worden. ›Bisso marino‹ nennen die Italiener diese Seide. Sie kostete schon damals ein Vermögen. Und als Cecilia das Fruchtwasser verlor und spürte, dass es schlimm um sie stand, wickelte sie die vier Hefte in den Schal, bevor sie alles versteckte. Auch der Schal sollte nicht in falsche Hände geraten. Er hatte, siehst du, eine ganz besondere Bedeutung für sie …«

Francesca zog die Tapete wieder über die Öffnung, glättete sie mit der Handfläche, bevor sie die Bücher an ihren Platz stellte. Ich sagte, immer noch fassungslos:

»Ich kann verstehen, wie es für dich war.«

Sie schüttelte heftig den Kopf.

»Nein, das kannst du nicht. Das kann kein Mensch.«

Ich seufzte.

»Also gut.«

Sie machte eine versöhnende Geste.

»Ich war objektiv genug, um den Sachverhalt zu erkennen. Aber leider auch jung genug, um den Schmerz in vollem Ausmaß zu spüren. Bisher hatte ich alles geschluckt, was die Familie mir sagte. Jetzt stellte ich die Heuchler zur Rede. Du brauchst mich gar nicht so anzugucken, das hättest du auch gemacht.«

Ich nickte ihr zu.

»Ja, ich denke schon.«

»Es gab Tränen, Geschrei und Peitschenknallen. Ich war glühend vor Zorn und völlig hilflos, verstehst du? Ich klagte sie an, schuldig am Tod meiner Mutter zu sein. Aber das stimmte nur halb. Sie hatten sich – so unsinnig es sich heutzutage anhört – für die damaligen Verhältnisse korrekt verhalten. Weil sie dazu gezwungen waren. Aber das habe ich erst später begriffen. Als ich achtzehn war, unterschrieb ich die nötigen Papiere und verschwand auf Nimmerwiedersehen.«

Sie reckte wütend das Kinn. Ich fragte sehr behutsam, auf die endgültige Explosion wartend:

»Stand in dem Tagebuch auch, wer dein Vater war?«

Sie blieb ruhig. Und ganz unerwartet lächelte sie. Es war ein seltsames Lächeln, in sich behütet, verschlossen. Dabei nickte sie mir zu und bezog mich in dieses Lächeln ein.

»Er war ein Held, das weiß ich mit Sicherheit. Was willst du? Mein Leben war eben sehr ungewöhnlich.«

Ich wagte die nächste Frage.

»Die Aufzeichnungen deiner Mutter, hast du sie noch?«

»Sie müssen irgendwo sein«, sagte sie in zerstreutem Tonfall.

»Kann ich sie mal lesen?«

Sie antwortete geistesabwesend, aber nach wie vor freundlich.

»Vielleicht, wenn mir der Sinn danach steht.«

Ich wusste, mehr durfte ich für heute nicht verlangen. Ich faltete den Schal zusammen und gab ihn ihr mit einem Lächeln zurück. Doch sie, statt ihn zu nehmen, tastete mit beiden Händen über ihren dünnen, blassen Hals. Es war, als ob sie fröre.

»Er gehört dir«, sagte sie.

Ich starrte sie an.

»Francesca, was fällt dir ein? Es ist doch der Schal deiner Mutter!«

»Ebendrum«, sagte sie. »Du sollst ihn jetzt haben. Sie hat es mir gesagt.«

Ich merkte, dass ich zitterte.

»Wann?«, fragte ich nervös. »Wann hat sie es dir gesagt?«

»Jetzt gerade«, sagte sie. »In diesem Zimmer. Ich sehe, dass sie hier ist. Sie trägt eine Faldetta.«

Das Zittern in mir wuchs. Seit über einem halben Jahrhundert gab es keine Maltesin mehr, die eine Faldetta trug, es sei denn bei Volksfesten. Die Faldetta war ein doppelter Tellerrock, lang und plissiert, aus schwarzem Satin. Die Damen trugen ihn über einem leichten Untergewand. Bei Wind hoben sie den oberen Rock und hielten ihn über den Kopf, um die Frisur vor Staub und Hitze zu schützen. »Die schwarzen Segel«, nannten die Inselbewohner diese Tracht, die die Damen gelegentlich auch trugen, um nicht erkannt zu werden. Cecilia hatte offenbar gute Gründe gehabt, wenn sie in einer Faldetta spazieren ging.

Ich sagte so ruhig ich es vermochte:

»Du kanntest Cecilia doch gar nicht.«

Francescas Stimme wurde plötzlich schrill.

»Ich kenne sie gut, du kannst dich darauf verlassen. Sie ist meine Mutter, und sie sagt mir, was ich zu tun habe. Ich schenke dir jetzt den Schal, weil Cecilia es will. Ich gebe es offen zu, ich war zunächst völlig dagegen. Nach meiner Überzeugung war es verkehrt. Aber es gibt ein Sprichwort, du kennst es nicht, es ist nicht aus deiner Zeit: Wo das Pferd hingeht, muss auch der Wagen hingehen. Verstehst du, was ich meine? Cecilia hat etwas ganz Bestimmtes im Sinn. Sie verfolgt einen Plan. Denke nicht, dass ich phantasiere. Vielleicht hat es damit zu tun, dass ich mich so intensiv in die Dinge vertiefe. Und weißt du was? Ich hätte nie gedacht, dass es noch etwas gibt, was mir gut tun könnte. Aber jetzt tut es mir richtig gut, dass du den Schal hast. Empfindest du es nicht auch so?«

Im Allgemeinen war ich nicht auf den Mund gefallen, aber nun musste ich feststellen, dass mir zum ersten Mal schlicht die Worte fehlten. Was wollte sie eigentlich sagen? Dass Cecilias Atem, ihr Geruch, ihr Schweiß noch als Dinge bestanden, die in der Luft hingen? Dass das Zimmer noch Einzelheiten ihrer physischen Gegenwart enthielt?

Da kam die blitzartige Erkenntnis – diese Gewissheit – wie ein plötzlicher Messerstich: Ich hatte Cecilia gesehen! Es war mitten im August gewesen, erstickend heiß, und meine Mutter lag im Sterben. Ich kam in ihr Zimmer mit etwas Fleischbrühe für sie. Da saß eine Gestalt an ihrem Bett, und ich dachte zunächst, dass es Domenica sei. Aber das war unmöglich, Domenica befand sich ja unten in der Küche und hatte soeben die Brühe für mich aus dem Topf geschöpft. Die Frau, die ich nun sah, trug eine Art schwarzen Umhang und hielt einen Fächer in der Hand, den sie mit leichter, müheloser Drehung bewegte. Ich stand in der Tür, hielt den Atem an. Nach einigen Sekunden schloss die Frau ganz ruhig ihren Fächer und erhob sich. Sie legte einen Finger auf den Mund, deutete ein Lächeln an. Ich bemerkte, dass sie unter ihrem Umhang eine weiße Spitzenbluse trug. Dann steckte sie den Fächer in ihren Gürtel, bevor sie langsam verschwand. Sie löste sich einfach in der Luft auf. Ich dachte, das kann doch nicht wahr sein, ich träume mit offenen Augen. Behutsam trat ich an das Bett, wo meine Mutter gerade die Augen aufschlug. Sie lächelte mich an und sagte:

»Ach, Beata! Wie nett von dir, dass du mir Luft zugefächert hast. Es tat gut bei dieser Hitze!«

Gesunder Verstand ist die Fähigkeit, die Realität zu erkennen. Was war das für eine Realität, der ich soeben begegnet war? War auch Cecilias Welt real, waren unsere beiden Welten wirklich? Ihr Bild mit dem weißen Gesicht, den großen schwarzen Augen, schlängelte sich durch meine Erinnerung wie ein unfassbar geheimnisvolles Motiv in einer Symphonie und hatte Umrisse gezeigt, als hätte eine hochbegabte Hand sie mit großer Intensität in die Luft gemalt. Cecilia war unbestreitbar da gewesen – und doch, wo war sie jetzt? Wo, um Himmels willen, wo? Es gehörte zu meinem wirklichen Leben, dass ich Ursache und Wirkung verstehen wollte. Von Cecilia wusste ich nur, dass es mir kaum gelingen würde, ihr Bild aus meinem aufgewühlten Innern zu verbannen. Immerhin hatte ich es fertig gebracht, dass der Spuk für mich allmählich an Bedeutung verlor. Vergessen konnte ich ihn ja nicht, und dass ich ihn nicht verstand, war tragisch. Und jetzt sagte Francesca Dinge, die mich verstörten. Möglicherweise war sie auch nicht mehr ganz richtig im Kopf.

»Nein«, antwortete ich ziemlich heftig. »So empfinde ich es eigentlich nicht. Aber wenn du es ernst meinst…«

»Cecilia meint es verdammt ernst, das kannst du mir glauben.«

Ich hielt es für angebracht, ihr nicht zu widersprechen. Nehmen wir einstweilen den Schal, dachte ich. Und machen wir uns darauf gefasst, dass sie ihn vielleicht schon morgen von mir zurückfordern wird. Außerdem will ich Zeit haben, das Gewebe mal gründlich zu prüfen.

»Dann also… ich danke dir!«, seufzte ich. »Ich habe Freude an dem Schal.«

Sie erwiderte mein Lächeln, bevor es zu einer Grimasse wurde. Sie bückte sich, zog aus einem Korb voller alter Spielsachen eine Spieldose hervor. Der hölzerne Deckel zeigte ein artiges Muster von Schäfer und tanzenden Rokoko-Damen. Francesca drehte an dem Schlüssel. Der winzige Kupferzylinder drehte sich; eine dünne, zierliche Melodie erklang. Mozart. Die Arie des Cherubino: »Voi che sapete«. Francesca lächelte unentwegt vor sich hin, doch ihr Blick war starr. Sie summte mit geschlossenen Lippen, bewegte ihre Hand im Takt. Als die Melodie verklang, warf Francesca die Spieldose in den Korb zurück und nickte mir zu. Sie sah plötzlich hohlwangig und blass aus, wie kaum von dieser Welt.

»Ich… ich muss mich hinlegen«, sagte sie tonlos. »Ich bin müde.«

# 6. *Kapitel*

Muschelseide. Ich stand vor dem Spiegel, legte den Schal um meine Schultern, besah mich, wie Frauen es tun, von vorn und im Profil. Meine Haut war gebräunt, die Haare schimmerten von Natur aus rötlich. Mir fiel auf, wie die Farbe der Muschelseide sich anpasste. Es war eine Art Wechselglanz, der meine Haut golden und das Tuch fast kastanienbraun schillern ließ. Ich hob den Stoff an die Nasenlöcher. Den Geruch des Meeres verwahrte ich stets im Gedächtnis. Und jetzt roch ich ihn in diesem Schal, den ganz leichten Duft der Algen, zumindest glaubte ich ihn zu riechen. Mit großer Genauigkeit besah ich mir die fein gesponnene Struktur. Wie viele Arbeitsvorgänge waren wohl nötig gewesen, um dieses Wunderwerk zu weben?

Besonders der große Seestern erregte meine Aufmerksamkeit. Ich besaß einen angeborenen Sinn für Harmonie. Alle Muster waren vollkommen. Nur der Seestern hatte etwas an sich, das mich störte. Ich konnte zunächst nicht sagen, was es war. Ich breitete den Schal auf dem Tisch aus und entdeckte nach einer Weile die Ursache der Anomalie. Die ausgewogene Verteilung der Muster ließ ahnen, dass der ursprüngliche Schal doppelt so lang gewesen war. Der Seestern war in der Mitte durchgeschnitten. Jemand – Francesca vermutlich – hatte das Tuch halbiert. Wie dumm, dachte ich, ein solches Kunstwerk zu beschädigen! Gewiss, der Schal war auch jetzt noch lang genug, man konnte ihn mehrmals um den Hals schlingen. Außerdem war die Schnittstelle mit einem sehr feinen, blond glänzenden Garn und winzigen Stichen äußerst akkurat vernäht. Aber die Perfektionistin in mir war verärgert.

Ich zeigte den Schal meinem Vater. Er besah ihn sich sehr genau.

»Woher hast du ihn?«

»Von Francesca. Sie trug ihn zu ihrem roten Pullover. Entsinnst du dich?«

Er schüttelte den Kopf. Der Schal war ihm nicht aufgefallen.

»Francesca sagt, dass er ihrer Mutter gehörte.«

Ricardo hob gleichmütig den Blick.

»Ja, von Cecilia gibt es noch einige Sachen. Was ist das für ein Material?«

»Muschelseide.«

»So? Die ist ja heute kaum noch zu finden.«

»Ich möchte mehr darüber wissen.«

»Warum informierst du dich nicht im Kunstmuseum?«

Fiel ihm nichts Aktuelleres ein? Aber er lebte nun mal in der Welt von vorgestern.

»Nein danke, da gehe ich lieber ins Internet.«

»Wie du meinst.«

Ich setzte mich vor den Computer. Tatsächlich fand ich im Internet eine Anzahl Hinweise, widersprüchlich allerdings und mit zumeist fragwürdigen esoterischen Spekulationen belastet. Immerhin erfuhr ich interessante Einzelheiten. Muschelseide gewann man aus der *Pinna nobilis*, eine Muschelart, die an verschiedenen Orten des Mittelmeeres – also auch bei uns – vorkam. Diese Muschel, die bis zu einem Meter hoch werden konnte, produzierte Haftfäden, mit denen sie sich im schlammigen oder sandigen Untergrund festklammerte. Sie erzeugte auch Perlen, doch von geringem Wert. Ich erfuhr, dass Muschelseide für die Herstellung von Textilien schon in der Antike bekannt und im Mittelalter noch ziemlich verbreitet gewesen war. Aus der »Lana penna« wurden in Taranto und Cagliari Luxusstoffe hergestellt. Eine Fabrik, die mit der Verarbeitung der Muschelseide auf industrieller Ebene experimentierte, war bereits 1801 geschlossen worden. Aber bis zur Mitte des

20. Jahrhunderts gab es in Süditalien noch Ateliers, wo die Seide der Steckmuschel nach alten Verfahren gewebt wurde. Das bestätigte Francescas Geschichte, nämlich dass Gaetano seiner Schwester das kostbare Tuch aus Sardinien mitgebracht hatte. Ich erfuhr auch, dass auf Malta die Muschelseide für die Herstellung von Handtaschen, Mützen und Schals verwendet worden war. Die Arbeiterinnen benutzten hierfür den Häkelstich.

Danach stöberte ich in unserer reichhaltigen Bibliothek, fand aber nichts, das mich weitergebracht hätte. Ich sah ein, dass ich mir wohl den Gang ins Museum nicht würde ersparen können, und machte mich auf den Weg zum Admiralty House, das früher ein Hotel gewesen und heute ein Museum war. Mein Vater rief den Konservator an, der mich persönlich empfing. Dr. Panfilo Hosta, ein liebenswürdiger alter Herr, trug einen eleganten Anzug mit extravaganter Krawatte. Er hielt sich kerzengerade, obwohl er am Stock ging. Er führte mich zu den Schaukästen im Untergeschoss und zeigte mir Altardecken und Kirchengewänder, mit Stickereien oder Bordüren aus den Barthaaren der Steckmuschel verziert. Die Ornamente ließen an gold- oder bronzefarbenen Flaum denken. Bei jedem Gegenstand, den ich sah, nahm mein Interesse zu.

»Warum starb dieses Handwerk aus?«, fragte ich.

Der alte Herr hob die Hand mit fatalistischer Gebärde.

»Warum sterben Traditionen?«

»Weil sie nicht mehr zeitgemäß sind«, antwortete ich.

Er nickte und seufzte gleichzeitig dabei, als bereite es ihm persönlichen Kummer.

»So ist es. Das Ausgangsmaterial – die Steckmuschel eben – fiel der zunehmenden Umweltverschmutzung zum Opfer. Man sah für diesen Industriezweig keine Entwicklungschancen mehr. Aber Erzeugnisse aus Muschelseide waren ja schon immer eine Rarität und wurden nur für berühmte Persönlichkeiten und besondere Anlässe angefertigt. Sie galten als Prestigeobjekte, als absoluter Luxus.«

Ich zeigte ihm Cecilias Schal, wobei der alte Herr keine Sekunde an seiner Echtheit zweifelte und in wehmütige Bewunderungsrufe ausbrach. Ich erfuhr, dass es für die Verarbeitung von Muschelseide zwei Verfahren gab: Bei der sogenannten »Pelztechnik« wurden die Büschel schichtweise nebeneinander genäht. Cecilias Schal entstammte der weniger verbreiteten und weitaus komplizierteren »Fadentechnik«.

»Sie besitzen da ein einzigartiges Stück«, sagte Dr. Hosta. »Ein solcher Schal, das versichere ich Ihnen, wäre der Stolz eines jeden Museums!«

»Nun«, lächelte ich, »vielleicht landet er eines Tages bei Ihnen. Aber leider ist der Schal nicht vollständig. Meine Großtante hat ihn zerschnitten.«

Der Konservator machte ein entsetztes Gesicht.

»Was? Zerschnitten?«

Wir stellten uns vor das Fenster, im Gegenlicht, und betrachteten die Stelle.

»Sauber abgeschnitten!«, stöhnte Dr. Hosta. »Ich kann es nicht glauben!«

»Francesca trug den Schal wirklich oft.«

Dr. Hosta klopfte vor Empörung mit dem Stock auf den Marmorboden, dass es im Saal widerhallte.

»Gott, was für ein Gefühl, eine solche Rarität zu tragen! Warum hat sie das Tuch durchgeschnitten? Warum nur?«

»Sie ist klein, und ich denke, dass er ihr zu lang war.«

Das war zu viel für den alten Herrn.

»Wie oft habe ich schon erlebt, dass Erben ein Kunstwerk nicht zu würdigen wissen. Es ist ein Jammer, wahrhaftig! Ich werde noch verrückt dabei! Und wo ist der fehlende Teil?«

Ich schüttelte den Kopf.

»Ich weiß es nicht. Aber ich werde der Sache nachgehen.«

Ich bedankte mich bei Dr. Hosta, der sich immer noch nicht beruhigt hatte, und versprach, ihn auf dem Laufenden zu halten. Nachdenklich ging ich nach Hause und schickte Annabel eine E-Mail.

»Schon was von Muschelseide gehört?«

Eine halbe Stunde später traf die Antwort ein. Annabel kannte mich gut und wusste, dass ich sie nicht umsonst aufscheuchen würde.

»Melanie ist schon im Internet. Druckt mir alles aus, was sie findet. Mich stört, wenn Interessantes herumliegt und jeder Zugang hat. Ich komme gern früh.«

Annabel Kossack war Vizepräsidentin in der Abteilung Forschung und Entwicklung bei Azur. Daneben gehörte sie zu den attraktivsten Frauen, die ich je gesehen hatte. Früher, als sie Topmodel war, hatten ihre überlangen Beine, ihre Silberhaare und ihre hellen Mandelaugen Aufsehen erregt. Das war vorbei. Aber nach wie vor war sie eine nordische Schönheit, die ihre hüftlange Mähne zu einer Frisur aufsteckte, die sie noch imposanter machte. Sie inszenierte bewusst ihre kühle Eleganz; es machte ihr nichts aus, die Zielscheibe aller Blicke zu sein, während hinter ihrer glatten Stirn ein ganzes Netzwerk von Informationen vorbeizog. Annabel war Oxfordabsolventin und für ihren Geschäftssinn berüchtigt.

Statt eine ihrer beiden Sekretärinnen anzurufen, wählte ich ihre Direktnummer und erzählte, was ich erfahren hatte. Kein Mensch, den ich kannte, war so offen für Neues wie Annabel.

»Muschelseide?«

Sie sprach das Wort bedachtsam aus. Sie sprach schnell, wenngleich ihre Stimme ein wenig schleppend klang. Es war, als ob sie die Sätze sang. »Klingt aufregend. Sag mal, wie fühlt sich der Schal an?«

»Ein wärmender Hauch. Wie Pashmina, aber viel leichter.«

Azur stellte nicht nur Kosmetik her, sondern zeigte zweimal im Jahr eine kleine, sehr exklusive Accessoires-Kollektion, »Azur Confidential«, die nur in ausgewählten Boutiquen erhältlich war: in New York, in Tokio, in Paris und seit kurzem auch in Shanghai.

»Allmächtiger!«, rief Annabel. »Pashmina trägt heutzutage die Nachbarin um die Ecke, das ist ja das Problem. Wir suchen verzweifelt einen Ersatz. Der Import von Shatoosh-Wolle ist ja verboten. Zum Glück, sollte ich sagen. Die Antilopen wurden von chinesischen Wilddieben fast ausgerottet. Deine Muschelseide, kannst du mehr darüber erfahren? Auch, ob schon andere Leute ihre Ohren spitzen?«

»Nicht dass ich wüsste.«

»Tu mir den Gefallen, geh der Sache nach.«

»Schön, aber so einfach ist das nicht. Ich brauche einige Tage.«

»Ich werde meine Ungeduld zügeln.«

Wir unterhielten uns noch ein paar Minuten, erzählten uns Privates, aber nicht lange. Annabel war zwischen zwei Terminen und wie üblich in Eile. Nach dem Ende des Gesprächs saß ich eine Weile sinnend vor dem Telefon. Draußen heulte der Wind. Valletta war so gebaut worden, dass alle Straßen zum Hafen führten. Der Wind brachte im Sommer angenehme Kühle, im Winter jedoch eisige Luftwirbel. Wie schnell hatte ich mich in dieser Stadt wieder eingelebt – ebenso schnell, wie ich mich von ihr distanziert hatte! Wir Malteser verfügen über einen aufgeschlossenen Geist, wobei uns die Religion leider Hindernisse in den Weg legt. Als Kind hatte ich ehrlich und inbrünstig geglaubt, als Heranwachsende waren mir Zweifel gekommen und heute war die Religion kein Thema mehr für mich. Der kindliche Glauben ist ein sicheres Haus für die Seele, das wir erst dann verlassen, wenn wir dazu bereit sind. Über diese Dinge hatte ich eines Tages mit Fabio gesprochen. Fabio hatte dazu nur gelächelt.

»Ma, cara mia, wir haben alle ein Verlangen nach himmlischer Vollkommenheit. Das steckt in jedem Menschen. Und wenn eine Vorstellung versagt – müssen wir eben ohne sie auskommen. Mit vierzehn war ich ein Kirchendieb, hast du das gewusst? Ich klaute Kreuze und Messbecher und Spitzendecken aus lauter Wut darüber, dass mich die Priester mit falschen Vorstellungen gefüttert hatten. Später bin ich nachsichtiger geworden.«

Unvermittelt packte mich die Sehnsucht nach ihm. Fast ohne nachzudenken wählte ich Fabios Handynummer. Es vergingen nur einige Sekunden, bis ich über das Summen der Leitung hinweg seine warme, herzliche Stimme vernahm.

»Ciao, Bella. Wie geht es dir?«

»Danke, gut. Wie geht es Cosima?«

»Sie macht Fortschritte. Das sagt jedenfalls Monica, die sie besser beobachtet als ich.«

Wir hatten uns vor vier Jahren während eines Kongresses in Neapel kennengelernt. Wir hatten lange geredet, von unseren Familien, unserem Beruf, unseren Reisen. Wir unterhielten uns, das weiß ich noch, schnell und halblaut, um einander alles mitzuteilen, was wir uns sagen wollten. Fabio war seit dreizehn Jahren mit Monica verheiratet, einer Kinderärztin. Nach sechs Jahren ungewollter Kinderlosigkeit hatte Monica eine Tochter zur Welt gebracht. Es wurde eine schwere Geburt. Und dass mit dem Kind etwas nicht stimmte, merkte die Mutter sofort: Die kleinen Füße hingen herab und drehten sich nach innen. In dem Alter, da kleine Kinder laufen lernen, konnte Cosima nur kriechen und sich aufrichten, wenn sie sich festhielt. Monica teilte ihre Praxis mit einer Freundin, arbeitete nur halbtags, setzte ihr ganzes Können bei der Kleinen ein. Kurbäder, Massagen, Übungen zur Kräftigung der Bein- und Fußmuskulatur. Cosima konnte inzwischen an einer Krücke gehen. Das kleine Mädchen war lebhaft und ausdauernd, zeigte scharfe Intelligenz, konnte mit fünf bereits lesen. Aber sie wusste schon jetzt, dass sie anders war, und ihre Traurigkeit steckte an, legte sich wie ein feiner Schleier auf die Familie. Und nun hatte Fabio mich getroffen, »die Frau seines Lebens«, wie er sagte. Aber davon, dass er sich scheiden lassen und mich heiraten würde, war nie die Rede gewesen. Doch wir meinten, dass wir zusammengehörten, uns nicht verlieren wollten, auch wenn wir uns längere Zeit nicht sahen. Während ich jetzt mit ihm sprach, erwachte die Kraft des Erinnerns, die Umrisse wurden klar: das dunkelblonde Haar, die Augenbrauen, die Farbe der Iris, unverwechselbar, dieses schwärzliche Grün. Das lockere Lachen, die sanfte Stimme. Im Gegensatz zu vielen Italienern sprach Fabio nie laut. Den weichen Klang musste er sich der Kleinen wegen angewöhnt haben.

»Jetzt bist du also wieder in Valletta«, sagte er. »Wie gefällt es dir in deinem Palazzo?«

»Ich könnte täglich Staub wischen, eine stundenlange Beschäftigung. Und du ahnst nicht, was alles in den Schränken steckt!«

»Wir sind froh, dass wir in einem Neubau wohnen«, sagte Fabio. »Alles ist ausgeklügelt, eine richtige Wohltat! Alte Häuser sind tückisch. Sie ziehen uns in ein Gravitationsfeld, das spleenig machen kann. Für Cosima wäre es nicht das richtige Umfeld.«

Fabio dachte immer an die Kleine und war vollkommen ehrlich dabei. Er stand zu seinen Gefühlen, er spielte kein Theater. Seitdem ich Fabio kannte, war ich weder glücklich noch unglücklich. Unsere Wege hatten sich gekreuzt, ein Knoten war geschlungen worden, aber das Muster lief weiter. Ich hatte eine große Kraft, zu lieben; gelegentlich dachte ich, dass ich diese Kraft nicht einzig auf Fabio hätte richten sollen. Vielleicht musste eine andere Liebe kommen, eine, die stärker war. Sich wirklich zu zweit fühlen, jemanden nahe haben, jemandem nahe sein; fast war es, als ob ich mich daran gewöhnte, in Abschnitten zu leben, ohne die Gewissheit des Herzens, ohne Sicherheit. Manchmal ging mir der Trost verloren.

Ich erzählte von Francesca und dass sie wieder in Malta war.

»Sie hat fast ihr ganzes Leben in New York verbracht. Sie ist Malerin. Eine berühmte sogar. Sie hat mir Kataloge gezeigt. Ihr Stil ist grell und überdimensional.«

»Man kann sein Super-Ego zum Kunstwerk machen.«

»Sie hat sich offenbar mit vielem auseinandergesetzt. Warum ich dich eigentlich anrufe: Ist dir Muschelseide ein Begriff?«

»Muschelseide? Was soll das sein?«

Ich zählte von Francescas Schal und beschrieb ihm das Material.

»Du meinst auf den ersten Blick, es sei Rohseide. Es fühlt sich nur ganz anders an. Wie die Babywindeln von anno dazumal. Die Farben sind außergewöhnlich, passen sich der Haut an und verändern sich im Licht. ›Bisso marino‹, nannte Francesca das Material. Stell dir vor, der Schal ist gut hundert Jahre alt und stammt aus Italien. Francescas Mutter hatte ihn von ihrem Bruder bekommen.«

»Bisso marino«, wiederholte Fabio nachdenklich. »Der Name kommt mir bekannt vor. Soll ich mal nachforschen?«

»Ja, das wäre nett. Annabel zeigte Interesse und hat es mal wieder eilig. Du kennst sie ja.«

»Annabel Kossack, die prachtvolle Nordseenixe.« Fabios weiches Lachen klang in den Hörer. »So ein Wesen hat es nie zuvor gegeben! Sieht sie immer noch so phänomenal aus?

»Ihr Gehirn ist noch phänomenaler als ihr Busen«, sagte ich heiter, »aber ihr Männer achtet ja nur auf Äußerlichkeiten.«

»Wir Italiener wissen weibliche Schönheit zu schätzen«, sagte Fabio. Ich stimmte in sein Lachen ein. Fabio hatte Annabel bei diesem Kongress in Neapel getroffen, aber Annabel war damals in Begleitung gewesen. Fabio hatte sie aus der Distanz und mit Kennerblick bewundert.

»Sie erinnert mich an Anita Ekberg, du weißt schon, ›La dolce Vita‹, diese wunderschöne Sequenz im Fontana di Trevi.«

»Ja, aber leider bist du nicht Marcello Mastroianni«, brachte ich ihn liebenswürdig auf den Boden zurück.

Die Erinnerungen zogen mir durch den Kopf, während Fabio versprach, sich bei mir zu melden, sobald er etwas herausgefunden hatte. Beim Abschied meinte er:

»Vielleicht verdanken wir es deiner Nixe, dass wir uns wiedersehen. Schön wäre es ja …«

Beim Gedanken an Fabios Liebkosungen fuhr ein Schauer durch meinen Körper, ebenso weich und zärtlich warm, wie die Muschelseide es war. Ich vermisste seine Umarmung, seinen

Blick, seine Stimme sehr. Doch ich beherrschte mich und erwiderte leichthin:

»Ja, ich würde mich freuen. Danke, Fabio«, bevor ich den Hörer auflegte. Wir hatten längst gelernt, in Episoden zu leben, ein Kongress hier, eine Ferienreise dort. Fabio war bei mir und doch nicht bei mir. Und jeden Abend, wenn wir zusammen waren, telefonierte er mit Cosima.

»Ich lese ihr immer vor, bevor sie einschläft. Kinder brauchen Rituale.«

Warum musste ich auf sie, die kleine Behinderte, eifersüchtig sein? Warum war ich nicht geduldig genug, nicht liebend genug, um zu ertragen, dass ich Fabio nie ganz für mich haben konnte? Seit meiner Begegnung mit ihm wusste ich, dass es auf die Dauer unerträglich sein würde, morgens früh zu erwachen und sein Gesicht nicht neben mir auf dem Kopfkissen zu sehen. Wie alle hoffnungslos Liebenden war mein Schmerz sehr eigensüchtig, eine ständige Quelle der Unruhe, der Sehnsucht. Es machte mich verrückt, ich erlöste mich durch Handeln. Daher war ich immer so fieberhaft tätig, musste ständig reisen, im Meer tauchen und mich auf anderen Gebieten auszuleben versuchen. Dabei hatte ich mich nur selten in ernstliche Gefahr gebracht. Beata ist immer vernünftig, hatte meine Mutter von mir gesagt, als sie noch lebte. Aber was nützte mir die Vernunft? Ich wollte nicht mehr so dahintreiben, ich wollte jemanden, der mir treu war, der sich an meiner Seite der Leere kommender Jahre stellen würde. Nicht ich, nicht mit mir!, gab mir Fabio zu verstehen. Er hatte eine Weichheit in sich, die ihn unfähig machte, zu handeln, wenn etwas gegen sein Gewissen war. Meine Liebe zu ihm war verzerrt von Illusionen; ich wusste, er war in diesen Dingen unbarmherzig. Weder Monica noch ich zählten wirklich für ihn. Einzig Cosima, seine zärtlichste Liebe, hatte in seinem Leben Beständigkeit.

# 7. Kapitel

Francesca erzählte ich zunächst nichts, weder von meinen Nachforschungen noch von Fabio. Sie hatte ihr Leben bereits gelebt: ein Leben, das ein Gefüge für sich war, von langer Dauer; ihre Erinnerungen strebten bereits dem Ausklang einer Epoche zu, die ihr mit jedem Tag, jeder Stunde zwischen den Fingern zerrann. Vielleicht war ihre Rückkehr nach Valletta wirklich nur ein letztes Zwischenspiel vor dem Tod. Doch obwohl Francesca betonte, dass sie nichts mehr hatte außer dieser verrinnenden Zeit, handelte sie, als ob ihr die Zukunft gehörte. Sie trat in ein Zimmer, in ihren roten Kleidern, füllte die Luft mit dem süßlichen Aroma ihrer Zigarette, und die Zeit fiel von ihr ab wie eine Schale. Weil sie malte, hatte sie ihr Wesen, das ungestüm und herb war, besser im Griff als ich das meine. Vielleicht hatte das Malen eine erlösende Dynamik, die ihr Frieden schenkte. Sie trug noch viel Kraft in sich.

Nachträglich hatte sie entschieden, den ganzen Kindertrakt auszuräumen und als Atelier zu nutzen. Zwei Tage lang stöberten wir in Schubladen, leerten Schränke, sortierten alte Sachen und schleppten Möbel. Domenica half uns, das Gerümpel aus den Zimmern zu tragen. Schließlich kam ein Trödler und holte das Zeug. Mein Vater mischte sich nicht ein. Nur das Schaukelpferd wollte er als sentimentale Erinnerung behalten. Domenica bat um die Bettbezüge, Leinentücher und Tischdecken. Die Sachen waren alt und muffig, aber wenn sie gewaschen und gebügelt waren, konnten sie nicht nur brauchbar, sondern ausgesprochen wertvoll sein. Domenica stopfte sie in Papiersäcke und trug sie fort. Als die Zimmer leer waren, bekamen die Wände einen frischen Anstrich. Domenica putzte alle

Fenster und schrubbte den Boden, bis das nackte Parkett wie schöner Honig glänzte. Francescas Persönlichkeit hatte bereits die Räume in Besitz genommen. Auf dem alten Bett, das sie nicht fortgeben wollte, lag jetzt eine Decke aus Satin, orange und rosa, die das Licht aus dem Gartenschacht auffing. Und bald war im Atelier alles vorhanden, was Francesca zum Zeichnen, zum Malen und sonst noch brauchte. Sie arbeitete an ihren Skizzen, stehend an einem großen Tisch, den Domenica und ich aus dem zweiten Stockwerk nach oben geschleppt hatten. Die Staffelei stand unter dem Dachfenster. Ricardo beklagte sich darüber, dass, sobald Francesca zu den Mahlzeiten kam, das Esszimmer nach Ölfarben roch. Francesca lachte schadenfroh dazu. Es bereitete ihr Vergnügen, Unordnung in Ricardos langweiliges Dasein zu bringen.

»Immerhin habe ich mir die Hände gewaschen.«

Am Anfang tolerierte sie gelegentlich, dass ich ihr bei der Arbeit zusah. Ich saß in einem Korbstuhl aus ihrer Kinderzeit und durfte erst sprechen, wenn sie mich dazu aufforderte. Das Signal erkannte ich bald: Sie hob eine Flasche Mineralwasser an den Mund und trank in langen Zügen, wie eine Bäuerin auf dem Feld. Dann wischte sie mit dem Handrücken über die nassen Lippen, nickte mir zu und schien zu fragen:

»Nun? Wie gefällt dir das?«

Die Malkunst war für mich etwas Fremdes. Und doch auch wieder nicht. Als Forscherin hatte ich einen geschulten Blick. Es waren klare, vollkommene Bilder, die mir die Natur vorlegte. Stimmte die Harmonie nicht, fühlte ich eine Art körperliches Unbehagen. Eines Morgens erklärte ich ihr ziemlich ausführlich, warum mir ihre Art, mit Formen und Farben zu experimentieren, gefiel. Sie hörte zu, nahm von Zeit zu Zeit einen Schluck. Schließlich sagte sie:

»Die New Yorker Kunstszene ist eine kleine Welt, und am Anfang habe ich die Kritiker verunsichert. Man hat mich oft für roh, genau genommen für brutal in der Aussage gehalten. Ich war stets versucht, ins Extreme zu fallen und die Lösung im

Radikalen zu suchen. Sanftheit, auch in der Malerei, kam mir immer wie ein Ausdruck von Schwäche vor. Ich lebte in offener Fehde mit dem, was sich schickte, und gehörte nirgends richtig hin. Aber es war nutzlos, mich rückwärts zu wenden, unsinnig, das Leben nicht wahrhaben zu wollen, das mich trug. Das sah ich schließlich ein. Und mein Pinsel ließ es nicht zu, dass ich Hässliches malte.«

Merkwürdig, dachte ich, wie ähnlich wir uns sind. Es gab in uns keine wortlose Hingabe an das Schicksal, sondern eine Leidenschaft, die erschreckend lebensstark war. Wir hüteten uns dabei sehr, Gefühl und Denken zu verwechseln. Wir waren ein derbes, zähes Kraut von Menschenart, sogar in unseren Träumen auf praktische Vorteile bedacht. Ich zögerte lange, bevor ich ihr von Fabio erzählte. Denn Fabio war für mich ein Verlust und kein Gewinn. Sie hätte es nicht gutgeheißen, dass ich einem Mann nachweinte, der mich nicht brauchte. Und weil mir ihr Spott unerträglich gewesen wäre, erzählte ich von Fabio, indem ich von der Muschelseide sprach.

»Ich habe meine Chefin in Hamburg angerufen. Sie meint, dass es der Mühe wert sei, mehr über Muschelseide zu erfahren. Also habe ich zunächst den Computer eingeschaltet …«

Francesca maß mich mit einem aufmerksamen Blick.

»Und was weiß der Computer?«

»Eben nicht viel«, seufzte ich.

»Höchst bedauerlich!« Francescas rote Lippen kräuselten sich spöttisch. »Dabei ist Wissen für dich alles, all dein Leben ist ja nichts als Wissen.«

Sie verstand sich wohl aufs Höhnen. Ich lächelte schwach.

»Es ist schon ein bisschen so …«

»Und was hast du jetzt vor?«

Ich sagte, als spräche ich von gleichgültigen Dingen:

»Ich gehe jetzt der Sache nach. Ein italienischer Freund wird sich für mich informieren. Dann sehe ich weiter.«

Ihr höhnischer Ausdruck verschwand. Sie fuhr sich wie im Traum mit den Fingern über die Stirn.

»Auf eine wie dich hat Cecilia schon lange gewartet.«

Ich zuckte leicht zusammen.

»Ach, lass doch Cecilia aus dem Spiel!«

Sie schaute mich an, eigentümlich abwesend, als wäre sie besessen von etwas und nur halb da.

»Du weißt alles, wie? Weißt du dann auch, dass früher die jungen Menschen starben, ehe sich das Leben für sie auftat? Zweifelst du an ihrer Bewusstheit? Was, glaubst du, geschah mit ihrer Geisteskraft? Es gab einen Willen damals, der nicht sterben wollte, der die Wände des Bewusstseins sprengte! Weil sie keinen Körper mehr hatten, nur den dunkel lebendigen Geist. Hörst du die Stimmen der Toten nicht? Siehst du nie ihren Schatten? Hast du nur die enge Welt deines Verstandes und darüber hinaus nichts?«

Blass und in sich versunken stand sie da, sah mich unverwandt an, während sie sprach. Es bebte etwas in der Luft, als wäre ausgesprochen worden, was nicht hätte gesagt werden dürfen. Meine sachliche Natur war beunruhigt. Ich wusste wirklich nicht mehr, was ich sagen sollte. Seitdem sie wieder in La Casa degli Uccelli war, schien sie in jedem Raum auf die Stimmen der Toten zu lauschen. War sie am Ende doch ein wenig verrückt?

Ich nahm mich zusammen und sagte so ruhig wie möglich:

»Ich denke, nach dem Tod kommt gar nichts mehr.«

»Ja, manche Dinge verlieren sich auf halbem Weg. Oder sie kommen vom halben Weg nicht mehr zurück«, erwiderte sie fast freundlich. »Bilde dir nicht ein, dass du das Rätsel lösen könntest!«

Ich hatte sie allmählich satt.

»Im Moment beschäftigt mich ein ganz anderes Rätsel: Warum hast du Cecilias Schal beschädigt?«

»Beschädigt?«

Sie zog die Silben, als wollte sie fragen, ob ich wahnsinnig sei. Ihre gerunzelten Brauen bildeten über den Augen zwei waagerechte schwarze Balken. Ich ließ mich nicht einschüchtern.

»Du hast den Schal in zwei Hälften geteilt. Ziemlich sauber, gebe ich zu. Und die Fäden gut vernäht. Aber du hast ihn verunstaltet, tut mir leid. Und das ist keine Spekulation, sondern Folgerung. Das Muster stimmt einfach nicht mehr.«

Ihr Ausdruck war jetzt ausgesprochen belustigt.

»Du hast gute Augen!«

»Das gehört zu meinem Beruf. Wer richtig hinsieht, muss am Ende auch begreifen.«

Ich wickelte den Schal von meinem Hals, hielt ihn vor das Fenster. Der Stoff schimmerte grünlich rosa, mit dem schwachen Schein eines Regenbogens, auf dem sich die Muster wie Schatten bewegten.

»Die Algen, die Fische und die Seepferdchen wurden als Rahmen für den Seestern gewebt. Dadurch, dass er am Rand statt in der Mitte nur zur Hälfte sichtbar ist, gewinnt zwar die Phantasie Spielraum, aber die Ästhetik leidet.«

In Francescas zusammengekniffene Augen trat Anerkennung.

»Warum bist du eigentlich nicht Malerin geworden?«

»Weil mir die Forschung mehr Spaß machte.«

Ich wickelte den Schal um meinen Hals. Das Gewebe war hauchzart wie der Flügel eines Schmetterlings und passte sich jeder Temperatur an. War die Luft warm, spürte ich kaum, dass ich etwas auf der Haut hatte. Und während der ganzen Zeit ruhten Francescas schwarze Augen auf mir, als wollten sie den Anblick ein für allemal erfassen. Schließlich sagte ich:

»Du hast meine Frage nicht beantwortet.«

Sie machte eine zerstreute Bewegung.

»Welche Frage?«

»Warum du den Schal zerschnitten hast. War er dir zu lang?«

»Oh, gar nicht!« In ihre Augen trat eine Art Zorn, aber gleich darauf zuckte es ein bisschen um ihren Mund. Sie antwortete ruhig. »Der ursprüngliche Schal war so leicht, dass man ihn durch einen Ring ziehen konnte. Cecilia wusste, dass sie sich an etwas Einzigartigem vergriff.«

Ich war einigermaßen überrascht, ja ziemlich verwirrt. Ich brauchte einige Sekunden, um mich wieder zu fangen.

»Dann war es also Cecilia, die den Schal zerschnitten hat?«

»Eine Hälfte hat sie behalten, die andere verschenkt«, erwiderte Francesca mit der gleichen Ruhe. Dem sonderbaren Trotz, der darin lag, war ich nicht ganz gewachsen.

»Warum hat sie das getan?«

»Nun, sie hatte wohl ihre Gründe«, sagte sie unbestimmt.

Ich folgte meinen Gedanken. Mir war nicht ganz klar, wohin sie gehen würden.

»Francesca«, sagte ich, »eigentlich glaube ich dir nicht.«

Sie antwortete mit unmittelbarem Ernst, tief aufmerksam.

»Ich weiß. Und doch ist es wahr.«

Während ich sie behutsam und genau beobachtete, war mir, als ob durch ihre gleichgültige Gelassenheit hindurch ein verborgener, selbstquälender Schmerz erschiene.

»Schreibt sie davon in ihrem Tagebuch?«, fragte ich.

Wieder klang ihre Antwort sehr vernünftig.

»Ja. Sie erzählt auch, wie mühsam es für sie war, den Rand zu vernähen, damit sich der Stoff nicht auflöste. Sie hat Seidengarn und eine ganz feine Häkelnadel dazu verwendet.«

Ich stand still im Zimmer und hörte mein Herz klopfen. In mir wuchs das Verlangen, mehr zu wissen, vielleicht bloß deswegen, weil etwas in Cecilias Wesen steckte, das mir nahe verwandt war. Inzwischen arbeitete Francesca wieder an ihrer Skizze. Ihr mir zugewandtes Profil war ausdruckslos, zeigte überlegene Kühle. Ich hatte rote Wangen vor unterdrückter Erregung.

»Kann ich ihr Tagebuch mal lesen?«, fragte ich.

Sie hielt ihre Kreide in der Hand und wandte sich langsam mir zu, sah mir mit einem langen Blick nahezu hochmütig in die Augen. Dabei hatte ich den Eindruck, dass sie sich ganz in sich selbst verschloss. Darin war nur sie, vielleicht Cecilia und sonst noch jemand, von dem ich nichts wusste. Plötzlich zuckte es um ihre Lippen wie leiser Hohn. Sie drehte mir den Rücken zu und sagte:

»Wenn mir der Sinn danach steht.«

Am Abend schickte mir Fabio eine E-Mail.

»Betrifft: Muschelseide.«

Habe herausgefunden, dass Muschelseide in Sardinien bis Mitte des 20. Jahrhunderts verarbeitet wurde. Die »Edle Steckmuschel« ist heute fast ausgestorben und steht unter Naturschutz. Aber in Cagliari fand ich die Adresse einer ehemaligen Weberin. Sie soll sich noch gut auskennen. Wenn du willst, stelle ich die Verbindung her.«

Ich tippte sofort ein:

»Sehen wir uns?«

Die Antwort erreichte mich nach zwanzig Minuten.

»Sonntags gehe ich mit Cosima in den Zoo. Finde einen Wochentag, und ich könnte es einrichten.«

Der Sonntag gehörte Cosima. Daran war nicht zu rütteln. Früher hatte ich immer gemeint, dass, wenn man etwas nachdrücklich genug haben wollte, man es auch bekam. Nun, Cosima hatte mein Luftschloss zum Platzen gebracht. Gegen Cosima kam ich nicht an. Aber ich wollte Fabio wiedersehen, zu lange schon hatte ich auf ihn verzichtet. Am nächsten Morgen rief ich Annabel im Büro an.

»Scheinbar ist die Verarbeitung der Muschelseide in den Küstenorten Sardiniens bekannt. Die Muscheln wurden von Tauchern geerntet oder vom Boot aus mit einem speziellen Werkzeug ›gepflückt‹. Ihr Fleisch wurde gegessen, aus dem Perlmutt wurden Messergriffe gefertigt und aus ihren Perlen Mosaiksteinchen. Die Bartfasern sollten gegen Ohrenschmerzen helfen und wurden zur Blutstillung eingesetzt.«

Annabel zeigte zweckorientierte Geduld.

»Eine wahrhaft wundertätige Muschel! Hör zu, Beata, wir lassen nicht locker, bevor wir erfahren haben, ob sich die Sache für uns lohnt.«

»In Cagliari soll eine Frau wohnen, die Muschelseide verarbeitet hat. Willst du, dass ich sie besuche?«

»Natürlich will ich das. Mach so schnell du kannst ein Treffen mit ihr ab! Melanie bucht dir den Flug.«

»Ich brauche eine Zwischenlandung in Rom. Ein italienischer Freund will mir helfen, mit der Frau Kontakt aufzunehmen.«

»Kenne ich ihn?«

»Fabio Cortoni«, sagte ich kehlig. »Wir haben ihn in Neapel getroffen, erinnerst du dich?«

»Ach, der schöne Fabio!« Annabel lachte leise, und mir war, als ob sie mich nackt auszog. »Noch zu haben?«, fragte sie nüchtern.

Ich antwortete ebenso nüchtern.

»Leider habe ich eine Rivalin. Sein Kind.«

»Dann ist nichts zu machen, das solltest du wissen.«

»Ich weiß es.«

»Vielleicht wäre es besser, wenn du ihn verlassen würdest. Bevor er dich verlässt.«

»Ich habe keine Lust, ihn zu verlassen.«

»Ein wenig früher, ein wenig später, was macht das schon?«

»Noch nicht«, sagte ich in bockigem Tonfall. »Ich werde ihn verlassen, aber jetzt noch nicht.«

»Ja, dann wünsche ich dir ein paar angenehme Tage«, sagte Annabel. Und das war alles. Für Gespräche über die Liebe hatte dieses schönste aller Wesen wenig übrig.

Ihre Mitarbeiterin Melanie suchte nach einer günstigen Verbindung nach Cagliari. Am Dienstag waren in der Maschine noch Plätze frei. Sie buchte eine Zwischenlandung in Rom. Ich mailte Fabio meine Ankunftszeit und verabredete mich mit ihm am Flughafen.

# 8. Kapitel

Die Maschine nach Rom startete frühmorgens um 6.25 Uhr. Eine Stunde früher musste ich mich im Flughafen einfinden. Ich hatte ein Taxi bestellt. Als mein Wecker läutete, war es noch völlig dunkel. Ich duschte lange, zuerst warm, dann kalt, entwirrte mein Haar, indem ich das Handtuch ein paar Mal kräftig hindurchzog. Ich schlüpfte in ein bequemes weißes T-Shirt, darüber eine Strickjacke. Ich trug Jeans, die mir gut standen, und weiße Sneakers. Meine Reisetasche war schon gepackt: ein wenig Kosmetik von Azur, zwei Shirts und zwei Blusen zum Wechseln, ein paar hübsche Ballerinas und meinen Laptop. Ich hatte Domenica gesagt, sie solle mir kein Frühstück bereiten, aber ich brauchte Kaffee, um wach zu werden, und stellte in der altmodischen, unordentlich aufgeräumten Küche die Maschine an. Während ich unten in der Diele auf das Taxi wartete, schlang ich die Muschelseide um meinen Hals und blickte dabei in den Spiegel. Es war sonderbar und unerklärlich, wie der Schal sich meiner Haut anpasste. Beide, der Schal und meine Haut, hatten den gleichen bronzenen Schimmer. Ich hatte das absolut widersinnige Gefühl, dass er seit aller Ewigkeit ein Teil von mir war. Später, dachte ich, werde ich Lippenstift auflegen, ein leuchtendes Braunrot. Ich trug meinen Wendeparka, der mich schon auf vielen Reisen begleitet hatte. Er war auf der einen Seite aus wasserabstoßendem Polyester, auf der anderen aus Kaschmir. Ich liebte seine unauffällige, jeder Jahreszeit entsprechende Eleganz. Ich hatte ihn vor elf Jahren in London gekauft, er kam nie aus der Mode. Es muss wohl in meiner Natur liegen, dachte ich, dass ich mich von gewissen Dingen nicht trennen konnte. Francesca war weiser als ich. Sie hatte mir den Schal überlassen und sich zu ihrer eigenen Rechtfertigung eine unbestimmte Geschichte ausgedacht. Aber womöglich wollte sie nur einen Schlussstrich ziehen? Ein Schlussstrich unter ihr Leben?

Der Wagen kam pünktlich. Ein nebliger Sommertag brach an. Valletta lag im Dämmerschlaf, die Straßen waren leer. Nur die ersten Busse fuhren bereits. Am Flughafen empfing mich eine Durchsage: Die Maschine würde eine Stunde später starten. Die Passagiere warteten geduldig. Ich unterdrückte meine Verstimmung, kaufte eine Zeitung, bestellte einen Espresso an der Bar. Schließlich wurden wir aufgerufen, gingen durch die Sicherheitskontrollen, stiegen in die Maschine. Wir saßen schon länger als zehn Minuten angeschnallt, aber das Flugzeug machte keine Anstalten, zu starten. Die dicke Dame neben mir beschwerte sich, weil sie Krampfadern hatte und ihre Beine nicht ausstrecken konnte. Sie hoffte, weil die Maschine nicht ausgebucht war, auf einen bequemeren Platz. Hin und wieder ging der Steward durch die Kabine, hörte teilnahmsvoll zu, wie die Dame sich beklagte, bat sie jedoch, sich noch etwas zu gedulden. Um ihrem entrüsteten Redefluss zu entgehen, verkroch ich mich hinter der Zeitung. Endlich kam aus dem Lautsprecher die Stimme des Piloten. Die Maschine aus Zypern würde bald eintreffen, und wir müssten auf die Passagiere im Transit nach Rom warten. So verging eine halbe Stunde. Ich schickte Fabio eine SMS, dass wir mit Verspätung eintreffen würden. Endlich drängten sich die Transitpassagiere in die Maschine, nahmen sämtliche freien Plätze in Beschlag. Jetzt wurde die dicke Dame ausgesprochen böse. Ihr empörter Wortschwall trug schließlich den Sieg davon. Der Steward bat sie auf einen anderen Platz, und auf den ihren setzte sich ein hoch gewachsener Asiate. Er war Japaner, ich merkte es an der höflich unauffälligen Art, wie er mir grüßend zunickte. Ich nickte zurück, wandte mich dann von ihm ab, sah aus dem Fenster. Der Pilot entschuldigte sich für die Verspätung, kündigte den Start an. Bald dröhnten die Triebwerke, das Flugzeug gewann an Geschwindigkeit. Die Maschine hob sich, von Böen geschüttelt, ließ die dichte Wolkendecke unter sich. Plötzlich schien die Sonne, der blaue Himmel funkelte, und die Stewards servierten das Frühstück.

Über dem Mittelmeer wehte heftiger Wind. Gerade als ich mein Brötchen anschnitt, sackte das Flugzeug in ein Luftloch. Das Brötchen entglitt meiner Hand, wobei es mein Nachbar mit geschickter Gebärde auffing, wie man einen Ball auffängt. Ich bedankte mich lachend. Er lachte zurück. Sein Lachen hatte etwas Spontanes, Jungenhaftes, sehr unähnlich der konventionellen Grimasse, die manche Menschen sich auferlegten. Ich sagte auf Englisch:

»Zum Glück war noch keine Butter auf dem Brötchen. Offenbar gönnt Ihnen das Schicksal heute keinen ruhigen Flug.«

»Oh, es fing schon früh an«, sagte der Japaner.

»Was war denn?«

»Wir waren gerade zehn Minuten in der Luft, als es irgendwo knallte und der Pilot uns mitteilte, dass er Malta anfliegen müsse und wir die Maschine würden wechseln müssen. Unser Flugzeug war wahrhaftig nicht das neueste Modell. Ich nehme an, dass etwas mit dem Triebwerk nicht stimmte.«

»Hatten Sie Angst?«

»Ich habe immer Angst im Flugzeug. Ich glaube, mein Job passt überhaupt nicht zu mir.«

»Was sind Sie denn von Beruf?«

»Eigentlich habe ich Archäologie studiert. Meine Dissertation schrieb ich über Sakralbauten in der Jungsteinzeit. Als Volontär war ich im Irak, bevor der Krieg ausbrach, schleppte Tag für Tag korbweise Erde unter den Augen schwer bewaffneter Männer vom Sicherheitsdienst. Wir wohnten in einem Zelt und hatten abends nicht einmal eine Dusche.«

»Das würde ich schlecht ertragen.«

»Ich ertrug es schlecht und wechselte den Job.«

»Und was tun Sie heute?«

»Ein Schulfreund in Tokio leitet ein Reisemagazin, *Globe,*

das von einer Versicherung und verschiedenen Travel-Organisationen gesponsert wird. Wir haben eine Anzahl nebenberuflicher Mitarbeiter, Fotografen und Bergsteiger, die alle nicht viel verdienen, aber gern auf der Pirsch sind. Ich selbst befasse mich mit den Service-Kolumnen. In meinem letzten Beitrag ging es übrigens um die Haftung der Airlines und Reisegesellschaften bei Flugzeugunglücken. Ich habe Experten getroffen und Bestimmungen gepaukt und verstand von diesen Dingen fast nichts. Jetzt allmählich bekomme ich den Durchblick.«

»Und heute Morgen?«, fragte ich. »Hatten Sie die Paragraphen noch im Kopf?«

Er grinste.

»Tut mir leid, das Kontrollsystem fiel aus.«

Wir aßen unser Frühstück. Ich merkte, dass er mich dann und wann anstarrte, doch sobald ich mich ihm ein wenig zuwandte, schlug er höflich die Augen nieder. Der Steward schenkte mir eine zweite Tasse Kaffee ein, und ich fühlte mich allmählich besser. Fabios Lächeln kam mir immer wieder in den Sinn, und ich sah es mit solcher Deutlichkeit vor mir, als lächelte er mir jetzt in diesem Augenblick zu. Um die Zeit totzuschlagen und meine Ungeduld zu zügeln, erzählte auch ich meinem Nachbarn von meinem Beruf. »Azur« war ihm natürlich ein Begriff. Sein Magazin hatte gelegentlich eine Ausgabe mit dem Schwerpunkt »Beauty und Wellness«.

»Für das Gebiet ist eine Kollegin zuständig. Die lässt sich geduldig mit Schlamm, Lotusöl oder Schokolade bestreichen und testet, ob das Wellnessangebot auch hält, was es verspricht. Sie ist in ihrer Auswahl recht pingelig«, setzte er hinzu.

Der Steward sammelte die Tabletts ein. Die Fluggeräusche änderten sich. Der Lautsprecher knisterte, man kündigte die Landung an. Die Maschine senkte sich der Landepiste entgegen. Mein Sitznachbar holte seine Brieftasche hervor und gab mir seine Karte.

»Es war nett, mit Ihnen zu reden. Ich bin noch einen Monat in Europa. Vielleicht komme ich mal nach Malta.«

Ich zögerte – aber nur kurz.

»Dann rufen Sie mich doch an. Wir haben einige neolithische Tempel, die gut erhalten sind. Wenn ich abkömmlich bin, spiele ich gern für Sie die Fremdenführerin.«

»Ja, danke«, sagte er, »das würde mich freuen.«

Noch während ich die Handynummer auf meine Karte kritzelte, bereute ich schon mein Entgegenkommen und setzte hinzu:

»Es kann aber sein, dass ich nicht in Valletta bin.«

»Nun, ich werde es darauf ankommen lassen«, entgegnete er heiter. »Vielleicht habe ich Glück.«

Ich steckte seine Karte in meine Handtasche, ohne einen Blick auf seinen Namen oder den Namen seines Magazins zu werfen, im Geiste schon weit weg. Das Flugzeug berührte die Piste, drosselte die Geschwindigkeit, hielt. Wir waren in Rom. Wie üblich standen die Passagiere alle gleichzeitig auf, stießen sich an, griffen nach ihrem Gepäck. Der Japaner hob freundlich die Hand zum Abschied, ich lächelte ihm zu, angetan von seiner Liebenswürdigkeit, bevor ich ihn im Gedränge aus den Augen verlor und sofort vergaß. Meine Gedanken waren bei Fabio, der zwei Stunden gewartet hatte und jetzt in der Ankunftshalle auf mich zukam.

# 9. *Kapitel*

Ich sah ihn schon von Weitem, winkte ihm zu, erleichtert und glücklich. Wie ich es mir gewünscht hatte, dachte ich, obwohl ich kaum gewagt hatte, den Wunsch zu formulieren. Welch freudiges Wiedersehen! Sein Lächeln strömte über mich hin, vertrieb meine Unruhe, während ich ihm entgegenlief, diese paar Schritte, seine Hände packte und festhielt.

»Ach, Fabio, entschuldige! Wir haben eine solche Verspätung! Du hättest im Büro warten sollen, ich hätte dich ja angerufen.«

Er hob die Schultern mit der amüsiert trägen Bewegung, die mir andeuten sollte, dass er die Sache gut geplant hatte.

»Das wollte ich ja gerade vermeiden. Offiziell bin ich seit heute Morgen verreist.«

Er war sehr schlau, und für einen Augenblick fühlte ich mich durch diese Schläue überlistet. Ich konnte ihm aber nicht böse sein. Was er sagte, klang so unverdorben, so rein und natürlich, und er machte dabei das verschmitzte Gesicht eines kleinen Jungen, dem gerade ein guter Streich gelungen ist, dass ich in Lachen ausbrach.

»Du denkst wirklich an alles!«

»Meistens.«

Er zog mich an sich, stürmisch schlang ich beide Arme um seinen Hals, drückte das Gesicht an seine Schulter. Sein Hemdkragen war offen; er roch nach erhitzter Haut, und sein Rasierwasser duftete nach Akazie und Minze, ein starker, prickelnder Geruch, den ich tief in mich einsog. Da war Glück, nichts als Glück, als ich ihn in den Armen hielt, mitten im Gedränge des Flughafens. Ich sah ihm ins Gesicht, durchströmt von heißer

Zärtlichkeit. Alles war einfach geworden, die Trennung längst überwunden und vergessen.

»Ich freue mich! Jetzt haben wir drei Tage nur für uns.«

Er küsste mich innig, immer wieder, bevor er etwas traurig sagte:

»Ich hoffe, dass es drei volle Tage werden. Der Arzt will Cosima sehen, bevor er in Urlaub geht. Meine Sekretärin wird mir den Termin mailen. In einer Woche gibt es ja nur noch Touristen in Rom.«

Fabio, dachte ich, warum musst du mir die Freude verderben?

Aber wir waren beide erwachsen und machten uns nichts vor. Ich nickte ihm zu, ganz die Verstehende, und er nahm mir die Reisetasche ab, umfasste mich mit seinem freien Arm, während wir zum Ausgang schlenderten. Es war heiß in Rom, ich schlang den Parka achtlos um die Hüften. Fabios Wagen, ein kleiner, unauffälliger Fiat, ein neues Modell allerdings, stand im Parkhaus. Fabio stellte die Tasche in den Kofferraum, hielt mir die Tür auf. Wir fuhren die Rampe empor. Ich sah ihn neben mir, wie er sich den kleinen, nervösen Wagen mit leichter Hand gefügig machte, wie schnell und sicher er sich in den Verkehrsstrom drängte, die andere Fahrspur gewann. Und ich empfand ihn selbst als zugehörig zu dieser Schnelle und Hektik, die Rom eigen war. Manchmal, wenn er in eine Kurve bog, schwankte das Auto, und ich wurde leicht gegen ihn geworfen, spürte seine Schenkel, die schmal und federnd waren. Ich beobachtete sein ebenmäßiges Profil unter dem blonden, fülligen Haar. Dann und wann sah er mich aus den Augenwinkeln an, erwiderte lächelnd meinen Blick. Mein schöner Italiener!

Inzwischen fuhren wir durch Vorstadtgebiete. Hohe, eintönig hässliche Wohnblöcke säumten die Straßen, die endlos schienen. Vor jeder Ampel staute sich der Verkehr. Ein Flimmern der Hitze lag über den Autodächern. Rom umarmte mich nicht, wie Valletta das tat, sondern breitete sich immer weiter aus, in unübersehbaren Kreisen.

»Hast du Hunger?«, fragte Fabio.

Ich wollte antworten: »Ja, Hunger nach dir«, hielt aber die kitschige Bemerkung zurück und sagte stattdessen:

»Danke, Fabio. Nein, eigentlich nicht. Wir haben im Flugzeug spät gefrühstückt.«

»Dann fahren wir gleich zum Hotel, wenn es dir recht ist?«

Ich nickte wortlos. Ich wusste nicht, was ich mit mir anfangen sollte, ich war so verliebt. Inzwischen verließ Fabio die Ausfallstraße, fuhr hinter der Via Condotti mit ihren Prachtläden, erreichte die Piazza Navona. Jetzt endlich wurde Rom sichtbar, Rom mit seinen überlagerten Zeitaltern, seinem morbiden Charme. Marc Aurels Triumphsäule ragte zwischen parkenden Wagen empor. Reisebusse warteten vor dem Pantheon in der gleißenden Hitze. Wir fuhren an ockergelben Fassaden vorbei, an Denkmälern, an verschnörkelten Brunnen. Unter den Säulengängen waren die dämmrigen, kühlen Bars und Cafés voller Leute. Fabio schien sich nicht um Fahrverbote zu scheren. Wir kamen an der Piazza di Spagna vorbei, an den Brunnen mit den grün schimmernden Faunsgesichtern, von Wasserperlen besprüht. Auf der Treppe zur Kirche Trinita' di Monti verkauften Händler Silberschmuck und exotischen Plunder. Touristen, aufgelöst vor Hitze, studierten den Stadtplan, aßen Eis, fotografierten sich gegenseitig mit dem Handy. Autos drängten sich kühn vorbei, hupten, bremsten, flüchteten mit aufheulenden Motoren in Seitenstraßen.

»Neuerdings wurden so viele Fußgängerzonen eingerichtet, dass keiner sie beachtet«, sagte Fabio. »Ich bekomme ständig Strafzettel. Aber so geht es uns allen hier.«

Das ursprünglich baufällige Hotel war, wie mir Fabio erklärte, erst kürzlich und ziemlich aufwändig renoviert worden. Große Amphoren, von Stoffblumen überquellend und mit alten Stadtansichten an den Wänden, gaben optisch den Rahmen. Wir schrieben uns ein. Fabio fügte seinem Namen ein »Dottore« hinzu. Der einstige Drahtkäfig-Fahrstuhl war durch einen neuen, lautlosen, ersetzt worden. Das Zimmer im dritten

Stock hatte einen gewaltigen Kronleuchter, Sessel mit hohen Lehnen und einen imposanten Bettüberwurf aus grünem Satin. Das Badezimmer war aus Marmor, das Designer-Waschbecken aus Glas. Die Vorhänge blähten sich im Sommerwind, und draußen flimmerten die Kuppeln von Rom in der Hitze.

»Man hat sich in den letzten Jahren Mühe gegeben«, sagte Fabio. »Unsere Hotels waren buchstäblich am Verfaulen.«

Ich streifte meine Sneakers von den Füßen. Der Steinboden fühlte sich kalt an. Wir standen einander etwas befangen gegenüber. Ich hatte stets geglaubt, dass wir uns nicht verlieren würden, auch wenn wir uns lange Zeit nicht sahen. Aber das stimmte nicht mehr. Das Leben sorgte dafür, dass wir uns entfremdeten. Fabios Anwaltspraxis ging gut, zu gut, hatte er mir auf der Fahrt erzählt, er hatte jetzt einen Partner, sodass er weniger eingespannt war, mehr Zeit für das Kind hatte. Mehr Zeit für das Kind, hatte er gesagt, und nicht: mehr Zeit für dich. Aber das war ja zu erwarten gewesen.

Ich legte die Arme um seinen Hals, er führte mich zum Bett, sein Mund lag auf dem meinen, seine Lippen waren fordernd und wissend. Ich verdrängte die Qual der Gedanken, ließ mich tragen von den Empfindungen, von den Seufzern und dem Entzücken. Der stumme Dialog brachte das weite Feld der Erinnerung in Bewegung, vermischte es mit dem Hier und Jetzt. Unsere Umarmung setzte dem Unausweichlichen eine neue Frist, rettete mich vor der Einsamkeit, die im Dunkeln lauerte.

Nicht ich war es, die dachte, mein Körper dachte für mich, er lag unter diesem anderen Körper und wusste genau, was er wollte. Wir stöhnten leise, Mund an Mund, aufgelöst von der Leidenschaft, die sich immer wieder entzündete an der Erregung, der Hingabe und der Lust aneinander. Unser Körper war eine einzige, wild atmende Lunge, jede Pore ein verschwitztes Glitzern. Fabio legte seine Arme unter meinen Rücken und hob mich hoch, so wie ich es am liebsten mochte. Er bedeckte mich mit seiner Haut, gab mir den Geruch seiner Achselhöhlen, den Geschmack seines Mundes, der nach Zahnpasta roch. Meine Bauchmuskeln dehnten und zogen sich zusammen, eine sich hinziehende Tätigkeit, innehaltend, aufsteigend. Ich klammerte mich an ihn, an seine Schultern, glatt und rund wie Kiesel. Die Flut kam von unten, schwoll heran, hüllte mich ein und überströmte mich, wie warme Gewässer über Korallenriffe gleiten. Das Licht kam gedämpft durch die Vorhänge, der Verkehr floss ruhiger in der trägen Stunden des frühen Nachmittags. Ich starrte Fabio an, verfolgte jede Regung auf seinem Gesicht, beobachtete das langsame Vorrücken der Lust, während er, von ihr überwältigt, die Augen schloss. Und für einige Atemzüge konnte ich dann sehen, wie er die Welt und sich selbst endlich vergaß.

Danach lagen wir stumm auf dem zerwühlten Laken. Ich drückte mein heißes Gesicht an Fabios Schulter, unsere Beine waren ineinander verschlungen. Ich hörte, wie sein Atem allmählich zur Ruhe kam. Sie war so gut und zärtlich, diese losgelöste Ermattung, dieses Gefühl, gemeinsam zu schweben. Nach einer Weile zog Fabio mit einer leichten Grimasse den Arm unter meinem Nacken fort, ging ins Bad, ließ Wasser laufen. Glied für Glied kehrte das Gefühl meines eigenen Körpers zurück, erfüllte mich mit prickelnder Lebenslust. Ich streckte mich, sank mit einem Seufzer des Wohlbehagens in mich zusammen. Fabio war inzwischen zur Bar gegangen; nackt trat er ans Bett, reichte mir ein Glas mit Orangensaft. Wir tranken abwechselnd aus dem Glas, wobei wir uns in die Augen sahen. Schließlich brach Fabio das Schweigen.

»Wenn ich frei wäre, würden wir morgen heiraten.«

Ich biss mir auf die Lippen und sagte:

»Fabio, du bist nicht frei, und du hast mich auch nie in dem Glauben gelassen, dass du es eines Tages sein könntest. In zwanzig Jahren vielleicht, wenn du einen dicken Bauch hast und ich in die Wechseljahre komme.«

Er lächelte.

»Wie sachlich du bist. Das mag ich so an dir.«

»Ich habe ja nichts, um dich zu halten«, sagte ich. »Und

bin außerdem viel zu eingebildet, um dir eine Szene zu machen.«

»Ich möchte nicht«, erwiderte er, »dass du meinetwegen traurig bist.«

Er setzte sich auf den Bettrand, ließ seine Finger durch mein Haar gleiten; ein Schauer, ausgelöst durch seine Berührung, lief über meine Haut. Ich legte den Kopf auf seine Knie, umfasste mit beiden Armen seine Schenkel.

»Keine Angst«, sagte ich. »Ich schwimme fast täglich, das beruhigt die Nerven und strafft die Figur. Wir Maltesen haben eine Neigung zum Übergewicht. Als verheiratete Frau in Italien würde ich bald zunehmen. Ist Monica fett?«

Er lachte, aber nicht wirklich von Herzen.

»Nein, sie ist sehr schlank. Außerdem raucht sie.«

»Du hast das Rauchen aufgegeben?«

»Ja, Cosima mag den Geruch nicht. Sie sagt zu mir: ›Mama riecht nach alter Asche.‹ Sie hat oft sehr lustige, sehr phantasievolle Redewendungen. Ach, wie liebe ich dieses Kind!«

Er seufzte, wandte den Kopf ab. Ich fragte:

»Wird sie eines Tages gehen können?«

»Wir bringen sie täglich zur Therapie. Im Augenblick sieht es gut für sie aus. Sie kann schon kleinere Strecken ohne Krücken gehen.«

Es überkam mich eine solche Rührung, dass ich mich enger an ihn schmiegte. Ich fühlte eine ehrliche, tiefe Hochachtung vor ihm.

»Ach, Fabio, verzeih mir!«

»Was verzeihen? Ich kann dir nicht folgen.«

Ich drückte das Gesicht an seinen Bauch, streichelte seine Schenkel.

»Mein Gefühle, meine ich. Meine Gefühle zu dir. Vielleicht nehme ich mich zu wichtig?«

»Es ist doch gut«, sagte er, »wenn wir uns wichtig und ernst nehmen. Vorausgesetzt, dass wir uns selbst Genüge tun.«

»So, findest du?«

Er hielt den Kopf gebeugt. Sein leuchtendes Haar fiel über die Stirn, wirr und blond wie Weizen. Ich sah seine Augen, die zu lächeln schienen, aber nicht wirklich lächelten.

»Du gibst mir meine Jugend zurück, Beata. Ich kann von dir nicht erwarten, dass du mich richtig verstehst.«

Ich legte beide Arme um seine Hüften, die noch klamm von der Dusche waren. Er ist es, dachte ich, der Zuspruch, Beschwichtigung braucht. Nicht ich.

»Ich verstehe dich nur zu gut!«, sagte ich leise.

Stimmte das wirklich? Was hatten wir miteinander zu tun? Ich hatte gesagt, dass ich ihn verstand, ich gab mir Mühe, die Worte mit leidenschaftlicher Hingabe zu wiederholen. Was glaubte ich damit zu erreichen? Begriff ich nicht, dass keine meiner Aufwallungen imstande war, ihn wirklich zu beunruhigen? Ich wusste, dass ich verantwortungslos handelte, weil ich aus dem logischen Kern in mir erkannte, wie unsinnig meine Träume waren. Hatte ich den Einsatz verspielt, zu viele Emotionen investiert? Ich spürte bereits das Gefühl einer Pleite; es gibt keine Romantik, die man aus der Naturwissenschaft ableiten kann.

»Aber ich liebe dich doch«, sagte Fabio, und das brachte mich endgültig in die Wirklichkeit zurück. Er hatte diesen Satz undeutlich hingesprochen, wie zu sich selbst. Er zeigte eine kindliche Geradheit dabei, seine Augen blickten fest in die meinen. Ich seufzte. Nun, ich hatte keine Wahl.

»Weißt du«, sagte ich, »Liebe kann man sich abgewöhnen.«

Er schüttelte leicht den Kopf und blickte zur Seite. Wäre nicht sein klares Gesicht so überaus freundlich und anziehend gewesen, hätte ich die Geduld verloren. Dann hielt er die rechte Hand hoch, schlang seine Finger um die meinen und drückte sie.

»Es muss doch nicht sein«, erwiderte er lächelnd, bevor er mich in seine Arme hob. Ich küsste ihn, ohne Aufrichtigkeit zunächst, dann mit ausbrechender Leidenschaft. Die Zeit mit ihren Schleiern kam und ging. Ich suchte Zuflucht vor der großen Flut der Stunden.

Es wurde Abend.

Als wir uns geduscht und angezogen hatten, sagte ich, Heiterkeit vortäuschend, dass ich ja eigentlich zum Arbeiten da sei, und zeigte ihm die Muschelseide. Auf den ersten Blick war das archaische Muster kaum erkennbar; auch Kunstseide mochte wie Glas glänzen, dieses sanfte, grünliche Leuchten ausstrahlen. Die wunderbare Geschmeidigkeit des Gewebes, diese flockenleichte Wärme, waren nur dann zu spüren, wenn man es in die Finger nahm.

»Wie teuer wäre heutzutage so ein Schal?«, erkundigte sich Fabio.

»Weiß ich nicht. Es ist ein Museumsstück. Aber hast du gesehen? Das Tuch wurde zerschnitten.«

»Ich sehe nichts. Oder denkst du dir das nur?«

»Nein, nein!« Ich zeigte ihm die Stelle. Er sah mich fragend an.

»Wieso? Was soll das?«

»Tante Francesca sagt, ihre Mutter Cecilia hätte den Schal halbiert.«

»Tatsächlich? Nein, das war doch albern. Und was geschah mit der anderen Hälfte?«

»Cecilia soll das Tuch verschenkt haben.«

»Ihrem Liebhaber?«

»Das denke ich jedenfalls. Francesca behauptet, es nicht zu wissen. Aber sie will es nur nicht sagen.«

»Das ist wohl so. Aber warum denn? Die Geschichte liegt doch fast hundert Jahre zurück.«

»Es hat keinen Sinn, ihr Fragen zu stellen. Sie war ein uneheliches Kind, weißt du. Das gehörte sich nicht, in unserer Familie schon gar nicht. Du kannst dir das Drama vorstellen. Jedenfalls wurde Cecilia hinter Schloss und Riegel gehalten, solange sie das Kind erwartete. Sie starb bei Francescas Geburt.«

»In Italien wurden solche Kinder oft fortgegeben und wuchsen bei Pflegefamilien auf.«

»In Malta auch. Man zahlte Abfindung und Schweigegeld.

Und später mussten die Kinder sehen, wie sie durchs Leben kamen. Und es ist schon eigenartig, dass Francesca, die ein Dickschädel war und gewiss keine rosige Jugend erlebte, als Tochter anerkannt wurde und den Namen Sforza trug.«

Fabio pfiff zwischen den Zähnen hindurch.

»Und von dieser spannenden Story sickerten nie Einzelheiten durch? Was sagt denn dein Vater dazu?«

»Nicht viel. Seine Eltern hätten nie darüber gesprochen. Übrigens soll Cecilia ein Tagebuch hinterlassen haben. Aber Francesca hütet es wie ihren Augapfel.«

»Hast du nicht gefragt, ob du es mal lesen könntest?«

»Doch, natürlich. Sie sagt: ›Wenn mir der Sinn danach steht.‹ Und sie ist über neunzig.«

»Dio mio!«, seufzte Fabio. »Hoffentlich steht ihr bald der Sinn danach.«

Danach erzählte er mir einiges über die Frau, die wir am nächsten Tag besuchen würden.

»Ihr Name ist Decima Ludovico. Sie stammt von der Insel Sant' Antioco, wo das Weben von Muschelseide Tradition hat. Signora Ludovico besitzt keinen Computer, aber immerhin ein Telefon. Ich habe mich kurz mit ihr unterhalten. Am Anfang hatte ich Mühe, ihre sardische Sprache zu verstehen. Sie ähnelt der Spanischen, hast du das gewusst? Die Signora sagte zunächst, sie empfange schon lange keine Leute mehr bei sich. Dann begann sie plötzlich, ein recht gutes Italienisch zu sprechen. Die Sache interessierte sie offenbar. Sie erwartet uns also.«

»Hast du ihr gesagt, dass ich einen Schal aus Muschelseide mitbringe?«

»Das habe ich ihr gesagt.«

»Nun, sie wird ihn ja sehen«, meinte ich.

Er schüttelte den Kopf, mit einer Mischung aus Bedauern und Skepsis.

»Sie wird ihn nicht sehen können. Sie ist blind.«

## *10. Kapitel*

Der Flug nach Cagliari ging um elf und dauerte knapp eine Stunde. Die Maschine startete auf die Minute genau und kam auch pünktlich an. Die Gipfel des Gennargentu trugen längst keinen Schnee mehr, und das Meer an der Küste war grün und schaumgekrönt. Es war heiß in Cagliari, diese glühende Hitze, die in der Sommerzeit den Süden brodeln lässt. Der Wind ließ die Steine kochen, die Palmen waren trocken und staubig, die Häuser strahlten zusätzliche Hitze aus. Cagliari in der Mittagszeit war still. Kein Hupen, kein Knattern der üblichen Vespas, kaum eine Stimme. Nicht einmal Katzen schlichen durch die Straßen. Nur einige leicht bekleidete Touristen saßen vor den Cafés in der prallen Sonne. Das Hotel »Stefano« befand sich auf einer mit Pinien bewachsenen Anhöhe, wo die Luft frischer war. Vom Balkon aus war das Meer sichtbar, ein Postkartenblick. Ich lehnte mich über die Brüstung und wich schnell zurück: Das geschnörkelte Schmiedeeisen glühte.

Es war noch zu früh, um der alten Dame einen Besuch abzustatten. Müde und hungrig setzten wir uns in die Trattoria, die zum Hotel gehörte. Im Innenhof war es schattig und angenehm kühl, die Mandarinenbäume trugen goldgelbe Früchte, der Jasmin sparte seinen Duft für den Abend auf. Wir aßen Risotto, dazu gartenfrischen Salat, mit einem wundervollen Olivenöl zubereitet. Wir tranken einen kühlen, leichten Rosé, der uns erfrischte, aber nicht beduselte. Wir neigten uns zueinander, unterhielten uns lustig und halblaut. Wenn die Paare an den anderen Tischen zu uns herüberschauten, mussten sie denken, dass wir ein glückliches Liebespaar waren oder jung Verheiratete in den Ferien. In Wirklichkeit machten wir uns etwas vor, mimten Fröhlichkeit und Einverständnis, um meinen unterschwelligen Groll und Fabios schlechtes Gewissen zu überspielen. Das kleine Mädchen, das zwischen uns getreten war, bewegte sich auf Krücken; das machte es unbesiegbar. Ich, die mit beiden Füßen fest auf der Erde stand, steckte die Niederlage ein. Dieser Tag, diese Stunde waren für mich schon gelebt, bevor sie eigentlich zu Ende gingen. Auch die folgende Nacht war schon gelebt, bevor sie kommen würde. Liebe kann man sich abgewöhnen, hatte ich gesagt. Konnte man das wirklich?

Es wurde vier Uhr. Die alte Dame wartete auf uns.

»Via Orthobene« lautete die Adresse. An der Rezeption sagte man uns, die Straße befände sich irgendwo in den Vororten, und wir sollten lieber ein Taxi nehmen. Zum Glück wusste der Fahrer Bescheid, weil sein Schwager, wie er sagte, in der Nähe wohnte.

Der Wind hatte sich gelegt, es war noch wärmer als in der Mittagszeit. Aber Cagliari war erwacht. Eine stickige Großstadt, mit barocken Kirchen und alten Gebäuden, manche restauriert, viele noch baufällig. In den Straßen brodelte der Verkehr. Jedes Rotlicht dauerte lange, und alle Fahrzeuge hupten zur gleichen Zeit, als ob sie das Warten nicht ertragen könnten. Im Hafen lagen Kutter, Fischerboote, elegante Yachten, und darüber strahlte das Blau des Nachmittagshimmels. Jenseits der Masten, Schornsteine und Aufbauten schaukelte das offene Meer. Am Stadtrand verloren Wohnblöcke sich in gelbe, ausgetrocknete Felder. Die Küste dahinter war felsig, die Strände klein und halbmondförmig. Schließlich bog der Fahrer in eine Straße ein, die scheinbar nirgendwohin führte, hügelauf und hügelab. Wir fuhren an einer ausgedienten Fabrik, an einer Garage vorbei, an Werkstätten, an Läden mit heruntergelassenen Gittern, an niedrigen Steinhäusern, mit Reben bewachsen, an einer verkommenen Trattoria. Ein Dorf, das nicht gewachsen war und sich langsam von seinen Bewohnern leerte.

»Hier!«, sagte der Fahrer. Er gab uns seine Handynummer. Wir sollten ihn anrufen, er würde uns wieder abholen. Er fuhr weg, Sand aufwirbelnd, und wir standen in der sommerlichen Stille, im starken Duft der Kamillenbüsche. Das Haus befand sich in einem kleinen Garten. An dem stabilen Eisentor hing der Haken, mit dem man ihn verschließen konnte. Die Fenster waren mit Eisenstäben versehen, aber nur im Erdgeschoss. Oben standen sie offen. Der Vorhof war mit Kies belegt. In einer Ecke stapelte sich Brennholz, und im kleinen Gemüsegarten wuchsen Stangenbohnen und schöne Tomaten. Ich stieß das Tor auf. Wir gingen auf das Haus zu; an der schweren Holztür hing ein dicker Klöppel in Form eines Delphins. Ein Überbleibsel von früher, denn an der Seite der Tür war eine Klingel angebracht, die in der Stille laut schepperte. Es dauerte ziemlich lange, bis sich im Haus etwas regte. Endlich wurde ein Schlurfen hörbar. Eine Kette rasselte, die Tür öffnete sich einen Spalt. Vor uns stand eine klein gewachsene Frau mit blassen Lippen und scharfer Nase. Sie trug nicht Schwarz, sondern ein altmodisches Kleid mit einem Blumenmuster, orange und dunkelgrün, dazu Wollsocken und derbe Sandalen. Ihr kurz geschnittenes Haar war nur leicht ergraut, was bewirkte, dass sie weder jung noch alt aussah. Doch das wirklich Auffallende an ihr waren die Augen, blauer als Vergissmeinnicht. So blau, als spiegele sich in ihnen die Farbe des Himmels.

»Sind Sie der Besuch, den ich erwarte?«, fragte sie.

Die raue, fast krächzende Stimme war die einer Raucherin oder die einer alten Frau. Fabio zeigte sein gewinnendes Lächeln, als ob er nicht mehr daran dächte, dass die Frau ja eigentlich blind war. Aber Blinde spüren, ob die Mitmenschen lächeln. Außerdem bewirkte der direkte blaue Blick, dass man es vergessen konnte.

»Ja, Signora. Entschuldigen Sie, dass wir Sie stören«, setzte er höflich hinzu.

Sie bewegte den Kopf.

»Ich habe mit Ihnen am Telefon gesprochen, ich erkenne Ihre Stimme wieder.«

Ich sagte:

»Mich kennen Sie noch nicht, Signora. Ich bin Beata Sforza und komme aus Malta.«

»Malta ist für mich kein unbekannter Ort.« Sie lächelte und zeigte Zähne, die von gelber Farbe, aber fest und gesund waren. »Kommen Sie!«

Sie schloss die Tür, führte uns eine Treppe hinauf. Die einzelnen Stufen bestanden aus Schiefer, auf die durch das Fenster Licht fiel. Das Treppenhaus selbst, so groß wie ein Zimmer, war mit einem Wandschrank versehen, vor dem ein weißer Vorhang aus Baumwolle, rot bestickt, im Luftzug wehte. Mächtige Türen, mit Haken und Riegeln verschließbar, führten zu den verschiedenen Zimmern. Decima Ludovico ging ohne jedes Zögern, sie hielt sich nicht einmal am Geländer fest. Ich fragte mich, ob sie innerlich die Stufen zählte. Sie geleitete uns in ein größeres Zimmer mit zwei Fenstern, eins zur Straße, das andere zum Garten. Ein Sofa, dessen Sprungfedern sich gesenkt hatten, war mit dunkelrotem Plüsch bezogen.

»Bitte, machen Sie sich es bequem«, sagte Decima. Wir dankten und setzten uns. Die Stühle mit der hohen Lehne waren in der gleichen Farbe gepolstert. Auf einer altmodischen Vitrine aus Nussbaum standen Kristallvasen, eine scheußliche Puppe im grünen Ballkleid, wie man sie auf Jahrmärkten gewinnt, und allerlei Geschirr, davon einige zierliche Kaffeetassen, die Decima jetzt mit behutsamen Gesten auf den Tisch setzte. Dazu gehörten fein gearbeitete Kaffeelöffel aus Messing. Decima brachte Zucker, gekochte Milch, einige duftende Amaretti. Der Kaffee war schon in einer silbernen Kanne vorgekocht. Decima bewegte sich so leicht und sicher, dass ich mich immer wieder fragte, ob sie wirklich blind war. Es musste wohl stimmen, denn mir fiel bald auf, dass ihre Pupillen, was auch immer sie tat, starr in die gleiche Richtung blickten.

Als sie uns endlich gegenübersaß, den Rücken kerzengerade, die Hände mit ihren kräftigen Nägeln flach auf den Schenkeln ruhend, eröffnete sie das Gespräch mit den Worten:

»Ich bin eine alte Frau und empfange wenig Besucher.«

Sie machte eine Pause, und Fabio sagte höflich:

»Ja, das erwähnten Sie bereits. Wir werden auch nicht lange bleiben.«

Sie nickte ihm zu und fuhr fort:

»Gelegentlich kommen Leute, die sich für die Geschichte der Textilien interessieren. Meistens sind es Fachleute. Doch Sie sagten mir, dass Signorina Sforza einen Schal aus Muschelseide ihr Eigen nennt. Nun, Signorina, woher kommt dieser Schal? Ich höre zu und bin sehr gespannt!«

Sie beugte sich in erwartungsvoller Haltung leicht vor und hielt, während ich erzählte, ihre Augen von schönstem Blau starr auf mich gerichtet. Dabei schien etwas in ihr vorzugehen. Stufenweise drückten ihre gelassenen Züge die Anstrengung und Erschütterung eines Menschens aus, der seine Erinnerungen zurückverfolgt und auf der Schwelle einer bewegenden Entdeckung steht. Plötzlich unterbrach sie mich mit lebhafter Geste.

»Dieser Schal, wo befindet er sich?«

»Hier, Signora!«

Ich löste den Schal von meinem Hals, schüttelte ihn leicht, um ihn auszubreiten; mir war, als ob sich die Luft mit einem spinnwebenfeinen Leuchten erfüllte, bronzefarben, hellgrün und goldrosa: ein Zimmer voller Regenbogen! Doch die alte Frau griff bereits nach dem Tuch. Die Geste war liebevoll, unbeirrbar sicher. Es war, als spürte sie die Gegenwart des Schals aus der Bewegung der Luft. Ich konnte sehen, wie der Schal, gegen das Licht gehalten, durchsichtig wurde, sodass sich Decimas Handfläche dahinter wie ein Schatten abzeichnete. Sie nickte vor sich hin, während ihre beweglichen Finger den Umrissen der Muster nachspürten.

»Das Muster ist gewebt, nicht gemalt«, sagte sie, »Muschelseide kann man nicht bemalen, außer mit dem Purpur der Purpurschnecken.«

Die tastende Bewegung ihrer Finger hielt plötzlich inne.

»Der Rand wurde ausgebessert.«

Ich wechselte mit Fabio einen erstaunten Blick.

»Wie haben Sie das bemerkt?«, fragte ich.

»Das Tuch wurde zerschnitten, hier, mitten durch den Seestern. Der Rand war leicht ausgefranst und wurde vernäht. Man sollte es eigentlich mit bloßem Auge sehen.«

»Ich habe es schon festgestellt, Signora«, erwiderte ich demütig.

Sie sprach weiter, als ob sie laut dachte.

»Das Tuch war doppelt so lang. Wo ist der abgeschnittene Teil?«

Ich fühlte mich schuldbewusst, ohne zu wissen, warum, und sagte, dass ich vergeblich versucht hatte, es zu erfahren.

»Und wer hat den Rand ausgebessert?«

»Meine Großtante, wie mir gesagt wurde.«

»Die Arbeit wurde sorgfältig ausgeführt, das schon«, murmelte sie. »Aber das Garn ist Bombyx, nicht Byssus.«

Sie hielt den hauchdünnen Stoff auf den Knien, streichelte ihn sacht, wie eine Mutter, die ihr schlafendes Kind streichelt.

»Einst war Byssus der kostbarste Stoff dieser Welt. Das Wort stammt aus dem Griechischen, wie Sie vielleicht wissen, und bedeutet ›feine Faser‹. Eigentlich bildet jede Muschel eine solche Fadendrüse. Aber nur bei der *Pinna nobilis* werden die Fäden lang. Sie entstehen aus organischem Material, vorwiegend aus Eiweiß.«

Ihre Augen starrten an mir vorbei ins Leere. Sie sprach sehr sachlich, aber dazwischen kamen immer wieder lange Pausen. Sie merkte es offenbar gar nicht. Es schien sie etwas stark zu beschäftigen, und dieses immer wiederkehrende, sonderbar leere Schweigen deutete darauf, dass sie an etwas ganz anderes dachte.

»Die Tradition erzählt, dass die Webkunst seit uralten Zeiten von den Prinzessinnen aus der Familie des Königs Herodes von Judäa ausgeübt wurde. Der Schleier im Tempel Salomos, der das Allerheiligste verbarg, war aus Byssus, ebenso wie das Goldene Vlies, das Jason auf seinem Schiff Argon sich zu suchen aufmachte. Die sardische Bevölkerung stammt aus dem Mittleren Orient, haben Sie das gewusst? Die Phönizier, beheimatet an den Küsten des heutigen Libanon, waren als unerschrockene Seefahrer bekannt. Doch sie waren Händler, keine Eroberer; sie bauten Siedlungen, die wenig befestigt waren, und mischten ihr Blut mit dem Blut einheimischer Frauen. Damals lebten Götter unter den Menschen, und die Welt war voller Wunder. Die Völker waren jung, ihre Phantasie noch unverbraucht.«

Sie hielt inne, um Atem zu schöpfen. Was für eine schöne Sprache die alte Dame doch hat, dachte ich. Dabei war es, als ob die klangvolle sardische Aussprache ihren Worten noch mehr Nachdruck verlieh.

»Der Ursprung meiner Vorfahren verliert sich im Dunkel. Sicher ist, dass sie über das Meer kamen. Vielleicht zogen sie auf Weisung ihrer Gottheit aus, die ihnen sagte, wohin sie segeln sollten. Sie kamen über das Meer mit ihren Frauen. Und diese Frauen kannten das Geheimnis der goldenen Fäden aus dem Meeresgrund. Das war ihr Kennzeichen; sie hüteten es als etwas Verborgenes und gaben es nur an ihre Töchter weiter. Das Drehen des Spinnrades war Sinnbild der kreisenden Gestirne, und das Hin und Her des Schiffchens wurde mit dem heiligen Schöpfungsakt verglichen. Später änderten sich die Sitten. Das Weben war nicht mehr Kulthandlung, nicht mehr Gebet. Die Frauen richteten kleine Werkstätten ein. Sie webten für Päpste, Bischöfe und Könige. Aber sie waren anders als andere Frauen. Sie lebten nach altem Mutterrecht, dachten eigenständig und kühn. Ihre Töchter bestimmten selbst ihren Gatten; und es war jedem Mann eine Ehre, von einer dieser Frauen erwählt zu werden. Vor hundert Jahren noch wurden meine Ahnfrauen die ›Zauberinnen‹ genannt, obwohl sie fromm erzogen wurden, den sonntäglichen Kirchgang nie verschmähten und nicht selten Priester und Nonnen in der Familie vorkamen.«

Decima verstummte, doch nur, um ein Schlückchen Kaffee zu trinken. Der Löffel klirrte leise, als er an die Tasse stieß.

»Früher – ich rede von der Zeit, als ich Kind war – kamen die Steckmuscheln in den Küstengewässern noch sehr häufig vor. Die ärmeren Leute kauften sie als Nahrungsmittel. Aber man konnte sie nur in der kalten Jahreszeit fischen; in den warmen Monaten galt ihr Fleisch als ungenießbar. Es waren die Fischer selbst, die in ihrer Unwissenheit die Muscheln mit Rundzangen ernteten und den Bestand langsam, aber unaufhaltsam vernichteten. Damals gab es Webereien auf Carloforte und Maddalena. Und auch auf meiner Heimatinsel Sant' Antioco. Meine Mutter war Weberin, wie es meine Großmutter vor ihr gewesen war. Ich begann mit neun, ihr Handwerk zu lernen. Eigentlich hätte mein Vater gern eine Lehrerin aus mir gemacht, denn ich hatte noch zwei jüngere Schwestern und war für mein Alter sehr frühreif. Doch stets gab ich der Spindel und dem Rocken den Vorzug vor den Büchern. Ich richtete meine Aufmerksamkeit lieber auf den golden funkelnden Faden auf der Spindel als auf die Schiefertafel und die Kreide. Ich war von den Fäden bezaubert wie von einem magischen Licht. Ich hatte dabei das geheimnisvolle Empfinden, dass meine verstorbene Großmutter – die ebenfalls den Namen Decima trug – mir über die Schultern blickte, mir zulächelte. Dieses Gefühl trat jedes Mal auf, wenn ich die Spindel führte. Heute erscheint mir die Großmutter nicht mehr; sie hat sich zurückgezogen in die Nebel der Zeiten. Sie ist kein Gespenst, noch nicht. Wollte ich es wirklich, könnte ich sie rufen; sie würde in Erscheinung treten und mir zulächeln, wie einst …«

Fabio verzog das Gesicht. Ich betrachtete sie schweigend. Redete sie irre? Doch ich fand in ihren blinden Augen kein Irresein. Ich fand nicht das geringste Anzeichen dafür. Mehr noch: Sie schien in unseren Gedanken zu lesen, denn sie zeigte plötzlich ein breites, ironisches Grinsen.

»Ihr denkt, die alte Decima ist verrückt? Nein, die alte Decima hängt nur ihren Erinnerungen nach. Jetzt nehmt noch Kaffee, und hört mir zu. Als mich Morta – meine Mutter – in die Werkstatt nahm, lieferten die Fischer die Muscheln zuerst bei uns ab. Wir entnahmen ihnen den Byssus und gaben die Muscheln den Fischern zurück, die sie dann auf den Markt brachten. Der Byssus wurde zuerst in Meerwasser, dann in Regenwasser gewaschen, um ihn von Sand und Schlamm zu befreien. Für eine letzte Waschung wurde Lauge verwendet. Dann kam er in ein Zitronenbad, das ihn dunkelgolden machte, oder in den Urin der Kühe, der ihm eine hellgelbe Färbung verlieh. Ja, und ich sehe wieder mich als Mädchen, wie ich die Büschel zum Trocknen in die Sonne legte, sie dann zwischen den Handflächen rieb, um sie weich zu machen, bevor sie gekämmt wurden. Der Kamm war kurz und musste aus Stahl sein. Die Büschel waren recht hart, und die Arbeit dauerte lange. Dann erst konnte der Byssus mit der Hand gezupft und zu einem Faden verzwirnt werden. Jede Weberin hatte ihre Spindel – Fusu – und den Rocken – Kannuja –, beide aus Holz. Da diese Geräte eigentlich zu der Aussteuer jeder Frau gehörten, zogen die meisten von uns vor, ihr persönliches Werkzeug zu verwenden. Der fertige Faden wurde auf den Rahmen gespannt und gewebt. Und – oh, das darf ich nicht vergessen – bei der Arbeit ging es immer sehr ausgelassen zu. Unsere Scherze wären keiner anständigen Frau über die Lippen gekommen. Wir waren nicht wohlerzogen – wir waren eben anders. Wir sangen auch Lieder. Es gab Lieder für das Kämmen, für das Spinnen und für das Weben. Sie verliehen uns die Kraft, unsere Arbeit zu fühlen. Manche dieser Lieder waren in einer fremden Sprache, von der ich später erfahren sollte, dass sie Aramäisch war – die Sprache, die auch Jesus Christus sprach. Ich höre diese Lieder noch heute in mir. Kaum singe ich ein paar Strophen, da wiege ich mich schon im Takt, aber die tanzende Spindel in der Hand, die sehe ich nur im Geist …«

Sie hatte wie in Trance gesprochen. Ihre Stimme klang schmerzlich stolz. Nun zog sie die Brauen zusammen, legte die Finger flach auf die geschlossenen Augen. Dann legte sie ihre Hände, noch voller Kraft und Energie, zurück auf den Schal und streichelte ihn. Eine Weile verging. Fabio sah sie an und blickte wieder weg, als sei er in Wirklichkeit nicht sonderlich interessiert. Ich bemerkte, wie er verstohlen auf die Uhr schaute.

»Dieses Handwerk«, fragte ich Decima, »könnte es wieder aufleben?«

Sie straffte den Rücken, wandte sich langsam mir zu.

»Ich weiß es nicht. Die Gewässer sind verschmutzt. Chemische Stoffe fördern das Wachstum bösartiger Algen. Die edle Steckmuschel findet keine Nahrung mehr.«

»Könnte man sie nicht züchten, wie man auch Muscheln für die Gewinnung von Perlen züchtet?«

Sie nickte.

»Vor einigen Jahren wurden Versuche unternommen ...«

»Und?«

»Man gab die Versuche auf. Es wäre viel zu teuer geworden ...«

Die Sonne verschwand; hinter den Scheiben flammten mohnrote Blumen auf. Dann sank Dunkelheit herab. Die Blinde schien es nicht zu stören. Wie jemand, der allein ist oder in Gedanken versunken, glättete sie unentwegt den Schal mit der Handfläche, fuhr mit ihren Fingern das Muster entlang, als merkte sie gar nicht, dass sie es tat. Auf einmal machte sie eine unruhige Bewegung mit den Füßen auf dem Steinboden. Es war, als sei etwas in ihr erwacht, das lange verschüttet gewesen war, als sei aus dem Grunde der Zeiten etwas in ihr Bewusstsein getreten, das tief in ihr verborgen, ihrem Gedächtnis unerreichbar gewesen war. Sie sah mich an mit ihren strahlenden Augen, die nichts sahen.

»Es war ein Auftrag«, sagte sie, sonderbar leise, als sollte es niemand hören außer mir. »Ja, ja. Jetzt entsinne ich mich. Meine Mutter hat oft von ihm erzählt. Sie war vierzehn oder fünfzehn Jahre alt, als er die Weberei besuchte. Alle Mädchen hatten nur Augen für ihn. Nie zuvor hatte ein so gut aussehender junger Mann die Werkstatt betreten. Ich glaube, meine Mutter verliebte sich wirklich in ihn. Sie war eine schöne junge Frau damals, viel schöner, als ich es jemals gewesen bin. Der junge Mann war Maltese, Offizier auf einem britischen Schiff …«

Ich hielt die Luft an, bevor ich mit einem kleinen Stoß ausatmete. Es war, als ob sich irgendwo, in einer anderen Dimension, winzige Partikel zusammenfügten; ich vermeinte fast das leise Klicken zu hören, wie die Teilchen sich in die ihnen zugeordnete Stellung einklinkten. Die ganze Welt bestand aus alten und neuen Geheimnissen. Ich war in mancher Hinsicht erfahren, aber jetzt bekam ich eine Gänsehaut.

»Es war mein Großonkel, Gaetano Sforza! Es kann niemand anderes gewesen sein!«

Ganz ihren Erinnerungen hingegeben, bewegte sie leicht den Kopf auf und nieder. Es war ein bejahendes Zeichen.

»Morta wurde nicht müde, von ihm zu erzählen. Er hat wahrhaftig großen Eindruck auf sie gemacht. Hoch gewachsen und sehr schlank sei er gewesen. Die Uniform war von tadelloser Machart und stand ihm wunderbar. Er hatte goldbraune Haut und lockiges Haar von seltener Farbe, wie dunkle Bronze …«

Ich hob unwillkürlich die Hand, fuhr über mein Haar. Es war, als ob Decima die Bewegung spürte. Sie hielt inne und fragte:

»Haben Sie auch solches Haar?«

Fabio antwortete für mich.

»Ja, sie hat wunderschönes Haar. Kastanienbraun und gelockt.«

Ich lächelte schwach.

»Es ist ein Merkmal unserer Familie.«

»Er war noch sehr jung«, fuhr Decima fort. »Zwanzig vielleicht? Aber in dieser Zeit war die Kindheit kurz. Wir lernten früh, Verantwortung zu tragen: Der Maltese war bereits Erster Leutnant, hatte viele Länder, viele Meere bereist. Jedenfalls bat er meine Großmutter, die damals die Werkstatt leitete, um ein Gespräch unter vier Augen. Das Gespräch dauerte ziemlich lange. Und als er ging, erklärte Großmutter den Weberinnen, der junge Offizier habe einen Schal aus Muschelseide in Auftrag gegeben. Der Schal sei für eine junge Dame bestimmt, die bald ihren Geburtstag haben würde. Die Weberinnen seufzten, hingerissen, gerührt und etwas neidisch. Manche waren ja noch ganz jung, halbe Kinder. Doch Großmutter sagte:

›Ihr törichten Dinger! Er will den Schal seiner Schwester schenken!‹

Immer stärker gewann ich den Eindruck, dass ich einen einzigartigen Augenblick erlebte, dass alles, was einst getrennt war, sich zusammenfügte.

»Cecilia ...«, sagte ich kehlig.

»Ja«, erwiderte Decima, »das war der Name, den er nannte. Die junge Dame wurde an ihrem siebzehnten Geburtstag in die Gesellschaft eingeführt, und sie sollte den Schal zu ihrem Ballkleid tragen. Der junge Mann hatte gewünscht, dass der Schal ein marines Muster zeigte. Seine Schwester sei eine gute Schwimmerin, hatte er lachend erzählt. Das war überaus ungewöhnlich; in dieser Zeit wagten sich die Damen nur ganz selten ins Meer. Großmutter erarbeitete also eine Vorlage, die am Webstuhl umgesetzt wurde. Die aufwändige Arbeit erforderte große Geduld und Sorgfalt und nahm mehrere Monate in Anspruch. Endlich war der Schal fertig. Das Muster war einzigartig. Morta, die auch ihren Teil daran geleistet hatte, beschrieb mir eingehend die Fische, die Seepferdchen, den großen Seestern in der Mitte. Und als der Offizier auf der Rückreise von Afrika erschien, um den Schal in Besitz zu nehmen, lobte er jede einzelne Weberin und sagte, er habe nie etwas Schöneres gesehen. Er zahlte in Goldmünzen. Die beachtliche Summe wurde unter den Weberinnen aufgeteilt. Die Mädchen verwendeten sie für ihre Aussteuer. Morta erzählte, dass eine der Frauen, eine verarmte Witwe, vor Glück in Ohnmacht fiel. Sie hatte jetzt das Geld, um sich ein Häuschen zu kaufen.«

Ein Schweigen folgte, das Decima mit einem Seufzer brach.

»Ja, ja, der schöne Offizier aus Malta ... Wissen Sie, was aus ihm geworden ist?«

»Es war der Erste Weltkrieg«, sagte ich. »Sein Schiff wurde von einem U-Boot beschossen. Gaetano wurde schwer verletzt geborgen und lebte nicht mehr lange.«

Decimas blaue Augen waren seltsam verdüstert, gleichsam müde von zu tiefgründigem Wissen.

»Kriege sind eine Abscheulichkeit«, murmelte sie, »grausam und unabwendbar wie alles Böse, ein uralter Fluch, der auf uns lastet. Und die junge Dame?«, fragte sie aus mitfühlendem Herzen. »Was geschah mit ihr?«

Ich zögerte, doch nur einen Atemzug lang.

»Cecilia starb, als sie achtzehn war, bei der Geburt eines Kindes.«

Decimas Gesicht schimmerte fast überirdisch weiß, als vermochte es im Dunkeln zu leuchten. Ihre Lippen verzogen sich zu einem traurigen Lächeln.

»Warum sie ihren Schal zerschnitten hat? Ich habe darüber nachgedacht. Ich glaube, dass sie ihn teilte, um ihn als Liebespfand ihrem Mann zu überreichen.«

Ich schüttelte leicht den Kopf.

»Sie war nicht verheiratet.« Ich setzte hinzu: »Die Familie war sehr aufgebracht.«

Decima antwortete sanft, mit der großen und endgültigen Erfahrung einer bitteren Reife.

»Ja, ja, das Schicksal ist manchmal fürchterlich hoffnungslos. Es ist immer die Frau, die das Kind trägt und zur Welt bringt. Aber meine Gedanken tun hier nichts zur Sache. Der junge Herr muss seine Schwester sehr geliebt haben. Ob er wusste, was mit dem Schal dann geschah? Ich für meinen Teil glaube, dass er es wusste. Diese außergewöhnlich beschenkte Dame war gewiss vertrauenswürdig …«

Geriet die Vergangenheit in eine Sackgasse, blieb das Geheimnis ohne Anfang und ohne Ende lebendig. Das Geheimnis war unvergänglich – weil es ja stattgefunden hatte. Ein düsterer Kummer überfiel mich. Die Gespenster der Vergangenheit verfolgten mich bis hierher in dieses alte sardische Haus, aber zeigten mir nicht ihr Gesicht. Noch während ich so dachte, erkannte ich Decimas ungewöhnliche Fähigkeit, mit ihren blinden Augen in mir zu forschen. Immer stärker gewann ich das Gefühl, dass sie sehen konnte, wer ich war, mit unterbewusstem, nahezu unheimlichem Scharfsinn. Eine gewaltige Zuneigung regte sich in mir zu dieser Frau. Ich hatte weder Gaetano noch Cecilia gekannt, ich wusste lediglich, dass es sie gegeben hatte. Decimas Existenz aber war mit der Existenz dieser Menschen auf der vergangenen Seite meines Lebens verwoben gewesen. Die Erkenntnis betäubte mich fast. Und gleichzeitig fühlte ich mich unsagbar erregt.

»Eigentlich bin ich nicht wegen meiner Familie hier«, sagte ich, so ruhig ich konnte. »Ich danke Ihnen trotzdem, dass Sie mir das erzählt haben.«

Draußen glühte ein schwindender roter Schein. Aus der Dunkelheit klang die Stimme der alten Dame, heiser und singend zugleich.

»Die Vergangenheit sollten wir ruhen lassen. Sie könnte jene Kraft zerstören, die uns befähigt, zu leben. Ich habe Sie mit alten Erinnerungen belastet. Scusi, Signorina, ich hätte es vielleicht nicht tun sollen.«

Aus den Augenwinkeln bemerkte ich, wie Fabio sich unruhig in seinem Lehnstuhl bewegte. Das Gespräch wurde ihm zu ausführlich, zu persönlich. Doch ich konnte mich jetzt nicht mit ihm befassen.

»Im Gegenteil, Signora«, erwiderte ich lebhaft. »Ich bin froh, dass Sie es mir erzählt haben. Ich hätte nie gedacht, dass Sie und ich etwas Gemeinsames haben. Ich kam zu Ihnen, um zu erfahren, ob die Verarbeitung der Muschelseide noch möglich sein könnte. Das Unternehmen, für das ich arbeite, ist weltweit bekannt, hat auch das nötige Geld und unterstützt außergewöhnliche Projekte. Ich betreibe augenblicklich eine Machbarkeitsstudie. Aber das geht nicht von heute auf morgen. Bitte, haben Sie Geduld!«

Decimas fein gezeichnete Züge veränderten sich nicht. Sie

schien weder verwundert noch beeindruckt. Sie war von Natur aus sachlich.

»Geduld? Wer mit Muschelseide arbeitet, lebt von Geduld. Doch mein Körper hat keine Geduld mehr und lässt es mich auch wissen.«

Ein so leiser Hinweis darauf, dass ich nicht mehr mit ihr würde rechnen können, genügte, um mich unglücklich zu machen. Ich fragte, erwartungsvoll und etwas bange:

»Gibt es denn keine Frauen mehr, die das Gewerbe so gut kennen wie Sie?«

Sie ließ eine ihrer üblichen Pausen verstreichen. Ihre auf mich gerichteten blinden Augen waren wie dunkle Spiegel. Dann machte sie eine matte Bewegung allgemeinen Verneinens.

»Einige Frauen kennen das Gewerbe, das schon. Aber nicht so gut wie ich.«

»Ach, warum denn?«

»Weil sie nicht mehr daran glauben.«

In meiner Vorstellung gab es kaum Dinge, die sich nicht mit Energie und Erfindungsgabe – und gelegentlich gegen Bezahlung – erreichen ließen. Es zuckte mir wie Feuer durchs Blut, dass hier vielleicht nichts mehr zu machen sein würde.

Ich schluckte und sagte:

»Das ist sehr, sehr schade.«

Sie nickte gelassen.

»Es gibt nur noch eine Weberin. Eine, die ich selbst unterrichtet habe.«

Sofortige Erleichterung. Wo eine Möglichkeit war, öffnete sich Raum für die Tatkraft. Ich wollte Vertrauen haben.

»Kann ich sie besuchen? Wie heißt sie? Wo wohnt sie?«

Decimas Zähne blitzten in der Dunkelheit.

»Sie ist meine Tochter, und sie lebt auf Malta. Ihr Name ist Nona.«

## 11. Kapitel

Es gab eine Zeit, da ich glaubte, mich könnte nicht mehr viel überraschen. Die Welt ist verwickelt und vielgestaltig, aber nicht unzusammenhängend. Ein Ereignis, das andere nicht spiegelt, ist, für sich genommen, eine Ausnahme. Und diese alte Dame hatte es tatsächlich geschafft, mich in Erstaunen zu versetzen.

»Aber Signora!«, rief ich. »Warum sagen Sie mir das erst jetzt?«

Decimas Lächeln, das so selten kam, verschwand. Ihr Gesicht mit den reglosen Augen war nur noch ein heller Fleck in der Dunkelheit. Ihre Stimme klang ein wenig scharf.

»Eine Frau, ein Leben mögen ausreichen, damit eine Kunst nicht stirbt. Bisher fehlte nicht nur das Geld, sondern auch die Erkenntnis, dass das Meer uns nährt, heilt und kleidet. Dass das Meer unsere Mutter ist, die uns alle zur Welt brachte.«

Sie war nicht mehr ganz beim Thema. Oder doch? Sie verstand sich wirklich recht gut aufs Reden, machte, wo es darauf ankam, ihre dramatischen Ruhepunkte. Ich unterdrückte meine Ungeduld, so weit es ging. Ganz gelang es mir nicht, und ich wurde nervös. Aber ich schwieg und unterbrach sie nicht.

»Gewiss ist das Meer nicht nur gütig, sondern auch grausam. Doch welche Mutter ist nie zornig? Und verdienen wir Menschen nicht ihren Zorn? Sind wir nicht dabei, unsere Mutter zu töten? Die Strafe wird kommen, wegen der bösen Dinge, die wir ihr antun. Auch wenn wir sie um Vergebung bitten, wird es zu spät sein.«

Die Pause trat unerwartet ein, mit schmetternden Trompeten aus Verdis Aida. Ich sah Fabio ärgerlich an. Warum hatte er sein Handy nicht ausgeschaltet?

»Scusi, Signora!« Fabio erhob sich hastig, stieß mit dem Knie gegen den Tisch.

»Oh, ich habe vergessen, Licht zu machen!«, rief Decima verlegen. »Der Schalter ist neben der Tür.«

Fabios tastende Hand fand den Schalter. Ein Kronleuchter flammte auf. Trübes Licht erhellte den Raum, ließ alle Schatten hervortreten.

»Si, pronto!«, sagte Fabio. Er ging nach draußen, machte Licht im Treppenhaus. Ich hörte ihn leise sprechen. Irgendein Instinkt in uns sorgt dafür, dass wir Bescheid wissen. Er hatte ein krankes Kind und eine Frau, die ihn nicht verstand? Mit Fabios Ausreden war kein Staat zu machen. Ich fand sie abgeschmackt und kleinlich. Ich hatte nicht einmal mehr Lust, mir den Kopf darüber zu zerbrechen, weil mich das, was Decima sagte, im Augenblick mehr interessierte. Folglich stellte ich mich auf sie ein.

»Das alles ist wahr, Signora«, brach ich die längere Gesprächspause. »Sagen Sie, kann ich Ihre Tochter mal besuchen?«

»Es wird nicht schwierig sein«, erwiderte sie. »Sie lebt seit über zwanzig Jahren auf Gozo.«

Ich lächelte sie an, ließ dabei meine Gedanken weit abwandern, eine Sache, bei der ich mir wahrhaftig ganz genial vorkam.

»Ach, auf der Insel der Nymphe Kalypso.«

Sie erwiderte mein Lächeln, als ob sie es gesehen hätte.

»In der Antike hieß die Insel Ogygia. Meine Tochter wohnt in Victoria, zu Füßen der Kathedrale. Haben Sie gewusst, dass bei ihrem Bau ein punischer Tempel zu Ehren der Mondgöttin gefunden wurde?«

»Nein«, antwortete ich, wobei ich es mit der Wahrheit nicht so genau nahm. Es waren ja immer nur die Touristen, die sich die Ruinen ansahen.

»Und ist die Mondgöttin nicht gleichsam die Herrin der Meere?« Decima sprach, als ob sie aus einem Reiseführer vorläse. »Aber es ist schon so: Wir sehen selten, was dem Auge am nächsten ist.«

Mir fehlte, bei allem gebotenen Respekt für das, was sie sagte, die nötige Überzeugung. Sie hatte ein geistiges Bild in sich und auch das Bedürfnis, es mitzuteilen. Ich nahm es in Kauf.

»Meine Familie besaß ein Stück Land auf der Insel«, erzählte ich. »Zwei Mandelbäume und Reben. Aber heute nicht mehr.«

Decima zeigte ein Lächeln, das ausgesprochen zärtlich war.

»Meine Tochter ist glücklich in Victoria. Ihr Mann arbeitet im Krankenhaus. Sie hat zwei Söhne. Als ich merkte, dass ich mein Augenlicht verlieren würde, gab ich ihr meine Spindel und meinen Webstuhl. Nona webt Seide und Leinen. Ihre Kunst wird geschätzt, und ihre Kunden kommen von weither.«

Die Tür knarrte. Fabio trat wieder in den Raum. Er wollte rasch die Tür hinter sich zuschlagen, aber ein großer gestreifter Kater war schneller und huschte durch den Spalt. Die Frau konnte ihn nicht sehen und gewiss auch nicht hören.

»Ach«, sagte sie dennoch. »Der Milo ist da.«

Sie beugte sich über den Tisch, goss mit müheloser Sicherheit Milch in eine kleine Untertasse und stellte sie auf den Boden vor Milo, der sofort zu lecken begann. Die schmatzenden Geräusche schienen Decima zu behagen. Ich blickte zu Fabio hinüber, der mir zunickte.

»Dr. Biasinis Sprechstundenhilfe. Sie gab mir den Termin für Cosima durch.«

»Schön«, sagte ich.

Decima sprach weiter von dem Kater.

»Katzen leben lange, das ist gut. Milo ist heute meine einzige Familie. Menschen, die Katzen nicht mögen, sollte man misstrauen. Katzen sehen die unsichtbare Welt. Sie sind heilige Tiere. Die alten Ägypter wussten das.«

Fabio räusperte sich. Da ich keine Anstalten machte, aufzubrechen, setzte er sich wieder zu uns. Ich merkte ihm einige Verärgerung an, ganz leicht nur, aber echt. Ich sagte zu Decima:

»Angenommen, wir könnten die *Pinna nobilis* züchten, wäre Nona dann in der Lage, Weberinnen zu unterrichten?«

Sie hob bejahend die Hand, führte die Geste aber nicht aus, sondern ließ sie matt auf ihr Knie zurückfallen.

»Sie spürt den Zeitdruck, Signorina. Ihr bleiben noch zwanzig Jahre. Ungefähr.«

Ich starrte sie an.

»Wie meinen Sie das?«

Decimas Stimme klang unverändert ruhig.

»Weil sie danach erblinden wird. Eine Degeneration der Netzhaut. Sie ist in unserer Familie erblich und trifft nur die Töchter.«

»Das kann doch nicht sein!«, rief ich betroffen. »Heutzutage leistet doch die Augenchirurgie Beachtliches!«

Die alte Frau schüttelte bedächtig den Kopf.

»Glauben Sie, dass wir nicht schon alles versucht haben? Nein, nein, da ist nichts zu machen. Der Vorgang kann verzögert, nicht aber aufgehalten werden.«

»Es tut mir leid«, sagte ich. Ich war sicher, dass sie die Wahrheit sprach, obwohl es sich kaum glaubhaft anhörte.

»Deswegen bin ich ja so froh, dass Nona zwei Söhne hat«, fuhr Decima fort. »Seit Jahrhunderten wurden in der Familie nur Mädchen geboren. Die Erbfolge ist endlich unterbrochen, und wir wagen zu hoffen, dass Nonas Enkeltöchter von dem Übel befreit sein werden.«

»Das macht Ihre Last kaum leichter«, sagte ich. »Sie ist schon schwer genug.«

»Wir sind gewohnt, sie zu tragen.«

Aufrecht saß sie da, beide Hände auf den Knien, und ich sah, dass in ihrem Antlitz alle Weisheit und aller Stolz versammelt waren. Es war ein Licht in ihrem Gesicht, ein Licht, das nicht von der trüben Beleuchtung von oben kam, das ich aber trotzdem als etwas Reales empfand. Nach einer Weile beugte sie sich vor. Sie hielt den Schal vor sich wie eine Opfergabe und legte ihn in meine Hände. Mit einem kleinen Seufzer richtete sie sich wieder auf, massierte ihren Rücken, als ob sie Schmerzen hätte. Und als sie sprach, klang ihre Stimme völlig sachlich.

»Wissen Sie, wir haben sonst nie viele Krankheiten in der Familie gehabt. Und solange wir jung sind, denken wir nicht an das, was später kommt. Denn die Götter nehmen uns das Augenlicht nur, um uns auf andere Weise zu entschädigen. Unsere Augen erblinden, unser Geist aber sieht Dinge, die andere nicht sehen können, und alle werden wahr. Was Sie betrifft, Signorina, sehe ich sehr private, sehr besondere Dinge. Sie werden wundersame Ereignisse erleben. Doch mehr will ich dazu nicht sagen.«

»Es tut mir leid, aber ich habe für diese Art von Esoterik wenig übrig«, sagte Fabio, als uns das Taxi eine halbe Stunde später nach Cagliari zurück brachte. »Zum Schluss hat sie ziemlichen Unsinn geredet, findest du nicht auch?«

»Unsinn?«, erwiderte ich. »Den Eindruck hatte ich nicht. Und was sie über die Muschelseide sagte, war sehr aufschlussreich.«

Fabio unterdrückte ein Gähnen.

»Ja, das war der interessante Teil. Kannst du etwas damit anfangen?«

»Ich muss mit Annabel sprechen«, sagte ich geistesabwesend.

»Die Wiederaufnahme lokaler Traditionen ist zwar eine mühsame Angelegenheit, aber sie liegt im Trend. Und wenn Azur das Geld springen lässt, warum nicht? Aber was, wenn es an Rohmaterial fehlt? Du hast ja gehört, die Steckmuschel stirbt aus.«

»Auf Gozo gibt es keine Industrien, die chemische Stoffe ins Meer schütten«, sagte ich. »Ich werde mal tauchen und nachsehen, ob ich noch Seegraswiesen finde.«

»Vielleicht bringt es dich weiter.«

»Ob es mich weiterbringt? Das kann ich nicht sagen. Ich bin nur neugierig.«

»Neugier ist gesund.« Er lachte. »Möchtest du etwas essen?«

»Etwas Warmes könnte ich schon vertragen.«

Der Fahrer kannte ein Lokal in der Innenstadt, wo man angeblich gut aß. Fabio machte eine Geste, die bedeutete, dass er gewiss dort Prozente bekam. Ich zog die Schultern hoch.

»Ist doch egal. Er soll uns hinfahren.«

Ich hielt das Gesicht leicht abgewandt. Wir fuhren an der Küste vorbei. Bis zum fernen Ende des Himmels war das Meer mit Lichtern gesprenkelt. Ein fahler Mond ließ das Dunkel milchig leuchten. Ich versteifte mich, als Fabio meine Schulter umfasste. Er sagte, halb lachend, halb im Ernst.

»Dass du leicht auf dein Ziel verzichtest, kommt bei dir wohl nicht in Frage?«

»Ich habe schon genug dieser Art gemacht«, sagte ich und merkte überrascht, wie hart meine Stimme plötzlich klang. »Und solange eine Chance besteht, werde ich sie nicht auslassen.«

Er missverstand die Anspielung und seufzte.

»Ach, Beata, wenn es nur von mir abhinge …«

Ich spürte durch das Tuch seines Anzugs die Resonanz seiner Stimme in seinem Körper und straffte die Schultern.

»Wann ist Cosimas Termin beim Arzt?«

Seine Schulter wich zurück, nur um Fingerbreite zwar, sodass ich mich fragte, ob er diese Bewegung nur gemacht hatte, um eine bequemere Stellung einzunehmen.

»Morgen um fünfzehn Uhr.«

»Ein bisschen früh.«

»Leider, ja. Aber in Rom können wir noch in Ruhe Mittag essen.«

Ich gab keine Antwort. Das Taxi fuhr langsam, alle Straßen waren voller Menschen und Lärm. Die beleuchteten Lokale warfen ihr Licht nach draußen, schmückten sich mit gewaltigen Knoblauchzöpfen, geräuchertem Schinken, ausgestopften Trophäen von Wildschweinen oder Fasanen. Alle Tische, so schien es, waren besetzt, Kellner rannten mit dampfenden Tellern hin und her. Endlich hielt das Taxi. Während Fabio den Preis mit dem Fahrer aushandelte, stand ich stumm daneben. Auch ich sah nur das, was ich sehen wollte. Es mochte, kam mir in den Sinn, eine Art von Selbstschutz sein.

Der Ober geleitete uns zu einem Tisch, zündete eine Kerze an und legte uns die Speisekarte vor, die ich lustlos betrachtete.

»Such etwas für mich aus«, bat ich Fabio.

Er ließ sich beraten, wählte bedächtig. Der Kellner brachte Wein, etwas schwerer als am Mittag, danach ein Gericht mit Krebsmousse, Langustinen und leichten Salaten. Alles schmeckte vorzüglich, doch ich aß ohne Appetit. Es war der letzte Abend. Vielleicht hatten wir nichts Gemeinsames mehr, worüber wir reden konnten. Fabio erzählte komische Anekdoten aus der Anwaltspraxis, die mich zum Lachen brachten. Er trank ziemlich viel dabei, sein Gesicht war leicht gerötet. Ich ahnte, wie er sich diese letzte Nacht mit mir vorstellte, bevor er wieder in sein Leben verschwand, sein Leben, in dem ich kaum Platz hatte. Höchste Zeit, dem ein Ende zu setzen, dachte ich mit innerlichem Groll, während meine Lippen heitere Worte sprachen, meine Hände die seinen streichelten. Wir waren ein schönes Paar, ein wenig theatralisch. Wir redeten, aßen, ließen uns nachschenken, wie Schauspieler auf einer Bühne, bis wir, eng umschlungen, das Lokal verließen, uns zum Hotel fahren ließen, unsere Zimmer aufsuchten. Nach wie vor war die Bühne da, die Inszenierung vorgeplant. Die Rollen waren uns auf den Leib geschrieben, wir spielten sie, wie wir sie empfanden, und es wurde eine gute Szene, mit exaktem Bewegungsablauf; selbst der Ausdruck war bis ins Kleinste fixiert, wurde von den Darstellern, die wir waren, perfekt eingehalten. Alle Aktionen gingen nahtlos ineinander über. Nur die Dialoge waren nicht ganz echt, wir mussten ein bisschen schummeln. Die Liebe musste glaubhaft wirken. Es wurde – alles in allem – eine gute Inszenierung. Aufgelöst und hoch getragen, doch nur durch die Kraft der Erinnerung, ließ ich es nicht zu, dass ich mein Bewusstsein löschte, beobachtete uns im Gegenteil noch heller und schärfer als zuvor. Und als ich später im Halbschlaf in Fabios Armen lag, konnte ich mich des Gedankens nicht erwehren, dass sich die Liebe nur so sinnbetörend zeigen konnte, weil sie kurz vor der Schlussszene stand.

»Fabio?«, sagte ich leise.

Er lächelte mich an, zärtlich und unbekümmert, küsste meine nackte Schulter.

»Ja?«

»Der Anruf bei Decima … das war nicht die Sprechstundenhilfe.«

Sein Lächeln verschwand. Er antwortete langsam, den Blick zur Decke gekehrt, wo das Licht der Nachttischlampen rosa Kreise zog.

»Wie kommst du darauf?«

»Ich habe eine feine Nase für solche Dinge.«

Ich lehnte das Gesicht an seine Brust, sah das feine Goldkettchen, das er um den Hals trug, bei jedem seiner Atemzüge glitzern. Vielleicht wäre es besser gewesen, nichts zu sagen.

»Es gibt jemanden«, sagte er schließlich. »Aber mit dir und mir hat das nichts zu tun.«

»Und mit Monica?«

»Mit Monica kann ich nicht darüber reden. Aber denke jetzt bitte nicht, dass es etwas Ernstes ist. Verstehst du, eine Zeit lang ging es Cosima wirklich nicht gut. Ich hatte niemanden mehr, auch mich selbst nicht. Da kam ich mir so hilflos vor.«

»Und suchtest Trost bei einer anderen Frau.«

»Du warst weit weg. Auf den Cayman Islands, wenn ich mich richtig entsinne.«

»Ich habe dir fast täglich gemailt. Sag, wie heißt sie?«

»Chiara«, antwortete er, schnell und gedankenlos.

»Und diese Chiara, was macht sie?«

»Sie hat eine Boutique. Taschen, Handschuhe, Modeschmuck. Hübsche Sachen. Sie hat einen guten Geschmack. Aber bitte, es ist nicht das, was du denkst. Sie hätte nicht anrufen sollen«, setzte er töricht hinzu, sodass ich beinahe gelacht hätte. Dabei spürte ich ein Stechen in der Herzgegend. Es gab jetzt nur noch die Trennung. Ich muss dort bleiben, dachte ich, wo ich Menschen vertrauen kann.

»Du sagst ja nichts.« Fabios Stimme klang belegt. »Bist du mir böse?«

Ich antwortete langsam.

»Ich bin dir nicht böse. Ich glaube nur, dass wir uns trennen sollten.«

Er schwieg einige Sekunden lang.

»Ich verstehe nicht, warum«, sagte er endlich.

»Ach nein, das verstehst du nicht?«

»Beata, glaube mir doch, du bist wichtig für mich.«

Liebe, so hieß es. Es gab viele Arten zu lieben.

Ich wickelte seine Goldkette um meinen Zeigefinger und sagte mit großer Zärtlichkeit:

»Ich werde so tun, als ob ich dir glaube.«

Wir mussten früh aufstehen, das Flugzeug ging um neun. Wir frühstückten, sprachen dabei nur das Nötigste. Unsere schlaftrunkenen Gefühle hatten noch nicht die Kraft, sich in Widersprüchen zu verfangen. Wenn ich Fabio betrachtete, begehrte ich ihn furchtbar; aber das genügte nicht mehr. Da war etwas Hartes, etwas wie Groll zwischen uns. Ich wusste, es kam aus mir. Er spürte es, wusste jedoch nicht, was ich dachte, wusste auch nicht, was ich sagen würde. Und er mochte bereits wissen, dass er mich verloren hatte.

Als wir eine Stunde später im Flughafen von Cagliari nebeneinandersaßen und warteten, fragte er plötzlich:

»Kannst du mir nicht sagen, was eigentlich los ist?«

Ich spürte einen Kloß im Hals und konnte nur wortlos den Kopf schütteln.

»Ist es wegen … der Sache von gestern?«, fragte er in einem Tonfall, der mir zeigte, dass er sich sehr unglücklich fühlte.

Er brauchte Beschwichtigung; das stimmte mich merkwürdig positiv. Ich war es ja, die ihn verließ. Wenn ich ihn in dieser Stimmung zurücklassen konnte, fühlte ich mich als die Stärkere.

»Vielleicht. Aber ich bemerke eigentlich erst jetzt, wie anstrengend es ist, dir zu glauben.«

Er warf beide Hände mit sehr italienischer Geste in die Luft.

»Mein Gott, habe ich dir das Leben so schwer gemacht?«

»Ich bin sehr gewissenhaft«, sagte ich und griff nach meiner Tasche, weil gerade in diesem Augenblick unser Flug angekündigt wurde. Wir erledigten wie gewohnt die nötigen Formalitäten, mit dem Unterschied, dass wir kaum einen Blick wechselten, auch nicht, als wir in die Maschine stiegen. Im Flugzeug blätterte ich in einer Zeitung. Nach dem Start, sobald das Dröhnen der Triebwerke verklungen war, griff Fabio nach meiner Hand. Er blinzelte mich an mit seinen graugrünen Augen und hatte wieder dieses Lächeln, das unendlich anziehend war.

»Beata, nun sei doch wieder gut! Lass uns zusammen Mittag essen! Wir wollen alles noch einmal in Ruhe besprechen. Warum redest du nicht mehr mit mir?«, fragte er kläglich, als ich stumm blieb. Und setzte hinzu: »Ich hätte nie gedacht, dass du so eitel bist.«

»Mit Eitelkeit hat das nichts zu tun«, versetzte ich.

»Doch! Und nur damit allein.«

Als ich nicht antwortete und mich auch nicht rührte, löste er den Sicherheitsgurt, stand auf und verschwand in der Toilette. Ich lehnte mich zurück, schloss die Augen.

In Rom wurde ich wieder freundlich, bedankte mich, dass er das Gespräch mit Decima herbeigeführt hatte. Ja, es war sehr hilfreich gewesen. Mittagessen? Nein, wirklich nicht. Ich hatte keinen Appetit. Mein Flug ging in einer Stunde, da blieb uns kaum noch Zeit, ein nettes Lokal aufzusuchen, und man wisse ja, wie langsam die Bedienung sei, setzte ich heuchlerisch hinzu. Fabio begleitete mich bis zur Transithalle. Beim Abschied umarmte und küsste er mich, aufgewühlt und schwer atmend.

»Du magst sagen, was du willst! Ich weiß doch, dass wir uns wiedersehen!«

Er kannte mich ja gut. Er wusste, dass ich litt, dass ich nahe daran war, in Tränen auszubrechen.

»Ruf mich in der Kanzlei an!«, sagte er, als ich das Gesicht abwandte. »Oder schicke mir eine E-Mail! Ganz gewiss brauchst du mich noch. Wegen der Muschelseide, meine ich.«

»Ja, das kann sein. Ich danke dir, Fabio.«

Ich legte beide Arme um ihn und küsste ihn auf den Mund. Früher, ganz früher, hatte ich ihn ernst genommen, hatte geglaubt, dass sich Glück einfordern ließe, mit einem Versprechen. Aber jetzt nicht mehr. Behutsam und eigentümlich abwesend löste ich mich von ihm, warf die Tasche, die ich auf den Boden gestellt hatte, über die Schulter. Dann stand er da und winkte, und ich winkte zurück, indem ich mich entfernte, die ersten Schritte in eine neue Einsamkeit, an die ich mich wohl gewöhnen würde.

# 12. *Kapitel*

In Valletta wehte kein Lüftchen. Die mageren, hellroten Inselkatzen dösten auf den Treppenstufen. Das Meer war dunkelblau und ruhig. Während das Taxi mich zurückbrachte, fuhren wir an altmodischen Droschken vorbei, prall gefüllt mit Touristen. Durch das offene Fenster klang das trockene Prasseln der Pferdehufe. Als es fünf wurde, schlugen sämtliche Kirchenglocken die Uhrzeit, während Möwen und Albatrosse über die Dächer wirbelten. Die Fassaden leuchteten wie Bernstein, eng und hoch, ich sah sie mit neuem Blick. Ich war wieder da, ich war zu Hause. Ich kam nicht, wie Francesca, mit Groll im Herzen zurück, sondern mit einem Gefühl der Freiheit. Dieses Gefühl hatte ich bisher nicht gekannt. Mir war, als ob »Il Belt« – die Altstadt – mich willkommen hieß, mich schützend umfasste. Das, was wie Langeweile aussah, wie provinzielle Langeweile, weckte plötzlich in mir eine seltsame und unberührte Zufriedenheit. Es war gut, dass ich mich gelöst hatte, dass nichts an mir hing, nichts mich beschwerte. Ich wollte keine Kompromisse mehr machen, Konzessionen schon gar nicht. Es war schön, heimzukommen. Dass es öde Strecken des Alleinseins geben würde, verstand sich von selbst.

Im kühlen Zwielicht der Diele stellte ich meine Tasche auf den Marmor und umarmte Domenica, die ihr fröhliches Summen hören ließ. Warum, dachte ich zum hundertsten Mal, hatte man ihr als Kind nicht den erforderlichen kleinen Schnitt gemacht, der die Zunge von dem Knorpel gelöst hätte? Jetzt war sie zu alt, sie wollte nicht mehr. Wir tauschten ein Lächeln.

»Tee?«, fragte sie.

»Ja, danke, Domenica, gern. Wo ist mein Vater?«

Sie machte ein Zeichen. Oben, in seinem Arbeitszimmer. Ich stieg die Stufen hinauf. Die Tür war nur angelehnt, aber ich klopfte. Man betrat nicht einen Raum, ohne vorher angeklopft zu haben. Das hatte man mir schon als Kind beigebracht.

»Warum sitzt du hinter zugezogenen Vorhängen, Ricardo?«

Er saß wie gewohnt vor seinem Schachtisch. Ich umarmte ihn kurz, küsste ihn auf die Stirn, bevor ich die Vorhänge einen Spalt aufzog und mich ihm gegenüber in den Sessel fallen ließ.

»Hast du Tennis gespielt?«

»Heute Morgen eine halbe Stunde.«

»Das genügt nicht.«

»David spielt schlecht. Ich hatte ihn satt.«

Major David Osborne, sein gelegentlicher Partner beim Tennis, war kürzlich an Krampfadern operiert worden. Seine Beine leisteten ihm auf dem Court schlechte Dienste.

»Morgen gehe ich mit dir auf den Tennisplatz«, sagte ich.

Ricardo nickte gleichgültig, die Augen auf das Schachbrett gerichtet. Ich betrachtete das komplizierte Spiel, in das er vertieft war. Er hatte übersehen, dass sein Pferd in Gefahr war. Ich streckte die Hand aus und nahm ihm das Pferd. Ricardo fuhr leicht zusammen, lehnte sich dann zurück, stoßweise lachend.

»Gut bemerkt!«

»Doch nur, weil du mich gut unterrichtet hast.«

»Zu gut vielleicht«, meinte er, aufs Höchste belustigt.

Domenica brachte alles, was zu einer gepflegten Teestunde benötigt wird: Teekanne mit Blumendekor – Veilchen und Stiefmütterchen –, dazugehörige Tassen, akkurat poliertes Silber, Wasserkessel und gestickte Servietten. Milch, Zitrone, Toast, hausgemachte Kekse, Orangenmarmelade.

»Was macht Francesca?«, fragte ich Ricardo.

»Sie ist oben. Sie malt.«

Ich bat Domenica, ihr mitzuteilen, dass ich wieder da sei und wir Tee trinken wollten. Als sie gegangen war, seufzte Ricardo.

»Wie schade, dass Francesca nicht so gern Schach spielt wie wir. Sie sieht es als Zeitverschwendung an.«

»Tatsächlich?«, sagte ich. »Nun, sie hat andere Interessen.«

Ricardo nickte vor sich hin.

»Sie kann manchmal sehr verletzend sein.«

Vielleicht, weil sie tief und oft verletzt wurde, dachte ich. Die anderen gleich zu Anfang verstören, ihrer Niedertracht den Stachel nehmen, diese Haltung konnte ich verstehen. Aber das sagte ich meinem Vater nicht.

Domenica kam zurück und meldete, Francesca würde in einem Augenblick hier sein. Ich ging mir inzwischen die Hände waschen, und als ich zurück kam, saß Francesca in einem der grün bezogenen Sessel, aufrecht mit gestrecktem Rücken. Sie trug rote Hosen, dazu einen Pullover aus grauem Leinen. Sie hielt ihre Zigarettenspitze in der Hand. Unter den schwarzen Brauen funkelten ihre Augen kalt und ein wenig grausam.

»Es tut mir leid.« Sie wies auf ihre Zigarette. »Ich rieche nach Acryl. Nun, wie war's auf Sardinien?«

Während ich die Tassen füllte, Milch, Zucker und Zitrone reichte, erzählte ich von meinem Besuch bei Decima, wobei ich Fabio eine Rolle als »Berater und Organisator« andichtete, die Francesca, im Gegensatz zu meinem Vater, augenblicklich in Zweifel zog. Ich beachtete nicht ihren spöttischen Mund, sprach mühelos weiter, ich konnte es nunmehr. Dabei betrachtete ich sie und bemerkte, dass ihre wachsamen Augen sich verengten. Und als ich von Gaetanos Besuch in der Werkstatt erzählte, wie die Weberinnen ihr Bestes gegeben hatten, wie der Schal zu einem Kunstwerk geworden war, da glaubte ich zu sehen, wie in ihren Pupillen feuchte Fünkchen glänzten. Ihr Gesicht aber blieb unbewegt.

Ich schaute Francesca an und manchmal auch meinen Vater. Ich meinte, dass zumindest er an der Geschichte zweifeln würde, und räumte ein, dass das alles schwer zu glauben sei, doch ehe ich ausgeredet hatte, merkte ich bereits, dass er alles, was ich sagte, für belegbar hielt.

»Mein Gott! Hat die Mutter dieser Frau wahrhaftig Gaetano gekannt?«

»Ich glaube wohl, Ricardo.«

Francesca hob die Zigarettenspitze an ihre Lippen.

»Wie kam sie dazu, dir diese Geschichte zu erzählen?«

Sie sah dabei ein wenig so aus, als ob sie fröstelte. Ich sprach halb zu ihr, halb zu meinem Vater.

»Das war, als ich ihr den Schal zum Anfassen gab. Sehen konnte sie ihn ja nicht.«

Während ich erzählte, sah ich die Blinde vor mir, sah ihre kräftigen Hände mit den fast groben Handrücken und den schmaler werdenden Fingern weich und zärtlich über das Tuch streichen.

»Sie hat sofort entdeckt, dass der Schal einst halbiert wurde.«

»Das kann ich doch nicht glauben«, sagte Francesca mit fast erschrockener Stimme.

»Warum nicht?«, fragte ich. »Warum willst du mir nicht glauben? Es ist so.«

Ich sah in ihr Gesicht, dessen Züge plötzlich alle Unnahbarkeit verloren hatten. Sie war eine Frau, die sich ihr Leben so zurechtgemacht hatte, dass ihr jede Mitteilung über sich selbst Schwierigkeiten bereitete. Vielleicht aber war es nicht das. Neben vielem anderem hatte ich von Decima gelernt, dass das Gewesene wie ein gespannter Faden war, der sich im Dunkel der Zeit verlor. Das Herz der Erinnerung schlug in diesem Dunkel, das unerforschlich blieb. Das Einzige, das uns erreichte, war ein Pulsieren aus dem Jenseits; ein fernes Echo, widerhallend zwischen den Zeiten. Und bestimmt hörte es Francesca ebenso klar, wie es auch mich erreichte. Sie beantwortete jedoch meine Frage nicht, und sie hatte sich schon wieder in der Gewalt.

»Lassen wir das auf sich beruhen.«

»Schön«, erwiderte ich, froh, dass kein Drama daraus wurde. Doch sie war noch nicht fertig mit mir.

»Hat sie Cecilia Vorwürfe deswegen gemacht?«

Ihre Stimme klang nach wie vor kalt, doch ich spürte dahinter den Schrecken. Draußen erfüllten rosa Schatten die Straße. Auf einem Tischchen standen zwei silberne Handleuchter, spiegelblank geputzt, mit elektrischen Birnen versehen. Mein Vater zündete sie an. Eine ruhige Helligkeit begann, über dem azurblauen Porzellan zu spielen. Sie erleuchteten auch Francescas Gesicht, ließen es weich und verletzlich erscheinen. Ich sah ihre hübsche Stirn, den sich schwarz abzeichnenden Haaransatz, doch ich sah auch die faltige Haut, die hohlen Wangen, den trotzig verkniffenen Mund.

»Ganz im Gegenteil«, erwiderte ich. »Sie meinte, Cecilia müsse wohl eine vertrauenswürdige Dame gewesen sein.«

Francescas welke Lider zuckten.

»Ach, hat sie das wirklich gesagt?«

Ich erwiderte fest und voll ihren Blick.

»Wort für Wort. So, wie ich es dir sage.«

Sie griff nach einem Aschenbecher und löschte ihre Zigarette. Dann erhob sie sich mit einiger Mühe, indem sie sich auf die Lehnen stützte. Ihre Stimme klang versöhnlich.

»Danke für den Tee, Beata. Ich will noch Farben mischen, solange genug Tageslicht da ist.«

Sie verließ den Raum mit leicht unsicheren Schritten. Ich hätte ihr ja geholfen, blieb aber stur sitzen, weil ich mir keinen Rüffel holen wollte. Als sie gegangen war, befühlte ich die Kanne, ob sie noch warm war.

»Noch etwas Tee?«, fragte ich Ricardo.

Ich füllte seine Tasse. Ich führte jede Geste behutsam aus, weil gute Manieren aus mir keine geschickte Frau gemacht hatten. Als er sich mit Keksen und Orangenmarmelade bedient hatte, sagte ich, wie beiläufig:

»Hast du gewusst, dass Cecilia ein Tagebuch schrieb?«

Er sah mich entgeistert an.

»Nein, das höre ich zum ersten Mal! Wer hat es dir gesagt? Francesca?«, fragte er nachdenklich.

»Ja, aber sie hat es mir nicht zeigen wollen.«

Er sagte im nachdenklichen Tonfall:

»Wenn sie das Tagebuch hat, muss sie wissen, wer ihr Vater war.«

Ich trank einen Schluck Tee und zählte bis fünf. Dann sagte ich:

»Ricardo, ich bin kein kleines Kind mehr. Außerdem haben sich die Zeiten geändert. Heute redet man leichter über solche Dinge als früher«, setzte ich beherzt hinzu, während er schwieg und meine Gedanken bis zur letzten Konsequenz vorschnellten. »Hast du... ähm... nie daran gedacht, dass Francesca Gaetanos Tochter sein könnte?«

Ricardos Antwort war von entwaffnender Offenheit.

»Ich habe Francesca sogar darauf angesprochen. Und weißt du was? Sie hat nur gesagt: ›Nun, es hätte ja sein können.‹«

Ich starrte ihn an und dachte, das kann doch nicht wahr sein.

»War sie nicht beleidigt?«

»Nicht die Spur.«

»Warum hast du nicht versucht, mehr zu erfahren? Wenn sie schon mal in guter Stimmung war...«

»Nein, ich wollte ihr nicht zu nahe treten.«

»Immerhin, du stellst gewagte Vermutungen an. Das bin ich gar nicht von dir gewöhnt.«

Er errötete ein wenig.

»Vielleicht taugen sie zu nichts. Und ich rede auch nicht darüber wie über etwas X-Beliebiges. Aber so abseits der Dinge des Lebens, wie du es mir weismachen willst, stehe ich nun doch nicht.«

»Ich bin beeindruckt, Ricardo.«

Er fuhr sich mit der Hand durch das spärliche Haar, wie er es immer tat, wenn er verlegen war.

»Du musst dich in die damalige Zeit versetzen, Beata. Soziale Verflechtungen bestimmten unser Leben. Wir waren bestrebt, den Besitz in sichere Hände zu übergeben, und holten uns keine Leute ungleichen Standes ins Haus. Irrationale politische Reaktionen oder eine Infragestellung der Kirche wurden aufs Schärfste verurteilt. Die natürliche Neigung junger Mädchen, sich zu verlieben, erzeugte Verdruss. Was ich damit sagen will: Cecilia hatte gewiss ein langweiliges Leben. Gaetano konnte sich immerhin die Hörner abstoßen, das wurde akzeptiert.«

Was Ricardo sagte, war mir sattsam bekannt und führte auch nicht weiter. Ich wurde ungeduldig, als er mich mit den abschließenden Worten abermals in Erstaunen setzte:

»Ich für meinen Teil denke nach wie vor, dass zwischen den Geschwistern etwas war. Francesca würde es natürlich nicht zugeben. Schließlich ist es eine peinliche Angelegenheit. Aber wir können uns nicht eine Welt aufbauen, die alles ungeschehen macht. Francesca setzt ihre Gefühle in Bilder um, die – wenn du meine Meinung hören willst – recht beunruhigend sind. Und am Ende zeigen sie die Wahrheit.«

Am Abend erschien Francesca nicht bei Tisch. Domenica meldete, dass sie müde sei und ein leichtes Mahl in ihrem Zimmer einnehmen würde. Ich fühlte, was in ihr vorging. Sie war stolz und hatte guten Grund, meiner robusten Neugier auszuweichen. Sie hatte etwas zu hüten, eine alte Erinnerung, die ihr kostbar war. Und was mein Vater gesagt hatte, stimmte auch: Es war nur natürlich, dass ihre Wahrnehmung durch ihre offenen Augen ins Werk übergehen musste, in die Malerei. Die Erinnerung mag irreal sein, aber das Talent sprengt den Zauberkreis der Gefühle und rückt ans Licht, was verborgen bleiben sollte. Das war eine Sache, die sogar Francesca, eigenwillig, wie sie war, nicht völlig im Griff hatte.

Vater und ich saßen also wie üblich jeder an einem Tischende. Von Gaetano und Cecilia sprachen wir nicht mehr, von Fabio schon gar nicht. Sein Name lag wie ein Kieselstein in meinem Mund, ein loses Stück, das nicht mehr hineinpasste. Wo dieser Kieselstein sich gelöst hatte, klaffte im Mantel der Erinnerung ein schwarzes Loch, eine unbehagliche und unsichere Leere. Aber das war ja voraus zu sehen. Und während wir aßen und der Mond wie eine Handvoll Wolle über dem Garten hing, suchte ich nicht krampfhaft irgendein Gesprächsthema, sondern erzählte ausführlich von der Muschelseide.

# 13. *Kapitel*

Am Morgen erschien Francesca zum Frühstück, in einem Morgenmantel, weiß und mit rotem Klatschmohn bedruckt. Eine kleine Frau, erfüllt von einer großen, konfusen Vitalität. Ihr Haar, das sie – wie ich inzwischen von Domenica erfahren hatte – selbst im Waschbecken färbte, glänzte wie frischer Lack. Ihr Mund war sorgfältig geschminkt, ihre Wimpern getuscht. Es war vieles in ihr, das der Bewunderung wert war. Ich fand, dass sie große Zähigkeit bewies und sogar eine Art von Heroismus. Ich lächelte ihr zu, wünschte ihr einen guten Morgen, fand ihren Klatschmohn chic. Francesca antwortete einsilbig und kalt. Sie war nie gesprächig beim Frühstück, an diesem Morgen noch weniger als sonst. Mein Vater begrüßte sie höflich mit den Worten: »Die Eier sind vom Bauernhof«, bevor er wieder in der Zeitung blätterte. Im allgemeinen Schweigen trank ich Kaffee mit heißer Milch, ging dann in mein Zimmer und wählte Annabels Nummer. Sie war schon im Büro.

»Hast du Zeit?«, fragte ich.

Ihre Stimme klang heiter.

»Für dich bringe ich welche auf. Was gibt's Neues?«

Ich berichtete, es dauerte eine ganze Weile. Annabel unterbrach mich kein einziges Mal. Leute, die sie nicht kannten, mochten denken, dass sie nicht zuhörte. Ich aber wusste, dass ihr kein Wort entging, dass sie sich konzentrierte und scharf dabei nachdachte.

Als ich alles gesagt hatte, kam die Antwort in einer halben Sekunde. Annabel verlor nie ihre Zeit mit Floskeln.

»Ich will jetzt wissen, und zwar bald, ob das Projekt machbar ist. Zuerst mal bekomme ich eine Muschel, ja?«

Ich seufzte innerlich auf.

»Kannst du haben. Wenn ich eine ausfindig mache.«

»Das ist dein Problem. Mein Problem ist, dass die Kundinnen die Nase voll von Pashmina haben. Zu billig, zu banal. Die Muschelseide interessiert mich. Ich bin überzeugt, dass sich aus einer aufwändig lancierten *Must-Have*-Kollektion etwas machen ließe. Nur für eine ausgesuchte Kundschaft zwangsläufig. Die gleichzeitig Werbeträger für unsere Kosmetik würde. Du siehst, was mir vorschwebt?«

»Vollkommen.«

»Kann ich mal ein Warenmuster sehen?«

Sie war zu schnell für mich. Aber schnell, das musste sie ja sein. Ihr Gehalt war dementsprechend.

»Deine Warenmuster«, erwiderte ich, »liegen hinter Vitrinen in Museen. Ich kann dir nur meinen Schal zeigen… der eigentlich der Schal meiner Urgroßtante ist.«

»Ich will nicht wissen, wessen Schal es ist. Schicke ihn mir umgehend. Noch heute, wenn es geht, und zwar per Expresskurier. Unsere Kundennummer hast du ja.«

Ich rollte die Augen.

»Annabel, der Schal ist ein Familienstück. Den gebe ich nicht aus der Hand!«

»Du bist kompliziert«, sagte sie. »Das warst du schon immer. Hör zu, am Montag bin ich in der Schweiz. Ich muss zu einem pharmakologischen Kongress nach Basel. Ich fliege bis Zürich und nehme von dort aus den Zug. Wir können uns in Zürich treffen. Bevor ich mir weiter den Kopf zerbreche, will ich wissen, ob das Ganze überhaupt einen Sinn hat. Ich schicke dir ein elektronisches Ticket. Wie lange dauert der Flug von Malta nach Zürich?«

»Nur eine Stunde.«

»Ausgezeichnet. Du kannst am gleichen Abend wieder zurückfliegen oder in Zürich übernachten. Was ist dir lieber?«

Ich sagte, dass ich übernachten wollte. Ich hatte ja eine Wohnung in Zürich. Als ich das Gespräch beendete, musste ich lachen. Wenn ich die Gedanken an Fabio loswerden wollte, hatte mir Annabel den richtigen Vorwand geliefert. Und jetzt blieben mir noch zwei Tage, um eine *Pinna nobilis* aus dem Schlamm zu graben.

Ich machte einige vorbereitende Übungen, holte meinen Wagen aus der Garage und fuhr zur St. Pauls Bay. Da ich Spesen abrechnen konnte, mietete ich ein Motorboot mit einem Tauchguide, den ich kannte. Der alte Toni Pawla tauchte selbst noch, wenn auch nur leichtere Gänge. Er hatte muskulöse Beine, einen mächtigen Oberkörper, und sein Bauchumfang war – trotz seiner Vorliebe für Pizza und Bier – noch eindrucksvoll schmal. Wir umarmten uns, glücklich, einander zu sehen, ich hielt die Luft dabei an. Er hatte ein Faible für starke Zigaretten und rauchte eine äußerst stinkende Sorte. Aber wenn mir jemand helfen konnte, dann er. Ich erklärte ihm also mein Anliegen.

»Die große Steckmuschel?«

Toni kaute auf seiner Zigarette und meinte, dass ich im Seegras an der Westspitze der Landzunge wohl noch einige kleinere Exemplare finden könnte.

Tonis Boot war, wie die meisten einheimischen Boote, blau und türkisfarben gestrichen und trug am Bug ein gemaltes Auge, als Schutz gegen den »bösen Blick«. Schmal, wie es war, schwang es heftig hin und her, als wir einstiegen. Im Boot wartete Wilma, Tonis Katze, ein fuchsrotes Tier mit wunderbar gelben Augen, das sich Tonis Boot als Bleibe und Toni selbst als Versorger ausgesucht hatte. Wilma ließ sich huldvoll streicheln und kniff dabei ihre großen Augen zu. Ich schob sie zur Seite, damit ich mich setzen konnte. Das Boot hatte einen kleinen Außenbordmotor. Toni hob den Deckel des Motorkastens, schraubte die Zündkerze heraus und säuberte sie, ohne die Zigarette aus dem Mundwinkel zu nehmen, wobei er mit dem Taschenmesser gemächlich den Ruß herauskratzte. Dann schraubte er die Kerze wieder ein, warf den Kastendeckel zu und ließ den Motor anspringen, der sofort mit einem kräftigen Tuck-tuck-tuck arbeitete.

Während Toni das Boot aus dem Hafen steuerte, saß ich am Heck, den Arm um Wilma gelegt, die wohlig schnurrte, und ließ den Blick über das Meer wandern. Toni rauchte unentwegt, der Geruch seiner Zigarette umwehte mich, Wilma schien er nicht zu stören. Die Kalksteinklippen rund um die Bucht hatten eine glatte Oberfläche, die meinen nackten Füßen vertraut war. In den fingergroßen Löchern hausten Krabben und andere kleine Seetiere sowie Seeigel, deren Stacheln schmerzhaft sein konnten. Weil die Sonne prall schien, leuchtete der goldgelbe Sand zwischen den Klippen fast weiß. Noch war er nicht so heiß, dass er unter den Fußsohlen brannte.

»Früher gab es hier viele Steckmuscheln.« Tonis Stimme hallte weit über das Wasser. »Meine Mutter kaufte sie auf dem Markt. Eigentlich eine ganz gewöhnliche Muschel, nur größer. Das Fleisch war rotbraun und schmeckte in Olivenöl und Knoblauch gebraten am besten. Den Schließmuskel aßen wir auch mit Pfeffer bestreut, ein Leckerbissen!«

Ich erzählte, dass mein Unternehmen plante, den Byssus zu verwenden. Ich dachte, Toni würde das überspannt finden, doch er schien nicht im Geringsten erstaunt.

»Alles in der Steckmuschel ist gut. Meine Großmutter webte nicht, aber sie sammelte die Perlen und zerdrückte sie mit einem Mörser. Hatte jemand Kopfschmerzen, löste sie das Pulver in Wasser auf und gab es uns zu trinken. Das half.«

»Ach, half es wirklich?«

»Besser jedenfalls als die Tabletten, die wir später in der Apotheke holten«, knurrte Toni.

Während er sprach, nahm er Kurs auf den Island Point, der durch Luftspiegelungen verzerrt wurde. Die neuen Hotels waren einheitlich gebaut und verunstalteten kaum die Küste. Ich legte die Hand über die Augen. Mittags war die Zeit, zu der ich am liebsten tauchte, weil die senkrechten Strahlen die Unterwasserlandschaft gut beleuchteten. Die Überfahrt dauerte knapp eine Viertelstunde. Toni fuhr nahe an die Insel heran, bis wir knapp unter den Felsen waren. Dann stellte er den Motor ab. Das Boot schaukelte in der Dünung. Wilma hielt sich perfekt im Gleichgewicht, ihre samtenen Pfoten leicht gespreizt.

»Da sind wir«, verkündete Toni. »An dieser Stelle ist das Meer dreißig Meter tief. Aber du brauchst nicht so tief zu gehen. Du wirst schon sehen, das Seegras wächst am Hang.«

Meine Schwimmflossen trug ich bereits. Ich setzte die Taucherbrille auf, nachdem ich diese mit etwas Spucke gewischt hatte, der alte Trick war immer noch gut. Aufmerksam blickte ich ins ruhige Wasser und sah neben mir Wilmas Spiegelbild, die das Gleiche tat. Ich nickte ihr zu.

»Gut, ich tauche hier. Kommst du mit?«

Wilma deutete einen taktischen Rückzug an. Lachend schwang ich mich über den Bootsrand und ließ mich ins Wasser gleiten. Toni und Wilma sahen zu, wie ich mich eine Weile am Bootsrand festhielt und Luft einsog, bevor ich kopfüber in die Tiefe schoss. Das Ufer der Insel fiel schnell ab, und das Meer im Schatten leuchtete dunkelgrün. Ich tauchte tiefer. Die Klippen stiegen wie ein Gebirge empor, kleine Fischschwärme flitzten vorbei. An den Steinen klebten gurkenförmige Seerosen. Dann, im blauen Licht, sah ich die ersten Halme sich wie Traumbilder bewegen. Ich wusste von Toni, dass die bewachsene Stelle bald in einen Drop-off, einen Steilabfall, überging, wo ich keine Chance mehr hatte, die Muscheln zu finden. Die Luftblasen, die ich selbst auslöste, gurgelten in meinen Ohren. Die Sicht war gut; nur nach starken Regenfällen konnten Auswaschungen von der Insel das Wasser trüben. Da entdeckte ich, zwischen den Gräsern, einige dunkle Formen, die mich an offene kleine Mäuler denken ließen. Da waren sie, die Steckmuscheln! Im Grunde handelte es sich um ihre gerundete Hinterseite, die aus dem Sandboden ragte. Aber inzwischen merkte ich auch, dass ich nicht mehr konnte. Flecken tanzten vor meinen Augen. Ich schwamm aufwärts, dem Licht entgegen, kam atemlos und prustend an die Oberfläche, nur eine kurze Strecke vom Boot entfernt, das ich mit einigen kräftigen Schwimmstößen erreichte. Ich machte Toni das V-Zeichen.

»Gefunden!«

»Das ging aber schnell«, meinte Toni.

Um eine Muschel auszureißen, hatte ich mich entschlossen, keine Rundzange zu gebrauchen, sondern ein Stück Seil, das am Ende zu einer Schlinge geknüpft war. Ich meinte, dass auf diese Art der Boden weniger beschädigt würde. Nachdem ich mich eine kleine Weile ausgeruht hatte, zog ich die Taucherbrille wieder über die Augen, füllte meine Lungen mit Luft und ließ mich wie ein Stein in die Tiefe gleiten. Da ich mir die Stelle gemerkt hatte, kam ich recht bald dorthin, wo sich das Helle in Dämmerung verwandelte und ich zwischen den Felsblöcken die Seegräser erblickte. Ich schwebte über sie, wie über eine Wiese, die sich im Wind kräuselte. Schwamm ich tiefer, öffneten sich die Büschel, gaben mir das trügerische und gefährliche Gefühl, es müsse wunderbar sein, in den weichen Mulden zu ruhen. Schon bald erblickte ich die Muscheln, größere und kleinere, die mal verdeckt, mal gut sichtbar waren. Viel Zeit blieb mir nicht: Ich wählte eine Muschel aus, wobei ich überrascht feststellte, dass sie größer war, als ich eigentlich gedacht hatte. Ich legte ihr die Schlinge um, zog sie an. Die Muschel saß fest, und ich musste mich anstrengen. Die Seegräser zogen über meine Arme, zäh und grün, bis ich die Muschel richtig zu fassen bekam und sie endlich nachgab. Ein kleiner Schlammnebel löste sich aus dem Boden, wo sie gesteckt hatte, und nahm mir die Sicht, aber mit kräftigen Beinschlägen schwamm ich bereits aufwärts, in einer Säule aus Luftbläschen. Ich tauchte schwungvoll auf und legte mich auf den Rücken, um mich zu erholen. Dann warf ich mich herum und kraulte auf das Boot zu, das in einiger Entfernung gemächlich schaukelte. Toni nahm mir die Muschel ab.

»Oh, die ist aber groß!«

»Nicht wahr?«, sagte ich atemlos.

Er packte mich unter den Armen und zog mich ins Boot, wo Wilma dabei war, einen Fisch zu verzehren.

»Woher hat sie diesen Fisch?«, fragte ich. »Selbst gefangen?«

Toni zeigte mir grinsend eine Schnur mit einem kleinen Angelhaken.

»Er hat gerade angebissen. Wilma weiß schon, warum sie mit mir auf See geht. Frischer Fisch schmeckt einfach besser als Dosenfutter!«

Zwei Tage später machte ich mich recht früh auf den Weg zum Flughafen. Ich wusste, dass ich für die Ausfuhr der Muschel, die ich in feuchter Watte eingewickelt in einer Schachtel trug, eine Genehmigung vom Zoll brauchte. Ich bestieg das Flugzeug, nachdem ich die Formulare ausgefüllt hatte, und der Flug verlief ohne Zwischenfall. Um halb zwei landete die Maschine in Zürich.

Annabel Kossack war schon da und trank frisch gepressten Orangensaft durch einen Strohhalm. Es war schon so, dass sie alle Blicke auf sich zog. Nicht nur ihre Körpergröße fiel auf, sondern auch ihr silbrig-helles Haar, ihre feenhafte Eleganz. Sie trug einen seidenen Hosenanzug, eierschalenfarben, eine schwarze Bluse und High Heels, die sie in schwindelerregende Höhe hoben. Als ehemaliges Laufstegmodel hatte sie immer noch ihren gleitenden Gang, die Hüften leicht vorgeschoben. Sie schritt nicht aus, sie schwebte auch dort über den Boden, wo ich mich glatt auf den Allerwertesten gesetzt hätte. Sie war dafür berüchtigt, dass sie bei Verhandlungen eine eiskalte Miene zur Schau trug und Gegner in der Businesswelt mächtig einschüchterte. Zum Glück mochten wir uns und wussten zu schätzen, was die jeweils andere machte. Als sie mich kommen sah, erhob sie sich halb aus ihrem Korbstuhl. Wir umarmten uns, beide sehr glücklich, uns zu sehen.

»Tut mir leid, dass du wieder fliegen musstest«, sagte sie in ihrer gedehnten Sprechweise, »ich weiß, dass es dir da oben nicht gefällt.«

»Unter Wasser fühle ich mich eindeutig wohler.«

»Ich – ich schwimme nur im Pool.«

Das stimmte: Diese nixengleiche Schönheit misstraute fremden Gewässern und aalte sich lieber in Badewanne und Swimmingpool. Ich lachte und sagte:

»Jedem das seine.«

Der Kellner kam.

»Orangensaft?«, fragte Annabel.

»Lieber einen Kaffee«, sagte ich. »Und ein Stück Himbeertorte.«

»Du solltest auf deine Linie achten«, meinte sie vorwurfsvoll.

Ich schüttelte den Kopf.

»Ich bin Maltesin und neige zu starken Hüften, ob ich nun Diät halte oder nicht.«

»Trostsuche?«

Sie sah mich an. Ich wandte die Augen ab.

»Ja, das auch.«

Damit sie nicht weiter bohrte, stellte ich rasch die Schachtel auf den Tisch und befreite die Muschel aus ihren Wattenschichten.

»Die sieht aber nach nichts aus«, meinte Annabel.

»Tarnung«, sagte ich. »Außerdem ist sie noch sandig.«

»Wie groß kann sie werden?«

»In Einzelfällen fast einen Meter. Sie wächst im Gegensatz zu anderen Muscheln schnell. Und sie kann zwanzig Jahre oder älter werden. Diese ist ungefähr zwei Jahre alt, sie produziert schon ihre Bartfasern, siehst du? Die Muschel bohrt die Fäden in den Sand und hält sich daran fest. Wird sie ausgerissen, kann sie sich mit Hilfe ihres Fußes fortbewegen. Sie sucht eine geeignete Stelle, gräbt sich neu ein und richtet sich wieder auf.«

Annabels Erdbeermund zeigte ein Lächeln, das ausgesprochen betörend war.

»Sie ist gar nicht so dumm, diese Muschel!«

»Sie ist sogar ausgesprochen clever. Vielleicht, weil sie ein Zwitter ist«, setzte ich mit Nachdruck hinzu.

Annabel zwinkerte mit beiden Augen gleichzeitig.

»Ach, spielt das eine Rolle?«

»Ich denke schon«, erwiderte ich düster. »Die *Pinna nobilis* produziert sowohl männliche wie weibliche Keimzellen, nicht gleichzeitig allerdings, sondern in einer jahreszeitlichen Abfolge.«

»Das könnten wir uns zum Vorbild nehmen, denkst du nicht auch?«

»Meinst du das als Allegorie?«

»Ich sehe schon, du brauchst Ablenkung«, sagte Annabel.

»Ja, und ein zweites Stück Torte.«

»Um Himmels willen!«, stöhnte Annabel.

Ich stopfte den Kuchen in mich hinein, während Annabel die Muschel eingehend betrachtete.

»Und wie entsteht die Seide?«

»Hier, aus den Bartfasern.«

Ich zeigte ihr die heraushängenden Byssusfäden, die bei dieser Muschel kaum mehr als fünf Zentimeter lang waren.

»Bei ausgewachsenen Exemplaren können sie bis zu zwanzig Zentimeter lang werden. Sie sind sehr dünn – weniger als ein Zehntelmillimeter, aber äußerst reißfest.«

»Dieses unansehnliche Büschel?«

Ich erklärte ihr den Arbeitsvorgang, den ich von Decima erfahren hatte. Annabel lehnte sich in dem Korbstuhl zurück und verschränkte die Arme. Ihre Haltung war genau die eines Mannes. Ihr Handy lag ausgeschaltet auf dem Tisch, was ich als gutes Zeichen deutete.

»Das hört sich zwar wissenswert an«, meinte sie schließlich. »Aber was ich jetzt sehen möchte, ist das Warenmuster.«

Ohne ihren zweifelnden Ton zu beachten, nahm ich den Schal, den ich unter dem Sommerblazer trug, von meinem Hals. Ich breitete ihn aus, indem ich ihn leicht schüttelte und in die Luft warf. Annabels Nixenaugen zogen sich vor Uberraschung zusammen. Es gab einen leichten Lufthauch; der Schal glänzte im aufgefangenen Licht, schillerte bei jeder Bewegung in Smaragd, Blau-Rosa und Gold. Als ich ihn ins Gegenlicht hielt, wurde er durchsichtig wie eine Wasserhaut, wobei die eingewebten Muster als Schattenbild sichtbar wurden wie eine Holografie.

»Allmächtiger!«, hauchte Annabel. »Das habe ich noch nie gesehen. Ist das Muschelseide?«

»Das ist Muschelseide. Das teuerste Gewebe der Welt.«

»Und wie alt ist der Schal?«

»Meine Urgroßtante starb 1918.«

»Wärmt der Stoff?«

»Wie Pashmina. Und ist dabei so fein, dass du ihn durch einen Ring ziehen kannst.«

Annabel holte hörbar Luft.

»Ich bin beeindruckt. Nein, du hast nicht übertrieben. Es könnte eine Sensation werden. Aber woher bekämen wir das Rohmaterial?«

»Ich weiß es nicht«, gab ich offen zu. »In Italien ist die Muschel geschützt. Der Fang ist seit einigen Jahren verboten. Wir müssten das Projekt über das Institut für Meeresbiologie der Universität Cagliari laufen lassen.«

Sie dachte nach.

»Bürokratischen Hindernissen misstraue ich sehr. Bis die Akten abgestaubt sind, vergehen Jahre. Und wenn ein Unternehmen schnell ist, dann Azur. Man wird mir im Verwaltungsrat Fragen stellen, die nüchtern und präzis sind. Bleiben sie unbeantwortet, gehen wir zum nächsten Tagesordnungspunkt über. So einfach ist das.«

»Hör zu, Annabel. Die *Pinna nobilis* wächst auch in Malta. Ich habe mir sagen lassen, dass es noch Bestände gibt.«

»Könnte man die Muschel züchten?«

»Das auch. Und es soll eine Methode geben, die Bartfasern so zu gewinnen, dass die Muschel sich regenerieren kann. Ich werde mich informieren.«

»Gut. Aber wer könnte die Seide weben? Wenn die Frau, die du getroffen hast, doch blind ist …«

»Ihre Tochter lebt auf Gozo und kennt das Verfahren. Ihre Mutter hat ihr Spindel und Webstuhl vermacht.«

»Klingt hinreißend archaisch«, sagte Annabel. »Wir müssten das in der Werbung ausnutzen, auf jeden Fall. Die Sache hat allerdings einen Haken.«

Mir war sofort klar, was sie meinte.

»Ob die Frau bei Bedarf größere Mengen liefern kann?«

»Kann sie es nicht, sind wir aufgeschmissen.«

»Ich muss mit ihr reden.«

»So schnell wie möglich, tu mir den Gefallen. Time is money, ja? Aber es hat noch einen anderen Grund...«

Annabel blickte vor sich hin. Zwischen ihren Brauen hatte sich eine feine Falte gebildet.

»Ich stamme aus Kiel, Beata. Mein Vater war Bootsbauer, habe ich dir das nie gesagt?« Ich schüttelte den Kopf, und sie sprach weiter, mit dem gleichen nachdenklichen Ausdruck im Gesicht.

»Ich liebe das Meer, obwohl ich – im Gegensatz zu dir – Abstand halte. Und ich erzähle dir auch, warum: Ich war fünf Jahre alt, als meine kleine Schwester ertrank. Das habe ich bisher noch niemandem gesagt. Und ich bitte dich auch, es für dich zu behalten.«

Ich nickte, sehr bewegt. Es war das erste Mal, dass Annabel etwas von sich selbst preisgab.

»Was ich eigentlich damit sagen will«, Annabel sprach weiter, »ist: Wir sind dabei, jede Lebensform aus ihrem biologischen Gleichgewicht zu bringen. Die Verschmutzung der Ozeane gefährdet den Planeten. Was wollen wir unseren Kindern hinterlassen? Eine Marslandschaft?«

Ihre grünen Augen starrten an mir vorbei, legten die Natur in ihr bloß. Doch schon sickerte durch ihr Zartgefühl die berufsbedingte Kälte wieder hindurch. Sie hob die Schultern und ließ sie sinken.

»Ich bin keine Utopistin, Beata, ich bin eine Geschäftsfrau. Aber wenn ich eine Möglichkeit sehe, Business mit Umweltschutz zu verbinden, bin ich dabei.«

»Vielleicht wirst du am Ende doch Utopistin?«

Sie zeigte ein schmales Lächeln.

»Wenn ich dafür gut bezahlt werde.«

Sie trank ihren Orangensaft aus, warf einen Blick auf ihre kleine Uhr aus Platin.

»Ich muss zum Zug. Die Muschel nehme ich mit, um sie den Leuten im Labor vorzuführen. Von dir brauche ich jetzt eine Aufstellung der vorhandenen Steckmuschelbestände. Und ich will wissen, wie sich die Weberin zu der Sache stellt. Azur gibt viel Geld für Recherchen aus, aber gelegentlich lohnt es sich.«

Sie verstaute die Muschel wieder in der Watte und steckte sie mitsamt der Schachtel in ihre elegante Markentasche.

»Und der Schal? Den muss ich auch haben.«

»Auf keinem Fall!«

Sie holte hörbar Luft.

»Glaubst du, die Leute im Verwaltungsrat ließen sich ohne Warenmuster überzeugen?«

»Warte...«, murmelte ich.

Ich hatte einen winzigen Faden entdeckt, der sich, ganz am Rande, aus dem hauchdünnen Gewebe löste.

»Hast du eine Nagelschere?«

»Beata!«, rief sie. »Willst du, dass ich verhaftet werde?«

Ich bat sie um einen Augenblick Geduld. Neben dem Café befand sich eine Drogerie. Ich erstand eine Nagelschere für Kinder und entnahm damit behutsam dem zarten Gewebe einen Fingerbreit Seide. Annabel wickelte die Seide in ein blütenweißes Taschentuch und steckte es in den kleinen Beutel aus Brokat, in dem sie den Topasring von ihrer Großmutter und zwei Ohrklips verwahrte.

»So«, sagte sie zufrieden, »jetzt habe ich mein Warenmuster. Unser Chemiker wird die Fäden mal unter das Mikroskop legen.«

Wir erhoben uns. Ich begleitete sie zu dem unterirdischen Bahnhof, wo einige Minuten später der Zug nach Basel einfuhr.

Wir umarmten uns.

»Viel Glück«, sagte Annabel. »Melde dich, wenn du Neuigkeiten hast. Und iss nicht so viel Kuchen. Such dir lieber einen Lover. Sex baut Fett ab.«

Mühelos beförderte sie ihr Trolleyköfferchen in den Zug. Sämtliche männlichen Mitreisenden bewegten sich unruhig, während sie mir verhalten zuwinkte. Der Zug setzte sich in Bewegung; ich sah noch, wie ein Geschäftsmann ihr beflissen den Koffer ins Gepäckfach hob. Annabel zeigte dankend ihre perlweißen Zähne und rührte keinen Finger.

Ich fuhr zum Hauptbahnhof und nahm dort ein Taxi. Meine ungelüftete Wohnung roch nach Hitze und Staub. Die weißen Wände wirkten abweisend. Ich zog die Lamellen-Stores hoch, öffnete alle Fenster und lehnte mich über den gläsernen Balkon. Einsamkeit. Ich hantierte mit dem Staubsauger, bezog das Bett frisch, wühlte alle Schränke durch. Gegen Abend bummelte ich durch die Stadt, kaufte einen Sommer-Trenchcoat, einen trendigen Beutel aus Velours, in dem sich eine ganze Menge verstauen ließ, und einige gut sitzende Badeanzüge. Auf das Zürcher Nachtleben hatte ich keine Lust, in der Sommerzeit lief auch kein guter Film. Nach einem Abendessen, allein mit mir selbst und meinem Frust, legte ich mich früh zu Bett und sah fern. Der Tag nahm kein Ende, die grelle Sonne brannte hinter den Scheiben, alles war hell und beängstigend still. Ich kam mir wie in einem Raumschiff vor. Wie war ich bloß auf die Schnapsidee gekommen, diese Wohnung zu kaufen? Ich setzte eine Schlafbrille auf und dachte an Fabio. Vor dem Einschlafen war ich eine Zeit lang sehr unglücklich.

Am frühen Nachmittag war ich wieder in Valletta. Die Stadt voller Touristen war heiß, geschäftig und wohltuend lärmend. Domenica empfing mich mit dem Hinweis, dass mein Vater im Schachklub sei und zwei Anrufe für mich gekommen wären. Ich sah sie fragend an. Sie schüttelte unglücklich den Kopf. Am Telefon geriet sie schnell in Panik. Sie schämte sich wegen ihres

Sprachfehlers und sagte am liebsten gar nichts. Fabio, dachte ich, wer denn sonst? Ich stöhnte innerlich auf, verärgert und doch irgendwie gerührt.

»Domenica, wie oft habe ich dir gesagt, du möchtest den Namen aufschreiben?«

Sie spreizte hilflos die Finger. Ja, das hätte sie tun sollen, aber sie hatte den Namen wirklich nicht verstanden.

Ich fasste mich in Geduld. Fabio würde wieder anrufen. Ich überlegte, was ich ihm sagen konnte, und fand außer Vorwürfen nicht viel.

Ich suchte Francesca in ihrem Atelier auf. Ich klopfte, hörte ihre Stimme, die »Herein« sagte, und fand sie vor ihrer Staffelei. Neugierig betrachtete ich das Bild, das sie in Arbeit hatte. Im natürlichen Licht kamen die Farben voll zur Geltung. Blau-, Grün- und Rosatöne beherrschten einen Hintergrund, der einen sehr dynamischen Schwung zeigte, eine Wellenbewegung. Im unteren Teil des Bildes wurden die Farben dunkler; ein großer roter Farbklecks trat hervor, als ob Wasser und Blut sich vermischten. Aus der Form wurde ich zunächst nicht klug, bis ich feststellte, dass es sich um einen ausgeweideten Fisch handelte. Ricardos Worte kamen mir in den Sinn. Das Bild drückte etwas Unterschwelliges aus, etwas grausam Subtiles, das unheimlich wirkte.

»Es ist das erste Bild, das ich hier male«, Francesca sprach gleichmütig. »Bisher habe ich viel gezeichnet – Tusche, Öl- und Temperafarben. Eigentlich waren es nur Skizzen. Aber am liebsten arbeite ich doch mit Acryl. Ich mag großformatige Bilder. Was das Publikum dazu sagen wird, ist mir egal.«

»Es gibt hier einige gute Galerien«, sagte ich.

»Ja, ich habe mich schon umgesehen. Aber ich will nichts überstürzen. Ich muss die Dinge auf mich einwirken lassen.«

Ich sah zu, wie sie die Farben mischte, den Pinsel mit kräftigen Bewegungen führte. Schließlich fragte ich:

»Weißt du eigentlich, was du malst?«

Sie wandte ihre Augen nicht von der Leinwand.

»Wenn Maler die Frage auf Anhieb beantworten, darfst du an ihrer Ehrlichkeit zweifeln. Die Motive kommen nur langsam an die Oberfläche. Wir erkennen sie erst, wenn sie dargestellt wurden. Maler können sich diese Empfindung erlauben, denn sie machen etwas Neues daraus. Sie schauen zurück, aber werfen dabei etwas Neues nach vorn.«

Wenn sie so sprach, hatte ich das Gefühl, dass wir uns sehr nahe standen. Aber das war vermutlich eine Illusion. Ich sagte:

»Ist dir eigentlich bewusst, dass du Farben verwendest, die in Cecilias Schal vorkommen?«

Sie drehte mir, ziemlich ruckartig, ihr kantiges Gesicht zu. Als sie antwortete, war mir, als zöge sie jedes Wort aus ihrem innersten Mark hervor.

»Mir ist es aufgefallen, ja, seitdem ich hier bin. Und zunächst hat es mich sehr verwirrt. Jetzt spricht Cecilia zu mir, wenn ich meinen Pinsel führe. Sie sagt: ›Du bist in meine Farben vernarrt, Francesca. Aber das, was du mit den Farben ausdrücken willst, kannst du nur ausdrücken, wenn du sie auch fühlst.‹ So spricht Cecilia zu mir. Und es genügt ihr nicht, diese Dinge nur einmal zu sagen. Sie wiederholt die Worte mehrere Male. Mit ihrer Stimme kehren alle meine erbärmlichen Kindheitserinnerungen zurück. Alle meine Bilder hier kommen aus der Tiefe meines Körpers und nicht aus irgendeinem Unterricht in der Kunstakademie.«

Ich konnte es nicht leichtgläubig hinnehmen. Und doch überlief mich ein Frösteln. Plötzlich wurde mir erschreckend klar, dass Cecilia für sie wahrhaftig sichtbar sein mochte. Es klang idiotisch und wahnwitzig, aber vor der Staffelei vergaß sie offenbar, dass Cecilia tot war und sie selbst eine alte Frau. Eine Sekunde lang stand die Zeit still, undurchdringlich, unheimlich, lastend. Schließlich, und weil ich ja etwas sagen musste, nickte ich ihr zu.

»Du hast hier eine gute Lehrerin.«

Sie sah mir voll ins Gesicht. Ihre schwarzen Augen hatten jetzt einen verstohlenen Blick, rätselhaft und unbändig.

»Ja, die Toten sind unsere Lehrer. Wir müssen sie in unsere Nähe holen, mit ihnen sprechen. Die Toten haben ihren eigenen Lebenslauf, ihre eigenen Kleider, ihre eigene Geschichte. Die Toten wie Lebende zu lieben und, umgekehrt, uns selbst wie Unsterbliche zu empfinden, darin liegt das große Geheimnis für den Ursprung der Kunst. Hören wir die Stimmen der Toten, hat die Nacht keine Dunkelheit mehr. Deshalb bin ich zurückgekommen. Weil ich in Cecilias Nähe sein will. Bei Cecilia ist die Finsternis ganz klar.«

# *14. Kapitel*

Am nächsten Morgen rief ich Nona an. Zunächst ging ein Jugendlicher ans Telefon. Ja, die Mutter käme sofort. Er ging sie holen, und ich hörte im Hintergrund das Klappern von Geschirr und Gelächter. Endlich meldete sich Nona. Zum ersten Mal vernahm ich ihre Stimme, die klangvoll und fröhlich war. Sie sei gerade dabei, Rührei für das Frühstück zu schlagen, und Carlo, ihr Sohn, müsse jetzt weitermachen. Sie sprach maltesisch, was mich einigermaßen erstaunte. Das »Malti« – wie wir unsere Sprache nennen – stammt aus dem Nordafrikanisch-Arabischen. Später kamen Englisch und Italienisch hinzu. Für gewöhnlich tun sich Ausländer schwer mit dem »Malti«, aber Nonas Akzent war reizend, ihre Aussprache nahezu perfekt. Ich sagte, dass ich ihre Mutter in Cagliari getroffen hätte.

»Oh, das freut mich aber! Wie geht es ihr?«

»Sie machte einen zufriedenen Eindruck. Sie findet sich in ihrem Haus zurecht, als ob sie sehen könnte.«

»Ja, das ist erstaunlich, nicht wahr? Und wie geht es Milo?«

»Milo geht es auch gut.«

»Ich würde sie ja gern zu uns nehmen«, sagte Nona, »wir haben ein großes Haus und viel Platz. Aber Mutter betont immer wieder, dass sie uns nicht zur Last fallen will.«

Wir unterhielten uns noch einen Augenblick über Decima, bevor ich zur Sache kam. Nona lachte plötzlich nicht mehr. Ihre Aufmerksamkeit war aus der Intensität ihres Schweigens deutlich spürbar. Schließlich sagte sie:

»Es hört sich gewiss unglaublich an, aber ich habe ausgerechnet in dieser Nacht geträumt, dass ich tauchte und eine Steckmuschel fand. Ich befreite die Muschel von ihrem Byssus, ohne sie zu verletzen. Das Büschel fühlte ich ganz deutlich in meiner Hand – und war beim Aufwachen richtig erstaunt, dass ich es nicht neben mir auf dem Kopfkissen fand. Aber es war ja nur ein Traum: Ich – ich kann nämlich nicht tauchen. Ich schwimme wie ein junger Hund, sagt Lorenzo, mein Mann.« Abermals klang ihr lustiges Lachen durch den Hörer. Dann wurde ihre Stimme wieder ernst. »Wissen Sie, der Traum hat mir viel zu denken gegeben. Meine Mutter sprach fast täglich von der Zeit, als sie noch Muschelseide webte. Ich besitze auch ein Babymützchen, das sie für mich hergestellt hat. Ich werde es Ihnen zeigen. Meine kleinen Söhne haben es noch getragen. Ich persönlich webe nur Leinen und Bombyx.«

»Ja, das hat mir Decima auch gesagt.«

»Leute, die Geld haben, lassen sich Betttücher aus Rohseide weben. Sie werden bei jedem Waschvorgang weicher und glänzender. Aber mit Muschelseide zu arbeiten, ach Gott, wenn das nur wahr würde! Es war stets mein innigster Wunsch.«

»Wir müssen das alles in Ruhe besprechen«, sagte ich. »Wann kann ich Sie besuchen? Morgen?«

»Nein, leider erst am Montag. Wir gehen für zwei Tage nach Nadur. Lorenzos Schwester heiratet. Kommen Sie mit Ihrem eigenen Wagen?«

»Ja.«

»Rufen Sie mich an, wenn die Fähre eintrifft. Dann erkläre ich Ihnen, wie Sie fahren müssen. Unser Haus ist ganz leicht zu finden.«

Ich bedankte mich und wünschte ihr ein schönes Wochenende. Dass ich warten musste, widersprach meinem Tatendrang. Gerade überlegte ich, ob es sich vielleicht lohnte, im Voraus nach Gozo zu fahren und einige Tauchgänge zu machen, als das Telefon klingelte.

Ich griff zum Hörer.

»Ja?«

Eine fremde Männerstimme wünschte mir guten Morgen.

»Spreche ich mit Frau Beata Sforza?«

»Ja, ja«, wiederholte ich, etwas ungehalten. »Haben Sie vorher schon angerufen?«

»Ja, zweimal. Ich bin Kazuo Imada. Wir haben uns im Flugzeug nach Rom getroffen. Ich kam von Rhodos, erinnern Sie sich?«

Also doch nicht Fabio, dachte ich, und fühlte mich auf sonderbare Weise erleichtert.

»Sie sind der japanische Journalist, nicht wahr?«

»Wir haben Ping-Pong gespielt«, sagte er. »Mit Ihrem Brötchen.«

»Ach so, ja, ja!« Ich musste lachen. »Wo sind Sie jetzt?«

»In Valletta.«

»Oh, weshalb sind Sie denn hier?«

»Meine Redaktion möchte, dass ich einer Geschichte nachgehe, von der ich keine Ahnung habe.«

»Kommt das oft vor?«, fragte ich.

»Sehr oft sogar.«

»Und was machen Sie dann?«

»Dann informiere ich mich.«

»Informationen muss man doch finden können.«

»Manchmal finde ich viele. Aber diesmal sieht die Sache ein bisschen mühsamer aus, als ich es mir vorgestellt habe. Und ich würde Ihnen gern ein paar Fragen stellen. Haben Sie Zeit und Lust? Ich lade Sie zum Essen ein.«

»Wo wohnen Sie denn?«, fragte ich.

»Im Phoenicia, gleich hinter dem Busbahnhof.«

»Das ist ja ganz in der Nähe!«

»Ich habe mir Valletta schon ein bisschen angesehen«, sagte er. »Wollen wir uns im Café Cordina treffen?«

»Ja, danke«, sagte ich. »Mit Vergnügen.«

Ich fühlte mich plötzlich in Hochform. Nach dem Debakel mit Fabio tat es mir gut, wieder mit einem Mann auszugehen. Ich erledigte meine E-Mail-Korrespondenz, reservierte einen Platz auf der Fähre, ein Hotelzimmer gleich dazu, weil Touristenzeit war und ich nicht wusste, wie lange ich auf Gozo bleiben würde. Es war nicht leicht, kurzfristig eine Unterkunft zu buchen, auch Pensionen waren kaum noch zu haben, aber der Name »Azur«, auf den ich mich berief, war als Sesam-öffne-dich kaum zu überbieten.

Als ich alles erledigt hatte, war es bald Zeit, zu gehen. Im Badezimmer betrachtete ich mich im Spiegel, entdeckte eine Falte auf der Stirn, die ich bisher nicht bemerkt hatte. Ich seufzte. Na gut, da war nichts zu machen. Ich bürstete mein Haar, band es zu einem Pferdeschwanz zusammen. Danach tupfte ich etwas goldenen Puder auf die Lider, zog meine Brauen sorgfältig nach und verzichtete auf Lippenstift. Rote Spuren am Glas waren mir zuwider. Ich zog ein weißes T-Shirt und schwarze Hosen an und stellte abermals verwundert fest, wie sich die Muschelseide jeder Kleidung anpasste, wie sich ihre Farben nahezu magisch verwandelten. Zu dem weißen T-Shirt schimmerte der Schal nicht grünlich, sondern braun-golden, fast wie meine Haut.

Bis zum Café waren es nur wenige Minuten zu Fuß. Eingekeilt in den Strom der Touristen brauchte ich etwas länger als sonst. Vor dem Ockergelb der Häuser wirkte alles sehr lebhaft, sehr farbig. Es wehte kein Wind, die Luft war klar, und die Palmen standen so ruhig, als ob sie unecht wären. Kazuo, der draußen auf mich gewartet hatte, kam mir auf der Terrasse entgegen.

»Die Sonne brennt«, sagte er. »Wenn es Ihnen recht ist, können wir drinnen essen, da ist es schön kühl.«

»Ja, das ist angenehmer.«

Er war größer, als ich ihn in der Erinnerung hatte, schmaler und drahtiger als Fabio. Ich betrachtete ihn eingehender, als ich es im Flugzeug getan hatte, wo meine Gedanken von Fabio in Beschlag genommen waren. Er hatte, obwohl er um die vierzig war, etwas sehr Jugendliches an sich. Sein Gang war weich und nachlässig. Sein Gesicht war durchaus männlich, scharf geschnitten. Seine Brauen waren dicht und flaumig, die eine war leicht hochgezogen, was seinem Gesicht einen asymmetrischen Ausdruck verlieh, einen Ausdruck von Teilnahme und Klugheit. Um den Mund spielte ein leichtes, spöttisches Lächeln. Er schien sich selbst wenig ernst zu nehmen, sich aus der Distanz zu betrachten. Auf diese Weise wirkte er empfindsam und nachdenklich, vielleicht sogar schüchtern, eine Schüchternheit, die seine selbstbewussten Umgangsformen gut verbargen.

»Das Café habe ich erst gestern entdeckt«, sagte er. »Es gefällt mir. Obwohl ich nicht ganz weiß, was ich davon halten soll.«

Er deutete auf die Fresken an der Decke, die Maltas blutrünstige Vergangenheit als vielfarbige Groteske darstellten. Ich war belustigt.

»Seinerzeit galt der Maler als unverfroren. Er hatte sogar Prozesse am Hals.«

Der Kellner brachte die Karte. Für sich hatte Kazuo bereits Mineralwasser bestellt. Ich nahm das Gleiche.

»Kennen Sie unsere Küche?«, fragte ich.

»Nicht gut, leider«, erwiderte er. »Und ich lasse mich gern von Ihnen beraten.«

»Schön. Gibt es etwas, das Sie nicht essen würden?«

Er schüttelte den Kopf.

»Wir Japaner sind – auch in kulinarischer Hinsicht – recht neugierig. Wobei wir uns gelegentlich auf fragwürdige Experimente einlassen. Daneben haben wir einen ausgeprägten Gesundheitsfimmel und reisen nie ohne Medikamente.«

Ich musste lachen. Alles, was er sagte, erschien mir komisch.

»Keine Sorge, ein großes Risiko gehen Sie auf Malta nicht ein. Es kann allerdings sein, dass Sie zunehmen. Macht es Ihnen nichts aus, fett zu werden?«

»Dazu werde ich kaum Zeit haben«, meinte er. »Ich bin ja nur kurzfristig hier.«

Ich winkte dem Kellner, bestellte als Vorspeise gebackene Bohnen, in Öl und Knoblauch eingelegt. Dann eine Fischsuppe, von der ich wusste, dass der Koch sie nicht zu üppig machte.

Ferner Rindsrouladen, mit Eiern, Spinat und Käse gefüllt und in Rotwein geschmort. Kazuo stieß einen Seufzer aus.

»Klingt aufregend. Ein bisschen zu reichhaltig vielleicht?«

Ich beruhigte ihn mit der Bemerkung, dass das ein ganz normales maltesisches Essen sei.

»Wie bringen Sie es nur fertig«, fragte er nachdenklich, »so schlank dabei zu bleiben?«

»Ich tauche, das wissen Sie ja.«

»Vielleicht sollte ich nach dem Essen auch tauchen?«

Ich nahm einen Schluck Mineralwasser.

»Ja, aber nicht mit vollem Magen.«

Wir lachten beide. Es folgte eine kurze Stille. Nachdenklich ließ ich das Glas in meinen Fingern kreisen. Er hatte etwas sehr Anziehendes in seiner zurückhaltenden Art und war doch so lebendig.

»Ich hoffe, Sie haben mir meinen Anruf nicht übel genommen«, sagte er. »Die Dame am Telefon schien etwas ... überfordert.«

»Domenica, unser guter Geist, hat leider einen Sprachfehler und tut sich schwer, wenn sie die Leute nicht kennt.«

»Sie hätten mich ja doch auch für unverschämt halten können.«

»Ich gab Ihnen ja meine Karte, also war's in Ordnung.«

»Rauchen Sie?«, fragte er.

»Nein, das würde ich meinen Lungen nicht zumuten.«

»Als Student habe ich viel geraucht«, sagte Kazuo. »Aber heute nicht mehr.«

»Ich auch, genauso. Rauchen war damals in Mode.«

Es lag eine gewisse Verwandtschaft zwischen uns, ein natürliches Einverständnis ohne Worte. Dieses Einverständnis war neu, hatte keine Zeit gehabt, sich zu entwickeln. Aber ich empfand dabei ein sonderbares Glücksgefühl.

Der Kellner brachte die Vorspeise. Ich sagte:

»Ich hoffe, dass Sie nichts gegen Knoblauch haben.«

»Wenn Sie das Gleiche essen wie ich ...«

Er kostete behutsam die Bohnen und nahm dazu das geröstete Brot, das ich ihm reichte.

»Schmeckt wundervoll!«

Ich nickte zufrieden.

»So. Jetzt erzählen Sie mal. Womit kann ich Ihnen helfen?«

Kazuo nahm einen Schluck Wasser.

»Nach unserer Begegnung im Flugzeug habe ich ›Malta‹ in eine Suchmaschine eingegeben. Als ich einiges erfahren hatte, fragte ich in Tokio an, ob *Globe* schon etwas über Malta gebracht hätte. Das war abends, und am nächsten Morgen traf die Antwort ein. Nun müssen Sie wissen, dass wir eine Anzahl Abonnenten haben, die gern etwas über den Krieg lesen, und zwar ebenso gern über seine guten wie über die schlechten Seiten. Es ist eine Frage der Generation, würde ich meinen.«

»Nostalgiker gibt es überall«, sagte ich. »Bei uns liegt ein abgeschossener deutscher Bomber mit Flügel, Rumpf und Propeller in vierzig Metern Tiefe und gilt als beliebter Tauchgang für Fortgeschrittene. Tja, ich für meinen Teil sehe mir lieber Korallen an.«

Kazuo nickte.

»Der Herausgeber – mein Freund Hiroshi also – wünschte, dass ich etwas über das englisch-japanische Bündnis im Ersten Weltkrieg in Erfahrung brachte. Er meinte, die Angelegenheit sei einen Abstecher wert.«

Ich starrte ihn verblüfft an.

»Davon höre ich zum ersten Mal!«

»Keiner weiß etwas, das ist es ja gerade. Jedenfalls soll in den Jahren 1914 bis 1918 ein japanisches Geschwader zur Schutzbegleitung englischer Truppenverbände im Mittelmeer aufgeboten worden sein. Als es zu einem Gefecht mit U-Booten kam, verloren ungefähr hundert japanische Seeleute ihr Leben. Und angeblich befindet sich in Valletta, auf dem Friedhof der englischen Marine, eine Grabsäule mit den Namen dieser Gefallenen. Haben Sie die Grabsäule mal gesehen?«

Ich schüttelte den Kopf.

»Dazu kann ich Ihnen nur Folgendes sagen: Auf dem Marinefriedhof liegt ein Großonkel von mir. Sein Schiff, die *Transylvania*, wurde von einem U-Boot versenkt. Als ich Kind war, besuchten wir gelegentlich sein Grab. Aber eine japanische Gedenksäule? Ich entsinne mich nicht. Wissen Sie, der Friedhof ist groß. Es kann aber auch sein, dass ich sie nicht beachtet habe. Kinder sehen ja meistens nur das, was sie vor der Nase haben.«

Kazuo sprach weiter.

»In Valletta angekommen, suchte ich zuerst das Verkehrsbüro auf. Man gab mir eine Karte, auf der der Friedhof eingetragen war. Ich nahm ein Taxi. Der Fahrer brachte mich zu einem Friedhof. Ich entließ ihn, weil ich mit dem Bus zurückfahren wollte. Es stellte sich heraus, dass es der falsche Friedhof war und dass der Bus nur jede Stunde fuhr.«

»Zweifellos war er gerade abgefahren.«

»O ja. Ich setzte mich auf eine Bank und döste. Und kein Schatten weit und breit. Am nächsten Tag nahm ich wieder ein Taxi. Diesmal verfuhr sich der Fahrer. Es war sehr abenteuerlich. Als wir endlich zum Friedhof kamen, war Mittag vorüber und das Tor geschlossen. Beim ersten Mal sagt man sich, das war eben Pech, beim zweiten Mal sagt man sich, so kann das nicht weitergehen. Und da Sie die einzige Person auf Malta sind, die ich kenne …«

»Ich sehe schon«, sagte ich lachend. »Und es stimmt, dass der Friedhof in der heißen Jahreszeit nur halbtags geöffnet ist. Es kommen ja kaum Besucher, die Leute gehen lieber an den Strand. Hören Sie, ich werde mal mit meinem Vater sprechen. Er war Offizier im Zweiten Weltkrieg. Informationen finden Sie gewiss auch in der Nationalbibliothek. Inzwischen, wenn Sie es wünschen, fahre ich Sie morgen gern zum Friedhof.«

»Oh«, rief er erfreut, »hätten Sie denn Zeit?«

»Ich nehme erst am Montag die Fähre nach Gozo. Bis dahin bringt es mich auf andere Gedanken.«

»Ich danke Ihnen sehr«, sagte er.

»Keine Ursache. Statt Probleme zu wälzen, kann ich auch Friedhöfe besuchen.«

Er hätte glauben können, dass dies meine Art sei, in scherzhaftem Ton von meinen Angelegenheiten zu sprechen, doch er ging nicht darauf ein. Seine Augen sahen mich immer ein wenig von der Seite an. Die Pupillen leuchteten warm und teilnehmend.

»Was werden Sie auf Gozo machen?«, fragte er. »Tauchen?«

Ich nickte.

»Der Zufall führte mich auf die Spur einer Muschel, die nur im Mittelmeer wächst. Leider ist das Mittelmeer schon so verseucht, dass viele Arten in Gefahr sind. Und diese eben auch. Aber Gozo hat wenig Industrie, die Gewässer sind sauber. Ich will sehen, ob die Muschel doch noch vorkommt.«

»Um welche Muschel handelt es sich?«

»Kennen Sie Muschelseide?«, fragte ich.

Er sah mich überrascht an.

»Gibt es so etwas denn?«

Der Kellner räumte die Teller fort; während wir auf den Hauptgang warteten, löste ich den Schal und breitete ihn vor Kazuo im Licht aus. Lächelnd sah ich zu, wie auch er der Faszination der Farben, der eingewebten Formen erlag. Ich sagte, dass der Schal einer Großtante gehört hatte, die Schwester jenes Offiziers eben, dessen Grab wir morgen besuchen würden. Und ich erzählte, wie ich im Auftrag von Azur nach Sardinien geflogen war, wie der Verstorbene schattenhaft näher und näher gekommen war, in der Erinnerung einer Blinden eingefangen, die sehende Finger hatte. Und endlich sprach ich von Nona, der vielleicht letzten Hüterin einer uralten Kunst, die ich auf Gozo besuchen wollte.

Als ich alles erzählt hatte, sagte er:

»Jeder von uns erlebt mal ein Wunder. Die Welt ist noch voller Geheimnisse. In meinen Augen jedoch ist der radikale – jedenfalls pathologische – Pessimismus durchaus angebracht. ›Die Ereignisse sind nur Schaum auf den Wellen der Dinge‹, schrieb Paul Valéry, der französische Dichter. Valéry lag völlig falsch. Wir haben inzwischen die Atombombe erfunden. Und das Plastik, das einzige Material, das die Umwelt nicht abbauen kann.«

»Und wer liest heute noch Paul Valéry?«, seufzte ich und stellte gleich dazu eine Frage, die eigentlich recht unhöflich war:

»Sind Sie ein religiöser Mensch?«

Er antwortete belustigt.

»Oh, wir Japaner sind nicht religiös in dem Sinne, wie Christen, Moslems oder Juden es sein mögen. Wir glauben eher an die Göttlichkeit der Natur. Unsere Moralprinzipien kamen aus China und wurden zunächst schlecht aufgenommen. Akribisch, wie wir sind, haben wir mit der Zeit gelernt, sie zu praktizieren. Nicht die Mystiker siegten, sondern die Intellektuellen. Aber in uns besteht nach wie vor der urtümliche Kern. Wenn wir in unserer Dichtung sagen, dass der Regen sein Gewand schüttelt und die Felsen ihr Haar im Meer kämmen, kommen wir diesem Gefühl sehr nahe. Solche Empfindungen sind im Grunde nicht zeitgenössisch. Das hat Vorteile. Wir wenden viel Scharfsinn und Phantasie im Leben an. Routinedenken schränkt die positive Intelligenz ein. Das ist auf der ganzen Welt so. Meinen Sie nicht auch?«

»Wie es in Japan ist, weiß ich nicht sehr genau«, sagte ich. »Wir waren nur ein paar Tage in Tokio.«

»Wann war das?«

»Vor vier Jahren.«

»Inzwischen hat sich Tokio sehr verändert.«

»Danach gingen wir nach Okinawa. Dort blieben wir etwas länger als beabsichtigt. Das Meer war sehr schön.«

»Inzwischen hat sich wenig verändert«, meinte er. »Das Meer ist immer noch schön.«

Ich rief den Kellner, bestellte zum Nachtisch eine luftige Mandelcreme, passend zur heißen Jahreszeit. Erst dann sprach ich weiter.

»Um die Wahrheit zu sagen: Ich weiß nicht, ob ich noch religiös bin. Ich stelle lieber Arbeitshypothesen auf.«

»Das ist aber auch gut«, sagte er lächelnd. »Auf diese Weise entgeht man geistigem Schiffbruch!«

Ich verzog das Gesicht.

»Intellektueller Schiffbruch wird zuallerletzt von den Schiffbrüchigen selbst bemerkt. Kreuzritter, Inquisition, Johanniterorden, Prälaten und Nonnen belasten mein Unterbewusstsein. Die Brühe liegt mir schwer im Magen.«

»Man hat mir oft vorgeworfen«, sagte er, »dass ich meine Mitmenschen mit sehr unjapanisch direkten Fragen vor den Kopf stoße. Es tut mir leid. Wir brauchen uns nicht über Dinge zu unterhalten, die Ihnen unangenehm sind.«

Ich widersprach.

»Es ist mir nicht unangenehm. Mit meinem Vater kann ich nicht darüber reden. Eigentlich komme ich nur gut mit ihm aus, weil wir uns höflich aus dem Weg gehen.«

Jetzt lachte er herzlich.

»Möglicherweise ist das die richtige Einstellung.«

Ich erzählte weiter.

»Meine Mutter hatte Polyarthritis. Sie lag im Sterben und sah die Dinge wieder wie ein Kind. Sie sagte, dass Gott sie jetzt erwarte und Ähnliches. Du meine Güte, dachte ich, glaubt sie das wirklich? Bis ich merkte, dass dieser Glaube ihr guttat. Sie klammerte sich an die Kraft, die wir Gott nennen, weil es wohl keinen passenderen Namen dafür gibt.«

Er nickte.

»Kommt der Tod, setzt die Bedrohung ein, und wir brauchen eine sichere Verankerung. Gott ist nur der Alltagsname für die Kräfte aus der Luft, aus dem Meer, aus der Erde. Ich jedenfalls empfinde es so.«

Ich überdachte das, was er gesagt hatte. Und plötzlich war es, als ob die Welt still stand. Mit einem Mal überkam mich ganz intensiv ein Gefühl für die Beschaffenheit der Dinge. Ich sah die weiße Tischdecke mit den Brotkrümeln und dem Tomatenfleck, roch das Aroma des Kaffees, den wir auf italienische Art – ohne Milch und mit viel Zucker – tranken. Es war, als ob sich etwas vollzogen hätte, eine Art Vorwärtsbewegung in Zeit und Raum. Ein paar Sekunden sah ich nichts anderes mehr als diesen Mann mir gegenüber, dessen Augen mir sagten: Ich versteh dich. Und wenn meine Worte irgendeinen Wert besaßen, so verdankten sie es diesem Blick. Dann glitt die Welt zurück an ihren Platz. Ich sah auf die Uhr und lächelte ihn an.

»Kommen Sie! Ich möchte Ihnen etwas zeigen.«

# *15. Kapitel*

Valletta lag diesig im Nachmittagslicht. Rund um die Fußgängerzone wehte Staub, brauste Motorenlärm. Wir waren eingekeilt in eine lange Prozession von Verkehrsmitteln, die mit der hierorts üblichen Nonchalance ohne Warnung nach rechts oder links abbogen. Ich bemerkte Kazuos starren Gesichtsausdruck und lachte.

»Mach die Augen zu, wenn dir wohler dabei ist!«

Wir waren mittlerweile vom »Sie« zum »Du« übergegangen.

»Im Grunde«, seufzte er, »möchte ich den Crash lieber kommen sehen.«

Ich versuchte ihn zu beruhigen.

»Es sieht nur so dramatisch aus, weil wir Klapperkisten fahren. Mein Wagen ist auch zehn Jahre alt.«

»Wohin fahren wir eigentlich?«

»Nach Hagar Qim. Ich zeige dir einen Steinzeittempel. Es gibt einige in der Gegend, aber der gefällt mir am besten. Und um diese Zeit sind die Touristen schon weg.«

Tatsächlich fanden wir einen fast leeren Parkplatz, und der Wächter an der Kasse sah zweifelnd auf die Uhr. Kazuo zeigte ihm seinen Presseausweis, und ich setzte mein schönstes Lächeln auf, sagte ein paar Worte zur Ruhe der Stätte und zu unserem Bedürfnis nach Beschaulichkeit. Der Wächter meinte daraufhin, wir könnten wohl etwas länger bleiben, müssten aber gehen, sobald es dunkel würde.

Die letzten Touristen verließen den Ort, während wir dem Tempel entgegenwanderten. Der Weg war steinig und ziemlich weit. Mit dem nahenden Abend entfalteten Salbei, Thymian und Kamille ihre warmen Düfte. Kleine, blitzende Käfer summten. Unterhalb der Klippen dehnte sich das spiegelglatte Meer. Die Steinblöcke, in betonter Verbundenheit mit Himmel und Erde, erhoben sich unversehrt aus den alten Ruinen. Sie waren grau, von ursprünglicher Nacktheit und wahrhaft gewaltig. Der Ort war erfüllt von Stimmen und Geistern. Sie flüsterten, längst zeitlos geworden, im Wind und in den Höhlungen der Steine, wo Ameisen krabbelten und Eidechsen huschten.

»Es ist wirklich außergewöhnlich.« Kazuos Stimme klang verhalten, wie besorgt, die Stille durch allzu laute Worte zu gefährden. »Wie hoch war der Tempel ursprünglich?«

»Zehn Meter oder höher. Er wurde dreitausend Jahre vor Christus erbaut und mit Steinquadern überdacht. Luftaufnahmen zeigen, dass als Vorlage für die Anordnung der Kammern die weibliche Gebärmutter diente.«

»Stimmt, die Anlage hat etwas Organisches an sich. Ihr fehlt die übliche Geometrie.« Kazuo legte die Hand auf eine Säule. »Kalkstein!«

Ich nickte.

»Alle Säulen trugen Ornamente in Form von Wirbeln. Die Farben waren Schwarz oder Rostrot, an manchen Stellen sieht man sie noch. Die Wirbel stellten die Beziehung zur Wasserwelt dar.«

»Und diese Löcher!«, sagte Kazuo. »Absolut kreisrund! Im Irak habe ich ähnliche gesehen. Sie wurden in den Stein gebohrt.«

»Ja, aber mit welchen Werkzeugen?«

»In dem Punkt jedenfalls ist man sich einig: Keiner weiß, wie sie gemacht wurden.«

»Ein astronomischer Kalender?«

»Das ist eine einfache und relativ weit verbreitete Annahme. Die Löcher wurden so angebracht, dass die Sonne je nach Jahreszeit eine andere Kammer beleuchtet. In neolithischen Bauten findest du das oft. Trotzdem bin ich mir da nicht so sicher …«

»Warum nicht?«

»Weil die Vergangenheit keine Illustration des Verstandes

ist, sondern stets etwas Unbegreifliches zum Ausdruck bringt. Und im Grunde bedeutet eine Antwort auch wenig.«

»Vielleicht hast du recht«, sagte ich. »Komm!«

Wir stiegen über das Seil, das die Ruinen vor dem Ansturm der Besucher bewahrte, wanderten von einer Kammer in die andere, bis ich vor einer Säule Halt machte.

»Hier befand sich wohl einmal das Heiligtum. Stell dich mal vor die Säule. Nein, etwas mehr nach rechts. Siehst du was?«

»Es kann sein«, sagte er, »dass ich ein Gesicht sehe.«

»Du gehst einen Schritt zur Seite, und weg ist es! Wahrscheinlich durfte es nur von der Priesterin gesehen werden.«

Er antwortete nachdenklich.

»Ob es überhaupt ein menschliches Gesicht ist?«

»Wie kommst du darauf?«

»Weil es mich an die Statuen der Hethiter erinnert, an die Prozessionen von Yazilikaya, in den Fels einer türkischen Bergschlucht geschlagen. Menschen, die zur Hälfte Löwen sind.«

»Hier wurden auch Tieropfer gebracht«, sagte ich. »Aus den verbrannten Knochen lasen die Priesterinnen Orakel.«

»In Japan doch auch!«, sagte er.

Ich blickte ihn überrascht an.

»Ist das wahr?«

»In der Jomon-Zeit, neun Jahrtausende vor Christus, verkörperten die Priesterinnen die Macht der Mutter Erde. Sie besaßen astronomische Kenntnisse, heilten Krankheiten, bestimmten den Zeitpunkt der Aussaat und der Ernte. Sie waren Hüterinnen des Feuers, das als göttliches Element aus dem Reiben des Stabes und des Holzstückes hervorgebracht wurde. Zu den wesentlichen Riten gehörte auch, dass sie das Schulterblatt eines Damhirsches verbrannten und in den Linien der Asche die Zukunft lasen.«

»Warum war das so?«, fragte ich.

»Weil die Knochen die Ahnen verkörperten. In früheren Zeiten, so glaubten wir jedenfalls, gab es zwischen Menschen und Tieren keinen Unterschied.«

»Nun, vielleicht stimmt das sogar?«

Er lachte ein wenig.

»Ich habe großes Glück, dass ich endlich einen Menschen getroffen habe, der sich nicht darüber wundert.«

Wir wanderten Seite an Seite, sprachen zueinander mit großem Einverständnis. Kazuo sagte:

»Die Kraft eines Ortes wächst aus den Vorfahren, Menschen und Tieren, die dort begraben wurden. Welche Kraft? Zweifellos diejenige, die Paracelsus beschwor, als er schrieb: ›Wir befinden uns noch alle im Stadium der Schöpfung. Wir sind Erde, die noch bestellt werden muss.‹ Tut mir leid«, setzte er leicht verlegen hinzu. »Ich bin ein Pedant. An manchen Tagen hasse ich mich dafür.«

»Du hast einfach ein gutes Gedächtnis.«

»Du bist sehr nachsichtig. Sag mal, hast du manchmal Vorahnungen?«

Ich versteifte mich innerlich. »Ich weiß es nicht. Na gut, meinetwegen! Und wie steht es mit dir?«

»Ich glaube an Märchen«, sagte er ernst. »An die ›Kleine Meerjungfrau‹ zum Beispiel.«

Die Unruhe war vorüber, ich entspannte mich und fühlte gleichzeitig, wie meine Wangen heiß wurden.

»Was willst du damit sagen? Ich bin schwer von Begriff.«

»Fass es als Spielerei auf«, erwiderte er leichthin. »Vielleicht sind wir ein wenig verrückt?«

»Nein«, erwiderte ich in sicherem Ton. »Wir sind es weniger als die Leute im Allgemeinen.«

Wir sahen einander an und fingen in unwiderstehlicher Heiterkeit an zu lachen. Dann schlenderten wir zum Eingang zurück. Die Nacht umfing uns beide, wir waren ein Teil von ihr. Über uns glitt ein ruhiger Mond durch die Wolkenfelder. Im blauen Zwielicht glichen die Ruinen Gebeinen von Riesen, die in den Himmel ragten. Noch wahrten wir Abstand, noch hielten wir uns zurück, doch wussten wir beide genau, dass wir mit jedem Wort, mit jedem Schritt, einander näher kamen.

# *16. Kapitel*

Ricardo fühlte sich nicht wohl. Herzrhythmusstörungen. Die Anfälle traten gelegentlich auf, waren harmlos, aber unangenehm. Er nahm sie leider als Vorwand, um nicht in den Country-Club zu gehen, und wurde dabei immer blasser und dicker. Da er krank aussah und unsicher auf den Beinen war, sagte ich ihm, er solle sich ausruhen. Er schluckte seine Tabletten und zog sich früh zurück. Als ich später mit Francesca zu Abend aß, hätte ich sie gern gefragt, ob sie etwas über die japanische Gedenksäule wusste. Vielleicht hätte ich Glück: Es gab Momente, in denen ihr die Worte glatt von der Zunge rollten, ohne dass sie sich sehr anzustrengen brauchte. Und wiederum andere, in denen sie nur ihre Arbeit im Kopf hatte und ein Gespräch mit ihr wenig Sinn hatte. Letzteres war gerade der Fall: Sie war übel gelaunt. Sie fand die Suppe zu salzig, beklagte sich über den Rinderbraten – der tatsächlich zäh war – und rauchte, bis es auch mir den Appetit verdarb. Ich ließ sie beim Portwein allein.

Am Morgen erschien Ricardo wie gewohnt zum Frühstück und ließ sich die Zeitung bringen. Francesca erkundigte sich schnodderig nach seinen Befinden. Er antwortete freundlich.

»Danke, Francesca. Mir geht es wieder gut.«

Sie beließ es dabei. Ihr Leben schien erfüllt zu sein, erfüllt von Dingen, von denen sie nicht sprach. Ich kannte sie wirklich nicht gut. Sie war eine Fremde, von weither gekommen. Manchmal genügte eine Kleinigkeit, ein falsches Wort, dass sie zornig wurde. Zorn begriff ich; was mir an ihr nicht gefiel, war, dass sie die Menschen so leichtfertig kränkte. Doch war ich nicht einmal sicher, dass sie es bewusst darauf angelegt hatte. Offenbar machte ihr die Malerei zu schaffen. Ihre Knochen womöglich auch. Ich fragte Ricardo, ob er seine Tabletten genommen hatte.

»Du solltest einen Spaziergang machen, so lange es noch kühl ist.«

Er murmelte, dass er es sich überlegen wolle. Ich bewahrte meine Geduld, ein Nachklang aus der Zeit meiner Kindheit. Mein Vater war es gewohnt, dass man ihm gehorchte. Und wo blieb mein eigener Wille?

Dass ich den Friedhof der Marine aufsuchen wollte, verschwieg ich ihm.

Kazuo wartete vor dem Eingang seines Hotels. Ich hielt ein paar Schritte von ihm entfernt und beugte mich aus dem Fenster.

»Schnell, ich darf hier eigentlich nicht halten!«

Ich fuhr rasch an, bog korrekt ab und reihte mich in den Verkehr ein. Es war halb acht; Fahrzeuge und Abgaswolken erfüllten den Platz. Vor den stinkenden Inselbussen standen die Menschen geduldig Schlange. Langmut und Disziplin war das britische Erbe Maltas. Überall, nur nicht auf der Fahrbahn.

»Ich stelle fest«, sagte Kazuo, »dass es hier morgens genauso gefährlich ist wie abends.«

»Wir sind eben ein mordlustiges Volk«, erwiderte ich fröhlich. »Ich werde dir mal unsere ›Experience-Keller‹ vorführen, Maltas Geschichte als Horrortrip. Die Belagerungen, die Gefängnisse, die Folter und die Hinrichtungen. Realistisch bemalte Leichen und Körbe voller abgehackter Köpfe, Hände und Füße. Alles akkurat aus Wachs nachgebildet. Die Touristen finden es toll.«

»Aber nicht nach dem Mittagessen!«, seufzte Kazuo.

Wir verließen das Zentrum, fuhren an der Stadt vorbei, an dem tiefer liegenden Hafenbecken; das Wasser war fast schwärzlich blau, und das Weiß der großen Kreuzfahrtschiffe blendete. Es lag viel Heiterkeit in der Luft, eine etwas künstliche zwar, die uns aber glücklich machte.

Bei der alten Markthalle bog ich ab und ließ das Stadtzentrum hinter mir. Der Wagen kletterte eine Anzahl Hügel empor. Die Straße war nicht sehr gut. Ginster und gelb gewordene Akazien wuchsen dicht und dornig. Eine Schiffssirene ertönte in der Ferne. Das Meer war immer da, ein dunkelblauer Rand, der den Horizont säumte.

Nach der letzten Bushaltestelle fuhren wir eine lange Asphaltstraße empor, breit und seltsam leer. Links und rechts lagen unordentlich aufgeschichtete Steinplatten, aber kein Arbeiter war in Sicht. Gelegentlich zogen Lastwagen vorbei, beladen mit Waren oder Baumaterial. Sie wirbelten Staubschleier auf, die im Sonnenlicht flimmerten. Eine Weile fuhr ich eine lange Mauer aus Sandstein entlang, bis ich vor einem großen Gittertor hielt.

»Wir sind da«, sagte ich. »Und das Tor ist offen.«

Ich fand einen schattigen Platz für meinen Wagen. Wir stiegen aus und gingen durch das Tor. Hinter der Mauer lag der Friedhof still und verlassen da. Nur der Wächter wanderte mit einem Gartenschlauch zwischen den Gräbern, hielt dann und wann an, um den Blumen Wasser zu geben. Die Erde duftete frisch und herb, und das Zwitschern unsichtbarer Vögel erfüllte die Luft. Alle Gräber trugen die Namen der Soldaten der britischen Navy, die in den zwei Weltkriegen gefallen waren. Manche waren aus Sandstein, andere aus Marmor, mit Statuen, Kreuzen und Kerzenhaltern geschmückt. Wir lasen die Namen der Gefallenen; zum ersten Mal kam mir zu Bewusstsein, wie jung diese Menschen gestorben waren.

»Mein Gott!«, sagte ich leise, »die waren ja kaum älter als zwanzig!«

»In Japan war es nicht anders«, sagte Kazuo. »Man wollte uns weismachen, dass alle, die in den Krieg zogen, von ihrer Sache überzeugt waren. Tatsächlich waren es die wenigsten.«

»Mein Großonkel liegt dort unter dem Baum«, sagte ich.

Wir blieben im Schatten stehen. Das Grab war sehr schlicht. In den Stein waren nur das Malteserkreuz eingraviert, der

Name Gaetano Sforza-Richards sowie Geburts- und Todesjahr: 1894–1917. Ich hatte ein schlechtes Gewissen. Das Grab wirkte so verlassen! Unkraut wuchs, und zwischen den Kieseln war ein alter Blumentopf zersprungen und umgefallen.

»Es tut mir leid«, sagte ich entschuldigend. »Ich bin eben jahrelang nicht mehr hier gewesen.«

Ich bückte mich, las die Scherben auf und brachte sie in den Abfall. Dann ging ich zurück zu Kazuo, der still gewartet hatte.

»Das Geschoss traf das Schiff genau unter der Brücke. Die Explosion fegte Gaetano über Bord. Ich kenne die Umstände nicht, jedenfalls wurde er mit zerfetzten Gliedmaßen geborgen. Weil alle Krankenhäuser überfüllt waren, wurde er zu Hause gepflegt. Man hatte ihm beide Beine und die linke Hand amputiert. Er starb an Wundfieber. Es war wahrscheinlich besser für ihn.«

»Hatte er noch Geschwister?«

»Ein Bruder, der später die Bankgeschäfte des Vaters übernahm. Und jene jüngere Schwester eben, für die er die Muschelseide in Auftrag gab. Nach Gaetanos Tod brachte sie ein uneheliches Kind, eine Tochter, zur Welt, bevor sie an den Folgen der Geburt starb. Die Familie versuchte die Sache zu vertuschen. Die Tochter, Francesca – meine Großtante also –, verließ Valletta mit achtzehn, lebte im Ausland und kam erst vor ein paar Wochen zurück. Sie wurde Malerin, eine berühmte sogar.«

»Malt sie noch immer?«

»Als ob ihr Leben davon abhinge. Sie plant noch eine Ausstellung. Mit neunzig, stell dir das mal vor! Inzwischen schüchtert sie meinen Vater gewaltig ein. Sie ist eine schwierige alte Dame. Mich mag sie, zum Glück. Sonst hätte ich mir längst eine Wohnung gesucht.«

Der Friedhofswächter schlurfte näher. Ich grüßte und fragte ihn auf Malti nach der japanischen Grabsäule. Der Wächter, ein alter Mann mit verwaschenen blauen Augen, streckte seine magere, sonnengebräunte Hand aus.

»Dort drüben«, sagte er. »Kommen Sie!«

Er schlurfte auf einem Pfad weiter und geleitete uns in der Nähe der Friedhofsmauer bis zu einer ziemlich großen Grabsäule aus rötlichem Marmor. Einige Stufen führten zu dem viereckigen Sockel, auf dem mit Goldprägung eine große Anzahl japanischer Schriftzeichen eingetragen waren. Als ich die Säule sah, kam mir in den Sinn, dass ich sie als Kind tatsächlich bemerkt haben musste. Kazuo stand lange davor; seine Lippen bewegten sich lautlos. Es herrschte vollkommene Stille. Auch die Vögel schwiegen. Nicht einmal der Wind bewegte die Zweige. Nach einer Weile zog Kazuo einige japanische Münzen hervor, legte sie vor der Grabsäule zu den anderen Münzen, die bereits dort lagen, bevor er zweimal die Hände aneinander schlug und für kurze Zeit mit gesenktem Kopf stumm verharrte. Dann erst trat er zurück und sah mich an.

»Was mir die Redaktion mitteilte, stimmt tatsächlich. Hier stehen alle Namen. Der Kreuzer *Sakaki* wurde am 11. Juni 1917 von einem U-Boot der österreichisch-ungarischen Kriegsmarine getroffen. Einen Monat zuvor hatte die Mannschaft über dreitausend britische Soldaten der sinkenden *Transylvania* geborgen und sie in die italienische Hafenstadt Savona in Sicherheit gebracht.«

Ich starrte ihn an und fühlte mich plötzlich bleiern schwer, von Staunen über etwas Unbegreifliches erfüllt. Die Empfindung war nahezu physisch. Wie kam es nur, dass zwei unterschiedliche Begebenheiten plötzlich auf die gleiche Linie rückten? Das Zufällige konnte doch kaum so weit reichen! Aber die Dinge waren aus dem dunklen Tunnel der Geheimnisse hervorgekommen. Erlebt das Empfinden eine solche Steigerung, befällt uns Erschrecken, und jedes Wort hört sich unpassend an. Ich wusste nicht, wie ich meiner inneren Bewegung mit Worten Ausdruck verleihen sollte. Ich sagte verstört:

»Hör mal, fändest du es nicht merkwürdig, wenn es ausgerechnet japanische Seeleute gewesen wären, die Gaetano gerettet haben? Stell dir mal vor! Vor neunzig Jahren!«

Er ließ einen Augenblick verstreichen, bevor er antwortete:

»Zwischen Vergangenheit und Gegenwart liegen immer Verbindungswege. Und manchmal wird uns recht bange dabei. Die meisten Menschen denken ungern an Zeiten des Leidens zurück.«

»Ja, das ist wahr.«

Die Sonne stach sogar im Schatten. Mir brach plötzlich der Schweiß aus. Der Name *Sakaki* tauchte in meinem Gedächtnis auf, aus irgendeinem Traum, den ich früher mal gehabt hatte. Aber mit einem Mal wusste ich, dass ich diesen Namen gar nicht im Traum gehört haben konnte. Weit zurück, ganz am Rande der Erinnerung – oder noch weiter vielleicht, denn die Begebenheit lag ja vor meiner Zeit –, hatte jemand davon gesprochen.

Es gab eine Angst, sich zu erinnern. Als ob Erinnern etwas Gefährliches sei, das man zur Strafe noch einmal erleben müsse.

Ich rieb mir die feuchte Stirn.

»Diese Art von Geschichten, die gehen mir unter die Haut …«

Der Wächter strich um uns herum, ließ uns wissen, dass er uns für Fragen zur Verfügung stand. Er langweilte sich offenbar, wir waren ja an diesem Morgen die einzigen Besucher. Kazuo nutzte die Gelegenheit und fragte, ob Japaner gelegentlich den Friedhof besichtigten. Der Wächter schüttelte den hageren Kopf.

»Es kommen nur wenige. Sie bringen nie Blumen mit. Sie legen kleine Münzen, wie Sie es auch gemacht haben, vor die Säule.«

»Ja, das ist ein japanischer Brauch. Handelt es sich um ältere Menschen?«

»Eigentlich schon«, meinte der Wächter.

Kazuo bat um Erlaubnis, die Grabsäule zu fotografieren.

»Alle Japaner fotografieren hier«, sagte der Wächter in nachsichtigem Tonfall.

Kazuo machte ein paar Bilder, Gesamtansichten und Detailaufnahmen. Dann fragte er mich, ob er auch Gaetanos Grab fotografieren dürfe, und nahm auch mich neben dem Grab auf.

Danach gaben wir dem Wächter ein Trinkgeld, bevor wir zurück zum Wagen gingen. Wir fuhren die glühende Landstraße hinauf. Keiner von uns redete. Bald kamen wir zu einem Platz mit einigen frisch besprengten Café-Terrassen. Wir parkten den Wagen und setzten uns in den Schatten der Platanen.

»Eiskaffee?«, fragte Kazuo.

»Ich weiß nicht.«

»Einen Espresso?«

»Ein Espresso wäre gut.«

»Ich nehme auch einen«, sagte Kazuo.

Wir waren beide ein wenig durcheinander.

Im Schatten war es angenehm kühl. Der Platz war zum Meer hin offen. Der Handelshafen und der Sporthafen mit ihren vielen Schiffen befanden sich unterhalb der Kalkfelsen. Nach einer Weile sagte Kazuo:

»Ich denke, dass die japanischen Besucher Nachkommen der Seeleute sind, die damals ums Leben kamen. Ich werde im Internet suchen. Vielleicht finde ich mehr heraus. Und den Weg zur Nationalbibliothek werde ich mir wohl nicht ersparen können.«

Der Kellner kam mit dem Kaffee. Ich nahm gleich einen Schluck.

»Als Francesca mal in guter Stimmung war, erzählte sie mir, dass sie noch ein Tagebuch ihrer Mutter besitzt.«

»Hast du es nie gelesen?«

»Sie gibt es nicht aus der Hand.«

»Wenn es etwas so Privates ist ...«

»Ach! Kann eine Geschichte, die so lange zurückliegt, eigentlich noch privat sein?«

»Vielleicht kommt es darauf an, wie weit man davon betroffen wurde ...«

Kazuos Stimme war voller Nachsicht. In der Seele dieses Mannes musste ein großes Verständnis sein. Ich seufzte aufgebracht.

»Ich kann nicht mit ihr darüber reden. Sie arbeitet den ganzen Tag, kommt nur zum Essen und kritisiert, was ihr nicht passt. Und sie sieht Gespenster.«

»Gespenster?«

»Sie sieht ihre verstorbene Mutter.«

»Cecilia?«

»Ja. Und sie sagt, dass es Cecilia war, die mir die Muschelseide geben wollte. Man sollte doch meinen, dass die Toten, wenn sie einmal tot sind...«

Ich biss mir auf die Lippen, denn ich hatte schon zu viel gesagt. Reden wollte ich schon, aber nicht von gewissen Dingen. Ich hatte Angst, dass er noch mehr fragen könnte, und machte eine Bewegung allgemeiner Unsicherheit.

»Aber man kann nie wissen, oder?«

Er wandte kein Auge von mir.

»Sicher«, sagte er. »Man kann nie wissen. Sterben mag wie ein Schlaf sein. Wir wachen auf und sind neu geboren, wie ein Kind, das eben zur Welt gekommen ist.«

Der sonderbar tiefe Ausdruck, mit dem er mich ansah, verwirrte mich. Und gleichzeitig war ich glücklich. Ich hatte plötzlich den Wunsch, dass er mich in die Arme nahm, mich von der Angst vor meinem eigenen Denken erlöste. Ich lächelte schwach.

»Was du jetzt gerade gesagt hast, ist sehr schön.«

»Ach, findest du?«

»Ja, es geht mir sehr nahe. Die Chancen, dass es wahr sein könnte, sind womöglich größer, als man denkt. Ich... ich sehe sie nämlich auch, musst du wissen.«

»Wen siehst du?«, fragte er sanft.

»Cecilia«, flüsterte ich. »Ich sehe Cecilia. Und ich weiß genau, es hört sich verrückt an.«

Ein Lächeln zuckte über sein Gesicht.

»Warum denn? Wenn du sie ehrlich siehst …«

»Ehrlich? Wie meinst du das?«

»Ich meine, ohne Whisky, Wodka, Thaipillen oder Kokain. Und ohne angefangene Romane oder Schlaftabletten. Das ganze Zeug liefert nämlich keine Garantie, echte Gespenster zu sehen.«

»Nein, nichts von alledem«, sagte ich lachend, durch seinen Humor wieder eingefangen in die beruhigende Stimmung zurückkehrender Sachlichkeit.

»Erzähl mir von ihr«, sagte er.

»Warum willst du mich zum Reden bringen?«

»Weil ich berufsmäßig neugierig bin.«

»Gewöhnlich«, sagte ich ein wenig beschämt, »tue ich mich nicht so schwer. Aber das hier ist schwierig. Zuerst musst du wissen, dass ich in einem sehr alten Haus lebe.«

Er nickte.

»Ahnengeister fühlen sich in alten Häusern wohl.«

»Woran spürt man das?«, fragte ich, plötzlich sehr wissbegierig.

»Weil sie dort gelebt und geatmet haben. In solchen Häusern sind sie sehr real. Aber sind das nicht alle Toten, die wir vergessen haben? Und sie sind überall. Man kann nicht sagen: ›Da, das ist die Stelle.‹«

Ich starrte ihn an.

»Woher weißt du das?«

Er antwortete mit einem Lächeln.

»Sagen wir mal, ich befasse mich ein wenig mit diesen Dingen. Aber ich bin ein Skeptiker.«

»Skeptiker reden nicht wie du.«

»Ich bin eben ein japanischer Skeptiker.«

Ich schüttelte den Kopf.

»Damit gebe ich mich nicht zufrieden.«

Er nahm einen Schluck Kaffee.

»Ich habe darüber nachgedacht. Sagen wir es mal so: Das Leben begann mit einfachen Zellen. In vielen Millionen Jahren, während diese Zellen die Gestalten des Lebens formten, haben sie viele Erfahrungen gesammelt. Ich spreche von den Erfahrungen im Mutterleib. Die Toten sind nicht immer stumm und unsichtbar. Haben sie uns etwas zu sagen, treten sie in Erscheinung.«

Ich fühlte, wie mir das Blut in den Adern gefror. Noch bevor ich ihm antwortete, erinnerte ich mich: Es war genau das, was sich abgespielt hatte. Es war etwas höchst Einfaches und doch wieder unklar und verwirrend. Ich wollte, dass es ein Traum war, aber gleichzeitig wurde mir klar, dass es kein Traum gewesen sein konnte. Ich beschloss mich zu erinnern, trotz des Brechreizes, der in mir hochstieg, und eines gewissen natürlich empfundenen Respekts vor dem Privatleben meiner Eltern. Meine Angst hatte aufgehört. Wenigstens etwas. Ich sagte:

»Cecilia kam, als meine Mutter starb.«

Sein aufmerksamer Blick gab mir Mut. Er schwieg, und in dieses Schweigen hinein erzählte ich ihm, was ich an Marinas Bett gesehen hatte.

»Danach war ich wie benommen. Ich konnte einfach nicht glauben, was ich gesehen hatte. Im Zimmer war es stickig, und es duftete nach ›L'air du Temps‹, dem Lieblingsparfüm meiner Mutter. Ich setzte mich zu ihr auf den Bettrand. Sie hob ein wenig die Lider, und ich lächelte sie an. ›Hühnerbrühe, die magst du doch?‹ Siewar sehr schwach, sie konnte nicht einmal mehr den Löffel zum Mund führen. Der Arzt meinte, dieser Zustand könnte noch Wochen anhalten, aber keineswegs besser werden. Ich flößte ihr behutsam die Brühe ein. Sie sagte: ›Schmeckt gut!‹ Aber sie konnte die Brühe nicht im Mund behalten, sie lief ihr über den Hals in den Kragen ihres Nachthemds. Ich stellte die Schüssel auf den Nachttisch, holte eine frische Serviette aus dem Schrank. Als ich zurück zum Bett kam, lag Marina mit weit offenen Augen und marmorweißem Gesicht da, völlig unbeweglich. Sie war so einfach und ruhig gestorben, dass ich den Augenblick ihres Todes tatsächlich verpasst hatte. Es war – wenn ich mich so ausdrücken kann – ein schneller, glücklicher Tod. Und ich konnte mich später des Gedankens nicht erwehren, dass er durch Cecilia gekommen war…«

Ich kratzte, während ich sprach, den Rest Zucker aus der Tasse. Ich glaubte eine gespeicherte Hektik bei mir wahrzunehmen, einen Mangel an Selbstbeherrschung. Aber Kazuo saß mir völlig entspannt gegenüber.

»Wer kennt diese Geschichte?«, fragte er.

»Außer dir keiner. Ricardo? Der wäre sofort zu seinem Beichtvater gelaufen, die Kirche ist ja gleich über die Straße. Und das, was Francesca sagte, wollte ich nicht wahrhaben. Ich hatte Angst. So einfach ist das.«

»Ich war immer der Meinung«, sagte er, »dass wir die Schöpfung verstehen sollten, statt vor ihr davonzulaufen. Das bringt doch nichts. Cecilia ist nicht umsonst gekommen, da hast du den Beweis.«

Ich kam mir jetzt doch etwas lächerlich vor.

»Hast du nie Angst?«

Fältchen zeigten sich in seinen Augenwinkeln.

»Sehr oft sogar. Ich habe Angst vor den Menschen. Denen traue ich alles zu. Das Grausamste und das Dümmste. Menschen bringen Dinge fertig, die einem vernünftigen Gespenst nie in den Sinn kommen würden. Wenn du Cecilia wieder begegnest, sei bitte nett zu ihr. Kein ›Vade retro‹, auch kein Weihwasser, ja? Sie hat ja nur helfen wollen.«

Ich brach in Lachen aus, warf den Kopf zurück und lachte, bis mir die Luft ausging. Ich war ziemlich überdreht, es war ein nervöses Lachen. Aber ich fühlte mich auch gut, unbeschreiblich gut, nahezu euphorisch. Die Anfälle der Unruhe, in denen ich das Gefühl hatte, ohne Hilfe etwas Schlimmem und Unausweichlichem ausgeliefert zu sein, waren plötzlich verschwunden. Als ob ich die ganze Zeit eine schwere Last auf den Schultern geschleppt hätte und sie endlich dorthin abstellen könnte, wo sie hingehörte.

Er blinzelte mir zu.

»Warum lachst du jetzt? Vorhin warst du doch traurig.«

Ich wischte mir die Augen.

»Mir ist eigentlich nicht zum Lachen zumute. Aber du sagst so abwegige Sachen, dass ich nicht anders kann.«

Sein Lächeln blieb nur als Schatten auf seinem Gesicht. Er fragte behutsam, verhalten:

»Hast du in deinem Leben niemanden, mit dem du lachen kannst?« Wir sahen uns an. Die Stimmung zwischen uns hatte plötzlich etwas Dichtes, Intimes an sich. Ich wollte, ich hätte über die Gefühle reden können, die kamen, wenn man plötzlich einen Fremden traf und sich ihm nahe fühlte. Ich hatte Jahre zugebracht, ohne zu ahnen, dass er existierte, dass es, während ich mich an Fabio klammerte, Menschen wie Kazuo gab, die nicht ihre männlichen Reize spielen ließen und sich wie in einem Fellini-Film auf Frau und Kind und Geliebte beriefen, um zu vertuschen, wie sehr sie an Konventionen gebunden waren. Ich sagte:

»Da war jemand, dem ich vertraute. Und doch – nein. Ich habe festgestellt, dass ich ihn nicht kannte. Ich habe ihn in Rom sitzen lassen.«

Er schmunzelte vor sich hin.

»O ja! Im Flugzeug ist mir aufgefallen, wie unruhig du warst.«

»Du beobachtest gut.«

Er verzog das Gesicht.

»Man kann es sich beibringen und wird dabei ziemlich genau. Aber manchmal urteile ich zu voreilig.«

Ich beugte mich vor, um ihm voll ins Gesicht zu sehen.

»Und wie steht es mit dir?«

»Bei mir war es meine Frau, die mich sitzen ließ. Ich war zu viel unterwegs und verdiente nicht genug Geld für ihre Ansprüche. Wenn sie sich unglücklich fühlte, hatte ich ein schlechtes Gewissen. Kürzlich lag sie mir damit in den Ohren, ein Haus zu kaufen. Ein Notverkauf, die Familie, die das Haus gebaut hatte, war pleite. Ich sagte zu Mariko: ›Wenn die Zinsen für die Hypothek steigen, sind wir auch pleite.‹ Sie wurde böse und reichte die Scheidung ein. Ich war eine Zeit lang sehr traurig.«

»Und was hast du daraufhin getan?«

»Das Übliche: Ich habe mich betrunken, bis mich mein Freund nach Europa schickte. So brauchte ich nicht zu überlegen, wohin ich reisen könnte.«

»Und wie geht es dir jetzt?«

»Eindeutig besser.«

»Es genügt zu wollen«, sagte ich. »Aber manchmal will man nicht, das ist ja das Problem.«

»Und wenn man sich dazu entschlossen hat?«

»Dann werden die Dinge ganz anders.«

Ich spielte mit meinem Kaffeelöffel, ließ ihn gegen die Tasse klingeln.

»Hättest du Lust, morgen mit mir nach Gozo zu fahren?«

Statt sofort zu antworten, holte er eine Landkarte aus seiner Fototasche und breitete sie auf dem Tisch aus.

»Kennst du die Insel gut?«

»Gozo ist noch recht unversehrt, weil sich keine Industrie ansiedeln konnte. Ich werde Nona besuchen und ein paar Tauchgänge machen.«

»Freitauchen habe ich nie geübt«, sagte er. »Ich verzichte ungern auf Schnorchel. Ich bin nicht sehr gut, fürchte ich.«

»Man kann seine Leistungen verbessern.«

»Mein Ehrgeiz hält sich in Grenzen«, seufzte er.

»Und wie steht es mit der Unterkunft?«

Vielleicht lag es an der Art, wie er das sagte, jedenfalls fühlte ich mich plötzlich so schwerelos und froh, wie ich mich nur im Wasser fühlte, wenn ich in einem einzigen Atemzug so viel Luft mitgenommen hatte, dass ich – für ein paar Augenblicke nur – in den Bewusstseinszustand des Atemstillstands geriet. Das waren immer die Momente, in denen ich am glücklichsten war, wenn die Welt aufhörte, wirklich zu sein, wenn sie verzaubert und verwandelt war.

Ich antwortete lässig.

»Ach, wir finden schon etwas für dich.«

»Gut«, sagte er, »ich werde mein Gepäck im Phönicia lassen und nur den Rucksack mitnehmen. Und den Laptop, den brauche ich leider.«

»Auch den Schnorchel«, sagte ich.

Wir gingen zum Wagen zurück. Es war jetzt sehr heiß, die Mittagsluft war stickig. Wir sprachen nur wenig. Zwischen uns war eine Spannung und gleichzeitig eine Losgelöstheit, die alles hell und weiß erscheinen ließ. Als ich vor dem Hoteleingang hielt, saßen wir eine Weile da, rückten auch nicht näher zusammen. Ich vermochte nicht einmal, ihn anzusehen. Meine Hände, die ich beobachtete, zitterten leicht. Eine Kleinigkeit, ein Zufall, hatte uns zusammengeführt. Wir hätten uns so leicht verfehlen können! Tausend Dinge hätte ich ihm gern gesagt, aber ich konnte nur still dasitzen, dankerfüllt und etwas benommen, bis wir einander zulächelten und Kazuo mit weicher Stimme das Schweigen brach:

»Willst du noch einen Augenblick auf mein Zimmer mitkommen?«

# *17. Kapitel*

Als wir durch die Drehtür die Hotelhalle betraten, war sie hell von der Sonne erleuchtet; mit den Pastellfarben der Wandbemalung erwachte der müde Charme der Jahrhundertwende. Man hatte nur das Nötigste renoviert. Das Dekor sollte noch das gleiche sein wie zur Zeit der Königin Viktoria. In den größeren und kleineren Salons zeigten Fenster mit Rundbögen, geblümte Vorhänge, Holztäfelungen, Möbel im Empirestil und aus Korb, monumentale Marmor- und Eisenkamine, Kronleuchter, Billardtische und falsche griechische Plastiken die Reste früherer Prestigejahre.

Ich werde noch so weit kommen, dachte ich, dass ich das alles hasse. Das Gefühl war irrational.

Kazuo holte den Zimmerschlüssel, und die routinierte Empfangsdame streifte mich mit freundlich gleichgültigem Blick. Zusammen mit einigen Hotelgästen, die höflich an uns vorbeistarrten, quetschten wir uns in den altmodischen Aufzug. Kazuos Zimmer in der vierten Etage war kühl und geräumig. Das Bett und die Vorhänge waren aus geblümtem Chintz, die Fenster waren offen, und durch das Gitter der Jalousien blitzte das Licht.

»Ein bisschen antiquiert«, meinte Kazuo.

»Sie legen Wert darauf, dass es so bleibt«, sagte ich. »Die Gäste finden es romantisch.«

Zwischen uns war die Befangenheit aufkommenden Begehrens, aber noch verhielten wir uns zurückhaltend. Wir wollten beide unsentimental und vernünftig sein. Wir hatten uns gerade erst kennengelernt, den sicheren Ankerplatz der Gefühle noch nicht verlassen. Es war schwierig, der Erschütterung zu widerstehen. Anderseits, warum hätten wir widerstehen sollen?

»Lach mich jetzt bitte nicht aus«, begann er.

Ich sah ihn abwartend an, gleichsam von mir selbst gelöst. In der Ferne lärmten Stimmen, summte der Verkehr. Draußen im Gang quietschten Schritte, Gäste gingen zu ihren Zimmern, Koffer rollten über die Parkettböden.

»Mir scheint«, fügte er langsam hinzu, »dass ich mich in dich verliebt habe.«

Ich bemerkte, dass mein Mund trocken war und ich innerlich zitterte. Ich antwortete spröde:

»Heute Morgen?«

»Nein, schon damals, im Flugzeug.«

»Ich hatte dich vergessen.«

Ich sagte dies wohl mit Überzeugung. Er lächelte nur.

»Das war unbestreitbar. Aber ich musste es dir trotzdem sagen.«

»Bereust du es?«, fragte ich.

»Man verliert viel Zeit im Leben, wenn man anfängt, solche Worte zu bereuen.«

»Und wie fühlst du dich jetzt?«

»Beduselt«, sagte er.

»Ich kann das nicht verstehen«, sagte ich.

»Nein?«

»Überhaupt nicht.«

Daraufhin brachen wir beide in Lachen aus. Und wurden im gleichen Atemzug wieder ernst. Das Gefühl, das so ganz anders war, nahm zu, und wir hörten auf zu sprechen. Wie die sickernde Quelle zum reißenden Bach und zuletzt zum mächtigen Strom wird, der seine Ufer überflutet, so wuchs dieses Gefühl in uns, bis es jeden bewussten Gedanken verschüttete. Ich weiß nicht, wie es kam, dass ich plötzlich in seinen Armen lag, dass er mich an seine Brust drückte. Da wurde mein Körper auf einmal nachgiebig und weich, ein mir wohl bekanntes Phänomen. Ich packte sein Gesicht mit leicht zitternden Händen, spürte mit jedem Herzklopfen, jedem Atemzug, dass alles, was wir jetzt taten, ohne Eigenwillen ineinander überfloss. Wir küssten uns erst zart, fast befangen, dann stürmisch und unnachgiebig, bis wir vor Verlangen aufstöhnten. Er hob mich leicht hoch und legte mich auf das Bett. Ich trug an diesem Tag ein Band im Haar, das mir in Form eines Pferdeschwanzes über den Nacken fiel. Als er das Band löste, seine Hände in mein Haar grub und es auf den Kissen ausbreitete, hängte ich mein ganzes Gewicht an seinen Hals und zog ihn auf mich nieder. Malta ist eine sehr alte Insel; das Feuer, das wir im Blut tragen, ist nicht die lichte Glut der sozialen Wohlerzogenheit, obwohl wir – aus Anstand und Pseudofrömmigkeit – diesen Anschein gern erwecken. In Kazuo musste etwas sein, das dieses Ursprüngliche spürte, ihm vielleicht sogar entsprach. Ich brauchte nicht mein Gesicht zu verbergen, weil er sah, wer ich war. Und er konnte es aus mir herauslocken, wie man einen Vogel aus dem Wald lockt. Als er mir half, mich zu entkleiden, wusste ich, dass er mich schön finden würde, dass meine Haut von der Sonne gebräunt und vom Meerwasser geglättet war. Ich trug keinen Büstenhalter, ich hatte nur früher, als Heranwachsende, aus Prüderie einen getragen. Heute war meine Taille sehr schmal, meine Hüften waren rund, und ich kannte meine geheimen Wünsche sehr genau. Kazuos Haut war heller als meine, sein Körper der eines jungen Mannes. Auch seine Kopfform war schmal und edel. Es ist stets ein bewegendes Erlebnis, zum ersten Mal den Kopf eines Mannes nachzuspüren, seinen Nacken, die Form seiner Wangen, seiner Ohren. Kazuos Bewegungen waren ruhig, seine Gesten gelassen, sie entsprangen einer unbewussten Sicherheit. Wie bei einem Tänzer floss jede Geste geschmeidig in die nächste über. Seine Körperlichkeit war nie aufdringlich oder fordernd, sondern behutsam sich mir anpassend. Wir waren noch unerfahren im Umgang miteinander, mussten uns ja erst kennenlernen. Manchmal vermengten sich unsere Worte, bis sie auf geheimnisvolle Weise eins wurden mit anderen Worten, die wir vor uns hin murmelten und die sich kaum vernehmen ließen. Unter meinen Händen war sein Körper warm und dicht. Während ich mich über ihn beugte, fiel er in die Kissen, seine ruhig offenen Augen waren zwei Wolken und seine Glieder locker wie die Glieder eines Schlafwandlers. Als ich seinen Kopf emporhob, öffnete er die Lippen. Ich küsste seinen Mund, sein Handgelenk und seine Schulter, die glatt und warm wie ein Kiesel unter meinen Lippen lag. Angefüllt mit Süße und Dunkel ließen wir dann schweigend voneinander, lagen wir in gelöster Mattigkeit da. Nach einer Weile hob ich seine Hand, drückte sie an meine Wange und küsste sie. Dann fiel seine Hand wieder zurück. Die vertrauten Geräusche der Wirklichkeit huschten an mir vorbei. Vermutlich schlief ich ein, doch nicht für lange. Als ich plötzlich mein Gesicht aus dem Kissen hob, sah ich im flimmernden Zwielicht eine Gestalt, die ich, noch halb im Traum, immun geworden gegen jede Überraschung, mit matter Neugier betrachtete. Die Gestalt schien auf halber Höhe im Zimmer zu schweben, wobei sie unmerklich im Luftzug hin und her schwankte. Es war eine Frau, die eine Faldetta trug. Ihr Gesicht war hell wie Porzellan. Ihre Stirn war breit, ihre Augen mit den geschwungenen Brauen, die sich über der geraden Nase beinahe trafen, waren dunkel und ausdrucksvoll. Ein Lächeln, unbefangen und schelmisch, zuckte um ihre Mundwinkel, bevor sie sich langsam abwandte, zu einem schwebenden Schatten wurde und dann zu einem Umriss, durchsichtig wie gesponnenes Glas, der im Licht verschwand. Da erst kehrte, Glied für Glied, das Gefühl meines eigenen Körpers zurück. Der Name Cecilia bildete sich in meinen Gedanken, mischte sich durch die Schleier meiner Mattigkeit hindurch mit den Lichtstreifen der Jalousien. Ich hatte Zeit gehabt, sie zu betrachten und nochmals zu betrachten, bis ich sie genauer sah, vollkommener als jemals zuvor. Ihre Erscheinung war zart, rund, zierlich, unendlich ausdrucksvoll, aus Luft gefertigt. Und dennoch, sie war nur ein Schatten gewesen, die Substanz, aus der die Träume sind. Ich hätte nie gedacht, dass sie auch hier in diesem Zimmer sein könnte. Nach Rom war sie nicht gekommen.

Ich dachte noch an sie, als Kazuo erwachte, mein offenes Haar streichelte, wieder und immer wieder.

»Was für schönes Haar du hast! Wie reife Trauben.«

Ich antwortete geistesabwesend:

»Ein Lockengewirr. Ich pflege es mit Öl, sonst lässt es sich nicht kämmen. Meine Vorfahren, die aus Afrika kamen, waren hart, ehrgeizig und brutal. Ich kann es heute noch sein. Ist es dir nie aufgefallen?«

Er blinzelte amüsiert.

»Manche Japaner, die sich heutzutage brav und wohlerzogen geben, sind Nachkommen von Vorfahren, die in mittelalterlichen Kriegszügen recht heftig gewütet haben.«

»Ich denke«, sagte ich, »dass immer etwas davon übrig bleibt.«

Er lächelte, still und herzlich, beide Hände in meinem Haar vergraben, das ich langsam über sein Gesicht gleiten ließ. Ich lag halb auf ihm, meine nackte Brust auf die seine gepresst. Es war, als hätten wir zwischen uns einen Stromkreis erschaffen, unsere Kräfte und Phantasien verbunden. Als ob wir einander erkannt hätten, mystisch und wirklich, wie es nur in Träumen geschehen kann, in Träumen, die plötzlich wahr werden. Wir ließen uns verzaubern von diesem aufwühlenden Gefühl, von dieser neuen, zärtlichen Form der Wirklichkeit. Doch etwas musste gesagt werden. Ich brach mit einem Seufzer das Schweigen.

»Weißt du – sie war hier.«

Er verstand sofort, wen ich meinte.

»Cecilia?«

Ich nickte wortlos. Während er sanft meinen Rücken streichelte, liefen kleine Schauer, aufflackernd und pulsierend, meine Haut entlang.

»Weißt du, was das zu bedeuten hat?«, fragte er.

Ich wandte mich ruckartig zu ihm um, trotz allem noch

etwas bange, bange, dass er mich am Ende doch auslachen würde.

»Dann glaubst du also nicht, dass ich phantasiere?«

Er antwortete lächelnd.

»Du kennst den Spruch: Es gibt so viele Dinge zwischen Himmel und Erde, von denen unsere Schulweisheit nichts ahnt …«

»Du bist ein Pedant.«

»Ach ja?«

Wir lachten beide. Ich wusste, ohne sagen zu können, woher, dass er mir wirklich und wahrhaftig glaubte.

»Aber warum habe ich sie hier gesehen? In diesem Zimmer?«

Er antwortete heiter.

»Vielleicht, weil sie dir etwas mitteilen will?«

Er sprach von ihr in liebevollem, nachsichtigem Ton, wie man von einer Bekannten spricht, von der man zwar viel gehört, die man aber selbst noch nie getroffen hat. Und nur weil auch Kazuo an Cecilia glaubte, wurde sie wirklich. Ich sagte mir, dass die Erscheinung, selbst wenn sie nicht mehr vorhanden war, doch existiert haben musste. Ich hatte Cecilia nicht erfunden, aber vielleicht hatte ich sie erträumt. Und sie war Wirklichkeit geworden. Und an diesem Punkt angelangt, glaubte ich plötzlich, dass ich nun endlich klarsah. Die meisten Menschen spürten nicht mehr, wie nahe die unsichtbare Welt doch sein konnte. Sie fanden diese Welt fremd und gefährlich, bevölkert von Wesen, die zwangsläufig böse sind. Diese ganze Abneigung, warum bloß?, dachte ich. Für mich war es stets die Neugier gewesen, die zählte, das Überschreiten von Grenzen, die unaufhörliche Suche nach Geheimnissen. Mumifizierte Einschränkungen lehnte ich ab. Beide Welten, die sichtbare und die unsichtbare, waren wie Wasser und Erde, dicht beieinander und unendlich fern, verschieden tief eingetaucht in Zeitabstände. Von ihrer Gesamtheit erlebten wir nur einen Bruchteil oder sahen nur, was wir sehen wollten. Ich hatte zu verstehen geglaubt, dass Francesca, die sich vor Gespenstern fürchtete, über ihre Mutter nie ein schlechtes Wort gesagt hatte. Als ob ihr Cecilia vertraut wäre, als ob sie Kraft aus ihrer unsichtbaren Gegenwart schöpfte. Offenbar gab es für Gespenster keine Stilrichtungen, keine Regeln und keine Rollenmuster. Ich entspannte mich wohlig in Kazuos Armen und sagte halb im Scherz, halb im Ernst:

»Ein netter Zufall kann es nicht sein. Möglicherweise schaut sie gern zu, wie wir es im Bett treiben.«

Er prustete wie ein Schuljunge.

»Darauf kannst du wetten!«

# *18. Kapitel*

Meinem Vater sagte ich nichts von Kazuo. Auch wenn ich in gutem Einvernehmen mit ihm lebte, hatte ich ihm nie von meinen Liebschaften erzählt. Mochte er sich utopisch einbilden, dass ich wie eine Nonne lebte, oder sich – wie ich vermutete – seinen Teil denken. Fragen stellte er nie. In seinen jungen Jahren hatte er Evelyn Waugh gelesen, »Auf der schiefen Ebene« und »Lust und Laster«. Mit dergleichen gab sich Ricardo nicht mehr ab. Er machte es subtiler, plagte mich bevormundend mit ungewissen Angstneurosen, unglücklich darüber, dass ich ja doch nur tat, was ich wollte.

»Du machst keinen begleiteten Tauchgang? Um Gozo ist das Meer stürmischer als bei uns.«

Ich dachte: Und wie steht es mit dem Pazifischen Ozean? Es langweilte mich. Alles bei ihm war so zweitrangig und melodramatisch. Ich sagte ihm aber nicht, er sollte aufhören. Er brauchte das Gefühl, dass er Teilnahme in mir erweckte.

»Nein, ich tauche allein.«

»Wann fährst du?«

»Morgen früh. Die Fähre geht um zwanzig nach neun.«

»Und wenn dir etwas zustößt?«

»Dann hatte ich eben Pech.«

»Und was wird aus mir?«

Dann wurde lange Zeit kein Wort gesagt. Wir saßen allein bei Tisch. Francesca lag mit Kopfschmerzen im Bett. Es war schon dunkel, auf der Veranda brannte die Lampe. Nachtfalter, weich und weiß wie Schneeflocken, stießen an das heiße Glas, fielen mit einem weichen Plumps zuckend zu Boden. Ich schlürfte zerstreut meine Suppe, in Gedanken bei Kazuo, jede

Pore erschauernd vor glücklicher Erinnerung. Doch da gab es Dinge, die ich klären musste. Ich wollte darüber Bescheid wissen, es war wichtig geworden. Daher wartete ich, bis Domenica den Seebarsch aufgetragen hatte, bevor ich Ricardo sagte, dass ich einem Bekannten den Friedhof der Marine gezeigt hatte.

»Ich war lange nicht mehr dort. Gaetanos Grab sah ziemlich vernachlässigt aus.«

In diesen Dingen war Ricardo hellhörig.

»Du hast schon recht. Ich werde mich darum kümmern.«

Ich fragte, betont beiläufig nach einem Schluck Wasser:

»Übrigens, warum steht da eine Gedenksäule mit japanischen Schriftzeichen?«

Ricardo betrachtete mich mit diesem dumpfen Blick, den ich immer an ihm bemerkte, wenn er seine Unsicherheit überspielte.

»Ach so. Kennst du die Geschichte denn nicht?«

Manche Ereignisse zwingen die Einbildungskraft, sich ein Bild von ihnen zu machen, noch bevor man sie kennt. Ich spekulierte ungern.

»Mein Bekannter schreibt für eine Zeitung. Er wollte mehr wissen. Ich habe mich blamiert, weil ich ihm nichts sagen konnte.«

»Es ist eine Geschichte, die ...«

Ricardo sprach zögernd; ich sah, wie er sich anstrengte. Es gab andere Erinnerungen, glückliche, die aus früherer Zeit zu ihm drangen wie ein Geschenk. Nicht aber dieses Gelöschte.

»Betraf sie nicht auch Gaetano?«, hakte ich nach.

Er machte ein unglückliches Gesicht.

»Ja, ja, das war es ja eben. Sie betraf Gaetano.«

Die Vergangenheit war verwandt mit den Wesen des Meeres, den Seesternen, Muscheln, Seepferdchen, Quallen und Fischen in ihren unzähligen Formen. Die Zeit sollte vorübergehen wie an der Oberfläche ein Sturm, den solche Geschöpfe der Tiefe nicht merken. Ich rührte die Wasser auf.

»Du weißt«, sagte er, »dass wir über das Thema normalerweise nicht sprechen.«

»Du brauchst es mir nur ein für alle Mal zu sagen, und ich werde dir keine Frage mehr stellen.«

»Das ist eine Sucht, dass du alles erklärt haben willst.«

»Ich bin gern informiert.«

Er seufzte.

»Vergiss nicht, dass man alles von verschiedenen Seiten betrachten muss. Wenn ich dir die Sache verständlich machen will, muss ich auf bestimmte Zustände hinweisen. Auf die Disziplin. Ohne Disziplin wird der Krieg eine tragische Maskerade. Und ich weiß, dass deine Generation von Disziplin eine andere Meinung hat.«

Er sprach langsam, wog die Worte ab. Verlegenheit, dachte ich, wäre jetzt der passende Ausdruck für seine Gemütslage. In Ricardo richtete sich eine Hemmung auf, schob sich zwischen uns wie ein Schatten. Rückstoßende Hinderniswolken decken auch die Flucht der Tintenfische. Ich wurde allmählich ungehalten.

»Himmel, Ricardo!« Ich sagte nicht: »Scheiße«, obwohl ich genau das meinte. »Wir reden über den Ersten Weltkrieg und nicht über vorgestern. Die Leute sind doch alle schon tot!«

Er legte mit sachter Bewegung seine Gabel auf den Teller.

»Das alles ist nicht so leicht und mit schnellen Worten erklärt. Wir hatten das Unsere getan und trauerten stumm. Wir glaubten, es gehöre zur Achtung, die wir den Entschwundenen schuldig waren. Fall jetzt bitte nicht beim geringsten Widerspruch über mich her!«

»Ich werde mir Mühe geben.«

Ricardo hatte einen bitteren Zug um den Mund.

»Es kann in Kriegszeiten vorkommen, dass bestimmte Handlungen den ethischen Gesetzen widersprechen. Was geschehen ist, hatte einen Sinn. Und ich will, dass du erkennst, worum es ging.«

Wenn ich es erkennen sollte, wozu brauchte er dann dieses

Versteckspiel? Ich unterbrach ihn nicht mehr. Es widerstrebte mir, ihn zu verletzen.

»Also, hör bitte gut zu. Im Ersten Weltkrieg bestand ein Zusatzabkommen zwischen Großbritannien und Japan, laut dem ein japanisches Geschwader mit dem Schutz unserer Truppentransporte betraut war. Die Eskorte in Gefechtsformation trug den Kodenamen ›Spezielle Aufgabenflotte‹. Die achtzehn japanischen Kreuzer und Fregatten hatten den Indischen Ozean überquert und durch den Kanal von Suez das Mittelmeer erreicht. Ihre Aufgabe bestand darin, unsere Schiffe von Alexandria nach Marseille zu decken. Mit Hilfe der Japaner konnte das britische, italienische und französische Geschwader seine Machtstellung im Mittelmeer halten und die türkisch-österreichische Flotte einkreisen. Es war übrigens der zweite Krieg, den wir gemeinsam mit den Japanern fochten. Der erste war der Russlandkrieg gewesen, den Japan 1905 gewonnen hatte. Damals schon waren britische Beobachter am Bord der japanischen Schiffe gewesen. Die Japaner galten als vortreffliche Seeleute und hatten schon eine ähnliche Aufgabe im Indischen Ozean und in Guyana für uns übernommen. Weil der Krieg, der ja 1914 begonnen hatte, schon über drei Jahre dauerte, hatten die Japaner bereits vierundsiebzig alliierte Truppentransporte, im Ganzen über dreihundert Schiffe, begleitet. Aber den deutschen U-Booten gelang es immer wieder, die Blockade zu durchbrechen und die Transportschiffe unter Beschuss zu nehmen. So kam es dann auch, dass am 4. Mai 1917 zwei deutsche Torpedos die *Transylvania*, auf der Gaetano Dienst leistete, bis zum unteren Batteriedeck aufrissen. Das Schiff brach unter den Volltreffern auseinander und kenterte.«

Ricardo hüstelte und trank einen Schluck Wein. So lange dauerte sein Schweigen, dass ich nahe daran war, die Geduld zu verlieren. Doch er fasste sich wieder und sprach weiter.

»Um es kurz zu machen: Unsere Schiffe hatten den Befehl, sich von den Torpedoangriffen in voller Fahrt zu entfernen. Auf die Schiffe, die das Tempo infolge ihrer Havarien nicht durchzuhalten vermochten, wurde keine Rücksicht genommen. Überdies hatte die *Transylvania* ein Lazarett mit Krankenschwestern und über hundert Schwerverwundeten an Bord. Sie zu retten war ein Wagnis, das wir nicht eingehen konnten.«

Pause. Ich brauchte einige Sekunden, um zu begreifen. Und was ich da hörte, gefiel mir gar nicht.

»Willst du damit sagen, dass die *Transylvania* ihrem Schicksal überlassen wurde?«

Mein Vater nickte steif. Sein Gesicht war hölzern geworden. Ich hatte das stupide Gefühl, dass er innerlich strammstand.

»Eine Seeschlacht gleicht einem Schachspiel, das kann ich dir sagen. Der Sieg fällt dem zu, der im richtigen Augenblick die richtige Entscheidung trifft. Ein ›Untergang in Ehren‹ hatte nur Sinn, wenn es möglich war, dem Feind damit entscheidende Verluste beizubringen, ihn ebenfalls in den Untergang zu reißen. Es war absolut notwendig, dass wir unsere Schiffe in Sicherheit brachten. Das siehst du doch wohl ein?«

Ich unterdrückte die abwehrende Erwiderung, die bei dieser gefühlsduseligen Rede in mir hochstieg, und sagte nur:

»Ich nehme es zur Kenntnis.«

Ricardo sprach angespannt weiter, unverkennbar von der erschreckenden Frage geplagt: Ob sie es wohl begreifen wird?

»Versteh mich, die *Transylvania* war bereits verloren und von feindlichen U-Booten eingekreist. Befehl wurde gegeben, die Blockade zu durchbrechen. Ein Rückzug mit Volldampf, mitten durch die Feinde. Das Manöver gelang. Die Japaner deckten uns, während wir entflohen.«

Wieder Pause. Ich stellte mir vor, wie sich der Eisenring der deutschen U-Boote um die sinkende *Transylvania* schloss, und sah dabei vor meinem geistigen Auge einen kitschigen Hollywoodstreifen. Doch irgendwas war ganz verkehrt. In solchen Filmen agierten die Darsteller anders. Die Helden, muskulös und siegesgewiss und mit blitzenden Zahnimplantaten, ruderten dem kenternden Schiff entgegen, gerade rechtzeitig, um die Krankenschwestern in nasser Unterwäsche aus den Wellen zu fischen. Das Gefühl, dass alles so abgelaufen war, wie ein Regisseur es heutzutage inszeniert hätte, stimmte eben nicht. In Tat und Wahrheit waren die Krankenschwestern nicht gerettet worden. Die Helden hatten den Schwanz eingezogen und das Weite gesucht. Flucht auf Befehl. Vielleicht sollte ich mich wundern, mit welchem Freimut mein Vater sich dazu bekannte.

»Und wer rettete die Überlebenden?«, fragte ich.

Ricardo füllte sich bis zum Rand ein Glas mit eiskaltem Wasser und trank es in einem Zug.

»Sie wurden von Herzen bedauert. Unsere Gebete begleiteten sie. Aber wir konnten nichts für sie tun. Es wäre militärisch untragbar gewesen. Es war wirklich entsetzlich, dass wir das Kostbarste, was wir besaßen, die eigene Ehre, auf so schändliche Weise beflecken mussten …«

»Warum sagst du ständig ›wir‹? Du warst doch nicht dabei.«

Ricardo wandte die Augen ab.

»Mein Großonkel Gordon Sforza, Kapitän auf dem Kreuzer *Horseflykiel*, gab als Oberkommandierender allen Schiffen über Funk den Befehl, sich unverzüglich zu entfernen.«

Ich starrte ihn an.

»Wusste er, dass Gaetano auf der *Transylvania* war?«

»Er wusste es.«

Womöglich hatte ich als Taucherin zu sehr daran geglaubt, dass alles, was die Tiefe verschlang, für immer weg und vergessen war. Naturgemäß kamen die Dinge wieder an die Oberfläche.

»Und was geschah dann?«

»Was dann geschah«, sagte Ricardo langsam, »galt ein paar Jahrzehnte lang als eine der bedeutendsten Leistungen in der Geschichte der Seekriege – bevor man sie aus politischen Erwägungen totschwieg. Während wir flüchteten, manövrierte ein japanischer Kreuzer schnell und geschickt auf die todgeweihte *Transylvania* zu. Offiziere und Mannschaft standen auf ihren Stationen, hielten sich die deutschen U-Boote, die sie wie Hornissen umkreisten, wie durch ein Wunder vom Leib. Der Kapitän ließ stoppen, die Seeventile öffnen und die Boote zu Wasser. Unter dem pausenlosen Feuer der U-Boote bargen die Japaner über dreitausend Soldaten, Schwerverletzte und Krankenschwestern. Keine nationale Ehre zwang sie, dies zu tun. Es war ganz einfach hirnverbrannter, bewundernswerter Wahnsinn.«

Mein Vater schwieg, während Domenica die Teller abräumte. Sie sah mich fragend an, weil ich kaum etwas gegessen hatte. Ich schüttelte nur wortlos den Kopf. Als sie draußen war, fragte ich:

»Und was war mit Gaetano?«

»Er wurde auf das japanische Schiff gebracht, wo ihn ein Arzt in aufopferungsvollem Einsatz behandelte. Inzwischen steuerte der Kreuzer den italienischen Hafen Savona an. Dort verbrachte Gaetano einige Tage im Lazarett, bevor man ihn, am ganzen Körper bandagiert, wieder nach Valletta brachte.«

»Wie hieß das japanische Schiff? Weißt du das noch?«

»Es war die *Sakaki*, wenn ich mich recht entsinne. Japanische Namen sind eben schwer zu behalten. Übrigens wurde die *Sakaki* auf der Rückfahrt nach Malta von einem U-Boot unter Beschuss genommen und schwer beschädigt. Auf japanischer Seite wurden offiziell 78 Tote gemeldet. Die englische Regierung sprach den japanischen Gesandten in London ihre Hochachtung und gleichzeitig ihr Beileid aus und ordnete die Errichtung einer Gedenksäule auf dem Friedhof der Marine an. In dieser Zeit und bis in die späten Dreißigerjahre erfreute sich Japan bei uns einer großen Sympathie. Aber dann brach der Zweite Weltkrieg aus, neue Bündnisse wurden geschlossen. Nun kämpften die Japaner gegen die Alliierten im pazifischen Raum. Wir erlebten eine Kette von Grausamkeiten, die die früheren guten Erfahrungen in den Schatten stellten. Das Blatt wendete sich eben. Die Rettung von dreitausend Briten passte einfach nicht zu dem Feindbild, das es fortan zu verbreiten galt. Man wollte die Geschichte mit der *Transylvania* nicht mehr hören und sprach sogar davon, die Gedenksäule zu entfernen.«

»Hättest du das befürwortet?«

Da Ricardo das Schlimmste hinter sich hatte, gönnte er sich nun, als Belohnung sozusagen, ein paar sarkastisch gefärbte Aphorismen.

»Beata, auf dieser Welt gibt es Widersprüche. Im Ablauf der Menschheitsgeschichte werden die Tafeln immer wieder gelöscht und neu geschrieben. Die Scheuklappen der Propaganda tun dabei das Ihre. Eine absichtliche Ungenauigkeit ändert nicht die Fakten selbst, mag aber bisweilen praktischer sein. Das ist im Einzelnen wie im Ganzen die Geschichte unserer Ruchlosigkeit.«

Solche Phrasen waren bei ihm nichts Neues. Ich nickte zerstreut, dachte an die Zusammenhänge, die wie planlose Elemente in meiner Phantasie hingen. Ich war erschüttert und angeekelt, und der Appetit war mir endgültig vergangen.

Ricardo schlug vor, dass wir uns auf die Terrasse setzten. Weil das Licht der Lampe sanft flutete, entstand da und dort am schwarzen Himmel ein Gefunkel. Die Überreste verschwundener Welten? Oder Planeten, im Werden begriffen? Es schien so sinnlos, das Paradies im Himmel zu suchen, wenn es nicht auf Erden zu verwirklichen war. Als Domenica den Kaffee brachte und ich stumm meinem Vater Zucker und Milch reichte, sagte er, unglücklich wirkend:

»Du wolltest doch die Wahrheit wissen. Ich habe dir die Wahrheit gesagt. Ich hoffe, dass du verstanden hast, worum es ging.«

Was sollte ich ihm antworten? Ich schüttelte den Kopf.

»Lassen wir das. Weißt du noch mehr über die Sache?«

»Ich habe ein paar Bücher, die den Untergang der *Transylvania* vom militärischen Standpunkt aus schildern. Nur Fakten, nichts Persönliches. Wenn du dich damit begnügen willst …«

»Nein«, sagte ich unnachgiebig, mit den Gedanken bei Kazuo.

Ich dachte, der Stress sei vorbei und ich könnte mich erholen. Weit gefehlt: Ricardo hatte noch eine Überraschung für mich auf Lager:

»Warum fragst du nicht Francesca? Sie war doch oft in Japan und ist der Sache nachgegangen.«

Ich konnte nicht glauben, was ich hörte.

»Aber davon hat sie nie etwas gesagt!«

Ricardo lehnte sich in seinem Korbstuhl zurück.

»Ach, du darfst ihr nicht böse sein, sie hütet ihre kleinen Geheimnisse. Wenn du sie fragst, wird sie wahrscheinlich sagen, der Künstler muss frei sein, irgendetwas in dieser Art. Sie war ja schon immer eine Intrigantin.«

Er lächelte unaufrichtig und erstickte ein Gähnen. Na gut, sie war ja auch nicht immer sehr freundlich zu ihm. Aber der Seitenhieb ging daneben. Francesca war auf keinen Fall eine Intrigantin. Sie war noch mit neunzig wie ein Kind, unverschämt, anmaßend, verschlossen, schwer zu durchschauen und voller Überraschungen. Und manchmal auch großartig, dachte ich, aber das verstehst du ja nicht, Ricardo.

»Sie hat nichts essen wollen«, sagte Domenica, als ich zu ihr in die Küche kam. Domenica hatte Reis in Fleischbrühe mit einem geschlagenen Ei für sie gekocht. Ich sagte, ich würde ihr den Reis bringen und dazu auch eine Tasse Kaffee.

Leise klopfte ich an die Tür und trat ein, das Tablett ungeschickt mit einer Hand balancierend. Francesca lag im dunklen Zimmer. Ich trat mit der Fußspitze auf den Schalter einer Stehlampe. Sie warf ein schwaches, rosa Licht. Francesca blinzelte.

»Mach sofort das Licht aus!«

»Nein. Du musst etwas zu dir nehmen.«

Im Bett schien sie sehr klein, noch kleiner als sonst, ohne das Gebieterische, das ihr für gewöhnlich anhaftete. Ihr Atem ging laut und regelmäßig. Das schwarze Haar war gelöst; ich hatte sie nie unfrisiert gesehen und wunderte mich, wie dünn es war. Wahrscheinlich half sie mit einem Haarteil nach.

»Lass mich allein«, brummte sie.

»Warte, ich helfe dir«, sagte ich.

Sie machte ein verneinendes Zeichen, das ich nicht beachtete. Ich stellte das Tablett auf den Nachttisch. Mein Blick streifte Cecilias Bild. Die dunklen Augen, die klare Linie ihres Gesichts deckten sich so deutlich und bewegend mit dem Antlitz der Frau in meiner Erinnerung, diesem verschwommenen, entscheidenden Bild, dass mir der Atem stockte. Ich wandte mich aufgewühlt ab, brachte Francescas Decken in Ordnung. Mürrisch richtete sie sich auf, damit ich ihr das Kissen ausschütteln konnte. Dann stellte ich das Tablett auf ihre Knie. Sie löffelte widerwillig den Reis. Ihre Lippen waren dünn, spröde und fremdartig blass. Das Essen weckte offenbar ihre Lebensgeister. Ihre Wangen hatten wieder etwas Farbe bekommen. Ich nickte ihr zu.

»Trink den Kaffee, solange er warm ist.«

Sie tat ohne Widerspruch, was ich sagte. Und während sie den Kaffee schlürfte, fragte ich scheinbar beiläufig:

»Wann warst du eigentlich in Japan?«

Ich hatte den Augenblick bewusst gewählt, weil ich meinte, dass ihr in diesem Zustand keine Ausrede einfallen würde. Und natürlich hatte ich sie unterschätzt.

»Warum interessiert dich das?«

Ich begegnete achselzuckend ihrem kalten Blick.

»Weil Ricardo davon sprach.«

»Ach, wie kam er dazu?«

»Weil ich heute Morgen vor Gaetanos Grab stand.«

Ihre schwarzen Augen funkelten mich an.

»Was hattest du da zu suchen?«

»Ein Bekannter wollte sich den Friedhof ansehen. Er interessierte sich auch für die japanische Gedenksäule.«

Sie zuckte leicht zusammen.

»Sie steht also noch?«

Ich nickte. Sie sank auf ihr Kissen zurück, atmete pfeifend durch die Lippen.

»Es war ein bisschen mühsamer, als ich es mir vorgestellt

hatte. Ich bat John, die Schriftzeichen zu fotografieren. Weil ich ja Japanisch nicht lesen konnte.«

»John?«, murmelte ich.

Ihre welken Lippen zuckten.

»Oh, er war sehr verliebt in mich. Er hat alle 78 Namen fotografiert und die Filme für mich entwickelt.«

»Warum hat er das getan?«

»Um mir eine Freude zu machen, warum denn sonst? Ich hätte mich ja selbst darum gekümmert, aber zu jener Zeit war eine Rolleiflex etwas sehr Aufwändiges und Kompliziertes. Erfinderisch, wie ich war, hatte ich ihm erzählt, dass ich die Schriftzeichen nachzeichnen wollte. Japanische Kunst war sehr *en vogue*. Paul Poiret entwarf wundervolle Modelle nach japanischer Machart, hast du das gewusst? Nein? Was weißt du denn? In Paris traf ich auch Foujita, den Maler, der damals mit Kiki de Montparnasse lebte. Es war ein unglaublich lustiges Paar. Zwanzig Jahre war ich alt, ich hatte viel Spaß. Foujita war übrigens der Erste, der sagte, dass mir als Malerin eine große Karriere bevorstünde. Aber das war später. Was John betrifft, der kam im Zweiten Weltkrieg ums Leben, als sein Regiment in Malaysia gegen die Japaner kämpfte. Das Schicksal erlaubt sich gelegentlich geschmacklose Späße.«

Ich brachte sie wieder auf den Kern der Frage zurück.

»Und wann bist du nach Japan gegangen?«

Ihre Augen wurden düster und abweisend.

»Ich musste warten, bis ich mein Geld hatte. Vorher konnte ich mich ja nicht rühren.«

»Welches Geld meinst du?«

Sie blinzelte verschlagen.

»Armes Kind, es ist wirklich nicht deine Schuld, dass du nichts weißt. Hat dir Ricardo nie gesagt, dass Gaetano seine Schwester als Alleinerbin bestimmt hatte? Da siehst du nun, das ist typisch für ihn! Gaetano hatte Cecilia sein ganzes Vermögen hinterlassen, in Wertpapieren angelegt. Und zwei Häuser mit Grundstücken noch dazu. Falls Cecilia etwas zustoßen sollte,

sollte ihr Kind – egal ob Sohn oder Tochter – mit achtzehn Jahren das Vermögen erben. Ich musste durchhalten, bis es so weit war. Gaetano hatte beide Beine verloren, nicht aber den Verstand. Er war auch noch fähig, seine Unterschrift unter alle Papiere zu setzen.«

Sie fuhr mit der Hand über ihre Stirn.

»Bevor ich nach Japan ging, sprach ich lange mit Foujita. Er meinte, dass ich es am Anfang nicht leicht haben würde. Ich fragte ihn: ›Werden die Japaner mich mögen?‹ Er sagte: ›Nach einer gewissen Zeit bestimmt.‹ Es sei, behauptete er, eine Frage der Ausstrahlung, der Offenheit. Und so war es dann auch. Ich fühlte, wie mein ganzes Leben einen unbekannten Sinn, eine unbekannte Tiefe annahm. Ich versuchte die Leute, die wichtig für mich waren, zu finden. Aber durch Foujitas Schuld hatte ich mich zu lange in Paris aufgehalten und den richtigen Zeitpunkt verpasst. Die politischen Ereignisse spitzten sich zu. Und dann kam der Krieg, und ich erlebte schreckliche Dinge. Zuerst Pearl Harbour, am Schluss Hiroshima und Nagasaki. Mein Gott! Mir standen die Haare zu Berge. Und als ich 1947 zum ersten Mal nach dem Desaster wieder nach Japan ging, lagen alle Städte in Trümmern. Ich verlor jede Spur.«

»Wen suchtest du denn?«, fragte ich. »Die Seeleute, die Gaetano gerettet haben?«

Sie tastete fahrig nach ihrem Glas Wasser. Ein Röllchen Tabletten lag daneben. Francesca ließ eine Tablette in die hohle Hand gleiten, schluckte sie mit Wasser und fiel aufstöhnend in ihr Kissen zurück.

»Muss ich noch lange weiterreden?«

»Solange du willst.«

»Ich will nicht mehr. Reden macht mir Kopfschmerzen.«

Sie drehte sich zur Seite, schloss die Augen. Unbeweglich lag sie da, in sich selbst verkapselt. Ein einziger abwehrender Block. Ich bewahrte meine Geduld, stellte das Geschirr auf das Tablett und stand auf.

»Francesca, morgen fahre ich für ein paar Tage nach Gozo und besuche Decimas Tochter.«

»Wer ist Decima?«, murmelte sie.

Ich ließ es dabei bleiben, löschte die Lampe und ging.

Aus dem Salon drang ein blauer Lichtstreifen unter der Tür hervor. Mein Vater sah noch fern. Schön, dachte ich, das bringt ihn auf andere Gedanken. Ich ging in mein Zimmer und packte meine Tasche. Ich fühlte Unruhe in mir, sie hing mit dem zusammen, was Francesca mir gesagt hatte oder, genauer gesagt, mit dem, was sie mir nicht sagen wollte. Im Grunde stellten sogar ihre Bilder etwas dar, das sie gar nicht malen wollte. Ihre Aussage war von dem Gemalten so weit entfernt, wie die Träume, einmal geträumt, es werden. Wer sich ganz in der eigenen Wirrnis verlor, in den Gewässern unklarer Melancholie, mochte die Malerei als Gleichnis sehen – aber wofür? Vielleicht lag der Widerspruch der Gleichnisse eben darin, dass sie kein Wofür brauchten. In Francescas Malerei lebte eine Vergangenheit, sepiafarben wie eine alte Fotografie, die das Meer mit seinen Kampfschiffen zeigte. Ihre kleinen Hände, die den Pinsel führten, zitterten ein wenig in dringender Eile, denn nun war der Tod unmittelbar in ihrer Nähe, und das innere Bild verblasste, sank und löste sich auf in verschwommene Tiefen, wo Fische und Ertrunkene verwesten.

## *19. Kapitel*

Auf der Fähre erzählte ich Kazuo, was ich von meinem Vater erfahren hatte. Wir saßen einander gegenüber, schlürften Kaffee aus Pappbechern. Draußen war das Licht tiefblau, Diamanten sprühten auf den Wellen. Ein feiner Schaumschleier bedeckte das glückliche Meer. Der Morgenwind wehte kalt, die Touristen standen am Heck in Daunenjacken, betrachteten die schaukelnden Klippen, blass-golden in der steigenden Sonne. Möwen segelten wachsam und erregt, die gierigen Schnäbel weit aufgerissen. Ich sagte:

»Ricardo sah die Familienehre befleckt, und auf diesem Terrain kann ich ihm ziemlich gut folgen. Weil in diesem Fall die Ehre ausgerechnet darin bestand, dass man auf Ehre verzichtete! Kadavergehorsam, ich hatte ständig dieses hässliche Wort im Kopf. Und bei Befehlsverweigerung das Kriegsgericht. Ricardo hätte am liebsten ein paar Zweige vom Stammbaum gerissen. Dabei war er ja noch gar nicht auf der Welt!«

»Du musst nicht denken«, meinte Kazuo nachsichtig, »dass es bei uns anders sein könnte. Schlecht Getanes würde ein japanischer Vater im Nachhinein als noch schlechter ansehen. ›Heldentod‹ klingt allemal erbaulicher als ›Rette sich, wer kann!‹«

Ich sagte, dass Ricardo Bücher besäße, die für ihn lesenswert sein könnten.

»Ich bringe ihn noch dazu, dass er dich in seiner Bibliothek stöbern lässt. Besuch wird ihm zur Abwechslung guttun. Er lebt ja wie ein Einsiedlerkrebs, oh, wie er mir auf die Nerven geht!«

»Übrigens habe ich im Internet gesucht«, sagte Kazuo, »und

einiges zum Kontext erfahren. Die Lage war offenbar so, dass Deutschland und Österreich seit Ende 1917 eine große Offensive vorbereiteten, die im März 1918 begann. Worauf das britische Hauptquartier in Ägypten beschloss, so viele Soldaten wie möglich als Verstärkung nach Europa zu bringen. Die Transporte fanden von April bis Juni statt und wurden von japanischen Fregatten eskortiert. Von der Seekriegsführung verstanden wir einiges, wir hatten schließlich die russische Marine geschlagen. Bei fünf Transporten überstanden fünfundsechzig Schiffe unbeschadet die Reise, nur fünf gingen verloren. Im Ganzen waren es hunderttausend Soldaten, die unter japanischem Schutz von Afrika nach Europa befördert wurden. Auf diese Weise gelang es den Alliierten, dass der Krieg eine entscheidende Wendung nahm. Aber weil Japan im asiatischen Raum strategisch an Bedeutung gewann und sich auch in das Spiel der Kolonialherren mischte, machten sich die Großmächte – Amerika und Europa – Sorgen. Der Einfluss Japans im Fernen Osten musste unterbunden werden. Amerika schnitt uns die Handelswege ab. Wir waren plötzlich nicht mehr das liebe Kind der Weltgeschichte und reagierten sauer. Was folgte, ist sattsam bekannt. Und da wir, wie es in jedem Krieg vorkommt, neben anständigen Leuten auch eine ganze Menge sadistischer Generäle und perverser Kompaniechefs hatten, spielen wir noch heute die Bösen in amerikanischen Filmen.«

Er nahm einen Schluck aus dem Pappbecher.

»Oh, der Kaffee ist schlecht. Sag mal, warum ging Francesca eigentlich nach Japan? Von den Seeleuten der *Sakaki* waren viele doch umgekommen.«

»Sie hatte Fotos machen lassen. Vielleicht, um den Familien zu zeigen, dass ihre Toten nicht vergessen wurden?«

»Dazu kann ich sagen, dass ihr die Hinterbliebenen unendlich dankbar gewesen wären. Aber da hätte sie Detektivarbeit leisten müssen. Die eingravierten Namen sind, bis auf einige, sehr alltäglich. In Japan sind Suzuki und Sato so verbreitet wie Smith und Jones in Großbritannien. Auch der Heimatort der

Verstorbenen ist nicht angegeben. Kann Francesca überhaupt Japanisch?«

»Keine Ahnung! Sie sagt nur, was sie sagen will.«

»Wie oft war sie in Japan, weißt du das?«

Ich spielte ungeduldig mit Marinas Trauring, der an einer Kette um meinen Hals hing.

»Kurz vor dem Krieg, soviel ich verstanden habe. Dann erst wieder 1947. Und später auch noch, offenbar. Ich für meinen Teil denke, dass sie Gaetanos Tochter ist. Das vermutet sogar mein Vater, so prüde, wie er sich gibt. Warum hätte Gaetano ihr sonst sein Vermögen hinterlassen? Inzest kommt in den besten Familien vor, oder?«

»O ja. Und alle streiten es ab.«

Ich seufzte aufgebracht.

»Ein Fleck mehr auf der Familienehre. Armer Ricardo! Ich hoffe, dass Francesca mir eines Tages Cecilias Tagebuch zu lesen gibt. Ich frage mich allerdings, ob es nicht womöglich nur in ihrer Phantasie vorkommt. Spreche ich sie darauf an, wird sie kalt wie ein Fisch.«

Er legte seine Hand auf meine.

»Ich glaube, sie trägt noch immer einen großen Kummer in sich.«

Zwei glitzernde, sorglose Delfine schwammen mit dem Schiff um die Wette. Die Überfahrt war kurz. Schon bald kam Gozo, »die Insel der Freude«, in Sicht, mit ihrem feinkörnigen, goldgelben Sand, ihren steilen Klippen, ihren Häusern, die wie weiße Girlanden die Tafelberge schmückten. Die Fähre legte mit einem leichten Stoß an, die großen Ketten rasselten. In einer Wolke von Abgasen fuhren Wagen und Lastwagen in den Hafen von Mgarr ein. Am Kai drängten sich bereits die Touristen, die sich in entgegengesetzter Richtung einschifften, eine Wagenkolonne wartete vor dem Laderaum. Ich sagte zu Kazuo:

»Jetzt brauchst du nicht mehr die Augen zu schließen. Auf Ghawdex« – ich sprach es »Audesch« aus – »gibt es kaum Verkehr.«

Er zog die Stirn kraus.

»Welchen Namen hast du gerade genannt?«

»Ghawdex, der alte arabische Inselname, ist für die Einheimischen der richtige. Und der Hauptort, der im neunzehnten Jahrhundert nach Königin Viktoria benannt wurde, heißt hier immer noch Rabat.«

Ich saß entspannt am Steuer. Die Sonne blendete, ein heftiger Wind blies Federwölkchen über den Himmel. Die Terrassenfelder schimmerten in allen Schattierungen von Grün. Oleanderbüsche blühten, Feigenkakteen mit ihren roten Früchten säumten die Landstraße. Eine Kuppelkirche schillerte smaragden in jedem Dorf, die Kramläden waren winzig und unmodern, die Häuser alle in einer Reihe gebaut, und jedes wirkte in seiner Reinlichkeit wie ein gemütliches Schlösschen.

»Hier gefällt es mir«, sagte Kazuo. »Reine Luft, Meer, stille Dörfer, das alles entspricht meinem Ruhebedürfnis. Eigentlich würde ich mich gern hierhin zurückziehen. So ab 75, denke ich, wäre die Insel genau richtig für mich.«

»Viele Leute kommen nach Ghawdex«, sagte ich, »wenn ihnen die Welt zu viel wird. Man sagt, die hiesigen Freuden sind groß, weil sie so einfach sind.«

»Das sagen allemal die Mönche. Gibt es hier übrigens ein Kloster, wo ich übernachten könnte?«

»Du brauchst kein Kloster. Du schläfst bei mir im Bett.«

Ich erklärte ihm, dass das reservierte Hotelzimmer mit seinem Kingsizebett sowohl als Einzel- wie auch als Doppelzimmer genutzt werden konnte.

»Du denkst aber auch an alles«, meinte er.

»Ich bin gut im Organisieren.«

Die Straße fiel leicht ab, und wir sahen Rabat ganz nahe. Die kleine Stadt mit den goldgelben Häusern wurde überragt von der Masse der Burg – der Citadel –, die mit gewaltigen Mauern und Bastionen auf einem Felsen stand.

»Die Burg war früher der einzige Ort«, sagte ich, »wo die Bewohner Schutz vor den Piraten finden konnten.«

Die Kuppel der Kathedrale Maria Asuncion flimmerte am gleißenden Himmel. Ich fuhr die Republic Street empor mit ihren Läden und ihren Cafés unter schattigen Bäumen. Beim Busbahnhof bog ich ab. Nona hatte mir erklärt, dass sie zwischen dem Rundle Park und dem Craig General Hospital wohnte. Ich fand mühelos einen Parkplatz. Wir gingen ein paar Minuten zu Fuß. Auch hier waren die Reihenhäuser nach britischem Vorbild gebaut, mit Hof oder Garten zur rückwärtigen Seite, aber immer ohne Lücken zum Nachbarhaus. Alle Häuser waren aus Kalksandstein und strahlten licht und sauber in der Sonne. Es waren Bauwerke aus verschiedenen Stilepochen, aber harmonisch zusammengesetzt. Auf den Flachdächern flatterte fröhlich Wäsche, und gut genährte, goldbraune Katzen schliefen oder putzten sich im Sonnenlicht. Der Wind wehte hoch über uns, als rausche das Meer. Die Häuser hatten stets neben der Nummer das aus Stuck oder als Mosaik gefertigte Bild eines Heiligen oder der Muttergottes. Die winzigen Vorgärten waren gepflegt, die Vorhänge hingen in akkuraten Falten.

»Hier sind wir«, sagte ich und stieg ein paar Stufen hinauf.

An der Tür hing ein Klöppel in Form eines Delfins, wie ich ihn in Cagliari bei Decima gesehen hatte. Aber es war auch eine Klingel vorhanden, die ich drückte. Wir hörten rasche Schritte, eine fröhliche Stimme; die Tür flog auf. Eine Frau erschien und streckte mir lachend beide Hände entgegen.

»Sie sind Beata Sforza? Kommen Sie, kommen Sie rasch herein! Die Sonne brennt stark!« Sie machte eine Geste, als wollte sie meine Hände ergreifen, vollendete sie jedoch nicht, als ob eine gewisse Scheu sie davon abhielte, und richtete ihre Augen auf Kazuo, der höflich hinter mir stand. Ich übernahm das Vorstellen, Kazuo verneigte sich, während Nona lebhaft weitersprach:

»Oh! Willkommen! Ich bin ja so glücklich, dass Sie da sind! Mein Mann arbeitet, und die Kinder sind noch in der Schule, werden aber bald zurück sein. Sie bleiben doch sicher zum Essen?«

Obwohl klein von Gestalt, mit breiten Hüften und einem fast dicken Kopf, war sie biegsam, kräftig, graziös. Ihre Bewegungen waren geschmeidig und selbstsicher. Auf Malta, wo die Menschen zurückhaltend sind, hatte sie sich ihre italienische Herzlichkeit und Unbefangenheit bewahrt. Ich betrachtete neugierig ihr Gesicht, das wirklich erstaunlich war, charaktervoll, weder jung noch alt, zeigte es doch zugleich den Ausdruck eines übermütigen Mädchens und einer vorzeitig gealterten Frau, etwas, das nicht zusammenpasste. Unter dem Haar, das ihr wippend in die Stirn fiel, waren die Wangen schmal, die Nase gerade und fein, und der Mund schien blass, weil die Augen so groß waren, von einem fast violetten Blau, scharf und glänzend. Ich kam von dem Anblick dieser Augen nicht los, vermochte mir nicht vorzustellen, dass dieser Glanz eines Tages erlöschen und sie blind werden würde wie ihre Mutter.

»Mir bleiben noch zwanzig Jahre. Ungefähr«, hatte sie mir am Telefon gesagt.

Sie bewirtete uns mit Kaffee und Mandelkuchen. »Selbst gebacken«, sagte sie stolz, als wir ihn lobten. Das Wohnzimmer war geräumig, die Wände weiß getüncht. Die Möbel waren ein Gemisch aus altertümlich und modern, die Gemälde – vorwiegend Landschaftsbilder – eher kitschig, die Teppiche aber von guter Machart. An der Decke hing ein Murano-Kronleuchter. Das Zimmer wurde erhellt durch ein großes Fenster mit weißen Vorhängen, die leicht wehten, sowie durch eine Scheibe in der Tür zum länglichen Garten. Orangenbäume wuchsen dort, die Rosensträucher waren wild, von fleischigen Knospen gekrönt. Unter einer Korkeiche, die vermutlich älter als das Haus war, stand eine Steinbank, und der Wind schüttelte eine Lorbeerhecke.

Inzwischen erzählte Nona von ihrem Mann, der als Anästhesist im nahen Krankenhaus arbeitete. Eine verantwortungsvolle Aufgabe, die viel Genauigkeit erforderte. Giljan, der älteste Sohn, würde bald das Elternhaus verlassen, um in Valletta Medizin zu studieren. Carlo, der jüngste, war erst dreizehn.

»Er interessiert sich nur für Fußball«, sagte Nona und lachte wie ein Wasserfall. Doch während sie lachte und plauderte, uns immer wieder aufforderte, Mandelkuchen zu essen, merkte ich, dass sie uns studierte, unser Wesen zu erfassen versuchte. Ich konnte fühlen, wie ihr Geist sich dem unseren behutsam näherte, wie ihre Augen dann und wann an dem Tuch aus Muschelseide verweilten, das ich zusammengerollt in dem Ausschnitt meines T-Shirts trug. Behutsam und zielstrebig tastete sie sich an uns heran, stellte auch Kazuo viele Fragen, setzte uns dabei eine unerbittliche Liebenswürdigkeit entgegen, einen Wall von Wohlerzogenheit, der sie unergründlich machte. Und als sie endlich ihr Geplauder einstellte und mit ernstem Gesicht zu mir sagte: »Sie tragen einen Schal aus Bisso marino«, da wusste ich, dass wir die hintergründige Prüfung endlich bestanden hatten. Wortlos nahm ich den Schal von meinem Hals und legte ihn Nona in die Hände, die ihn wie eine Opfergabe empfing. Eine Weile besah sie sich das Tuch, stumm und aufmerksam, wobei sie jede Einzelheit genau in Augenschein nahm.

»Ja«, brach sie endlich das Schweigen. »Das ist Muschelseide. Sehen Sie, wie das Gewebe das Licht durchlässt? Was so glitzert, sind Salzablagerungen, mikroskopisch fein – kein anderes Gewebe besitzt diese Eigenschaft. Das Salz verhindert auch, dass man das Tuch färben oder bemalen kann. Nur Reliefdarstellungen lassen sich einweben oder -sticken.«

Beide Arme ausgebreitet, hielt sie das Tuch ins Gegenlicht.

»Das hier ist eine Webarbeit. Ja, ja, ich erkenne das Muster, wir besaßen noch eine Vorlage. Das Tuch wurde von meiner Großmutter Morta gewebt und war ursprünglich doppelt so lang. Ach, warum nur wurde es beschädigt?«

Ich erzählte das wenige, was mir bekannt war. Nona schwieg dazu; sie hielt die Augen auf das Tuch gesenkt, ging irgendwelchen Gedanken nach. Doch ich wollte meine Zeit nicht mit Dingen vergeuden, die sich nicht ändern ließen, sprach lieber von Azur. Nona kannte die Marke, verwendete sie jedoch nicht für ihre tägliche Gesichtspflege. Sie sei kein Filmstar, meinte sie lachend, um so viel Geld für Kosmetik auszugeben. Ich hatte ihr Prospekte und kleine Warenmuster mitgebracht. Nona schnupperte interessiert an Töpfchen und Tuben.

»Oh, ja, die Produkte riechen nach Algen. Sie arbeiten mit wenig Konservierungsmitteln, das ist sympathisch.«

Ich erzählte ihr ausführlich, wie mir ein Zentrum der Byssusgewinnung vorschwebte, dass Azur Interesse zeigte und dass ich herausfinden wollte, ob sich die Steckmuschel nach dem Prinzip der japanischen Perlenmuscheln züchten ließe. Und auch, dass ich mehr über die Vermehrung der *Pinna nobilis* wissen wollte. Vollzog sie sich ebenso schnell wie bei der Austernmuschel, die ja für ihr Wachstum nur achtzehn bis vierundzwanzig Monate brauchte? Und natürlich musste eine Muschelzucht zunächst gesetzlich erlaubt werden, es waren ja hierzulande, ebenso wie in Italien, nicht die geringsten Bemühungen dafür im Gang.

Nona schenkte mir große Aufmerksamkeit, nickte unentwegt mit gerunzelten Brauen, als ob sie mir jedes Wort aus dem Mund ziehen wollte. Sie wirkte fast gierig in der inneren Erregung, die sie gepackt hatte. Schließlich sagte sie:

»In den sardischen Gewässern können kaum noch Steckmuscheln geerntet werden. Dabei wurden auf den Inseln Sant' Antioco und La Maddalena noch vor dem Zweiten Weltkrieg Kleidungsstücke gewebt. Das ist vorbei, die Frauen wollen schnell Geld verdienen und keine Zeit mit Kleinarbeit verlieren. Ein Schal wie dieser?« Sie strich mit zärtlicher Hand über das feine Gewebe. »Eine solche Ausfertigung wäre heutzutage fast unmöglich! Ich bin wohl die Einzige, die einen Webstuhl besitzt, der nicht im Museum steht.«

»Hier? Bei Ihnen?«

»Oben, im Dachzimmer. Ich habe auch noch die Spindel meiner Großmutter.«

»Ja, das hat mir Decima erzählt.«

Nona sprach lebhaft weiter.

»Hier auf dem Markt finden wir oft Steckmuscheln, ziemlich große sogar. Die Fischer verkaufen sie wegen ihres Fleisches. Sie wissen nichts von meiner Arbeit und reißen Zoten, wenn ich den Muscheln den Byssus entnehme.«

Sie fing an zu lachen, als machte ihr die Geschichte Spaß. Ich sah sie verwundert an und fing dann auch an zu lachen. Unvermittelt wurde sie wieder ernst.

»Giljan, der gern schnorchelt, hat auch Seegraswiesen ausgemacht. Und wo Seegras wächst, wachsen auch Steckmuscheln! Mir tut das Herz weh, weil ich weiß, dass sie vorhanden sind, weil ich meinen Webstuhl habe und nicht arbeiten kann! Jetzt endlich fasse ich Hoffnung!«

Ihre Begeisterung war so ungehemmt und mitreißend, dass es mir leidtat, sie dämpfen zu müssen.

»Wir stehen erst am Anfang, Signora. Bis unser Projekt läuft, können Jahre vergehen.«

Über ihr Gesicht zog ein Schatten. Sie presste beide Hände auf den Schal, mit intensiver, fast besitzgieriger Geste, als wollte sie ihm ihren Stempel aufdrücken.

»Die Zeit verrinnt«, sagte sie. »Sie rinnt mir aus den Händen.«

Diesmal hatte ihre Unterlippe gezittert, und ihre Stimme war spürbar um einen Ton angestiegen. Und beim Anschauen ihres abgezehrten Gesichts überfielen mich Besorgnis und Kummer. Und was ich als sonderbar dabei empfand, war, dass ich plötzlich für nichts anderes mehr Sinn hatte, als ob sich alles nur um Nona drehte.

»Ich weiß es, Signora, ich weiß es nur zu gut. Und glauben Sie mir, ich werde für Sie tun, was ich kann. Aber wie jedes Unternehmen stürzt sich Azur nicht kopfüber in ein Abenteuer, ohne gründliche Forschung betrieben zu haben. Ob sich eine rationelle Steckmuschelzucht lohnt?« Ich besann mich einen Augenblick und fügte dann hinzu: »Nun, ich will sehen, was daraus wird. Mir scheint, es sollte möglich sein …«

Unsere Augen begegneten sich; da wechselte ihr Ausdruck

sprunghaft. Ihr Blick wurde merkwürdig scharf, sie ließ die Worte hervorsprudeln, unterstrich sie mit nervöser, bedeutungsvoller Gestik.

»Es würde auch gar nicht nötig sein, die Muschel zu töten! Nein, nein! Man kann die Byssusfäden gewinnen, indem man die Muschel aus dem Boden zieht, den Byssus schneidet und die Molluske wieder einsetzt. Liefert der Boden ausreichend Nahrung, könnte der Byssus drei- oder viermal im Jahr geerntet werden.«

Sie war in dieser Hinsicht wie ein Kind, meine Einwände machten auf sie gar keinen Eindruck. Ja, sie war eine ganz besondere Natur, und besondere Naturen brauchten eine starke Hoffnung.

»Wäre es denkbar«, fragte ich, »dass Sie Schülerinnen anlernen?«

»Aber ja! Und wie gern! Solange ich auf der Welt bin, weiß ich, wie man Muschelseide gewinnt. Einweichen, waschen, trocknen, reiben, kämmen, karden, spinnen und zwirnen, ich kenne das Verfahren im Traum. Und ist das Garn einmal vorbereitet, lässt es sich mit gewöhnlichen oder mechanischen Webstühlen verarbeiten.«

Ihr Wesen war ungeheuer wandelbar, sie benahm und unterhielt sich ebenso sachlich wie auch ich, und schon im nächsten Augenblick kam sie mit einer solchen Plötzlichkeit in ein anderes Verhalten, verfiel in eine andere Denkart, dass ich kaum glauben konnte, noch dieselbe Frau vor mir zu haben. Dabei brach ihr Lächeln immer wieder hervor, hell und warm wie ein Sonnenstrahl, der durch die Wolken herabzuckt.

»Möchten Sie meinen Webstuhl sehen?«

Sie führte uns eine Treppe empor. Ihre kleinen Pantoffeln klapperten auf den Stufen. Im ersten Stock lagen die Schlafzimmer der Familie; eine Etage höher befand sich ein großer, lichter Raum. Schwalben flogen unter dem tiefblauen Himmel am Fenster vorbei. Eine Wespe summte. In der Mitte des Raumes standen ein Webstuhl und ein Korb voller Garne in verschiedenen Braun- und Weißschattierungen. An den Wänden lehnten Rollen aus Stoff, große und kleinere. Nona wandte sich uns zu mit nahezu feierlichem Ausdruck.

»Am Anfang war das Tuch der Erde da, das weiße Leinen, das wir ›Orbace‹ nennen und das aus Ägypten stammt. Später kam aus China das ›Tuch des Himmels‹ hinzu, das aus der Zucht der Seidenraupen gewonnen wird, aus denen ja die Falter schlüpfen.«

»Ja«, bemerkte Kazuo, der bisher geschwiegen hatte, »auf diese Weise hat auch das Weben im alten Japan begonnen: zuerst das Leinen, dann die Seide.«

Sie erwiderte warm seinen Blick.

»Ja, Textilien entstammen jener Zeit, als die Menschen erwachten und ihre Götter erfanden. Ich … ich verarbeite Leinen und Seide und beides ungefärbt. Das Gewebe fühlt sich zunächst faserig an, wird aber mit jedem Waschen anschmiegsamer und weicher …«

Ich sah, als sie ihm zunickte, einen flüchtigen Augenblick das Aufblitzen der Zähne hinter den weichen Lippen. Dann wurde ihr Gesicht wieder verschlossen und starr.

»Aber das ›Tuch des Meeres‹, das feinste und kostbarste, kann ich nicht weben. Das Handwerk verschwindet, weil die Steckmuschel stirbt. Vielleicht ist das der Grund, warum ich nur Söhne habe. Eine Tochter nicht. Der Arzt hat mir gesagt, dass ich keine Kinder mehr tragen kann. Und das, sehen Sie, hat eine Bedeutung …«

Sie wandte sich ab mit schneller, fast schroffer Bewegung, bückte sich wie eine Frau bei der Landarbeit, indem sie die Beine gestreckt hielt, und nahm ein goldbraunes Knäuel aus dem Korb.

»Sehen Sie, das ist Byssus …«

Ich besah mir das Garn, und meine Kehle wurde eng. Es sah alt und vertrocknet aus, zu nichts mehr gut. Und trotzdem bemerkte ich auf der scheinbar toten Materie ein vertrautes bronzenes Leuchten. Dabei schien mir, dass ich dieses verzauberte

Leuchten kannte, dass es dasselbe war, das aus Cecilias Haar unter der schwarzen »Faldetta« kam, ein Bild, das bereits zu mir gehörte, zu einem Teil meines Denkens geworden war. Mein Gott!, dachte ich aufgewühlt. Wie muss Gaetano sie geliebt haben!

Und da begegnete mir Nonas Blick, und ein Frösteln überlief mich.

»Engelshaar«, sagte sie leise.

Sie nahm eine Spindel, wie die Frauen in alten Zeiten sie benutzten, und drehte eine kleine Anzahl der Byssushaare zu einem winzigen Faden. Ihre Bewegungen waren gleichmäßig wie ein Pendel. Das dauerte eine Weile; wir sahen ergriffen zu, und nur die Wespe summte. An der nahen Kirche schlugen die Glocken Mittag, als Nona die Fäden auf ihren Webrahmen spannte und das Schiffchen betätigte. Ich wandte die Augen nicht von ihren Fingern, die so klein und kräftig waren. Über ihren hölzernen Webstuhl gebeugt, ließ sie das Schiffchen hin und her gleiten, mit der gleichen Bewegung, die Generationen von Frauen vor ihr ausgeübt hatten, eine Bewegung, die sich ins Unendliche wiederholte, begleitet von dem Geräusch, das viele tausend Jahre alt war: Klick-klack, klick-klack…

»Sehen Sie?«, flüsterte sie dabei, wie in Trance. »Sehen Sie gut zu, wie es gemacht wurde!«

Ich schloss die Augen, und das bronzene Leuchten blieb da. Ich träume, dachte ich, und sah mich als Schülerin im Kloster, hörte die Nonne, die uns in Geschichte unterrichtete, von der Sagenwelt der Antike erzählen. Sie sprach über etwas, das mit dieser Sache in Zusammenhang stand. Was war es nur gewesen? »Klick-klack, klick-klack«, machte unentwegt das Schiffchen. Das Geräusch wirkte einschläfernd, schon vergaß ich, woran ich dachte, als es mir unvermittelt wieder einfiel. Die Nonne hatte von drei himmlischen Frauen erzählt, die an ihrem Webstuhl hoch über den Wolken die Lebensfäden der Menschen verknüpften. Sie hatte auch ihre Namen genannt. Wie hießen sie nur? Ich konnte mich nicht entsinnen, es war schon so lange her. »Klick-klack, klick-klack …« Das Schiffchen pochte wie mein Herz. Und plötzlich fielen mir die Namen ein, und ich sprach sie in meiner Verwirrung laut aus:

»Die drei Parzen. Nona, Decima, Morta …«

Dann Stille. Nona hatte ihre Arbeit unterbrochen, das Gesicht gehoben. Sie kniff die Augen leicht zu, bevor ein Lächeln ihre Züge verklärte. Es lag viel Freundschaft in diesem Lächeln, eine Freundschaft sehr besonderer Art, unbefangen, ernst, voller Melancholie.

»Ach, Sie kennen diese Namen?«

Ich schluckte und sagte:

»Ja, aus dem Schulunterricht.«

Sie nickte langsam; das Lächeln verblieb auf ihrem Gesicht.

»Unsere Familie hütete alte Geheimnisse. Viele davon sind vergessen. Aber in jeder Generation trug eine von uns diese Namen. Meine Großmutter hieß Morta, meine Mutter Decima. Und ich heiße Nona.«

Unten rasselte ein Schlüsselbund, eine Tür ging auf. Schritte und fröhliche Stimmen durchbrachen die Stille. Nona schwenkte gelenkig auf ihren Schemel herum, sprang mit fast kindhaft eiliger Bewegung auf die Füße.

»Jetzt sind alle da! Jetzt werden Sie meine Familie sehen!«

Schon war sie an der Tür, lief mit klappernden Pantoffeln die Stufen hinunter. Wir folgten ihr, nach einem letzten Blick auf den Webstuhl, und kamen unten an, gerade als Lorenzo und die Jungen den Salon betraten. Es gibt Menschen, bei denen, sobald man sie trifft, die von den Höflichkeitsregeln verlangten Zwischenräume und Wartezeiten ihren Sinn verlieren, weil diese Menschen in ihrer eigenen Welt leben und die anderen freimütig in diese hineinziehen. Und so war unsere Begrüßung zwanglos und herzlich. Lorenzo war von ansehnlicher Größe, schmal, dunkelhäutig und sehr langbeinig. Ich fand, er sah gut aus, obwohl bereits graue Strähnen sein Haar durchzogen. Tiefe Linien umrahmten seine grünen Augen, ein Spiegelbild der Falten, die um seinen Mund lagen. Trotzdem schien er ein

Mann zu sein, der gern lachte, und sein Lachen machte, dass er jünger aussah. Die Söhne hatten die großen, ausdrucksvollen Augen des Vaters. Der überaus schlanke Giljan zeigte die gleiche Besonnenheit, während Carlo, mit kräftigem Körperbau und tintenschwarzem Haar, eher nach der Mutter kam. Beide Söhne halfen ihr, das Essen aufzutragen. Die Gerichte waren einfach, aber ausgezeichnet. Die Minestrone hatte einen wunderbaren Minzgeschmack, das Fischrisotto war goldgelb, mit Safran und Rosinen gewürzt. Nona backte sogar ihr eigenes Brot. Giljan und Carlo bedienten uns höflich und zuvorkommend. Wir tranken einen großartigen Wein und Wasser, das kühl aus dem Brunnen und nicht aus dem Kühlschrank kam. Während des Essens war viel von unserem Beruf die Rede. Lorenzo, der im Krankenhaus alles Mögliche erlebte, spielte sich nicht in den Vordergrund. Er war ein Mann, der gern zuhörte, und hatte darin viel Ähnlichkeit mit Kazuo. Er und ich sahen einander oft an, über den Tisch hinweg suchten sich unsere Augen. Was mir an Kazuo so gefiel, war nicht nur er selbst, seine physische Person, sondern seine Art, zuzuhören, den Menschen als Ganzes wahrzunehmen. Er drängte sich nicht auf, er hatte eine überaus ruhige Art, dazuzugehören. Lorenzo und Nona schienen es ebenfalls zu spüren und fügten ihn endgültig in die komplexe, schimmernde Welt ein, die sie umgab, jedoch auf eine Weise, dass Kazuo selbst es vielleicht gar nicht merkte. Inzwischen zogen mich die Jungen in eine Unterhaltung, die meine Taucherlebnisse betraf. Sie stellten jede Menge Fragen, benahmen sich aber dabei weder altklug noch albern, sondern ausgeglichen und vernünftig. Weil ich aber spürte, dass Nona ihre Ungeduld nur mühsam beherrschte, brachte ich recht bald das Gespräch auf die Steckmuschel. Ich fragte Giljan, wo er Seegraswiesen gesehen hatte. Giljan kannte verschiedene. Er war ein guter Schwimmer, mit Schnorchel allerdings, während Carlo nur ins Wasser ging, wenn es im Sommer wirklich heiß war.

»Er plantscht wie ein junger Hund«, sagte Giljan geringschätzig, worauf Carlo zum Spaß mit einem Boxhieb nach ihm zielte, den der Größere mit blitzschneller Bewegung abwehrte. Alle lachten, und Lorenzo sagte zu Kazuo:

»Wir haben einen Aikidoklub, müssen Sie wissen. Nicht, dass Sie glauben, dass wir in der Wildnis leben.«

Kazuo versicherte ihm aufs Liebenswürdigste, dass er das keinen Augenblick geglaubt hatte. Inzwischen fragte ich Giljan, wo er die Seegraswiesen gesehen hatte.

»In der ›Bajja id-Dwejra‹« – der Dwejra-Bucht. Giljans freundliche Stimme hatte bereits einen männlichen Klang.

»Ich kenne nicht alle. Aber auf der Meerseite des ›Tebla ta-General‹ sah ich welche, die gut erhalten sind.«

»Vielleicht«, sagte Lorenzo zu Kazuo, »können Sie mit seinem englischen Namen ›Fungus Rock‹ mehr anfangen. Auf dem Felsen wächst eine Art Flechtengewächs, das die Ärzte des Johanniterordens zur Behandlung von Dysenterie und als blutstillendes Mittel verwendeten. Das Kraut war aber auch als Aphrodisiakum beliebt.«

»Was ist denn das?«, fragte Carlo. Wir fingen an zu lachen, und Carlo wurde ein wenig rot.

»Woher soll ich das wissen? Warum lacht ihr?«

»Er muss einfach alles erfahren«, seufzte Giljan.

»Ich erkläre es ihm nicht«, sagte Nona in entschiedenem Ton. »Er soll im Internet nachsehen.«

Carlo versprach es, und Lorenzo erzählte weiter:

»Das Gewächs trägt den lateinischen Namen Cynomorium und wurde für teures Geld verkauft. Der Felsen hatte sogar einen Wachturm. Es war den Rittern vorbehalten, das Gras zu ernten, das in einem Transportkorb an einem Seil zur Küste gebracht wurde. Leider fand der Mythos ein prosaisches Ende. Als englische Wissenschaftler das Gras auf mögliche Wirkstoffe untersuchten, kamen sie zu dem Ergebnis, dass das Mittel nur half, wenn ein paar Mal ›Ave Maria‹ gebetet wurde.«

Wir lachten laut. Ich fragte Giljan, ob viele Touristen den Tauchplatz aufsuchten.

Giljan schüttelte den Kopf.

»Die kommen nicht über die Salzpfannen, weil im Sommer die Hitze unerträglich ist. Außerdem führt zur nächsten Ortschaft Xlendi keine Straße. Man muss zurück nach Rabat, und der Umweg ist den Leuten einfach zu kompliziert.«

»Das ist noch der alte, wilde Teil unserer Insel«, sagte Lorenzo. »Die Klippen sind steil, und es gibt keine Quellen, dass man Gärten anlegen könnte. Wo etwas Wasser vorhanden ist, wachsen nur Binsen. Wir nennen diesen Inselteil ›die Wüste‹. Das Meer ist glasklar, obwohl an der Küste gelegentlich Yachten anlegen. Das Tauchgebiet ist ja nur auf dem Seeweg erreichbar.«

Ich meinte, dies seien eigentlich die besten Voraussetzungen. »Morgen werde ich ein paar Tauchgänge machen.«

»Morgen ist mein freier Tag«, sagte Lorenzo. »Wenn Sie wollen, kann ich Sie hinfahren. Mein Vetter Tommaso hat ein kleines Segelboot, das im Sommer in Dwejra vor Anker liegt.«

Den Vorschlag nahm ich freudig an. Die kleinen Pfannkuchen mit kandierten Früchten, die Nona zum Schluss auf den Tisch brachte, schmeckten süß und würzig zu dem Wein, von dem wir schon allerhand getrunken hatten. Kazuo und ich waren bald ein bisschen angeheitert. Mir war, als ob ich diese Menschen schon immer gekannt hätte. Ich las eine eigentümliche Sympathie in Nonas Augen, die einzige Empfindung vielleicht, die sie gänzlich mit mir teilen konnte, in ihrer Welt, zu der noch so viele Geheimnisse gehörten. Sie zog sich mit dem, was für sie Wahrheit war, in diese Welt zurück, reichte mir freundlich die Hände; aber vielleicht war das, was ich für Sympathie hielt, lediglich Dankbarkeit. Denn als das Essen beendet war, die Söhne den Tisch abräumten und Nona in der Küche den Kaffee zubereitete, richtete Lorenzo seine tiefgründigen Augen auf die meinen und sagte in einer sonderbaren Unbefangenheit und ziemlich bewegt:

»Sie haben uns unendlich viel Gutes erwiesen. Sehen Sie Nona an, wie sie lacht! Sie ist jetzt ruhiger geworden, seitdem wir die Kinder haben. Ich glaube, dass sie den größten Teil des Tages glücklich ist. Aber sie trägt diese Unruhe in sich, weil sie zu viele Dinge weiß, die sie nicht mitteilen kann. Ihre Mutter Decima wird nicht mehr lange leben. Und dann ist es aus, das Wissen geht verloren. Nona lebt mit dem Gedanken, dass ich sie verstehe, ihr aber nicht helfen kann. Die Jungen sehen's wahrscheinlich weniger. Sie haben ihre Freunde, ihren Sport. Sie sind auch zum Glück viel zu unkompliziert. Aber ich – ich weiß Bescheid.« Er setzte hinzu, mit einem Seufzer:

»Sie besitzen ihr volles Vertrauen. Tun Sie das Äußerste, versuchen Sie das Unmögliche! Ich bitte Sie darum.«

Und weil es für ihn und die Jungen Zeit war, aufzubrechen, erhob er sich und sagte noch abschließend:

»Ich zähle auf Sie!«

Wir verabredeten uns für den nächsten Tag. Auch Kazuo und ich machten Anstalten, zu gehen, doch Nona sagte, wir sollten noch einen Augenblick warten. Sie brachte Lorenzo und die Söhne an die Tür, bevor sie sich wieder zu uns setzte.

»Noch etwas Kaffee? Oder lieber Wasser aus unserem Brunnen?«

Sie füllte unsere Gläser. Ihre Augen leuchteten, wie übersät von goldenen Pailletten. Und angesichts ihres Glanzes, ihrer Frische und Unschuld erkannte ich plötzlich, wie sehr dagegen das Gesicht dieser noch jungen Frau verbittert und vorzeitig gealtert war. Ihre Fröhlichkeit war plötzlich wie erloschen.

»Wissen Sie«, begann sie mit stockender Stimme, »ich wollte es nicht vor den Jungen sagen. Ich... habe immer wieder denselben Traum. Ich hatte ihn auch jetzt wieder, in dieser Nacht. Mein Gott, sagen Sie es mir ehrlich: Langweile ich Sie auch nicht, wenn ich weiter von diesem Traum erzähle?«

»Ich möchte ihn gern hören«, sagte ich.

»Wirklich? Wahrhaftig?«

Ihre übersteigerte Freude verstörte mich fast. Gierig ergriff sie meine Hand, ihre Finger brannten geradezu von innerem Feuer.

»Also, hören Sie. Ich träume, dass es frühmorgens ist, dass ich noch schlafe. Im Schlaf höre ich, wie draußen der Klöppel auf das Holz fällt. Jemand steht vor der Tür. Im Traum verlasse ich mein Bett, gehe die Stufen hinunter. Ich trage nur ein Nachthemd aus Leinen, das ich selbst gewebt habe. Ich öffne die Tür und sehe eine ganz junge Frau. Es ist immer die gleiche Frau, ich würde sie auf jedem Bild erkennen. Sie hat dickes schwarzes Haar, zu einem Pferdeschwanz gebunden, und trägt eine Brille. Sie hat eine weite Reise hinter sich, sie sieht müde aus. Den Rucksack hat sie neben sich auf die Stufen gestellt. Sie ist mehr als hübsch, sie ist unendlich liebenswert. Sie selbst wäre ernstlich verwundert, würde man es ihr sagen. Sie glaubt nämlich, dass sie wenig anziehend sei. Sie lächelt scheu, sie sagt mir, wie sie heißt. Im Traum kenne ich ihren Namen gut, ich murmele ihn oft vor mich hin. Manchmal vermengt sich dieser Name, bis er auf geheimnisvolle Weise eins wird mit anderen Namen, die ich im Kopf habe, die ich aber beim Aufwachen vergesse. Ich sage zu ihr: ›Möchten Sie einen Kaffee?‹ Sie nickt lächelnd, zieht ihre Schuhe aus und tritt hinter mir ins Haus. Sie geht völlig lautlos, mit behutsamen Schritten. Ich weiß, es ist die Frau, die mir die Tochter ersetzt, die den goldenen Faden wieder aufnehmen wird, dem Fluch der Blindheit aber entgehen kann, weil sie ja nicht von meinem Blut ist. Dann erwache ich und weiß, dass es sie gibt, dass sie irgendwo auf dieser Welt lebt. Ich habe diese junge Frau nicht erfunden, weil sie wirklich ist. Und sie weiß es, wie ich es weiß: Unsere Traumerscheinungen stimmen überein. Für mich sind die Jahre Schritte, die das eilende Schicksal mir zuteilt. Sie aber hat alle Zeit dieser Welt. Sie wartet auf unser Stelldichein, sie wartet mit einer Geduld ohne Grenzen und ohne Unruhe. Denn es ist mein Bild, das sie in der Pupille trägt und beschlossen hat, zu erträumen, um es nie zu vergessen, jede Nacht …«

Nona senkte das Gesicht. Ich sah ihre großen Augen, die Iris glänzte feucht, als sei sie von Tränen nass.

»Verzeihen Sie…« Nonas Stimme brach. »Ich… ich halte Sie nur auf. Aber ich musste Ihnen das einfach sagen!«

Ich schluckte und sagte:

»Sie halten mich nicht auf, keineswegs. Und ich danke Ihnen, dass Sie Vertrauen zu mir haben.«

»Es ist, weil ich immer den gleichen Traum habe, nur deswegen…«

»Ja, ich verstehe.«

Sie legte zwei Finger auf die Lippen, lachte ein wenig verschämt, während Kazuo und ich uns erhoben und ich den Schal aus Muschelseide wieder um meinen Hals schlang. Nona sah stumm zu, mit dem gleichen verlegenen Ausdruck im Gesicht. Doch an der Haustür breitete sie beide Arme aus, umarmte uns kurz und heftig. Mich aber küsste sie auf den Mund. Ich erbebte leicht unter diesem Kuss. Es war das Zittern einer Frau, die vor einer Fürstin stand und ihr Zeichen empfing wie ein Siegel. Diese Empfindung überraschte mich ebenso, wie sie mich verwirrte. Und als Nona ins Haus zurück trat und leise die Tür schloss, packte ich Kazuos Hand; fast war es, als ob ich mich an ihm festhielte. Ich dachte an das karge Zimmer mit dem Webstuhl und dem goldenen Fadenknäuel und an seine einzige Bewohnerin, die summende Wespe.

# 20. *Kapitel*

Jenseits der Täler und der schroff ansteigenden Hügel schien das Meer dem Himmel ganz nahe und fast jederzeit sichtbar. Die Insel, in gelbe Glut getaucht, war gleichsam Wüste und blühender Garten. Auf jeder Anhöhe drängten sich Dörfer um die Kirche wie Schafe um ihren Hirten, und alle Häuser hatten – wie die Schafe eben auch – die gleiche Größe und die gleiche Farbe. Dann wieder fielen Felsen steil in die See, goldgelbe Strände leuchteten, und weiße Leuchttürme reckten sich wie mahnende Finger in den Himmel. Hier und dort glitzerten ausgetrocknete Salzpfannen im Sonnenlicht; die Hitze staute sich dort und machte die Luft erstickend. Es war noch früh genug für einen Tauchgang. Ich wusste, dass Seegraswiesen sich vorwiegend unter Klippen befinden, weil die Erosion dort Hänge bildet, an denen sich Schlamm ansetzen kann. Vor der kleinen Bucht Gahar Quawqla fand ich einen geeigneten Platz für den Wagen. Ich trug meine Tasche mit der Taucherausrüstung und dem Handtuch über der nackten Schulter. Ich ging mit großen Schritten vor Kazuo her, und er folgte mir den Pfad hinunter zu der beiderseits von Felsen eingeschlossenen Bucht. Die Steine waren uneben und porös wie alte Knochen. Unten betraten wir die Ebene wieder, durchzogen von Rinnen und Gräben, in denen sich Sand anhäufte. Ich zog mein großes Badetuch aus der Tasche und breitete es aus. Wir setzten uns zusammen auf das Tuch und zogen uns aus. Kazuo sah mich skeptisch an, während ich mir die langen Flossen überstreifte. Ich musste lachen.

»Ja, ich weiß, an Land sieht man damit aus wie ein Frosch! Aber im Wasser kommt man schneller vorwärts, auch wenn solche Flossen viel Kraft erfordern.«

Kazuo hatte Schnorchel und eine sogenannte Panoramamaske bei sich, die ein großes Blickfeld ermöglichte. Aber Freitaucher legen mehr Wert auf kleine Masken. Ich sagte zu Kazuo:

»Wenn ich plötzlich irgendwo verschwinde, glaube bloß nicht, dass ich am Ertrinken bin.«

Er nickte, bevor er zögernd antwortete:

»Ein bisschen Angst um dich darf ich doch wohl haben?«

Ich blinzelte ihm zu.

»Aber nur ein ganz klein bisschen!«

Wir wateten in das kühle Wasser. Es funkelte, wenn wir uns bewegten, in tausend Lichtsplittern. Wir schwammen eine Weile nebeneinander, dann steigerte ich das Tempo und ließ ihn zurück. Ich kraulte ungefähr zehn Minuten westwärts, immer die Klippen entlang, bevor ich ausgiebig Luft holte und mich gleiten ließ. Das Ufer fiel schnell ab, und das Meer zeigte eine wunderbar grüne Farbe. Ich nahm etwas Wasser in den Mund. Ja, es schmeckte noch sauber. Ich stieg kurz empor, holte neue Luft und tauchte ein zweites Mal, wobei ich volle Kraft gab und einen großen Kreis zog, um einen möglichst umfassenden Eindruck von der Küstenbeschaffenheit zu gewinnen. Die Felsen waren mit den üblichen Algen, Seesternen und Muscheln verklebt. Fische, kleine und größere, zuckten in unruhigen Schwärmen. Unter einem Stein sah ich einen Tintenfisch, der seine Arme schwenkte und sich ängstlich verkroch, eine kleine dunkle Welle erzeugend. Er wurde scheinbar kleiner und größer wie eine Traumgestalt. An den aufsteigenden Schlammblasen merkte ich, dass der Boden sandig war. Ich kam wieder an die Oberfläche, legte mich für ein paar Minuten auf den Rücken und ruhte mich aus. Und dann, beim dritten Tauchgang, entdeckte ich wahrhaftig eine Seegraswiese mit Steckmuscheln. Das Seegras gehörte zu der Sorte *Cymodosa nodosa*, die eigentlich nicht sehr artenreich ist. Die Wiese hatte sich genau an der Stelle gebildet, wo der Meeresarm in die offene See mündete. Es regnete nicht viel auf der Insel, höchstens acht- oder zehnmal im Jahr und immer nur für zwei oder drei Tage, dafür aber ziemlich stark. Die Regenfälle hatten viel Küstensand ins Meer getrieben. Die Wiese sah wie ein kleiner Unterwasserhügel aus, die Steckmuscheln waren aber nicht sehr zahlreich. Ich nahm an, dass der Sand von den Salzpfannen kam und der Nährboden für Wasserorganismen ungünstig war. Ein zu hoher Salzgehalt war nicht gut für die Steckmuscheln. Etwas weiter fiel der Meeresboden steil ab. Ein tief dunkler Trichter, verlockend für jeden Taucher, hatte sich hier gebildet. Doch in dem Loch wuchsen keine Seegraswiesen, es war vollkommen sinnlos, dass ich tiefer ging. Die *Pinna nobilis* braucht optimale Lichtverhältnisse und eine gleichmäßige Strömung mit genügend Nährstoffen. Folglich schwamm ich an die Oberfläche zurück und entdeckte, als ich mich herumwarf, dass ich mich ziemlich weit von der Küste entfernt hatte. Es war immer das Gleiche beim Tauchen: Man legte große Strecken zurück und merkte es erst nachträglich. Nach einer kurzen Verschnaufpause kraulte ich mit raschen Stößen auf die Küste zu und erblickte bald Kazuos schwarzen Haarschopf im Wasser. Er lachte erleichtert, als er mich kommen sah. Wir schwammen zusammen dem Strand entgegen. Ein paar Augenblicke später berührten unsere Füße den Sandboden. Wir nahmen die Taucherbrillen ab und stiegen mit klatschenden Flossen aus dem Wasser.

»Du bist zu schnell für mich«, sagte Kazuo, halb lachend, halb zerknirscht.

»Dafür habe ich geübt«, sagte ich heiter. »Und du solltest auch üben. Beim Tieftauchen ist die Partnersicherung ebenso wichtig wie der Faden der Ariadne.«

Er sah mich fragend an, und ich erklärte es ihm.

»Der Partner hängt sich an ein Seil, empfängt den Taucher in etwa zehn Metern Tiefe und schaut ihm in die Augen.«

»Ach, und warum ausgerechnet unter Wasser?«

»Um sofort zu bemerken, ob der Taucher ohnmächtig wird.«

»Keine Frage«, seufzte Kazuo. »Ich muss üben!«

»Du kannst zunächst im Schwimmbassin trainieren«, sagte ich. »So habe ich auch angefangen.«

Wir setzten uns zusammen auf das Handtuch. In meinem Rucksack hatte ich Traubenzucker und eine Flasche Wasser. Wir kauten den Traubenzucker, tranken abwechselnd aus der Flasche. Der Wind war kühl. Weil ich etwas fror, zog ich meine Trainingsjacke über. »Wie war's da unten?«, wollte Kazuo wissen.

»Nicht sehr überzeugend, leider. Ich habe eine Seegraswiese mit ein paar Steckmuscheln gefunden. Aber sie können nicht wachsen, weil das Wasser zu salzig ist.«

»Wie groß können die Muscheln werden?«

»Oh, die größten sollen einen Meter hoch sein.«

»So groß!«

»Ich selbst habe noch nie solche gesehen. Immerhin ist das Wasser hier sauber.«

»Gehst du wieder?«, fragte er in unglücklichem Tonfall.

»Du meinst, ob ich gleich wieder tauche?«

Er sah ein wenig betreten aus.

»Ich fürchte, dass ich dir nicht sehr nützlich sein kann.«

»Das kannst du ja gar nicht wissen«, sagte ich. »Plötzlich laufen die Dinge anders als erwartet, und dann ist der Partner die beste Lebensversicherung.«

Er wusste nicht, ob ich es ernst meinte, und wie jedes Mal, wenn das passierte, zeichnete sich etwas wie Schrecken auf seinem Gesicht ab.

»Zum Scherz?«

Ich tröstete ihn.

»Das ist nur so eine Redensart. Aber hier tauche ich nicht mehr, es lohnt sich nicht. Hat das Wasser einen zu großen Salzgehalt, weiß ich im Voraus, dass sich Steckmuscheln rar machen. Da sind Gesetze, die das Ökosystem prägen. Die Natur reagiert bei jeder Veränderung empfindlich. Wir fahren jetzt zum Hotel zurück, ja? Vorausgesetzt, dass du hier nicht üben willst.«

»Lieber erst in ein paar Tagen«, meinte er. »Im Augenblick ist mir das Meer noch zu tief.«

Ich richtete mich lachend auf, nahm ihn bei der Hand und zog ihn hoch.

»Keine Frage, du musst im Schwimmbad trainieren!«

Später, im Hotel, sagte Kazuo zu mir:

»Du bringst mich auf so viele Gedanken, sie gehen mir ständig im Kopf herum.«

»Das ist immerhin besser«, erwiderte ich, »als wenn du dich mit mir langweilen würdest.«

»O nein, deswegen brauchst du dir keine Sorgen zu machen.«

»Du wirst dich aber langweilen, wenn ich tauche und du auf mich wartest. Vielleicht könntest du inzwischen Kant lesen.«

Er lachte nicht, er schwieg eine Weile und sprach dann weiter:

»Eigentlich bin ich mit sehr unklaren Erwartungen nach Malta gekommen. Meine Informationen hatte ich aus dem Internet und aus Reisehandbüchern. Bei dir lerne ich neue Einzelheiten, scheinbar fiktive, scheinbar geschichtliche, von denen ich glaubte, zuvor nie gehört zu haben. Doch sie sind mir nicht fremd, sie fließen ineinander über. Und allmählich merke ich, dass ich sie nur wiederentdecke.«

»Hoffentlich findest du sie nicht absurd.«

»Nein. Du bist eine Märchenfrau.«

Ich lachte, das Gesicht an seine Schulter gepresst.

»Ach, das hat mir noch keiner gesagt.«

Er umfasste mich mit beiden Armen, sodass ich die Resonanz seiner Stimme in mir hörte.

»Du machst Träume sichtbar. Nona hat es sofort gespürt. Warum hätte sie dir sonst ihren Traum erzählt?«

Ich erstarrte leicht.

»Daran habe ich nicht einmal gedacht.«

»Ich zunächst auch nicht. Und ich habe keine Ahnung, ob

man überhaupt einem vernünftigen Menschen mit solchem Zeug kommen darf. Andererseits ist mir ja gerade die Meinung eines vernünftigen Menschen wichtig.«

»Bin ich ein vernünftiger Mensch?«

»Wenn man so will. Aber im Grunde bist du wie Nona.«

»Nona träumt mit offenen Augen«, sagte ich.

Er betrachtete mich mit einem sanften, spöttischen Blick.

»Du etwa nicht?«

Ich lächelte flüchtig und dachte an ganz bestimmte Dinge.

»Es fällt mir schwer, das völlig zu bestreiten!«

»Siehst du?«, erwiderte er. »Nicht Dinge werden in Träumen erlebt, sondern Bedürfnisse, bevor sie zu Dinglichem werden. Manchmal ist eine Phantasie dargestellt, ein Verwandlungswunsch. Nicht die greifbaren Konturen sind zweckdienlich, sondern das, was unser Geist sich dabei wünscht. Jemandem seine Träume erzählen, damit fängt es an.«

»Was fängt damit an, Kazuo?«

Er stutzte.

»Ach, was damit anfängt? Ich denke, die Wirklichkeit. Sobald wir sie erträumen, erwacht sie zum Leben.«

Ich spürte, wie ich erstarrte.

»Ja, ich weiß, was du sagen willst.«

»Nona träumt von einer jungen Frau. Ich für meinen Teil glaube, dass sie existiert. Starke Menschen hinterlassen Spuren im Fluss der Ewigkeit. Ihre Umrisse dringen durch. Wie das Elektron eines Atoms verbindet sich ihre Erscheinung mit der Energie, die wir auslösen.«

Ich blickte ihn an mit einer Art Staunen.

»Du besitzt einen ganz besonderen Scharfsinn.«

»Nicht immer, leider. Es ist nur so, dass ich Dinge, die mich interessieren, begreifen will.«

»Man kann nicht allen alles verständlich machen«, seufzte ich. »Wir sind sehr katholisch, musst du wissen.«

Er brach in schallendes Gelächter aus.

»Siehst du darin einen Widerspruch?«

Ich lachte auch.

»Nein, eigentlich nicht.«

Vor zehn Jahren noch hatte man in Ghawdex die Brauen gehoben, wenn ich als unverheiratete Frau mein Zimmer mit einem Mann teilte. Diese Zeiten waren vorbei. Das Hotel, ein imposanter Backsteinkomplex, musste voller Touristen sein, aber unser Zimmer im dritten Stockwerk war ruhig und angenehm kühl. Im Bett hätten nicht zwei, sondern vier Leute schlafen können. Ich sagte zu Kazuo:

»Ist es nicht seltsam, dass ich ständig in Hotels lebe und eigentlich immer nur auf die Ferien warte?«

Er blinzelte verschmitzt.

»Bist du sicher, dass du weißt, was du willst?«

Ich legte meine Hände an sein Gesicht, streichelte es sanft, ließ meine Fingerspitzen über seine Stirn, seine Wangen, seinen Mund gleiten, bevor ich sagte:

»Weißt du immer, was du willst?«

Was ich eigentlich damit sagen wollte und ihm nicht sagte, war, dass ich immer da sein wollte, wo ich mich gerade nicht befand. Dass ich immer den Drang gehabt hatte, vor Menschen und Orten zu fliehen, die sich vereinnahmen ließen. Ich war, so lange ich denken konnte, von dieser ewigen Sucht nach Bewegung getrieben. Aber jetzt war ich müde. Früher konnte ich mich problemlos jeder denkbaren Situation anpassen; jetzt aber gab es Orte für mich, die beständig sein sollten, und Menschen, die ich bewahren wollte. Er indessen erwiderte meinen Blick, als ob er in meinen Gedanken läse, bevor er leise sagte:

»Doch, ich denke schon.«

Und dann küsste er mich, und während wir uns umarmten, dachte ich, dass ich es wohl auch wusste: dass ich nichts wollte, nichts, wenn es nicht Liebe war. Aber vielleicht kannte mich Kazuo besser, als ich mich selbst kannte, besaß er doch die bestürzende Fähigkeit, meinen Körper so gut zu kennen wie seinen eigenen. Er wusste, dass ich nachdenklich und etwas verwirrt war, dass ich zu viele Fragen und Gedanken in mir trug, ihn aber sehr begehrte. Ich mochte Kazuos Hände sehr, sie waren nicht so wie die Hände der anderen Männer, sondern gelenkig und ruhig, mit seinen Händen konnte er alles machen. Während er mit ausdrucksvollen, ruhigen Augen in mein Gesicht blickte, die wechselnden Empfindungen in ihnen ablas, die seine Hände weckten, lockerte sich mein Körper, bog sich nach innen, als wollte er sich mit diesem anderen Körper, der nach mir rief, verbinden und verschmelzen. Er hatte die straffe, sehnige Gestalt eines ganz jungen Mannes, aber nicht mehr dessen Ungestüm. Und er war leidenschaftlich, aber sanft, fordernd, aber stets geduldig. Nie kann Geist wirklich zu Geist, Seele wirklich zu Seele kommen; das Einzige, was Menschen wirklich teilen können, ist Vertrauen. Dieses Empfinden, dieses tiefe, urtümliche Gefühl, machte, dass ich mich verlieren konnte, dass mein eigenes Leben mich verließ, um sich mit dem seinen zu verbinden. Bei allen anderen Männern zuvor war ich allein geblieben. Was ich bei ihnen gelernt und für viel gehalten hatte, wurde plötzlich zu nichts. Ich hatte wenig erkannt, kaum etwas verstanden, Impulse abgetan oder zur Seite gestoßen. Was ich bisher für Liebe gehalten hatte, war untergegangen unter Egoismus und Leichtsinn. Wahre Liebe fällt stumm wie ein Saatkorn in uns; erst, wenn sie zu keimen beginnt und wächst, spüren wir, wie sie größer und größer wird, und haben Angst, sie zu verlieren. Den ganzen Tag lang war die Hitze der Sonne in unsere Körper gedrungen, sie brach jetzt hervor, in langen, fiebrigen Wellen. Unser Atem vermischte sich, wir sagten kein Wort. Der Genuss kam, stieg unaufhörlich in uns hoch. Ich zog mich zusammen, ganz eng, um Kazuo in mir festzuhalten, ihn aufzusaugen, wie auch das Meer alles, was es begehrt, aufsaugt und in sich bewahren möchte. Sein Herz schlug in mir, in meinem Leib, sein Körper war weich und warm wie eine Decke. Er hielt mich in seinen Armen, zögerte sein Kommen bis ganz zuletzt hinaus, bis seine Erregung immer stärker in mir flackerte und er es nicht mehr aushielt. Ich wollte aufschreien, aber wie im Traum kam kein Laut aus meiner Kehle;

Wärme umschloss mich und verschleierte mir die Augen. Nie war eine Umarmung für mich so berauschend gewesen, und ich konnte mich danach, zwischen Schlaf und Wachen, des Gedankens nicht erwehren, dass alles nur durch Cecilia gekommen war, weil sie es so wollte und es herbeigeführt hatte.

Warum musste ich jetzt plötzlich so stark an sie denken? Mir schien, sie war stets irgendwo, verborgen, aber seltsam gegenwärtig. Sie war es, die behutsam und wissend unser Schicksal lenkte. Sie hatte lange im Stillen gewartet; jetzt mochte die Zeit günstig für sie sein. Sie erzählte ihre Geschichte, die ein Gefüge für sich war, erzählte sie ohne Worte; und es war eine Geschichte, auserlesen schön und schmerzvoll, vergänglich und voller Pracht, wie das kurze Leben der Schmetterlinge. Ihre ruhelose Seele verfolgte ein eigenes, uns noch unbekanntes Ziel, verflocht ihre und unsere Geschichte, mit jenem goldenen Faden vielleicht, den Nona Engelshaar nannte.

Wir schliefen ein wenig, doch nicht lange. Schon brach die Dämmerung herein. Das rote Licht des Sonne verband sich mit die Luftspiegelung des Meeres. Die Hotelgäste kehrten in ihre Zimmer zurück, um sich für das Abendessen frisch zu machen. Ihre Schritte und Stimmen draußen im Gang weckten uns vollends. Im violetten Zwielicht blickten wir uns an und küssten uns, stumm und zart, ließen unsere Körper einander in ihrer ganzen Länge spüren. Und während wir in matter Entrückung still atmend dalagen, jetzt, nachdem die Leidenschaft verströmt war, hörte ich dicht an meinem Ohr Kazuos belegte Stimme.

»Ich muss dir etwas sagen. Ich glaube, dass ich dich liebe.«

# 21. Kapitel

Der Tag erwachte schillernd und kristallklar. Das Meer erglühte zauberhaft rosa, und zwischen den Tafelbergen breitete das Licht einen lila Fächer aus. Als wir auf der Terrasse frühstückten, warf die Morgensonne ihr leichtes Feuer auf Büsche und Bäume. Ein Gärtner stapfte über den Kies, besprengte die Bougainvilleen. Schon verströmten die Nelken ihren Pfeffergeruch. Es war, als ob das Sonnenlicht duftete. Als ich mein Rührei gegessen und zwei Tassen Kaffee getrunken hatte, lehnte ich mich mit einem Seufzer des Wohlbehagens zurück. Kazuo erwiderte mein Lächeln, als ich sagte:

»Weißt du, ich könnte nicht überall auf der Welt leben.«

»Nein?«

»Nein. Ich brauche das Meer, ich muss es in der Nähe haben. In Großstädten halte ich es nicht allzu lange aus. Das kommt von meinen Vorfahren, die Seefahrer, Kreuzritter und Korsaren waren. Was waren eigentlich deine?«

»Lehrer. Beamte. Stubenhocker. Ich kann mich da nicht groß hervortun. Keiner fuchtelte mit dem Schwert, tut mir leid.«

Ich beugte mich vor, um ihm ins Gesicht zu schauen.

»Könntest du dir vorstellen, zeitweilig auf Malta zu leben?«

Er hob leicht die Schultern,

»Am schönsten wäre es ja, wenn ich Buchhändler in Kyoto wäre …«

Ich lachte.

»Das ist wirklich eine Sache, die man gemacht haben muss.«

Er trank langsam einen Schluck Kaffee.

»Früher, da war ich anders. Nicht so bequem, meine ich. Früher wollte ich etwas tun für den Erfolg.«

»Wie alle anderen?«, fragte ich.

»Wie alle anderen, genauso.«

»Und heute?«

»Heute will ich lieber etwas tun für mein Leben.«

»Das ist keine klare Antwort.«

»Wenn du eine klare Antwort willst: Doch, ich könnte zeitweilig hier leben.«

»Du hast alles verstanden«, sagte ich.

Er bewegte langsam den Kopf.

»Ich fürchte, nicht alles.«

»Sag mir, was du nicht verstehst …«

Seine Augen waren schöner denn je. Er sagte mit leiser Stimme:

»Tja, wir werden uns noch lange und in Ruhe unterhalten müssen.«

Wir sahen uns an. Es war, als ob wir beide schwankten. Und plötzlich, im gleichen Atemzug, streckten wir einander die Hand entgegen. Unsere Finger verschränkten sich zu einem warmen, festen Knoten, und für einige Atemzüge saßen wir ganz still da.

Es wurde Zeit, dass wir aufbrachen. Das Licht nahm an Intensität zu, löschte aber die Farben noch nicht. Auf der Landstraße war alles ruhig, die Hotelgäste erwachten spät, und unser Wagen machte, wie mir schien, ein störendes Geräusch in der Stille. Wir hatten das Gefühl, durch eine Gegend zu fahren, die zeitlos war. Die spärlichen Korkeichen und Tamarisken ließen nicht die Dürre vergessen, das Land selbst glich einem Meer, zu Stein geworden, während die See wie erstarrt schien in mineralischem Blau. Kleine Dörfer kauerten an den Hängen; nur Reben und kleine Gemüsegärten zeigten, dass Menschen überhaupt hier leben konnten. Ich fand mühelos die Abzweigung zum »Fungus Rock« und erreichte »Dwejra Bay« ein paar Augenblicke später. Während wir über den Abhang dem Strand entgegenfuhren, sahen wir das Boot schon von weitem an der Leine liegen. Lorenzo, der sich geschäftig an Deck bewegte, hob grüßend den Arm. Das Boot war ziemlich groß, hatte eine halb überdeckte Kajüte und war wie alle Malteser Boote in leuchtenden Farben bemalt – außen dunkelblau, innen türkis. Sämtliche Messingbeschläge waren schön geputzt und glänzend. Der felsige Strand lag noch verlassen da. Auch auf der Mole war noch niemand zu sehen. Als wir uns mit unseren Sachen dem Boot näherten, flogen Möwen auf, ließen sich von einem Aufwind davontragen. Das Wasser roch süßlich-sauer, wie eine Frucht. Lorenzo half uns, auf das leicht schwankende Deck zu springen. Wegen der Hitze trug er ein langärmeliges T-Shirt und auf dem Kopf einen Strohhut. Blauweiß gestreifte Baumwollbezüge hingen über Leinen, die von den Wanten zum Mast gespannt waren. Lorenzo wies darauf.

»Gianna, Tommasos kleine Tochter, hat Cola verschüttet. Da habe ich die Bezüge schnell gewaschen. Außerdem wird es warm heute, und an Deck lässt sich es im Schatten nasser Wäsche besser aushalten.«

»Ist das ein Rennboot?«, fragte Kazuo.

Lorenzo nickte.

»Tommaso und ich machen manchmal bei Regatten mit. Das ist lustig. Aber wir gehören immer zu den Verlierern«, setzte er lachend hinzu.

Das Boot, ungefähr elf Meter lang, war nach Tommasos Töchterchen Gianna benannt und roch würzig und stark, nach frischer Farbe und Teer. Man konnte es ebenso mit Segeln wie mit einem Motor antreiben. Sturmklüver und Spinnaker lagen in der Segelkoje verstaut und schienen ziemlich lange nicht gebraucht worden zu sein. Wir setzten uns auf die zusammengelegte Persenning. Inzwischen zog Lorenzo die Leine ein. Er machte sich eine Weile am Motor zu schaffen, der gleich unterhalb der Kajütentür angebracht war. Dann ließ er den Motor anlaufen, der bald kräftig arbeitete. Die »Gianna« schob sich von der Mole ab, gewann mit sanftem Rauschen zunehmend an Fahrt. Noch herrschte ein Rest von Kühle in der Luft. Der Himmel stand durchsichtig und weit über der Landschaft. Die

Wellen rollten gemächlich vorbei, glänzende Schaumstreifen leckten das nasse Gestein. Wir nahmen Kurs auf den Fungus Rock, der zwischen Steilküste und Meer aus dem Wasser ragte. Je nach Entfernung und Beleuchtung ließ der Felsblock an das Antlitz eines urzeitlichen Riesen denken, nicht von der Natur, sondern von Menschenhand erschaffen. Das Antlitz war voller Wundmale und Siegeszeichen: ein gebrochenes Nasenbein, ein gebrochenes Jochbein, verzerrte Lippenwülste und unzählige, mit dem Stein verwachsene Narben. Selbst die Ruinen des Wachturms schienen von legendären Ereignissen zu erzählen, von Überfällen, Kämpfen und Triumphen. Das Ufer zog sich dahin, die Sonne stieg. Schwärme von Seevögeln kreisten wie trunken im Licht. Lorenzo saß auf dem Steuersitz, achtete auf den Kurs und auf alles miteinander. Kazuo und ich richteten unsere Augen dahin und dorthin, beobachteten, wie das Meer und der Himmel zu strahlen begannen, wie jede Welle in einer anderen Farbe leuchtete, dunkelgrün oder smaragden oder türkis-blau. Dann, als die *Gianna* den Schatten der Klippen erreichte, wurde das Wasser schwarz wie Teer. Das Riff, an manchen Stellen über zweihundert Meter hoch, umschloss die Bucht wie eine Festung, die über das Wasser hinweg ihre Mauern und Türme reckte.

»Früher«, erzählte Lorenzo, »ließen sich die Fischer an Seilen mit Knoten an den Klippen herab. Sie schwebten zwischen Himmel und Meer, stützten sich auf Felsvorsprünge, während ihre Seile, mit einem Angelhaken versehen, in die Wellen hingen. Diese Art zu fischen war äußerst gefährlich, aber noch vor hundert Jahren üblich.«

Der »Fungus Rock« entfernte sich auf der Backbordseite, dahinter lag das Meer weit und offen da. Während der Motor gleichmäßig brummte, setzte ich meine Taucherbrille auf und beugte mich über das Wasser, um die marine Beschaffenheit zu erkunden. Unter der prallen Sonne wogte das Meer gleichmäßig ruhig. Der Boden fiel nicht steil ab, wie ich zunächst angenommen hatte, sondern zog sich in sanftem Hang in dämmrige

Tiefen. Hier schimmerte das Wasser in allen Farben, wie in einem Aquarium. Fische, die ziemlich groß waren, zogen funkelnde Blitze. Als ich Tangstreifen bemerkte, rief ich Lorenzo zu, dass ich hier tauchen wollte. Er hob die Hand zum Zeichen, dass er verstanden hatte, und stellte den Motor ab. Stille kehrte ein. Nur das Plätschern und Glucksen des Wassers war zu hören und der Wind, der die Schreie der Vögel brachte. Diesmal hatte ich meinen Tauchanzug aus Neopren an, der sehr strömungsgünstig war, den ich jedoch, weil ich vorerst nicht sehr tief gehen würde, ohne Kopfhaube trug. Ich hatte auch nicht den üblichen Bleigürtel aus Gummi umgeschnallt. Kazuo und ich zogen unsere Schwimmflossen über. Das Boot schaukelte etwas, als wir ins Wasser sprangen. Wir hatten abgemacht, dass Kazuo an der Oberfläche schnorcheln würde, was den Vorteil hatte, dass er einen größeren Umkreis absuchen konnte, während ich zwar tiefer ging, aber immer wieder zum Luftholen auftauchen musste. Als wir bereit waren, hielt ich mich für einen Augenblick am Bootsrand fest, sog so viel Luft ein, wie ich konnte, bevor ich kopfüber in die Tiefe glitt. Ich teilte eine blitzende Wolke kleiner Fische, ging tiefer, bis ich den Meeresboden sah. Das Erste, was mir auffiel, waren die Steine, die dort überall verstreut waren. Liegen Gegenstände lange unter Wasser, verwandeln Plankton und Mikroorganismen sie in stumpfe, felsähnliche Massen. Diese Steine aber wiesen alle die gleiche, rechteckige Form auf. Zufall? Neugierig schwamm ich um die Blöcke herum, berührte sie, spürte unter der Hand die abgestumpften, aber regelmäßigen Kanten. Ich blieb unten, so lange ich konnte. Dann schwamm ich aufwärts, zielstrebig, aber nicht zu schnell. Bald leuchtete das Wasser hellgrün, eine Welle trug mich empor. Ich blickte umher, sah die *Gianna* in unmittelbarer Nähe sanft schaukeln. Ich kraulte dem Boot entgegen und zog mich hoch.

»Woher kommen die Steinblöcke?«, rief ich Lorenzo zu. »Es sind ziemlich viele da unten.«

Er zeigte keine Überraschung.

»Ach, das sind die Reste eines Megalithentempels. Man hat sogar Halbreliefs gefunden, die meisten leider stark beschädigt. In den Siebzigerjahren löste die Entdeckung heftige Spekulationen aus, die bizarrsten und nutzlosesten übrigens. Aus der Untersuchung der Sedimente ließ sich die Anlage auf etwa neuntausend vor Christus schätzen. In dieser Zeit gab es eine Erwärmung der Meere. Der Wasserspiegel stieg. Ganze Küstenstreifen verschwanden. Aber das war für das Routinedenken ein zu starkes Stück. Undenkbar, hieß es!«

»Das Undenkbare ist nicht unbedingt unmöglich!«

»Allerdings. Man weiß heute noch immer nicht, wie die frühen Menschen ihre Paläste und Tempel errichteten. Es waren ja erst die Römer, die Baumaschinen in unserem Sinne erfanden.«

Ich hielt mich am Boot fest, schaukelte gemächlich in der leichten Dünung.

»Wozu diente der Faustkeil?«

»Vielleicht«, sagte er, »ist unsere Vorstellung vom technischen Fortschritt zu einseitig?«

»Ziemlich heikles Thema!« Ich lachte. »Was sagen denn die Einheimischen dazu?«

»Die Einheimischen sagen, einst segelte eine Königin über das Meer, weil ein fallender Stern ihre Heimat vernichtet hatte. Sie erbaute einen Palast, verbot Tieropfer und lehrte die Inselbewohner, Weizen und Gerste zu säen und Weinreben anzulegen. Einsam in ihrem Turmgemach, rief die Königin die Sterne beim Namen, sprach mit den Vögeln und webte das ›Tuch des Meeres‹, bis sie mit den Riesenwellen, die ihren Palast überschwemmten, ihr Grab in den Fluten fand.«

»Hübsch!«, meinte ich. »Und was sagt Nona dazu?«

»Nona sagt natürlich, die Geschichte sei wahr!«

Jetzt lachten wir beide, während Kazuo, der in einiger Entfernung schnorchelte, sich dem Boot näherte. Einige Augenblicke später zog er sich neben mir hoch und schob seine Brille aus dem Gesicht.

»Da vorn habe ich etwas gesehen.«

Ich neigte meinen Kopf fragend zu ihm. Er wies mit der Hand hinüber.

»Grünzeug«, sagte er knapp, noch immer außer Atem.

Das Boot warf keinen Schatten mehr aufs Meer. Die Hitze war stark. Ich strengte meine Augen an, so sehr ich konnte, um etwas unter dem schaukelnden Licht zu entdecken. Da waren Felsen, die ziemlich weit ins Meer reichten. Felsen weisen oft bizarre Formen auf. Im Hitzedunst ließen mich diese an einen Radkranz denken, an einen Ring auf dem Wasser. Ich wartete, bis Kazuo sich erholt hatte, und nickte ihm zu.

»Gehen wir?«

Wir setzten unsere Masken wieder auf, kraulten dem Felsen entgegen. Schon bald fiel mir auf, dass die Unterwasserschichten eine diesig dunkelgrüne Färbung aufwiesen. Ich tat ein paar Schwimmzüge in geringer Tiefe und erblickte mit einem Mal einen grünen Hügel vor mir. Es war eine Seegraswiese, mit Steckmuscheln übersät! Bei diesem Anblick begann mein Herz zu rasen, und ich ging schnell wieder an die Oberfläche. Ich tauchte dicht neben Kazuo auf, der mich perplex anstarrte.

»Habe ich etwas gefunden, das sich für dich lohnt?«

Ich wischte mir das Wasser aus dem Gesicht.

»Du wirst dich rühmen können, mich an der Nase herumgeführt zu haben. Von wegen Grünzeug! Was du gefunden hast, ist eine völlig intakte Seegraswiese, die größte, die ich je gesehen habe.«

Sein zweifelnder Ausdruck verwandelte sich in ein Lächeln.

»Bisher konnte ich nichts für dich tun, das hat mich ein wenig gestört. Jetzt habe ich endlich Glück!«

»Du bist so schön methodisch«, sagte ich. »Es wäre schade gewesen, dich nicht dabeizuhaben!«

Wir zogen unsere Brillen wieder zurecht und schwammen zunächst dicht unter der Oberfläche. Dabei sahen wir die Seegraswiese näher kommen. Es war wie in einem dieser Träume, in denen wir fliegen können. In seltsamer Losgelöstheit bewegten wir uns über sanfte, grüne Hügel, die im Wasser langsam emporstiegen, ein Hügel nach dem anderen. Es mussten Sand- und Schlickdünen sein, die sich im Laufe der Jahrhunderte mit Seegras bedeckt hatten. Weil die Gewässer noch sauber waren, hatte die gefürchtete Killeralge *Calerpa taxifolia* das Seegras noch nicht verdrängen können. Die Halme wehten in der Strömung, als ob ein ständiger Wind sie bewegte. Unsere Schatten glitten gespenstisch und dunkel über diese Traumlandschaft, die kein Ende nahm. Manchmal wuchsen die Gräser so hoch, dass sie sich vor uns teilten. Dann fielen sie wieder in diesige Tiefen ab. An allen Hängen wuchsen Steckmuscheln, kleine und große. Sie hatten sich mit ihrem vorderen, spitzen Ende senkrecht in den weichen Schlickuntergrund gegraben oder sich mit ihren langen Haftfäden an Wurzelwerk und Steine geklammert, unter denen der angesammelte Schlick zur festen Masse geworden war. Solcher Schlick gewährte der Steckmuschel den idealen Nährboden. Über uns bildete das Wasser ein grünes Kristalldach, auf dessen Unterseite die Sonne das zitternde, wirre Spiel ihrer Lichtreflexe warf. Die verzauberten Hügel auf dem Meeresgrund umgaben uns von allen Seiten. Es waren unendlich viele. Schließlich tauchten wir auf, legten uns auf das Wasser und paddelten entspannt und glücklich. Das Pfeifen des Windes, das gemächliche Auf und Ab der Wellen, ihr leichtes Schmatzen und Saugen waren die einzigen Geräusche in der Stille. Nachdem wir uns ausgeruht hatten, sagte ich:

»Ich brauche noch einen Tauchgang. Ich kann den Umfang der Wiese nicht richtig abschätzen.«

»Wie weit, glaubst du, geht sie?«

»Nicht bis zur Küste, nehme ich an. Seegraswiesen mögen keinen Schatten. Was sagst du dazu?«

»Ich?« Kazuo lachte. »Was soll ich schon dazu sagen?«

»Du hast sie ja gefunden«, sagte ich. »Kommst du auch mit?«

»Selbstverständlich.«

Wir schoben unsere Brillen wieder hoch und schwammen dem Klippenring entgegen. Den Blick hielt ich stets nach unten gerichtet. Mit den Wasserspiegelungen huschten Flecken von Sonnenlicht über die Gräser, die sich in der Strömung alle nach einer Seite neigten. Irgendwann erreichte ich eine Stelle, wo die Schlickmasse zurückging und das Seegras sich lichtete. Ich gab Kazuo zu verstehen, dass ich hier tiefer gehen wollte. Das Riff umschloss mehr als die Hälfte der Bucht; die Steine waren von einer Kruste winziger Muscheln bedeckt, von Anemonen, die ihren schlaffen Blätterkreis träge bewegten, von Trauben kleiner, zweischaliger Muscheln, über die sich ein Netz von Tangfäden zog. Von einer bestimmten Linie abwärts wurden die Klippen dunkel und glatt. Spalten und Hänge bildeten eine tiefe, gefährlich aussehende Moräne; möglicherweise hatte sie noch mit dem Erdrutsch zu tun, der den Urstrand unter Wasser gerissen hatte. Fast war mir, als ob das Gestein noch einen geheimen Druck in sich berge, die Felswand unvermittelt zusammenbrechen, mich unter ihrer kolossalen Masse begraben könnte. Das Gefühl war unheimlich und vollkommen irrational, hatte sich doch seit Jahrtausenden kein Stein mehr gerührt. Noch während ich so dachte, sah ich plötzlich vor mir eine Anzahl Steckmuscheln, die alle nahezu einen Meter hoch waren! Das bedeutete, dass der Lebensraum der *Pinna nobilis* sich dauerhaft erhalten hatte, sodass die Muschel ihre ausgewachsene Größe erreichen konnte. Steckmuscheln, die über zwanzig Jahre alt werden, erzeugen sehr lange Byssusfäden. Weil nämlich die Fäden nach zwei oder drei Jahren ihre Funktionsfähigkeit verlieren, muss die Muschel lebenslang immer neue, kräftigere Fäden hervorbringen. Diese wunderbare Entdeckung erfüllte mich mit einer Art trunkenen Glücksgefühls. Doch gleichzeitig entstand Beklemmung, weil ich nur noch wenig Luft in der Lunge hatte. Gerade wollte ich auftauchen, als ich seitwärts in einem Loch eine Steinfigur sah. Zwei Flossenschläge mehr, und ich hatte sie voll im Blickfeld. Die Figur, in den Stein gemeißelt, stellte eindeutig eine Frau dar. Sie war nahezu in Lebensgröße, breit und rundlich geformt, die Arme zwischen dem großen Bauch und dem schweren Busen verschränkt, die mächtigen Schenkel zu winzigen Füßen verjüngt. Ein Kopf war nicht vorhanden. Die Statue stand etwas schief in einer Vertiefung, die fast so groß wie ihr Körper war. Im Laufe der Zeit hatte sie der Plankton mit einem grünlichen Perlenmantel überzogen. Während ich sie betrachtete, war mir auf einmal, als ob sich die Statue bewegte. Ein seltsamer Schatten zog vorbei. Ich wurde gewahr, dass ich den Schatten kannte, dass ich ihn schon früher gesehen hatte. Plötzlich hob sich die Erscheinung kaum merklich, als drückte sie die Strömung in die Nische hinein. Die Wasser wurden getrübt; im unruhigen Hell-Dunkel glaubte ich ein Auge zu sehen, das wie Perlmutt schimmerte, und darüber einen großen Kranz wirbelnder Haare, bronzebraun in der Farbe der Muschelseide. Dahinter oder daneben klebten lange Tangfäden an dem Felsen. Ich konnte nur das Auge ansehen oder den Haarkranz, beides aber nicht gleichzeitig, sonst verwischten sich die Umrisse. Die Erscheinung war mir nicht fremd; ich hatte sie bereits früher gesehen. Aber wo nur, wo? Sie war von Schleiern schillernder Seide umgeben, die vielfarbig schimmerten, wenn das Wasser sich wellte. Als ich meinen Blick auf das Perlmuttauge richtete, drehte es sich in eine ganz bestimmte Richtung, wobei es flammend klar aufleuchtete. Nur Fischaugen haben einen solchen Glanz, aber dies war eindeutig das Auge eines Menschen. Etwas anderes als eine Halluzination konnte es nicht sein. Schon zog sich die Erscheinung zurück; sie war nur ans Licht gekommen, um sich zu verdunkeln. Es war, als ob die Statue hinter ihr sie aufsog, sie in schimmernden Plankton verwandelte, in träumendes Gestein. Sie war bereits weg und verloren, als ich unwillkürlich herumwirbelte, um zu sehen, wohin ihr Auge soeben geschaut hatte. Da erblickte ich in den Wasserschichten eine Gestalt, die über einem Gestein zwischen Hell und Dunkel hing. Es durchzuckte mich wie mit Feuerzungen. Kazuo! Einige Stöße brachten mich zu ihm. Er bewegte sich nur noch schwach, sein Kopf baumelte zur Seite. Ich sah mit einem Blick, dass das eingerissene Fußteil seiner rechten Flosse in einer Ritze eingeklemmt war. Ich ging einen Stoß tiefer, packte das Flossenteil. Während ich zog und riss, wurde ich hochgehoben und wieder hinuntergeworfen, hart gegen den Stein geschleudert, spürte aber nicht den geringsten Schmerz. Endlich bekam ich die Flosse los. Schon trübte sich meine Sicht, mein Zwerchfell brannte und zuckte, es war das höchste Alarmzeichen vor dem »Breaking Point«, nach dem kein Atemanhalten mehr möglich ist. Luft, nur Luft, war mein einziges Bedürfnis. Ich packte Kazuo unter den Armen, stieg mit ihm auf, hielt ihn mit aller Kraft fest. Über mir leuchtete Sonnenlicht, das Wasser wurde transparent. Ich kam an die Oberfläche, viel zu schnell, es war, als ob das Meer explodierte. Ich atmete in Stößen, gierig und verzweifelt, und jeder Atemzug löste um mich herum ein Anbrausen und Zurückspülen der Wellen aus. Kazuo rührte sich nicht, lag schwer in meiner Umklammerung. Sein Kopf rollte auf meiner Schulter hin und her, seine Beine waren gerade und steif. Ich öffnete mit zitternden Fingern die Schnalle seiner Taucherbrille. Kazuos Augen waren geschlossen, ich konnte nicht ausmachen, ob er noch atmete. Der Seegang hatte plötzlich zugenommen. Das Wasser zerrte an Kazuo, als wollte es ihn aus meinen Armen reißen, ihn fortspülen, aber ich hielt ihn fest. Die Wellen schepperten mit einem seltsamen Dröhnen. Nach jedem Wellenschlag öffnete ich den Mund und sog keuchend Luft ein. Endlich vernahm ich durch den Aufruhr des Meeres ein vertrautes Motorengeräusch. Als ich mich aus dem Wasser hob, entdeckte ich die *Gianna*, die rasch näher kam. Lorenzo, der vor dem Rad stand und über das Kajütendach Ausschau hielt, machte ein Zeichen, dass er uns gesehen hatte. Das Boot kam im Bogen auf uns zu und so nahe wie möglich an uns heran. Dann verlangsamte die *Gianna* ihre Fahrt und hielt mit einem weißen Schaumkamm vor dem Bug. Ich schwamm mit letzter Kraft dem Schiff entgegen. Lorenzo drosselte den Motor, mittlerweile lagen nur ein paar Meter zwischen mir und dem Schiff. Lorenzo rannte über das Deck und warf mir eine Leine herunter, an der ich Kazuo befestigte, bevor ihn Lorenzo mit mächtiger Anstrengung aus den Wellen zog. Kazuos Gesicht war von seinen schwarzen Haaren bedeckt, sein Körper war kälter als das Wasser, die nachschleifenden Füße wurden von der Strömung hochgerissen. Lorenzo klammerte sich mit den Knien hinter der Reling fest, und es gelang ihm mit meiner Hilfe, den Verunfallten an Bord zu zerren. Dann packte er auch mich unter den Armen und zog mich hoch. Ich fiel auf die nassen Planken, versuchte, mich aufzurichten, taumelte wie eine Betrunkene, bevor ich meine Tauchermaske herunterzerrte und zu Kazuo kroch. Seine Haut fühlte sich eiskalt an, sein Gesicht war bläulich verfärbt. Wird das Gehirn eine Zeit lang nicht mit dem nötigen Sauerstoff versorgt, kann es zu neurologischen Schäden kommen, die zur Lähmung führen; auch ein lebensbedrohender Lungenriss kann die Folge eines solchen Tauchunfalls sein. Lorenzo gab mir ein Zeichen, ich sollte ihn machen lassen. Er legte den Bewusstlosen flach, knetete seinen Brustkorb mit kräftigem Schwung, machte Mund-zu-Mund-Beatmung. Plötzlich ging ein heftiger Ruck durch Kazuos Körper. Er schlug die Augen auf, drückte Wasser und blutige Spucke zwischen seinen Lippen heraus. Dann rollte er sich auf die Seite und übergab sich, noch mehr Wasser, Schleim. Dabei verschluckte er sich immer wieder, röchelte und hustete. Als er sich etwas beruhigt hatte, beugte ich mich über ihn.

»Kazuo … kannst du sprechen?«

Er machte den Mund auf, schnappte gierig nach Luft, brachte jedoch außer einem Röcheln keinen Ton zustande. Meine Panik wuchs.

»Kazuo! Sag etwas! Wie fühlst du dich?«

Er starrte mich vage an, bevor endlich ein Schimmer von Bewusstsein in seine Augen trat. Seine Stimme war nur ein heiseres Flüstern.

»Saumäßig!«

»Hast du Schmerzen?«

»Ich … ich weiß nicht. Was war mit mir?«

Gott sei Dank, er war bei Verstand! Vor Erleichterung begann ich heftig zu zittern, wiegte mich zähneklappernd hin und her.

»Deine Flosse … ist hängen geblieben.«

»Ja …«, stammelte er. »Ich kam nicht los!«

Ich betrachtete unwillkürlich sein Bein und erstickte einen Aufschrei. Im Wasser war mir nicht aufgefallen, dass er verletzt war. An beiden Knien waren Blutergüsse, die in tiefe Fleischwunden ausliefen, große Schnitte, aus denen dunkles Blut sickerte.

»Er muss sofort in Behandlung«, sagte Lorenzo. »Keine Sorge, wir kriegen das schon hin!«

Er nahm sein Handy, rief im Krankenhaus an und erklärte, dass wir einen Tauchunfall gehabt hatten. Danach zog er sein Hemd aus, das er fest um die klaffenden Wunden zog, um den Blutfluss zu unterbinden. Inzwischen hatte Kazuo wieder etwas Farbe im Gesicht, aber seine Lippen waren noch blau. Während die *Gianni* Kurs auf die Dwejra Bay nahm, gab ich Kazuo Mineralwasser zu trinken, steckte ihm Traubenzucker in den Mund, schirmte ihn, so gut es ging, von dem starken Sonnenlicht ab. Bis wir die Küste erreichten, war Lorenzos Hemd schon dunkelrot vor Blut.

Es war längst Mittag, als die *Gianna* in den Hafen fuhr. Lorenzo legte an, befestigte die Leine. Wir hoben Kazuo mit vereinten Kräften aus dem Boot, stützten ihn den Weg bis zum Parkplatz hinauf. Wir legten den Verletzten hinten in meinen Wagen, ich breitete eine Decke über ihn aus. Dann setzte ich mich ans Steuer und fuhr hinter Lorenzo, der mit seinem eigenen Kleinwagen gekommen war, die staubige Landstraße hinauf, zurück nach Rabat. Verwirrt und aufgewühlt, wie ich war, beachtete ich Verkehrssignale nur mit Mühe. Etwas war in meinem Kopf, etwas, für das ich keine Erklärung fand. Später!, dachte ich. Später wirst du Zeit haben, dich mit dieser Sache zu befassen.

Das Craig General Hospital, mehrmals vergrößert und umgebaut, machte einen modernen, effizienten Eindruck, was auf Malta, Heimat des Johanniterordens, nichts Ungewöhnliches war. Während sich ein Arzt sofort Kazuos annahm, führte mich eine freundliche Schwester in einen Raum, wo ich mich endlich meines Neoprenanzugs entledigen konnte. Ich hatte Blutergüsse an Hüften und Schenkeln, und der Anzug war an verschiedenen Stellen zerschnitten, was ihn für die Zukunft unbrauchbar machte. »Scheiße«, murmelte ich immer wieder. »Oh, verdammte Scheiße!« Schlotternd und erschöpft zog ich Shorts und T-Shirt an, kämmte mich und wusch mein Gesicht. Dann schleppte ich mich in das Wartezimmer, wo bereits einige Leute saßen. Ich grüßte, wie es sich gehörte, und alle grüßten höflich zurück. Es roch nach Desinfektionsmittel und kaltem Essen, der übliche Krankenhausgeruch. Ich sah eine Kaffeemaschine und ging mit steifen Schritten auf sie zu. Ich steckte eine Münze ein, ließ mir einen Becher einlaufen und setzte mich abseits. Ich rührte im Kaffee, trank in kleinen Schlucken. Er schmeckte scheußlich, oder vielleicht bildete ich es mir nur ein. Der Zucker war unten im Becher festgeklebt, ich kratzte ihn mit dem Löffel los, geistesabwesend. Die Schwere in mir wuchs, mein Kopf, mein ganzer Körper, alles fühlte sich bleiern an, und jeder Muskel tat mir weh. Ein Knoten stieg in meinem Hals hoch, als ob ich weinen müsste und nicht konnte. Die Menschen, die im Warteraum saßen, unterhielten sich leise. Ich sah ihre Münder, die sich bewegten, aber kein Ton erreichte mich, kein Geräusch. Als mein Kopf nach hinten gegen die Wand fiel, schlief ich bereits.

## 22. *Kapitel*

Eine Hand, die sich auf meine Schulter legte, weckte mich. Ein Schatten schob sich zwischen mich und das Licht. Ich fuhr zusammen, richtete mich auf. Ich blinzelte benommen, sah in das freundliche Gesicht der Schwester und war sofort hellwach. Mein Nacken war steif und schmerzte. Ich stellte fest, dass ich allein im Wartebereich war. Wie lange saß ich schon da? Ein paar Minuten? Eine Stunde?

»Schlimm?«, fragte ich.

»Wissen Sie, am Anfang sah es nicht gut aus. Da war sein Kreislauf so herunter. Aber jetzt erholt er sich schnell. Wie lange war er unter Wasser?«

Ich rieb mir die Stirn.

»Eine ganze Weile.«

Sie nickte vielsagend.

»Sie kamen gerade rechtzeitig.«

»Und das Bein?«, fragte ich.

»Die Wunden mussten genäht werden. Die Klippen sind ja scharf wie Messer.«

»Wird er wieder gehen können?«

»Aber gewiss. Wir haben ja keinen Knochenbruch. Wollen Sie mit ihm sprechen? Wir gaben ihm ein Schmerzmittel, aber er ist bei Bewusstsein.«

Sie führte mich in einen Raum, gleich neben der chirurgischen Abteilung, wo man die Patienten nach der Narkose unter Beobachtung hielt. Kazuo lag da mit geschlossenen Augen. Sein Gesicht hob sich dunkel von dem weißen Kissen ab. Neben seinem Bett stand der Infusionsständer, eine Nadel steckte in Kazuos rechtem Arm. Er schien zu schlafen, doch als ich behutsam näher trat, schlug er die Augen auf und deutete ein Lächeln an. Neben dem Bett stand ein Stuhl, auf den ich mich müde setzte. Er bewegte die Hand; ich nahm sie, presste sie an seine Wangen.

»Besser?«, fragte ich leise.

Er antwortete mit matter Stimme.

»Beduselt.«

»Was war eigentlich?«, fragte ich.

»War es heute oder gestern?«

»Kannst du dich nicht erinnern?«

Er sprach langsam, die Augen ins Leere gerichtet.

»Ich glaube, es war heute. Korrekt?«

»Korrekt«, sagte ich, und er sprach weiter.

»Ich wollte mir eine Steckmuschel ansehen, eine von diesen ganz großen, du weißt schon … Ich glaube, dass mein Fuß dabei in eine Spalte rutschte. Und dann … saß ich fest.«

»Dein Flossenblatt war eingerissen.«

»Das hatte ich schon bemerkt. Aber ich dachte, das macht nichts.«

»Bricht die beschädigte Flosse seitwärts aus, erhöht sich das Risiko, dass du irgendwo hängen bleibst. Ich habe immer ein zweites Paar dabei.«

»Wie dumm, wie leichtsinnig ich doch war!«, sagte er voller Selbstvorwürfe. »Es tut mir ja so leid für dich!«

»Für mich braucht es dir nicht leidzutun.«

»Ich habe dein Leben in Gefahr gebracht.«

Übelkeit stieg in mir hoch.

»Nein. Nur dein eigenes Leben.«

Danach sagten wir eine ganze Weile nichts mehr. In mir war die Spiegelung von einem Bild, das ich irgendwo gesehen hatte. Vielleicht nur, weil ich den richtigen Winkel für ein Profil entdeckt hatte? Und ich dachte an irgendetwas, sah immer nur das Bild, das ich nicht beschreiben konnte, das vielleicht nur eine Empfindung gewesen war oder ein Phantom.

»Hast du Durst?«, fragte ich.

Das Wasser, das ich ihm brachte, war eiskalt. Ich half ihm, sich aufzurichten.

»Trink langsam«, sagte ich.

Er nickte. Ich hielt das Glas, damit er trinken konnte. Dann lehnte er sich wieder zurück.

»Wie hast du mich eigentlich gefunden?«

Da war es wie beim Auftauchen, wenn mein Kopf an die Oberfläche brach und Licht mit blendendem Schein in meine Augen fiel. Das verborgene Bild glitt heran aus dem Zwischenreich. Ich sah es, wie in einer Wasserkugel, mit einem Beigeschmack von Verwunderung und Erschrecken. Ich flüsterte:

»Moment mal … Moment mal jetzt …«

Ich suchte nach Sätzen, die sich nicht hirnverbrannt anhörten.

»Eigentlich wollte ich es dir erst später sagen …«

»Was denn?«

Ich hielt das Glas noch in der Hand.

»Sie war wieder da!«

Er wusste sofort, wen ich meinte.

»Redest du von Cecilia? Wo hast du sie gesehen?«

Ich entsann mich an die Stelle, wo es gewesen war, und schnappte nach Luft. Die Erinnerung raubte mir den Atem.

»Kannst du dir vorstellen, dass die Toten überall sind? Dass sie die Dinge wissen, die noch kommen?«

»Eigentlich ja.«

Eine Art Schleier verklebte meine Augen. Bindehautentzündung? Ich blinzelte den Schleier weg.

»Sie kam deinetwegen, Kazuo! Nicht zufällig, sondern mit voller Absicht. Du verdankst ihr dein Leben! Das musst du mir glauben!«

Er schüttelte leicht den Kopf.

»Ich glaube dir alles. Es wundert mich nur.«

»Es kam ja nur auf sie an«, sagte ich, »denn sonst …«

»Denn sonst was?«

Mein Hals war zugeschnürt. Ich würgte die Worte hervor.

»Stell dir vor, ich wäre nach oben geschwommen. Hätte dich gesucht und nirgendwo gesehen. Und Zeit dabei verloren. Schrecklich viel Zeit …«

Er fuhr mit der Zunge über die verkrusteten Lippen.

»Wäre es dann zu spät gewesen?«

Ich antwortete mit großem Nachdruck.

»Ja, ja, viel zu spät. Aber ich bin unten geblieben, Kazuo. Ich war viel zu sehr in Anspruch genommen von dem, was ich sah …«

»Hast du sie wahrhaftig gesehen?«

Ich bedachte prüfend die Frage und dann meine Erinnerungen.

»Ich … ich denke, dass sie nicht wirklich da war. Dass ich sie mir … in gewisser Weise … nur eingebildet habe.«

Ich zitterte nun am ganzen Leib, und die Tränen machten mich fast blind. Ich drehte den Kopf hin und her, wischte die Tränen mit den Schultern fort.

»Verflucht, oh, verflucht!«

Er lag still, den Blick in die Ferne gerichtet. Schließlich sagte er in völlig nüchternem Ton:

»Man kann über Cecilia den Schlaf verlieren.«

Wir tauschten ein schwaches Lächeln, bevor er sich aufrichtete, die Arme um mich schlang, festhaltend, bergend. In seinen langsamen, trägen Bewegungen erkannte ich seine Erschöpfung. Stumm und innig streichelte er mein Haar. Als sich nach einer Weile seine Finger lösten, hob ich den Kopf und sah, dass er eingeschlafen war. Leise stand ich auf und ging aus dem Krankenzimmer. Draußen im Gang traf ich Lorenzo. Er sah mein verweintes Gesicht, nahm meine Hand, behielt sie fest in seiner.

»Du brauchst keine Angst zu haben, Beata. Der Chirurg hat gute Arbeit geleistet. Wir haben oft ähnliche Unfälle. Glaub mir, ich kenne das.«

Ich lächelte ihn dankbar an.

»Du machst mir Mut. Wie lange wird er im Krankenhaus bleiben müssen?«

»Ach, nicht lange. Zwei oder drei Tage vielleicht. Morgen kann er schon die ersten Schritte machen. Und sobald die Wunden geheilt sind, muss er in die Therapie.«

Er sah mich mitfühlend an.

»Du siehst entsetzlich aus!«

»Ich fühle mich auch entsetzlich.«

»Weil du Beachtliches geleistet hast. Und nichts gegessen hast.«

»Ich kann nichts essen. Mein ganzer Magen ist verkrampft.«

»Komm!«, sagte er. »Nona wird sich gut um dich kümmern.«

Bis zu Lorenzos Haus waren es nur ein paar Schritte. Nona war bereits unterrichtet. Sie empfing mich, mütterlich besorgt, legte beide Arme um mich, führte mich ins Wohnzimmer. Weil ich mit den Zähnen klapperte, befahl sie mir, mich aufs Sofa zu legen. Sie schob mir ein Kissen unter den Kopf, breitete eine Decke über mir aus, in die ich mich schlotternd einwickelte. Inzwischen schlug Nona ein paar Eier in eine Pfanne, verrührte sie mit Pilzen und Speck. Der Salat stand schon in einer Schüssel bereit. Als Lorenzo und ich uns zu Tisch setzten – beide Jungen waren noch in der Schule –, spürte ich, wie ausgehungert ich war. Ich aß, als ob ich seit zwei Tagen gefastet hätte. Nona hatte ihr herrliches Brunnenwasser auf den Tisch gebracht. Lorenzo war ebenso ausgelaugt wie ich. Wir tranken nicht – wir soffen. Dann kochte Nona Kaffee und schnitt eine Pfirsichtorte an. Ich verschlang zwei große Stücke.

»Ich kann das verstehen«, sagte Lorenzo mit Nachdruck.

»Was?«, fragte ich. »Was kannst du verstehen?«

»Dass du Nonas Pfirsichtorte magst.«

Ich lachte ein wenig. Und weil ich mich zunehmend besser fühlte, erzählte ich Nona und Lorenzo von dem, was ich gesehen hatte. Beunruhigende Unklarheiten ließ ich nicht zu, ich brauchte für alles hieb- und stichfeste Beweise. Ich glaube, das war der Grund, warum ich redete.

»Jetzt bin ich natürlich darüber hinweg, aber ich möchte

meinen Seelenfrieden haben. Irgendwie erschüttert mich das Ganze sehr. Ich kann es nicht erklären. Was war es bloß? Eine Zwangsvorstellung? Eine übermäßige Reizbarkeit der Nerven?«

Doch vielleicht wusste Lorenzo die richtige Antwort. Er kannte die Ungerechtigkeit der Trauer, den Tod, der leise und erbarmungslos heranschlich. Niemand konnte ihn täuschen, er sprach ohne Pathos. Er besaß viel Lebenserfahrung.

»Denk nicht zu viel daran, Beata. Es gibt Dinge, die wir nicht im Griff haben. Ich habe schon oft bei Schwerkranken oder Sterbenden erlebt, dass sie die seltsamsten Dinge erzählen, bevor sie ganz ruhig werden und wie eine ausgebrannte Lampe verlöschen. Was ich damit sagen will: Es kann sein, dass wir in eine vertrackte Situation geraten und ein Ausweg nur möglich ist, wenn wir etwas Unvorhergesehenes auslösen. In solchen Momenten tut unser Gehirn immer von selbst das Richtige. Es kann unsere Rettung oder die Rettung eines Mitmenschen bedeuten.«

Nona nickte zu dem, was Lorenzo sagte. Ihre Augen waren so sanft wie ihre Stimme.

»Aber das können wir auch durch Beten erreichen. Es ist nicht Gott, der unsere Worte hört, es ist die eigene Kraft in uns.«

Sie stützte ihr rundes Kinn in beide Hände. Ihre großen, traumbefangenen Augen ließen nicht von mir ab.

»Wer einem Menschen das Leben rettet, übernimmt eine Verantwortung«, sagte sie mit ihrer verschleierten Stimme, die den Worten Zärtlichkeit und gleichsam eine Mahnung verlieh.

Und obwohl ich betroffen war, war es trotzdem das, was ich tief in mir selbst empfand. Meine Zweifel und Widersprüche lösten sich auf. Der Glaube, dachte ich, ist weder ein Segen noch ein Fluch, sondern eine Art fünftes Element, eine Zugabe zur Schöpfung. Der Glaube ist eine gesammelte Kraft, die etwas in Bewegung setzt, was längst in uns vorhanden ist, zwischen Instinkt und Bewusstsein, alles vermengt.

Endlich war ich so weit, dass ich auch von den Seegraswiesen berichten konnte, von den sich abzeichnenden Möglichkeiten. Hier war nun wirklich eine ganz neue Lage entstanden, von der noch gar nicht zu ermessen war, welche Chance sie mit sich brachte. Ich fragte Lorenzo, ob wir in Tommasos Boot noch einmal hinausfahren könnten. Ich hatte vor, einige Videoaufnahmen zu machen, die ich Annabel mailen wollte. Der nächste Schritt würde wohl sein, dass ich, mit Nonas Rat und Unterstützung, ein Projekt ausarbeiten würde, das dem Vorstand in New York dann vorgelegt werden müsste. Nona hörte zu, mit einem Ausdruck von Glückseligkeit und geheimnisvoller Melancholie; sie ließ mich an ein Kind denken, vor einem Tor stehend, das sich nur bei gewissen Gedanken öffnete – und jetzt plötzlich aufsprang und ihr eine Welt voller Wunder zeigte. Fast erschreckte mich ihre übersteigerte Freude, als ob es nicht gut gewesen wäre, mehr zu empfinden, als die bloße Vernunft es zuließ. Ich war versucht, sie in die Wirklichkeit zurückzuholen, sie zu warnen: »Um Gottes willen, Nona, welche Ahnung hast du vom Business? Hör auf, dir solche Hoffnungen zu machen!« Aber ich brachte es einfach nicht übers Herz. Sie gehörte zu den Menschen, die in ihrer eigenen Welt leben, die sich durch kein Vernunftargument entmutigen lassen. Ich wurde fast verlegen, als sie unvermittelt und gierig meine Hand packte und ich spürte, wie ihre Finger geradezu vor innerem Feuer brannten. Solche Zeichen gaben nicht nur der Freude Ausdruck; sie verrieten eine Art Besessenheit, als ob sie Träume in sich trüge, die mich zwangen, mitzuträumen. Vielleicht war sie nur von Trugbildern umgeben. Aber ich hatte inzwischen gelernt, dass man ganz gut mit ihnen leben konnte.

»Sei mir nicht böse, Nona«, sagte ich sanft, »denk immer daran, dass wir erst am Anfang stehen!«

Sie schüttelte lächelnd den Kopf. Es war bestürzend, das Frohlocken und die Zuversicht in ihrem Lächeln zu sehen. Ihre Stimme war tief und weich.

»Ich bin dir nicht böse. Du tust jetzt, was getan werden muss. Mein Traum wird wahr werden. Ich weiß es.«

Sie machte unentwegt Druck. Ich hätte am liebsten gekniffen.

»Wie kann sie da so sicher sein?«, fragte ich Lorenzo.

Er schüttelte fast belustigt den Kopf; aus seinen Augen sprach seine ganze Liebe zu Nona.

»Es ist einfach. Sie sieht Dinge, die wir nicht sehen können. Das liegt eben in ihrer Familie«, setzte er nüchtern hinzu. »Sie bezieht viel Trost daraus.«

Am nächsten Morgen brachte ich Kazuo die Tageszeitung, seinen Laptop und eine orangerote Rose. Er saß bereits aufrecht in den Kissen und lächelte mich an. Sein Gesicht, gestern noch müde und grau, wie abgemagert, zeigte wieder volle, glatte Konturen. Er sah ausgeruht und entspannt aus. Ich sagte:

»So gefällst du mir besser.«

»Ich habe gut geschlafen.«

Ich setzte mich zu ihm aufs Bett.

»Wir haben so allerhand erlebt, was?«

Er wirkte etwas betreten.

»Ich weiß nicht. Du sitzt da, als ob das alles gar nichts gewesen wäre.«

»Wie soll ich denn sonst da sitzen? Ist ja nun vorbei!«

»Mir steckt es aber noch verdammt in den Knochen«, sagte er.

»Hast du noch Fieber?«

»Etwas erhöhte Temperatur. Nicht der Rede wert.«

Ich hielt ihm die Rose hin.

»Sie duftet gut«, sagte er glücklich.

»Aromatherapie!«, erwiderte ich lachend.

Die Schwester hatte gesehen, dass ich mit einer Blume gekommen war, und brachte eine Vase. Als sie gegangen war, erzählte ich Kazuo, dass ich noch einen Tauchgang vorhätte, um die Seegraswiesen zu filmen. Sein Lächeln verschwand.

»Du willst gleich wieder tauchen?«

»Lorenzo bringt mich zu den richtigen Stellen und passt auf mich auf. Zufrieden?«

Er seufzte.

»Sind deine Flossen in Ordnung?«

»Nein. Voller Risse und Löcher. Deswegen schwimme ich nur mit Rettungsgürtel.«

Er lachte nicht.

»Es tut mir leid«, sagte ich. »Das war kein guter Witz.«

Dass er sich Sorgen machte, war im Augenblick nicht zu vermeiden. Ich zeigte ihm meine Unterwasserkamera, ein neues Modell, leicht und handlich, mit einer sehr leistungsstarken Beleuchtungseinrichtung.

»Die Sicht unter Wasser ist begrenzt, das Licht nimmt sehr schnell ab, und der Brechungsindex des Wassers ist hoch. Dieses Weitwinkelobjektiv ist besonders lichtstark.«

Während wir uns über die Kamera unterhielten, kam Dr. Sacco, der Chirurg, ein rundlicher Mann mit fröhlichen, warmen Augen. Er löste Kazuos Verband, um die Wunden zu untersuchen. Seine Hände waren leicht, sicher und flink. Kazuos Bein war blau verfärbt, und der Anblick der schwarzen Fadenstiche verursachte mir fast Übelkeit. Ich fand, dass das Bein schrecklich aussah. Doch der Arzt war zufrieden.

»Bis jetzt ist alles ganz normal. Die Wunden sind sauber. Ich schlage vor, dass wir noch ein oder zwei Tage warten. Dann können Sie das Krankenhaus verlassen. Die Schwester wird Ihnen zeigen, wie der Verband zu erneuern ist. Was Sie natürlich noch brauchen, ist Ruhe. Aber jeden Tag etwas gehen, ja? Damit die Muskeln trainiert werden. Und in zwei Wochen können Sie die Fäden entfernen lassen.«

Als der Arzt gegangen war, sagte Kazuo:

»Zwei Wochen Ruhe, wie stellt er sich das vor? Na schön, ich kann meine Berichte schreiben und sie an die Redaktion mailen. Und ich werde im ›Phönizia‹ anrufen, damit ich mein Zimmer behalten kann.«

Doch ich sagte:

»Warte noch, vielleicht finde ich eine andere Lösung.«

»Ich will dir nicht zur Last fallen«, sagte er. »Nach allem, was geschehen ist, wäre mir das wirklich nicht recht.« Ich spielte mit seiner Hand.

»Nona hat gesagt, wer einem Menschen das Leben rettet, übernimmt eine Verantwortung.«

»Ach, hat sie das gesagt?«

»Ich will hören, wie du darüber denkst.«

Er sah mich an, mit einem langen Blick.

»Im Grunde mag ich das gern, wenn eine Frau die Verantwortung übernimmt. Mariko konnte das nicht, ich musste alles für sie entscheiden. Ich fand das sehr alltäglich und langweilig.«

»Bei mir wirst du kaum die Wahl haben.«

»Du ahnst nicht«, sagte er, »wie mir das gefällt.«

Danach verließ ich ihn. Draußen, vor dem Wagen, schaltete ich mein Handy an. Mir schwebte seit vergangenem Abend eine Idee vor, aber ich musste zunächst mit meinem Vater darüber sprechen. Sein Wohlwollen war so sehr durch seine Laune bestimmt. Und diese wiederum hing von seiner Verdauung ab. Oder, noch trivialer, von den Aktienkursen und Dividenden.

Ricardo freute sich, mich zu hören.

»Schön, dass du anrufst, Beata. Nun, hast du Steckmuscheln gefunden?«

»Eine ganze Menge sogar. Und sehr große. Ich muss noch tauchen, um Aufnahmen zu machen.«

»Wann bist du wieder da? Am Freitag?«

»Es wird wohl gegen Abend werden. Was macht Francesca?«

»Ich sehe sie kaum. Wenn sie arbeitet, könnte sie ebenso gut auf dem Mond leben.«

Ich antwortete zerstreut. Ricardos Sinn für Anstand, Intimität und Verschwiegenheit waren für meinen Geschmack übertrieben groß. Hätte ich gelegentlich mit ihm über Privates gesprochen, wäre es mir gewiss leichter gefallen, mein Anliegen vorzubringen. Du bist ja schizophren, dachte ich, er spürt doch genau, dass du ihm etwas zu sagen hast. Ich gab mir innerlich einen Ruck.

»Ricardo, es tut mir leid, dich zu belästigen, aber ich muss dich etwas fragen. Ich habe mit einem Freund getaucht. Wir hatten einen Unfall. Ich habe ihn rechtzeitig retten können.«

»Hast du dich dabei in Gefahr gebracht?«

»Eigentlich nicht. Er war schon bewusstlos.«

Ricardo konnte sich ja denken, dass es eine furchtbar aufregende Sache gewesen war. Trotzdem – oder vielleicht gerade deswegen – verlangte er keine Einzelheiten zu hören. Seine Stimme klang unentwegt ruhig.

»So. Und wie geht es ihm jetzt?«

»Er liegt mit Schnittwunden im Craig General Hospital. Danach braucht er Ruhe, bis die Verletzungen geheilt sind. Ich werde einen Termin bei Dr. Lewis vereinbaren, damit er ihm die Fäden entfernt.«

»Ich sehe ihn morgen beim Tennis«, sagte Ricardo. »Soll ich das für dich erledigen?«

»Ja, danke. Das wäre nett.«

Ich ließ eine halbe Sekunde verstreichen, und dann sprach ich es abrupt aus.

»Wäre es möglich, dass mein Bekannter für diese Zeit bei uns statt im Hotel wohnt? Das Gästezimmer ist ja frei, und er hätte sogar ein Badezimmer. Was meinst du? Oder möchtest du lieber, dass ich ihm eine Unterkunft in der Stadt suche?«

Ich konnte spüren, wie Ricardo meine Worte erwog, die Absicht dahinter zu erkunden versuchte. Dann sagte er gleichmütig:

»Erzähl von ihm.«

Ich hielt es für das Beste, wenn ich mit dem Herkömmlichen anfing.

»Er ist Japaner und leitet ein Reisemagazin. Ich lernte ihn im Flugzeug nach Rom kennen. Ein paar Tage später rief er mich an. Er wollte über die japanische Gedenksäule berichten. Ich fuhr mit ihm zum Friedhof und zeigte ihm auch Gaetanos Grab.«

»Hast du mir seinetwegen die vielen Fragen gestellt?«

»Oh, das war nur eine Phase, die mit allem anderen zusammenhing«, sagte ich und dachte dabei an Francesca. »Aber natürlich war es nützlich für mich, dass ich einiges erfahren hatte.«

Nach wie vor klang Ricardos Stimme neutral.

»Hast du ihm gesagt, dass Gaetano von japanischen Seeleuten geborgen wurde?«

»Wir haben darüber gesprochen«, erwiderte ich, Ricardo unwillkürlich in seinem unterkühlten Ton nachahmend.

Danach fasste ich mich in Geduld. Wer sich mit Ricardo auf ein Gespräch einließ, benötigte starke Nerven. Er hatte eine vertrackte Art, eine Sache lang und breit zu überdenken, bevor er sein Orakel verkündete. Aber diesmal – und nach widerwärtigem Verstummen – überraschte er mich mit den Worten:

»Eigentlich hattest du immer ein gutes Auge, um Menschen zu beurteilen.«

Das war bedeutend mehr, als ich mir von ihm erhofft hatte. Ich sagte, betont heiter:

»Nun, ich bin eben eine glückliche Natur.«

»Spielt er Schach?«, fragte Ricardo.

An dieser Frage merkte ich, dass alles glücklich überstanden war. Mein Herz schlug heftig, denn ich war tief bewegt.

»Ich weiß es nicht. Ich werde ihn fragen.«

»Nun, es wird sich ja herausstellen.« Ricardo sprach gleichmütig. »In London hatte ich japanische Geschäftsfreunde. Es sind angenehme Leute zumeist. Ja, du kannst ihn mitbringen. Das mag zur Abwechslung nett sein.«

»Er wird dir gewiss Kostgeld zahlen«, sagte ich, um das Gespräch zu seiner vollkommenen Zufriedenheit zu beenden.

»Über Geld«, erwiderte er steif, »rede ich nur unter vier Augen.«

Ich schaltete mein Handy aus und dachte, gottlob haben

sich in Ricardos Kopf keine fixen Ideen gebildet. Viele Menschen ziehen sie wie ein Kleidungsstück über und behalten sie ein für alle Mal an, froh, ein Gehäuse für den ängstlichen Geist gefunden zu haben. Mein Vater hatte in seiner Einsamkeit gelernt, sich ein Bild von Menschen und den Dingen zu machen, noch bevor er sie kannte. Ich meinte, dass er wohl mit Kazuo gut auskommen würde.

In Djweira Bay wartete ich auf Lorenzo, der sich extra für mich freigenommen hatte. Er kam pünktlich und gut gelaunt; er hatte Kazuo kurz besucht und war froh, dass es ihm besser ging. Wir fuhren mit der *Gianna* hinaus. Es war eine gute Zeit zum Filmen, weil die Sonnenstrahlen bereits senkrecht ins Meer fielen. Das Wasser wurde hellgrün davon erleuchtet, und die Sicht war optimal. Als das Boot die richtige Stelle erreichte, zog ich meine langen Flossen über, machte die Kamera bereit und ließ mich in die ruhigen Wellen gleiten. Ich sah die Seegraswiesen im fahlen Dunst der oberen Wasserschichten sanft und geisterhaft wehen. Wer sich dem machtvollen, tiefgründigen Rhythmus des Meeres überlässt, sieht sich umgeben von unzähligen Leben, die auf gleicher Ebene zu existieren scheinen: Das Bewusstsein der eigenen Person erlischt. Das Meer ist die Wiege, in der alles begann. Seit Urzeiten, während sich die Formen des Lebens ihrer Umwelt anpassten, mit ihr kämpften und ihr mit der Kraft ihres Wachstums standhielten, bildeten sich die Formen und Wesen, zu denen auch die Menschen gehören, verloren und schwach in der Unendlichkeit der Ströme. In der grünen Tiefe waren wir keine isolierte Substanz mehr, sondern, wie alle anderen Kreaturen auch, ein Teil der Mutter See, die uns alle geboren hatte. Denn die Schöpfung war ein permanenter dynamischer Vorgang und niemals abgeschlossen. Während ich die Seegräser filmte, spürte ich am eigenen Körper die Strömung, die mich mit allen Halmen in die gleiche Richtung zog. Manchmal legte ich meine Hand auf eine Steckmuschel, um das Größenverhältnis ins Bild zu bringen. Auf diese Weise brachte ich mehrere Tauchgänge hinter mich, filmte zusätzlich einen fast zwei Meter langen Conger-Aal, der sich umständlich in seiner Höhle verkroch, einen seltenen roten Feuerwurm, Seeanemonen mit besonders fleischigen Armen sowie vorbeiziehende größere Fische und die silberne Spur, die sie im Hell-Dunkel zurückließen.

Auf diese Weise drehte ich mehrere Sequenzen, die zeigten, wie gesund die Unterwasserwelt hier noch war. Ich filmte auch einige der Steinblöcke auf dem Grund. Dabei kam mir der Gedanke, das Halbrelief mit der Frauenfigur ins Bild zu bringen. Ich suchte ziemlich lange und vergeblich die Klippen ab. Nichts erkannte ich wieder. Die Wahrheit war wohl, dass ich in meiner Verwirrung nicht fähig gewesen war, mir die richtige Stelle zu merken. Nach einer Weile gab ich es auf, tauchte empor und schwamm auf das Boot zu. Ich hatte genug Filmmaterial und fand, dass ich Lorenzo schon viel zu lange beansprucht hatte. Als ich mich bei ihm deswegen entschuldigte, erwiderte er, ich solle mir keine Gedanken machen.

»Ich tue das alles für Nona. Wenn sie glücklich ist, bin ich auch glücklich.«

Ich fuhr zum Hotel, duschte ausgiebig, wusch und föhnte mein Haar. Danach suchte ich das Restaurant auf. Ich bestellte eine Pizza und einen richtig guten Salat, mit schwarzen Oliven und getrockneten Tomaten. Ich aß mit Appetit und ohne Hast. Nach einem doppelten Espresso fühlte ich mich wieder in Hochform und machte mich auf dem Weg zum Krankenhaus.

Kazuo saß am offenen Fenster, mit zwei Kissen im Rücken, und hatte den Laptop vor sich. Als ich ins Zimmer trat, nahm sein Gesicht einen erleichterten Ausdruck an.

»Wie geht's dir?«, fragte ich munter.

»Danke. Seit einer Sekunde sogar ausgezeichnet.«

Ich setzte mich zu ihm.

»Hast du dir Sorgen gemacht?«

»Dein Job ist bescheuert«, sagte er.

»Ach was. In Valletta gibt es Apnoeseminare. Ich werde dich anmelden.«

»Muss ich in Zukunft, nachdem ich mit knapper Not entkommen bin, wie ein Fisch unter Fischen leben?«

»Du wirst dieses Leben bald nicht mehr missen wollen.«

Er verdrehte die Augen.

»Inzwischen hat man mir statt Flossen eine Krücke gebracht.«

»Das ist immerhin ein Anfang. Und dein Bein? Tut es weniger weh?«

»Es zieht noch.«

»Wie lange will dich Dr. Sacco noch dabehalten?«

»Er meint, dass ich schon morgen raus kann. Übrigens muss ich das Hotel wechseln. Ab Sonntag haben neue Gäste gebucht, und im Phönizia ist nichts mehr frei.«

»Tja«, sagte ich gut gelaunt, »das ist wieder einmal etwas, woran ich schon vorher gedacht habe. Du hast bereits eine Unterkunft.«

»Oh«, rief er erfreut, »in welchem Hotel denn?«

»Bei mir zu Hause«, sagte ich. »Nicht in meinem Zimmer zwar, das wäre zu viel für Ricardo. Ein Stockwerk höher. Du hast allerdings nur eine Dusche. Macht dir das was aus?«

Er setzte sich auf und fiel sogleich lachend und hustend wieder zurück. Er hatte seine Schmerzen vergessen.

»Beata, du bist wirklich unglaublich! Was sagt denn dein Vater dazu?«

»Stell dir vor, der freut sich sogar. Sein Leben ist gegenwärtig sehr langweilig.«

»Weiß er, wie wir zueinander stehen?«

»Wir haben darüber nicht geredet. Aber er weiß es.«

Kazuo tastete nach dem Wasserglas.

»Ach, das ist sehr japanisch.«

»Übrigens will er wissen, ob du Schach spielst.«

Kazuo trank einen Schluck.

»Ein verstorbener Onkel von mir trug den Titel Lehrer des

Geisteskulturspiels ›Go‹. Das ist auch so eine Art Schach. Als ich ein Junge war, hat er mir einiges beigebracht. Aber ich bin nicht sehr begabt, fürchte ich.«

»Dann gib dir mal Mühe.«

»Oh, ich lasse ihn gern gewinnen.«

»Bloß nicht! Ricardo schätzt scharfe Gegner. Sonst hat das Spiel ja keine Würze für ihn.«

Kazuo lag eine Weile still da, holte tief Atem und sagte:

»Ich werde ihm natürlich Kostgeld zahlen.«

»Ricardo war vierzig Jahre lang Bankier. Über Geld redet er nur unter vier Augen.«

»Ach so. Und wie steht's mit Francesca?«

»Du wirst sie mögen, denke ich. Aber auch, wenn du sie nicht mögen solltest, ist sie eine interessante Frau.«

»Dann wird es also etwas … schwierig sein?«

»Am Anfang vielleicht. Bei ihr weiß man das nie im Voraus. Du musst sie einfach nehmen, wie sie ist.«

Kazuo hustete noch einmal.

»Danke für die Warnung. Was mache ich, wenn sie mich vor die Tür setzt?«

»Das wird sie nicht tun. Gefällst du ihr nicht, verschwindet sie in ihrem Atelier. Aber sie wird nichts gegen dich haben, da bin ich ganz sicher.«

»Wie kannst du darin so sicher sein?«

»Sie ist scharfsinniger als ich und war auch viel früher selbstständig. Sie wurde auch nicht so verwöhnt. Sie ist so herrlich unangepasst. Malen ist für sie ein Ausdruck von Willensstärke, ein Akt des Vorwärtskommens.«

Er nickte vor sich hin.

»Ich glaube«, sagte er langsam »dass ich sie mögen werde.«

Ihm konnte nichts Peinliches geschehen, er würde auch nie versuchen, andere vor den Kopf zu stoßen, denn er besaß jene Höflichkeit, die Nachsicht und Geduld gewähren. Mein Vater war ganz anders, viel schwermütiger; das Alleinsein hatte seine Kraft überstiegen. Und trotzdem waren sich beide Männer in ihrer freundlichen Zurückhaltung ähnlich. Sie gehörten zu den Menschen guten Willens, Menschen, die so wertvoll waren in unserer abgebrühten, gefühlskalten Welt.

Lorenzo, Nona und die Jungen kamen, um sich von uns zu verabschieden. Nona war sehr heiter, wohl hauptsächlich wegen ihres starken Glaubens an mich. Entweder sah sie wahrhaftig in die Zukunft oder sie wollte es mir leicht machen. Sie schien es als Tatsache anzusehen, dass Azur gleich morgen auf das Projekt eingehen und dass ihre Traumgestalt – die Fremde mit dem Rucksack – in Bälde vor ihrer Tür erscheinen würde, Vorläuferin der vielen jungen Frauen, die sie in die Geheimnisse der Muschelseide einweihen wollte. Ihre Einfalt rührte mich, obwohl sie mich auch erschreckte. Sie hatte natürlich keine Ahnung von der hierarchischen Dynamik eines multinationalen Konzerns. Azur war ein Abbild unserer Gesellschaft, nicht besser und auch nicht schlechter. Alle Entscheidungen hatten finanzielle Konsequenzen. Man würde das Projekt nur gutheißen, wenn die Kombination von Prestige und Business stimmte. Doch weder Lorenzo noch Nona ließen sich von ihrer Zuversicht abbringen. Was bei ihnen zählte, war die Bereitschaft, der gute Wille. Sie würden ihrer üblichen Beschäftigung nachgehen in der sicheren Überzeugung, dass das Schicksal, die Vorbestimmung oder was auch immer ihnen gut gesinnt war. Und Nona sagte abschließend:

»Ich liebe die Muschelseide zu sehr, um noch mehr Zeit zu vertrödeln.«

»Fühlst du dich überfordert?«, fragte mich Kazuo, als sie gegangen waren.

»Ach ja, und wie!«, gab ich zu. »Ich bin mit dem Thema Ehrlichkeit sehr zurückhaltend. Azur steckt doch kein Geld in eine Sache, die sich nicht lohnt. Nona und Lorenzo machen sich ja keinen Begriff von dem, was auf dem Spiel steht.«

»Ich mag Menschen«, sagte Kazuo, »die sich nüchterne Wahrheiten freundlich anhören, aber nach wie vor in ihren Utopien leben. Und am Ende, wer weiß?«

Ich hatte bereits die Fähre reserviert, und in der Mittagszeit reisten wir ab. Kazuo humpelte auf einer Krücke, fühlte sich aber wieder ganz wohl. Es machte mir nichts aus, mich um alles zu kümmern, das war seit vielen Jahren eine Sache, die ich perfekt konnte. Die Rückreise verlief ohne Zwischenfall; es wehte ein angenehm kühler Wind; vom Deck aus hörten wir, wie die Motoren ansprangen, und sahen, wie die Insel sich allmählich im zerfließenden Sonnenlicht auflöste.

Am späten Nachmittag waren wir in Valletta, fest eingekeilt in eine lange Schlange von Wagen, die mit der hierorts üblichen Nonchalance abbogen und Kurven schnitten, wobei sie allerdings – von langjähriger britischer Disziplin geprägt – vor jeder roten Ampel gehorsam warteten. Mit meiner Zubringergenehmigung konnte ich in die Fußgängerzone fahren und vor unserem Haus halten. Kazuo sollte sich zunächst ausruhen, bevor wir seine Sachen im Phönizia holen würden. Nichts eilte, sein Zimmer war noch für zwei Tage gebucht.

»Du musst jetzt ein paar Treppen steigen«, sagte ich zu Kazuo, als Domenica, die uns mit glücklichem Lächeln und ausdrucksvollen Summtönen begrüßt hatte, Kazuos Tasche in das dunkle Vestibül trug. Kazuo blickte skeptisch nach oben und meinte, das würde als Übung genau richtig sein. Ich half ihm die Stufen hinauf; als mein Vater ihm auf der Schwelle seines Arbeitszimmers entgegenkam, stand er ziemlich fest auf seiner Krücke. Ich übernahm das Vorstellen. Kazuo verbeugte sich, zog etwas umständlich seine Visitenkarte hervor und überreichte sie Ricardo, der sie nach japanischer Art mit beiden Händen entgegennahm.

»Sie können dieses Haus als das Ihre betrachten«, sagte Ricardo in seiner altmodischen Höflichkeit. »Aber für die Gastfreundschaft werden Sie bezahlen müssen, indem Sie mir – dann und wann – Gesellschaft leisten. Ich habe mich von den Geschäften zurückgezogen, höre aber bisweilen gern, was draußen in der Welt so geschieht.«

Kazuo bedankte sich, verbeugte sich pflichtschuldig ein zweites Mal, wobei er leicht auf seinem verletzten Bein schwankte. Ricardo war sofort bei ihm, stützte ihn und führte ihn in sein Arbeitszimmer, das nach der Hitze draußen angenehm dunkel und still war.

»Haben Sie noch Schmerzen?«

»Es ist vorbei, es tut nicht mehr weh«, sagte Kazuo, um ihm eine Freude zu machen. Er setzte sich mit leichter Grimasse in den Sessel, den Ricardo für ihn zurecht schob.

»Sie hatten Glück«, sagte dieser, »dass meine Tochter in der Nähe war.«

»Ich verdanke ihr mein Leben«, erwiderte Kazuo.

Ricardo nickte.

»Ja, sie ist groß und stark und verliert selten die Nerven.«

»Oh, ich war ganz schön aus der Fassung«, erwiderte ich etwas verlegen. »Ich hatte noch nie zuvor jemanden gerettet.«

»Na ja«, sagte Ricardo betont gelassen, »immerhin hattest du theoretischen Unterricht.«

Er trat auf das kleine Barschränkchen zu, stellte Gläser mit behutsamen Gesten in eine Reihe.

»Ich nehme an, dass Sie hungrig sind, und habe Domenica gebeten, das Essen heute früher aufzutragen. Was möchten Sie trinken? Whisky oder Gin? Ich habe auch guten, kühlen Weißwein, wenn Sie ihn lieber mögen.«

»Eigentlich hätte ich jetzt gern ein Glas Wein«, sagte Kazuo.

Ich sagte, dass ich den Wagen in die Garage bringen wollte, kam dann zurück und machte mich etwas frisch, bevor ich mich wieder zu den Männern gesellte. Ich fand beide, wie sie sich angeregt über Private-Equity-Fonds unterhielten. Dass Ricardo den Gast tatsächlich zu mögen schien, beruhigte mich, denn er schenkte seine Freundschaft keineswegs jedem. Er würde jetzt über Bankgeschäfte, Politik, Philosophie, über die Lebensformen auf Malta und in der übrigen Welt mit ihm sprechen. Und natürlich würde er Schach mit ihm spielen und die ersten Partien unweigerlich gewinnen, bis Kazuo seine

Tricks heraus hatte. Ich stellte selbst mein Getränk zusammen: Limonade, etwas Gin, Zucker und Zitrone. Inzwischen ließen sich Kazuo und mein Vater in ihrem Gespräch nicht stören, und ich drehte meinen Kopf nach rechts oder links, ohne mich einzumischen. Ich war zufrieden und ruhig, alles lief ja bestens. Ich entdeckte, dass mein Vater und Kazuo sich keineswegs auf ungleicher Basis begegneten und zwischen ihnen ein zartes, sicheres Gefühl im Entstehen war, eine Anziehungskraft, anders im Ton zwar, doch ähnlich an Intensität. Darüber hinaus pflegten beide eine bestimmte, zum rein Geistigen hin strebende Gesinnung, ein Bestreben, die Lebensform in dem zu suchen, was echt war und von guten Manieren geprägt. Dann, als Domenica etwas später meldete, dass das Essen bereitet sei, fragte mein Vater, ob Francesca auch zu Tisch kommen wollte. Wir erfuhren, dass sie uns durch ihre Gesellschaft ehren würde, aber noch einen Augenblick brauchte, um sich zurechtzumachen.

»Stellen Sie sich vor«, sagte Ricardo zu Kazuo, »dass ich sie seit zwei Tagen nicht gesehen habe. Sie arbeitet sehr intensiv, lässt sich das Essen in ihr Zimmer tragen und kommt erst zum Frühstück, wenn ich schon auf dem Weg zum Country Club bin. Immerhin habe ich ihr ausrichten lassen, dass wir Besuch haben. Wahrscheinlich ist sie neugierig.«

»Sie war in Japan, nicht wahr?«, sagte Kazuo.

»Ein paar Mal, soviel ich weiß. Aber das wird sie Ihnen gewiss selber erzählen.«

»Wenn sie gut aufgelegt ist«, brummte ich, eine überflüssige Zwischenbemerkung, die Kazuo mit einem Blinzeln registrierte, Ricardo jedoch unbeachtet ließ.

Der Augenblick dauerte zehn Minuten. Dann öffnete sich die Tür, und herein trat – ohne anzuklopfen – Francesca. Dabei verweilte sie ein paar Atemzüge lang an der Schwelle, als folge sie den Anweisungen einer untadeligen Regie. Sie trug Rot, wie immer; ein leichtes Gewand, das hochgeschlossen war, um ihren welken Hals zu verdecken. Sie hatte genau den richtigen

Zeitpunkt gewählt, um sich in ästhetischer Form in Szene zu setzen, als sei sie selbst ein zeitgenössisches Kunstwerk, das es zu dechiffrieren galt. Ja, perfekt, dachte ich, aber, verdammt, was willst du damit erreichen, Francesca? Draußen waren die alten Häuser noch in tiefes, von Sonnenlicht gesättigtes Orange getaucht, aber im Raum war es bereits schattig-dunkel geworden, und die altmodischen Muranolampen mit den matt gewordenen Vergoldungen brannten in ruhigem Schein. Das auf diese Weise entstandene Hell-Dunkel verlieh Francescas Auftritt eine ganz besondere Dramatik. Ihr makellos gepudertes Gesicht, das lackschwarze, hochgesteckte Haar, die stark geschminkten Augen verwandelten sie in eine Art Fabelwesen, im Zwielicht eingefangen wie ein Bild hinter Glas. Mit gelassener Ruhe trat sie näher, sich ihrer Wirkung voll bewusst, und bei jedem Schritt leuchtete ihr Gewand im wechselnden Spiel der Falten aprikosenfarben und rubinrot. Beide Männer hatten sich erhoben, Kazuo allerdings mit einiger Mühe. Mein Vater schickte sich an, Francesca zu ihm zu führen, erklärte, dass Kazuo einen Unfall gehabt habe und für ein paar Tage in unserem Haus zur Rekonvaleszenz wohnen würde. Er nannte Kazuos Namen; aber noch während er sprach, starrte ihm Francesca mit kalter, nahezu frecher Aufmerksamkeit auf die Lippen, als fiele ihr unangenehm auf, dass er Kazuos Namen stümperhaft aussprach, und hielte ihre boshafte Bemerkung dazu nur mit Mühe zurück. Doch fast im gleichen Atemzug blieb sie stehen, wo sie war. Statt Kazuo zu begrüßen, richtete sie mit rauer, brüchiger Stimme das Wort an ihn, wiederholte seinen Namen, jedoch mit einer ganz anderen, im Gegensatz zu meinem Vater eindeutig japanischen Betonung.

»Kazuo Imada? Woher kommen Sie? Ihr Name steht nicht auf meiner Liste.«

Und bevor Kazuo, starr vor Überraschung, eine Antwort hervorbrachte, krochen Francescas Hände, leicht gespreizt und knochig wie Flügel, aus dem roten Ärmeln hervor. Sie atmete schwer, wie erschauernd, machte traumwandlerisch einige

Schritte auf das Sofa zu, das sie jedoch nicht erreichte. Auf halbem Weg drehte sie leicht seitwärts ab, knickte zusammen. Wie bei einer Stoffpuppe schwang ihr Kopf auf merkwürdige Weise herum. Ihr Gewand ging nieder in sinkendem rotem Geflatter. Sie fiel, während ihre Hände, im vergeblichen Versuch, sich irgendwo zu halten, fahrig über eine Reihe alter Bücher tasteten, die sie bei ihrem Sturz zu Boden riss.

# 23. *Kapitel*

Mit Hilfe von Domenica, die erschrocken herbeigeeilt war, hob ich Francesca auf und trug sie auf das Sofa. Kazuo stand stumm und betroffen da. Mein Vater stammelte, dass er sofort Dr. Lewis anrufen wollte. Während er den Hörer abnahm und die Nummer der Praxis wählte, benetzte ich Francescas Gesicht mit etwas Wasser. Domenica brachte ein Fläschchen Minzextrakt. Sie tupfte einige Tropfen auf Francescas Schläfen, hielt ihr das Fläschchen unter die Nase. Inzwischen kritzelte mein Vater einige Worte auf den Notizblock und legte den Hörer wieder auf. Er sagte, dass in Dr. Lewis' Praxis nur der Anrufbeantworter eingeschaltet sei, der die Nummer des Notfalldienstes angab. Er wollte sofort den Krankenwagen bestellen, doch Francesca kam bereits wieder zu sich. Ihre Augen schwammen, und auf ihrer Wange zeigte sich eine Prellung, die sie sich bei ihrem Sturz zugezogen hatte. Kazuo stand dicht neben mir hinter einem Lehnstuhl, den er mit beiden Händen umklammerte. Er sah mich hilflos an und murmelte:

»Ich glaube, ich sollte doch lieber im Hotel übernachten…«

»Warte«, sagte ich halblaut.

Francesca stöhnte leicht auf, versuchte sich aufzurichten. Dabei zeigte ihr Gesicht eine Art Zorn, eine widerspenstige, wilde Verzweiflung. Tastend setzte sie sich auf, zog ihren Kragen, den ich geöffnet hatte, wieder zu. Immer noch liegend, starrte sie an mir vorbei auf Kazuo, wobei sie sich auf die Seite wälzte und die gewölbte Hand über die Augen legte, als sei ihr das letzte Tageslicht zwischen den Vorhängen zu viel.

»Sumimasen«, flüsterte sie heiser, und ich erkannte das japanische Wort für Entschuldigung. »Ich habe einen Augenblick geglaubt …«

Sie sprach den Satz nicht zu Ende. Kazuo verbeugte sich leicht, ließ Francesca wissen, dass ihn ihr sonderbares Verhalten nicht kränkte. Inzwischen war es ihr gelungen, sich ganz aufzusetzen. Sie atmete in schweren Stößen, und ihre Augen schimmerten wie trübes Glas. Und plötzlich quollen, während ein Beben über ihr Kinn lief, zwei Tränen unter den zuckenden Lidern hervor. Mein Vater räusperte sich, äußerst verlegen, und reichte ihr ein Taschentuch. Sie riss ihm das Taschentuch aus der Hand, putzte sich die Nase, wischte sich mit den Tränen gleichzeitig auch die schwarze Schminke von den Augen. Ricardo blickte hilflos auf sie hinab.

»Francesca, soll ich den Notarzt bestellen?«

Sie zerknüllte ihr Taschentuch, erwiderte sein verlegenes Anstarren mit einem wütenden Blick.

»Lass den Notarzt aus dem Haus, der fehlte gerade noch!«

Eine Weile saß sie unbeweglich da; nur ihr Atem rasselte. Dann drehte sie sich ungelenk zur Seite, setzte beide Füße auf den Boden. Dabei murmelte sie unentwegt vor sich hin, den Blick auf Kazuo gerichtet.

»Verstehen Sie? Ich … ich habe immer gehofft, es werde ein Wunder geschehen und ich fände die Kraft, es zu ertragen. Aber es konnte ja nicht sein. Das wäre ganz und gar unmöglich!«

Sie sagte das mit so tiefer Überzeugung, dass Kazuo, der ebenso wenig wie ich verstand, worüber sie denn eigentlich redete, unwillkürlich dazu nickte.

»Bleib lieber sitzen«, rief ich ihr zu, als sie sich auf die Sofalehne stützte. Sie warf mir einen argwöhnischen Blick zu, sah, dass ich ihr wohl wollte, und ließ ein bitteres Lachen hören, das wie ein Schluchzen klang, bevor sie sich erneut an Kazuo wandte.

»Sehen Sie, ich hatte ja nichts in der Hand. Nur die paar Namen, die übrig blieben. Hundertmal sprach ich bei irgendeinem Standesamt vor, strapazierte Übersetzer, wühlte in Urkunden. Ich wusste – nach so vielen Jahren, und erst recht nach dem Krieg –, dass, um das zu tun, Heroismus erforderlich war, nicht mehr und nicht weniger. Hundertmal habe ich mich bemüht, ohne dass es mir je gelang …«

Sie stockte, biss sich hart auf die Lippen.

»Ich tat, was ich tun zu müssen glaubte, auf hartnäckige Weise. Weil es eben in meiner Natur liegt. Und ich bereue nichts. Man verliert noch mehr Zeit, wenn man anfängt, solche Dinge zu bereuen. Aber ein Wunder erwarte ich nicht mehr. Ich will auch nicht weinen, es nützt ja nichts. Und mich umbringen? In meinem Alter? Das wäre idiotisch, finden Sie nicht auch?«

Sie starrte Kazuo an, als ob sie irgendeine Antwort von ihm erwartete, und Kazuo murmelte pflichtschuldig, doch, ja, das finde er auch. Inzwischen versuchte Francesca, auf die Beine zu kommen, zog sich immer wieder hoch, mit einem kleinen Ruck, schaffte es jedoch nur mit meiner Hilfe. Ihre Haut fühlte sich klamm an, sie roch nach altem Schweiß, ein Geruch, den ich zum ersten Mal an ihr wahrnahm. Ich sagte:

»Dir täte jetzt eine Tasse Tee gut.«

»Nein. Ich will noch arbeiten.«

Ich deutete mit dem Blick in Richtung Esszimmer und nickte meinem Vater zu.

»Ihr könnt schon anfangen. Ich komme gleich.«

Gemeinsam stieg ich mit Francesca die Treppe hinauf; sie atmete stoßweise und lehnte sich am Anfang schwer an mich, bevor ihr Schritt allmählich fester wurde. Und als wir vor ihrem Zimmer standen und ich die Tür öffnen wollte, gab sie mir auf halbem Weg zur Klinke einen heftigen Schlag auf das Handgelenk.

»Nach oben, habe ich gesagt!«

Der Hieb war recht schmerzhaft gewesen. Ich wurde allmählich ungehalten.

»Francesca, du solltest dich ausruhen, du siehst mies aus …«

Ihre Augen, durch die Wimperntusche gespenstisch vergrößert, funkelten mich an, bevor sie mir zulächelte. Ihr Lächeln prägte sich mir als das Unheimlichste ein, das ich je gesehen hatte, weil es gleichzeitig so verloren, trotzig und angriffslustig war.

»Mir fehlt nichts! Los, komm jetzt!«

Sie packte mich am Arm, zerrte mich mit sich. Ich versuchte vergeblich, ihre umklammernden Finger zu lösen.

»Francesca, du tust mir weh!«

Sie schüttelte gehässig den Kopf, zog mich die Treppe hinauf, legte nicht einmal eine Verschnaufpause ein. Was ging in ihr vor? Ich misstraute ihr sehr, war auf alles Mögliche gefasst, hatte jedoch im Umgang mit Irren keine Übung. Verschreckt und verärgert stieg ich hinter ihr her, bereit, sie aufzufangen, falls sie das Gleichgewicht verlöre. Endlich erreichten wir das düstere Stockwerk unter dem Dach. Francesca tappte durch den schmalen Eingangsflur, stieß die Tür zu ihrem Atelier auf. Ihre tastenden Hände fanden den Schalter. Licht flammte auf. Ich trat hinter ihr in den Raum. Ein Geruch nach Farbe und irgendwelchen Lackmixturen schlug mir ins Gesicht, ein Geruch, den ich als solchen nicht wahrnahm, denn das, was ich sah, nahm mir fast den Atem. Die fertigen Bilder hoben sich hell und geradezu leuchtend im diffusen Licht ab, mehr oder weniger scharf umrissene Rechtecke und Vierecke, die an der Wand lehnten. Manche lagen auf dem Fußboden verstreut, schimmerten klebrig und feucht. Das eine, das große auf der Staffelei, direkt unter dem Dachfenster und an der Klemmvorrichtung befestigt, hatte Francesca noch in Arbeit. Die Farben – Acryl auf Leinen – waren nicht trocken, die Form in der Mitte des Bildes, eine Art schwarzer Strudel, unvollendet. Was die Bilder eigentlich darstellten, vermochte ich im ersten Moment nicht zu begreifen. Stellten sie überhaupt etwas dar? Nur die Farben waren mir vertraut, diese Bronze, dieses eigenartige Blau, dieses ganz besondere, rosa schimmernde Grün. Es waren die Farben der Muschelseide, die lebendigen Farben des Meeres. Doch die Schatten auf den Bildern schufen eine Perspektive, die den Blick von links nach rechts – oder umgekehrt – über die Leinwand zog, die Wellenkämme entlang, die stets im oberen Teil der Gemälde angedeutet waren, sodass in Augenhöhe die unteren Tiefen erkennbar wurden. Dort schwebten gespenstische Formen durch das Grün und das Blau, undefinierbare Klumpen, die an aufgeschlitzte Leiber und abgehackte Gliedmaßen denken ließen, verfault bereits und zu Muschelwerk zerstoßen, umflossen von dem Seidenglanz strömenden Wassers. Gelegentlich waren am oberen Teil des Bildes ein eisfarbener Mond oder eine wild lodernde Sonnenkugel sichtbar, während die dahintreibenden Formen Gesichter zeigten, die nur Umrisse waren, und Augen wie schwarze Löcher. Dann wieder schienen die zerfetzten Etwas sich in Quallen zu verwandeln, in Fische oder in jene Wesen unbekannter Art, die sich auf dem Meeresgrund mit nachschleifendem Funkenschweif bewegten …

Ein Frösteln überlief mich, als mir endlich bewusst wurde, was ich da eigentlich sah. Ich legte die Hand auf den Mund, erkannte die Gestalten von Ertrunkenen, die so lange dem Meer überlassen waren, bis sie selbst zu Wasserwesen geworden waren, hingegeben der Kraft der Sonne und des Mondes. Die Fluten schwollen heran, die Verstorbenen trieben in ihrer Wasserhülle dem freien Meer entgegen. Dabei enthüllten die Bilder einen Gedanken, den ein Dichter, dessen Name mir entfallen war, mit den Worten ausgedrückt hatte: »Das Meer ist der Beweis, dass Gott weinte, bevor er die Menschen schuf.« Aber das Wunder dieser Bilder war, dass sie nicht Abscheu vermittelten, sondern Ruhe, nicht Entsetzen, sondern Versöhnung und Frieden. Aus der brutalen Wirklichkeit hatte die Künstlerin etwas Edles gemacht; ihre Bilder sprachen eine sanfte Sprache. Sie zeigten Schmerz und Verwesung als Muster des letztlich Hinzunehmenden und den Tod kristallklar wie das Meer, nachdem es alles Blut in Wasser verwandelt und alle Stürme besiegt hat, zum lichtdurchströmten Grab geworden ist, zur ursprünglichen Heimat, zu einem Ort der Wiedergeburt, an dem alles Leuchten erwacht …

»Ach … Francesca!«, entfuhr es mir. Es waren meine ersten Worte, seitdem ich in ihrem Atelier stand. »All diese Bilder in so kurzer Zeit! Du musst ja Tag und Nacht gearbeitet haben.«

Ihre Antwort kam ohne jegliches Zögern und vollkommen sachlich. »Ja, es war in letzter Zeit etwas viel für mich. Aber ich stelle im Oktober im Saint James Cavaliers Centre aus. Es macht mich krank, aber ich muss rechtzeitig fertig werden.«

Ich schluckte.

»Was sagt Ricardo denn zu den Bildern?«

»Er steckt seine Nase nicht in mein Atelier!«, fauchte sie. »Wie käme er dazu?«

Sie hatte ihren Malkittel übergezogen und war dabei, ihre Palette vorzubereiten. Ich versuchte ein letztes Mal, sie zur Vernunft zu bringen.

»Himmel, Francesca! Du bist nicht mehr jung. Willst du nicht lieber …«

»Ich weiß, dass ich eine alte Frau bin«, zischte sie. »Mach dich bloß nicht lustig über mich! Arbeiten – das ist das Mindeste, wozu ich noch verpflichtet bin. Kannst du ruhig sein, wenn du etwas zu tun hast und noch nicht fertig bist?«

»Eher nicht«, gab ich demütig zu.

Ich wandte mich um, wollte das Zimmer verlassen. Da legte sie ihre Palette auf den kleinen Tisch, der neben der Staffelei stand, schlug sich mit der geballten Faust an die Stirn.

»Jetzt beginne ich tatsächlich, die Dinge zu vergessen. Das hast du davon, dass du mich so nervös machst. Was wollte ich eigentlich? Ach ja!«

Sie trat zu der kleinen Kommode, die auszuräumen ich ihr damals geholfen hatte, ging schwerfällig in die Hocke. Fahrig und gleichzeitig zielstrebig wühlte sie in einem Haufen Wäsche, fand endlich, was sie suchte. Mit der ganzen Kraft ihrer linken Hand stieß sie die Schublade wieder zu und richtete sich auf, wobei sie in der Rechten einen Gegenstand hielt, der in altes Seidenpapier verpackt und mit einem blauen Band verschnürt war. Als sie das Band gelöst und das Papier abgestreift hatte, kamen vier Hefte zum Vorschein, blau eingebunden, wie es sich für die Aufsatzhefte früherer Schülergenerationen gehört hatte.

»Ich hätte sie dir längst geben sollen«, murmelte sie.

Ich griff so fassungslos nach den Heften, dass meine Hand ins Leere fuhr. Längst hatte sich der Einband grau verfärbt, ein paar Blätter, lose geheftet, flogen, stoben auseinander, sanken zu meiner Bestürzung zuckend zu Boden.

»Sei nicht so ungeschickt!«, zischte Francesca.

Ich blätterte die vergilbten Seiten auf; sie waren vorn und hinten eng mit Bleistift beschrieben. Ja, dachte ich, damals legte man noch Wert auf Schönschrift. Die Buchstaben war akkurat geformt, die Zeilen gestochen scharf, obwohl an verschiedenen Stellen verwischt, von Radiergummi, Wasser oder Tränen.

»Cecilias Tagebuch!«, flüsterte ich rau.

Francesca nickte mit ausdruckslosem Gesicht.

»Eigentlich habe ich das morbide Interesse an anderen Menschen, an ihren Leben, ihren persönlichen Angelegenheiten, nie ausstehen können. Und doch bin ich in den gleichen Fehler verfallen, habe mich auf diesen Schwachsinn eingelassen. Und was habe ich dabei herausgekriegt? Nichts! Da spielten zu viele Dinge mit, zu viele Leute, die Ereignisse brachen unter ihrem eigenen Gewicht zusammen. Tja, und jetzt hängen alle Fäden in der Luft. Die Verbindung ist abgebrochen.«

»Francesca, ich verstehe in keiner Weise …«

Sie schnitt mir wütend das Wort ab.

»Soll ich mir den Mund fusselig reden? Verschwinde jetzt und lies, was Cecilia geschrieben hat. Vielleicht wirft es ein Licht … Ja, und meinetwegen kannst du es auch Ricardo und … wie heißt er noch gleich? … ach ja, Herrn Imada … zeigen, mir ist das jetzt völlig gleich, ob sie die Geschichte kennen oder nicht. Sie sollen bloß nicht glauben, dass ich verrückt bin. Ricardo denkt das ja schon lange. Sie ist verrückt!, denkt er. Verrückt und böse …«

»Aber das ist nicht wahr …«, begann ich.

Sie ließ mich nicht ausreden.

»Genug jetzt! Lass mich arbeiten. Domenica soll mir das Essen bringen. Und eine Tasse Kaffee, ja? Ein starker Kaffee ist gut.«

Mit diesen Worten hielt sie mir die Tür auf, wie einer Diva auf der Opernbühne, sodass ich nicht anders konnte, als kleinlaut an ihr vorbeizuhuschen. Die Tür knallte hinter mir ins Schloss. Ich stand oben, im Hell-Dunkel des Treppenhauses, und hielt Cecilias Tagebuch in den Händen. Zögernd ging ich weiter, und auf halbem Weg zur Treppe war mir, als ob ich ein ersticktes Gelächter hörte, das von oben kam. Ich drehte mich um, starrte hinauf und fürchtete mich, zu zwinkern, fürchtete mich, einen Schatten zu sehen, der von dort herkam, wo die Toten waren. Und da glaubten tatsächlich meine Augen, fest auf das Dachfenster gerichtet, den Umriss eines Gesichts zu sehen und einen bronzebraunen Lichtfleck, wie wirbelndes Haar. Doch die alten Bäume standen hoch, sie glichen mehr Skeletten als wirklichen Bäumen, besonders im Hochsommer, wenn das Laub dürr wurde; was gegen die Ziegel kratzte, waren nur die Zweige. Ein paar Sterne wurden als Lichtflecke widergespiegelt. Ich starrte so lange nach oben, bis ich nicht mehr wusste, was oben und was unten war. Der schmale Mond schimmerte durch das Laub wie durch einen Spitzenschleier. Und da trieb in seinem Widerschein Cecilias Gesicht vorbei, klar und tot, die Lippen in einem seltsamen Lächeln erstarrt.

## CECILIA

Der Schrank ist alt, der Spiegel trübe. Wenn ich mich betrachte, erkenne ich mehr meine Kleidung – dieses scheußliche Nachthemd –, als mich selbst. Wie hässlich ich geworden bin! Das Gesicht blass und eingefallen, mit blauen Ringen unter den Augen. Wie mager auch, abgesehen von dem vorgewölbten Bauch. Im Zimmer ist es zum Ersticken; das Licht blendet mich, meine Augen fühlen sich klebrig an. Die Hitze bringt alle Gerüche zum Gären, erhöht den sauren Geruch aus dem Nachtgeschirr, den muffigen Geruch der Matratze. Der heiße afrikanische Wind – der Scirocco – wirbelt über die Dächer. Ich darf nicht mehr in den Garten, die Nachbarn oder deren Hausmädchen könnten mich sehen. Das Fenster öffnen, Luft schnappen, das kann ich nur nachts. Manchmal steige ich auf einen Stuhl, lehne mich weit nach draußen, auf die noch warmen Ziegel. Draußen wartet der Tod, ich sehe ihn deutlich, er schwebt über den Dächern und grinst mich an. Aber der Tod war schon da, er kam für Gaetano, für S. und für viele andere. Er ist bereits satt geworden; vielleicht neckt er mich nur und schreitet mit seinen Knochenschritten weiter. Doch ich sehe ihn, Nacht für Nacht. Ich habe Angst, aber ich kann ja sonst nichts tun. Manchmal werfe ich ihm einen Gruß zu. »Hallo, Mister Tod!« Dann habe ich das Gefühl, dass er die fahle Hand bewegt. Es ist wirklich verrückt, dass ich so denke. Ich versuche, in meinem Kopf Leere zu schaffen. Ist das überhaupt möglich? Mir gelingt es jedenfalls nicht, oder nur so schlecht, dass meine Gedanken in dichteren Schwärmen zurückkehren, eben weil ich sie verjagt habe. So greife ich denn, auf der Suche nach einem Mittel, vom Denken loszukommen, zum Bleistift. Schreiben heißt auch, nicht mehr zu denken, oder vielmehr, anders zu denken.

Alle glauben, dass ich verreist sei. Meine Eltern haben überall erzählt, ich sei in Arosa, in der sommerfrischen Schweiz. Der Arzt hätte mir eine Kur verschrieben. Ja, es bestünde Verdacht auf Lungenentzündung. Ich hätte Gaetano gepflegt und mich bei ihm angesteckt. Ich hätte fast gelacht, als sie mir das sagten, das bösartige, zynische Lachen, das kommt, wenn man alle Tränen geweint hat. Mit achtzehn, sobald mein Kind geboren ist, werde ich Valletta verlassen. Dann werde ich eine reiche Frau sein, die tun und lassen kann, was sie will. Das ist mein einziger Trost. Alles ist bereits geregelt, Gaetano hat mich zu seiner Alleinerbin bestimmt. Das Geld gehört mir und nach mir meinem Kind, Mädchen oder Junge, sobald es volljährig ist. Der alte Salvu trug Gaetano auf dem Rücken, die Treppen hinauf oder hinab oder auch nach draußen, wenn in jener Stunde zwischen Rosenkranz und Abendessen der Garten kühl und duftend war. Gaetano hatte hohes Fieber, die frische Luft tat ihm gut. Seine Wunden schwärten, aber sein Kopf war klar. Kurz bevor er starb, sagte er zu mir: »Kleine Schwester, die Tage sind für mich jetzt sehr lang. Du bist mutig und stark. Für dich und das Kind ist gesorgt. Bereue nichts, geh hinaus ins Leben! Sag mir, dass du keine Angst hast.« Ich hatte meinen Kopf auf seinen Arm gelegt. »Ich werde keine Angst haben, das verspreche ich dir!«

Er hatte gelächelt. »Ja, das ist gut. Jetzt kann ich ruhig von dir gehen.«

Da habe ich begonnen, zu weinen. Und dann haben wir beide geschwiegen. Er hat mein Haar mit seiner unversehrten Hand gestreichelt, lange und immer wieder. Und als ich nach einer Weile mein Gesicht zu ihm hob, habe auch ich ihn weinen gesehen. Zum ersten und letzten Mal.

Es war Gaetano, der mir sagte, dass ich alles aufschreiben sollte.

»Im Laufe der Jahre wirst du vieles vergessen. Aber später wird dein Kind nach seinem Vater fragen. Es ist wichtig, dass es weiß, wer er war und wie er gestorben ist.«

Doch ich sagte: »Was, wenn die Eltern mein Tagebuch finden?«

Da lachte er, und wie er lachte! Leise und erstickt und gleichsam verzweifelt. »Kleine Schwester, die Eltern wissen bereits alles!«

»Aber meine Gedanken nicht!«

»Nein, noch nicht. Aber meine kennen sie sehr wohl und akzeptieren sie. Und so werden sie auch die deinen akzeptieren.«

Und jetzt schreibe ich also, ich, die ich schon seit Monaten keine Zeile mehr geschrieben habe, plötzlich wieder so geläufig wie früher als Schulmädchen. Ich schreibe, nicht nur, um mich selbst zu betrachten, sondern um wieder bei dir zu sein, um alles noch einmal mit dir zu erleben. Ich bin ein wenig ungelenk geworden, ein wenig ängstlich, mich dir auf diese Weise zu nähern, und doch verlangt es mich danach, ich muss es tun. Ich will die kurze Zeit, die wir hatten, aufspüren und wiederfinden. Ich will die Erinnerungen zu Papier bringen, rasch, rasch, bevor sie verblassen. Manchmal denke ich, alles war nur ein Traum, aber was ist das Leben, wenn nicht ein Traum? Wäre nicht das Kind, das sich in mir regt, müsste ich glauben, dass nichts wahr ist, nichts wirklich, dass ich dich nur erfunden habe. Ich weiß jetzt, was du meintest, als du beim Abschied zu mir sagtest: »Bedenke, was für ein gebrechliches Ding das Leben ist. Tu so, als sähest du jeden Tag des Lebens als den letzten an. Lass die Vorstellung eines langen Lebens nie Gewalt über dich gewinnen, denn sonst würdest du dich selbst verlieren. Nur wenn du den Gedanken an den Tod allezeit im Herzen trägst, wirst du ewig leben ...«

Das waren große und schwierige Gedanken für eine junge Frau. Jetzt aber verstehe ich sie besser. Die Gewissheit des Todes lenkt auf der einen Seite die Gedanken über die Schranke des Daseins hinaus und macht sie auf der anderen Seite schärfer, empfänglicher für die Erfüllung der Pflicht.

Seltsamerweise habe ich ein Gefühl, als habe mein Geist sich bereits aus seiner gegenwärtigen Umgebung entfernt. Körperlich bin ich hier, in diesem Zimmer, in diesem Bett, auf weiche Kopfkissen gestützt, umsorgt von Paola, die mich wäscht, mich kämmt, mir das Essen bringt. Ich spüre, wie der gänzliche Mangel an Bewegung und frischer Luft mich betäubt, wie meine Hände vom Schreiben kraftlos werden. Paola massiert meine Arme und Beine, Paola bürstet mein Haar; sie summt leise vor sich hin, immer die gleichen Volkslieder. Paola ist nur zwölf Jahre älter als ich. Wir sprechen zusammen »Malti«. Judith, meine Mutter, hört es nicht gern, denn Malti ist die Sprache der gewöhnlichen Leute. Wir in der Familie sprechen Italienisch oder Englisch. Der katholische Johanniterorden umfasst nahezu alle Länder Europas. Die Vorfahren meines Vaters Emilio gehörten zur »italienischen Zunge«. Ursprünglich stammte unser Geschlecht aus Mailand, aber wir sind Maltesen seit sechs Generationen. Ich habe Verwandte auf der ganzen Welt, in Südafrika und in Australien.

Judiths Familie gehört zur »englischen Zunge«. Ihr Vater war Hochschulprofessor, ihr Bruder Historiker. Meine Mutter! Ihr Gesicht strahlt eine angenehme Ruhe aus; oft überrasche ich sie dabei, wie sie ihre Lippen zusammenkneift, wie sie versucht, ein spontanes Lächeln zu verbergen und ernst zu bleiben. Selbst dort, wo sie doch die Meinung der Leute gewiss nicht zu fürchten braucht und genau weiß, dass ihre Kleidung und ihr Schmuck nach den Regeln des vornehmen Geschmacks untadelig sind, bemüht sie sich um eine steife, unnahbare Haltung. Ihre Mutter – meine Großmutter also – war eine Adelige aus Dublin mit einem wunderschönen Gesicht, aus der eine Musikerin hätte werden können, wenn nicht Ehe und Kinder, gesellschaftliche Verpflichtungen und tausend Verwandte ihr kurzes Leben verbraucht hätten. Ihre Schwester Rachel zeigte mehr Eigenwillen, indem sie Krankenschwester wurde und sich an Florence Nightingales Seite den furchtbaren Strapazen des Krimkriegs aussetzte, um Verletzte zu pflegen. Sie wurde in der Familie sehr verehrt, heiratete spät und starb früh, wahrscheinlich an einer verschleppten Tuberkulose. Von ihrer einzigen Tochter Rosella habe ich die Erinnerung an eine durchaus liebenswürdige, aber schweigsame Frau, die in Cambridge lebt und Kinderbücher schreibt. In unserer Familie war man wohl den Künsten zugetan, aber Begabung wurde nur gepflegt, wenn die täglichen Pflichten nicht vernachlässigt wurden; Rosella war längst über dreißig und unverheiratet. Daneben gibt es in der Familie sehr wohl einige modisch-elegante Lebeleute, die in Künstlerkreisen verkehren oder sich etwas aus Pferderennen machen. Verwandte, die meine Mutter etwas fürchtet, und zu denen sie selten Kontakt pflegt. Es fehlt ihr an Selbstwertgefühl; ihr ganzes Wesen verlangt nach einem Mann, der sie leitet. Ist mein Vater bei ihr, dann ist sie ausgeglichen und jeder Schwierigkeit gewachsen. Ist er aber nicht da, ist sie ganz ihrer eigenen Unzulänglichkeit ausgeliefert. Wie oft hörte ich sie sorgenvoll zu Gaetano sagen: »Dein Vater ist spät heute Abend. Hoffen wir, dass ihm nichts zugestoßen ist.«

»Mama, du brauchst keine Angst zu haben«, antwortete Gaetano. »Papa ist doch im Club. Und er ist mit dem Coupé unterwegs. Timeo wartet auf ihn.«

»Ach!«, rief die Mutter. »Du weißt doch, dass auf Timeo kein Verlass ist! Er trinkt und geht zu schlechten Frauen.«

»Aber Mama, doch nur am Sonntag!«, sagte Gaetano gutmütig.

Timeo – unser Kutscher – war für seine Vorliebe für Branntwein und seine lockere Lebensweise bekannt. Meine Mutter wollte, dass wir ihn entließen, aber mein Vater schätzte ihn. Timeo, der stets zusammengesunken auf dem Bock saß, der mit so weicher, sensibler Hand unsere großen Lusinater lenkte, Timeo wusste einfach alles. Mein Vater nannte ihn »meine Tageszeitung«, er konnte durch ihn Auskünfte über alles, was in der Stadt geschah, einholen, was seinen Bankgeschäften bisweilen zugute kam. Emilio meinte dazu: »Manchmal ist es die Lüge, die die Wahrheit sagt«, was meine gute Mutter entsetzte. Sie mochte nicht, wenn mein Vater solche Dinge sagte. Aber für Emilio gab es nichts Unerfreulicheres als Dinge, die er zu spät erkannte.

Gaetano, der durchaus im Bilde war, begegnete Mutters Missvergnügen mit freundlicher Gelassenheit und unterschwelligem Spott, den sie unfähig war herauszuhören. Und natürlich machte sie sich auch Sorgen um mich. Kurz bevor Gaetano sich nach Sizilien einschiffte, hörte ich bei der Rückkehr von meinem gewohnten Spaziergang, wie Judith sich über mich beklagte. Sie befanden sich im kleinen Salon, wo die Mutter sich nachmittags gern aufhielt. Beide hatten meine Anwesenheit nicht bemerkt. Die Tür war nur angelehnt. Es war unhöflich, dass ich zuhörte, aber ich war neugierig, weil sie ja von mir sprachen.

»Das gedankenlose Mädchen ist wieder nicht in seinem Zimmer!«, sagte Mutter. »Sie wird fünfzehn und verlässt das Haus, morgens oder abends, wie es ihr gerade in den Sinn kommt. Und keiner weiß, wo sie steckt! Sie geht am Strand spazieren, man hat sie sogar im Unterhemd im Wasser gesehen. Was sollen denn die Leute denken?«

»Sei ruhig, Mama«, antwortete Gaetano, nachlässig und belustigt. »Paola ist doch immer bei ihr!«

»Ach, Paola! Zieht Paola meine Tochter aus dem Wasser, wenn sie ertrinkt?«

Jetzt lachte Gaetano herzlich.

»Mama, Cecilia ertrinkt nicht. Ich habe ihr doch Schwimmen beigebracht, und damals war sie acht! Jetzt schwimmt sie so gut wie ich, das kann ich dir versichern.«

»Ja, aber was sollen die Leute denken?«

»Sie reitet, sie spielt Tennis. Was ist denn dabei?«

»Ist sie nicht etwas zu alt, um mit jungen Leuten um die Wette zu laufen? Ihre Haut ist schon ganz dunkel, das ist wirklich nicht schön. Macht sie so weiter, wird es ihr niemals gelingen, eine standesgemäße Ehe einzugehen. Sie bringt die Familie in Misskredit. Oh, das weißt du nur zu gut, Gaetano!«

Ihr Lamento fand bei Gaetano wenig Gehör.

»Ich weiß nur, Mama, dass Cecilia als das schönste Mädchen in Valletta gilt und dass verschiedene Freunde sich bereits in sie verguckt haben. Und was ihren Bewegungsdrang angeht, sportliche Übungen sind für das Wachstum und die Gesundheit unentbehrlich.«

Meine Mutter seufzte »über die neuen Wege der Welt«, aber Gaetanos freundlicher Zuspruch vermochte stets ihre Grillen zu zerstreuen, und die Gespräche endeten stets damit, dass sie ihre Bedenken – zumindest für eine Weile – nicht mehr äußerte. Es war schon so, dass sie diese Sachen lieber mit ihm als mit meinem Vater besprach, weil sie Emilio, der so große und wichtige Gedanken wälzte, mit derlei Kleinigkeiten nicht belasten wollte.

Meine Mutter, diese naive Frau, hatte Kinder geboren, die unterschiedlicher nicht hätten sein können. James, den ältesten, sahen wir selten, weil er in Rhodesien Vaters Bankniederlassung leitete. Südafrika war ein Land mit gewaltiger Zukunft, der Handel mit Rohstoffen blühte, die Bank warf bedeutende Gewinne ab. James war längst über dreißig, stark und groß gewachsen, mit einem seltsam lautlosen Gang. Sein Gesicht zeigte eine fast rostrote Farbe; er trank viel, und seine vorgewölbten grauen Augen waren von Äderchen durchzogen. Er war ein Mann von gefährlicher körperlicher Kraft, dessen inneres Wesen mir fremd blieb. Ich war froh, dass wir ihn nur alle paar Jahre zu Gesicht bekamen. Er hatte sich kürzlich verheiratet, und seine Frau Melissa war kaum älter als ich. Eine blonde, recht anmutige Frau, immer perfekt zurechtgemacht, die, obwohl Engländerin, in Lausanne aufgewachsen war und sich der afrikanischen Sonne kaum aussetzte. Dass James und Gaetano Brüder waren, glaubte auf den ersten Blick keiner. Gaetano hatte nichts Finsteres, nichts Grausames an sich. Er war so liebenswürdig, so lebhaft, so klug. Und so großzügig. Woher, mochte sich mein Vater fragen, hatte er diese Natur, die ihn überall immer das Erlesenste suchen ließ? Den besten Schneider, die schnellsten Pferde, das erste Automobil Maltas und – man sagte es diskreter – die schönsten Frauen. Er machte sich gute Tage dank seines Geldanteils, den er mit achtzehn geerbt hatte. Vater seufzte: »Wenn du alt bist, wirst du von Almosen leben!«, aber Gaetanos anziehendes Wesen machte, dass er ihn nicht zu sehr tadelte. Er hatte Freunde, die spielten, Vater sah es zunächst mit Sorge, merkte aber bald, dass Gaetano zwar freigebig war, aber nicht verschwenderisch. Und seine Spielschulden hielten sich in angemessenem Rahmen. Von einem jungen Mann wurde schließlich erwartet, dass er im Freundeskreis »Whist« oder »Pharao« spielen konnte, ohne gleich sein Vermögen zu verprassen. Tatsache war, dass Gaetano zwar oft am Spieltisch saß, aber wenig verlor, was auf Scharfsinn oder Glück oder auch beides schließen ließ. Er zahlte auch nie für Freunde, die nicht vertrauenswürdig waren. Es war eine angeborene Vernunft in ihm, die ihn offenbar vor Schlimmem bewahrte.

Gaetano war kein Geschäftsmann; er war ein Mann des Meeres. Vater legte ihm nichts in den Weg, war doch sein Bruder Gordon bereits Kapitän des Kreuzers *Horseflykiel*. Doch Gaetano bevorzugte die Handelsmarine. Er hatte zu viele Träume, zu viele Phantasien. Mit einundzwanzig war er Schiffsleutnant, hatte fremde Länder besucht, ihre Bewohner kennengelernt, sich mit ihren Sprachen, ihren Bräuchen vertraut gemacht. Wenn ich das Wenige, was ich wusste, mit seinen Erfahrungen verglich, war ich bestürzt. Wie unendlich beschränkt war doch mein Wissen über die Welt, trotz meines ständigen Lesens – das Mutter ebenso missfiel wie meine täglichen Spaziergänge. Ach, wie ich nach Wissen dürstete! Je mehr ich lernte und beobachtete, desto neugieriger wurde ich. Natürlich hatte ich oft auch ganz oberflächliche und eitle Gedanken. Lächelte mich ein Unbekannter an – auch wenn er mir nicht vorgestellt worden war –, musste ich mich stark zusammennehmen, um nicht zurückzulächeln, weil das eben kein anständiges Mädchen tut. Ich beschäftigte mich durchaus mit ernsten Dingen, aber ich stand oft vor dem Spiegel und fragte mich: Angenommen, ich wäre hässlich, würden sich die jungen Leute dann auch für mich interessieren, auch wenn ich das klügste Mädchen der Welt wäre? Könnte ich jemanden finden, der mich wegen meiner inneren Werte lieben würde? Aber das waren Gedanken eines Mädchens, das ein hübsches Gesicht hatte und schönes Haar, und darin steckte die Binsenweisheit, dass ich mir nicht vorstellen konnte, jemand anders zu sein als ich selbst.

Das war in der glücklichen Zeit, bevor der Krieg ausbrach. Die politischen Zusammenhänge waren mir zunächst ganz und gar unklar; ich erinnere mich daran, wie unwillkommen sie mir waren, wenn am Familientisch darüber gesprochen wurde. Doch nach einer gewissen Zeit wurde ich unruhig, stellte Fragen, über die ich zu hören bekam, dass sie »unpassend« oder »schwierig« seien. Mir fiel bald auf, dass die Eltern ganz anders mit meinem Bruder sprachen als mit mir, und es hing nicht nur mit dem Altersunterschied zusammen. Sobald Gaetano seine Meinung äußerte, wurde er ernst genommen, auch wenn sie sich mit der meiner Eltern nicht deckte. Von mir wurde erwartet, dass ich mich nicht einmischte. Ich bekam Antworten, die nur mehr Fragen hervorriefen. Antworten, die keine Antworten waren. Ich fühlte mich zutiefst beleidigt. Und weil ich wissen wollte, worum es ging, gewöhnte ich mir an, die Zeitung zu lesen, sobald mein Vater sie beiseitelegte. Da ich sehr schnell lese und ein gutes Gedächtnis habe, weitete sich recht bald mein eher beschränkter Horizont. Durch die Eröffnung des Suezkanals 1869 war Malta für die Briten die wesentliche Schaltstelle auf dem Weg vom Mutterland zur Kanalzone und darüber hinaus zu den Kolonien. Die Ursachen des Krieges, der nun auch Malta bedrohte, waren äußerst komplex, aber allmählich entdeckte ich die Bezugs- und Verbindungspunkte. Die europäischen Bündnisverflechtungen hatten einen unerbittlichen militärischen Mechanismus in Gang gesetzt. Fast war mir, als könnte ich das Klicken hören, wenn jede Macht sich in die ihr zugeordnete Stellung einklinkte. Dieses Gefühl war unheimlich und schrecklich. Aber warum war alles so gekommen? Ich wusste ja bereits, wie gefährlich die rasche wirtschaftliche Expansion Deutschlands für die See- und Kolonialmacht Großbritannien wurde; man sprach am Familientisch darüber. Auf der anderen Seite gab es starke französisch-deutsche Spannungen, zugespitzt durch Frankreichs Kriegsniederlage in den Jahren 1870/71 und die deutsche Annexion Elsass-Lothringens. Ein anderer Krisenherd schwelte auf dem Balkan, wo Österreich-Ungarn und Russland ihre Einflusssphären festigen wollten. Das Zarenreich verfolgte eine Prestigepolitik und schürte die Probleme innerhalb des habsburgischen Vielvölkerstaates. Deutschland unterstützte Österreich-Ungarn, dehnte seinen Einfluss auf das Osmanische Reich aus, um dem russischen Vordringen durch die Meerengen, dem Bosporus und den Dardanellen, entgegenzuwirken. Die Marokko-Krisen 1905 und 1911, die österreichische Annexion Bosniens und der Herzegowina 1908 sowie die Balkan-Kriege 1912/13 hatten Europa bereits an den Rand eines allgemeinen Krieges geführt. Zwei gewaltige Koalitionen hatten sich formiert: auf der einen Seite die Mittelmächte mit Deutschland, Österreich-Ungarn, denen sich das Osmanische Reich angeschlossen hatte; auf der anderen Seite die Mächte der »Entente cordiale«, zunächst mit dem französisch-russischen Zweibund, danach auch mit Großbritannien, Frankreich, Italien und Russland.

Unmittelbarer Kriegsanlass war die Ermordung des österreichisch-ungarischen Thronfolgers Erzherzog Franz Ferdinand durch den serbischen Nationalisten Gavrilo Princip am 28. 6. 1914 in Sarajevo gewesen. Es folgte ein Monat hektischer diplomatischer Aktivitäten. Nachdem Serbien ein scharfes österreichisches Ultimatum hatte verstreichen lassen, erklärte ihm Österreich-Ungarn mit Rückendeckung des deutschen Kaisers den Krieg. Der Zar reagierte mit einer Generalmobilmachung, woraufhin Deutschland am 1. 8. 1914 Russland den Krieg erklärte. Zwei Tage später folgte die deutsche Kriegserklärung an Frankreich. Der deutsche Einmarsch in das neutrale Belgien veranlasste Großbritannien am 4. 8. zum Kriegseintritt. Italien blieb zunächst neutral, während selbst das ferne Japan am 23. 8. in den Krieg gegen Deutschland eintrat.

»Nun?«, fragte mich Gaetano, der gemerkt hatte, wie ich darüber nachdachte. Mit ihm konnte ich freimütig sprechen.

»Eigentlich denke ich dabei an ein Spiel. Aber das darf ich nicht laut sagen.«

Er lachte nicht, sondern nickte ernst.

»Es ist tatsächlich ein Spiel. ›Das Große Spiel‹, nennen es die

Politiker. Das Spiel ist diabolisch tückisch. Und manche Leute wünschten, es nähme kein Ende.«

Mein Verständnis kam spät; aber es kam. Ich wollte mich nicht vor Gaetano blamieren. Mein Selbstvertrauen wuchs. Hatten wir Gäste und kam die Rede auf Politik oder Krieg, stellte ich Fragen und merkte sehr bald, dass die Besucher es genossen, ihre Meinung zum Besten zu geben, eine Meinung, die ja vielleicht ganz irrig sein konnte und höchstwahrscheinlich sogar irrig war, während ich das Risiko einging, mich mit einer gespielt dummen Frage bloßzustellen. Aber dieses Risiko ging ich gern ein, ich amüsierte mich sogar dabei, auch wenn die Eltern zunehmend betroffener blickten. Nur in Gaetanos Augen sah ich bisweilen das Lächeln, das mir die Gewissheit gab, dass ich nicht nur eine Topfpflanze war. Eines Abends, als die Gäste sich verabschiedet hatten, sagte er zu mir:

»Siehst du, wie das Spiel läuft? Die alten Männer, auf die es ankommt, du weißt schon – jene, die in den Ministerien sitzen –, verdammen in der Öffentlichkeit den Krieg, während sie unter Gleichgesinnten zugeben, wie gut die Geschäfte laufen. Die Rüstungsindustrie kurbelt die Wirtschaft an, in ganz Europa rauchen die Schornsteine. Papas Bank macht astronomische Gewinne. Papa sagt, dass es schamlos wäre, sich zu freuen. Insgeheim freut er sich aber. Die alten Männer wollen den Krieg, weil er ihnen Nutzen bringt. Sie schüren den Nationalismus der Bevölkerung, bis diese jauchzend ihre Zustimmung gibt. Die jungen Männer lieben auch den Krieg, aber nur, solange die Generäle großartige Schlachten liefern und ausschließlich der Feind verwundet oder getötet wird. Leichenberge und Verstümmlungen im eigenen Lager lassen die Begeisterung abkühlen. Man mag kein eigenes Blut auf der Uniform. Das steht aber nicht in den Zeitungen, die du aus Papas Büro stibitzt. Diese Zeitungen vertreten die öffentliche Meinung.«

Ich wurde etwas rot.

»Mama findet es unweiblich, dass ich die Zeitung lese.«

»Nur wer die öffentliche Meinung kennt, kann sich seine eigene bilden.«

»Magst du den Krieg?«, fragte ich mit leiser Stimme.

Er bewegte langsam den Kopf hin und her.

»Ich bin ein ernsthafter Offizier, weil ich meiner Familie Achtung schulde. Papa würde Gefallen darin finden, dass ich Hauptmann werde, mit noch mehr Gold an den Achselstücken. Aber eins kann ich dir sagen: Nichts hasse ich mehr als die Kriegsmarine. Behalte diese Worte für dich, Schwesterchen.«

»Ich schweige wie ein Grab.«

Da lächelte er traurig.

»Ach, schweigen Gräber wirklich? Ich denke eher, sie sprechen eine allzu deutliche Sprache.«

Gaetano hoffte, auf der *Horseflykiel* zu dienen, wo sein Onkel Gordon, den er sehr mochte, Kapitän war. Doch ein paar Wochen vor meinem 17. Geburtstag, am 6. April, wurde er als Erster Offizier dem Zerstörer *Transylvania* zugeteilt, der britische Truppen über Sizilien und durch den Suezkanal nach Ägypten bringen würde. Am Morgen seiner Abreise kam Gaetano in mein Zimmer, um sich von mir zu verabschieden. Groß und überschlank, wie er war, mit den bronzenen Locken, dem schwermütigen Gesicht und den orientalischen Augen, stand ihm seine Uniform wunderbar. Doch er sah traurig und verstimmt aus. Als ich sagte, um ihn fröhlicher zu stimmen, er sei gewiss der schönste Offizier auf seinem Schiff, schüttelte er seufzend den Kopf.

»Nein. Ich bin ein Seevogel mit schwarzen Flügeln. Du aber bist meine Prinzessin der Meere.«

Ich kniff ihn leicht in dem Arm.

»Schmeichler! Deine Prinzessin ist im Morgenkleid und unfrisiert!«

»Und sieht umso bezaubernder aus!«

Ich stieß ihn lachend von mir. Er lachte auch, bevor wir im gleichen Atemzug wieder ernst wurden. Ich sagte:

»Am 26. März geben die Eltern den Ball für mich. Wirst du wieder da sein?«

Er trat einen Schritt zurück, hielt mich locker an den Handgelenken und antwortete betont feierlich:

»Ich gebe dir mein Wort als Offizier, dass ich rechtzeitig zurück sein werde! Mit einem ganz besonderen Geschenk für meine Prinzessin der Meere.«

Die lustigen Worte vertrieben meine düstere Stimmung:

»Sag mir schnell, was bringst du mir mit? Nur, damit ich mich freuen kann!«

Er tupfte mir zärtlich auf die Nase.

»Geduld! Ein Geschenk muss eine Überraschung bleiben. Doch bitte ich dich als Gegengabe, dass du an diesem Abend den ersten Walzer mit mir tanzt.«

»Abgemacht!«, rief ich.

»Danke, Schwesterchen, du machst mich froh!«

Lachend deutete er einen Walzerschritt an, umschlang mich und wirbelte mich herum. Und dann drückte er mich fest an seine Brust, umarmte mich lange und innig, wie mich noch kein Mann umarmt hatte. Und schon war er fort. Als ich verstört in den Spiegel sah, entdeckte ich, dass ich mich an einem Metallknopf seiner Uniform verletzt hatte. Auf meiner Unterlippe glänzte wie ein Rubin ein winziger Tropfen Blut.

# 24. *Kapitel*

Weil Krieg war, würde mein »entrée dans le monde«, wie der erste Ball genannt wurde, bescheiden ausfallen. Obwohl zunehmend Tote zu beklagen waren und die Krankenhäuser täglich neue Verwundete aufnahmen, ging das gesellschaftliche Leben, wenn auch eingeschränkt, weiter. Die Vorbereitungen begannen, meine Eltern verschickten die Einladungen. Aber ach, was war der Grund für meine Ruhelosigkeit? Tatsache war, dass die Zeitungen nichts Gutes berichteten und Vater oft mit sorgenvollem Gesicht von der Bank zurückkehrte. Täglich kam es zu Gefechten zwischen britischen Kriegsschiffen und deutschen U-Booten. Eine große Anzahl dieser U-Boote war im Mittelmeer eingesetzt. Dadurch entstanden gefährliche Blockaden. Vater ließ durchblicken, dass Gaetano vielleicht nicht rechtzeitig zu meinem Geburtstag zurück sein würde.

»Zum Glück sind japanische Schiffe anwesend«, sagte Vater. »Sie halten die U-Boote fern. Die Deutschen fürchten die Japaner sehr.«

»Warum?«, fragte ich.

»Was du nicht alles wissen willst!«

Mein Vater seufzte, aber geruhte zu erklären.

»Weil die Japaner Russlands Prestige als Kriegsmacht zerschlagen haben. Sie besiegten die Flotte des Zaren in der Meerenge von Tsushima. 1894 redete die Weltpresse darüber. Wir haben ein Abkommen, dass sie unsere Geschwader schützen. Die Japaner unterstützten uns bereits im Fernen Osten, bei den Kämpfen um Port Arthur. Sie haben Interesse daran, dass wir unsere chinesischen Kolonien behalten, haben sie doch selbst ein Auge auf die Mandschurei geworfen.«

Ach, wie töricht sind junge Mädchen! Der erste Ball ist ein Ereignis, das alle anderen in den Schatten stellt! Das Mädchen gewinnt für ein paar Tage den Eindruck, die wichtigste Person auf Erden zu sein. Man lässt ihm auch diese Illusion. Welche Sorgfalt, welche Vorbereitungen nur ihm zu Ehren! Die Eitelkeit musste sich sogar bei mir bis aufs Äußerste zugespitzt haben, dass mein Blick, dem ich in jedem Spiegel begegnete, einen so fiebrigen Glanz zeigte. Doch auch in diesen ausgefüllten Tagen stahl ich mir eine Stunde, um mit Paola an den Hafen zu gehen. Da Valletta 1565 von den Türken belagert worden war, hatte man Befestigungen gebaut; der Blick reicht weit über den Great Harbour. Es wehte starker Wind in dieser Zeit, die Wellen schäumten mit gewaltiger Kraft, schlugen an den senkrechten Mauern hoch. Bei solchem Wetter trug ich stets meine Faldetta, zog den oberen Teil des Doppelrocks wie eine Kapuze über den Kopf, damit der Wind meine Frisur nicht zerzauste. Ich stand auf der Hafenmauer, hielt die Faldetta mit beiden Händen fest. Weiße, zerfließende Wolken jagten über den gleißenden Himmel dahin; in der Ferne waren Kräne sichtbar, schräg aufgerichtet, fünf oder sechs, genau in einer Reihe, dazwischen Fabriken und Schiffsschornsteine. Große Kriegsschiffe lagen dort oder bewegten sich langsam auf die Einfahrt des Hafens zu, glitten in die Becken hinein. Auf dem Meer sprangen silbrige Blitze hin und her. Ich hatte ein kleines Opernglas bei mir, damit ich den Namen der Schiffe entziffern konnte.

»Ist die *Transylvania* gekommen?«, fragte Paola, die nicht lesen konnte.

Ich nahm mein Opernglas von den Augen.

»Nein, noch nicht. Vielleicht heute Abend. Oder in der Nacht?«

»Der junge Herr wird rechtzeitig zurück sein«, sagte Paola. »Er will doch Ihren Geburtstag nicht verpassen!«

Mir fehlte Paolas einfältige Zuversicht. Die Beklemmung blieb, mischte sich wie ein Wermutstropfen in mein Glück. Denn welche Freude eines jungen Mädchens kann mit der Vorbereitung auf den ersten großen Ball verglichen werden? Die Friseuse kam täglich ins Haus, probierte neue Frisuren aus, die – bevor sie mir gefielen – meiner Mutter gefallen mussten, was keine einfache Sache war. Das Ballkleid, das die Schneiderin bereits in einem langen weißen Kasten, mit Seidenpapier ausgeschlagen, am Tag zuvor geliefert hatte, hing wie ein blasses Gespenst in meinem Zimmer. Ich betrachtete es neugierig, wie ein Tier, das eine Falle wittert. Denn es waren die Farben, die nicht ich, sondern meine Mutter für mich ausgesucht hatte. Ich liebte die leuchtenden Farben der Natur: Orange und flammendes Gelb, Hyazinthenblau, Brombeerrot. Mutter schüttelte den Kopf. Das sind keine Farben für eine junge Dame! Mein Ballkleid war elfenbeinfarben, wie es sich gehörte, mit einem breiten rosa Gürtel aus Damast. Nichts Auffälliges. Nichts Grelles. »Kind, dein Haar schimmert, als ob du es gefärbt hättest«, sagte Mutter in vorwurfsvollem Ton. »Und wenn du ständig an deinem Haar ziehst, lenkst du nur die Aufmerksamkeit auf dieses unschöne Rot.« Das stimmte: Ich zerrte an meinen Strähnen, wenn ich nachdachte, wickelte sie um den Finger, warf sie nach hinten, weil mir die Masse meiner Haare lästig war. Es sei wirklich schwierig, meinte Mutter, die passende Frisur für mich zu finden. Sie hatte schließlich angeordnet, dass mein Haar zu einem Kranz geflochten und hochgesteckt wurde – eine eher unübliche Friseur für ein junges Mädchen, die aber den Vorteil hatte, das Leuchten einzudämmen.

Mutter bestimmte auch, dass ich Seidenhandschuhe zu tragen hatte, die bis an den Ellbogen reichten. Der einzig erlaubte Schmuck war mein goldenes Kettchen mit dem winzigen Malteserkreuz und ein bescheidenes Perlenarmband. Sie ging geschäftig und gereizt umher, regelte tausend Kleinigkeiten, ließ unser schönes Silber auf Hochglanz bringen, bestimmte die Tischordnung. Die Teppiche wurden beiseitegerollt, die Möbel im großen Salon auf die Seite geschoben, damit die Tanzenden Platz haben würden. Mein Vater tat so, als ginge ihn die ganze

Aufregung nichts an, und zog sich in sein Arbeitszimmer zurück. Doch am Abend des Balls sah er in seinem in der Saville Row geschneiderten Frack so gut und kraftvoll aus, dass ich stolz auf ihn war. Auch meine Mutter war in ihrem engen, dunkelgrünen Kleid aus Taft, passend zu dem Feuer ihrer Smaragde, eine grazile, elegante Erscheinung. Und obwohl sie die Gäste begrüßte, stark und unangefochten im Mittelpunkt ihrer eigenen Welt, hatte sie wie stets etwas Jungmädchenhaftes an sich, etwas Sanftes und Vertrauensvolles, das in manchen Männern das Bedürfnis wecken mochte, sie zu beschützen. Dabei war ich nicht einmal sicher, ob sie es bewusst darauf angelegt hatte. Egal, ich wusste nur, dass ich nie werden wollte wie sie: Ich hätte mich selbst dabei verleugnet.

Es waren in Valletta vielleicht an die hundert Menschen – immer dieselben –, aus denen sich die »Gesellschaft« zusammensetzte, die sich zu den verschiedensten und doch immer ähnlichen Einladungen trafen. Die »Karozzins«, die Pferdedroschken, hielten vor dem Haus. Die Hufe klirrten und hämmerten auf den Steinen. Verschiedene Gäste waren in Automobilen gekommen, die von der Bevölkerung neugierig und respektvoll bewundert wurden. Die Flügel der Eingangstür standen weit offen, Eingang und Treppe waren mit Kerzen und Blumen geschmückt. Diener empfingen die Gäste, die Damen waren in Ballrobe gekommen, die Herren im Frack oder in Galauniform, den Krummsäbel unter den linken Unterarm gehängt. Die Eltern empfingen die Gäste in der Diele der »Bel Etage«. Ich stand etwas hinter ihnen, küsste die jungen Mädchen – fast alle Internatsfreundinnen –, begrüßte artig die Damen, empfing die Huldigung der Herren. Ich dankte für die wunderschön verpackten Geschenke, übergab sie Paola, die sie auf einen diskreten Tisch brachte. Ein kleines Quartett – Klavier, zwei Geigen, eine Harfe – spielte bereits. Ich zeigte mich lustig und liebenswürdig, dachte jedoch unentwegt an Gaetano, der sein Versprechen nicht gehalten hatte. Oh, ich wusste, dass wichtige, ja, gefährliche Ereignisse sein Kommen verhindert hatten, aber mein Herz war schwer vor Kummer, bis plötzlich mein junger, stürmischer Vetter Eduardo die Treppe heraufgepoltert kam und außer Atem verkündete, die *Transylvania* sei vor einer Stunde in den Hafen eingelaufen! Da war mir, als ob meinem Herzen Flügel wüchsen, große Flügel in den schillernden Farben, die ich nicht tragen durfte. Und als alle Gäste erschienen waren und mein Vater mit mir den Ball eröffnen wollte, nahm ich seine Hand und hielt sie fest, erklärte jedoch, dass ich den ersten Tanz meinem Bruder versprochen hatte, falls dieser rechtzeitig zu meinem Geburtstag eintreffen würde, und ich dieses Versprechen halten wollte. Die Ankündigung löste gerührtes Wohlwollen und Beifall aus, obwohl Mutter, die jede Abweichung von der Norm missbilligte, mein Verhalten später als gewagt und taktlos bezeichnete. Vater jedoch nahm mir meine Unverfrorenheit nicht übel, die gute Nachricht hatte ja auch ihn von seinen Sorgen erlöst. Er geleitete mich zu einem Sofa, wo ich mir glücklich lachend Luft zufächelte. Man brachte mir Erfrischungen; und immer verbeugten sich junge Herren vor mir – junge Herren, die ich ja alle kannte – und trugen ihre Namen in meinem »Carnet de bal« ein, auf spätere Tänze bedacht. Ich ahnte bereits, dass ich an diesem Abend wehe Füße haben würde!

Inzwischen wurden im Salon nebenan, zu Füßen blitzender Kerzenständer, die köstlichsten Gerichte aufgetragen. Ich blieb lange sitzen, wo ich war, denn ich wollte die Treppe nicht aus den Augen verlieren. Aber dann bekam ich plötzlich solchen Hunger, dass ich glaubte, in Ohnmacht zu fallen. Ich bediente mich hastig mit einigen Bissen Wolfsfisch, einer Scheibe Gänseleberpastete und einem Stück Pute, die mir der an der Tafel amtierende Koch kunstgerecht auf den Teller legte, schlang das alles im Stehen in mich hinein. Bei den Süßigkeiten erwischte ich ein großes Stück Pfirsichkuchen mit Mandelfüllung, trank – viel zu schnell – ein Glas Champagner dazu. Ich wusste, dass Mutter mich spätestens am nächsten Tag für mein schlechtes Benehmen tadeln würde, aber das war mir gleich. Die Welt war wieder lebenswert und voller Zeichen und Wunder. Ich fühlte mich wie auf der Schwelle einer wundervollen, bedeutsamen Begegnung, für die ich Kraft aufbringen musste, damit das warme, rote Blut meine Adern nicht sprengte. Dann hörte ich freudige Rufe; Stimmengewirr wurde vom Fuß der hohen Treppe in dem Raum, in dem ich stand, vernehmbar. Ich stand wie erstarrt, richtete wie alle den Blick zur Tür hin, nahm eilige Schritte auf den Stufen wahr, Schritte, die ich erkannte. Ich hörte die freudige Stimme meines Vaters:

»Gaetano! Doch noch rechtzeitig, wie schön!«

Ja, es war Gaetano, das Herz pochte mir in der Brust bei seinem Anblick, wie er in seiner Uniform etwas atemlos im Türrahmen stand. Hinter ihm trat, freundlich und unauffällig, ein zweiter Marineoffizier ein, ein Gast, den er mitgebracht hatte. Ein Mädchen lernt, zurückhaltend zu sein, die Erziehung schätzt keine Zurschaustellung der Gefühle, doch dies war mein Geburtstag. Ich eilte auf Gaetano zu, umfasste ihn mit beiden Armen. Er lachte, küsste mich auf beide Wangen. Ich atmete seinen Duft ein, ein Duft nach Sandelholz und sauberer Haut.

»Herzlichen Glückwunsch, Schwesterchen! Sei mir gut und nimm mir die Verspätung nicht übel. Aber ich musste mich zuerst etwas frisch machen, wir Seeleute stinken nämlich ganz abscheulich nach Ruß!«

Alle lachten, spendeten Beifall. »Hoch«-Rufe ertönten. Gaetano hob die Hand, eine freundliche, theatralische Geste.

»Ich habe Cecilia zu ihrem Geburtstag ein ganz besonderes Geschenk versprochen. Und da Mitternacht naht, erlaube ich mir, die Regeln des guten Anstandes zu verletzen. Ich bitte Cecilia, mein Geschenk gleich jetzt auszupacken und zu tragen.«

Er verneigte sich leicht und legte das Päckchen, das er in der Rechten hielt, in meine Hände. Es war in ein ganz einfaches Seidenpapier gewickelt, nur mit einem Streifen rostroter Seide locker umwickelt. Ich öffnete das Päckchen, das Papier schwebte zu Boden. Ein bewunderndes »Oh!« entfuhr allen Gästen. Das Kerzenlicht spielte auf einem Schal, der unwahrscheinlich zart war und leuchtend in den Farben des Regenbogens. Alle Farben, die ich so liebte, das Gold der Aprikosen, das Gelb der Schmetterlinge, die Bronze des Herbstlaubs und das Blaugrün der Wellen, waren in diesem Tuch eingefangen, doch so zart, so durchsichtig, dass das Herz sie deutlicher wahrnahm als das Auge. Doch nicht genug mit dem Wunderbaren: In den Schal waren die Tiere und Gewächse des Meeres eingewebt: Algen, Seepferdchen, fliegende Fische; und genau in der Mitte schillerte, kupferrot oder hellgolden im wechselnden Licht, ein einziger großer Seestern. Behutsam half mir Gaetano, das Tuch um die Schultern zu legen, deutete lächelnd auf einen vergoldeten Spiegel, der neben der Tür hing.

»Nun?«, fragte er.

Ich blickte mich an, und ich spürte mein Herz vor Aufregung klopfen. Das Tuch lag auf meinen Schultern, ein gewichtloser, wärmender Hauch, glühte kastanienbraun, in der Farbe meiner Haare. Doch als ich die Hand unter den Seestern hielt, war es, als bewegte sich dieser unmerklich im Auf und Ab meiner Atemzüge, und meine Hand schimmerte grün, als hätte ich sie in klares Wasser getaucht.

»Es ist Muschelseide«, sagte Gaetano zu den Gästen, die das einzigartige Gewebe bewunderten. »Der Schal kommt aus Sardinien, wo noch einige Weberinnen diese uralte Kunst beherrschen. Klassiker wie Aristoteles und Tertullian beschreiben bereits in ihren Werken, wie sich die schönen Frauen der Antike in Muschelseide kleideten. Aber ich will hier nicht die Rolle des Gelehrten spielen, der ich sowieso nicht gewachsen bin! Genießen wir also das Fest und feiern wir Cecilias Geburtstag.«

Daraufhin nahm er meine Hand und wandte sich an seinen Begleiter, der bescheiden im Hintergrund wartete.

»Cecilia, darf ich dir meinen Freund Saburo Araki vorstellen? Ich habe ihn zu dem Fest mitgenommen, sonst hätte er den Abend ganz allein in seiner Kabine verbracht!«

Lächelnd gab ich dem Fremden die Hand. Er nahm sie kurz, eine flüchtige Berührung, wobei er sich tiefer verbeugte, als bei uns Sitte war. Dabei entdeckte ich an ihm keine Spur von Befangenheit oder Steifheit. Es war etwas an ihm, für das ich schwer eine Bezeichnung finden konnte, ein Gefühl, ihm bereits begegnet zu sein, was natürlich Einbildung war, denn ich sah ihn gewiss zum ersten Mal. Er war etwas kleiner als Gaetano, kräftiger gebaut. Die Sonne, das Alter und die Müdigkeit hatten sein Gesicht noch nicht gezeichnet. Die Haut war glatt, die braunen Augen blickten ausnehmend klar. Im Schnitt dieser Augen lag etwas eigenartig Melancholisches, und seine Brauen vermittelten den Eindruck heiterer Ruhe. Doch bevor wir dazu kamen, ein paar Worte zu wechseln, trat meine Mutter, liebenswürdig lächelnd, hinzu. Der Gast war ihr bereits vorgestellt worden. Sie hieß den Kellner Champagner bringen. Die Musiker spielten auf. Der erklingende Walzer von Chopin ließ mein Herz höher schlagen. Gaetano und ich tauschten einen lachenden Blick.

Er führte mich auf die Tanzfläche. Seine Hand umfasste meine Taille fest und sanft. Mir war, als ob sich unsere Füße mit traumhafter Leichtigkeit bewegten. Jeder Schritt, jede Drehung waren perfekt im Gleichklang. Ich fühlte mich hinweggetragen von den Klängen des Walzers; die Paare, die gleichzeitig tanzten, glitten in einem seltsamen Farbenstrudel vorbei. Es war ein Augenblick in meinem Leben, der ewig wiederkehren würde, unverändert und wunderbar. Ja, an diesem Abend war ich Prinzessin; die Schönheit und das Leben der ganzen Welt vereinten sich hier. Alles glänzte, alles strahlte. Gaetanos lächelndes Gesicht schwebte über mir, es war eine Wärme in seinen Augen und ein Schmerz, den ich nicht deuten konnte, denn er schien mit tieferen Dingen vermischt. Mit der Musik trat ein Rauschen an unsere Ohren, wie Meereswogen, die aus der Ewigkeit kamen und in die Zukunft brandeten. Die langsamen Wellen des Schicksals trugen unser Leben davon, einer Zukunft entgegen, die unbekannt und dunkel war. Ach, wer hätte glauben können, dass wir traurig waren? Doch wir waren Geschwister, vom selben Fleisch und Blut und auch in dem Geist, in dem die tiefen Gefühle zu Hause sind. Plötzlich hatte ich aus irgendeinem Grund ganz furchtbare Angst. Um dieser Angst zu entgehen, klammerte ich mich an die mechanisch arbeitende Bewusstheit, die mich wieder mit mir selbst vereinte.

»Wer ist der junge Herr, den du eingeladen hast?«

»Saburo? Er ist Erster Leutnant auf dem Zerstörer *Sakaki*, der uns von Port Suez aus Geleit gab. Sein Bruder Takeo leitet das Bordlazarett auf der *Matsu*. Saburo und ich teilen nicht nur die gleichen Pflichten und Sorgen, sondern auch die gleichen Gedanken. Das ist es wohl, warum wir Freunde wurden.«

»Dann ist er also Japaner?«

»Ja. Seine Familie bekleidete in Japan eine ähnliche Stellung wie die unsrige hier. Saburos Vorfahren gehörten zum militärischen Lehnsadel. Aber 1868 brach in Japan der Restaurationskrieg aus, das Feudalsystem wurde abgeschafft. Die Familie verlor dabei einen Großteil ihres Vermögens. Saburos Eltern trauern dieser Zeit nicht nach, sie denken sehr fortschrittlich. Sein Vater, ein angesehener Augenarzt, starb leider vor einigen Jahren. Der älteste Sohn wurde Chirurg, Saburo absolvierte die Militärakademie. Er hat noch einen jüngeren Bruder und eine Schwester in deinem Alter, die eine Missionsschule in Tokio besucht. Die Araki sind nämlich Christen, und das seit Generationen. Wenn du Saburo einen Walzer schenkst, wird er dir bestimmt mehr erzählen.«

»Tanzt er denn?«, fragte ich überrascht.

»Aber gewiss. Seit der Restauration hat sich das Erscheinungsbild des Landes sehr verändert. Das gesellschaftliche Leben unterscheidet sich weniger von dem unsrigen, als angenommen wird. Auch sind die Wechselbeziehungen zwischen Japan und Europa sehr intensiv.«

»Schön«, sagte ich. »Du weißt, mir liegt nicht viel an den üblichen Reisebeschreibungen.«

»Das weiß ich wohl. Und es wird nicht besser!«

Gaetano zwinkerte mir zu, bevor sein Gesicht wieder ernst wurde.

»Schwesterchen, ich habe viele Freunde. Aber Saburo ist der einzige, mit dem ich echte Gespräche führen kann.«

Der Walzer war zu Ende. Gaetano nahm mich bei der Hand und führte mich zu Saburo, der sich mit meinem Vater unterhielt. Als wir uns näherten, unterbrachen beide Herren ihr Gespräch, und Gaetano sagte:

»Saburo, Cecilia würde gern mit dir tanzen, fürchtet jedoch, ich sei eifersüchtig. Ich versprach ihr, dir nicht in den Upper Barakka Gardens, wenn alles noch schläft, die Wahl der Waffen zu überlassen.«

Saburo lachte herzlich. Ich sah seine hübschen Zähne blitzen. Beide tauschten einen Blick, und da wusste ich, warum mir der junge Japaner so vertraut vorkam. Er glich Gaetano auf nahezu verwirrende Art. Saburo hatte dieselben hohen Wangenknochen, die gerade Nase, die schön geschwungenen Lippen, kaum, dass seine Hautfarbe etwas dunkler war. Er hatte auch den gleichen Ausdruck im Gesicht, diese seltene Mischung aus Skepsis, Traurigkeit und distanziertem Spott. Ich glaubte plötzlich zu verstehen, warum beide Männer befreundet waren. Da ließ das Quartett einen neuen Walzer erklingen, mein Vater trat lächelnd zurück, und Saburo verbeugte sich vor mir. Seine Hand legte sich leicht und sanft um meine Taille. Saburos Bewegungen waren ein wenig steifer, zögernder als die Gaetanos. In ihm war eine Schüchternheit, die auf merkwürdige Weise meiner eigenen Schüchternheit entsprach. Wir tanzten, während er an mir vorbeisah, als ob er es vermeiden wollte, meinem Blick zu begegnen. Schließlich brach ich das Schweigen. Und wieder war es die Befangenheit, die mich zu einer absonderlichen Bemerkung führte.

»Sie sehen Gaetano wirklich sehr ähnlich.«

Da blickte er mir ins Gesicht. Fältchen zeigten sich in seinen Augenwinkeln. Er antwortete in seinem leisen, klaren Englisch.

»Nun, wir sind gleichaltrig. Und wir haben herausgefunden, dass auch unser Leben einiges Gemeinsames hat.«

Allmählich gewann ich meine Selbstsicherheit zurück und begann, ganz gelöst mit ihm zu plaudern.

»Das sagte auch Gaetano, aber ich kann es mir schlecht vorstellen. Sie kommen von so weit her. Das Einzige, was ich von Japan weiß, ist, wo es auf dem Globus liegt. Ach ja, und da ist noch diese neue Oper von Puccini, Madame Butterfly. Die Musik ist wunderschön, die Geschichte aber so traurig, dass ich weinen musste.«

Er nickte.

»Puccini hat Japan besucht und ließ sich bei einigen Arien von unseren Volksliedern inspirieren. Unsere Musik ist sehr melancholisch. Das liegt in unserer Natur. Wir lieben das Leben, aber Pflichterfüllung und Stolz werden bei uns sehr wichtig genommen.«

»Hier ist es nicht wesentlich anders.«

»Ja, mir ist es bereits aufgefallen.«

»Woran mag es liegen, was meinen Sie?«

»An der Politik, am Zeitgeist. An unserer Erziehung. Wir können unsere Gefühle nur dadurch schützen, dass wir sie hinter Förmlichkeiten verbergen, die auf den ersten Blick sehr steif wirken.«

»Ach«, rief ich lebhaft, »bringen Sie das fertig? Ich – das sage ich Ihnen ehrlich – nicht immer!«

Er lächelte.

»Möglicherweise sind wir Japaner darin begabter als andere. Wir haben im Laufe der Jahrhunderte eine ganz fabelhafte Technik entwickelt, in aller Stille unabhängige Gedanken zu hegen. Denken Sie nicht, dass wir spießig seien. Wir bauen ein schützendes Haus um das wahre Wesen in uns, lachen aber viel unter vertrauten Menschen und sind selten richtig unglücklich.«

Ich spürte eine leichte Verwunderung aufsteigen.

»Erzählen Sie jungen Damen immer solche vertraulichen Dinge?«

Er schien ein wenig zu stutzen.

»Entschuldigen Sie. Und Sie haben recht. Nein, solche vertraulichen Dinge erzähle ich eigentlich nie.«

»Warum also mir?«, fragte ich.

Er kniff die Augen zusammen. Er hatte den ruhigen Blick eines Seemannes, gewohnt, in weite Ferne zu starren.

»Vielleicht, weil Gaetano mein Freund ist und oft von Ihnen gesprochen hat. Deswegen ist mir, als ob ich Sie bereits kenne.«

Ich antwortete viel freimütiger, als es mir eigentlich gestattet wäre.

»Ich habe auch das Gefühl, dass ich Sie kenne. Aber das ist, weil Sie Gaetano so ähnlich sehen.«

Er zeigte wieder sein reizendes Lächeln.

»Takeo – mein älterer Bruder – machte mich schon darauf aufmerksam.«

»Der Arzt?«, fragte ich.

»Ich stelle fest«, erwiderte er, »dass Ihnen Gaetano schon einiges erzählt hat. Ja, Takeo ist Schiffsarzt auf unserem Kreuzer *Matsu*. Er hat ein gutes Auge für Dinge, die mir entgehen. Ich habe meinem Bruder nicht geglaubt. Jetzt frage ich mich, ob ich nicht etwas mondsüchtig bin.«

»Oh, diesen Eindruck machen Sie keineswegs!«

Wir lachten beide. Der Walzer war zu Ende. Wir gingen zusammen zu einem Sofa und setzten uns. Es war sehr heiß; ich fächerte mir Luft zu. Saburo blinzelte amüsiert.

»Nicht nur japanische Damen, auch Herren benutzen Fächer. Haben Sie das gewusst?«

Ich schüttelte den Kopf.

»Nein, ich weiß nichts. Erzählen Sie mir ein bisschen.«

Er lächelte.

»Sie machen es mir nicht leicht. Was soll ich Ihnen erzählen? Vielleicht, dass sich in unseren Städten das Alte und das Neue mischt? Dass wir Vernachlässigung und Zerfall wenig schätzen? Dass wir Errungenschaften, die uns entsprechen, schnell übernehmen, woher auch immer sie kommen? Und – ja, wir haben Hochhäuser in Japan, Telefon und Gasheizung und ein gut ausgebautes Netz von Eisenbahnen. Wir besuchen Konzerte und Opern, in den Großstädten kleiden sich die Herren in Gehrock und Frack. Und die Damen, falls sie nicht Kimono tragen, lassen sich ihre Kleider nach Pariser Vorbild zuschneiden.«

Ich hielt die ganze Zeit das Gesicht ein wenig von ihm abgewandt; man hatte mir beigebracht, den Männern nicht direkt in die Augen zu schauen. Dass Frauen selten zu ernsten Gesprächen herangezogen wurden, hatte ich längst erfahren. Die Männer sprachen zu mir, wie sie zu einem Kind gesprochen hätten, mit einem Lächeln auf den Lippen, das nicht echt war. Nur Gaetano nahm mich wichtig und ernst. Bisher war er der Einzige gewesen. Und nun sprach dieser Fremde zu mir, als ob er sagen wollte: Es ist kein Auge wichtig, das auf dir ruht, denn deins ist wichtig genug.

Ich fragte nachdenklich:

»Zeigt ›Madame Butterfly‹ das echte japanische Leben?«

Er nahm mir auch diese – zugegeben recht naive – Frage nicht übel, sondern antwortete ernst.

»Opern stilisieren das wirkliche Leben. Madame Butterflys traurige Geschichte hätte sich wahrhaftig zutragen können. Wir Japaner nehmen Gefühle sehr wichtig. Wir empfinden tief, und manchmal – ja –, da wählen wir das Opfer als einzigen Weg, um ein Unrecht wiedergutzumachen.«

»Weil Madame Butterfly von ihrem Geliebten verlassen wurde?«

»Er hatte ihren Stolz unterschätzt. Madame Butterfly ist eine ›Geisha‹, eine hochgebildete Künstlerin. Für sie ist die Liebe eine Verpflichtung, ein heiliges Band. Aber ihr amerikanischer Geliebter wollte sich lediglich amüsieren. Puccini wusste, dass es für eine Geisha keine größere Erniedrigung gibt, als wie eine Kurtisane behandelt zu werden. Sie bezeugte ihren Stolz mit ihrem Tod. Ob der Amerikaner die Zurechtweisung verstand, bleibt freilich ungeklärt.«

Wie gut er zu sprechen weiß, dachte ich, mit dieser leisen, klaren Stimme, die Gaetanos Stimme so ähnlich war.

»Ich glaube«, sagte ich, »dass ich die Oper jetzt besser verstehen kann.«

Er schüttelte langsam den Kopf.

»Sie sagten mir, dass Sie geweint haben. Das bedeutet, dass Sie bereits alles verstanden hatten.«

Ich lächelte still und fügte ihn endgültig der vielschimmernden, exklusiven Welt ein, die um Gaetano und mich kreiste – in unserem Suchen nach allem Schönen und Echten. Eine zarte Realität war zwischen uns am Entstehen, heimlich leuchtend wie ein Irrlicht, das feenhaft über nächtliche Gewässer huscht, bevor die Finsternis es schluckt. Und als sich Gaetano zu uns gesellte, als er den Kellner rief, Champagner bestellte, war mein Glück in jeder Weise vollkommen. Bisher war ich – die meiste Zeit meines Lebens – mit mir selbst alleine gewesen. Aber Gaetano hatte nie gewollt, dass ich abhängig von ihm wurde, er hatte Widerstand und Ungehorsam in mir geweckt.

»Habe ich euch im Gespräch gestört?«, fragte er lustig.

»Wir unterhielten uns«, sagte ich, »über Madame Butterfly.«

»Ich hätte nichts dagegen«, meinte Gaetano, »meine Tage in der Oper zu verbringen. Als Knabe war ich ein guter Sopran und wäre am liebsten Sänger geworden. Habe ich dir das nie erzählt, Saburo? Oh, wirklich nicht?«

Dieser schüttelte lachend den Kopf.

»Dein Vater hätte wohl etwas dagegen gehabt.«

Es lag viel Jungenhaftes in Saburos Gesicht, sodass man im Zweifel sein konnte, wie alt er eigentlich war. Seine Augen, die ich verstohlen betrachtete, schimmerten ausdrucksvoll und warm. Die Iris waren groß und goldbraun und wurden von dem dunklen Ton seiner Haut noch betont.

Gaetano reichte ihm ein Glas.

»Oh, ja. Mein Vater wollte mich im Bankgeschäft haben. Aber ich habe ihm einen Strich durch die Rechnung gemacht, indem ich zur Marine ging. Jetzt bin ich nur noch mit Überleben beschäftigt, das habe ich davon. Es kann gut sein, dass dieser Krieg Hackfleisch aus uns macht.«

Er hob sein Glas und stieß mit Saburo an.

»Auf unser Überleben!«

Sie tauschten einen langen Blick. Ich spürte plötzlich, wie ich fröstelte, und zog die Muschelseide enger um meine Schultern. Aber inzwischen hatte ich Pflichten. Etliche junge Männer hatten ihre Unterschrift in mein »Carnet de Bal« gekritzelt. Und so wirbelte ich in ihren Armen über die Tanzfläche, lachte, plauderte fröhlich, wie es sich gehörte. Doch wie unangenehm heiß fühlten sich ihre Hände an, wie fade und langweilig waren ihre Gespräche! Manche, die Söhne reicher Eltern, die Karrieremacher und Emporkömmlinge, nahmen, gewiss unbewusst, eine Besitzerhaltung ein, die mir missfiel. Als Gastgeberin durfte ich auch die weiblichen Gäste nicht vernachlässigen. Im »Boudoir« tupften wir uns den Schweiß aus den erhitzten Gesichtern, benutzten das bereitgestellte Nachtgeschirr, ordneten unsere Frisur und atmeten »Acqua di Parma« ein, das wir auf unsere Taschentücher träufelten. Freundinnen und Kusinen bewunderten meinen Schal, strichen mit klammen Handflächen über das kostbare Tuch. Und immer wieder, während ich tanzte oder plauderte, sah ich aus den Augenwinkeln Saburo und Gaetano, die leise und ernst miteinander sprachen. Es tagte allmählich, die Gesichter wurden bleich, die Gespräche träge. Das Quartett spielte langsame Weisen, und immer weniger Paare tanzten. Die älteren Gäste brachen als Erste auf, eine Gruppe Menschen nach der anderen folgte. Die Pferdedroschken warteten, um die Gäste nach Hause zu bringen, die Motoren der Automobile sprangen laut röhrend an. Durch die Fenstertüren sah ich den Himmel grün werden, hörte im Garten das erste, noch unsichere Zwitschern der Vögel, die den nahenden Morgen verkündeten. Ich stand, in meine Muschelseide gehüllt, mit Wehmut im Herzen, starrte in die dunklen Büsche. Ich atmete in tiefen Zügen die würzige Luft ein, als ich neben mir Gaetanos Stimme hörte.

»Cecilia, du bist müde.«

»Ein wenig.«

Ich wandte mich nach ihm um, mit einem kleinen, traurigen Lächeln auf den Lippen. Saburo stand neben ihm, in seiner ernsten, bescheidenen Art. Der Augenblick des Abschieds war gekommen. Ich wollte ihm die Hand reichen, ihm danken, dass er mein Gast gewesen war, vielleicht noch erwähnen, wie sehr ich unsere Unterhaltung geschätzt hatte. Doch Gaetano sprach weiter, im heiteren Plauderton.

»Kleine Schwester, ich gab Timeo den Auftrag, Saburo in unserem Coupé zum Hafen zu fahren. Da man uns jedoch zehn Tage Urlaub gewährt – knauserig gemessen nach alldem, was wir durchgestanden haben –, machte ich Saburo den Vorschlag, ihm ein wenig unsere schöne Insel zu zeigen. Würde es dir Spaß machen, uns zu begleiten?«

# 25. Kapitel

So fing es an. Und jetzt, da alles vorbei ist, da ich um die beiden Menschen trauere, die ich am meisten geliebt habe, frage ich mich, warum ich mein kurzes Glück so teuer bezahlen musste. Doch mir fehlt die Kraft, auf diese Frage eine Antwort zu finden. Ich muss meine Kraft für das Kind aufbewahren. Saburos und meine Geschichte endete, noch bevor sie eigentlich begonnen hatte. Von Utopien davongetragen, schien uns damals kein Hindernis unüberwindbar. Doch jetzt bin ich erschöpft, in meinem Kopf kreisen träge und wirre Gedanken. Ich tauche in den Schlaf wie in tiefe Gewässer, um zu vergessen, was ich niemals vergessen kann. Im Grunde genommen kann ich nur aus der mir verbliebenen Klarsicht Hoffnung schöpfen. Ich wurde in dieser kurzen Zeit, die in meinem Leben vielleicht nur eine Sekunde ausmachte, inniger geliebt als viele Frauen, die auf ein langes, freudloses Dasein zurückblicken. Mit dieser Gewissheit tröstete ich mich.

Wir trafen uns also in Cafés, unter luftigen Sonnenschirmen, bummelten gemeinsam durch die Straßen, die alle zum Meer führten. In Valletta ist der Morgen immer lebendig, voller Lärm und Bewegung. Ich trug meine Faldetta. Verwandelte sich die Brise in heftigen Wind, schien die Frühjahrssonne grell und brodelten die Staubwolken, zog ich die Faldetta als Schleier über den Kopf. Wir zeigten Saburo den Großmeisterpalast, den Tapestry-Saal mit seinen prachtvollen Gobelins, den Sitzungssaal des Parlaments, dessen Vorsitzender zwei Jahre lang mein Großvater gewesen war. Wir besuchten die Upper Barakka Gardens mit ihren Blumenbeeten und Springbrunnen. Wir lehnten uns über die warme Mauer, und ich blickte durch mein Opernglas auf den Great Harbour nieder. Meine Begleiter zeigten mir, wo die *Transylvania* und – etwas weiter am Hafeneingang – die *Sakaki* und die *Matsu* vor Anker lagen. Das Gewimmel der Soldaten und Seeleute, die Waffen und Material ein- und ausluden, erzeugte ein unentwegtes brummendes Geräusch, das uns aus der Entfernung an das geschäftige Treiben von Insekten denken ließ. Wir besuchten das Fort St. Elmo, wo 600 Verteidiger den Türken zum Opfer gefallen waren. Wir erlebten die Galavorstellung des »Maskenballs« in der ganz neuen Royal Opera und verglichen beim anschließenden Souper Puccini und Verdi. Wir besichtigten die Universität und die prachtvolle Jesuitenkirche, wo ich ziemlich verwundert sah, wie Saburo das Knie beugte und sich bekreuzigte. Er bemerkte mein Erstaunen; und als wir uns später im Café mit einer »Demi-Glace« erfrischten, sagte er lächelnd zu mir:

»Der spanische Missionar Francisco Xavier führte die christliche Lehre bereits 1549 in Japan ein. Damals litt das Volk unter der feudalen Unterdrückung, und viele fanden im Christentum Trost. Ein paar Jahre später erteilte Fürst Oda Nobunaga den Missionaren die Erlaubnis, in der kaiserlichen Stadt Kyoto zu predigen. Unsere Familie – die Araki – gehörten zu den Ersten, die sich bekehrten.«

»Wie kam das?«, wollte ich wissen.

»Das Gebot der Nächstenliebe, der Glaube an hohe Ideale, an die Freiheit, standen in keinem Gegensatz zu unserer Ahnenverehrung. Doch als 1637 der Shogun Tokugawa Iemitsu die Macht ergriff, wurden die Christen verfolgt. Es brachen schwere Zeiten für uns an.«

»In der Spätphase des römischen Imperiums flohen zahlreiche Christen nach Malta«, warf Gaetano ein. »Drohte Gefahr, versteckten sie sich in Katakomben, die noch heute bestehen.«

»Auch die japanischen Christen«, erzählte Saburo, »mussten zeitweise auf die äußerlichen Zeichen des Glaubens verzichten. Sie verständigten sich durch Geheimworte und besondere

Zeichen. Die Ziegel der japanischen Häuser sind mit Wappen- oder Blumenmustern versehen; trägt ein Dachziegel das Muster eines Fisches, wohnt eine christliche Familie dort. Auch unser Schloss, das in der Meiji-Restauration niederbrannte, zeigte einen solchen Ziegel. Wir bewahren ihn sorgfältig auf, als Andenken an eine vergangene Zeit und an tapfere Menschen, von denen einige für ihren Glauben ihr Leben verloren.«

Saburo stellte seinerseits Fragen, und Gaetano erzählte von den tragischen Zeiten, als 1565 das türkische Heer Malta angriff, bis das heldenhafte Ausharren der Belagerten die Ordensstadt rettete. Es ist eine grandiose und grausame Geschichte, die man nicht anhören kann, ohne zu schaudern.

Wir besaßen einige gute Pferde; die Stallungen befanden sich etwas außerhalb der Stadt, im Floriana, wo die Tiere weiden konnten. Gaetano ließ drei Pferde satteln, sodass wir zu längeren Ausflügen aufbrechen konnten. Beide Männer trugen Reitkleider mit eng anliegendem Wams und Schaftstiefeln. Auch ich ritt in Hosen und wusste, dass ich auf Flower, meiner rotbraunen Stute, im Männersattel eine elegante Figur machte. Im Frühling haucht die Insel noch keine dürre Glut aus; nur da, wo kleine Quellen flossen, zeigten Mandel- oder Obstbäume die ersten Knospen. Wir ritten durch Dörfer, an den steinigen Hügelhang gebaut, stillten unseren Durst an uralten, sagenumwobenen Brunnen. Wir durchquerten schlammige Flussbetten, wo gelb der junge Ginster wuchs. Das Meer war blau wie eine Glockenblume; Kriegsschiffe in großer Zahl lagen vor der Küste oder zogen langsam in der Ferne vorbei. Ich hielt mein Opernglas an die Augen, wunderte mich, dass es so viele waren.

Gaetano erklärte, dass unser Geschwader zu den größten der Weltgeschichte gehörte. Er nannte mir die Zahlen, er hatte sie gut im Kopf:

»Wir haben 50 Schlachtschiffe, 550 Zerstörer, 109 Torpedoboote, 171 U-Boote und 272 Schleppschiffe, ganz abgesehen von den Truppen- und Frachtschiffen. Überall in Südeuropa verfügen wir über feste Flottenstützpunkte. Eigentlich«, setzte er lachend hinzu, »brauchten sich unsere Feinde gar keine Mühe zu geben, ihre Sache ist ohnehin zwecklos!«

Ich lachte mit ihm, doch es war nicht ganz echt. Es war wohl so, dass ich es wusste: Die Stunde würde einmal kommen. Ich ahnte, dass jeder glückliche Tag mich dem Abgrund des Todes näher brachte. Und – wie seltsam – ich spürte dabei, dass Saburo meine Empfindungen teilte. Das bestätigten mir seine Augen. Ich bin für gewöhnlich mutig und frech, doch Saburos dunkler Blick berührte die Wände des Herzens, trieb das warme Blut in mein Gesicht. Aber – was konnte ich tun? Der Krieg, der meinen Bruder weit weg von mir nahm, würde auch Saburo mitnehmen …

So vergingen vier Tage. Am fünften Tag hatten wir einen Ausritt zu den nahen Schwesterstädten Rabat und Mdina geplant, damit Saburo die alten Paläste, die Città Vecchia und die berühmten St.-Pauls-Katakomben sehen konnte. Doch frühmorgens traf ein Bote aus Comino ein, wo wir ein kleines Lehnsgut besaßen. Der alte, treue Pächter war unerwartet gestorben. Zwischen seinen beiden Söhnen war ein heftiger Streit ausgebrochen, wer das Gut nun weiterführen sollte. Vater hörte die Nachricht sehr ungern, war er doch mit anderen Dingen beschäftigt. Außerdem waren die Söhne für ihren hitzigen Charakter bekannt. Vater baute darauf, dass Gaetano als führungsgewohnter Offizier mehr Strenge aufbringen konnte, um den Streit zu schlichten. So machte sich Gaetano zu Pferd auf den Weg nach Cirkewwa, wo er die Fähre nehmen würde. In drei Tagen würde er zurück sein, gerade rechtzeitig für seine Einschiffung. Dass er seinen Urlaub dabei opferte, fiel nicht ins Gewicht, denn er musste Vater zur Seite stehen. Zu mir sagte er traurig:

»Ich fürchte, kleine Schwester, unsere schöne Zeit liegt hinter uns. Teile Saburo mit, dass ich ihn auf der *Transylvania* sehen werde.«

Alles geschah in Eile, mein Vater rief ihn in sein Arbeitszimmer, musste ihm noch Papiere aushändigen. Ich umarmte Gaetano zum Abschied, drückte ihn fest an mich. Indessen, Saburo gehörte nicht zur Familie, und der »gute Ton« hätte nun verlangt, dass auch ich auf den Ausflug verzichtete. Doch alle waren beschäftigt, und die Droschke, die uns nach Floriana bringen sollte, würde gleich kommen. Ich hatte nur einen Gedanken: fort von hier, schnell, bevor jemand daran dachte, mich aufzuhalten. Zu meinen Hosen wählte ich hastig eine Bluse aus Seidenkrepp und eine kurze, perfekt geschnittene Jacke. Den Schal aus Muschelseide, den ich mir angewöhnt hatte, täglich zu tragen, band ich mir fest um den Hals. Da hörte ich schon den Wagen vor die Haustür rollen. Ich rannte die Treppen hinunter, meinen kleinen schwarzen Hut noch in der Hand. »Zu den Reitställen!«, befahl ich dem Kutscher Timeo, der mit der Peitsche auf den Knien auf dem Bock saß. Späteren Vorwürfen konnte ich immer noch mit dem Einwand begegnen, Gaetano hätte mich mit einer Botschaft zu Saburo geschickt. Die Fahrt war nur kurz, die drei Pferde standen schon gesattelt im Hof. Saburo war schon da und begrüßte mich mit einem fragenden Ausdruck im Gesicht.

»Danke«, sagte ich zu dem Reitknecht, der Gaetanos Pferd hielt, »wir reiten heute allein.«

Der Reitknecht half mir, in den Sattel zu steigen. Während Saburo und ich die Pferde auf das Tor zulenkten, erklärte ich, was geschehen war. Saburo hörte schweigend zu. Dann sagte er:

»Ich werde unsere Ausritte vermissen.«

Ich erwiderte, nach kurzem Zögern:

»Sie glauben mir vielleicht nicht. Aber diese Tage waren für mich die schönsten meines Lebens.«

Er antwortete langsam:

»Für mich auch. Genauso.«

Ich sprach weiter, den Blick auf Flowers wippende Ohren gerichtet.

»Von Kindheit an war ich leichtfertig und sorglos. Doch

weil ich älter werde und vielleicht auch, weil Krieg ist, habe ich sehr düstere Gedanken. Gegen manche Dinge rebelliert mein Herz. Meine Erziehung hätte mich blind machen sollen; ich kann es nicht sein. Die Grausamkeit des Lebens hat meine Augen geöffnet. Es scheint mir, als sei ich durch lange Erfahrung schon innerlich abgebrüht. Ich träume oft davon, mein Leben gegen ein anderes zu vertauschen, selbst auf die Gefahr hin, in mein Unglück zu rennen. Ich weiß nicht«, setzte ich verlegen hinzu, »warum ich Ihnen das erzähle. Meine Mutter würde sagen, dass ich vorlaut bin. Bin ich vorlaut, Saburo?«

Sein gebräuntes Gesicht verkrampfte sich.

»Ich wollte, ich brächte es fertig, so deutlich über meine Gefühle zu sprechen wie Sie. Wäre ich ein Dichter, könnte ich sie vielleicht in Worte fassen. Sehen Sie, uns Japanern fehlt die Unbekümmertheit. Wohl vermögen wir uns mit ganzem Herzen zu freuen, aber immer folgt dieser Freude der Gedanke: Es wird bald vorbei sein. Der Anblick einer Blume entzückt uns, aber wir seufzen dabei: ›Diese Blume wird morgen verwelkt sein.‹ Und so ist es mit allem. Es mag eine krankhafte Neigung sein, aber mitten in der Freude sucht unser Herz unabänderlich die Melancholie.«

Ich fragte lebhaft:

»Ach, waren Sie unglücklich in dieser Zeit?«

Er antwortete, als schien er mit sich selbst zu sprechen.

»Die Tage mit Ihnen wehten in mein Herz den Hauch tiefer Freude. Die Zurückhaltung, die uns anerzogen wird, begann nachzulassen. Obwohl meine Gefühle zu nichts führen, trage ich heute mehr Begeisterung in mir, weil ich einen Menschen traf, der wie die Kirschblüte in Freiheit und Natürlichkeit erblüht.«

Auf diese Weise hatte noch niemand – ja selbst Gaetano nicht – zu mir gesprochen. Ich wurde rot und blickte auf meine Hände.

»Gewiss necken Sie mich jetzt! Das ist unfair.«

»Nein«, erwiderte er, »ich meine es ernst. Die Kirschblüte ist unsere schönste Blume, weil sie niemals welkt. Der Wind zerstreut die noch frischen, duftenden Blütenblätter und verwandelt sie in schwebende Wolken. Bei uns ist die Kirschblüte gleichsam Symbol des Frühlings und Symbol des Todes. Der junge Krieger wird dahingerafft in der Blüte seines Lebens.

Einer unserer berühmtesten Dichter schrieb folgende Zeilen:

›Ich möchte unter den Kirschblüten sterben
Im blühenden Frühlingsmonat
Wenn es Vollmond ist.‹«

Das Gedicht, das er langsam für mich übersetzte, verwirrte mich. Ich wandte den Kopf und sagte rau:

»Bitte, hören Sie auf. Möchten Sie mich zum Weinen bringen?«

»Nein, das möchte ich nicht«, antwortete er rasch. »Es tut mir sehr leid, wenn ich Sie traurig mache. Es sind Gefühle, die uns geschenkt werden, die in unserem Herzen sind.«

Ich zwang mich zu einem Lächeln.

»Bei uns im Garten wächst ein Kirschbaum, der schon Knospen trägt. Erblühen die Kirschen, werde ich an Sie denken.«

Wir schwiegen, denn wir ritten einen Hügel empor, und die Hufe schlugen gegen die Steine. Rabat und Mdina kamen in Sicht mit ihren alten Bauten, ihren verschwiegenen Gärten hinter den hohen Mauern, die schwingenden Kirchenglocken, die die blaue Luft in Bewegung brachten, Wolken von Schwalben aufscheuchend. Wir wanderten zu Fuß durch die einsamen Straßen, führten unsere Pferde am Zügel. Wir kamen an der Piazza vorüber, wo die Droschken im Schatten der Platanen warteten. Für eine Münze würde ein Kind die Pferde hüten. Die barocken Kirchen bröckelten ab, ihre Pracht war müde, die Fresken waren blass und leblos, der Marmorboden, unter denen die Gebeine vieler Bischöfe ruhten, stumpf. Wieder draußen, blendete uns die Sonne. Eine Bank im Grünen lud zum Verweilen ein. Ein Straßenverkäufer näherte sich. Wir kauften ihm Limonade ab. Als ich getrunken hatte, fühlte ich mich erfrischt und sagte zu Saburo:

»Sie erzählten von Japan, das sich begierig dem Neuen öffnet. Wir Maltesen im Gegenteil misstrauen jeder Veränderung. Ich leide darunter und kämpfe, weil ich einen starken Willen und viel Energie habe. Aber in zehn Jahren werde ich eine dicke Matrone sein mit fünf Kindern und zahlreichen Pflichten, die mir die Flausen austreiben. Doch vielleicht kommt der Krieg und vernichtet uns. Ja, der Krieg vernichtet alles. Ich bin jung, ich will leben, und ich habe große Angst vor dem Krieg.«

»Ja«, sagte er dumpf, »wenn man darüber nachdenkt, ist der Krieg eine furchtbare Sache. Deswegen mag es besser sein, nicht zu viel darüber nachzugrübeln. Aber solche Dinge sollte ich eigentlich nicht sagen.«

»Warum denn nicht?«

»Weil viele Menschen es nicht verstehen würden. Der Krieg war immer dabei, hat die Welt und die Staaten geformt und sie zu dem gemacht, was sie sind. Wir alle wurden mit dem Gedanken erzogen, Krieg sei eine absolute Notwendigkeit. Auf diese Weise hinterfragen wir nicht zu sehr das ›Warum‹ der Dinge. Doch mein Bruder ist Chirurg. Was er in seinem Lazarett erlebt, ist der wahre Kern des Krieges, das menschliche Leid. Ich für meinen Teil denke, dass bereits zu viele Opfer gebracht wurden.«

Ich hörte zu, wobei ich mit der Spitze meines Reitstiefels kleine Kreise in den weißen Staub zog.

»Haben Sie mit Gaetano darüber gesprochen?«

»Ja, sehr oft. Er denkt wie ich, das ist es ja, was uns verbindet. Doch solche Gedanken sollten nicht in fremde Ohren kommen. Es könnte gefährlich sein.«

Ich spielte mit meiner Reitgerte.

»Trauen Sie nicht jedem?«

»Nicht jedem, nein.«

»Warum mir also?«

Ein kleines Lächeln zeigte sich auf seinen Lippen.

»Vielleicht, weil Sie anders sind?«

»Inwiefern bin ich anders?«

»Vielleicht haben Sie das, was wir in meiner Heimat ein ›verständnisvolles Herz‹ nennen?«

Ich rollte eine Haarsträhne um meinen Finger.

»Ach, ich weiß nicht! Ich sage oft Dinge, die unschicklich sind. Meine Eltern weisen mich zurecht, weil ich zu viel rede. Und Sie trauen mir zu, dass ich schweigen kann?«

Er schüttelte leicht den Kopf; das Lächeln war nicht von seinen Lippen gewichen.

»Sie wissen genau, über welche Dinge es zu schweigen gilt. Sie sind ein redlicher Mensch.«

Ich sah ihn fast erschrocken an, verstohlen. Wie kam es nur, dass er mein wahres Wesen so schnell erkannt hatte? Und obwohl seine Worte mich froh machten, sagte ich bitter:

»Ich denke, wir Frauen verabscheuen den Krieg.«

Er nickte.

»Auch wenn Frauen seltener als Männer ihr Leben auf dem Schlachtfeld gefährden, werden sie in ihrem Herzen verwundet. Und es sind Wunden, die niemals heilen.«

Ich seufzte tief auf.

»Sterben wir auch an diesen Wunden?«

»Ja«, antworte er, kaum hörbar, »das kommt vor.«

Wir standen auf, denn wir hatten schon zu viel gesagt, und machten uns langsam auf den Weg. Die Hufe der Pferde schlugen auf die Pflastersteine; es war fast das einzige Geräusch, das durch die verlassenen Straßen hallte.

Wir verließen die Ortschaft, die in der Mittagshitze döste, verlassen und versunken in der Wahrung einer Geschichte, die sich langsam vollzog. Die alten Steine würden uns vergessen, so wie sie die vielen Menschen vergaßen, die hier gelebt und gelitten hatten. Wer waren wir denn, wenn nicht Schemen, die über Gefühle sprachen?

Vor der Mauer traten wir schweigend den Heimweg an. Es war eine Befangenheit zwischen uns, die wir beide spürten und die in unseren Herzen mitschwang. In Gedanken versunken, geblendet von der Sonne, sah ich nicht die kleine, graue Natter, die sich vor dem Schatten des Pferdes rasch verdrückte. Doch Flower sah sie, wieherte erschrocken und scheute mit einem heftigen Ruck. Die Natter ringelte sich zischend zusammen. Ich hielt mich im Sattel, fasste die Zügel straffer, doch Flower bäumte sich mit blitzenden Hufen hoch auf. Der kräftige Hals wurde an den Zügeln, die ich fest in den Händen hielt, zurückgerissen. Flower zuckte wie in einem Krampf zusammen, sprang vom Weg ab; hier war die Böschung steil. Flower kippte seitwärts, kämpfte um ihr Gleichgewicht. Ich verlor die Steigbügel und wurde aus dem Sattel geschleudert. Der Boden sauste mir entgegen. Ich hatte das Gefühl, dass mein Kopf explodierte. Dann wurde alles dunkel und still.

## 26. *Kapitel*

Durch meine Benommenheit kreisten Bilder des Traums, der Phantasie und des Fiebers. Ich spürte Nässe auf meinem Gesicht; kühle Hände streichelten meine Wangen. Dann fühlte ich mich hochgehoben, und der Rand einer Feldflasche drückte an meine Lippen.

»Trink«, sagte eine Stimme. »Langsam …«

Ich schluckte Wasser, das nach Eisen schmeckte. Blut …, dachte ich. Warum Blut? Ich verschluckte mich, hustete. Mein Blick klärte sich. Ich lag auf einer Decke im Schatten. Arme, an die ich mich fast ohne es zu merken klammerte, hielten mich fest.

»Was … was war mit mir?«

»Dein Pferd hat gescheut. Eine Schlange.«

Ich hörte einen warmen, etwas schleppenden Akzent und erkannte den Menschen, der zu mir sprach.

»Saburo …«

»Ja«, sagte er. »Bleib ruhig liegen, es geht gleich vorbei.«

Er hielt mich fest in den Armen. Ich hatte Schmerzen im Kopf, eine Dumpfheit in den Ohren.

»Bin ich verletzt?«

»Du bist gegen einen Stein geschlagen. Hier, spürst du es?«

Seine Hand nahm meine Hand, führte sie behutsam an meiner Schläfe entlang. Ich spürte eine Schwellung unter meinem Haar, die sehr weh tat.

»Blute ich?«

»Kaum«, sagte er. »Bewege dich ein wenig, aber vorsichtig. Hast du sonst wo Schmerzen? Im Rücken? An den Hüften?«

»An der Schulter.«

»Versuche, den Arm zu heben. So ist's gut! Nein, du hast nichts gebrochen.«

»Wirklich nicht?«

Er lächelte ein wenig.

»Mein Bruder ist Arzt. Ich habe da ein bisschen Erfahrung…«

»Warum blute ich denn im Mund?«

»Du hast dir auf die Lippe gebissen, nichts Schlimmes.«

Allmählich kam ich wieder zu mir. Meine Kleider waren unordentlich und staubig, und ich hatte am ganzen Körper Muskelschmerzen. Ich hielt mich an Saburo fest, versuchte mich aufzurichten.

»Was hast du denn?«, fragte ich verwundert.

»Nichts.«

»Du zitterst ja!«

»Ich hatte große Angst um dich.«

Tränen schwammen mir plötzlich vor den Augen. Ich zwinkerte heftig.

»Lass Gaetano nicht wissen, dass ich gestürzt bin!«

»Wenn du es nicht wünscht, werde ich nicht davon sprechen.«

»Wo sind die Pferde?«

»Ich habe sie im Schatten angebunden.«

»Ist Flower verletzt?«

»Nein, ihr geht es gut. Ich habe sie beruhigen können. Noch etwas Wasser?«

Er setzte die Flasche an meine Lippen. Ich spürte, wie durstig ich war, und trank gierig, bevor ich ihm die Flasche reichte. Er machte ein verneinendes Zeichen.

»Das Wasser ist für dich.«

»Bist du sicher, dass du keinen Durst hast?«

»Ganz sicher«, erwiderte er.

Wir neigten unsere Gesichter zueinander. Ich sah im Hell-Dunkel seine glänzenden Augen. Ganz langsam hob er die Hand, streichelte mein Haar, dann meine Wange. Ich sagte nichts, ließ ihn gewähren. Als seine Lippen leicht meinen Mund berührten, spürte ich noch immer, dass er zitterte. Der erste Kuss war zart, fast wie der Kuss eines Kindes. Einige Atemzüge lang bewegte er das Gesicht ganz langsam hin und her, streichelte mich mit seinem Atem. Wir sahen uns im Halbschatten an, und auf einmal schloss sich sein Mund um den meinen, rieb und drückte ihn, bis die kleine Wunde, die meine Zähne geschlagen hatten, wieder blutete. Als unsere Lippen sich endlich voneinander lösten, saßen wir eine Weile ganz still, die Gesichter aneinander geschmiegt. Er brach als Erster das Schweigen, mit leiser, gelassener Stimme.

»Bevor ich dich küsste, wusste ich nicht, dass ich es tun würde. Aber hättest du mich zurückgewiesen, hätte ich es nie wieder versucht.«

Ich sagte, ebenso leise:

»Ich blute im Mund.«

»Ja« erwiderte er, »ich schmecke es.«

Ich öffnete die Lippen; er ließ seine Zunge in meinem Mund kreisen und trank mein Blut. Mein ganzer Körper, schmerzend und wund, drängte sich ihm entgegen. Ich spürte ein seltsames Pochen im Leib, ein Pochen, das ich bisher nur im Traum oder im Halbschlaf gefühlt hatte. Plötzlich zuckten wir beide zusammen. In der Ferne bellten Hunde. Das Gekläff kam näher; wir lagen ganz still, hielten den Atem an. Dann kehrte Ruhe ein. Die Hunde entfernten sich. Die große Hitze des Mittags flimmerte über die Felsen, doch in der Höhlung war es dämmrig und frisch wie am Boden eines Brunnens. Lange und schweigend sahen wir uns an, bevor ich die Arme hob, mein ganzes Gewicht an seinen Hals hängte und ihn zu mir herunterzog.

Man hatte mir beigebracht, dass eine junge Dame aus gutem Hause gewisse Regeln nicht brechen, gewisse Grenzen nicht überschreiten darf. Tut sie es trotzdem, verliert sie ihren guten Ruf, weil die Männer es unter sich weitererzählen. Doch bei diesem Mann, der so anders war, anders sogar als Gaetano, fühlte ich mich auf geheimnisvolle Weise geborgen, wie eine

Reisende, die nach mühsamer Wanderung endlich ihr Ziel erreicht. Ich spürte eine heiße, innere Freude, die mir Leichtigkeit verlieh. Und plötzlich wusste ich, dass er der Mensch war, auf den ich immer gewartet hatte, die Gestalt in mir, die ich in hundert Träumen gesehen hatte. Ich wusste, dass sich unter meinen Augen ein Wunder vollzogen hatte, und nahm im Voraus alles an, was mir widerfahren konnte. Und ich wusste – ohne dass wir ein Wort darüber verloren –, dass er meine Empfindung teilte. Und so küssten wir uns, als würden wir verdursten und könnten unseren Durst aneinander stillen. Wie leicht der Beginn war! Wie vermählten sich unsere Bewegungen! Was wir taten, geschah wie aus einem uralten Wissen, jede Geste ging mühelos in die andere über, als hätten wir uns schon vor unserer Geburt geliebt, als nähmen wir nur den Faden wieder auf. Ich war neugierig auf diesen Mann, der keinem anderen glich, betrachtete ihn voller Leidenschaft. Ja, Saburo war schön, mit dieser bezaubernden Mischung aus der Wohlerzogenheit von einst und der Ungezwungenheit der heutigen Zeit. Und dieser klare Blick, der furchtbare Dinge gesehen hatte und trotzdem nach wie vor leuchtete, als weigere er sich, das Böse auf Erden wahrzunehmen! Er schien das große Spiel der Verführung, das angeblich jeder Mann beherrscht, nicht zu kennen. Jede Geste war ruhig, sicher, und entsprang einer inneren Ausgewogenheit. Gelassen trotzte er den uns auferlegten Konventionen, ebenso wie ich ihnen trotzte, und wir wussten es beide. Doch wir hatten das Fest des Zeitvergessens erfunden; die Wirklichkeit rückte in weite Ferne. Unsere Wirklichkeit war die Entdeckung unserer Körper, ihre Fähigkeit, Freude zu geben und zu empfangen. Und als wir aus dem Taumel unserer Sinne erwachten, sprach er an meinem Mund jene Worte, die ihm meine Liebe für immer gewannen und mich mein Herz kosteten.

»Als ich dich zum ersten Mal sah, da stand die Welt für mich still. Ich konnte nichts sagen, nichts denken. Ich wusste nur, dass wir zusammengehören.«

Er hatte beide Arme um meinen Hals gelegt; ich ließ weich den Kopf auf seine nackte Schulter hängen.

»Hattest du Angst?«

»Ja, ich hatte Angst«, erwiderte er schlicht. »Wer fürchtet sich nicht vor der Liebe?«

»Ich – ich fürchte mich nicht«, sagte ich, mit fester Stimme. Er hielt verwundert inne. Man hatte mir eine bestimmte Art des Benehmens eingepaukt. Ich hatte die Dinge so hingenommen, wie sie nun einmal waren, auch die Vorurteile und Einschränkungen, und hatte bisher ein leichtes Leben gehabt. Doch nun empfand ich, als hätten die anderen mich angelogen, weil auch ich begonnen hatte, mich selbst zu belügen. Erst durch Gaetano ahnte ich das Vorhandensein einer anderen Welt, zerbrechlich und schwer zu fassen, doch gerade in ihrer Zartheit stark: die Welt der geistigen Freiheit. Und wenn auch diese geistige Freiheit unter vielen Zwängen zu ersticken drohte, so war sie doch in mir und prägte mein Denken und Fühlen. In diesem magischen Augenblick entschloss ich mich, nur noch in dieser Welt zu leben. Und so vertauschten wir die Rollen: Ich wurde die Führende, die Besitzergreifende, mit einer Leidenschaft, die vielleicht den Tiefen dieser Insel entsprang, wo tausend Jahre zuvor die Göttinnen die Sterne befragten. Saburos Begehren verwandelte ich in einen von mir gewollten Akt. Ich war die Nehmende, mit gierigem Blick und ungeduldigen Händen. Ich war es, die das Blut meiner verletzten Lippe von seinen Lippen leckte. Ich drängte mich ihm entgegen, und er, von meinem Blick gefangen, war feuchter Ton unter meinen suchenden Fingern. Und ich spürte, dass auch er von der gleichen Leidenschaft erfasst war, von der gleichen Ekstase. Und als wir uns schließlich vereinigten, wusste ich, dass er ein Teil von mir wie auch ich auf ewig ein Teil von ihm geworden war, und nichts im Diesseits oder Jenseits uns trennen konnte. Und noch später, als wir matt und verschwitzt auf dem ausgebreiteten Mantel lagen, noch während mein Bauch und meine Schenkel in reflexartigen Aufwallungen zitterten und Tränen meine Augen verdunkelten, da beugte er ganz tief das Gesicht zu mir hinab und fragte, ich ob ich ihn heiraten wollte. Es war eine Frage, über die ich keine Sekunde nachgedacht hatte, und doch war es genau die Frage, die ich von ihm hören wollte. Zärtlich hob ich beide Hände, zeichnete mit den Fingern die Konturen seiner Augen, seiner Stirn, seiner Wangen nach.

»Und deine Familie?«

Ich lag an seiner Brust. Seine Arme hielten mich fest umschlossen.

»Du weißt«, sagte er, »dass wir Christen sind. Das bedeutet, dass meine Familie die Heirat mit einer Ausländerin eher akzeptieren würde als mit einer traditionell japanischen Frau. Takeo ist fünfzehn Jahre älter als ich und hat mir in vielen Dingen den Vater ersetzt. Er wird Verständnis zeigen.«

»Und deine Mutter?«

Jetzt lachte er leise vor sich hin.

»Sie gibt jungen Mädchen Turnunterricht und gehörte eine Zeit lang sogar der Suffragetten-Partei an.«

»Oh!«, rief ich interessiert. »Gibt es die auch in Japan?«

»Gewiss. Sie sagt allerdings, eine echte Frauenrechtlerin ist nicht eine Frau, die ihre Rechte fordert, sondern eine Frau, die ihre Rechte hat.«

»Sagt sie das wirklich?«

»Sie sagt es. Und meint es auch so. Und handelt danach. Sie hat vier Kinder großgezogen, sie macht alles gut und richtig. Lass dich nicht über unsere Frauen täuschen, Liebes. Ihr sanftes Lächeln, ihre weiche Stimme bergen Überraschungen. So könnte einzig meine Großmutter Widerstand zeigen. Sie ist eine störrische alte Dame, mit den Vorurteilen ihrer Generation. Da ich aber ihr Lieblingsenkel bin, wird sie dir nicht allzu lange misstrauen. Aber wie steht es bei dir? Was werden deine Eltern sagen?«

Ich schmiegte mich enger an ihn.

»Sie werden zu Anfang Moral predigen, mein Vater eine halbe Stunde lang. Meine Mutter wird weinen, als ob die Welt um sie herum zusammenbräche. Vielleicht solltest du zuerst mit Gaetano reden?«

»Es wird nicht schwierig sein«, erwiderte er lächelnd. »Er ist wie ein Bruder für mich.«

»Glaubst du, dass ich in Japan leben könnte?«

»Du könntest überall leben, du bist so fröhlich. Aber ich warte ja bereits auf meinen ersten diplomatischen Posten. Ich werde an Botschaften akkreditiert werden, wo meine Kenntnisse von Nutzen sein können. Wir werden in vielen Ländern leben.«

Mit Saburo würde ich fortziehen, ihm über das Meer folgen, auf einem großen Dampfer, der mich auf seine Inseln brächte, die so grün und fruchtbar waren wie die meine dürr und gelb. Er kam aus einem Land, von dem ich kaum etwas wusste, ein Land verschwommener poetischer Vorstellungen, wo die Frauen, wie Schmetterlinge gekleidet, in Würde zu sterben wussten, wenn ihr Stolz gekränkt wurde. Welches Schicksal harrte meiner dort? Plötzlich erwachte in mir Liebe für dieses ferne, unbekannte Land. Denn die Herzen auf beiden Seite der Erde waren dieselben, aber das war ein Geheimnis, das viele Menschen nicht wahrhaben wollten, weil sie ihre Herzen gegenseitig noch nicht kennengelernt hatten. Ich sagte mir, dass ein Geheimnis schließlich nichts anderes als Ungewissheit ist. Nur Liebende ahnen, wo es liegt, sie können es finden und aufbrechen, mit all seinem Zauber und seinen Widersprüchen. Ich dachte, dass auch ich dieses Geheimnis finden und besitzen wollte. Mir war, als wäre ich bereits unterwegs durch eine nebel- und sonnendurchglühte, strahlende Welt der Liebe und Träume. Sie war unser Ursprung, unsere Insel, der Ort, wo wir Erfüllung fanden. Gab es eine andere Welt? Es gab keine.

# 27. *Kapitel*

Wir ritten zu den Stallungen, wo die Knechte die Pferde in Empfang nahmen. Dann begleitete mich Saburo in einer Droschke nach Hause. Staubig und zerschunden, wie ich war, ließ sich der Unfall nicht verheimlichen. Obwohl Saburo alle Schuld auf sich nahm, dass er die Natter zu spät gesehen hatte, zeigte sich meine Mutter sehr ungehalten. Sie verordnete mir Bettruhe und gab Saburo zu verstehen, dass fortan mit den Ausflügen Schluss sei. Ich verbrachte eine unruhige Nacht, hatte Schmerzen im Hinterkopf und ein leichtes Fieber. Seltsame Bilder schwebten durch mein Hirn; Traumfetzen stiegen empor, zogen vorbei, schwanden dahin. Paola flößte mir Baldrian ein, stellte das Fläschchen auf die Kommode neben dem Bett, legte den silbernen Löffel behutsam auf den Stöpsel. Statt mich zu beruhigen, verdeutlichte der Baldrian meine Träume. Immer wieder sah ich Saburos Gesicht über mir, spürte das leichte Gewicht seines Körpers auf dem meinen. Wie seltsam, dass mein Liebster ein Ausländer war, den ich arglos und zufällig traf, ein Vertrauter unter vielen Fremden! Wir gehörten zu jenen, die sich liebten, beständig in einer unbeständigen Welt. Es war die erste Nacht, in der es begann, dass ich ihn so nahe fühlte, nahe in mir, in meinem Blut, in meinem Unterleib. Ich war nicht hier, in diesem Bett, sondern weit weg, in einem magischen Traumland, wo wir uns in den Armen hielten, mit leiser Stimme zueinander sprachen.

Ich schlief bis spät in den Morgen hinein und fühlte mich besser. Am Nachmittag kam Saburo, um nach meinem Befinden zu fragen. Es war schließlich normal, dass er das tat. Mutter empfing ihm im Salon; ich durfte anwesend sein. Ich trug ein schlichtes Hauskleid, weiß, mit schmalen blauen Streifen, und mein Haar war zu zwei ordentlichen Zöpfen geflochten. Mutter bedankte sich liebenswürdig für die Früchte, die er brachte, doch Haltung und Ton zeigten unmissverständlich, dass weitere Besuche unerwünscht waren. Indessen, das Geschwader nahm in zwei Tagen Kurs auf Palermo und von dort aus weiter nach Alexandria. Gaetano wurde stündlich erwartet, und Mutters gereizte Stimmung verbot ihr dem Freund ihres Sohnes gegenüber die Höflichkeit nicht. Umso mehr verwunderte es mich, als sie plötzlich Dinge sagte, die ich nicht erwartet hatte, aus ihrem Munde zu hören.

»Herr Araki, es ist Krieg, und ich bin in Sorge. Gaetano ist für mein Empfinden gar zu kühn. Er ist nicht standhaft, steif wie ein Fels, sondern beweglich und waghalsig. Man schreibt ihm auch die Neigung zu, Gefahren zu unterschätzen.«

Sie verzog die Lippen, als ob sie über sich selbst lachen wollte.

»Aber das sind Eigenschaften, die er bereits als Knabe zeigte.«

»Nun«, erwiderte Saburo lächelnd, »mir kam zu Ohren, er habe früh begonnen, Mut zu beweisen. Und scharfsinnige schnelle Entschlüsse mögen oft mehr bewirken als das methodische standhafte Denken.«

Mutter, die in hohem Maße die Fähigkeit besaß, Gemütsbewegungen zu verbergen, nickte nur.

»Gott höre Sie! Aber diese U-Boote machen mir Angst.«

»Sie sind gefährlich, wenn sie zu nahe an die Schiffe herankommen. Dann vermögen ihre Geschosse große Schäden anzurichten. Deshalb versuchen wir auch, sie nicht heranzulassen.«

»Ach, gelingt Ihnen das?«

Er deutete eine Verbeugung an.

»Ich bitte Sie, uns Vertrauen zu schenken. Wir gehen in Gefechtsformation und schützen die britischen Schiffe, wenn sie wegen der alltäglichen Havarien stoppen müssen.«

Sie seufzte, bevor sie ein kleines Lächeln zeigte.

»Wahrscheinlich bin ich grundlos unruhig. Die Phantasien einer Mutter schaden einem Sohn, der sich behaupten muss.«

»Lady Sforza«, antwortete Saburo, langsam und ernst, »die Befürchtungen einer Mutter entstehen auf dem Grund der Seele, auf heiligem Grund.«

Sie zupfte nervös an ihrem Kaschmirschal. Ihre Wangen hatten sich leicht gerötet.

»Sie mögen recht haben. Aber es ist trotzdem sehr dumm von mir. Komm, Cecilia, verabschiede dich von deinem Gast. Du bist blass und solltest dich wieder hinlegen.«

»Mir geht es schon gut!«, sagte ich ärgerlich, spürte ich doch, dass sie aus verschiedenen Gründen Saburos Besuch verkürzen wollte. Sie hatte bereits nach Paola geklingelt, damit sie mich wieder in mein Zimmer bringe. Indessen, sie unterschätzte mich. Denn als sich Saburo vor mir verbeugte, drehte ich ihr kurz den Rücken zu und formte mit den Lippen ein paar Worte:

»Morgen. Drei Uhr. In den Barakka Gardens.«

Er erwiderte meinen Blick. Er hatte verstanden.

In dieser Nacht schlief ich traumlos und gut, bis das Sonnenlicht in mein Zimmer fiel. Die Schmerzen waren verklungen, das Fieber war gefallen.

Am Nachmittag ließ ich meine Mutter wissen, dass ich frische Luft brauchte und einen Spaziergang machen würde.

»Nicht zu lange«, sagte Mutter. »Du bist noch nicht ganz wiederhergestellt.«

In meinem Zimmer stellte ich mich vor den Spiegel, legte den Schal aus Muschelseide um. Der Schal war so lang, dass ich den kostbaren Stoff mehrmals um meinen Hals schlingen konnte; und immer noch fiel er herab, bis unter meine Knie. Und da – einer plötzlichen Eingebung folgend – nahm ich eine winzige Schere aus meinem Nähkorb, legte den Schal schön flach auf den Tisch und schnitt ihn in der Mitte durch, genau dort, wo sich der Seestern befand. So ausgewogen war das

Muster, dass es schien, der Seestern sei absichtlich an dieser Stelle gewoben, als Abschluss und nur zur Hälfte sichtbar. Ich nahm mir vor, den Rand zu vernähen, damit der unwahrscheinlich feine und kostbare Stoff nicht ausfransen konnte. Doch im Moment fehlte mir die Zeit dazu. Ich wickelte die eine Hälfte des Tuches um den Hals, verbarg die andere in meinem Blusenausschnitt. Dann zog ich die Faldetta über. Gerade wollte ich mit Paola das Haus verlassen, als mir Mutter auf der Treppe begegnete. Sie sah mich erstaunt an, und mir stockte der Atem, als sie sagte:

»Warum trägst du die Faldetta? Wo es draußen doch schon so warm ist!«

Schon hatte ich die richtige Antwort bereit, drehte ihr mein Profil zu.

»Die Wunde, hier. Man sieht noch die Kruste …«

Das leuchtete meiner Mutter wohl ein.

»Nur eine halbe Stunde«, sagte sie. »Gaetano kann jeden Augenblick hier sein.«

Die Upper Barakka Gardens, oberhalb der St. Pauls Bastion, sind abends ein beliebtes Ziel für Spaziergänger, aber um diese Zeit und bei der Hitze würde ich kaum Bekannte dort treffen. Es stimmte schon, dass ich noch schwach war, dass meine Beine mich kaum zu tragen vermochten. Aber vielleicht kam es nur von der Aufregung? Ich setzte mich auf eine Bank, im Schatten einiger Bäume, die schon voll von kleinen hellgrünen Blättern waren. Als die Kirchenglocken drei Uhr schlugen, gab ich Paola Geld und erteilte ihr den Auftrag, einige Besorgungen zu machen, und zwar so, dass sie Geschäfte aufsuchen musste, die weit voneinander entfernt lagen. Sie nahm das Geld und machte sich auf den Weg. Die Vögel und die Bäume waren still, ich hörte nur mein Herz klopfen. Doch ich brauchte nicht lange zu warten, schon knirschten leichte Schritte auf dem Kies. Ein Schatten berührte mich, und Saburo setzte sich neben mir auf die Bank. Zitternd streckte ich die Hand nach der seinen aus. Er presste meine Finger in seine feuchte Handfläche. Er trug wieder seine Marineuniform. Wir sahen einander an, mit Qual in den Augen. Ich betrachtete seine Gesichtszüge, das Beben seiner Lippen, seinen dunklen, verzweifelten Blick. Leise sagte ich:

»Meine Zofe macht Besorgungen. Aber ich habe nur wenig Zeit.«

Er nickte.

»Ich war schon früher da und habe gesehen, wie sie ging. Hör zu, ich werde mit Gaetano sprechen. Gleich morgen. Wir brauchen seine Zustimmung. Takeo habe ich mich bereits anvertraut; er wird uns unterstützen. Du wirst ihn kennenlernen, sobald wir aus Ägypten zurück sind. Er wird dich sofort mögen, ich weiß es ...«

»Sprich«, flüsterte ich. »Hör nicht auf! Ich liebe deine Stimme. Ich will sie in meinem Herzen bewahren ...«

»In Japan«, erklärte er, »ist die Heirat selten eine Herzensangelegenheit zwischen Mann und Frau, sondern ein Knoten, der zwei Familien bindet. Aber die Welt ändert sich, und Ausnahmen sind zugelassen. Menschen mit eigener Lebensauffassung können Zustände kennen, ohne sich ihnen selbst unterziehen zu müssen. Das wird bei uns durchaus gestattet.«

»Wenn meine Eltern mir die Heirat verbieten, werde ich mit dir fliehen, Saburo.«

»Nein, sie werden Einsicht zeigen. Du hast allen Grund, auf deine Familie stolz zu sein. Verlass dich auf Gaetano und auf mich! Du darfst keine Angst haben, Liebes. Alles wird gut.«

Er hob meine Hände an sein Gesicht, küsste meine Handflächen. Ich schluchzte leise, tränenlos. Konnten sich zwei Herzen verbinden, ohne dass daraus Schmerz und Leid entstanden? Die Zeit verrann, sie rann uns beiden aus den Händen. Paola konnte jeden Augenblick wieder da sein. Mit tastenden, unsicheren Fingern zog ich die Muschelseide aus meiner Bluse hervor. Saburo starrte mich an, ohne zu begreifen. Ich erwiderte lächelnd seinen fragenden Blick.

»Ich habe es zerschnitten, Saburo. Ein Teil für mich, ein Teil für dich. Es ist das Kostbarste, was ich dir geben kann. Gaetano wird es verstehen.«

Er nahm das Tuch, hob es an seine Lippen.

»Es ist noch warm«, flüsterte er. »Warm von deiner Haut...«

»Trage es immer bei dir. Es wird dich beschützen...«

»Ja«, flüsterte er, »nahe bei meinem Herzen.«

Ich sah zu, wie er es sorgfältig zusammenfaltete, unter seine Jacke in seine Hemdtasche gleiten ließ. Dann sagte er:

»Du wirst jetzt eine Weile auf mich warten müssen. Aber ich komme wieder.«

Ich hob das Kinn, straffte die Schultern.

»Ich werde auf dich warten.«

Meine Augen füllten sich mit Tränen. Doch ich weinte nicht. Männer, die in den Krieg ziehen, wollen sich an ein Lächeln erinnern. Vielleicht macht sie dieses Lächeln unverwundbar? Ich wollte es glauben. Je schneller er jetzt von mir ging, desto früher würde er wieder zurück sein. Das Warten begann, es hatte längst begonnen. Und so lächelte ich ihn an, mit zitterndem Mund.

»Geh jetzt, bitte! Geh...«

Ein letztes Mal berührten sich unsere Lippen. Und da sah ich, wie seine Augen dunkel wurden, dunkel von Tränen. Unsere Hände lösten sich; meine Hand fiel herunter wie ein welkes Blatt. Er erhob sich, und ich sah vor mir im Gegenlicht einen Marineoffizier mit einem fremdartig starren, von der Sonne verbrannten Gesicht, der sich steif vor mir verbeugte. Und dann ging er, allein, abwesend, trat aus der klaren Nähe hinaus in die flirrenden Luftschleier, wo er zum dunklen Schatten wurde, zum Phantom. Und dann war er fort; und trotz der warmen Aprilsonne und der Glut in meinem Innern fror ich, fror bis ins Mark.

Gaetano kam erst abends von der Reise zurück. Er war ziemlich müde und gähnte. Den Streit in Comino hatte er schlichten können. Außer einer flüchtigen Umarmung und dem kurzen Bericht über den Reitunfall war jedes vertrauliche Gespräch unmöglich, denn bevor er sich vor Sonnenaufgang zur *Transylvania* rudern ließ, gab es noch vieles, was er mit den Eltern zu besprechen hatte. Ich verbrachte eine kurze, unruhige Nacht. Und dann wurde es hell, und Paola klopfte an die Tür. Gaetano frühstückte bereits. Im Garten war die Dämmerung mit ihrem Rosa und Grau. Einige Vögel zwitscherten verschlafen. Ich holte mir eine Tasse Tee mit Milch, setzte mich neben Gaetano. Ich wagte es kaum, ihm in die Augen zu blicken, der Mut sank mir, meine Hände zitterten. Meine Nerven hatten nicht Zeit gefunden, sich zu beruhigen. Ich sagte halblaut:

»Ich habe mit Saburo gesprochen.«

»So, worüber denn?«

Er lächelte mir zu, war aber mit den Gedanken weit weg. Ich warf einen Blick auf Mutter, die im Morgenkleid und mit blassem Gesicht ins Speisezimmer kam, und fügte, noch leiser, hinzu:

»Er hat dir einiges zu sagen.«

Gaetano trank einen Schluck und nickte.

»Dazu wird er bestimmt Gelegenheit haben.«

Seine heitere Stimme, seine scheinbare Unbekümmertheit lösten zum ersten Mal eine Art Zorn in mir aus; mein Bruder mit den spöttisch-lustigen Augen, der schmalen Taille unter der tadellos geschnittenen Uniform benahm sich nicht wie ein Mann, der in den Krieg zieht. Wo schreckliche Schatten sich erhoben, begegnete er ihnen mit Leichtfertigkeit. Er schien nichts ernst zu nehmen, nicht einmal sich selbst. Dann wurde mir plötzlich klar, dass es kein Zorn war, nein: Es war Panik. Sie stieg in mir auf, aus den Schneckengängen meiner Gedanken, ich konnte ihr keinen Einhalt gebieten. Aber nein, dachte ich, nein, alles wird wie üblich verlaufen, die U-Boote werden einen Angriff auf die Royal Navy nicht wagen, und in einem Monat ist Gaetano wieder da, und vielleicht ist dann der Krieg vorbei, und ich werde meinen Eltern beibringen müssen, dass ich Saburo heirate und nach Japan ziehe. Es wäre ein Ereignis, das unvorhergesehen und gewiss schmerzlich für sie sein würde, sie würden eine Zeit lang wohl schwer daran tragen, aber letztlich mit den Tatsachen schon zurande kommen. Doch irgendwie schien Gaetano meine Beklemmung zu spüren.

»Du siehst schlecht aus, kleine Schwester. Sag, wovor hast du Angst?«

»Ich weiß es nicht. Vor furchtbaren Dingen.«

»Es wird nicht ärger werden als sonst. Mach dir keine Sorgen, Cecilia. Trink in Ruhe deinen Tee.«

Ich nickte mit zugeschnürter Kehle. Er berührte meine Wange.

»Was ist? Macht dir deine Wunde immer noch zu schaffen?«

Ich schüttelte den Kopf; ich bemerkte, dass Mutter mich anschaute, und wandte rasch den Blick ab. Inzwischen schob sich Gaetano hastig ein paar Bissen Pfannkuchen in den Mund, wechselte einige lustige Worte mit Vater. Die Lässigkeit, die ich an ihm bemerkte, war nicht gewichen, sondern gewachsen. Sein Gepäck war bereit; draußen wartete schon Timeo mit dem Coupé, das ihn zum Hafen bringen würde.

»Jetzt muss ich aber gehen«, sagte Gaetano. Wir begleiteten ihn nach unten. In der Halle umarmte Gaetano die Eltern. Mich drückte er lange und zärtlich an sich. Irgendetwas stimmte nicht. Und da, an der offenen Tür, erkannte ich die Wahrheit: Im Gegensatz zu seiner gelassenen Stimme, seinen lockeren Worten, blickten seine Augen düster und verstört. Sein ganzes Leben war wie ein Bild in diesen Augen eingefangen. Es war, als ob er die Zukunft sah – seine Zukunft. Er lächelte dabei, wie man einen Mantel über eine Wunde ziehen würde, weil man sich schämt, sie zu zeigen. Er täuschte die Eltern, er täuschte auch mich, indem er sich lässig gab, während er unter seiner gespielten Unbekümmertheit ebenso verzweifelt war wie Saburo in seinem stillen, verhaltenen Schmerz. Und doch wich das Lächeln nicht von seinem Gesicht, und seine Stimme klang unentwegt heiter.

»Leb wohl, kleine Schwester. Und trage Flower nichts nach, Pferde mögen eben keine Schlangen. Bald werden wir wieder zusammen ausreiten. Auch mit Saburo, wenn er dann noch da ist.«

Wir traten aus der Tür in den kühlen, glasklaren Morgen, und Timeo kümmerte sich um Gaetanos Gepäck.

»Gib schön auf dich Acht«, sagte Vater.

»Tu ich – tu ich bestimmt«, versicherte Gaetano.

Er hob ein letztes Mal die Hand, zeigte dieses besondere Lächeln, das ich so liebte, diese Mischung aus Zärtlichkeit und Spott. Dann stieg er in das Coupé. Timeo hob die Peitsche, das Pferd setzte sich in Bewegung. Wir sahen zu und winkten, und er winkte zurück, bis die Kutsche um die Ecke rollte, in Richtung Hafen. Und dann war er weg, und wir gingen ins Haus zurück. Bald würden die großen Kriegsschiffe aus dem Hafen fahren, mit abgestellten Motoren, gezogen von Schleppern, dem offenen Meer entgegen. Es würde noch heute sein. Heute, bei Sonnenaufgang. Ich schleppte mich die Treppe hinauf; jede Stufe, jeder Schritt war eine Qual. Vor meinem Zimmer wurde mir schlecht. Ich glitt an der Wand entlang, in meinem Mund war Spucke und bittere Gallenflüssigkeit. Ich übergab mich auf die Fliesen.

# 28. *Kapitel*

Vater befestigte mit Klebstreifen eine große Karte vom Mittelmeer an der Wand über seinem Arbeitstisch, um die Route der Schiffe zu verfolgen, die telegraphische Meldungen täglich bestätigten. Er gab sich voller Zuversicht, wurde nicht müde, uns zu versichern, dass Disziplin und Glaube die zwei Grundkräfte jeder kriegerischen Unternehmung seien und dass unsere Kriegsmarine über beide in ausreichendem Maß verfüge. Die Kommandanten waren für ihre Pünktlichkeit und Genauigkeit bekannt. Ich sah zu, stumm und aufgewühlt, während er die Fahrtrichtung des Geschwaders mit kleinen Fähnchen bespickte. Ich hatte in Wirklichkeit wenig Ahnung von dem Krieg, das Wissen kam ganz allmählich und mit grausamer Deutlichkeit. Immer wieder sprach mein Vater Namen von unbekannten Städten oder Orten aus, zeigte sie mir auf der Karte: Riga, Basra, Tannenberg, Suez, Serbien, Jütland, Saloniki, Marmarameer, Tsingtau. Der Krieg breitete sich aus, griff wie ein dunkles Ungeheuer über die ganze Erde. Im Krieg gibt es keine Güte, keine Gnade mehr unter den Menschen. Eigentlich, dozierte mein Vater, der lediglich mein Bedürfnis zu verstehen wahrnahm, eigentlich hatte der Krieg seine entscheidende Wendung genommen, als die Alliierten den Deutschen in Frankreich und in Russland starke Verluste beibrachten. Erst daraufhin verlegte sich der Krieg auf die See. Ziel der Deutschen im Mittelmeer war es, die Truppentransporte der Royal Navy zu unterbinden und gleichzeitig neue Kolonien in Nordafrika zu erschließen. Die Royal Navy ihrerseits war bestrebt, ihre Handelswege zu schützen und die deutsche Blockade zu durchbrechen. Truppenverbände aus Kanada, Südafrika, Indien, Australien und Neuseeland wurden als Verstärkung nach Frankreich geschafft. Außerdem wurden von den USA Soldaten und neue Waffen über den Atlantik geschickt. Das Abkommen zwischen England und der japanischen Marine – die sogenannte »approximative Allianz« – sah für die Japaner Kriegshandlungen nur im Notfall vor; ihre Schiffe dienten vorwiegend als Eskorte, Beobachtungsposten und Lazarette. Das beruhigte mich kaum; an manchen Tagen war mir, als ob ich den Verstand verlöre, weil ich unentwegt nachdachte. Nachts verfolgten mich Albträume, ein ständiges Würgen quälte mich, und ich konnte kaum etwas im Magen behalten. Was war mit mir? Ich wusste es nicht. Ich wollte nur, dass die Angst mich endlich verließ. Doch sie war immer da, sie ließ mich aus dem Schlaf hochschrecken. Ich hatte das Gefühl, als litte ich wahrhaftig, ehrlich und tief bei allem, was mir über diesen Krieg gesagt wurde, diesen schrecklichen Krieg. So verging die Zeit, und mir ging es gar nicht gut. Morgens übergab ich mich, meine Brust wurde schwerer und schmerzte. Manchmal dachte ich, dass ich eine Geschwulst hatte. Vielleicht lag es nur an der Hitze, die in diesem Frühsommer außergewöhnlich war. Tag für Tag brannte die Sonne wie eine feurige Kugel. Siedende Hitze herrschte auch im Süden, wo die Schiffe wie schwimmende Küchenherde schmorten. Denn das Deck bestand aus Eisen, genau wie die Einrichtung der Kajüten, bis herab zum letzten Kommodenschubfach. Gaetano hatte mir erzählt, wie die Luft in der Kajüte drückte, dass einem schwindelig davon wurde, dass an Schlaf nicht zu denken war. Ich dachte an das, was die Mannschaften und die Offiziere auf diesen Höllenfahrten durchmachten, und mein eigener Zustand kam mir unbedeutend vor. Und so rückte der Frühsommer vor, die Hitze hielt mit ihm Schritt. Das diesige Meer, der diesige Himmel waren ein einziges weißes Glühen.

Dann kam der furchtbare Tag, an dem eine telegraphische Meldung berichtete, dass ein Torpedo die *Transylvania* getroffen habe und das Schiff gesunken sei. Ich habe wenig Erinnerungen an diesen Tag. Ich sehe nur meine Mutter, die steif und stumm auf ihre Füße starrte. Plötzlich begann sie heftig zu zittern, stürzte zu Boden, schlug wild um sich: ein epileptischer Anfall, wie mir später gesagt wurde. Während man sie in ihr Zimmer trug, stand ich ganz ruhig da, spürte nur dieses Klopfen im Unterleib. Gaetano war tot, daran bestand kein Zweifel. Doch ich konnte mir unter seinem Tod nichts vorstellen. Aus dem Zimmer meiner Mutter kam pausenloses Weinen und Schreien; dazwischen ertönte die Stimme meines Vaters. Was er sagte, verstand ich nicht. Was konnte er ihr sagen? Türen wurden geöffnet und wieder geschlossen. Ich roch alle Gerüche mit nie gekannter Deutlichkeit, den Geruch nach Medikamenten, nach Kampfer, nach schwitzender Haut und kalter Asche; den Geruch meines eigenen Erbrochenen, den Geruch der Toilette. Es waren die Gerüche des Schmerzes, der Angst und des Todes, es gab keine anderen mehr. Die Dienstboten bewegten sich leise. Das Haus war voller behutsamer Schritte, voll aufgescheuchter Worte; es war eine kranke Unruhe, die sich von Treppe zu Treppe nach oben verlagerte. Irgendwann riss ich das Fenster auf, atmete gierig Luft ein, schrie meinen Schmerz heraus. Paola zog mich vom Fenster weg, streifte mir die Schuhe von den Füßen, machte das Fenster fest zu. Nein, man sollte mein Weinen nicht hören, Vater wollte es nicht. Paola öffnete mein Kleid, hob die Schüssel an meine Lippen, als ich mich erbrach. Gaetano war tot, ach, was für ein Schmerz! Saburo hatte nichts für ihn tun können. Wie sollte er auch? Er war ja auf einem anderen Schiff, einem Schiff, das irgendwo in der Sonne brodelte, auf einem Meer voller Leichen und Trümmer. Ich hatte nicht gewusst, dass ich ihn dermaßen liebte, Gaetano. Ich liebte ihn, so schien es, für die Ewigkeit, und ich würde ihn stets in Saburo suchen und ihn vielleicht auch finden. Es war mein einziger Trost. Jetzt wartete ich nur noch auf ihn, auf Saburo. Kam er nicht zu mir, würde ich sterben, wie auch Gaetano gestorben war.

Dann, am nächsten Morgen, ein zweites Telegramm. Ich höre noch den fassungslosen Aufschrei meines Vaters, als er es öffnete: Der Zerstörer *Sakaki* hatte über dreitausend britische Marinesoldaten von der *Transylvania* lebend, wenn auch verletzt, geborgen. Das japanische Schiff hatte die deutsche Blockade durchbrochen und Kurs auf die italienische Hafenstadt Savona genommen. Mein Vater griff sich an den Kopf, stammelte unentwegt die gleichen Worte: »Gott hat uns geholfen, Gott hat Gaetano gerettet!« Ich aber dachte kühl und vernünftig, nein, es ist nicht Gott, der Gaetano gerettet hat, das ist nur so eine Redensart. Indessen, Mutter hielt die Belastung, gefangen zu sein in äußerstem Schmerz, dann in äußerster Freude, nicht aus. Sie fiel erneut in Ohnmacht. Ich nahm sie in die Arme, drückte mein glühendes Gesicht an ihre Brust; das heftige Schluchzen, das mich schüttelte, war ein Schluchzen der Freude. Mein ganzer Körper war von Adern durchzogen, von pulsierendem Blut erfüllt, von pulsierendem Leben. Saburo hatte Wort gehalten, Saburo hatte Gaetano gerettet. Doch was war geschehen? Alle Nachrichten drangen nur spärlich durch, nur so spärlich. Wir lebten in großer Ungewissheit, aber mit Hoffnung im Herzen. Tage vergingen; meine Mutter erholte sich, mein Vater war stark abgemagert, sein Gesicht zuckte nervös. Ich hielt mich viel in meinem Zimmer auf, ich fühlte mich elend. Warum nur? Warum? Nie zuvor war ich krank gewesen. Vielleicht hätte ich merken sollen, dass Paola mich beobachtete, mit scharfem, unruhigem Blick? Ich begriff auch, dass sie sprechen wollte, und sich nicht dazu entschließen konnte. Doch ihre Lippen blieben fest zusammengepresst. Was wusste Paola, das sie mir nicht sagte? Manchmal wollte ich sie schlagen, sie beschimpfen, weil sie so hartnäckig schwieg. Dann wieder hatte ich das Gefühl, dass ich ohne Paola nicht leben konnte. Paola, die mich wusch und kämmte, meinen Nachttopf leerte, mir täglich frische Wäsche brachte. Paola, die unentwegt auf etwas zu warten schien. Worauf wartete Paola? Sie sagte es mir nicht. Ich sah mich im Spiegel, sah, wie mein Gesicht sich veränderte, mein Körper sich veränderte. Gaetano lebte, hieß es. Dreitausend waren gerettet worden. Gaetano war gewiss unter ihnen! Doch kein Telegramm kam von ihm, keine Nachricht, nichts. Ich ging wie blind umher, tat immer dasselbe, schlug einen Roman auf, las ein paar Seiten und verstand kein Wort, legte das Buch wieder weg, kämpfte gegen Schluckauf und Brechreiz. Gab es in Italien denn keine Telefonleitungen? Keine Postämter? Warum ließ Gaetano nichts von sich hören? Ich wartete auf ihn, ich wartete auf Saburo, ich begriff immer mehr, dass es zwischen ihnen etwas Gemeinsames gab, dass das Schweigen des einen mit dem Schweigen des anderen zusammenhing. Vater las täglich die Zeitungen. Ja, es hatten schwere Gefechte stattgefunden, ja, die japanischen Schiffe waren in Savona vor Anker gegangen. Die Bevölkerung, hieß es, habe ihnen einen triumphalen Empfang bereitet. Ja, es gab auch zahlreiche Schwerverwundete, manche bereits halbtot. Sie befanden sich in italienischen Lazaretten, wo sie von Ärzten nach allen Regeln der Kunst operiert wurden. War Gaetano unter ihnen? Plötzlich überstürzten sich die Meldungen: Vater hatte alle Hebel in Bewegung gesetzt, um Nachrichten zu erhalten. Gaetano war verletzt; Einzelheiten waren nicht bekannt, aber man hatte ihn an Bord des Lazarettschiffes *Matsu* gebracht. Die japanischen Schiffe mit den Geretteten, die reisefähig waren, befanden sich bereits auf dem Rückweg nach Malta. Die Japaner hatten die beschädigten britischen Schiffe ins Schlepptau genommen. Die Nachricht war im Grunde genommen beruhigend. Gaetano schien nicht allzu schwer verwundet, sonst befände er sich noch im italienischen Lazarett. »Wir werden ihn gut pflegen«, sagte Mutter, mit einem kleinen, tapferen Lächeln, »und so Gott will, muss er fortan nicht mehr kämpfen. Schließlich wird ja der Krieg bald ein Ende nehmen!« Ach, warum kamen mir unentwegt die Tränen? Mit den Eltern konnte ich über viele Dinge nicht sprechen, weil ich ihnen Dinge verheimlichen musste, es gab eine Kluft zwischen uns, eine Kluft, die sie vielleicht spürten. Ich brauchte so viel Kraft, um zu schweigen, dass ich immerfort weinte. Meine Erinnerungen lösten sich auf. Wann war es, wann und wo, als ich, ohne zu wissen, dass es das letzte Mal sein würde, den Geliebten gesehen hatte? Worüber hatten wir gesprochen? Welche Worte hatten wir zum Abschied gewechselt? Alles war ausgelöscht. Ich entsann mich nur noch, dass ich Saburo die hauchdünne Muschelseide überreicht hatte, als sei sie aus Stahl, ein kugelsicherer Panzer.

Dann erneut eine telegraphische Meldung: Es sei zu einem Gefecht zwischen U-Booten und japanischen Schiffen gekommen. Einer ihrer Zerstörer war getroffen worden. Auch das Lazarettschiff, auf dem sich Gaetano befand, war in den Kampf verwickelt worden. Doch die Japaner hatten den U-Booten den Garaus machen können. Die Schiffe zogen weiter, Malta entgegen.

»Wann werden sie in Valletta eintreffen?«, wollte Mutter wissen.

»Ich schätze, in ein oder zwei Tagen«, meinte Vater. »Sie fahren mit zwölf Knoten!«

»Wie? Nur zwölf Knoten? Solche Schiffe können durchaus 25 oder 26 Knoten fahren!« Mutter zeigte allmählich nervöse Ungeduld. »Können sie nicht mehr Dampf machen?«

»Sie müssen auf die havarierten Schiffe Rücksicht nehmen«, sagte Vater. »Außerdem hatten sie schwere Verluste.«

Da fragte ich mit einer Stimme, die ich nur mühsam beherrschte, welches japanische Schiff denn getroffen worden sei. Vater sagte, der Name sei ihm nicht gemeldet worden. Ich knetete meine Hände.

»Es ist wegen des jungen Mannes, der hier war. Wir sind zusammen ausgeritten …«

»Ja«, erwiderte Vater. »Ein netter junger Mann, wohlerzogen und gebildet. Gaetano schätzte ihn sehr. Hoffentlich ist ihm nichts passiert. Nun, Gaetano wird es uns sagen.«

Die Worte machten, dass mein Herz nach allen Seiten ausschlug. Verzweiflung packte mich, Angst. Ich saß wie benommen, bevor ich mühsam auf die Beine kam. Ich küsste meine Eltern auf die Stirn, sagte, dass ich müde sei und früh schlafen wollte. War Paola bei diesem Gespräch zugegen? Ich weiß es nicht mehr. Aber sie brachte dieses und jenes, und es kann schon sein, dass sie den Wortwechsel mit angehört und Schlüsse daraus gezogen hatte. Jedenfalls wagte sie an diesem Abend, die Frage zu stellen, die ihr seit über zwei Monaten den Mund verschloss.

»Signorina«, fragte sie, ruhig und ernst, »ist etwas vorgekommen, dass Sie so sind?«

Ich fuhr leicht zusammen. Ich sah im Lampenlicht ihre derben Züge, die groben Lippen, die ihre ländliche Herkunft verrieten. Aber ich sah auch ihre haselnussbraunen, wissenden Augen. Schweigen herrschte im Haus, nur unterbrochen von den viertelstündlichen Uhrenschlägen der Kirchenglocken. Ich beachtete diese Glocken schon lange nicht mehr – jetzt, ganz plötzlich, nahm mein Bewusstsein sie wahr. Mir fiel auch auf, dass Paolas Blick sich verändert hatte; sie betrachtete mich von Frau zu Frau, als sei sie eine Gleichgestellte. Und ich empfand dabei ein seltsames, nahezu körperliches Gefühl von Nähe, Zuneigung und gemeinsamer Verschwörung. Sie ließ mich wissen, dass sich in mir etwas vollzog, etwas, das uns zu Schwestern machte. Und auch, dass sie als Frau zu mir hielt. Ich schluckte und sagte:

»Es kann sein. Ja … vielleicht.«

Sie nickte.

»Sie bluten nicht mehr. Ich habe es schon lange bemerkt.«

Sie fragte nicht: Wer ist es? Das wäre eine Anmaßung gewesen. Doch sie trat ganz nahe zu mir und flüsterte eindringlich:

»Wenn Sie Hilfe brauchen, ich kenne eine Frau. Aber es muss schnell geschehen. Später wird es gefährlich.«

Ich holte tief Luft. Ich fühlte mich plötzlich wie befreit. Doch unwillkürlich presste ich beide Hände auf meinen Leib.

»Danke, Paola. Aber ich glaube nicht, dass es notwendig ist.«

Sie gab keine Antwort. Was dachte sie? Doch es spielte keine Rolle. So wie der Gläubige sich an die Säule des Tempels anlehnt, um Kraft aus ihr zu empfangen, so lehnte ich mich an Paola im Bewusstsein, dass ich nicht völlig allein war, dass ich eine Verbündete hatte, mit der ich mein Geheimnis, meine Verzweiflung, teilen konnte.

Und dann kam die Nacht, die dunkler war als alle anderen. Die Kirchenglocken schlugen vier. Ich lag schlaflos, verschwitzt und hörte, wie die Droschke sich näherte. Dann ertönte heftiges, wiederholtes Klopfen an der Tür. Noch jetzt, viele Monate danach, entsinne ich mich jenes Klopfens, das einem unheilverkündenden Trommeln glich. Noch jetzt fühle ich den Widerhall in meinem Herzen. Es war der schrecklichste Klang, den ich jemals gehört hatte, düster wie der Klang der Totenglocke, wie der Klang der Sturmglocke bei einer Feuersbrunst. Und auf einmal war überall Licht, in den Zimmern, im Hinterhof, im Treppenhaus. Der Concierge war schon an der Tür, mit einem Schlafrock bekleidet. Ich schlüpfte in Pantoffeln, zog hastig meinen Morgenmantel über, lief die zwei Stockwerke hinab. Von unten her ertönte ein Hin und Her von Schritten, erstickten Stimmen und dann – ganz plötzlich – der Aufschrei meiner Mutter. Ich lief die letzten Stufen hinab, sah die Schatten an Wänden zu riesiger Größe emporwachsen. Unten standen zwei Männer in Uniform, mit müden, verhärmten Zügen, die unter ihrer Last taumelten. Gaetano war in Decken gehüllt, sein Gesicht war leichenblass, die Augen geschlossen. Die Männer waren ungeschickt, stapften mühsam die Treppen hinauf, stießen mal hier, mal da an, blieben auf dem Absatz des ersten Stockwerkes keuchend stehen. Mein Vater stammelte sinnlose Worte, meine Mutter gab Anweisungen. Nein, noch eine Etage höher, in sein Schlafzimmer. Die Männer taten, was ihnen gesagt wurde. Ich presste mich an die Wand, um ihnen den Weg frei zu lassen. Gaetano sah mich wohl an, als sie ihn an mir vorbei trugen, aber seine Augen waren leer, leer wie die Nacht. Ich fragte mich mit dumpfer Verwunderung, warum er so klein aussah, so mager, warum er nicht gehen konnte. Und dann sah ich, dass unterhalb seines Leibes nichts mehr war, nur die Decken. Er hatte keine Beine mehr.

# 29. *Kapitel*

Ich weiß nicht mehr genau, was dann geschah. Ich bin wohl die Treppe wieder hinaufgelaufen. Ich weiß, dass ich irgendwo gegen die Wand fiel, dass ich schluchzte, leise, ganz leise. Ich hatte bereits gelernt, geräuschlos zu weinen. Nach einer Weile rutschte ich an der Wand entlang, saß auf den Steinfliesen, während die Dienstboten treppauf und treppab rannten und die Soldaten, die Gaetano gebracht hatten, das Haus wieder verließen. Draußen auf der Straße fiel eine Wagentür zu. Das Pferd setzte sich in Bewegung, das Geräusch der Hufe entfernte sich. Dann Schritte, dicht bei mir, ein Gefühl von Wärme, ein hastiger Atem. Paola kauerte nieder, hielt mir eine Schale mit warmer Milch an die Lippen, goss mir die Milch in den Mund, bis ich sie auf meinen Morgenmantel verschüttete. Dann stellte sie die Schale auf den Boden, griff mir unter die Arme und hob mich hoch.

»Dr. Fonseca kommt gleich«, flüsterte sie. »Lord Sforza hat ihn rufen lassen.«

Dr. Fonseca kam tatsächlich sehr schnell. Ich weinte jetzt nicht mehr. Wozu hätte es genutzt, dass ich weinte? Ich lehnte oben an der Treppe, sah Dr. Fonseca mit seiner Tasche in der Hand die Stufen hinaufeilen. Dieser Arzt würde fortan mehrere Male am Tag kommen, zu jeder Tages- und Nachtzeit. Jetzt war er zum ersten Mal hier. Vor Gaetanos Zimmer blieb er abrupt stehen, sah meine Mutter an, die vor ihm stand, die Hand auf der Türklinke, sehr blass. Als er zu Gaetano ins Zimmer ging, wollte ich unwillkürlich die Treppe hinuntereilen, ihm folgen. Doch Mutter stand immer noch vor der Tür, hoch aufgerichtet, sehr gefasst. Sie hob leicht die Hand.

»Nicht jetzt, Cecilia«, sagte sie.

Ihre leise, kalte Stimme jagte mir eine Gänsehaut über den Rücken. Eine solche Stimme hatte ich nie zuvor bei ihr gehört. Und dann drehte sie sich um, ging in Gaetanos Zimmer und schloss die Tür hinter sich. Stille kehrte ein, nur die Dienstboten flüsterten, machten sich mit leise klappernden Töpfen in der Küche zu schaffen. Es war fünf Uhr; der Himmel wurde grün, und im Garten sangen die ersten Vögel.

Ich durfte erst am Nachmittag zu ihm. Mutter sagte, dass er mich sehen wollte. »Aber nur einen Augenblick, ja?« Ich nickte und trat leise ein. Im Zimmer war es trotz des Sonnenscheins dunkel. Die schweren Vorhänge zugezogen, das Licht fiel nur durch einen schmalen Spalt. Dumpfe, süßliche Gerüche erfüllten das Zimmer, Gerüche von Blut, Äther, Spiritus, Jodtinktur. In einem Eimer lag blutiges Verbandszeug. Auf der Kommode waren frische Tücher und Bandagen aufgestapelt. Behutsam trat ich näher. War die kleine Gestalt auf dem Bett wahrhaftig Gaetano? Ja, er musste es sein, denn seine verkrusteten Lippen zuckten, als ich mich über ihn beugte. Sein Gesicht war gelb wie Wachs, die Augen waren verschleiert, vom Schmerzmittel, vom Fieber. Ich sah die Stellen, wo seine Beine und sein linker Arm hätten sein sollen und wo jetzt nichts mehr war. Da ließ mein Zittern plötzlich nach. Ruhe kehrte in mir ein, ich fühlte mich stark. Ich setzte allen Ehrgeiz darein, das Allerschlimmste gefasst zu ertragen, um Gaetano zu zeigen, dass er sich auf mich verlassen konnte. Seine unversehrte rechte Hand lag auf der weißen Decke. Seine Finger deuteten eine Bewegung an. Ich streckte die Hand aus, nahm die seine, nicht zu fest, weil ich ihm nicht weh tun wollte, streichelte sie sanft. Ich spürte den klebrigen Schweiß in seiner Handfläche. Endlich bewegten sich seine Lippen.

»Kleine Schwester …«

Seine Stimme war nur ein Hauch. Ich schluckte, brachte kein Wort hervor. Was sagt man zu einem Menschen, der jung und fröhlich und stark war und jetzt nur noch ein Krüppel ist? Er drückte meine Hand. Seine Augen glänzten und schweiften umher.

»Ich … bin an den Beinen empfindlich. Es schmerzt an den alten Stellen. Die Nerven wissen noch nicht, dass sie nicht mehr da sind. Sonderbar, nicht wahr?«

Ich nickte stumm. Gaetanos Gesicht war auf seltsame Weise eingesunken, wie vertrocknet, mit tiefen schwarzen Ringen unter den Augen. Er sprach weiter, heiser und stockend.

»Es … es ist schon in Ordnung. Ich habe ja noch die rechte Hand, das genügt. Ich will Marineingenieur werden. So wie früher, als wir Sandburgen bauten, weißt du noch?«

Seine Zähne schlugen aufeinander. Er zitterte vor Kälte, obwohl seine Haut glühend heiß war. Er phantasierte. Ich wollte ihm nicht widersprechen, nickte abermals, deutete ein Lächeln an.

»Ja, ich entsinne mich.«

»Aber nicht sofort«, sagte er. »Von mir ist ja nur noch die Hälfte da. Ich muss mich erst daran gewöhnen …«

Seine Hand löste sich aus meiner, tastete den Stumpf entlang. Dabei blickten seine Augen leicht erstaunt, als wenn er nicht glauben konnte, dass er nichts mehr fühlte.

»… warten, dass die Wunden heilen. Das wird wohl noch eine Zeit dauern. Ich war lange im Wasser. Und keine Füße mehr, keine Knie! Ich habe es nicht sofort gemerkt. Saburo hat mich auf seinem Rücken getragen. Er war ein guter Schwimmer. Aber die Brecher waren so hoch! Und überall Trümmer. Er … er hätte es fast nicht geschafft.«

»Saburo?«, flüsterte ich. »Wo ist Saburo?«

Sein Kopf sank zurück, seine Augen sahen ins Leere, als er sie noch einmal öffnete, meine Hand fasste und mit ruhiger Stimme sagte:

»Saburo ist tot. Auf der Rückfahrt wurde die *Sakaki* von einem Torpedo getroffen. Die Überlebenden konnten von der Besatzung der *Matsu* an Bord genommen werden. Aber das Geschoss hatte in die Kommandobrücke eingeschlagen. Die

Offiziere wurden in glühenden Eisenteilen eingeklemmt. Für sie kam jede Rettung zu spät. Takeo hat seinen Bruder an dem Tuch erkannt. An dem Tuch aus Muschelseide, erinnerst du dich, kleine Schwester?«

# *30. Kapitel*

Gaetano lebte noch zwei Monate. Als man ihn nach Hause brachte, hatte der Kampf mit dem Tod bereits begonnen. Dr. Fonseca kämpfte an seiner Seite, setzte sein ganzes Können dem Tod entgegen, der nach Gaetano griff, sein Blut vergiftete. Wundfieber! Gaetano verfaulte bei lebendigem Leib. Beide Stümpfe waren geschwollen, rot gesprenkelt, voller Eiter. Früher gehörte es sich nicht für mich, Gaetanos Zimmer ohne Mutters Erlaubnis zu betreten. Das war nun vorbei. Ich hatte es erreicht, dass ich dem Arzt, der mehrmals täglich kam, helfend zur Seite stehen konnte. Gaetano schämte sich auch nicht mehr, wenn ich seine furchtbaren Wunden entblößte. Ich beseitigte das schmutzige Verbandszeug voller Eiter, Sekreten und Blut, reinigte die fauligen Wunden, erneuerte die Bandagen. Gelegentlich war ich ungeschickt; dann zuckte Gaetano leicht, wenn auch kaum merklich zusammen. Doch meine Hände lernten schnell, mit Sorgfalt und Ruhe zu arbeiten. Gaetano war geduldig, so unglaublich sanft und geduldig. Er erduldete die entsetzlichen Schmerzen mit zusammengebissenen Zähnen, ohne einen Seufzer. Der Arzt gab ihm Morphium, wenn es zu arg wurde.

Wie war es gewesen, als ich von Saburos Tod erfuhr? Der Ort des unsäglichen Leides bleibt die eigene Haut. Der Schmerz flammte so unerträglich in meinen Augen, dass ich nicht einmal mehr weinen konnte. Eine Zeit lang dachte ich daran, Paolas Dienste in Anspruch zu nehmen, die Frau aufzusuchen, die mir helfen konnte. Doch nein, ich brachte es nicht übers Herz. Das Kind, das in mir wuchs, war das Einzige, was mir von Saburo blieb. Das Kind war unsere lebendige Liebe; starb dieses Kind, würde Saburo ein zweites Mal sterben. Und so streichelte ich nachts im Bett meinen Bauch und sprach zu dem Kind, erzählte ihm von seinem Vater, und tagsüber wichen meine Augen Paolas Augen aus. Und Paola verstand, und es wurde kein Wort mehr darüber geredet, obwohl ihr jugendliches Gesicht sich vor Sorgen verhärtet hatte. Wir wussten beide um das Skandalöse meiner Lage. Der Tag war nicht mehr fern, an dem es auch meine Eltern erfahren würden. Bisher hatte meine Mutter nur Augen für Gaetano gehabt, aber bestimmte Dinge würden ihr bald nicht mehr entgehen. Doch selbst wenn die Familie, die Kirche und die ganze Welt mich verurteilten, würde ich mein Baby zur Welt bringen, es schützen und bei mir behalten. Denn ich hatte einen Verbündeten: Gaetano.

In den ersten Tagen hatte ich nicht gewagt, ihm Fragen zu stellen. Doch aus irgendeinem Grund sprach er von selbst darüber. Dr. Fonseca hatte mir bereits gesagt, dass manche Verletzte, bevor ihre Wunden erkalten, reden und reden und dann verlöschen wie eine Kerze. So war es auch bei Gaetano. Seine Stimme war leise, kraftlos, aber gut zu verstehen. Und jeder Satz war schlüssig. Am 4. Mai um 10.20 Uhr war die *Transylvania* in den italienischen Gewässern von einem Torpedo getroffen worden. Das Geschoss schlug von links ein. Eine riesige Rauchsäule barst aus der Schiffsmitte auf. Die *Transylvania* neigte sich nach links und leckte Wasser. Die Maschinen wurden sofort eingestellt, doch schon brach Feuer aus, Rauchschwaden stiegen empor. An Bord herrschte Panik, man versuchte die Flammen zu löschen, es gab bereits viele Verletzte. Die Oberkommandierenden der Royal Navy sahen sich vor einem furchtbaren Dilemma. Die *Transylvania* sank – und mit ihr Tausende von Soldaten, Ärzten und Krankenschwestern. In seinem gepanzerten Kommandoturm auf der *Horseflykiel* brach Onkel Gordon fast das Herz. Aber die U-Boote waren überall, die Navy konnte es nicht riskieren, die Truppenschiffe in einer so aussichtslosen Unternehmung zu verbrauchen. Die Wahrscheinlichkeit, dass noch mehr Verluste eintraten, war größer als die, dass man die Schiffbrüchigen würde retten können. Onkel Gordon tat seine Pflicht. Befehl wurde gegeben, sich zu entfernen. Die Schiffe dampften weiter mit voller Geschwindigkeit. Doch die japanischen Eskortschiffe blieben. Die *Sakaki* wich von ihrem Kurs ab, näherte sich der tödlich verwundeten *Transylvania*; schon bargen die ersten Rettungsboote die Schiffbrüchigen. Ungeachtet der Flammen, der glühend heißen Rauchschwaden, befestigten die Japaner ihr Schiff an der sinkenden *Transylvania*. Eine große Anzahl britischer Seeleute, rußgeschwärzt, abgerissen, mit Kleidern, die ihnen in Fetzen hingen, sprangen bereits vom Deck der *Transylvania* in die Rettungsboote, doch viele brachen sich dabei die Beine oder das Rückgrat. Mit Hilfe von ausgeworfenen Strickleitern kletterten die Seeleute auf das britische Schiff, überwanden mit kaum noch verständlichem Mut glühende Stahlteile, glitten in Blutlachen aus, bargen alle, die noch lebten. Sie hatten ungefähr die Hälfte der Soldaten gerettet, da gellte ein Warnschrei: »Torpedo!« Doch die *Sakaki* hing fest am britischen Schiff, sie konnte sich nicht schnell genug fortbewegen, die Seeleute duckten sich in Erwartung der Explosion. Wider Erwarten traf dieses zweite Geschoss nicht die *Sakaki*, sondern abermals die zerstörte *Transylvania*. Der Torpedo explodierte im Maschinenraum. Ein Regen glühender Eisenteile barst durch die Flanken des Schiffes, riss die Männer nieder. Der Kreuzer sprang auf, schüttelte sich, fing an, sich in einem gewaltigen Sog zu drehen. In Flammen und Chaos arbeiteten die Japaner weiter, zäh, verbissen, todesmutig, manche nur notdürftig bekleidet, andere verletzt, auf das rinnende Blut nicht achtend. Nichts – auch die eigenen Wunden nicht – lähmte ihren Eifer. Es war höchste Zeit, die *Sakaki* in Sicherheit zu bringen, die Bordwände waren eingedrückt, eindringendes Wasser hatte das Schiff bereits absacken lassen. Als Flammen aus dem Schornstein der *Transylvania* schlugen, war das Deck der *Sakaki* bereits schwarz von den vielen geretteten Menschen, die von den Japanern verpflegt und verbunden wurden. Die

Seeleute schafften Decken herbei, entledigten sich ihrer eigenen Uniformen, um die Schiffsbrüchigen zu wärmen. Ja, sagte Gaetano, die Japaner hatten sogar Hunde gerettet, die als Blindenhunde an Bord waren. Und dann sahen alle, wie sich die *Transylvania* ein letztes Mal hoch aufrichtete. Die Wasser spülten die Blutlachen fort, die Toten glitten mit offenen Augen über Bord, die See öffnete ihnen ihre Arme. Die *Transylvania* aber begann zu sinken, schneller und immer schneller wie in einem Trichter, bevor sie der schäumende Wellenstrudel verschluckte. Über der Stelle, wo das Schiff soeben gesunken war, schwebte nur noch weißer Nebel, und die Wellen beruhigten sich. Da wurde es still. Nur noch vereinzelte Schreie, Schluchzen und gelegentliche Befehle mischten sich in das Rasseln der Maschinen, die wieder auf Kurs gingen. Und als die *Sakaki* mit ihren Tausenden von Geretteten im Hafen von Savona vor Anker ging, wurde sie im Triumph empfangen. Schiffssirenen heulten, Offiziere salutierten, Tausende von Menschen drängten sich am Kai, winkten und jubelten und warfen ihre Mützen in die Luft oder standen an den Fenstern und schwenkten britische und japanische Flaggen.

Gaetano jedoch, betäubt von Morphium, erlebte es nur wie in einem fernen Traum. Es war das zweite Geschoss gewesen, das ihn mit dem noch verbliebenen Offiziersstab von der Kommandobrücke gefegt hatte. Gaetano erinnerte sich undeutlich, dass er in einem erstickenden Chaos kämpfte, Wasser und Blut erbrach; dass er sinnlose Schwimmbewegungen machte, weil ihm die Beine und sein linker Arm einfach nicht mehr gehorchten. Und dass sich plötzlich ein Gesicht zwischen Leben und Tod schob, ein Gesicht, das er kannte. Saburo war es, der ihm zuschrie, er sollte sich an ihm festhalten. Gaetano verstand die Worte nicht, aber sie waren irgendwo da, in seinem schwindenden Bewusstsein. Die Kälte schmiegte sich bereits um ihn, so dicht und fest, dass sie ihm unter die Haut drang. Er konnte Saburo nur mit einem Arm packen, er hing im Wasser und ging immer wieder unter, die Wellen, die nach Blut schmeckten, spülten ihm über den Kopf. Er bekam den linken Arm, die beiden Beine, einfach nicht hoch, sie waren weit fort, unbrauchbar. Und dann spürte er, wie Saburo sich vor ihn schob, ihn auf seinen Rücken nahm. Wie er das gemacht hatte, konnte Gaetano nicht sagen. Er entsann sich undeutlich, dass sie von Trümmern und Leichen umgeben waren, dass Saburo mit aller Kraft schwamm, um sich von dem Sog des sinkenden Schiffes zu entfernen. Er trug Gaetano unter Aufbietung der letzten Kräfte, trug ihn über ungezählte Wellentäler und Wellenberge. Die Erschöpfung lähmte seine Bewegungen, Kopf, Hals und Schultern ragten nur über kürzere Pausen hinweg aus dem Wasser heraus. Gaetano wusste nicht, wie Saburo ihn gleichzeitig festhalten und schwimmen konnte. Das Zischen und Gurgeln des Wassers erfüllte seine Ohren. Er leckte Salzwasser und Blut, seine Beine waren eiskalt, noch viel kälter als der übrige Teil seines Körpers, sie schienen irgendwie ihre Form verloren zu haben. Er sah auch die dunkle Blutspur, die sich im Wasser mit ihnen weiter bewegte. Und dann, irgendwann, griffen Hände nach ihm. Er fühlte sich gepackt, hochgezogen. Seine Hüften und Schenkel schlugen mit lautem Klatschen an eine Holzwand. Gaetano glaubte zu hören, wie seine Knochen barsten, und brüllte vor Schmerz laut auf. Er wollte sich aufrichten, es gelang ihm nicht. Jemand warf eine Decke über ihn. Er hörte Saburos Stimme, die seinen Namen rief; doch er trieb bereits in schwarzer Bewusstlosigkeit dahin. Er wusste nicht, dass die Maschinen der *Transylvania* auf ewig schweigen würden, dass er inmitten von Verletzten in einem Rettungsboot lag. Und dass Saburo, der längst gesehen hatte, was mit ihm war, der Mannschaft Befehl gegeben hatte, dem Lazarettschiff *Matsu* in höchster Eile entgegenzurudern.

Das alles erzählte Gaetano mit leiser, gefasster Stimme. Und ferner erzählte er, wie U-Boote auf der Rückreise die japanischen Schiffe einkreisten und unter Beschuss nahmen. Es gelang zwar den Japanern, die Angreifer erfolgreich abzuwehren, aber ein Volltreffer brach in das Heck der *Sakaki* ein. Deck und

Zwischendeck wurden zermalmt. Das Geschoss hatte ungeheure Verwüstungen unter der Besatzung angerichtet. Weil die Schwerverletzten nicht transportfähig waren, stiegen die japanischen Ärzte an Bord, um die Verstümmelten zu operieren. Man versuchte, die Toten und die Halbtoten aus der Masse der noch glühenden Eisenteile zu befreien. Dort fand der Chirurg Takeo Araki auch seinen Bruder Saburo. Er erkannte ihn lediglich an dem blutgetränkten Tuch aus Muschelseide, das in seiner zerfetzen Uniform sichtbar war. Behutsam löste Takeo das Tuch und nahm es an sich. Es dauerte viele Stunden, bis alle Leichen aus dem Eisen loskamen. Dann erst konnten die Riten eingehalten werden und die Toten ihre Ruhestätte in den barmherzigen Fluten finden.

So erzählte Gaetano, bis seine Stimme brach und er vor meinen Augen in tiefen, bleiernen Schlaf glitt. Da erhob ich mich, wankte an meiner Mutter, die gerade in das Zimmer trat, vorbei, taumelnd, wie betäubt. Ich schleppte mich die Treppe empor, ging in mein Zimmer, warf mich auf mein Bett. Das Bett, das Zimmer, alles kreiste um mich herum wie ein Strudel. Ich konnte nicht einmal mehr die Augenlider bewegen. Sterben, dachte ich, mag natürlicher als Leben sein. Vielleicht war ich auch schon längst tot. Ich vermutete, dass es Saburo einst gegeben hatte, aber dann wieder glaubte ich, dass es ihn nie gegeben hatte; und das Gefühl, dass er nur ein Traum gewesen war, nahm beständig zu. Sein Gesicht in meiner Erinnerung löste sich auf, auch ich löste mich auf. Bis ich auf einmal die Wahrheit erkannte: Saburo lebte, er lebte in seinem Kind. Ich war es, die gestorben war. Saburo hatte mich nur erträumt.

# 31. Kapitel

Seit meiner Kinderzeit war ich nie krank gewesen; auch war ich nicht gewöhnt, still zu sitzen. Jetzt litt ich unter Schwindelanfällen und Sehstörungen. Mir war kalt im Sommer, und der Gedanke, mich zu waschen, machte mich frösteln. Ich lag unter einer Decke oder saß verschlafen auf einem Stuhl. Manchmal war es, als würden die Tage nie enden; und wenn die Nacht kam, lag ich wach und zählte die Stunden bis zum Morgen. Nur der wachsende kleine Körper in mir, der sein ungeborenes Leben lebte, hielt mich zusammen, während meine Seele zerriss und sich im Dunkeln verlor. Und es war mein Kind mit seiner unverbrauchten Kraft, das mich am Ende einer Nacht endlich wissen ließ, was ich zu tun hatte. Am Morgen wusch und frisierte ich mich sorgfältig, zog ein leichtes Sommerkleid an, mit einem fröhlichen Streifenmuster. Ich lächelte, als ich merkte, wie das Kleid in der Taille spannte. Und dann klopfte ich an die Tür, trat mit leichten, beschwingten Schritten in Gaetanos Zimmer. Sein Kammerdiener Andrea hatte ihn gewaschen und rasiert, und Mutter hatte wie jeden Morgen seine Verbände erneuert – sie und ich wechselten uns ab –, und es gab Dienste, die nur sie verrichten wollte. Jetzt saß er aufrecht in die Kissen gelehnt. Andrea hatte das Zimmer gelüftet und aufgeräumt. Gaetano trug ein frisches Hemd und roch sauber. Doch seine Züge waren abgemagert und blass, seine Lippen verkrustet. Sein Mund war halb geöffnet, er atmete schwer. Er hatte ein ständiges Fieber, das nicht wegging, abends stärker, morgens niedriger. Als ich mich an sein Bett setzte, streckte er mir die Hand entgegen. Ich nahm sie, presste sie an meine Wange. Er lächelte mich an.

»Wie hübsch du aussiehst!«

»Hast du gut geschlafen?«

»Ja, gut. Das Zimmer ist ruhig.«

»Ein ruhiges Zimmer, sagt Mutter, das beste.«

»Ja, das mag schon sein.«

»Hast du Fieber?«

»Es fällt, seitdem Dr. Fonseca mir Chinin gibt. Er hofft, dass ich bald wieder zu Kräften komme. Aber vielleicht bringe ich nicht die erforderliche Geduld dazu auf…«

Die Worte ließen mich erschauern. Ich schluckte und sagte: »Deine Beine, tun sie dir noch weh?«

»Kleine Schwester«, erwiderte er geduldig. »Ich habe keine Beine mehr. Es sind nur zerstörte Nerven, die Schmerzen in mein Gehirn blitzen.«

Ein leiser Laut des Grauens entfuhr mir. Er drückte meine Hand.

»Reden wir nicht darüber, es hat keinen Sinn. Sag, wann hast du eigentlich die Muschelseide zerschnitten?«

Ich barg mein Gesicht an seinem Arm. Seine Haut war noch warm, jugendlich, glatt.

»Am letzten Tag, bevor Saburo sich einschiffte. Wir trafen uns in den Upper Barakka Gardens. Du warst noch in Comino.«

Er streichelte sanft mein Haar.

»Hast du ihn sehr geliebt?«

Ich sprach ganz leise, das Gesicht an seinen Arm gedrückt.

»Wir… wir wollten heiraten.«

»Ja«, antwortete er ruhig. »Saburo hat es mir gesagt. Ich hätte mir einen besseren Mann für dich nicht vorstellen können. Und ich hätte einen Bruder dabei gewonnen, einen Bruder aus einem fernen Land, meinem Herzen so nahe. Wir sprachen auch mit Takeo. Die wenigen Vernunftargumente, die er als älterer Vertreter der Familie zu bedenken gab, fanden bei Saburo kein Gehör. Takeo brummte ein wenig, gab aber seine Zustimmung.«

Ich umfasste seine Schultern.

»Halt mich fest, halt mich fest. Es ist alles so ungerecht…«

»Ja«, sagte er bitter, »wir sind noch so jung.«

»Jung?«, flüsterte ich. »Das sind wir nicht mehr…«

Er lag, mit seltsam zurückgeworfenem Kopf, starrte zur Decke mit glänzenden, matten Augen. Dann löste sich ein tiefer Seufzer aus seiner Brust.

»Nicht mehr jung? Ich dachte mir so etwas, aber du sprichst es aus. Wir wussten ja kaum, was mit uns geschah. Wir haben so fröhlich gelebt, so sorglos. Unsere Zeit ist nicht mehr. Welche Zeit ist jetzt? Die Zeit der Krüppel, die Zeit der Toten?«

Seine Haut fühlte sich plötzlich klamm an.

»Ich… ich möchte ein wenig schlafen…«

»Schlaf nicht, Gaetano! Schlaf noch nicht, bitte!« Ich schluchzte leise. »Ich muss dir noch etwas sagen…«

»Was denn, kleine Schwester?«

»Gaetano, ich… ich erwarte ein Kind.«

Er fuhr leicht zusammen, machte eine Bewegung, um sich aufzurichten. Ein Laut entfuhr ihm, ein kurzer, zischender Seufzer. Er hatte Schmerzen.

»Gaetano, hörst du mich?«

»Sieh mich an!«

Ich hob mein Gesicht zu ihm empor. Mein unsicherer Blick begegnete dem seinen, der so ruhig, so gleichmütig war.

»Es ist wahr!«, stammelte ich.

Er nickte langsam, voller Zärtlichkeit.

»Ja, kleine Schwester, ich sehe es wohl. Du trägst Saburos Kind unter dem Herzen.«

»Gaetano, verzeih mir! Ich möchte, dass du begreifst…«

»Da gibt es nichts zu verzeihen. Saburo hat dich geliebt, ihr wolltet heiraten. Ich sehe dich mit Saburos Augen. Ich sehe dich, wie er dich gesehen hat. Was du jetzt brauchst, ist jemand, der dich versteht, der sich deiner annimmt, sanft, mit Liebe, und dir die Freude zurückgibt, die dir genommen wurde. Ich aber bin am Verfaulen, der Tod wird bald Einzug halten in diesem Haus…«

Ich schrie leicht auf.

»Du wirst gesund werden!«

Er legte mir rasch den Finger auf den Mund.

»Sag nichts, Cecilia. Ich weiß es besser. Ich kann dich nicht glücklich machen, kleine Schwester. Dein Kind aber wird es können. Du und ich, wir müssen jetzt scharf nachdenken. Richte mir das Kissen auf. Ja, so ist es gut. Kannst du mich noch etwas hochziehen?«

Ich tat es, unter Aufbietung aller Kraft, und hörte dabei, wie er mit den Zähnen knirschte.

»Du hast Schmerzen …«

»Das macht nichts. Mir bleibt kaum noch Zeit. Wir müssen schnell handeln. Bring mir mein Schreibzeug! Ich muss es Takeo wissen lassen.«

»Wird er böse auf mich sein?«

»Böse? Wie kommst du darauf? Nach Saburos Tod hat er mir Angst gemacht. Er sagte zu mir, er habe, anstelle des Herzens, einen Stein in der Brust, einen Stein, in dem die Toten schlafen. Dieses Kind gibt ihm seine Tatkraft, sein Leben zurück. Er wird dich und das Kleine beschützen …«

Er schrieb mit großer Mühe ein paar Zeilen, versiegelte den Brief. Ich ging zum Concierge, gab ihm den Auftrag, sich zur *Matsu* rudern zu lassen und das Schreiben dem Chirurgen Takeo Araki persönlich zu überreichen. Für Gaetano jedoch war die Aufregung zu viel gewesen. Dr. Fonseca, der kurz darauf kam, stellte fest, dass er hohes Fieber hatte, und machte ein besorgtes Gesicht. »Mir bleibt kaum noch Zeit«, hatte Gaetano gesagt. Ich wollte nicht verstehen, was er wirklich gesagt hatte. Er ist ja noch so schwach, dachte ich, seine Wunden sind entzündet. Salvu, der alte Diener, der ihn ab und zu auf seinem Rücken in den Garten trug, kommt nicht mehr. Gaetano ist ständig müde, duldet nicht mehr, dass man ihn berührt. Auch ich bin müde. So furchtbar müde. Aber ich will nicht schlafen. Ich will auf Takeos Antwort warten. Ich schlug ein Buch auf, versuchte zu lesen. Aber die Augen fielen mir ständig zu. Ich sah die feuchten Flecken auf den Buchseiten. Tränen, Schweiß? Ich wartete, es nahm kein Ende. Da, endlich, die Kutsche! Die Haustür, die sich öffnete. Ich lief die Treppe hinunter. Der Concierge hielt einen Brief in der Hand, den er mir mit einer Verbeugung überreichte. Ich erkannte Gaetanos unbeholfene Handschrift, und mein Herz setzte aus.

»Signorina«, sagte der Concierge. »Ich konnte den Auftrag nicht ausführen. Die *Matsu* liegt nicht mehr im Hafen. Sie brach heute früh nach Port Suez auf, habe ich mir sagen lassen.«

Ich ging nach oben, klopfte leise an Gaetanos Tür und trat in sein Zimmer. Er lag nur halbwach, denn Dr. Fonseca hatte ihm Morphium gegeben. Doch er wandte mir leicht das Gesicht zu; eine Frage stand in seinen verschleierten Augen. Ich schüttelte den Kopf.

»Die *Matsu* macht Fahrt nach Port Suez.«

»Heute schon?«, murmelte er. »Wie ist das möglich? Sie hatten doch eine Havarie …«

Eine Weile starrte er schweigend vor sich hin, düster, schwer. Dann zog er müde den Atem ein.

»Ach, ich habe kein Zeitgefühl mehr. Vernichte den Brief, Cecilia. Wir müssen es anders machen …«

Er schlief ein paar Stunden. Als sein Kopf wieder klar war, ließ er mich kommen. Ich setzte mich an sein Bett, und wir sprachen leise miteinander. Er sagte, wir müssten es mit der Feldpost versuchen. Es kam allerdings häufig vor, dass Briefe konfisziert wurden oder verloren gingen. Gaetano hatte Saburos Adresse in Japan, die er mir gab. Ich betrachtete ratlos die fremden Schriftzeichen, doch Gaetano sagte:

»Du musst es darauf ankommen lassen. Auf die japanische Post sei Verlass, meinte Saburo. Setze dich nach Kriegsende sofort mit Takeo in Verbindung. Das Foreign Office wird dir behilflich sein. Aber zunächst muss ich mit den Eltern reden.«

Ich machte gewiss ein entsetztes Gesicht, denn er zeigte ein schwaches Lächeln.

»Sei ruhig, kleine Schwester. Es besteht eine Ehrenschuld …«

Ehrenschuld. Zwar kannte ich die Bedeutung des Wortes, hörte es jedoch zum ersten Mal in Zusammenhang mit meinen Eltern. Und begriff es erst in seiner vollen Tragweite, als Gaetano mit den Eltern gesprochen hatte. Sie vergaben mir nicht, hatte ich sie doch belogen und hintergangen. Aber sie waren zu einer sauberen Gerechtigkeit verpflichtet und mussten mich schützen. Das, was auf See geschehen war, bewirkte, dass sie ein Mädchen wie mich, das gesündigt hatte, nicht mit Schimpf und Schande vertreiben konnten. Ihre Vorwürfe blieben stumm. Da aber auf die Familie eines solchen Mädchens ein Schatten fiel, stellten die Eltern Forderungen. Ich hatte Valletta zu verlassen, das Kind im Ausland auf die Welt zu bringen. Man würde den Londoner Verwandten die Umstände schildern und sie bitten, mich aufzunehmen. Nach einigen Jahren dann würde mir erlaubt sein, in mein Elternhaus zurückzukehren. Vielleicht fand ich inzwischen einen Mann, der bereit war, mich auch mit einem Kind zu heiraten. Es ließ sich auch das Gerücht von einem verfrühten Witwenstand in Umlauf bringen. Wie oft kam es vor, dass junge Ehemänner aus dem Krieg nicht zurückkehrten! Meine Eltern drängten mich, die Reise bald anzutreten. Noch war mir mein Zustand nicht anzusehen. Für mich und das Kind sei gesorgt: Vater würde eine angemessene Summe auf unserer englischen Bankfiliale deponieren.

Es war gewiss das Beste für mich, und ich war den Eltern sehr dankbar. Doch Gaetano war nicht zufrieden und sagte: »Noch nicht! Ich muss erst nachdenken!« Das Morphium tat sein Werk, sein Hirn war träge, er brauchte viel Zeit zum Überlegen. Sein Zustand verschlimmerte sich täglich. Der saubere weiße Verband verbarg die schwärzlich angelaufene Wunde mit den eiternden Knochenstümpfen. Er wusste, dass jede Hilfe vergebens war, und die Eltern wussten es auch. Nur ich wollte es nicht wahrhaben. Besucher kamen nur wenige: einige nahe Verwandte und Freunde, mit künstlich zuversichtlichen Worten und einem vorgetäuschten Lächeln auf dem Gesicht. Aber das Lächeln gefror, und die Worte versiegten, sobald sie den

Gestank im Zimmer rochen, den Gestank der schwärenden Wunden. Bald blieben die Besucher aus; es kam nur noch der Vikarius, Pater Del Savio, der an Gaetanos Bett den Rosenkranz betete. Vielleicht brachten ihm die Gebete Trost, vielleicht wirkten sie einschläfernd, jedenfalls schickte Gaetano den Vikarius nie fort. Außerdem wäre es unschicklich gewesen. Es waren Regeln wie beim Spiel, die beachtet werden mussten. Außer Dr. Fonseca, der ihn mit Morphium versorgte, kamen nur noch die Eltern und sein Kammerdiener an sein Bett. Selbst ich war unerwünscht; Mutter war der Meinung, dass der Anblick der entsetzlichen Wunden mir schaden könnte. Aus diesem Grund war ich erstaunt, als der alte, würdige Notar Abel Preti, der unser Familienvermögen verwaltete, eines Tages an sein Bett gerufen wurde. Noch erstaunter war ich, als Gaetano, nachdem er sich lange mit dem Besucher beraten hatte, mich zu sich bat. Der Notar war noch anwesend. Nach einer höflichen, etwas kurzatmigen Begrüßung ließ er mich wissen, dass er ein Testament aufsetzen würde, das mich und später mein Kind – Junge oder Mädchen – zu Gaetanos Alleinerben machten. Gaetano hatte es eilig. Er wusste, dass die Anfälle von Schwäche und Fieberwahn ihn bald daran hindern würden, klar zu denken. Der Notar fertigte die Dokumente an. Mit den Eltern als Zeugen unterschrieben Gaetano und ich die Papiere, die mich zu einer reichen, unabhängigen Frau machten. Außer Gaetanos Vermögen, das auf der Bank lag, erbte ich ein Haus und ein großes Grundstück auf Sizilien, mit Mandel- und Olivenbäumen, und dazu eine Villa in Südfrankreich, bei Nizza, die eine längst verstorbene Tante infolge alter Familienstreitigkeiten nicht ihren eigenen Kindern, sondern Gaetano vermacht hatte. Das Haus sei in schlechtem Zustand, meinte der Notar, lag aber in einer guten Gegend; man müsste es eben in Ordnung bringen. Ich hörte nur mit halbem Ohr zu. All das war für mich im Augenblick nicht wichtig. Gaetano starb, und meine Welt rutschte unaufhörlich dem Chaos entgegen. Täglich vergrößerte sich der Abstand zwischen uns wie treibendes Packeis, brachte uns außer Nähe, außer Berührung. In Gaetanos matten Augen, auf seinem eingefallenen Gesicht lag bereits ein Leuchten, das seinen Ursprung jenseits dieser Welt hatte. Jetzt, da alles geregelt war, drängte er mich, Valletta zu verlassen.

»Du musst gehen, kleine Schwester. Es ist Krieg, du hast eine anstrengende Reise vor dir.«

Seine Wangen waren hochrot. Er hatte seit einigen Tagen Lungenentzündung. Seine Kräfte waren erschöpft, er setzte der Krankheit keinen Widerstand entgegen.

»Ich kann dich nicht verlassen! Ich kann es einfach nicht!«

»Kleine Schwester«, sagte er. »Du musst jetzt an dein Kind denken. Dein Kind will leben, aber ich werde es nicht sehen.«

»Was wird aus dir?«

»Nichts.« Er antwortete mit dumpfer Endgültigkeit. »Mein Leben ist vorbei. Und ich glaube, dass ich lieber sterbe als so zu sein, wie ich jetzt bin. Du verstehst mich doch, kleine Schwester? Nie mehr tanzen, nie mehr Tennis spielen zu können, von Mutter abhängig zu sein, von Salvu, von Andrea, ja, sogar von dir. Was ist das denn für ein Leben? Gib mir etwas Wasser, bitte. Halt mir den Kopf, sei so gut, ich bringe ihn nicht mehr hoch! Soll das jetzt immer so sein? Ich hatte ein besseres Leben ...«

»Gaetano, ich brauche dich. Lass mich nicht allein!«

Ach, wie ich mich selbst hasste! In meiner Stimme klang Panik mit, jene unvernünftige, namenlose Angst eines Kindes, das man in der Dunkelheit allein lässt. Da lächelte er plötzlich wie einst. Es war bestürzend, die Zärtlichkeit und den Spott in seinem Lächeln zu sehen. Doch es war nur das Phantom eines Lächelns, ein vorübergehender Hauch.

»Du braucht nur dich, kleine Schwester. Du bist stark. Dein Kind macht dich stark.«

Ich richtete mich auf, trocknete meine Tränen mit dem Finger.

»Ich werde stark sein. Ich verspreche es dir. Sag, bist du wieder schläfrig? Soll ich jetzt gehen?«

»Nein, mir ist nur kalt.«

Ich streckte die Hand aus, berührte seine Schulter. Seine Haut war klamm und starr, wie hart gefrorenes Eis.

»Ich hole dir noch eine Decke.«

»Ja, noch eine Decke«, murmelte er. »Leg sie... dahin, wo meine Beine waren. Es schmerzt.«

Das waren die letzten bewussten Worte, die er sprach. Ein Krampf schüttelte ihn. Das Licht in seinen Augen schimmerte ein letztes Mal auf und erlosch. Er dämmerte in Fieberträumen dahin. Als es sich erwies, dass er den kommenden Morgen nicht erleben würde, wurde eilig Pater Del Savio gerufen. Ich hörte das Glöckchen im dunklen Treppenhaus klingeln, das Glöckchen des Viatikums, die Kirche war ja gleich gegenüber. Der helle Klang ertönte auf der Treppe, im Flur. Der Priester trug in der von einem bestickten Etui behüteten Hostienkapsel das Sanctissimum. Wir schlugen das Kreuzzeichen, meine Mutter schluchzte leise. Wir blieben im Salon, während der Priester Gaetano die Beichte abnahm und ihm die letzte Ölung gab. Dann zog sich der Priester zurück, und alles wurde still im Haus. Meine Mutter betete, mit dem Rosenkranz aus großen, leise klirrenden Perlen in der Hand. Ich kniete neben ihr, den Blick auf das glatte Antlitz der Jungfrau gerichtet mit dem Jesusknaben im Arm. Ich wollte, dass das Gebet mir Trost spendete, aber mein Geist irrte in den dunklen Winkeln einer Welt voller Tod und Gewalt. Das erste Tageslicht nahte; die Stärke, derer ich bedurfte, konnte ich nur in mir selber finden.

Und so war es dann auch. Gaetano starb, als der Himmel golden leuchtete, als die Hähne in den Gärten der Nachbarn das Aufgehen der Sonne ankündigten. Und als sich seine Augen für immer geschlossen hatten, entspannte sich sein verzerrtes Gesicht, und in seinen Zügen spiegelte sich der Frieden des Jenseits wider.

Der Leichnam wurde gewaschen, in frische Laken und in ein Meer von Blumen gebettet. Ich wunderte mich, wie klein und schmal und zerbrechlich er aussah, mein Bruder mit den bronzenen Locken, den grünen Augen, mein Bruder, der so gut lachen, tanzen und reiten konnte. Der es nicht nur verstanden hatte, mich mit den vielen Kleinigkeiten zu verwöhnen, die ein junges Mädchen bezaubern, sondern auch die Kraft und Entschlossenheit in mir geweckt hatte, die mich zu einem eigenständig denkenden Menschen machten. Meine Eltern hatten den Toten geliebt, weil er ihr Sohn war, nicht, weil sie sich seinem Wesen nahe fühlten.

James und seine Frau Melissa waren nicht anwesend. Man hatte sie telegraphisch benachrichtigt; doch James war bei seinem Regiment, und Melissa wagte aufgrund des Krieges nicht, sich unbegleitet auf Reisen zu begeben. Sie würden zu einem späteren Zeitpunkt kommen.

Und am Morgen der Beerdigung sah ich stumm und tränenlos zu, wie der Sarg aus dem Haus getragen wurde. Aufrecht saß ich zwischen meinen Eltern in der Kutsche, die dem schwarz verhängten Wagen folgte, der von sechs Pferden zum Friedhof der Marine gezogen wurde. Es war ein heißer Tag, kein Lufthauch wehte vom Meer, und ich spürte unter meinem schwarzen Hut den Schweiß, der mir die Haare an die Kopfhaut klebte. Aus der Ferne sah ich das blaue Meer, das Saburos Grab geworden war, ein tiefes Gewässer mit unzähligen Leben. Ein Grab aus Erde für den einen, ein Grab aus Wasser für den anderen, aber beide, Wasser und Erde, waren lebendig und der Tod ein großes Geheimnis. Mir kam in den Sinn, dass sich beide Freunde wieder ganz nahe waren, dass sie sich an einem unbekannten Ort zwischen Zeit und Raum umarmten und ihr Wiedersehen feierten. Sie wurden von Flügeln getragen in eine andere Sphäre, in der es weder Krieg noch Wunden gab, weder Groll noch Pein. Ich aber, die zurückgeblieben war, musste mein Schicksal erdulden, musste Schmerz und Demütigung auf mich nehmen. Ich musste weiterleben, weil mein Kind nicht sterben durfte.

Mit trockenen Augen sah ich den Sarg in das schwarze Loch sinken. Ich war, das kann sich jeder ja vorstellen, Blickfang für die tränenüberströmten Anwesenden. Und während das, was von Gaetano übrig blieb, der Erde anvertraut wurde, spürte ich einen jähen Stich im Leib, der mich zusammenknicken ließ. Ich schrie nicht, doch mein Vater war sofort hinter mir, hielt mich fest. Der Schmerz war ganz entsetzlich. Ich konnte kaum sprechen.

»Was hast du?«, fragte Vater leise. »Fühlst du dich nicht wohl?«

»Ich ... ich möchte liegen«, hauchte ich.

Er stützte mich, wir entfernten uns aus der Masse der Trauernden. Vater half mir, in die Kutsche zu steigen. Ich legte mich auf den Sitz, Vater breitete eine Decke über mich aus.

»Warte hier«, sagte er. »Wir müssen noch bleiben.«

Ich starrte in den gleißenden Himmel; Pappeln flirrten, Lerchen zuckten wie trunken vorbei. Der Schmerz ebbte ab, doch tief in meinem Bauch spürte ich den langsamen Puls des Blutes. Ich legte beide Hände auf meinen Leib, sprach zu dem Kind, wie ich es oft tat. Ich war überzeugt, dass es mich hören konnte.

»Hilf mir, sei so gut! Ich brauche dich jetzt so nötig. Ich will noch nicht tot sein! Komm, mach mich stark ...«

Der Schmerz klang ab, der Schweiß an mir trocknete. So winzig klein, wie es war, hatte das Kind mein Flehen erhört. Doch ich wusste auch, dass ich jetzt nicht mehr reisen konnte. Wollte ich mein Kind lebend zu Welt bringen, durfte ich Valletta nicht verlassen.

# 32. *Kapitel*

James war beurlaubt worden; er traf einen Monat später mit Melissa ein, um sich vor Gaetanos Grab zu verneigen. Zu mir waren beide kalt und abweisend. Es war ihnen mitgeteilt worden, was mit mir war, und sie ließen mich ihre Missachtung spüren. Es mochte auch sein, dass sie an den Teil des Vermögens dachten, der ihnen und ihren eigenen – noch ungeborenen – Kindern entgehen würde. Die Eltern machten Front. Sie trugen ihre Verpflichtung mit Widerwillen, aber sie mussten achtbar handeln, alles andere wäre ehrlos gewesen. Nur wenige Lebensalter hinter ihnen lag die Zeit des alten Stolzes und der strengen Erziehung, nicht weit genug, als dass es sie nicht geprägt hätte. Da ihr Ansehen jedoch auf dem Spiel stand, waren Maßnahmen unumgänglich. Mein Schwächeanfall bei der Beerdigung lieferte den Vorwand zu einer Notlüge, einer von vielen: Gaetano hätte mich mit seiner Lungenentzündung infiziert. Der Arzt hätte mir strikte Bettruhe und später eine Kur verordnet. Die weniger verlässlichen Dienstboten wurden entlassen, darunter auch Timeo. Die Wahrheit wurde auch vor Dr. Fonseca verheimlicht; er war durch seine gesellschaftliche Stellung allzu exponiert. Stattdessen ließ Mutter eine Hebamme kommen, die als besonders erfahren galt. Sie musste sich schriftlich zur Schweigepflicht bekennen und wurde großzügig dafür entlohnt.

Und so hüte ich also das Bett. Die Hebamme – sie heißt Gabriela Vilhena – hat angeordnet, dass ich viel liegen muss. Sie ist eine mütterliche Frau, gutherzig, aber streng. Sie hat mir auch nicht verheimlicht, dass mir eine schwere Entbindung bevorsteht. Sie hat mir sogar das Treppensteigen untersagt. James und Melissa sind wieder abgereist. Sogar die Eltern sind froh, sie los zu sein. Sie brachten eine frostige Stimmung ins Haus. Indessen, keiner weiß, dass ich noch da bin. Ich darf mein Zimmer nicht verlassen. Allerdings ertrage ich mein Eingesperrtsein immer weniger. Bei dem Bewegungsdrang, den ich stets hatte! Aber ich muss durchhalten, den Eltern zuliebe, darf sie um keinen Preis blamieren. Ich verbringe viel Zeit damit, die Muschelseide mit einer ganz feinen Häkelnadel und Seidengarn zu vernähen, damit der Rand nicht ausfranst, doch meine Finger sind klamm vor Schweiß, die Nadel verfärbt sich. Mein Tagebuch ist mein einziger Trost. Die Vergangenheit wird nicht vergessen; sie wird, indem ich sie niederschreibe, umso sorgfältiger verwahrt. Und so sitze ich aufrecht in den Kissen und schreibe. Die Zeit der Freiheit, des unbeschwerten Glücks ist dahin. Es mag sein, dass ich mein Leben einsam verbringen werde. Aber ich bin ruhig in meinem Herzen und dankbar, dass ich, so unbesonnen ich auch war, zwei Männer gekannt habe, die mir nur das Gute und Schöne zeigten in einer Welt, in der Zerstörung und Leid herrschen. In einer Zeit, da schreckliche Dinge geschehen, schreibe ich von Liebe, Treue und Mut. Ich schreibe auch von der Zukunft. Takayama heißt die Stadt, in der Saburos Wiege stand. Sobald sich die Kriegswolken verziehen, werde ich mich nach Japan einschiffen. Saburos Kind ist das Geschenk, das ich der trauernden Familie überreichen will. Dieses Kind – Mädchen oder Knabe – soll den Sohn ersetzen, den sie verloren haben. Als Gegengabe werde ich um die Muschelseide bitten, die Saburo auf dem Herzen trug, als er starb. Ich werde beide Teile wieder zusammennähen, Stich für Stich, und Saburos Blut mit meinen Tränen mischen. Doch diese Zeit – wird sie jemals kommen? Oft ist mir, als gehörte ich selbst nicht mehr zu den Lebenden. Es ist Krieg, aber man spielt Tennis und Kricket wie zuvor; man veranstaltet Wohltätigkeitsbasare, Teegesellschaften, Tanzabende. Und in der Oper steht »Madame Butterfly« wieder auf dem Spielplan.

Der Monat Oktober ist erstickend heiß. Der Sommer, dieser

furchtbare Sommer, will nicht weichen. Mehr noch als unter der Hitze leide ich unter der verzehrenden Flamme meiner Trauer. Dicke Schweißtropfen, salzig wie Tränen, rinnen mir unter dem Nachthemd über den Körper. Manchmal kreisen Flecken vor meinen verklebten Augen. In der Mitte besteht eine dunkle, geheimnisvolle Stelle. Wie der Eingang einer Höhle kommt sie mir vor. Doch weit hinten schimmert es hell, es ist eine warme Finsternis zwischen mir und diesem Licht, und am Ende des Tunnels bewegen sich schemenhaft zwei Gestalten. Gaetano und Saburo sind es, die mich heimsuchen. Vielleicht bilde ich es mir nur ein, dass ich sie zunehmend deutlicher sehe? Ein Glanz geht von ihnen aus, der ihre ganze Gestalt verklärt. Sie schritten bereits durch das Tor des Todes, sie rufen mich, sie reichen mir die Hand. Wir tanzen zu den Klängen vergessener Walzer, tauchen in kühle Wellen, reiten auf dem Rücken treuer Pferde. Mit Saburo und Gaetano wandere ich zwischen Sonne und Mond, die »Faldetta« umhüllt mich wie ein Segel. Auch du, mein Kind, wirst mich später in diesem Licht sehen, immer drei Schritte über den Horizont hinaus, auf der anderen Seite des Weges. Du brauchst nur nach mir Ausschau zu halten, ich bin da! Wie kann ich wirklich fern sein, wenn ich dir so nahe bin?

# 33. Kapitel

Und so war es auch«, sagte Francesca. »Sie war immer ganz in der Nähe. Ich sah sie, wenn ich sie sehen wollte. Sie lebte einfach weiter, in geringer Entfernung von mir, beschützte mich und gab mir Kraft. Ich habe es immer gespürt. Nur so habe ich es überstanden.«

Sie führte mit der Hand eine ungeschickte Gebärde aus, doch ihre Stimme klang sachlich. Sie sah mich dabei freundlich an. Cecilia erschien ja auch mir, sie hatte unverkennbar Sympathie für mich. Und dass sie die »Faldetta« trug, war nicht ungewöhnlich. Traumgestalten wandern verhüllten Hauptes zwischen den Welten.

Siebzehn an ihrem ersten Ball, neun Monate später tot. Cecilia war nie einverstanden gewesen mit dem, was kam. Sie wollte Spuren hinterlassen. Etwas war da, hatte Gestalt angenommen. Ich war nicht eine Frau, deren Phantasie sich an den altersdunklen Malereien entzündete, die an den Wänden der Kirchen hingen. Doch ich glaubte – wenn ich überhaupt an etwas glaubte – an Vorbedeutungen, an Omen, an schützende Mächte. Das war eine Sache, die Francesca gut verstehen konnte.

»Woran ist Cecilia gestorben?«, fragte Kazuo.

Wir tranken Tee im Salon. Francesca lag auf der Chaiselongue, unter dem Kronleuchter aus blitzendem Kristall. Natürlich trug sie Rot, und natürlich hatte sie ihr Kleid in perfekte Falten gelegt, sodass ihre magere Gestalt gebieterisch und theatralisch aussah. Sie war immer noch schön mit ihrem schmalen Gesicht, der feinen, gerade genügend langen Nase, dem Funkeln in den schwarzen Augen. Ein Funkeln, das nie erlöschen würde. Sie würde auch nie eine andere werden. Nicht mehr mit neunzig.

Ricardo saß ihr, auf besondere Weise entspannt, gegenüber. Ricardo war es stets leichter erschienen, mit Dingen befreundet zu sein als mit Menschen; doch die Gespräche mit Kazuo, sein leichtes, humorvolles Erzählen, hatten etwas bewirkt. Kazuos Hang zum Methodischen kam dem Ricardos vielleicht entgegen. Sein Wissen schöpfte Kazuo aus verschiedenen Quellen. Er verfügte über verbindliche Wendungen, über Lächeln, über Gesten, die sanft und eindrucksvoll waren. Ricardo, in den Augen vieler Leute eine Jammergestalt, fühlte sich ernst genommen. Mir war, als gelänge es ihm endlich, fester in einer Welt zu stehen, der er vormals nichts abgewinnen konnte außer Abneigung.

Francesca hob ihre Zigarettenspitze an die Lippen.

»Wie sie starb? Es gibt vieles, das ich nicht weiß. Ihre Aufzeichnungen hören plötzlich auf. Ich habe keinen Grund, an den Fähigkeiten der Hebamme zu zweifeln, und denke, dass Cecilia gut gepflegt wurde. Offenbar setzten die Wehen frühzeitig ein, und Cecilia verlor ihr Fruchtwasser. Die Hebamme tat, was sie konnte. Cecilia brachte mich zur Welt, hatte jedoch zu viel Blut verloren. Sie lebte nur noch einige Stunden und entschlief inmitten der allgemeinen Kopflosigkeit. Und was jetzt? Wohin mit dem Kind? Fürs Erste nahm die Hebamme mich an sich, besorgte mir eine Amme. Inzwischen wurde Cecilia zu Grabe getragen: Die Eltern ließen verlauten, dass sie an Schwindsucht gestorben war; Schwindsucht, eine Krankheit, die damals noch verbreitet war, trat oft nach einer Lungenentzündung ein. Aber an mir, der Erbin Gaetanos, haftete ein Makel. Vater unbekannt? Um Himmels willen! Die Eltern mussten sich schleunigst etwas einfallen lassen. Nur zwei unbedingt vertrauenswürdige Personen waren eingeweiht: Pater Del Savio, der Gaetano die letzte Beichte abgenommen hatte, und Abel Preti, der Notar, der das Testament verfasst hatte. Es war dann auch dieser Notar, der als Gegenwert für eine beachtliche Summe eine Lösung vorschlug. Die Eltern setzten ihre Unterschrift auf ein standesamtlich beglaubigtes Dokument und adoptierten mich. Pater Del Savio taufte mich auf den Namen Francesca Cecilia Sforza. Ich verbrachte die ersten Monate im Haus der Amme, in Sliema. Nach Kriegsende brachte mich die Großmutter nach Cambridge. Meine Erziehung wurde jener Tante Rosella, die unverheiratet war und Kinderbücher schrieb, anvertraut. Die Geschichten Tante Rosellas waren voller entdeckungsfreudiger Kinder, quirliger Elfen und sprechender Tiere; sie selbst war mit siebenunddreißig eine spröde, recht farblose Person von der Sorte, die man damals eine ›alte Jungfer‹ nannte. Sie war sehr belesen, streng, aber gerecht. Ich – ein unentwegt plapperndes kleines Geschöpf – brachte Abwechslung in ihr eintöniges Dasein. Ich erlebte bei ihr eine Kindheit, die recht glücklich war. Von Rosella hatte ich erfahren, dass meine Eltern gestorben waren: meine Mutter bei der Geburt, mein Vater im Krieg. Letzteres war ein Los, das ich mit einigen Kindern aus dem Bekanntenkreis teilte. Und so war ich auch nicht übermäßig erstaunt. Dass man seine Eltern nicht mehr hatte, mochte eine Angelegenheit der Natur sein; Kinder finden sich pragmatisch mit den Tatsachen ab, auch ohne Verschönerung durch Psychologie, Rührseligkeit oder Religion. Das alles hatte sich fern von mir abgespielt, so unerreichbar wie der Mond. Die Fragen sollten später kommen, die Antworten würde ich selber entdecken.

So lebte ich vergnüglich dahin. Schon als Sieben- oder Achtjährige malte und zeichnete ich mit Leidenschaft. Rückblickend denke ich, dass es Rosellas Geschichten waren, die meine Phantasie weckten. Ich war es gewohnt, die Besucher zu unterhalten, fertigte Karikaturen an, die alle zum Lachen brachten. Ich stand sehr gern im Mittelpunkt. In der Schule verzieh man mir meine vorlaute Zunge, weil ich einen wachen Geist hatte, wissbegierig und gewissenhaft war und – das muss gesagt sein – entzückend aussah. Ich war elf, als verschiedene Ereignisse mein Leben veränderten. Die Großeltern in Valletta starben beide im Abstand von einigen Monaten. Onkel James und Tante Melissa kamen aus Rhodesien zurück, traten ihr Erbe an und zogen mit ihrer Tochter Lavinia in die Casa Degli Uccelli. James wurde Parlamentsabgeordneter, und Melissa bekundete als Dame der Gesellschaft, dass sie nach angemessener Trauerfrist entschlossen war, zu glänzen und glänzen zu lassen. Und ausgerechnet in dieser Zeit fand Rosella einen Mann! Und dieser, ein gewisser Lord Owen, ließ seine frisch Angetraute bald wissen, dass ihm meine Anwesenheit in seinem Haushalt missfiel. Rosella hatte mich in ihr Herz geschlossen und fügte sich widerstrebend. Aber sie fügte sich: Lord Owen war ihr wichtiger. Sie schrieb den Verwandten auf Malta, dass sie mich bitte schön zurücknehmen sollten. Die Antwort war, dass die Nanny mich holen würde. Daisy kam dann auch, und wir fassten beim ersten Anblick eine gegenseitige Abneigung zueinander. Ich schluckte meine Tränen, packte den Koffer. Daisy verpasste mir bereits auf dem Schiff die ersten Ohrfeigen, ein Vorgeschmack von dem, was mich in Valletta erwartete. James und Melissa hatten das Gerücht in Umlauf gebracht, ich sei eine ihrer zahlreichen Nichten aus dem englischen Familienzweig, die frühzeitig ihre Eltern verloren hatte. Indessen, sie ließen mich sofort spüren, dass ich ihrer eigenen Tochter nicht gleichgestellt war. Jahre später erfuhr ich, dass James mit jeder Menge fauler Tricks versucht hatte, mein Vermögen an sich zu reißen. Er hatte Pech gehabt: Gaetanos Testament war unanfechtbar. Darüber hinaus war Abel Pretis Sohn, der die Nachfolge seines Vaters angetreten hatte, ein Mann, der sich nicht bestechen ließ. Inzwischen wuchs ich heran, die Schikanen weckten ein wildes Gefühl in mir – es war wohl Hass –, und ich rächte mich umso leidenschaftlicher, weil ich gezwungen war, es mit tückischen Mitteln zu tun. Ich setzte den Ereignissen etwas entgegen, das sie meine abscheuliche Eitelkeit nannten, die mich – wenn es akut wurde – in einen Eisblock verwandelte.«

An dieser Stelle ihrer Erzählung angekommen, zog sich Francesca einen Aschenbecher heran und richtete ihre hochmütigen Augen auf Ricardo.

»Du hast schlechte Erinnerungen an mich, ich weiß. Ich habe dich geschlagen und getreten. Du warst das Nesthäkchen, ein freundliches Kind, von allen verhätschelt. Ich war eifersüchtig, verabscheute dich noch mehr als Lavinia, diese eitle Ziege. Soll es mir heute leidtun? Nun, ich gebe mir Mühe, hoffentlich weißt du es zu schätzen.«

Ricardo machte eine versöhnende Geste, ließ die Worte als Entschuldigung gelten. Francesca nickte und sprach weiter:

»Dann – mit sechzehn – fand ich das Tuch aus Muschelseide. Und Cecilias Tagebuch. Ich räumte Bücher aus dem Regal, als ich das Versteck entdeckte. Da saß ich nun auf dem Boden, zwischen Kisten und Schachteln, und jede Zeile flimmerte vor meinen Augen. Endlich erfuhr ich, wer mein Vater war und warum Cecilia sterben musste. Und mir wurde ebenfalls klar, dass ich mit achtzehn Erbin eines Vermögens werden würde. Noch zwei Jahre nur, und ich konnte dieses Haus, diese Menschen, die mir zuwider waren, verlassen. Damals keimte bereits der Gedanke in mir, der im Laufe der Jahre zur fixen Idee werden sollte und mich mein Leben lang nicht verlassen würde: diese japanische Familie zu finden, mich ihnen als ihre Tochter vorzustellen. Zwischen ihnen und mir lag eine Welt, aber ich fühlte mich stark genug, die Entfernung zu überwinden. Zunächst behielt ich dieses Wissen für mich, schöpfte aus ihm so viel Zorn und Kraft, dass ich allen die Stirn bot. So hielt ich durch. Rückblickend kann ich wohl sagen, dass wir uns gegenseitig das Leben zur Hölle machten, mit Tränen und Geschrei und allem, was dazugehörte, sogar Peitschenhiebe. Immerhin setzte ich es durch, dass ich die Kunstakademie besuchen konnte – für ein Mädchen aus der damaligen Zeit ein ungewöhnlicher und recht provokanter Entschluss. Und an meinem achtzehnten Geburtstag ließ ich mir einen Termin beim Notar geben und nahm mein Vermögen in Besitz. Die Neigung, mein Geld zu verprassen, hatte ich nie – im Gegenteil. Nach alldem, was ich mitgemacht hatte, war ich knauserig geworden. Inzwischen lag das Geld auf der Bank und trug Zinsen. Aber ich genoss meine Unabhängigkeit. Endlich tun und lassen zu können, was mir gefiel, weckte euphorische Gefühle in mir. Ich lebte zunächst in Paris, dann in New York. Es war Mitte der Dreißigerjahre, eine Zeit, in der Frauen früh heirateten, früh Kinder bekamen. Nichts für mich! Ich – ich wollte malen. Und ich wollte die Familie meines Vaters suchen.

Von ihm wusste ich nur den Namen: Saburo Araki. Und dass er aus einem Ort stammte, der Takayama hieß. Cecilia erwähnt in ihrem Tagebuch, dass sie seine Adresse hatte. Diese war nicht mehr auffindbar. Ich nehme an, dass Cecilia sie gesondert von ihrem Tagebuch aufbewahrt hatte, in ihrer Handtasche oder bei den Schmucksachen. Aber da war mir Melissa zuvorgekommen. 1937, kurz bevor der Zweite Weltkrieg ausbrach, fuhr ich zum ersten Mal nach Japan. Wo lag Takayama? Und wie sollte ich mein Anliegen vorbringen, wenn man auf den Behörden nur Japanisch sprach? In der englischen Botschaft in Tokio wurde mir eine junge Japanerin vorgestellt, die recht gut Englisch sprach und mich zu den japanischen Behörden begleitete. Ich hatte – wie ich bereits sagte – Fotografien von der Gedenksäule anfertigen lassen und hielt sie den Beamten unter die Nase. In Paris hatte ich die Bilder bereits Foujita gezeigt; ich wusste von ihm, wie man Saburo Araki auf japanisch schrieb. Die Beamten hörten sich meine Geschichte höflich und geduldig an. Sie hatten alle die gleiche Art, mein Anliegen zu prüfen, zögernd zunächst, dann ernst und sorgfältig. Ich erfuhr, dass Takeo Araki, der Chirurg, kurz nach Kriegsende in Takayama gestorben war. Seine Schwester Hatsue hatte geheiratet und ihren Heimatort verlassen. Weil auch die Mutter nicht mehr lebte, war Shinzo, der jüngste Bruder, mit der Schwester fortgezogen. Die Sache wurde nicht einfacher, sondern zunehmend komplizierter. Außerdem konnte ich nicht mehr bleiben. Man sprach von Krieg, das Reisen innerhalb des Archipels wurde beschwerlich. Die Eisenbahnzüge kamen ungewöhnlich langsam voran: Truppentransporte hatten Priorität. Das Radio sendete Hetzmeldungen. Ich fiel auf, zwangsläufig, man prüfte stundenlang meine Papiere. Und Misstrauen überall, wie das in solchen Zeiten so ist. Ich hatte es satt und schiffte mich wieder nach New York ein. Und spätestens bei Japans Eintritt in den Krieg wurde mir klar, dass mein unbekannter japanischer Vater mir plötzlich als Hindernis im Weg stand. Ich war nicht gesprächig, wie man das glauben könnte, hatte nicht jedem, der es hören wollte, alles von mir erzählt. Das ersparte mir viele Demütigungen. Zum Beispiel, dass ich als Halbjapanerin von heute auf morgen als Mensch zweiter Klasse galt und in den Rocky Mountains in ein Arbeitslager gesteckt worden wäre. Das alles machte mich fast kaputt. Eine Zeit lang trank ich, malte im benebelten Zustand Bilder, die meine Gefühle recht lebhaft zum Ausdruck brachten. Ich wollte, dass die Kritiker mich hassten. Aber die Bilder passten in das Zeitgeschehen. Sie verkauften sich immer besser.

1947 ging ich zum zweiten Mal nach Japan. Es war schwierig, mich in dem zerbombten, verarmten Archipel zurechtzufinden. Japan war nicht mehr das Land Madame Butterflys, das Land meiner verschwommenen Sehnsüchte. Ich besuchte Hiroshima. Dabei spukte mir ein Satz aus dieser Zeit, den ich irgendwo gelesen hatte, ständig im Kopf herum: ›Wenn eine Atombombe zwanzigtausend gewöhnlichen Bomben gleichkommt, macht dieses erhebliche Ergebnis der wissenschaftlichen Intelligenz alle Ehre.‹ Ich weinte in Hiroshima. Es fiel nicht einmal auf: Alle, die nach Hiroshima kamen, weinten. Das hat sich auch bis heute nicht geändert. Kein Mensch aus Fleisch und Blut, der so etwas wie ein Gewissen hat, kann nach Hiroshima gehen, ohne zu weinen. Ohne sich zu fragen: Warum, warum? Nur Wahnsinnige können das. Aber sie sind unter uns, und eines Tages werden sie wieder zuschlagen. Wenn ich Glück habe, erlebe ich das nicht mehr. Aber ich rede zu viel, das ist das Alter. Zurück zu meiner Geschichte also: Ich sprach wieder bei den Behörden vor. Dass die Beamten mich bei dem Chaos, das im Land herrschte, nicht zum Teufel wünschten, war ein Wunder. Sie zeigten, im Gegenteil, noch mehr Geduld. Am

Ende konnte ich einen gewissen Herrn Otani, der beim Standesamt arbeitete, für mein Anliegen gewinnen. Mein guter, zuverlässiger Herr Otani! Er fand heraus, dass Takeos verheiratete Schwester Hatsue in Kyoto lebte. Ich fuhr also nach Kyoto. Unter den amerikanischen Strategen befanden sich damals noch einige kultivierte Menschen, die angeordnet hatten, dass die Stadt mit ihren kostbaren Tempeln und Palästen verschont bleiben sollte. Aber mir stand nicht der Sinn nach Sehenswürdigkeiten. Und ich kann wohl behaupten, dass ich besonders hartnäckig vom Pech verfolgt wurde. Ich brachte nämlich in Erfahrung, dass Hatsue einen Geschäftsmann aus Tokio geheiratet hatte und inzwischen den Namen Suzuki trug. Ausgerechnet Suzuki, einen der üblichsten und alltäglichsten Namen in Japan! Noch schlimmer: Das Ehepaar Suzuki wohnte nicht mehr in Kyoto, sondern war nach Tokio gezogen. Man darf nicht vergessen, es war kurz nach Kriegsende. Bei den Behörden ging es noch sehr unorganisiert zu. Um Hatsues Spur unter den Abertausenden Suzukis zu finden, die die japanische Hauptstadt bevölkerten, brauchte es Zeit – viel Zeit. Warum, jammerte ich Herrn Otani die Ohren voll, war diese Frau nicht in Kyoto geblieben? Herr Otani meinte, es könnte an ihren Schwiegereltern gelegen haben. Es käme oft vor, dass die Söhne mit ihrer Familie wieder zu den betagten Eltern zögen. Und wie stand es mit Shinzo, dem jüngsten Bruder? Man wusste nicht, was aus ihm geworden war. Ich hätte mir die Haare ausreißen können. Doch kein noch so großes Hindernis konnte Herrn Otanis Pflichtbewusstsein und Langmut erschüttern. Er versprach, sich weiter zu bemühen. Bevor er in Rente ging, tat er sein Möglichstes. Doch seine Nachforschungen führten zu nichts. Shinzo, in den ich viel Hoffnung gesetzt hatte, blieb unauffindbar. 1987 verstarb Herr Otani an Krebs. Es war vorbei.

Inzwischen lebte ich mein Leben. Ich heiratete nacheinander zwei Amerikaner, danach einen Brasilianer. Alle drei Ehen gingen in die Brüche. Ich duldete keinen Mann neben mir, der mich in einem Käfig der Abhängigkeit hielt. Ohne Zerstörung gibt es keinen Aufbau. Wenn ich vor meiner Staffelei stehe und arbeite, erkenne ich in meinen stillen Gedanken die Gestalten meines Vaters und meiner Mutter. Die Stimmen der Toten rufen die Seele; ihnen zu folgen, zu den Toten hinabzusteigen, heißt sich zu erkennen. Die Wunden, die der Körper erleidet, heilen. Die inneren Wunden aber, die seelischen, müssen wir bewahren, denn sie machen uns stark. Dieser Gedanke ist sehr konkret, jedenfalls in Bezug auf mich. Ich male meine Bilder nicht nur für die Lebenden, sondern auch für die Toten. Sie sind stets da und blicken mir über die Schulter. Tod und Wiedergeburt, das ist der Ursprung der Kunst.«

Francescas brüchige Stimme erlosch so plötzlich, dass ich fast das Gefühl einer schmerzlichen Leere empfand. Die Sonne sank; es war fast dunkel im Zimmer. Zu dunkel, fand mein Vater, der aufstand und Licht machte. Der Kronleuchter flammte auf. Scharfe Schatten regten sich auf Francescas Gesicht; aus ihren Augen aber strahlte noch so viel Feuer. Das Feuer hatte mich am Anfang erschreckt. Heute wusste ich, es war ein starkes, gutes Feuer. Ich glaubte auch zu verstehen, warum sie mir die Muschelseide überlassen hatte: Es war ein Vermächtnis, ein Erbe. Das wechselfarbige Gewebe bildete ein Zeichennetz, in dem auch ich verwoben war. Das freie Spiel der Erinnerung, der Phantasie und der Gefühle weckt Traumvisionen. Sie sind eine Sprache, die mit geschlossenen Augen geschrieben und gelesen wird.

Kazuos ruhige Stimme brach das Schweigen.

»Dann haben Sie also nie erfahren, was aus Hatsue und Shinzo geworden ist?«

Francesca schüttelte den Kopf.

»Es war unmöglich, irgendwelche Personalakten aufzutreiben. So viel Zeit lag dazwischen. Auch der Krieg. Und am Ende habe ich eingesehen, dass man Menschen, die man nie zu Gesicht bekommt, einfach … erfinden kann. Dass es auch eine Art und Weise sein kann, sie zu sehen …«

Er antwortete eine ganze Weile nicht, bevor er nachdenklich sagte:

»Vielleicht gibt es etwas, das ich für Sie tun kann.«

Sie erwiderte überheblich seinen Blick.

»Ich für meinen Teil wüsste nicht, was. Aber wenn Ihnen etwas einfällt…«

Er lächelte herzlich.

»Internet«, sagte er.

»Internet!«, rief sie geringschätzig. »Das bringt doch nichts.«

»Ach, glauben Sie das wirklich, Francesca?«

Er nannte sie zum ersten Mal bei ihrem Vornamen. Sie stutzte ein wenig, bevor sie sagte:

»Jeder Mensch hat seine schwachen Punkte. Wenn ich daran denke, wie oft ich versucht habe, damit zurechtzukommen! Ich habe nicht die Geduld. Eine Frage des Alters, nehme ich an. Entweder male ich Bilder oder surfe im Internet. Sie meinen also, damit könnten Sie…«

»Ich meine«, sagte er, »dass ich es zumindest versuchen kann.«

Ein sonderbarer Ausdruck legte sich auf Francescas Gesicht, ein Ausdruck hochmütiger Besserwisserei.

»Nun, ich sage durchaus nicht nein. Wenn Sie sich etwas davon versprechen…«

»Die Informationen müssen ihren Weg zu den richtigen Leuten finden, das ist der ganze Trick bei der Sache. Außerdem bin ich Japaner, dies ist immerhin ein Vorteil. Und ich habe einen Computer, was Ihr Herr Otani damals nicht hatte. Wenn Sie mir also Vertrauen schenken…«

Francesca lächelte plötzlich. Ihr Lächeln, gleichsam verschmitzt, abgeklärt und müde, ließ mich mit einem Mal an das von Cecilia denken, als sie noch ein kleines Mädchen war und den Tennisschläger in der Hand hielt. Mir kam in den Sinn, dass es bestimmt Gaetano gewesen war, der das Bild aufgenommen hatte. Einen Atemzug lang fühlte ich mich in jene Zeit zurückversetzt, in jene glücklichen Tage, bevor Unschuldige in schreckliche und unbegreifliche Ereignisse hineingerissen wurden. Der Gegensatz zwischen dem Leuchten des kleinen Mädchens und dem grauenvollen Tun, das jene Zeit bereits in ihrem Keim trug, erfüllte mein Herz mit schmerzlicher Wehmut. Doch schon sagte Francesca in ungewöhnlich energischem Ton:

»So gaga bin ich nicht, dass ich keine Menschenkenntnis mehr hätte. Sie wissen, dass ich Ihnen vertraue.«

»Das weiß ich, Francesca«, erwiderte er ernst. »Ich muss Sie nur um etwas Geduld bitten.«

Ihre Zigarettenspitze beschrieb eine wegwerfende Geste in der Luft.

»Was ist schon Geduld? Ich hatte mein Leben lang Geduld.«

Ein kleines Lächeln zuckte um Kazuos Mundwinkel.

»Dann macht es Ihnen gewiss nichts aus, noch ein Weilchen zu warten.«

Sie hob ihre Zigarettenspitze an den Mund.

»Es macht mir nichts aus«, erwiderte sie leichthin. »Ich habe sowieso anderes zu tun. Aber wenn Sie etwas erreichen, wird Ihnen Herr Otani aus dem Jenseits dankbar sein! Ach Gott, der arme Mensch! Was habe ich ihm die Hölle heiß gemacht!«

# 34. *Kapitel*

Wie willst du vorgehen?«, fragte ich Kazuo, als er seinen Laptop einschaltete. »Es ist doch ziemlich kompliziert, oder?«

»Es gibt Daten und Fakten, die ich verwenden kann. Leider kann ich nicht verhindern, dass Neugierige sich einmischen, und natürlich wird es Falschmeldungen geben. Im Zweifel kann ich ja Francesca fragen. Und manchmal, weißt du, ist es ganz einfach eine Sache des Glücks.«

In den folgenden Tagen arbeitete Kazuo still und konzentriert für sich. Mein Vater hatte ihm sein Arbeitszimmer überlassen und zusätzlich noch seinen eigenen Computer, weil die Software auf Kazuos Laptop für die japanische Sprache gestaltet war. Auf diese Weise konnte Kazuo gleichzeitig auf beiden Rechnern arbeiten. Es machte ihm nichts aus, sich mehrere Stunden am Tag mit der Suche zu beschäftigen. Kazuo war ein Mensch, der komplizierte Aufgaben liebte. Er hatte Francescas Angaben stets im Blick, identifizierte sofort alle Falschmeldungen und löschte sie. Kazuo blieb dabei zuverlässig. Mit allen eingegebenen Informationen, die rund um die Uhr aktiv waren, würde er schon etwas herausfinden.

Inzwischen befasste ich mich mit der Muschelseide. Stellvertretend für Nona, die dazu niemals fähig gewesen wäre, entwickelte ich ein Projekt, mailte Annabel auch die Unterwasseraufnahmen. Sie meldete sich telefonisch. Sie war von den Aufnahmen beeindruckt. Während ich ihr erzählte, wie ich ein fast unberührtes Gebiet gefunden hatte, wo die Steckmuschel in Hülle und Fülle wuchs, wurde es mir abwechselnd heiß und kalt. Endlich hatte ich das Gefühl, näher ans Ziel zu kommen.

Ich durfte nicht allzu viel Begeisterung zulassen, aber immerhin schien Annabel meine Hartnäckigkeit gutzuheißen. Und dass Nona auch bereit war, Schülerinnen anzulernen, machte die Sache für Azur interessant.

»Sie hat mir einen Unterrichtsplan von drei Jahren vorgelegt«, erklärte ich. »Im ersten Jahr würde sie ihren Schülerinnen die Vorarbeiten zeigen, vom Ernten der Muschel bis zum Einweichen der Büschel, dem Winden der Knäuel und dem Spinnen des Seidengarns. Im zweiten Jahr würden das Weben und die Färbung des Byssus gelernt, im dritten Jahr die Kompositionen, Zeichnungen und Herstellung der Stoffe. Die Schülerinnen würden auch lernen, ihre eigenen Muster zu entwerfen. Dabei ließen sich auch modische Kompositionen als Vorlage benutzen.«

»Ein Luxus also, der den Artenschutz fördert, der jeder Kundin das Gefühl gibt, dass sie an der Erhaltung der Meeresfauna beteiligt ist?«

»Es könnte ein Trend werden«, sagte ich.

»Trends sind denkbar unkompliziert«, erwiderte Annabel, »solange der Zeitgeist mitspielt. Vor zehn Jahren hättest du keine Chance gehabt.«

Ich bewegte den Hörer in meiner Hand hin und her.

»Das ist mir schon klar.«

»Darüber hinaus«, sagte Annabel, »kaufen die Kundinnen von Azur nicht nur deshalb ihre Kosmetik bei uns, weil sie den Wirkstoffen vertrauen. Sondern weil sie auch wissen, dass wir umfangreiche Projekte von Frauen fördern.«

»Ich werde dir ein seriöses Projekt vorlegen.«

»Mach dich auf überspitzte Kritiken gefasst. Inzwischen werde ich die Geschäftsleitung in New York wissen lassen, dass wir fern von jedem *Déjà-vu* einer revolutionären Neuigkeit auf der Spur sind. Das wird ihr Interesse anstacheln. Die Amerikaner wollen immer die Nase ganz vorn haben.«

»Ich weiß, Annabel. Aber die *Pinna nobilis* wächst nur im Mittelmeer. Das wird ihnen vielleicht nicht gefallen.«

»Kann sein«, entgegnete Annabel. »Wir müssen es darauf

ankommen lassen. Aber wie steht es mit deinen Behörden? Würden die ihre Zustimmung geben?«

»Für viel Geld, nehme ich an. Nationalstolz.«

Sie seufzte hörbar.

»Komm mir jetzt nicht mit dem Johanniterorden! Lass auch den Papst und das englische Königshaus aus dem Spiel. Was nicht heißen soll, dass wir nicht später in unserer Werbung darauf eingehen können. Also, kläre das vorerst mal ab, und melde dich wieder bei mir.«

»Du machst mir Mut.«

»Mein Interesse ist marktpolitisch. Mach's gut, Beata!«

»Mach's gut«, hauchte ich mit einem Lächeln in den Hörer.

Im Gegensatz zu Francesca hatte ich Geduld nie als meine Sache erlebt. Aber es ging nicht anders, ich musste mich gedulden. Und mich auch daran gewöhnen, dass Kazuo und ich vorläufig in getrennten Zimmern schliefen. Nachts konnte ich mich nicht zu ihm schleichen, weil Vater eine schwache Prostata hatte, sich mehrmals in der Nacht zum Klo tastete und gewiss hören würde, wenn die Matratze knarrte.

So vergingen vier Tage. Ich arbeitete mein Projekt aus, Kazuo saß vor dem Laptop, Ricardo beschäftigte sich still auf seine Weise, und Francesca malte. Wir sahen sie kaum. Sie machte einen abwesenden Eindruck, brütete vor sich hin, und die gut gemeinten Versuche, ein unverfängliches Gespräch aufkommen zu lassen, verliefen im Sande. Doch es war ein anderes Schweigen als zuvor. Ich kannte sie inzwischen besser und fühlte, dass eine gespannte Unruhe sie erfasst hatte. Ich sagte zu Kazuo:

»Nimm dir ihre schroffe Art nicht zu Herzen. Das alles bewegt sie so sehr.«

»Ich weiß«, nickte er. »In Wirklichkeit ist sie kein kalter Mensch. Sie ist eine sehr leidenschaftliche Frau, die Kälte vortäuscht. Das ist eigentlich sehr japanisch.«

»Mir ist es bei dir nicht aufgefallen.«

»Es macht einen großen Unterschied, ob wir vor oder nach dem Krieg geboren wurden. Ob wir heulen durften oder nicht.«

Wir saßen auf der dunklen Terrasse, sprachen leise miteinander. Alle Häuser rundherum waren eng verschachtelt, die Fenster, die Mauern hatten Augen und Ohren. Die Abendluft war warm. Aus dem Garten wehten die Düfte von frischen Feigen und Jasmin. Zamita, die Katze mit den wundervollen blauen Augen, die in unserem Haus ihr eigenes Leben führte, hatte plötzlich unsere Gesellschaft gesucht. Nun saß sie Kazuo zu Füßen, den muskulösen Rücken dicht an sein verletztes Bein gepresst.

»Ich denke, sie ist in dich verliebt«, sagte ich.

»Sie ist ein Weibchen«, sagte er. »Weibliche Katzen mögen Männer sehr.«

»Das ist wahr. Zamita hat, wenn überhaupt irgendjemanden, stets meinen Vater bevorzugt.«

»Siehst du!«

»Gegen Katzenweibchen ist nichts auszurichten«, gab ich zu. »Und ich werde Zamita ihr Eigentum nicht streitig machen. Die Sache mit Francesca, was glaubst du? Kommt etwas dabei heraus?«

»Ich weiß es nicht. Bisher hatte ich nur Falschmeldungen.«

»Du verlierst viel Zeit dabei.«

»Ich bin neugierig geworden. Francesca beeindruckt mich sehr.«

»Sie ist nicht immer freundlich.«

»Ob sie freundlich ist oder nicht, spielt in ihrem Alter überhaupt keine Rolle mehr. Da ist man es müde, alles schönreden zu wollen. Ich möchte gern etwas für sie tun. Nach all dem, was sie durchgemacht hat ...«

Ein Nachtfalter streifte weich mein Gesicht. Ich seufzte.

»Ja. Eigentlich lebt sie von Toten umgeben.«

»Wie wir alle«, sagte er. »Aber was macht das schon aus, wenn sie unsere Schutzgeister sind?«

Dann, am nächsten Tag, rief Kazuo mich plötzlich zu sich. In seiner Stimme schwang, trotz aller Beherrschung, Erregung mit.

»Beata, ich glaube, dass ich etwas gefunden habe!«

Ich setzte mich neben ihn, den Blick auf den Monitor gerichtet. Ich wunderte mich, dass mein Herz so heftig schlug.

»Warte, ich muss übersetzen«, sagte Kazuo.

Die in japanischer Schrift gehaltene E-Mail war ziemlich lang, kam aus Tokio und war von einer Frau.

»Darf ich mich vorstellen: Mein Name ist Misa Kimura. Das Stichwort *Pinna nobilis* machte, dass Ihre E-Mail bei mir ankam. Meine Datei speichert alles, was mit Muscheln zusammenhängt. Ich bin Computergraphikerin, unterrichte in der EDV-Abteilung der Universität Shobi. Ich bin selbst Taucherin, sammle Muscheln. Marine Lebewesen sind sichtbar gewordene Bewegungsformen des Wassers, von denen ich mich inspirieren lasse. Doch zur Sache: Ich bin zwar in Tokio geboren, doch ursprünglich stammt meine Familie aus Takayama, wo auch meine Großmutter seit ein paar Jahren wieder lebt. Diese Großmutter bewahrt ein Tuch auf, das an tragische Begebenheiten in unserer Familiengeschichte erinnert. Meine Großmutter sagte, dass es aus der Seide der *Pinna nobilis* stammt, eine Muschel, die es in japanischen Gewässern nicht gibt. Das Tuch faszinierte mich schon als Kind. Später beobachtete ich dasselbe Schillern bei Fischen und Quallen. Doch die Geschichte, wie das Tuch in unsere Familie gelangte, ist sehr persönlich, und ich möchte hier nicht darauf eingehen. Einem Gespräch aber würde ich umso bereitwilliger zustimmen, da auch ich vor vielen ungelösten Fragen stehe.«

Mir stockte der Atem.

»Mein Gott, Kazuo, du hast es geschafft!«

Er verzog das Gesicht zu einer kleinen Grimasse.

»Jetzt kann ich dir ja sagen, dass ich kaum an eine Chance geglaubt hatte.«

»Seitdem sich Cecilia um die Sache kümmert…«

Er lächelte; ich bemerkte erst jetzt, wie müde er war.

»Ach ja, Cecilia.«

»Wir müssen es Francesca sagen.«

»Gleich. Die automatische Übersetzung ist eine Katastrophe, wie immer. Ich will sie zuerst ins Reine schreiben.«

»Es wird ein gewaltiger Schock für sie sein. Nach all diesen Jahren.«

»Vielleicht auch nicht«, meinte Kazuo gelassen.

Er hatte die Arbeit bald fertig und druckte sie aus. Seine Verletzung hatte sich inzwischen sehr gebessert, auch das Treppensteigen fiel ihm leichter. Er folgte mechanisch meinen Schritten, atmete ein wenig schwer dabei, mehr nicht. Mir aber war, als wenn ich zu meiner eigenen dunklen Seele hinaufstiege, zu dem Geheimnis. Aus weiter, weiter Ferne drang so etwas wie ein Lachen an mein Ohr, als ich an Francescas geschlossene Tür klopfte. Ich machte mich auf eine Zurechtweisung gefasst. Sie hasste es, wenn man sie bei ihrer Arbeit störte. Nach einigen Sekunden ertönte ihre unwillige Stimme.

»Ja?«

»Francesca, mach auf«, sagte ich und rüttelte an der Tür.

Stille. Ich blickte Kazuo vielsagend an. Drinnen schlurften Schritte. Der Schlüssel drehte sich im Schloss, und Francescas abweisendes Gesicht blickte uns durch den Türspalt entgegen.

»Was ist los?«, fragte sie giftig.

»Kazuo hat etwas gefunden«, sagte ich.

Sie schüttelte irritiert den Kopf, als ob sie sagen wollte, es wird nicht von Bedeutung sein. Doch sie ließ uns herein. Das Morgenlicht war klar, und das Zimmer schien voller Regenbögen. Auf der Staffelei stand das Bild, an dem sie gerade malte. Sie hatte das Rosa, Aquamarin und Kastanienbraun verdichtet; die Farben schienen zu vibrieren. Auch die Gestalten traten deutlicher hervor, es war, als ob sie sich der Strömung überließen, in schwingender Bewegung weitertrieben, einer Oberfläche entgegen, die golden leuchtete. Kazuo, der die Bilder zum ersten Mal sah, brach erst nach einer Weile das Schweigen. Und was er sagte, empfand ich als ungewöhnlich.

»Ihre Bilder sind sehr schön.«

Seine Stimme klang verhalten, wie besorgt, etwas geheim

Spürbares nicht durch zu laute Worte zu gefährden. Eine Spur von eitler Zufriedenheit zuckte um Francescas Mund.

»So? Sie finden die Bilder schön?«

»Ja. Das Große da, darf ich es aus der Nähe betrachten?«

Sie nickte kühl. Er stellte sich neben sie. Francesca ließ ihn nicht aus den Augen.

»Was sehen Sie auf dem Bild?«

Er schüttelte leicht den Kopf.

»Jeder mag sehen, was er will. Malen kommt aus dem Unterbewusstsein.«

Sie machte ein bejahendes Zeichen. Ihr Ausdruck war wieder versöhnlich.

»Künstler tragen Visionen in sich, die näher und näher an die Oberfläche ihrer Gedanken treten. Ich hatte angenommen, dass ich, wenn ich alt bin, sie erkennen und verstehen würde. Aber offenbar bin ich noch nicht alt genug.«

Er lächelte, still und herzlich.

»Hmmm.«

Sie stemmte beide Hände in die Hüften.

»Würde ich nicht dauernd gestört, könnte ich konzentrierter arbeiten. Was haben Sie denn gefunden, das so dringend ist?«

»Ich habe diese E-Mail für Sie übersetzt«, sagte Kazuo.

Sie nahm das Papier mit argwöhnischer Miene, bevor sie sich abwandte. Langsam machte sie ein paar Schritte auf einen Stuhl zu, setzte sich. Ich sah, wie das Papier in ihren Händen leicht zitterte. Draußen zwitscherten die Schwalben, man hörte Reden und gedämpfte Rufe, in der Ferne tutete eine Schiffssirene. Wie wenig, dachte ich, haben sich die Geräusche seit Cecilias Tod verändert! Cecilia war anderswo, hier aber stand die Zeit still; wir waren noch in ihr gefangen. Francesca las die Mitteilung zweimal durch. Dann senkte sie die Hände und hob den Kopf. In ihren schwarz umrandeten Augen lagen Verwirrung und ein Staunen, das ihr Fassungsvermögen nahezu überstieg. Auch ich hatte dieses Staunen empfunden. Aber bei ihr war mehr: ein Schicksalsgefühl, das aus all ihrem Denken und

Empfinden hervorbrach. Als sie endlich sprach, hörte sich ihre Stimme tonlos an.

»Früher hasste ich es, wenn etwas in meinem Leben unklar war. Doch in den letzten Jahren nicht mehr. Was ich damit sagen will: Ich habe mich an die Ungewissheit gewöhnt. Letzten Endes kam sie mir zugute.«

Kazuo nickte ruhig.

»Ihrer Bilder wegen?«

»Sie verstehen auch wirklich alles!« Sie zuckte die Achseln. Ihre Stimme klang fester. »Ja, natürlich, meiner Bilder wegen. Ich war immer so berauscht, wenn ich malte, so außer mir, dass die Bilder für mich die eigentliche Heimat und Wahrheit wurden. Und nun, da ich im Begriff bin, zu finden, was ich mein Leben lang gesucht habe, glaube ich zu spüren, dass es mich kaum noch berührt.«

»Sie glauben es zu spüren.«

Kazuo wiederholte die Worte mit ganz anderer Betonung.

Sie sah ihn argwöhnisch an.

»Finden Sie das nicht seltsam?«

»Durchaus nicht«, sagte er.

Ich aber, die stets gemeint hatte, dass sie eine Nachricht aus Japan als Erlösung empfinden würde, begriff erst bei diesen Worten, dass ausgerechnet ihre Qual es war, die das nötige Maß an Zorn und Kreativität in ihr Leben gebracht hatte. Ihr ganzes Werk hatte sie auf Wasser gebaut; die Wellen trugen sie und sie lag auf ihnen, behaglich wie ein Kind in den Armen jenes Vaters, den sie ihr Leben lang vermisst hatte. Sie musste meine Gedanken spüren, denn sie fragte ziemlich barsch:

»Schockiert dich das, was ich gesagt habe?«

Ich schüttelte den Kopf. Sie zog die pechschwarzen Brauen hoch.

»Warum machst du dann so ein Gesicht?«

Ich ging auf ihre Bemerkung nicht ein, sondern fragte stattdessen:

»Und was wirst du jetzt tun?«

Sie saß ganz still; auf ihren Zügen kehrte undurchdringliche Ruhe ein. Nach einer Weile hob sie das Gesicht und sprach zu Kazuo, indem sie mit dem Papier in seine Richtung wedelte.

»Etwas ist mir aufgefallen. Misa und ich haben etwas gemeinsam: Wir machen die Formen des Wassers sichtbar. Der einzige Unterschied ist, dass ich mit Farben arbeite und sie mit dem Computer. Irgendetwas scheint da doch in der Familie zu liegen, meinen Sie nicht auch?«

»Ich habe es schon bemerkt.« Kazuo lächelte. »Misa schreibt außerdem, dass viele Fragen sie beschäftigen. Welche Antwort soll ich ihr jetzt mailen?«

Sie schüttelte bitter den Kopf.

»Zu spät. Ich kann nicht mehr nach Japan.«

Ich erzählte Kazuo, dass der Arzt Francesca vor Flugreisen gewarnt hatte, weil die Gefahr einer Gehirnblutung vorlag.

»Landet das Flugzeug mit einer Toten an Bord, was macht das denn für einen Eindruck? Misa würde entsetzt sein!« Francesca sah mich an, bekräftigte verdrossen meine Worte. »Aber du bist noch jung und ständig unterwegs. Warum gehst du nicht nach Tokio und triffst dich mit ihr?«

Ich starrte sie an.

»Du willst, dass ich für dich nach Japan fliege und mit Misa spreche?«

»Du warst doch schon ein paar Mal dort«, sagte sie. »Und wenn Kazuo dabei ist, läuft alles wie am Schnürchen.«

Während ich verdattert schwieg, schenkte sie mir unvermutet ein Lächeln, das aus den weiten Räumen ihrer Wachträume kam.

»Was ist denn daran so absurd? Du hast Cecilias Tagebuch gelesen und kennst die Geschichte. Und du hast auch die Muschelseide. Also, worauf wartest du noch?«

Ach ja, die Muschelseide! Ich war Cecilias Erbin, das durfte ich nicht vergessen. Das alles kam überraschend. Aber mir ging durch den Kopf, dass Francescas Vorschlag – der eigentlich ein Befehl war – nicht einer gewissen Logik entbehrte. Es mochte wahrhaftig Cecilia sein, die alles ausgelöst hatte. Sie konnte ewig so weitermachen, sie hatte uns gut in den Fingern. Ich blickte fragend zu Kazuo hinüber.

»Ja, was meinst du?«

Er nickte ruhig.

»Es wird Zeit, dass ich in der Redaktion vorbeischaue. Eigentlich bin ich schon viel zu lange weg gewesen.«

Und da spürte ich plötzlich einen kurzen, schmerzlichen Stich im Herzen. Er hatte sein Leben, das sich möglicherweise mit meinem Leben nicht deckte. Mehr als zwei Wochen waren wir unzertrennlich gewesen, hatten aber nie über eine gemeinsame Zukunft gesprochen. Auf einmal war mir bewusst, dass ich mein kühles Benehmen nicht mehr der Sachlichkeit zuschreiben konnte, wie ich es bisher getan hatte, sondern einer zutiefst verborgenen Schüchternheit. Ich erkannte ganz klar, dass ich Kazuo liebte und mich vielleicht damit abfinden musste, von ihm getrennt zu sein. Fast erschrak ich, als ich begriff, dass meine Liebe das Weggehen desjenigen, dem sie galt, bereits einbezogen hatte. Meine Vernunft, auf die ich mich immer verlassen hatte, stärkte mich. Das alles war schon dagewesen. Wenn es sein musste, konnte ich auch ohne ihn auskommen. Ich konnte mich lösen, ohne allzu sehr zu leiden.

Wir würden also zusammen nach Tokio gehen. Und dann … was? Ein leerer Raum, viel Arbeit, Francesca und mein Vater. Und natürlich auch Nona und die Muschelseide. Ach, Kazuo, wie ich dich jetzt schon vermisse! Konnte ein Gefühl, das so reich an Erinnerung und Vertrauen war, ein Betrug sein? Über diese Frage wollte ich nicht nachdenken. Ich sagte zu Francesca:

»Wenn wir gehen sollen, muss es bald sein. Deine Vernissage ist im Oktober. Da will ich wieder zurück sein.«

Kazuo sagte daraufhin nur, dass er sich um die Flugtickets kümmern wolle. Sein Büro in Tokio würde alles kurzfristig organisieren.

»Und dein Bein?«, fragte ich.

»Mir geht es schon gut«, meinte er. »Und die Fäden kann ich auch in Tokio entfernen lassen.«

Er setzte sich wieder vor seinen Laptop. Es dauerte nicht lange, da hatten wir unseren Flug. Die Maschine ging von Valletta nach Zürich, und dann nonstop nach Tokio. Ich teilte meinem Vater mit, dass wir in zwei Tagen fliegen würden. Er nahm es zur Kenntnis, als ob es zur Routine gehörte. Doch ich sah ein Flackern in seinen Augen, einen feuchten Schimmer. Seine Einsamkeit hatte stets mit der Abwesenheit von Menschen zu tun, die er mochte. Die gleichmäßigen, heiteren Tage mit Kazuo hatten seine schlichte Seele berührt. Etwas in Ricardo hatte sich geöffnet. Doch bezeichnenderweise fragte er Kazuo nicht: Wann werden wir uns wiedersehen? Für ihn war es noch immer eine Zumutung, Gefühle zu zeigen; ja, er scheute sich davor, sie zuzulassen, und verschanzte sich lieber hinter distanzierter Unbeholfenheit.

Kazuo sandte Misa eine E-Mail, in der er unser Kommen ankündigte. Misas Antwort traf unverzüglich ein: Sie bat uns, zu ihrem Universitätsinstitut zu kommen, und schlug auch sofort ein Datum und ein gemeinsames Mittagessen vor.

In der letzten Nacht vor dem Abflug sah ich Cecilia im Traum. Sie trug ihren weißen Tennisdress und einen leichten Pullover, der ausgesprochen modern aussah, dazu weiße Socken und Leinenschuhe. Ein Band hielt ihr üppiges Haar aus dem Gesicht. Anmutig parierte sie die Bälle, die ihr ein dunkel gelockter junger Mann zuspielte. Seine Gestalt war nur in Umrissen erkennbar, da sie sich im flüssigen Blau der Entfernung bewegte. Cecilia aber sah ich vollkommen deutlich. Sie lachte, ihre hübschen Zähne blitzten, während ihre präzisen Bälle über das Netz flogen. Sie war mehr als wunderschön, sie war stark und anmutig und auf ewig lebendig. Hinter dem Tennisplatz stand eine Pinie; zwischen ihren Zweigen zitterten die Strahlen der Sonne. Cecilia tanzte in diesem Licht, zeichnete eine lange, sich schließende Ellipse auf dem roten Feld. Jede geschmeidige Bewegung ihres Körpers war ein Überströmen von Kraft und Freude. Plötzlich hob Cecilia einen Ball auf; sie tat es sehr gekonnt, mit einem kurzen Schwung ihres Fußes. Sie ließ den Ball auf dem Schläger hüpfen, kam mit leichten, graziösen Schritten auf mich zu. Ihr Haar wehte im Wind und schimmerte bronzebraun und rötlich im Licht. Doch jetzt war ihr Gesicht kein Kindergesicht mehr. Es war schmal, leidend, mit schwermütigem Mund und gebieterisch funkelnden Augen:

»Nun mach schon!«, rief sie mir zu, mit einer Stimme, so hell wie die Stimme einer Lerche. »Nun hol sie endlich her!«

Und da erwachte ich, verwirrt, benommen, mit dem Bild vor Augen von dem, was von Cecilia jetzt übrig war: einige Knochenreste und das Grinsen ihrer makellosen Zähne in der Finsternis ihres verfaulenden Sarges. Doch ich empfand bei dem Gedanken weder Angst noch Schmerz, denn Cecilia selbst lag nicht unter der Erde, sondern war überall, wo sie wollte, tanzte frei in Sonne, Wasser und Licht. Und zwang mir ihren Willen auf, dachte ich, während ich mich hochsetzte und die Füße auf den kalten Boden stellte. Alle Glocken von Valletta läuteten zur Morgenandacht; Domenica war schon wach und bereitete das Frühstück. Es duftete nach Rührei und gutem Kaffee. In drei Stunden würde unser Flugzeug nach Zürich starten.

Die Redaktion hatte für uns Plätze in der Business Class reserviert, damit Kazuo seine Beine ausstrecken konnte. Als die Motoren gleichmäßig summten, erzählte ich ihm von meinem Traum und von Cecilias geheimnisvoller Aufforderung.

»Hol sie endlich her!«, hat sie gesagt. »Von wem redete sie eigentlich?«

»Weißt du es nicht?«, fragte er.

»Nicht die Spur.«

Cecilias Kraft war unverbraucht. Ihr Wesen enthielt bereits mein tiefes, unverwechselbares Wesen. In meinem Bewusstwerden machte ihre Geschichte einen Sekundenbruchteil aus, doch alles, was ich einmal sein würde, war bereits in ihr enthalten. Und auf einmal wurde mir klar, warum ich so schnell bereit gewesen war, alles stehen und liegen zu lassen und nach Tokio zu fliegen. Seitdem ich erfahren hatte, dass Japan auch zu meiner Vergangenheit gehörte, würde ich die Menschen, die Städte, mit neuen Augen erleben, mit neuen Gefühlen, mit neuer Aufmerksamkeit.

Nach der Zwischenlandung, als wir bereits über das Baltische Meer flogen, sagte Kazuo plötzlich zu mir:

»Denke nicht, dass ich Tokio vermisst hätte. Noch vor ein paar Jahren habe ich immer gedacht, das ist der Platz, wo ich sein will, die Stadt, die mich immer wieder zurückruft. In Tokio fühlte ich mich beschützt, zu Hause, sicher. Aber inzwischen bin ich von Bildern umgeben, die anderswohin gehören. Jetzt würde es für mich schwer werden, mich wieder in Tokio einzuleben.«

»Sehr schwer?«, fragte ich so, dass er mich verstand.

»Vielleicht sogar unmöglich. Für Selbstspaltung habe ich wenig Sinn, ich folge lieber der Anziehung.«

»Und wie stellst du dir dein Leben vor?«

»Nun, es würde genügen, dass ich ein paar Mal im Jahr nach Japan gehe. Ich müsste das in Tokio jetzt klären.«

Mein Atem beschleunigte sich. Ich empfand plötzlich eine ganz törichte Freude. Doch ich erwiderte so, dass er aus meiner Stimme keine Erleichterung hören konnte:

»Das käme dich aber teuer zu stehen.«

Er lächelte. Vielleicht kannte er mich besser, als ich dachte.

»Die Zeitschrift zahlt die Spesen. Und in zehn Jahren, da bin ich fünfzig, gehe ich in Rente und spiele nur noch Schach mit Ricardo.«

»Hättest du keine Lust, zu tauchen? Ich meine … so ab und zu?«

»So ab und zu, warum nicht? Nachdem ich im Schwimmbad geübt habe. Und wenn ich stecken bleibe, rettest du mich ja.«

»Kazuo! Das ist nicht lustig!«

»Nein. Entschuldige! Es ist vielleicht nicht der richtige Ort, um das zu besprechen. Aber wie wär's, wenn wir heirateten?«

»O doch!«, rief ich. »Es ist genau der richtige Ort!«

»Du meinst, so zwischen Himmel und Erde?«

»Da sahen wir uns ja auch zum ersten Mal, oder? Zwischen Himmel und Erde. Sag, macht es dir nichts aus, in einem Haus zu wohnen, das zweihundert Jahre alt ist? Mit meinem Vater und mit Francesca, solange beide leben?«

»Hör zu«, sagte er ernst. »Meine Eltern verstanden sich nicht. Sie gingen beide ihrem Beruf nach, fuhren eine Stunde mit der U-Bahn und kamen abends kaputt nach Hause. Sie schrien sich nie an, sie hatten sich einfach nichts zu sagen. Inzwischen starrte ich in die Glotze, las verdrossen Mangas und pflegte meine Neurosen. Ich zog, als ich mein Studium begann, in ein Studentenwohnheim. Heute sind beide tot. Die Eltern meiner Mutter lebten ein paar Jahre länger als sie, in einem Heim, das viel Geld kostete. Das kommt bei uns oft vor, weil die ältere Generation so unglaublich zäh ist. Ich denke aber nicht, dass sie glücklich waren. Ich war ihr einziger Enkel, und sie hingen sehr an mir. Aber ich war viel im Ausland, und Mariko – meine Frau – wollte sie nicht bei uns haben. Außerdem war die Wohnung zu klein. Wohin also mit ihnen? Rückblickend habe ich da so etwas wie ein schlechtes Gewissen. Im früheren Japan lebten mehrere Generationen in einem Haus. Das hatte, solange Eintracht herrschte, Vorteile. Nicht alle Versuche, das Alte und das Neue miteinander zu verknüpfen, gelingen. Aber gegenseitiger Beistand und Rücksicht sind ebenso für die Alten wie für die Kinder gut.«

»Über Kinder«, erwiderte ich, »kann ich mich schlecht unterhalten.«

»Willst du keine?«

Ich seufzte.

»Ich habe einen Bruder, du kennst ihn noch nicht, weil er in London lebt. Der hat schon vier.«

»Wie sind sie denn, diese vier Kinder?«

»Ermüdend«, sagte ich. »Sie sind ermüdend.«

»Ich sehe schon.« Er schnitt eine Grimasse. »Und wie steht es mit dir?«

»Ich habe eigentlich keine Gründe, auch noch welche zu kriegen.«

»In dem Fall könnten wir uns vielleicht einigen ...«

Wir sahen uns an und fingen in jähem gemeinsamen Glücksgefühl an zu lachen. Ich saß neben Kazuo, während die Wolken tief unten vorbeizogen, ganz der Vollendung dessen hingegeben, was in mir entstand: die Sicherheit, jemanden in der Nähe zu haben, jemandem nahe zu sein, ohne Hindernisse, ohne Pathos und Zähneknirschen. Ein Zusammenleben, erfüllt von gegenseitigem Verständnis und Höflichkeit, eine Liebe, die wir teilen konnten, weil wir unsere innere Welt bereits gefestigt hatten und weil das, was wir fürchteten, nur das Alleinsein war. Ich streichelte Kazuos Hand, die auf der meinen lag, als ihm plötzlich etwas einzufallen schien.

»Eines muss ich dir noch sagen: Dein Vater sollte vielleicht einsehen, dass wir ein neues Badezimmer bräuchten. Japaner sind da ein wenig heikel ...«

»Gehen Sie sorgsam mit sich um«, hatte Ricardo beim Abschied lediglich gesagt und Kazuo die Hand geschüttelt. Er hatte ihm zerstreut ins Gesicht geblickt, als wäre er nur ein Punkt im Raum. Dabei war sein Blick merkwürdig traurig und gleichzeitig so, als sähe er ihn nicht. Vor Leuten, die nicht zur Familie gehörten, wollte er unerkannt bleiben. Mit seinen Gefühlen kam Ricardo ganz und gar nicht zurecht. Komisch – da fehlte es bei ihm.

Ich antwortete lachend:

»Francesca hat es schon versucht. Er sagte nur: ›Du meinst wohl, du hast nicht genug Platz in der Wanne? Dann nimm doch eine Dusche!‹ Um ein Haar hätte sie ihn erwürgt. Auf dich wird er eher hören.«

»Ich mag deinen Vater sehr«, sagte Kazuo.

»Er behauptet, dass du gut Schach spielst.«

Kazuo lachte ebenfalls. Sein Lachen war offen und jungenhaft hell. Wir hatten Ordnung in unser Leben gebracht und waren beide sehr glücklich.

»Das sagt er nur, weil er höflich ist. In Wirklichkeit bin ich ein lausiger Spieler.«

## 35. Kapitel

Wir hatten drei Filme gesehen, geschlafen, gegessen, was uns die Stewardess vorsetzte, und am Himmel das Verblassen der Sterne beobachtet. Der Tag brach an, und die Maschine begann ihren Landeanflug. Noch verbargen Nebel das Land, die Städte, die Autobahnen. Dann und wann tauchten grüne Berge aus den Wolken, und eine Zeit lang flogen wir über das offene Meer mit seinen langen, weiß gekrönten Wellen. Dann kam die Landebahn in Sicht, die blinkenden Lichter. Das Flugzeug setzte zur Landung an, berührte ungewöhnlich sanft den Boden, rollte langsamer, drehte schwerfällig eine Kurve. Musik erklang. Wir waren am Flughafen Narita angekommen. Die Temperatur draußen: frühmorgens schon 27 Grad Celsius. September in Japan, noch Hochsommer. Das Sonnenlicht schien uns hart und grell in die Augen. Bei der Passkontrolle musste ich lange warten, eingekeilt in einer Schlange von müden, gereizten Ausländern. Unsere Gepäcktaschen waren längst da, Kazuo hatte beide geholt. Wie die meisten Einwohner Tokios bevorzugte er den Zug, schneller und bequemer als der Bus, der uns in einer Stunde zum Hauptbahnhof brachte. Das kräftige, satte Grün der Wälder und Reisfelder war nach Maltas trockener Erde Balsam für die Augen. Unter schönen Baumprofilen, von Zierbüschen umgeben, waren die Häuser am Außenrand der Stadt zumeist aus Holz, hatten geschwungene Giebeldächer, die smaragdgrünen oder blauen Ziegel schimmerten kühl und klar. Buntes Bettzeug war zum Lüften über die Balkonbrüstungen gelegt. Wäsche trocknete auf kleinen, runden Bügeln. Alle Farben hatten etwas Frohes, Verspieltes an sich, was mich an Italien erinnerte.

Allmählich aber ging das Grün der Vororte in die Großstadt über, und Kazuo sagte:

»Du wirst Tokio nicht wiedererkennen. Überall werden Häuser abgerissen, neue gebaut.«

Riesige Wohn- und Geschäftsviertel waren entstanden, Wolkenkratzer, die wie blaue Türme an Morgenhimmel funkelten. Wir fuhren an Parks vorbei, an verstopften Ausfallstraßen, an einem Meeresarm mit vielen Schiffen, an einem Riesenrad. Tokio war so anders als die Städte in Europa, hatte auch mit der amerikanischen Bauweise zunehmend weniger zu tun. Granit, Glas und Beton wechselten sich ab, kein Gebäude war wie das andere, und doch passte alles zusammen. Die Stadt dehnte sich in die Höhe, in die Breite, zeigte Zukunftsbejahung, einen Sinn für Effizienz und Harmonie, die zeitgemäß waren, weil die Gegenwart aus einer Vergangenheit wuchs, die noch im höchsten Grade lebendig war. Nach der ungesunden und unnatürlichen Betonwucherung der vergangenen dreißig Jahre gab es im heutigen Japan kaum ein Bauwerk, und sei es noch so gigantisch und auffällig, das nicht mit seiner Umgebung eine Gemeinschaft bildete. Die Auseinandersetzung mit dem Westlichen war überwunden. Die Japaner bauten ihre Städte auf eine Art, die wie eine Folge paradoxer Aussprüche erscheinen mochte und gleichwohl einer uralten ästhetischen Empfindung entsprach, die ihre Arbeit im Hintergrund des Denkens verrichtete.

Der Zug hielt. Endstation. Kazuo wankte ein wenig, und ich fasste ihn am Ellbogen. Menschen strömten an uns vorbei, stauten sich auf Rolltreppen. Die riesigen Hallen und Gänge verstärkten und vervielfältigten die Schritte, die Stimmen, die Ansagen. Wir stellten uns in eine Schlange. Taxis kamen in Schwärmen, brausten davon. Die Fahrer trugen alle weiße Handschuhe. Der gelbe Wagen brachte uns zum Stadtviertel Roppongi, wo Kazuo ein Studio besaß. Die Menschen gingen schnell, bunt und locker gekleidet. Selbst die »Salary-Männer« trugen Hemden mit kurzen Ärmeln und nur selten eine Krawatte. Das grelle Licht schien prall auf die Fensterfronten, und Dohlen, die geflügelten Wahrzeichen Japans, schwangen sich wie schwarze Tuchfetzen mit markerschütternden, rauen Schreien empor. Müde lehnte ich den Kopf an Kazuos Schulter. Mein Denken war träge. Das Beschwingte, Gläserne dieser Stadt erzählte eine eigene Geschichte, doch Worte für Farben und Eindrücke fielen mir nicht ein.

Kazuo wohnte in einem Gebäude aus braunem Granit. Die Glastüren teilten sich, als er den Code eintippte, und schlossen sich sofort hinter uns. Der Eingang war schlicht, aber aus Marmor, und eine Vase mit einer einzelnen Blume unterstrich die karge, aber erlesene Stimmung. Im achten Stock öffneten sich lautlos die Aufzugtüren. Dahinter lag ein schmaler Gang mit einem Spannteppich. Kazuos Studio befand sich gleich um die Ecke. Er tippte erneut einen Code ein, ein winziges grünes Licht blinkte. Ich zog meine Schuhe aus und trat hinter Kazuo in eine Wohnung, von der ich zunächst nicht merkte, wie klein sie eigentlich war. Die Wände, mit einer cremefarbenen Seidentapete bespannt, waren mit vielen Einbauschränken versehen. Die Möbel aus dunklem Holz waren elegant und formvollendet. Auf dem Tisch standen in einer Keramikvase frische gelbe Tulpen. Ich sagte lächelnd:

»Du wirst offenbar erwartet.«

»Das ist ein Gruß von Frau Hayashi. Ich habe ihr gemailt, dass ich komme. Bei uns haben Zugehfrauen ihren Computer. Frau Hayashi kommt regelmäßig, wischt Staub und lüftet die Bettwäsche. Sie wird auch eingekauft haben.«

Eine Glastür führte in die Küche, die ebenso klein wie praktisch war; Kazuo wies auf den gefüllten Kühlschrank.

»Da, siehst du?«

Eine Schiebetür aus Holz und Papier trennte das Schlafzimmer vom Wohnbereich. Die Futons – die japanischen Betten – waren bereits auf der Matte ausgebreitet, mit einer Sommerdecke aus Baumwolle versehen. Ich starrte Kazuo perplex an.

»Zwei Futons?«

Er grinste ein wenig zerknirscht.

»Nun, Frau Hayashi wurde mitgeteilt, dass ich in Begleitung komme.«

»Du denkst auch an alles«, sagte ich lachend.

Das Badezimmer, gleich daneben, war mit einer tiefen Wanne versehen, in der man nur sitzend baden konnte, aber Wasser bis zum Hals hatte. Über dem formschönen Waschbecken leuchtete ein großer Spiegelschrank. Die Toilette befand sich, wie überall in Japan, in einem getrennten Raum, und vor der Tür standen zwei Paar Plastikpantoffeln.

»Nur sechzig Quadratmeter«, sagte Kazuo. »Ich leistete mir die Wohnung, als ich das Grundstück meiner Eltern verkaufte. Das Haus musste ich abreißen lassen.«

»Warum?«, fragte ich.

»Ach, es war schon dreißig Jahre alt. Für uns gelten Häuser aus dieser Zeit als unmodern und unpraktisch. Wer heutzutage ein Grundstück kauft, stellt andere Ansprüche. Diese Wohnung ist auch nicht mehr ganz modern. Aber Roppongi ist ein gesuchtes Viertel. Sollte ich jetzt die Wohnung verkaufen, würde ich kein schlechtes Geschäft machen.«

»Lass das lieber«, sagte ich. »Ich habe Kronleuchter, Plüschsofas und alte Gemälde bis über beide Ohren satt. Und ich mag Badezimmer, die eine tiefe Wanne haben.«

Er zwinkerte mir zu.

»Keine Treppen sind auch gut, oder?«

Wir waren beide müde, duschten schnell und legten uns schlafen. Ich trug eine blauweiß gemusterte »Yukata«, einen leichten Schlafkimono, von Kazuo. Ich genoss das frische Gefühl der gestärkten Baumwolle auf meiner Haut. Kazuo nickte amüsiert, als er sah, wie meine Finger sich sofort erinnerten, wie die Schärpe zu verknoten war.

»Du hast deine Lektion gut gelernt«, stellte er fest.

»O ja, ich habe geschickte Hände.«

Wir schliefen, wachten mitten in der Nacht auf, beide nahezu im selben Augenblick. Zeitverschiebung. Unsere innere Uhr stand kopf, alles wirkte gleichzeitig überdeutlich und unscharf. Die Fenster waren schalldicht, alles war still, nur die Klimaanlage summte leise. Wir tasteten einander entgegen, meine Hände fassten Kazuos Hände, hielten ihn fest. Meine Finger strichen seine Arme entlang, fühlten die Ellbogen, glitten über die Schultern zum Hals. Zu Hause, bei meinem Vater, hatten wir nicht gewagt, uns zu lieben; jetzt aber hatten wir unser eigenes Leben. Unter der blauen Yukata, deren Gürtel ich tastend aufknotete, gehörte Kazuos Körper, seine helle, weiche und beinahe zarte Haut, ganz mir. Die Wärme des einen ging zum anderen, in unserem Schweigen lag ein Begehren, das vielleicht einer Erinnerung entsprach, die nicht die unsrige war, aber jetzt auch ein Teil von uns wurde. War Cecilia hier? Bei uns, in diesem Zimmer, im Herzen von Tokio? Ja, sie war auch hier, sie freute sich, sie lachte leise; sie hatte immer wieder neue Augen, ein neues Gehör, sie war reich an Erinnerungen, die hundert Jahre alt waren. Sie hatte uns zusammengeführt, mit magischer Beharrlichkeit. Sie wollte, dass wir eine gemeinsame Sprache fanden, irgendeine fiktive Ebene, in der auch sie, Cecilia, einen Platz beanspruchte. Es hatte mit den Dingen zu tun, die ihr versagt wurden, mit ihrem tragisch ungelebten Leben. Kazuo und ich waren Menschen einer anderen Zeit, unser Denken war frei, unsere Zärtlichkeiten ungehemmt. Wir lagen Mund an Mund in der brennenden Hitze des Verlangens. In meinem Kopf war ein seltsames Rauschen, das alle anderen Geräusche übertönte und an die Tiefen des Meeres erinnerte. Meine Haut spannte sich unter Kazuos Berührung, mein Leib, der straff und hart war, wie die Leiber der Taucherinnen eben sind, öffnete sich weit und feucht, wurde warm und nachgiebig wie dunkle Gewässer. Wir schaukelten langsam in vielen Strudeln. Ein tiefes Beben, das unsere Körper ganz einschloss, trug uns vorwärts, auf Wellen, die zeitlos waren wie das Begehren und das ewig brausende Meer.

Ich wachte auf, spät vermutlich. Wir hatten die Vorhänge nicht zugezogen, die Sonne schien mir hell in die Augen. Kazuo war schon wach, bewegte sich in der Küche, brachte Schüsseln und Schalen auf den Tisch. Ich zog die Yukata über, stand mit steifen Knien auf. Mir war, als schwankte ich.

»Müde?«, fragte er zärtlich.

»Nein, Zeitverschiebung.«

Ich lehnte mich kurz an ihn. Seine Lippen schmeckten nach Zahnpasta. Ich duschte, zuerst heiß, dann kalt, rubbelte mich mit dem Waschlappen ab, bis meine Haut ganz rot wurde. Dann knotete ich meine Yukata fest. Als ich vor dem Spiegel mein Haar entwirrte, sah ich die dunklen Ringe unter den Augen, und jede Pore meines Körpers bebte vor glücklicher Erinnerung.

»Setz dich«, sagte Kazuo.

Er hatte Rührei gemacht und Misosuppe gekocht, die frühmorgens wunderbar stärkend wirkte. Es gab auch Reis mit Sojabohnen, die säuerlich schmeckten. Dazu Toast, Konfitüre und jede Menge Kaffee, der so gut wie in Italien war. Wir aßen und tranken und fühlten uns in Hochform. Dann sagte Kazuo, dass wir allmählich gehen sollten. Misa hatte mitgeteilt, dass sie bis elf unterrichtete und uns danach in ihrem Büro erwartete.

»Es ist ein ziemlich langer Weg. Wir müssen mehrmals die U-Bahn wechseln. Und – tut mir leid – ich bin noch nicht ganz fest auf den Beinen!«

Ich zog mich schnell an, wickelte den Schal aus Muschelseide um meinen Hals. Er glänzte im hellen japanischen Licht, in einer ganz besonderen Tönung, die mich an reife Aprikosen denken ließ. Die Stoßzeit war vorbei. In der U-Bahn fanden wir sofort zwei Sitzplätze. Alle Wagen waren peinlich sauber, ohne Abfall und Kaugummi, ohne Graffiti. Die kalte Luft aus den Ventilatoren war mir unangenehm, aber den jungen Japanerinnen in ihren ausgeschnittenen Tops schien sie nichts auszumachen. Die Reisenden saßen dicht und still nebeneinander, keiner beachtete den Nachbarn. Augen glitten geistesabwesend über mich hinweg. Jeder verhielt sich, als ob es die Mitreisenden nicht gäbe. Einige lasen Mangas in dicken Taschenbuchausgaben, die meisten hielten ein Handy und starrten auf ihre SMS oder hörten Musik auf i-Pods. Sie schienen wie abgeschottet, in einer Art von verlängerter Privatsphäre.

Die Fahrt dauerte gut eine Stunde; wir mussten viermal umsteigen, durch endlose Gänge laufen, auf Rolltreppen hinauf- und hinabfahren. Die Uni befand sich in einem Außenquartier von Tokio, einer Mischung aus Bürogebäude und Wohnhäusern, die alle im Grünen lagen. Auf dem Weg zum Campus erklärte mir Kazuo, dass die Uni Studenten ausbildete, die sich im Software- und Medienbereich profilieren würden. Ich nickte, hörte aber nicht wirklich zu. Ich versuchte mir vorzustellen, dass ich in einigen Minuten eine Frau treffen würde, die auf sonderbar verworrene Weise zu Francescas und gleichzeitig auch zu meiner Vergangenheit gehörte. Ich fühlte mich dabei leicht benommen.

Wir gingen eine Straße entlang, dann an der nächsten Ecke nach rechts. Es war Mittagspause. Studenten strömten aus den Hörsälen, standen in Gruppen herum oder saßen auf dem gepflegten Rasen. Mädchen und Jungen waren gertenschlank, trendig gekleidet, hübsch oder zumindest anmutig. Die frisch gewaschenen Haare, schwarz, kastanienbraun oder blond gefärbt, wehten im Wind wie schönes Gefieder. Alle schwatzten und lachten, völlig mit sich selbst beschäftigt. Inzwischen gingen wir ein paar Stufen hinauf, die Glastüren öffneten sich, wir betraten die Eingangshalle. Auch hier strömten die Studenten lärmend die Stufen hinunter, stauten sich vor den Mitteilungstafeln. Einige ältere Damen saßen hinter Schaltern wie in einer Bank. Eine verließ ihren Arbeitstisch und verbeugte sich freundlich vor uns. Kazuo nannte unsere Namen und sagte, dass Kimura-san uns erwartete. Die Dame schaute in ihren Computer und bat uns um einen Augenblick Geduld. Sie griff nach dem Telefon, drückte auf einen Knopf. Wir brauchten nicht lange zu warten. Schon kam eine junge Frau die Treppe herab und auf uns zu, wobei das leuchtend braune Haar auf ihre Schultern wippte. Sie trug elegante weite Hosen und eine weiße Hemdbluse. Ich spürte mein Herz heftig klopfen. Misa Kimura musste bereits vierzig sein, sah aber wie eine Studentin aus: klein von Gestalt, beweglich und voller sprühender Energie. Sie hatte ein ovales Gesicht, in das der Mund geschnitten war wie eine Frucht. Die Brauen waren flaumig, die Augen mandelförmig und von einem vergoldeten Braun.

Wir begrüßten uns und tauschten – wie es nicht nur in Japan geschäftsüblich ist – die Visitenkarten. Misas Augen richteten sich, während sie uns in ihr Büro führte, immer wieder auf mich. Sie musterte mich intensiv, aber auch warmherzig und etwas befangen. Sie sprach ein müheloses, perfektes Englisch. Ihre Stimme hatte einen tiefen Klang, so wie ein ganz gleichmäßiger, dunkler Glockenton.

»Wann sind Sie angekommen?«, erkundigte sie sich.

»Gestern Morgen«, sagte ich. »Danke, dass Sie uns so kurzfristig empfangen.«

Sie antwortete mit lebhafter Geste.

»Oh, keine Ursache, ich war sehr neugierig. Um die Wahrheit zu sagen, habe ich in dieser Nacht kaum ein Auge zugetan. Diese Sache ist so aufregend für mich. Sie sind Forscherin bei Azur, nicht wahr?«

»Ja, ich bin Streckentaucherin mit oder ohne Flossen. Aber ich gehe auch gern tiefer, so lange es angenehm ist. Rekorde versuche ich nicht mehr zu brechen. Sie tauchen auch, nicht wahr?«

Sie lachte fröhlich.

»Ich fürchte, nicht so gut wie Sie. Ich tauche mit Schnorchel und Maske. Ich sammle Muscheln, wie Sie wissen.«

»Ja, das habe ich in Ihrer E-Mail gelesen.«

Sie führte uns in ihr Büro, einen länglichen Raum, vollgestopft mit Computern. An den Wänden hingen Hochglanzabzüge von Unterwasserbildern, daneben jede Menge lose geheftete Notizzettel und Stundenpläne. Sofa und Sessel waren schlicht und grau gehalten. Auf dem gläsernen Tisch lagen

Computermagazine. Ein junger Mann trat herein, brachte drei Schalen mit heißem, grünem Tee und zog sich mit höflicher Verbeugung wieder zurück. Die Monitore waren eingeschaltet; Muster, Kreisläufe und Wirbelbildungen bewegten sich in fluoreszierenden Farben. Ich sah auf den ersten Blick, dass diese Formen keine wirklichen Wasserwesen zeigten, obwohl sie hin und her schwangen, pulsierten und zu leben schienen. Ich warf Misa einen fragenden Blick zu. Sie verstand sofort und lächelte.

»Nein, es sind keine richtigen Quallen und Muscheln. Ich habe alle erfunden.«

»Sie beobachten gut«, stellte ich fest. »Jede Bewegung stimmt.«

Sie zeigte keine falsche Bescheidenheit, nur ruhiges Selbstbewusstsein.

»Ich hole meine Bildimpulse unter Wasser. Computergrafiken entstehen aus Diagrammen. Was mich fasziniert, ist der Brückenschlag zwischen nüchternen Berechnungen und Gefühlen. Aber Kreativität ist letzten Endes reine Willkür und lässt unserem Geist viel Spielraum. Hier arbeite ich für mich. Den Unterrichtsraum zeige ich Ihnen später, wenn Sie Lust haben. Aber zunächst müssen wir reden, ja?«

Ihre Augen, die scharf und von schönstem Gold waren, blickten jetzt Kazuo an, der ihr Lächeln etwas zaghaft erwiderte.

»Umstände haben dazu geführt, dass ich vor einer wirklich schwierigen Aufgabe stand. Es ging darum, eine Verbindung aufzunehmen, die seit nahezu einem Jahrhundert abgebrochen war. Als Japaner war ich der Einzige, der es versuchen konnte.«

*»Pinna nobilis.«* Misa nickte mit ernstem Gesicht. »Der Name weckte eine Erinnerung in mir. Ich ging sofort ins Internet, besah mir die Muschel, die ja im Grunde überhaupt nicht schön ist. Ich wurde dabei immer aufgeregter, weil ich die *Pinna nobilis* mit einem Gegenstand in Zusammenhang brachte, den

ich einst bei meiner Großmutter gesehen hatte und den sie wie ihren Augapfel hütete: ein Tuch, von dem sie behauptete, es sei aus der Seide einer Muschel gewebt. Es hörte sich wie ein Märchen an, und *Pinna nobilis* war genau der Name, den die Großmutter nannte. Weil ich mich schon damals für Muscheln interessierte und sie am Strand sammelte, sagte ich Großmutter, dass ich jetzt eine *Pinna nobilis* suchen wolle. Sie erklärte jedoch, dass diese Muschelart in japanischen Gewässern nicht vorkomme. Das Tuch aber hatte für sie eine besondere Bedeutung: Sie bewahrte es in einem Kästchen aus Weißholz auf. Es lag auf dem Familienaltar, wo sich die Gefäße aus Messing für den Totendienst und die Täfelchen mit den Namen der Verstorbenen befinden.«

Der Atem stockte mir in einem Schauder. Ich beugte mich vor.

»Dieses Tuch, wie sah es aus?«

»Einmal, als ich Großmutter danach fragte, nahm sie das schmale Kästchen ehrfurchtsvoll in die Hand. Sie legte es an ihre Stirn, wie es bei heiligen Gegenständen üblich ist, und hob sehr behutsam den Deckel. Ich sah das Tuch nur dieses eine Mal. Großmutter erzählte, dass es durch ihren Onkel in die Familie gekommen war. Ursprünglich wies es Blutflecken auf. Es wurde, bevor man es in den Altarschrein legte, behutsam in Regenwasser gewaschen. Heilige Geräte dürfen nicht mit Blut in Berührung kommen.«

Ich hörte ihre Worte übermäßig klar. Es überkam mich eine überwältigende Zärtlichkeit, ein schillerndes Seil, das aus der Tiefe der Erinnerung aufstieg.

»Wie sah das Tuch denn aus?«, fragte ich leise.

»Oh!«, rief Misa. »Unglaublich schön! Solche Farben habe ich nie wieder auf einem Stoff gesehen. Nur Perlmutt zeigt dieses besondere Leuchten!«

Wortlos und mit Händen, die leicht zitterten, nahm ich das Tuch von meinem Hals, schüttelte es leicht in der Luft. Die schimmernde Seide fing das Mittagslicht auf; es war, als ob die bronzenen Muster lebten und atmeten. Durch das feine Gewebe erschien Misas Antlitz wie ein Traumbild, in diese Muster verwoben gleich einer Spiegelung im Wasser. Und dann sah ich, wie Misas Gesicht leicht erstarrte, wie eine Spur von Erschrecken um ihren Mund zuckte.

»Ja«, flüsterte sie rau. »Es war dasselbe Tuch, mit dem halben Seestern, dort, am Rand …« Sie wies auf die Stelle. »Großmutter sagte, das Tuch sei zerschnitten worden. Es sei eine sehr traurige Geschichte, aber sie selbst wisse wenig davon. Ihr Onkel, der das Tuch aus Europa mitbrachte, habe nur noch kurze Zeit gelebt.«

»Wie hieß der Onkel Ihrer Großmutter?«, fragte ich, mit zugeschnürter Kehle.

»Sein Name war Takeo Araki. Er war Chirurg auf einem Kreuzer, der im Ersten Weltkrieg im Mittelmeer zum Einsatz kam. Ein zweites Schiff, auf dem sein jüngerer Bruder Saburo Dienst tat, wurde von einem U-Boot getroffen. Saburo kam dabei ums Leben. Das Tuch gehörte ihm, und Takeo nahm es an sich. Er hatte sich im Lazarett angesteckt und starb bald nach seiner Rückkehr. Penicillin wurde ja erst 1928 erfunden. Jetzt blieben nur noch eine Schwester übrig, Hatsue, und der jüngste Bruder, Shinzo, mein Großvater.«

Kazuo und ich tauschten einen überraschten Blick.

»Mein Gott!«, rief ich. »Wenn ich bedenke, dass Francesca ihr Leben lang vergeblich Shinzo gesucht hat!«

Jetzt war es Misa, die mich verständnislos ansah.

»Sie wissen mehr als ich«, sagte sie. »Oh, bitte, erzählen Sie!«

So erzählte ich dann von Cecilias Tagebuch, von Saburos Liebe zu ihr. Von der Verknüpfung ihrer Schicksale, die gewollt hatte, dass Gaetano seinen Freund zu einem Fest in seinem Elternhaus einlud, wo er Cecilia kennenlernte, die ihren Geburtstag feierte. Zufälle, die eine Kette bildeten, lose schwebend in Zeit und Raum. Es war eine Geschichte von Lachen und Weinen, von Liebe und Tod, von Mut, Treue und Ehre. Die

Geschichte lebte in den Erinnerungen, in den verstörten Augen und Herzen derer, die sie gekannt hatten. Und ferner erzählte ich, wie das Kind dieser Verbindung, meine Großtante Francesca, ihre japanische Familie verzweifelt und vergeblich gesucht hatte. Und wie ihr das Leben als solches nicht mehr genügte, wie Schmerz und Zorn in ihr keimten und wuchsen, stärker, als sie gedacht hatte, und eine Künstlerin aus ihr machten. Und während ich sprach und die Worte sich von meinen Lippen lösten, schienen sie, kaum ausgesprochen, aufzuschweben und schimmernd davonzuschwimmen. Ich hüllte sie in einen Hauch funkelnder Farben, etwa so wie die Muschelseide, die ihren Schimmer im wechselnden Spiel des aufgefangenen Lichtes unaufhörlich veränderte. Und die ganze Zeit, während ich erzählte, saß Misa, den Kopf auf die Brust gesenkt, bewegungslos und in tiefem Schweigen. Ihre gelenkigen Hände lagen ruhig auf den Knien. Erst als ich verstummte und ein Seufzer ihre Brust dehnte, hob sie nach kurzer Stille den Kopf. Ihre Augen glänzten feucht, doch um ihre Lippen spielte ein kleines Lächeln.

»Sie sagten, dass Ihre Großtante trotz wiederholter und gründlicher Nachforschungen nie etwas über Shinzo in Erfahrung bringen konnte? Nun, darauf weiß ich eine Antwort. Hatsue heiratete, wie Sie wissen. Ihr Mann, Yasuo Sato, stammte aus Tokio, hatte aber eine Firma in Kyoto gegründet. Hatsues Mutter starb, als Shinzo, der jüngste Sohn, noch Hochschüler war. Hatsue sorgte dafür, dass Shinzo sein Studium in Kyoto abschließen konnte. Er wurde ein hervorragender Pädagoge, der bald selbst unterrichtete. In seiner Freizeit spielte er Tennis und zwar so gut, dass er 1933 sogar für die Olympiamannschaft vorgeschlagen wurde. Doch er lehnte ab, weil das intensive Training zu viel Zeit beansprucht hätte. Dann brach der Krieg aus. In diesen schweren Zeiten zogen Hatsue und ihr Mann, die selbst keine Kinder hatten, zu den Schwiegereltern nach Tokio. Shinzo diente in Malaysia, hatte jedoch das Glück, den Krieg unversehrt zu überstehen. Wieder in Japan, führte ihn der Zufall zurück in seine Geburtsstadt Takayama, wo ein Lehrstuhl an der Hochschule frei war. Dort lernte er auf dem Tennisplatz eine junge Frau kennen, in die er sich verliebte. Sie hieß Hiroko Kimura. Ihre Eltern führten einen ›Ryokan‹ – eine Herberge im traditionellen Stil – und waren sehr wohlhabend. In Städten wie Takayama war es noch üblich, dass die Eltern die Ehepartner für die Kinder bestimmten. Trotzdem, die Nachkriegszeit hatte alte Vorschriften gelockert, und Hirokos Eltern waren aufgeschlossene Leute. Sie ließen es zu, dass ihre Tochter aus Liebe heiratete, stellten jedoch eine Bedingung: Hiroko war ihr einziges Kind. Um den Fortbestand der Familie zu sichern, baten sie Shinzo, seinen eigenen Namen Araki aufzugeben und fortan den Namen der Braut zu tragen. Shinzo willigte ein, umso mehr, da er selbst außer der Schwester keine Angehörigen mehr hatte, auf die er Rücksicht nehmen musste. Er trug fortan den Namen Kimura.«

Kazuo schnippte kurz mit den Fingern, bevor er sich zurücklehnte und mich ansah.

»Es ist meine Schuld, dass ich diese Möglichkeit nicht berücksichtigt habe! Francesca kannte den Brauch natürlich nicht. Jetzt wird mir vieles klar.«

Misa nickte bestätigend, mit wippendem Haar.

»Es ist eine typisch japanische Gepflogenheit. Sie hängt mit der Ahnenverehrung und der Machtstellung der Frau zusammen. Früher war es ja üblich, dass der Mann in das Haus seiner Gattin zog, wo er formell empfangen wurde. Die Ehefrauen gaben den Kindern ihren Namen, und sie erzogen die Kinder in ihrem Haus. Der Ausdruck ›Eltern‹ bezeichnete früher nur die Mutter, zugleich bedeutete er aber auch ›Ahne‹. Es war also die Mutter, die die Abstammung bestimmte. Und es waren auch immer die Töchter, die das Vermögen der Mutter erbten. Aber es stimmt, dass nur wenige Ausländer davon Kenntnis haben.«

Ich schluckte und sagte:

»Es mag sich komisch anhören, aber ich habe das Gefühl, dass wir auf verwickelte Weise verwandt sind.«

Misas Blick leuchtete hell und golden auf.

»Dieses Gefühl habe ich auch!«

Und dann lachten wir beide, lachten, um nicht in Tränen auszubrechen. Und Kazuo fragte Misa:

»Wo leben jetzt Ihre Großeltern?«

»In Takayama wie einst. Sie haben die Herberge der Eltern zu einem Wohnhaus umgestaltet. Masao, mein Großvater, hatte am Weiterführen des Unternehmens kein Interesse, und die Großmutter sagt, dass sie keine Lust mehr hat, Leute um sich zu haben. Das Haus hat zwölf Zimmer. Zum Jahreswechsel finden wir uns alle dort ein, meine Eltern, mein Bruder, seine Frau und seine zwei Kinder. Ich komme mit Kenji, meinem Partner, und es hat Platz für alle.«

»Die Muschelseide wird also von den Großeltern verwahrt?«

Misa strich ihr Haar mit lebhafter Gebärde aus der Stirn.

»Ja, natürlich. Meine Großmutter erhielt es von ihrem Vater Shinzo. Wollen Sie die Großeltern besuchen? Dass wir Verwandte in Malta haben, wird sie vor Überraschung fast umwerfen«, setzte sie lachend hinzu. »Mein Großvater wird sich sofort an den Computer setzen und Informationen sammeln. Es eilt ein wenig, nicht wahr? Weil Sie ja nur für kurze Zeit hier sind?«

Wir sahen einander an, beide sehr bewegt und etwas verwirrt, schwankend zwischen Weinen und Lachen. Es war ein Uhr, die Mittagszeit war längst vorüber, und Misa gab um zwei Uhr wieder Unterricht. Sie kannte ein kleines Restaurant, ganz in der Nähe, wo wir schnell und gut bedient wurden. Was hatten wir gegessen, getrunken? Ich weiß es nicht mehr. Wir hatten uns so viel zu sagen! Wir hatten uns ja eben erst kennengelernt. Vor unseren Schalen, in denen eine köstliche Nudelsuppe dampfte, sprachen wir leise, schnell und voller Zuneigung miteinander. Wir sprachen nicht nur mit den Lippen, sondern mit den Augen, mit dem Herzen, mit dem ganzen Wesen. Weil wir Menschen waren, die sich gefunden hatten.

Und als wir uns beim Abschied lange und innig umarmten, sagte Misa abschließend:

»Es gibt keine Zufälle, glaub das ja nicht. Es gibt etwas Unentrinnbares, das uns sicher auf den richtigen Pfad leitet. Dass wir beide Taucherinnen sind, hat gewiss einen Grund.«

»Du meinst … eine Art genetische Programmierung?«

Sie kniff die Augen in leichtem Spott zusammen, doch ihre Stimme klang ernst.

»Irgendetwas in dieser Art, ja. Auch wenn unser Schicksal schon im Voraus feststeht, dürfen wir uns nicht auf irgendwelche Wunder verlassen. Wir müssen sie aus dem eigenen Herzen hervorbringen. Dann werden sie wahr.«

# 36. Kapitel

Am nächsten Morgen ging ich mit Kazuo zur Redaktion, wo uns sein Partner erwartete. Das Büro befand sich an der Ginza, einem der großen Einkaufszentren in einer Nebenstraße. Ganz in der Nähe donnerten U-Bahnen auf einer Eisenbrücke über unsere Köpfe hinweg. Ein Aufzug brachte uns in die vierte Etage. In dem vollgestopften Großraumbüro standen die Schreibtische in Gruppen zusammen. Gut zehn Leute, Frauen und Männer, arbeiteten hier. Fast alle saßen vor Computerterminals. Sie warfen mir Seitenblicke zu, grüßten mit höflichem Kopfneigen. Von der U-Bahn hörte man nichts, alle Fenster waren schalldicht. Hiroshi Teshigawa, der eigentliche Inhaber der Zeitschrift, war Ende vierzig und untersetzt, lässig und elegant in Dunkelblau gekleidet. Er hatte Augenbrauen wie ein Faun und lustige Augen hinter einer runden Brille, die er – wie ich bald merkte – als modisches Accessoire trug. Herr Teshigawa sprach ein schnelles, amerikanisch gefärbtes Englisch. Er führte uns in ein halbprivates Büro hinter einer dünnen Wand aus Plexiglas, ein junger Mitarbeiter brachte Tee, und Kazuo erzählte von seinem Unfall in den Gewässern von Gozo und dass er mir sein Leben verdanke. Teshigawa zeigte ein lebhaftes Mienenspiel, stieß Laute der Bestürzung und Anerkennung aus. Ich gestand, dass ich es war, die Kazuo in diese gefährliche Lage gebracht hatte, und versprach, es nie wieder zu tun.

»Ach, das wäre ja auch zu entsetzlich!«, rief Teshigawa, halb betroffen, halb bewundernd für meine Kaltblütigkeit. »Sie würden unsere Zeitschrift um einen wesentlichen Mitarbeiter bringen!«

Für beide Männer gab es viel zu besprechen. Ich ließ sie allein, fuhr mit dem Aufzug nach unten und bummelte durch die Straßen voller Menschen. Tokio schimmerte in Glanz und Sauberkeit und weltstädtischem Flair. In Valletta bewahrte man das Alte, das Bleibende. Die Schnörkellast vergangener Epochen wurde restauriert und gehütet. Tokio erlebte eine ganz andere Geschichte. Es machte Spaß, hier zu sein. Auch die Menschen hielten wenig von schnodderiger Lässigkeit. Fast jede Frau, jeder Mann, war eine elegante Erscheinung. Makellose Outfits gehörten zum Straßenbild, Make-up, Schuhe, teure Markentaschen, alles passte. Nicht in London, nicht in New York, sondern hier in Tokio wurden die Trends geboren, die morgen bestimmend sein würden. Noch war ich jung genug, um davon gefesselt zu sein. Ich brauchte sie auch, diese Spannung, diese Geschäftigkeit; zwei Welten, zwei Lebensarten zu verbinden, war das Gegenteil von Routine. Ich mochte Tokio sehr.

»Würde es dir gefallen, ein paar Monate im Jahr hier zu leben?«, fragte Kazuo, als wir uns zur abgemachten Zeit wieder trafen. Wir saßen an der Theke, in einem gemütlichen Restaurant in einer Seitenstraße, aßen die Spezialität des Hauses: »Unagi«, in Sojasauce und Karamellzucker gegrillter Aal, der wie eine Süßigkeit auf der Zunge schmolz. Ich sagte:

»Es kann ja sein, dass ich schizophren bin, aber ich habe den ganzen Morgen daran gedacht, dass es mir wohl gefallen würde. Warum fragst du?«

»Weil Hiroshi nicht ganz auf meine Präsenz hier verzichten will. Er möchte mit mir eine Abmachung treffen: acht Monate Valletta, Computerarbeit und Reisen und vier Monate Tokio, Redaktionsarbeit, Übersetzungen, das Übliche. Was sagst du dazu?«

Ich trank einen Schluck Bier, das zu dem gegrillten Aal wundervoll schmeckte.

»Klingt verlockend. Ich an deiner Stelle würde das Angebot annehmen. Außerdem hat Azur in Tokio eine Niederlassung. Verwirklicht sich mein Projekt, wird Annabel dafür sorgen, dass ich auch hier zu tun habe. Das japanische Essen ist einfach das beste«, setzte ich mit einem wohligen Seufzer hinzu. »Ich will nicht mehr darauf verzichten müssen!«

Da klingelte Kazuos Handy. Misa! Die Nachrichten konnten nicht besser sein: Die Großeltern wären überglücklich, uns kennenzulernen. Wann wir denn nach Takayama kommen würden?

Kazuo sah mich an, das eingeschaltete Handy am Ohr.

»Wärst du bereit, morgen in aller Frühe loszufahren?«

Ich trank mein Bier aus, wischte mir den Schaum von den Lippen.

»Mitten in der Nacht, wenn es sein muss. Ich kann es kaum erwarten!«

Der »Shinkansen«, der Hochgeschwindigkeitszug, brachte uns ostwärts, den Bergen entgegen. Der Zug fuhr so weich, dass wir das enorme Tempo kaum wahrnahmen. Das eintönige Rollen wirkte einschläfernd. Die meisten Reisenden – vorwiegend Geschäftsleute – dösten oder lasen Zeitung. Draußen zog grünes Land vorbei, das sich ständig veränderte; sanfte Hügel wechselten mit schroffen Höhenrücken ab. Von Weitem sahen alle Städte fast eintönig gleich aus, aber der Eindruck täuschte. Man musste diese Städte von innen erleben, sich in den Straßen verlieren, die Tausende von bunten Kleinigkeiten wahrnehmen, die das japanische Leben so angenehm und liebenswert machten. Manchmal wuchsen Bambus- oder Kiefernwälder, während das flache Land zum Reisanbau diente. Die Felder waren regelmäßig angelegt, der Reis bildete bereits hoch aufgeschossene, grüne Lanzen. Weil es ein paar Tage zuvor stark geregnet hatte, spiegelte sich der Himmel im gelblichen Schlamm, aus dem der Reis wuchs. Am Rande dieser Felder verschwanden die älteren Holzhäuser in Obstgärten, und dann und wann schimmerte in weiter Ferne das blaue Meer. In der Großstadt Nagoya mussten wir umsteigen; der Zug, der von dort in die Berge fuhr, war altmodischer und langsamer. Zunächst aber donnerte er lange Zeit einen Flusslauf entlang, der dunkelgrün gegen weiß geschliffene Felsen brodelte. Dröhnend und scheppernd überquerte er eine Anzahl Eisenbrücken. Alle Brücken waren rot oder blau gestrichen, wie Spielzeugbrücken. Wo der Fluss ruhig wurde, sah man Männer beim Fischen, die am Ufer saßen oder stocksteif bis zur Taille im Wasser standen. Dann kamen die ersten Berge in Sicht. Der Schnee war längst geschmolzen, die Gipfel waren steinig und kahl.

»Wir sind bald da«, sagte Kazuo.

Takayama: eine Stadt wie aus einem Märchenbuch, mit alten oder perfekt nachgebauten Häusern und einer Fülle winziger Läden. Es war, als ob in dieser Stadt die Zeit spurlos vorbeiglitte. Die geraden Straßen waren für den Verkehr gesperrt. Nur vereinzelt fuhren Wagen vorbei, und Radfahrer – vorwiegend junge Frauen – kamen vom Einkaufen zurück. Kazuo erklärte, dass alle Balken in den dunkelbraunen Holzhäusern ohne Nägel, nur mit dicken Schnüren aus Reisstroh zusammengehalten wurden, die Jahrhunderte hielten. Diese Häuser wurden »Gassho-Zukuri« – Häuser der betenden Hände – genannt, weil die steilen Strohdächer die Form betender Hände aufwiesen, um die Schneelast zu tragen und den Regen schnell ablaufen zu lassen.

»Takayama war eine Stadt der Handwerker, der Bierbrauer und …« – Kazuo machte eine nachdrückliche Pause – »… der Seidenweber. In fast jedem Haus, sogar in den Herbergen, wurden Seidenraupen gezüchtet.«

Ich stand da und schaute ihn betroffen an. Mein Blut rauschte. Mir war, als hörte ich Wellen an eine ferne Küste branden, unendliche, lange Wellen.

»Kazuo! Warum erzählst du mir das erst jetzt?«

Er legte zärtlich den Arm um mich.

»Weil ich dir eine Überraschung bereiten wollte.«

Ich schüttelte in wortloser Verblüffung den Kopf. Kazuo indessen erklärte, dass die Seidenraupen stets das obere Stockwerk bewohnten, wo sie ausreichend Licht, Luft und Wärme erhielten. Ich hörte zu, während ich gleichzeitig träumte. Es war schon so, dass Cecilia mehr gewollt hatte als ihr Leben, ihr einziges, unwiederholbares Leben. Nun lag die ganze Welt in ihrem Bann. Ein neues Geheimnis war angebrochen. Sie hatte ihr Leben mit meinem vermengt, bis sie auf geheimnisvolle Weise eins wurde mit mir. Etwas kam zur Vollendung, ein Kreis wurde geschlossen. Ich erkannte eine neue Form der Wirklichkeit. Denn sie war jetzt in mir, Cecilia: die mystische Andere in ihrer ewigen Schönheit und Wirklichkeit.

Inzwischen bezogen wir rasch unser Hotel, aßen einen kleinen Imbiss. Meine Kehle war vor Aufregung wie zugeschnürt. Die Großmutter erwartete uns! Eine frohe Ungeduld, eine überwältigende Fülle unmittelbarer Freude brach über uns herein. Ich fieberte der Begegnung entgegen, brachte kaum einen Bissen herunter.

Unter Bäumen, die der Spätsommer bereits gelb gefärbt hatte, führte der Mija-Fluss dunkelgrünes, klares Wasser. Karpfen bewegten sich wie Blüten in der Strömung. Es war später Nachmittag, als wir vor einem großen, wohlgepflegten Haus standen. Eine steile Steintreppe, gleich gegenüber, führte zu einem Shinto-Heiligtum, dessen karminrote Pfosten durch Bäume schimmerten, die wie gemalt am Himmel standen.

Im Vorgarten wuchsen runde Buchsbäumchen und liebevoll gepflegte Topfpflanzen. Wir gingen ein paar Schritte über einen gewundenen Kiesweg. Unter einer Zwergkiefer war ein abgeschliffener Steinblock in den moosigen Boden gerammt. Seine obere Fläche war ausgehöhlt und diente dazu, das Regenwasser für die Teezeremonie aufzufangen. Ein Schöpflöffel aus Bambus lag auf dem Rand.

»Aber heute«, sagte Kazuo, »ist das Regenwasser nicht mehr sauber. Der Schöpflöffel ist nur noch Dekoration.«

Wir stiegen zwei Steinstufen empor, kamen zu einer Glastür und klingelten. Sofort ertönten leichte Schritte. Die Tür ging auf, eine Stimme sprach Willkommensworte.

Wie hatte ich mir Misas Großmutter vorgestellt? Irgendwie

trug ich in mir das Bild einer weißhaarigen Dame, etwas gebrechlich und altmodisch gekleidet. Doch nichts entsprach der Wirklichkeit. Hiroko Kimura war schlank wie ein Junge, kleiner als ich und seltsam alterslos. Sie trug hellblaue modische Jeans, dazu ein T-Shirt, weiß und dunkelblau gestreift. Ihre Haare waren schwarz gefärbt, ihr Gesicht sorgfältig geschminkt und gepudert, sodass ich unwillkürlich an Francesca denken musste. Lebhaft erwiderte sie unsere Verbeugung, winkte uns herein. Ihre Bewegungen waren geschmeidig, ungezwungen.

»Ich konnte es kaum abwarten! Wie schön, dass Sie da sind!«

Hirokos Englisch war perfekt, ihre Stimme volltönend und fröhlich. Ihre Augen lächelten verschmitzt, während sie zurücktrat, leicht in die Knie ging und die üblichen Hauspantoffeln vor uns setzte. Wir ließen unsere Schuhe auf dem Steinfußboden stehen, stellten sie, wie es sich gehörte, nebeneinander, mit der Spitze zur Tür, damit wir sie später bequem wieder anziehen konnten.

In Pantoffeln traten wir auf den blauen Spannteppich. Das Haus war groß, mit dem hohen Dachfirst und den dicken Balken. Hinter Glasscheiben lag ein kleiner Garten, sorgfältig gepflegt. Bäume, Ziersträucher und Blumen wuchsen in wohl durchdachter Unordnung. Im »Tokonoma,« in der geweihten Nische am Eingang, die in keinem traditionellen Haus fehlen durfte, hing ein schönes Rollbild, das Gräser und Herbstblumen zeigte. Eine elegant geformte Schale, in der eine Handvoll Kastanien lagen, stand davor. Das Wohnzimmer, in das uns Hiroko mit schnellen, leichten Schritten führte, war geräumig und teilweise europäisch eingerichtet, mit Sofa und Sesseln. Die Wände waren mit beiger Seidentapete bezogen, auch die Bilder zeigten europäische Landschaften. Im Wohnzimmer erwartete uns Großvater Masao. Und auch er war anders, als ich ihn mir vorgestellt hatte. Das Gesicht war sanft, zurückhaltend. Nur vereinzelte graue Strähnen durchzogen sein schwarzes Haar. Weil er von einer Geschäftsbesprechung kam, trug er einen dunklen Anzug und ein weißes Hemd, doch keine Krawatte. Es musste für beide, stellte ich mit einem Mal fest, ein ebenso aufregendes Erlebnis sein wie für mich. Zu den japanischen Gepflogenheiten gehört es, nicht gleich mit der Tür ins Haus zu fallen. Bevor wir zum eigentlichen Grund unseres Hierseins kamen, unterhielten wir uns höflich über das Wetter, über die Reise und über das Hotel in Takayama, das gerade renoviert worden war, was Hiroko Zeit gab, auf einem Lacktablett Schalen mit grünem Tee und in weißes und rosa Papier gewickeltes Gebäck zu bringen. Als sie dann, etwas atemlos, im gegenüberliegenden Sessel Platz genommen hatte, eröffnete Masao das Gespräch mit der herzlichen Aufforderung, zu erzählen.

»Wir sind sehr gespannt, die Geschichte zu hören. Misa hat uns einiges gesagt, aber nicht genug.«

»O ja!« Hiroko legte ihre schmale Hand auf ihr Herz. »Es ist alles so aufregend für uns!«

In ihren Augen standen Erwartung und Ergriffenheit. Und so erzählte ich denn; in diesem Haus war es leicht, von Ereignissen zu berichten, die schon so weit zurücklagen, denn auch das Haus hatte eigene Erinnerungen bewahrt. Und während ich sprach, zogen die Jahre vorbei, tauchten in Zeiten zurück, die so anders waren. Die Erinnerung war eine Macht, ein Zauber, der alle Entfernungen tilgte. Etwas fand statt, das man Zeitdehnung nennen könnte, eine Vergangenheit, die nach wie vor im Werden war. Die Vergangenheit machte, dass wir mit den Verstorbenen wanderten, ohne Berührung zwar, aber uns ganz nahe und niemals getrennt, denn der Faden ging weiter, durch Raum und Zeit, spinnwebfein wie ein Garn aus Muschelseide. Und nun war es Hiroko, die den Faden aufnahm. Ja, ihr Onkel Takeo hatte das Tuch bewahrt, das vom Blut seines Bruders getränkt war. Er kannte die Adresse der jungen Dame, der Saburos Liebe gegolten hatte. Wieder zurück in Japan, bereits schwer erkrankt, hatte er in einem Brief an die Dame das schwere Schicksal beklagt, das beide Liebenden getrennt hatte. Doch hatte er niemals eine Antwort erhalten.

»Wie viel Zeit war vergangen, als er Cecilia schrieb?«, fragte ich.

Hiroko seufzte.

»Viel Zeit. Die Rückreise nach Japan, mitten durch das Kriegsgeschehen, hatte über drei Monate gedauert. Und er selbst war am Anfang zu krank, um zur Feder zu greifen. Wissen Sie eigentlich, ob die Dame den Brief erhalten hat?«

Ich schüttelte traurig den Kopf.

»Sie starb bei der Geburt ihrer Tochter. Vielleicht lasen ihre Eltern den Brief? Aber wenn es so war, weiß ich nichts davon.«

Ein Schweigen folgte, das Hiroko schließlich brach.

»So kam es, dass das kostbare Tuch in der Familie blieb. Keiner wusste, aus welchen Fäden es gemacht war. Shinzo, mein Vater, entsann sich lediglich, dass sein Bruder es als ›Seide aus dem Meer‹ bezeichnet hatte. Als Takeo starb, berief seine Mutter den Familienrat ein, denn es war üblich, dass bei jeder wichtigen Entscheidung auch Verwandte einbezogen wurden. Für ihre Zeit war die Familie sehr selbstständig denkend. Kaum jemand erhob Einspruch, als beschlossen wurde, das Tuch als Andenken an beide Söhne und an die Schwiegertochter, die niemals das Haus betreten würde, zu bewahren und auf die nächste Generation zu vererben. Denn die Hochzeit war längst im Himmel geschlossen, und die Geister hatten Frieden gefunden.«

# *37. Kapitel*

Noch während Hiroko sprach, klingelte es an der Haustür; ich fuhr leicht zusammen, wie aus einem wundersamen Traum gerissen. Doch Hiroko schien nicht überrascht. Sie erhob sich in ihrer lebhaften Art, lief an die Tür.

»Ach, Kaori-Chan!«, hörten wir sie rufen. »Komm rasch herein und setz dich zu uns. Wir haben Besuch!«

Eine scheue Stimme antwortete. Dann trat hinter Hiroko eine junge Frau in den Raum. Als sie uns erblickte, wich sie erschrocken zurück, stammelte wiederholt »Sumimasen« – Entschuldigung! Doch Hiroko fasste sie am Arm, zwang sie, sich in dem freien Sessel niederzulassen, goss ihr frischen Tee aus der Kanne ein, schob ihr die Schale mit dem Gebäck zu. Währenddessen nickte der Großvater freundlich, stieß einige zustimmende Laute aus. Die junge Frau saß sehr aufrecht, die Knie fest zusammengedrückt, und machte einen schüchternen Eindruck. Hiroko legte ihr die Hand auf die Schulter und lächelte, verschmitzt und verstehend.

»Kaori-Chan spricht eigentlich recht gut Englisch.« Hiroko gab ihr das vertraute Kosewort, das ältere Menschen Jüngeren gegenüber anwenden. »Aber sie fürchtet, zu stören, und wird jetzt erst mal schweigen.«

Sie sprach weiter, heiter und unbefangen, als sei die junge Frau gar nicht anwesend.

»Kaori-Chan ist die Tochter des Priesters des ›Hie-Schreins‹, gleich gegenüber. Man wollte eigentlich eine Miko-San, eine Priesterin, aus ihr machen, nicht wahr, Kaori-Chan?« Die junge Frau nickte mit konfusem Ausdruck, wobei sie die Schultern einzog, wie verlegene Kinder das tun, während Großmutter fröhlich weitersprach: »Sie hat auch ihre Ausbildung begonnen, dann aber den Plan fallen lassen. Weil sie schüchtern ist, bloß deswegen! Denn schüchtern darf eine Priesterin natürlich nicht sein!« Beide Großeltern lachten jetzt herzlich, und Kaori trank ihren Tee, als ob sie sich hinter der Schale verbergen wollte. Sie war gewiss kein Schulmädchen mehr, obwohl sie sehr jung aussah. Wie alt mochte sie sein? Ich schätzte sie auf zwanzig. Sie trug Jeans, ein braunes T-Shirt und eine Hornbrille. Ihr Haar war lang, kräftig und gelockt, mit einem kastanienbraunen Schimmer. Man konnte sie nicht als hübsch bezeichnen, aber die Art, mit der das Mienenspiel auf ihrem gebräunten Gesicht wechselte, war sehr anziehend.

Großmutter indessen sprach munter weiter.

»Seit dem Frühling hat Kaori die Hochschule abgebrochen und muss sich Gedanken über einen Beruf machen, nicht wahr?« Kaori nickte unwillkürlich, und Hiroko fuhr fort:

»Nun, sie denkt jetzt mal darüber nach, und inzwischen hilft sie mir ein wenig im Haushalt und im Garten. Sie geht geschickt mit Blumen, Tieren und kleinen Kindern um, sie fertigt wundervolle Handarbeiten an, aber was macht eine junge Frau, die keinen Schulabschluss hat?« Kaori krümmte den Rücken, und Hiroko lächelte voller Nachsicht. »Im heutigen Japan mag das vielleicht hinderlich sein, aber ihre Eltern haben großes Verständnis für sie, nicht wahr, Kaori-Chan? Arbeiten die Hände, kann der Kopf gut nachdenken, so ist es doch, oder?«

Kaori blieb stumm, nickte nur mit verwirrtem Ausdruck. Ich lächelte ihr zu und bekam als Antwort ein scheues, verkrampftes Lächeln. Der Großvater, der bisher nicht viel gesagt hatte, sprach jetzt japanisch zu ihr, erklärte ihr offenbar den Grund unseres Hierseins. Kaoris dunkle Augen flackerten hin und her und richteten sich schließlich auf ein Möbel, das im Hintergrund des Raumes stand und das ich bisher kaum wahrgenommen hatte. Ich wusste von Kazuo, dass fast jedes japanische Heim auch in der heutigen Zeit zwei Altäre hatte: einen einfachen Shinto-Holzaltar zur Ehren der Sonnengöttin, mit immergrünen Sakakizweigen geschmückt, und einen größeren, üppig vergoldeten und gelackten buddhistischen Altar für die Verehrung der Ahnen und den Totendienst. Immer am Todestag der Verstorbenen brannten dort Kerzen, und Weihrauch kräuselte sich durch das Schnitzwerk des Pappelholzschreins. Dieser Schrein war als Aufbewahrungsort für buddhistische Schriften, für die hölzernen Totentäfelchen und die Fotos der Verstorbenen vorgesehen, für alle Gegenstände eben, die im Leben einer Familie von Bedeutung waren. Doch nun schien Großvater etwas Besonderes gesagt zu haben, denn wieder deutete Kaori eine Bewegung an, als ob sie sich unverzüglich aus dem Staub machen wollte. Und wieder hinderte sie Hiroko daran, indem sie sanft ihre Hand auf das Knie der jungen Frau legte.

»Nein, Kaori-Chan soll hierbleiben. Sie gehört zur Familie, ihre Mutter ist ja meine Kusine.«

Sie ging zum Altar, öffnete die geschnitzten Schreintüren. Eine Anzahl Familienfotos kam zum Vorschein. Kazuo und ich traten schweigend näher. Großmutter nahm ein Bild heraus, das in einem versilberten Rahmen stand. Das alte Bild wies die übliche Sepiafärbung auf und war ziemlich unscharf. Es zeigte zwei Männer, der eine jünger, der andere älter, beide in Marineuniform, und einen Jungen, noch als Schüler gekleidet. Ihr Ausdruck war starr, wie es damals die Konvention erforderte, und auch die Haltung war steif, aber die Gesichter waren lebensfroh, sensibel. Hätte ein Lächeln sie bewegt, wären es Gesichter von heute gewesen.

»Takeo und Saburo«, sagte Hiroko halblaut. »Es war das letzte Bild, das von ihnen aufgenommen wurde. Der Junge ist Shinzo, mein Vater.«

Ich nickte wortlos, mit einem Kloß im Hals, und Kazuo gab ihr stumm das Bild zurück. Doch nun nahm Hiroko mit ehrfürchtigen Händen ein Kästchen aus Pappelholz hervor. Es war kaum handtellerbreit, länglich, und das Holz war glatt wie Seide. Behutsam hob Hiroko den Deckel, entfaltete das Tuch, das nun zum Vorschein kam. Da wehte der Schal empor, wie von einem Luftzug gehoben, schimmerte in Kupfer, Rosa und Bronze, wobei die eingewebten Muster im Gegenlicht wie in transparenten Gewässern schwebten. Mein Blick richtete sich auf den Seestern am Rand, der unvollständig war, bevor ich mit leichten, geübten Gesten mein eigenes Tuch löste. Während Hiroko und ich beide Enden des Tuches hielten, legte Kazuo die Ränder aneinander, sodass der halbierte Seestern zu einem einzigen wurde, genau in der Mitte, und das Tuch in voller Länge die Magie seiner Farben entfaltete. Seide aus der Luft, Seide aus dem Wasser! Hier in diesem Haus, das einst von dem leisen Rascheln der Seidenraupen erfüllt worden war, geschah das Wunderbare, und es fiel mir nicht mehr schwer, das Wesenlose mit dem sich Ereignenden zu verbinden. Alles war wieder gut, geopferte Leben sollten nicht noch einmal geopfert werden. Die Toten ließen es nicht zu, die Toten, die ihre Erfüllung im Reich der Träume längst gefunden hatten. In der Stille, in der mein Herz klopfte, hörte ich Großvater mit sachlicher Stimme sagen:

»Dieses Gewebe, wie durchsichtig! Japanische Seide ist niemals so fein. Mich würde interessieren, welches Verfahren dabei zur Anwendung kam. Wissen Sie es?«

Er fügte hinzu, dass er aus einer Familie von Seidenwebern stammte. Die Herstellung faszinierte ihn ebenso – ja fast mehr – als der sentimentale Wert des Tuches.

»Das Handwerk ist viele tausend Jahre alt«, erwiderte ich, »droht aber leider auszusterben.«

Und ich erzählte von Nona, der Frau, die wohl noch die Einzige war, die den »Bisso marino«, den goldenen Faden aus dem Meeresgrund, spinnen und verarbeiten konnte.

»Wo lebt diese Frau?«, wollte Hiroko wissen.

»Sie ist ursprünglich Italienerin. Jetzt lebt sie auf der Insel Gozo.«

Kaori fragte leise, scheu:

»Wo liegt diese Insel?«

Ich warf ihr ein Lächeln zu. Ich empfand für diese junge Frau, der ich soeben erst begegnet war, eine außergewöhnliche Sympathie, eine fast schmerzliche Zuneigung. Ich hatte das Bedürfnis, sie in meine Arme zu schließen, meine Wange an ihre feste, junge Wange zu drücken, sie Schwester zu nennen, was vollkommen absurd war.

Und so kam ich darauf, von Gozo zu erzählen, von der schönen kleinen Hauptstadt, die den ursprünglich arabischen Namen Mdina trug. Und ich erzählte von der großen Steckmuschel, der *Pinna nobilis,* und von meinen Bemühungen, das alte, wundervolle Handwerk wieder aufleben zu lassen. Ich erzählte ebenfalls, dass Nona erblinden würde, dass ihr einzigartiges Wissen Gefahr lief, bald vollständig vergessen zu werden.

Eigentlich war es Kaori, zu der ich jetzt sprach. Sie hörte zu, sah dabei mit abwesendem Ausdruck zu Boden. Ihre Kinderhände waren ruhig auf den Knien gefaltet. Ihr Gesicht war fast ebenso starr wie das Antlitz der Verstorbenen auf dem alten Bild. Als ich gesprochen hatte, herrschte eine Weile Stille, bis Hiroko, die Augen auf das schillernde Gewebe gerichtet, mit bedauernder Stimme zu mir sagte:

»Im Grunde müsste das Tuch jetzt vernäht werden. Meinen Sie nicht auch?«

Ich schwieg zunächst, verblüfft darüber, dass Hiroko so etwas befürworten konnte. Ich wusste gar nicht, wie ich mich dazu äußern sollte. Ich musste erst über den wirklich erstaunlichen Vorschlag hinwegkommen. Schließlich antwortete ich:

»Vernähen? Keiner, außer Nona, brächte das fertig!«

Hiroko lächelte mit großem Nachdruck.

»Doch, Beata-Chan. Ich kenne einen Menschen, der dazu fähig wäre.«

Und sie wandte sich um, blickte zu der stillen, abseits sitzenden jungen Frau mit dem krausgelockten Haar und der dicken Hornbrille. Und diese, statt zurückzuschrecken, wie Kazuo und ich es eigentlich erwartet hätten, sah uns an, mit großen, blanken Augen. Und dann erhob sie sich, verneigte sich tief, zuerst vor dem Hausaltar und den Großeltern und dann vor Kazuo und mir.

»Es wird mir eine Ehre sein«, sagte sie.

Diese Worte, Kaori, du allein durftest sie aussprechen. Hiroko wusste, dass sie die Arbeit dir anvertrauen konnte. Sie wusste, dass du Feenhände hattest, dass dein wacher, beweglicher Geist dieser Aufgabe gewachsen war. Du wohntest als eine der Auserwählten in der beruhigten Tiefe des Lebens, die – wie das Meer – immer gleich bleibt, während Stürme Wellenstrudel erzeugen, von denen unter der Oberfläche deines Friedens gar nichts mehr zu spüren ist. Du hast gewartet, Kaori, einsam unter hohen Bäumen träumend, im Entwicklungsstand der Seidenraupen. Du kanntest den Sog der Fremdheit nicht, der nun in dein gewohnten Leben einzog; doch du wusstest, es war das, wonach du dich am meisten sehntest. Du warst dir deiner Anmut, deiner Kraft nicht bewusst. Du warst nur pflichteifrig, still, gehorsam. Und jetzt sah ich dich auf der Matte knien, Kaori, den Blick auf das Gewebe gerichtet, das um dich herum wie eine durchsichtige Wasserhaut bebte und atmete. Ich sah dich arbeiten, gesammelt, glücklich. Deine kleinen Hände hielten behutsam die Nadel, das feine Garn, und schienen die Seide kaum zu berühren. Zunächst wagte ich dich kaum zu betrachten, Kaori, aus Angst, meine Blicke könnten dich verwirren. Doch nichts von der Wirklichkeit berührte dich. Deine Hände arbeiteten unentwegt, ganz wie von selbst. Vollkommene Kunst hat immer etwas Selbstständiges an sich, deckt sich mit dem, was wir empfinden.

Der Nachmittag ging zur Neige, das Licht veränderte sich, Kaori schien es nicht zu bemerken. Schon hatte Hiroko die Lampen angezündet, als die junge Frau lächelnd den Kopf hob.

»Fertig!«

Sie breitete das Tuch auf der Tatamimatte aus. Jede Geste war ohne Hast und vollendet sicher. Dann beugte sie sich leicht nach hinten, damit wir besser sehen konnten. Auf dem gelblichen Hintergrund der Reisstrohmatte schimmerte unversehrt der Seestern, er schien leicht zu schweben wie auf sandigem Grund. Eine Weile herrschte Schweigen im Raum. Dann streckte mir Hiroko beide Hände entgegen. Unsere Hände verschränkten sich zu einem warmen, lebenden Band. Leise sagte sie:

»Unser Altarschrein wird jetzt sehr leer sein, aber das Tuch gehört uns nicht mehr. Es gehört Saburos und Cecilias Tochter. Sie wird bestimmen, wer es nach ihr haben soll.«

Sie zog mich an ihre Brust; wir umarmten uns lange. Dann wandte ich mich Kaori zu, die nach wie vor still auf der Matte kniete.

»Ich bin tief bewegt, Kaori. Mir fehlen die Worte. Du hast eine wundervolle Arbeit geleistet.«

Sie verneigte sich, verbarg ihre Freude. Ihr dunkel glänzendes Haar fiel nach vorn, bedeckte ihr errötendes Gesicht.

»Vielen Dank«, sagte sie. »Wie kommt man eigentlich nach Gozo?«

# 38. Kapitel

In der sinkenden Sonne erschien Valletta in heißes, staubiges Gold getaucht. Wie in einer Theaterdekoration hoben sich Kirchtürme, Kuppeln und Paläste am diesigen Himmel ab. Kazuo und ich hatten bei der Zwischenlandung in Zürich viel Zeit verloren, das Flugzeug war mit Verspätung gestartet. Um sechs fand Francescas Vernissage statt. Wir hatten ihr versprochen, da zu sein. Kämen wir nicht rechtzeitig, würde sie es uns nachtragen. Doch im Stoßverkehr benötigten wir eine Stunde, um vom Flughafen in die Innenstadt zu gelangen. Uns blieb kaum Zeit, eine Dusche zu nehmen, die Kleider zu wechseln. Kazuo und ich hatten Kopfschmerzen. Die Zeitverschiebung – diesmal in entgegengesetzter Richtung – machte uns träge und unfähig, zu denken. Wir strengten uns an, das Schlafbedürfnis abzuschütteln, das uns immer wieder umfing. Die Müdigkeit war zermürbend. Wir hatten zu viel gesehen, zu viel empfunden, jedes Erlebnis hatte neues Herzklopfen gebracht. Es war eine Wanderung zwischen den Welten gewesen, zwischen gestern und morgen. Doch die ganze Aufregung erwies sich letztlich als unbegründet, denn als wir im Saint James Cavaliers Center eintrafen, war die Galerie noch brechend voll. Von dem alten Herrenhaus hatte man den Eindruck von Überfülle und Wuchtigkeit bewahrt, während die Galerie neuzeitlich und schick war. Für ihre Bilder hätte Francesca keinen eindrucksvolleren Rahmen finden können als das weiß getünchte, hell erleuchtete Kellergewölbe. Alles, was in Valletta zur Künstlerszene gehörte, war anwesend. Ich begrüßte weitläufige Verwandte und enge Freunde, stellte Kazuo vor. Der Champagner, den wir tranken, machte alles viel leichter. Mein Vater kam auf uns zu, sehr elegant in seinem englischen Anzug, der schon einige Jahre alt war. Sein Gesicht leuchtete auf, als er Kazuo erblickte. Er hatte nicht erwartet, dass er mit mir aus Tokio zurückkehren würde.

»Schön, dass Sie wieder da sind«, sagte er, und schüttelte ihm die Hand. Kazuo blinzelte ihm zu.

»Ich wollte doch wieder Schach mit Ihnen spielen.«

Ricardo lachte, was bei ihm selten vorkam. Er wirkte spürbar verjüngt.

»Denken Sie ja nicht, dass Sie mich schlagen werden.«

»Wo ist Francesca?«, fragte ich.

Ricardo deutete in eine Richtung, doch ich sah nur eine Gruppe von Besuchern, die uns den Weg versperrte. Wir zwängten uns mit Mühe durch das dichte Gedränge. Müdigkeit hatte verschiedene Wirkungen; es kam vor, dass man alles ungetrübt, überdeutlich sah, glasklar. Auf diese Weise erblickte ich jetzt Francesca. Sie war völlig in ihrem Element. Rot gekleidet, gebieterisch wie eine Fürstin, ging sie zwischen ihren Gästen umher, gab Erklärungen, hob ihre Zigarettenspitze an den Mund. Ihr Knoten war straff nach hinten gekämmt, und sie trug ihren silbernen Pfeil im Haar, der eindeutig aus Japan kam. Sie war in ihrer ganzen Erscheinung – ich suchte nach dem treffenden Wort – ungewöhnlich, ja, das war sie. Ich hatte nie einen Menschen gekannt, der mit ihr vergleichbar gewesen wäre. Doch ihr Gesicht blieb bei aller Freundlichkeit kühl. Ich wusste, sie trug diese Wunde in sich, deckte sie mit Rot zu, damit man das Blut nicht sah. Ich ahnte ihr müdes Nichtvorhandensein unter dem aufgesetzten Hochmut, der schillernden Arroganz. Langsam, beharrlich, schoben wir uns ihr entgegen. Sie redete, warf ab und zu mit leichtem, zynischem Lachen den Kopf zurück. Doch plötzlich erstarb ihr Lachen. Die schwarz umrandeten Augen richteten sich auf uns. Wir traten auf sie zu, diese paar Schritte, die Schritte durch ein Jahrhundert waren.

»Ich habe euch nicht mehr erwartet«, sagte sie kalt.

»Es tut mir leid«, sagte ich, »das Flugzeug hatte Verspätung.«

Ihre Augen schweiften zu Kazuo hinüber.

»Nun? Was haben Sie herausgefunden?«

So oft war sie schon enttäuscht worden, dass diese Enttäuschung sie ganz erfüllte. Sie nahm sie in Kauf, hatte sie doch ausreichend Zeit gehabt, mit ihr zu leben.

»Wir haben dir etwas mitgebracht«, sagte ich.

Ihre Augen wurden starr, weiteten sich, als sie sah, wie ich meine Beuteltasche öffnete, wie ich ein kleines, längliches Holzkästchen hervorzog. In diesem Augenblick trat ein Mann an Francesca heran, ein wichtiger Mann gewiss, gut gekleidet, der vielleicht ein Bild kaufen wollte. Doch sie hob lediglich die Hand. Es war eine höfliche Geste und gleichwohl ein Befehl. Der Mann murmelte eine Entschuldigung, zog sich zurück. Ich indessen öffnete das Kästchen, entnahm ihm ein Tuch, das ich mit leichter Geste in die Luft warf. Für den Bruchteil einer Sekunde schwebte das Tuch empor. Die Muschelseide zeigte ihre Regenbogenfarben, bevor sie sich auf Francescas Schultern senkte, das Rot ihres Kleides unter Türkis und Grün verschleiernd, einer kristallklaren Welle gleich, die über Blut hinwegzog, es unter ihrem Leuchten verbarg. Francesca stand starr; es war, als ob alles in ihr stockte, als ob ihr Herzschlag ausgesetzt hätte. Dann plötzlich kam wieder Leben in sie. Und es gelang mir nicht mehr, auf ihrem Gesicht auch nur den Anflug von Kummer oder Zorn zu lesen. Im Gegenteil, es schien, dass irgendein Zauber auf diesem harten Antlitz langsam jeden Hochmut auslöschte. Ihre Augen waren weit geöffnet und schauten mich strahlend, voller Frieden an. Und ihr Mund, der mir eben noch so verkniffen vorgekommen war, drückte durch ein kaum merkbares Lächeln so viel Dankbarkeit, Zuneigung und Glück aus, dass ich in ihren Zügen das fast kindliche Lächeln zu erkennen glaubte, das auch Cecilia im Gesicht trug, als Gaetano sie auf dem Tennisplatz fotografiert hatte.

Doch schon bewegte sich Francesca, zog die Seide mit fast besitzergreifender Geste enger über die Schultern.

»Danke«, sagte sie knapp, wobei ihre Stimme ein wenig zitterte. »Wir reden später darüber.« Und sie setzte hinzu: »Findest du nicht auch, dass die Farben gut zu den Bildern passen?«

Sie wies mit unbestimmter Geste über ihre Schulter hinweg. Ich blickte unwillkürlich in diese Richtung, und die Antwort blieb mir in der Kehle stecken, denn ich sah in der Menschenmenge eine Frau, die eine Faldetta trug. Mein Atem setzte aus. Das kann nicht sein, dachte ich, das kann einfach nicht sein. Ich sah die Frau nur von hinten, sie bewegte sich völlig gelassen, blieb ab und zu vor einem Gemälde stehen, als ob sie zu den geladenen Gästen gehörte. Aber warum hatte sie den Schleier über den Kopf gezogen, hier in der Galerie, wo man unter den grellen Spotlights vor Hitze fast erstickte? Dann sah ich, wie sie langsam dem Eingang entgegen wanderte, und packte Kazuos Arm.

»Da, siehst du sie?«

Er sah mich entgeistert an, als ob er die Worte nicht verstanden hätte. Ich ließ Kazuos Arm los, bahnte mir einen Weg durch die Menge, stieß unhöflich Unbekannte auf die Seite, sie gar nicht mehr sehend, überhaupt kein Gesicht erkennend.

»Cecilia!«, rief ich laut. »Cecilia, warte!«

Einige Leute drehten sich nach mir um, ich beachtete sie nicht. Die Frau stand bereits unten vor der Treppe. Sie drehte mir leicht das Gesicht zu, schlug den Schleier ein wenig zurück. Ich sah einen Kranz bronzebrauner Locken, ein helles Antlitz, mit einem schwebenden Lächeln auf dem Mund. Sie neigte graziös den Kopf, legte kurz den Finger auf die Lippen, als ob wir ein Geheimnis teilten, das sie bewahrt haben wollte. Dann zog sie den dunklen Schleier wieder mit ruhiger Bewegung über den Kopf. Da kamen Leute lachend und lärmend die Treppe herunter, und für einen Atemzug verlor ich sie aus den Augen. Und als die Besucher in den Raum traten, war die Gestalt verschwunden.

# *Ein Ende und ein Neuanfang*

In dieser Nacht erwachte ich in Kazuos Armen. Ich erwachte aus einem Traum, der sehr deutlich gewesen war, konnte mich aber nicht mehr entsinnen, was ich denn eigentlich geträumt hatte. Am Abend zuvor war es spät geworden; sehr spät. Wir hatten mit Francesca, ihren Bewunderern und Kunden ein Restaurant aufgesucht. Wir hatten Ricardo gesagt, dass wir heiraten wollten. Das hatte ihn überaus gefreut; nun gab er sich zeitgemäß: Wir durften also unser Zimmer und das zukünftige Ehebett teilen. Noch war im Haus alles dunkel und still. Ich befreite mich behutsam aus Kazuos Armen und sah, dass es vier Uhr morgens war. Hassenswerte Zeitverschiebung! Ich hörte Kazuo tief und regelmäßig atmen und war glücklich, dass zumindest er schlafen konnte. Weil ich wach lag, ließ ich die Ereignisse des gestrigen Abends vorbeiziehen, stellte mir nicht zu viele Fragen, weil ich genau wusste, dass eine Antwort ausbleiben würde. Stattdessen erinnerte ich mich an die vorgefundene E-Mail aus New York.

»Liebe Beata«, schrieb Annabel. »Das Projekt macht Fortschritte. Azur ist sich bewusst, dass man aus dem Umweltschutz Geschäfte machen kann. Die Idee wäre nun, ein Produkt zu entwickeln, das diesen Anforderungen entspricht. Mit der Muschelseide haben wir es eindeutig auf eine Kundschaft in einem ultrafeinen Nischenmarkt abgesehen. Man will nicht die Kundschaft mit einem etablierten Modeartikel ködern, sondern Frauen ansprechen, die das Preisschild einfach ignorieren können. Ich denke, das ist ein faires Geschäft, wenn eine jahrtausendealte Tradition und Kunstfertigkeit auf diese Weise am Leben erhalten werden. Doch alles steht und fällt mit Nona und damit, ob sie fähig ist, Nachfolgerinnen auszubilden. Ich habe vor, in nächster Zeit nach Malta zu kommen und mit ihr die Sache zu besprechen. Wir werden der Frau einen Vertrag vorlegen, der ihr die nötige Sicherheit gibt. Sie muss sich auch zum strikten Stillschweigen verpflichten. Ob sie die Bedingungen einhalten kann, hängt dann von ihr ab. Sie muss sich nur ganz klar im Voraus entscheiden. Aber darüber mehr, wenn ich von New York zurück bin. Wie war's übrigens in Japan? Ich persönlich esse kein Sushi, es verursacht bei mir Nesselfieber.«

Kazuos Kopf lag auf meinem Arm. Mein Arm schmerzte ein wenig, und ich zog ihn behutsam zurück. Und da – ganz plötzlich – kam mir der Traum in den Sinn. Jener Traum, der mich geweckt hatte. Ich hatte Mdina gesehen, die kleine, freundliche Stadt, und Nonas gepflegtes Reihenhäuschen. Und ich hatte eine junge Frau gesehen, die mit einem Rucksack von der Busstation aus die Straße heraufkam. Sie ging langsam, schwankend unter dem Gewicht. Hatte sie nicht daran gedacht, ein Taxi zu nehmen? Gewiss nicht! Die junge Frau machte einen verträumten, weltfremden Eindruck. Sie trug Jeans, einen Parka und ausgetretene Turnschuhe. Eine dicke Hornbrille verbarg ihre müden Augen. Vor Nonas Haus blieb sie stehen, vergewisserte sich, dass die Nummer mit der Adresse auf dem Umschlag, den sie in der Hand hielt, übereinstimmte. Dann stieg sie die Stufen empor, setzte ihren Rucksack mit schwerfälliger Bewegung ab und klingelte. In meinem Traum öffnete Nona die Tür fast im gleichen Augenblick. Sie blickte auf die junge Frau und lächelte.

»Guten Tag«, hörte ich sie sagen. »Sie sind Kaori, nicht wahr? Sie kommen aus Japan?«

Kaoris Antwort war es, die mich aus dem Traum geweckt hatte. Und ich hatte auch gesehen, wie sie dabei auf ihre Nasenspitze deutete, eine spontane, jugendliche Geste.

»Ja, ich bin Kaori. Und … bitte, ich möchte lernen, was Sie machen!«